A CABANA DO PAI TOMÁS
ou
Vida entre os humildes

HARRIET
BEECHER
STOWE

A CABANA DO PAI TOMÁS
ou
Vida entre os humildes

tradução
CIRO
MIORANZA

Lafonte

2020 - Brasil

Título Original: Uncle's Tom Cabin or Life among the Lowly
Tradução do inglês da edição de 1852 de George Routledge & Co.

Copyright da tradução para o português © Editora Lafonte Ltda. 2020

ISBN: 978-65-86096-82-8

Todos os direitos reservados.
Nenhuma parte deste livro pode ser reproduzida por quaisquer meios existentes sem autorização por escrito dos editores e detentores dos direitos.

DIREÇÃO EDITORIAL	Ethel Santaella
TRADUÇÃO	Ciro Mioranza
REVISÃO	Nazaré Baracho
TEXTOS DE CAPA	Dida Bessana
REVISÃO	Rita Del Monaco
DIAGRAMAÇÃO	Demetrios Cardozo
IMAGEM DE CAPA	Shutterstock

Dados Internacionais de Catalogação na Publicação (CIP)
(Câmara Brasileira do Livro, SP, Brasil)

```
Stowe, Harriet Beecher, 1811-1896
    A cabana do pai Tomas ou vida entre os humildes /
Harriet Beecher Stowe ; tradução Ciro Mioranza. --
1. ed. -- São Paulo : Lafonte, 2020.

    Título original: Uncle Tom's cabin or life among
the lowly
    ISBN 978-65-86096-82-8

    1. Escravidão - Ficção 2. Escravos fugitivos -
Ficção 3. Ficção norte-americana I. Título.

20-41805                                      CDD-813
```

Índices para catálogo sistemático:

1. Ficção : Literatura norte-americana   813

Maria Alice Ferreira - Bibliotecária - CRB-8/7964

Editora Lafonte

Av. Profª Ida Kolb, 551, Casa Verde, CEP 02518-000,
São Paulo-SP, Brasil - Tel.: (+55) 11 3855-2100,
Atendimento ao leitor (+55) 11 3855- 2216 / 11 - 3855 - 2213 - atendimento@editoralafonte.com.br
Venda de livros avulsos (+55) 11 3855- 2216 - vendas@editoralafonte.com.br
Venda de livros no atacado (+55) 11 3855-2275 - atacado@escala.com.br

Apresentação

Depois de publicado na forma de folhetim, em 1851, no jornal antiescravista, mas de linha política moderada, *The National Era*, os originais de *A cabana do pai Tomás* foram recusados por várias editoras até sair na forma de livro, em 20/3/1852. Sucesso imediato, em uma semana vendeu 10 mil exemplares e, em um ano, 300 mil só nos EUA. Na Inglaterra, nesse mesmo período, atingiu 1 milhão de cópias e, se somadas as traduções em vários países, chegou a 2 milhões. Dez anos mais tarde, em 1861, ano do início da Guerra Civil Americana, atingiu a impressionante marca de 4,5 milhões, tornando-se o best-seller do séc. XIX e fazendo de Harriet Stowe a escritora mais famosa do mundo.

O relato vívido e pormenorizado das condições degradantes em que viviam os 5 milhões de escravizados do país à época, as sevícias desumanas a que eram submetidos por senhores cruéis, as jornadas de trabalho extenuantes e a separação das famílias foram responsáveis por colocar o fim do regime escravocrata no centro do debate político e impulsionar a campanha abolicionista. A obra também é apontada como o estopim da Guerra de Secessão. Reza a lenda, inclusive, que, ao visitar o presidente Abraham Lincoln na Casa Branca, em 1861, ele teria se referido a Harriet como "a pequena mulher que escreveu o livro que iniciou essa grande guerra". Fictícia ou não a frase, é inegável a relevância do livro e da autora na luta pelo fim da escravidão, tanto nas Américas quanto na Europa, onde esteve várias vezes, convidada a defender suas ideias para os mais variados públicos.

Criada em uma das famílias mais importantes do pensamento calvinista moderado, filha do famoso pregador evangelista Lyman Beecher, Harriet cresceu em um ambiente devoto, que pregava a igualdade entre todos os homens. Avessa à violência, suas concepções cristãs não deixam de ser percebidas em seu livro. O protagonista, pai Tomás, é um religioso fervoroso (recém-convertido à fé cristã por uma missão itinerante que passou pela fazenda de seu proprietário, o Sr. Murray) e um homem passivo, que suporta seus martírios como se fossem penitências e perdoa seus algozes.

Engajada na Ferrovia Subterrânea, rede de rotas secretas usadas por escravizados em fuga para os estados livres do Norte (e que também lhes fornecia abrigo seguro durante a viagem), *A cabana do pai Tomás*, segundo a autora, foi sua reação à Lei do Escravo Fugitivo. Editada em 1850, tornou a Ferrovia ilegal (razão pela qual seu destino passou a ser o Canadá), punindo com prisão quem os ajudasse e acolhesse, permitindo que tivessem sua "posse" reivindicada por seus donos, mesmo em estados em que já tinham abolido a escravidão e onde eram cidadãos livres, e simplificando os trâmites judiciais para que fossem rapidamente devolvidos ao Sul.

Além de ter enfrentado a fúria de seus opositores na época em que foi escrito, com publicações de escravocratas sulistas que tentaram desacreditar seu relato e provar – sem nunca terem conseguido – os "benefícios" do cativeiro, este livro enfrenta críticas ácidas também na atualidade. Uma delas, de que seu comportamento seria dúbio, pois, se, por um lado, é contra a escravidão e milita em favor da abolição, por outro, prega a evangelização dos escravizados, o que os tornaria subservientes e conformados com sua condição, tal como o pai Tomás.

Mesmo assim, a força de A cabana do pai Tomás reside, segundo o famoso crítico literário norte-americano Edmund Wilson, em "personagens que se expressam muito melhor do que o autor". Para ele, "expor-se na maturidade [a este livro] pode fornecer uma experiência surpreendente".

Dida Bessana

Graduada em história, jornalismo e produção editorial, com especialização na Alemanha, pós-graduada em jornalismo cultural na PUC-SP e mestre em Comunicação pela Faculdade Cásper Líbero.

Prefácio da Autora

As cenas dessa história, como o próprio título indica, se situam no meio de uma raça até aqui ignorada pelos representantes da sociedade polida e refinada; uma raça exótica, cujos ancestrais, nascidos sob o sol tropical, trouxeram consigo e legaram a seus descendentes, um caráter tão essencialmente diferente da severa e dominante raça anglo-saxônica, que por muitos anos, só mereceu, por parte desta última, incompreensão e desprezo.

Mas dias melhores estão surgindo; toda a influência da literatura, da poesia e da arte, em nossos tempos, leva a todos a entoar cada vez mais em uníssono o acorde máximo da cristandade, "boa vontade para com os homens".

O poeta, o pintor e o artista, agora ressaltam e embelezam os mais nobres e comuns sentimentos da vida e, sob os encantos da ficção, infundem uma influência humanizante e subjugadora, favorável ao desenvolvimento dos grandes princípios da fraternidade cristã.

A mão da benevolência está estendida em todo lugar, reprimindo abusos, corrigindo erros, aliviando sofrimentos e levando ao conhecimento e à simpatia do mundo os humildes, os oprimidos e os esquecidos.

Nesse movimento geral, a infeliz África finalmente é relembrada; a África que começou a caminhada da civilização e do progresso humano na obscura e cinzenta aurora dos primeiros tempos, mas que, durante séculos, esteve atada e sangrando aos pés da humanidade civilizada e cristianizada, implorando em vão por compaixão.

Mas o coração da raça dominante, que foi seu conquistador e inflexível dominador, finalmente se voltou para ela com misericórdia; e se pôde ver como é muito mais nobre para as nações proteger os fracos do que os oprimir. Graças a Deus, o mundo finalmente sobreviveu ao comércio de escravos.

O objetivo dessas linhas é despertar simpatia e sentimento pela raça africana, uma vez que muitos de seus filhos estão entre nós, e mostrar os erros e tristezas de um sistema tão necessariamente cruel e injusto como é a escravidão, a ponto de frustrar e eliminar os bons efeitos de tudo o que pode ser tentado em favor desses oprimidos, mesmo por seus melhores amigos, sob esse sistema.

Ao escrever isso, a autora pode sinceramente desmentir todo sentimento de rancor para com aqueles indivíduos que, muitas vezes sem culpa própria, estão envolvidos nas tramas e embaraços das relações legais da escravidão.

A experiência tem mostrado a ela que algumas das mentes e corações mais nobres estão frequentemente assim envolvidos; e ninguém melhor do que eles sabe que aquilo que pode ser reunido dos males da escravidão, em descrições como esta, não representa nem a metade do que poderia ser contado da indizível totalidade.

Nos estados do norte, esses fatos podem, talvez, ser considerados caricaturas; nos estados do sul, são testemunhas que conhecem sua fidelidade. O conhecimento pessoal que a autora teve da verdade ou dos incidentes, como são relatados aqui, aparecerá em seu devido tempo.

É um conforto ter esperança de que, assim como muitas das tristezas e dos erros do mundo têm sido, de tempos em tempos, superados, assim também chegará um tempo em que descrições semelhantes a esta serão valiosas apenas como memórias do que há muito deixou de existir.

Quando uma comunidade esclarecida e cristianizada tiver, nas costas da África, leis, linguagem e literatura, elaboradas como as nossas, que então as cenas da casa da escravidão sejam para eles como a lembrança do Egito para os israelitas, – um motivo de gratidão para com Aquele que os redimiu!

Pois, enquanto os políticos discutem e os homens se voltam de um lado para outro por tendências conflitantes de interesse e paixão, a grande causa da liberdade humana está nas mãos daquele único, de quem se diz:

"Ele não falhará nem desanimará

Até que tenha estabelecido justiça na terra.

Ele libertará o necessitado que clamar,

O pobre e aquele que não tem quem o ajude.

Ele redimirá a alma deles do engano e da violência,

E precioso será o sangue deles a seus olhos."

1
Um homem com senso de humanidade

No final da tarde de um dia frio de fevereiro, dois cavalheiros estavam sentados a sós, com suas taças de vinho, numa sala de jantar bem mobiliada, na cidade de P..., estado de Kentucky. Não havia criados presentes e os cavalheiros, com cadeiras bem próximas, pareciam discutir um assunto com grande seriedade.

Por questões de conveniência, dissemos até aqui dois *cavalheiros*. Um deles, no entanto, se examinado a rigor, não parecia, estritamente falando, pertencer a essa espécie. Era um homem baixo e corpulento, de feições grosseiras e comuns, com aquele ar afetado e pretensioso de um homem de classe inferior que tenta abrir caminho na sociedade. Estava pomposamente vestido, com um vistoso colete de variegadas cores, lenço azul ao pescoço, salpicado alegremente com bolinhas amarelas, arranjado à moda de espalhafatosa gravata, bem de acordo com o aspecto geral do homem. As mãos, grandes e rudes, eram abundantemente enfeitadas com anéis; usava uma pesada corrente de ouro, da qual pendia um conjunto de sinetes de portentoso tamanho e de grande variedade de cores, que ele, no ardor da conversa, tinha o hábito de ostentar e tilintar com evidente satisfação. A fala dele corria solta, desafiando a gramática, e era decorada, em convenientes intervalos, com variadas expressões profanas, que nem mesmo o desejo de descrever por nossa conta nos induziria a transcrever.

O companheiro dele, senhor Shelby tinha a aparência de um cavalheiro; e a organização da casa, o aspecto geral da arrumação indicavam uma situação cômoda e até mesmo opulenta. Como dissemos antes, os dois estavam no meio de uma conversa séria.

— Essa é a maneira como eu resolveria a questão – disse o senhor Shelby.

— Eu não posso negociar desse jeito... decididamente não posso, senhor

Shelby – disse o outro, segurando um copo de vinho entre os olhos e a luz.

– Ora, o fato, Haley, é que Tomás é um sujeito fora do comum; ele certamente vale essa soma em qualquer lugar... firme, honesto, capaz, dirige toda a minha fazenda como um relógio.

– Quer dizer honesto como podem ser os negros – retrucou Haley, servindo-se de um copo de conhaque.

– Não; quero dizer realmente que Tomás é um sujeito bom, firme, sensato e piedoso. Aderiu à religião numa reunião religiosa ao ar livre, quatro anos atrás, e acredito que ele realmente se converteu. Confiei a ele, desde então, tudo o que tenho... dinheiro, casa, cavalos... e o deixo ir e vir por toda a região. E sempre o achei verdadeiro e correto em tudo.

– Algumas pessoas não acreditam que haja negros piedosos, Shelby – disse Haley, com um simples agito da mão. – Mas eu acredito. Eu mesmo tinha um sujeito nesse último lote que levei para Orleans... foi ótimo realmente encontrar e ouvir essa criatura orar, além de ser meigo e sossegado. Ele me ajudou a ganhar uma boa soma, pois o comprei barato de um homem que se viu obrigado a vendê-lo. Assim, consegui lucrar seiscentos dólares com ele. Sim, considero a religião como uma coisa valiosa num negro, quando este é sincero e não, enganador.

– Bem, Tomás é verdadeiramente autêntico, se alguma vez houve um sujeito assim – acrescentou o outro. – Ora, no outono passado, deixei-o ir sozinho a Cincinnati para fazer negócios meus e me trazer para casa quinhentos dólares. "Tomás", disse-lhe eu, "confio em você, porque acho que é cristão... sei que não iria me enganar." Tomás voltou naturalmente... eu sabia que voltaria. Andam falando que alguns patifes lhe disseram: "Tomás, por que não foge para o Canadá?"... "Ah, o patrão confiou em mim e eu não poderia." Devo dizer que lamento me desfazer de Tomás. Você deveria aceitá-lo para cobrir todo o saldo da dívida; e o faria, Haley, se tivesse um pouco de consciência.

– Bem, tenho tanta consciência quanto qualquer homem de negócios pode se permitir ter... só um pouco, bem sabe, para jurar por ela, se for o caso – disse o mercador, jocosamente. – Além do mais, estou pronto para fazer qualquer coisa razoável em benefício dos amigos; mas este ano, como vê, está um pouco duro para todos... duro demais.

O mercador suspirou contemplativamente e se serviu de mais um pouco de conhaque.

– Bem, Haley, qual o negócio que vai propor então? – perguntou o senhor Shelby, depois de um desconfortável intervalo de silêncio.

– Bem, não tem um garoto ou uma garota que pudesse juntar a Tomás?

– Hum!... nenhum de que eu pudesse dispor; para falar a verdade, só a estrita necessidade é que me obriga a vender. O fato é que não gosto de me desfazer de nenhum de meus escravos.

Nesse momento, a porta se abriu e um mulatinho, entre quatro e cinco anos de idade, entrou na sala. Havia algo de notavelmente belo e envolvente em sua aparência. Seus cabelos negros, finos como fios de seda, pendiam em cachos brilhantes sobre seu rosto redondo e encovado, ao passo que um par de grandes olhos escuros, cintilantes e meigos, se projetava sob os longos cílios, enquanto espiava curiosamente o aposento. Uma alegre túnica axadrezada, nas cores escarlate e amarelo, cuidadosamente feita e bem ajustada, assentava-lhe muito bem, ressaltando o escuro e rico estilo de sua beleza; e certo ar cômico de segurança, mesclado de timidez, mostrava que ele estava acostumado a ser acariciado e notado pelo patrão.

– Olá, Jim Crow! – disse o senhor Shelby, assobiando e jogando um cacho de uva para ele. – Agarre isso, agora!

A criança correu com toda a sua diminuta força em direção do prêmio, enquanto o patrão ria.

– Venha cá, Jim Crow – disse ele.

O menino se aproximou e o patrão lhe deu um tapinha na cabeça encaracolada e o acariciou sob o queixo.

– Agora, Jim, mostre a esse cavalheiro como você dança e canta.

O menino começou com uma daquelas canções selvagens e grotescas, comuns entre os negros, numa voz bela e clara, acompanhando o canto com muitas evoluções cômicas das mãos, dos pés e do corpo inteiro, tudo em perfeita sintonia com o compasso da música.

– Bravo! – exclamou Haley, jogando-lhe um quarto de laranja.

– Agora, Jim, ande como o velho tio Cudjoe, quando está com reumatismo – disse o patrão.

Instantaneamente os membros flexíveis da criança assumiram o aspecto disforme e distorcido, enquanto, com as costas encurvadas e com a bengala do patrão na mão, passou a mancar pela sala, com o rosto infantil contraído pela dor e cuspindo à direita e à esquerda, imitando um velho.

Os dois cavalheiros riram ruidosamente.

– Agora, Jim – disse o patrão –, mostre-nos como o velho Robbins canta os salmos.

O menino espichou o rosto rechonchudo o mais que pôde e começou a entoar um salmo com uma voz nasal, com imperturbável gravidade.

– Hurra! bravo! que menino fantástico! – disse Haley. – Esse moleque é um caso sério, sem dúvida. Vou lhe dizer uma coisa – continuou ele, batendo repentinamente a mão no ombro do senhor Shelby – junte no acerto esse moleque e eu fecho o negócio... com certeza. Vamos lá, ninguém haveria de fazer uma coisa mais justa!

Nesse momento, a porta foi empurrada suavemente e uma jovem mestiça, aparentemente com seus 25 anos, entrou na sala.

Bastou apenas um olhar da criança para ela, para identificá-la como sua mãe. Eram os mesmos olhos ricos, cheios e escuros, com seus longos cílios; as mesmas ondulações de sedoso cabelo preto. O tom castanho da pele dava lugar a um rubor perceptível no rosto, que se acentuou quando percebeu o olhar do homem estranho fixo nela em ousada e indisfarçada admiração. O vestido lhe caía perfeitamente e realçava suas formas finamente moldadas. As mãos delicadamente formadas, pés e tornozelos bem torneados eram complementos da aparência que não escaparam ao olhar penetrante do mercador, bem acostumado a notar num relance as qualidades de um belo artigo feminino.

– Bem, Elisa? – disse o patrão, quando ela parou e olhava hesitante para ele.

– Eu estava procurando Harry, desculpe-me, senhor. – E o menino se precipitou na direção dela, mostrando seus despojos, que havia guardado nas dobras da túnica.

– Pois bem, leve-o embora – disse o senhor Shelby; e ela se retirou apressadamente, carregando a criança nos braços.

– Por Júpiter! – exclamou o mercador, voltando-se para ele admirado. – Que belo artigo! Poderia fazer fortuna com essa moça em Orleans, qualquer dia desses. Já vi pagarem mais de mil dólares, em minha vida, por garotas nem um pouco mais bonitas.

– Não quero fazer fortuna com ela – disse o senhor Shelby, secamente; e, procurando mudar de assunto, abriu uma garrafa de vinho de nova safra e pediu a opinião do companheiro.

– Fenomenal, senhor... de primeira! – exclamou o mercador; depois, virando-se e batendo familiarmente no ombro de Shelby, acrescentou: – Vamos lá, como pretende negociar a moça?... Quanto posso oferecer por ela... quanto quer?

– Senhor Haley, ela não está à venda – respondeu Shelby. – Minha esposa não se separaria dela nem por seu peso em ouro.

– Ai, ai! as mulheres sempre dizem essas coisas, porque não têm a mínima noção de cálculos. Basta mostrar-lhes quantos relógios, plumas e enfeites se poderia comprar com o peso de uma pessoa em ouro e acredito que isso muda o aspecto da coisa.

– Acabo de lhe dizer, Haley, que não pretendo falar disso. Digo que não e isso significa não – insistiu Shelby, incisivo.

– Bem, então vai me deixar levar o menino? – perguntou o mercador. – Deve convir que lhe fiz uma oferta mais que generosa por ele.

– Por que cargas d'água quer a criança? – perguntou Shelby.

– Porque tenho um amigo que está nesse ramo de negócios e quer comprar garotos bonitos para preparar para o mercado. Imagine artigos de primeira... vendidos como garçons, e assim por diante, para gente rica que pode pagar bem por gente bonita. São destinados para grandes lugares... meninos realmente simpáticos para abrir portas, servir à mesa, servir de companhia. Dão um bom dinheiro; e esse diabinho é uma verdadeira joia musical e cômica, é precisamente o melhor artigo!

– Eu preferiria não vendê-lo – disse o senhor Shelby, pensativo. – O fato, senhor, é que sou humano e detesto tirar o menino da mãe dele, senhor.

– Oh, realmente?... Ah! sim... algo natural. Compreendo perfeitamente. É muito desagradável lidar com as mulheres, às vezes. Sempre detestei esses momentos de gritaria e choradeira delas. São *extremamente* desagradáveis, mas como faço negócios, geralmente as evito, senhor. Agora, e se você tirasse a moça do caminho por um dia, ou uma semana, ou algo assim; então a coisa seria feita tranquilamente... tudo concluído antes que ela chegasse a casa. Depois, sua mulher poderia lhe dar alguns brincos ou um vestido novo ou algumas bugigangas para consolá-la.

– Receio que não.

– Por Deus, sim! Bem sabe que essas criaturas não são como os brancos; bem tratadas, se submetem a tudo. Dizem por aí – continuou Haley, assumindo um ar sincero e confidencial – que esse tipo de comércio endurece os sentimentos, mas nunca concordei com isso. O fato é que eu nunca poderia fazer as coisas do jeito que alguns sujeitos conduzem o negócio. Tenho visto como arrancam o filho dos braços da mãe e o colocam à venda, enquanto ela fica gritando como louca o tempo todo... péssima política... danifica o artigo... torna-o impróprio para o serviço, às vezes. Conheci uma moça muito bonita uma vez, em Orleans, que foi inteiramente inutilizada por esse tipo de tratamento. O sujeito que a estava negociando não queria a criança e ela era uma dessas mulheres de tipo violento quando o sangue fervia. Ela apertou o filho nos braços, passou a esbravejar e foi horrível. Só de pensar nisso sinto calafrios; e quando lhe arrancaram o filho dos braços e a trancaram num aposento, ficou totalmente louca e uma semana depois morreu. Perda total, senhor, de mil dólares, só por falta de jeito... esse é o caso. É sempre melhor fazer as coisas com humanidade, senhor; essa tem sido *minha* experiência.

E o mercador se recostou na cadeira e cruzou os braços, com um ar de virtuosa decisão, aparentemente considerando-se um segundo Wilberforce.

O assunto parecia interessar profundamente o cavalheiro, pois enquanto o senhor Shelby estava pensativamente descascando uma laranja, Haley interveio de novo, com apropriada desconfiança, mas como se realmente fosse impelido pela força da verdade a dizer mais algumas palavras.

– Não fica bem para uma pessoa andar se elogiando a si mesma, mas digo-o exatamente porque reflete a verdade. Acredito que posso me considerar como o homem que traz as melhores turmas de negros... pelo menos, é o que dizem por aí; se eu tiver uma vez, calculo que vou ter cem vezes... todos em boa forma... gordos e vigorosos, e perco nesse negócio mais do que qualquer outro. E devo tudo a meu sistema, senhor; e a humanidade, posso dizer, é o grande pilar desse meu modo de agir.

O senhor Shelby, não sabendo o que retrucar, disse: "É verdade!"

– Tenho sido ridicularizado por causa de minhas ideias, senhor, e andaram comentando a respeito. Elas não são populares e comuns, mas eu me apeguei a elas; e com elas sempre tive lucro; sim, senhor, me pagaram regiamente, posso dizer. – E o mercador de escravos riu de sua piada.

Havia algo de tão cômico e original nessas noções de humanidade, que o senhor Shelby não pôde deixar de rir. Talvez você também ria, caro leitor; mas sabe que a humanidade se manifesta numa variedade de formas estranhas hoje em dia, e não têm fim as coisas esquisitas que as pessoas dotadas de humanidade dizem e fazem.

A risada do senhor Shelby encorajou o mercador a prosseguir.

– É estranho, mas nunca consegui pôr isso na cabeça das pessoas. Havia, por exemplo, em Natchez, Tom Loker, meu antigo parceiro; sujeito inteligente era esse Tom, mas era o próprio demônio com os negros... era homem de grande coração, mas os maltratava; era o sistema dele, senhor. Cansei de lhe dizer: "Ora, Tom, quando suas garotas caem em choro, de que adianta bater na cabeça delas e surrá-las de todos os jeitos? É ridículo e não resolve absolutamente nada. Ora, chorar não causa nenhum mal, é natural; e se a natureza não pode explodir de uma maneira, explode de outra. Além disso, Tom, apenas estraga as garotas; elas ficam doentes, desanimadas e, às vezes, ficam feias... particularmente as mais fracas e é o diabo o trabalho que dá para recuperá-las. Por que não se decide a tratá-las melhor e ser simpático com elas? Tenha certeza, Tom, um pouco de humanidade, de quando em vez, vale muito mais do que toda a sua conversa fiada e gabolice; e dá mais resultado, tenha certeza." Mas Tom não quis me dar ouvidos e me estragou tantas mulheres que tive de romper com ele, embora fosse um sujeito de ótimo coração e tivesse um tino de negócios como ninguém.

– E acha que seu sistema de conduzir o negócio é melhor que o de Tom? – perguntou o senhor Shelby.

– Ora, senhor, posso dizer que sim. Quando posso utilizar qualquer meio, tomo certo cuidado com as partes desagradáveis, como vender uma criança... tiro a mãe do caminho... longe da vista, longe do coração, bem sabe; e quando o negócio está fechado e não se pode voltar atrás, ela naturalmente acaba se acostumando a isso. Não é como acontece com os brancos, que criam os filhos na esperança de conservá-los, bem como as esposas e tudo o mais. Os negros, que não têm nenhum tipo de expectativa, se tratados apropriadamente, acabam tornando todas essas coisas mais fáceis.

– Receio então que meus não sejam tratados adequadamente – disse o senhor Shelby.

– Suponho que não. Vocês de Kentucky estragam os negros. Vocês pensam em agir corretamente, mas no final o resultado não é bom. Veja só, um negro é apreendido e despachado pelo mundo para ser vendido a Tom, a Dick, e Deus sabe a quem mais; não é nenhuma bondade, portanto, dar a ele ideias e expectativas e tratá-lo bem demais, pois a situação que já é difícil agora pode tornar-se pior depois. Atrevo-me a dizer que seus negros estariam totalmente desanimados num lugar em que outros estariam cantando e gritando de alegria. Todo homem, naturalmente, senhor Shelby, acha justo seu próprio sistema; e acho que eu trato os negros tão bem quanto devem ser tratados.

– É coisa boa estar satisfeito – disse o senhor Shelby, com um leve gesto de ombros e alguns perceptíveis sentimentos de natureza desagradável.

– Bem – tornou Haley, depois de ambos terem esgotado seus argumentos –, o que me diz?

– Acho que o assunto está encerrado por ora e vou conversar com minha esposa – replicou o senhor Shelby. – Por enquanto, Haley, se quiser que o negócio chegue a bom termo de maneira mais tranquila como fala, é melhor que não o deixe transparecer pela vizinhança. Se meus dependentes vierem a saber, não vai ser tarefa fácil repor as coisas no devido lugar mais tarde.

– Oh! certamente, é o melhor a fazer, claro. Mas devo lhe dizer que estou com uma pressa danada e gostaria de saber, o mais rápido possível, sua decisão – disse ele, levantando-se e vestindo o sobretudo.

– Bem, volte à tarde, entre seis e sete, e vai ter minha resposta – disse o senhor Shelby; e o mercador fez uma inclinação e saiu da sala.

"Gostaria de ter tido coragem de jogar esse sujeito escada abaixo", disse ele para si mesmo, ao ver a porta fechada, "junto com sua desavergonhada segurança; mas ele sabe que me tem nas mãos. Se alguém me tivesse dito que deveria vender Tom para o sul para um desses desqualificados mercadores, eu teria retrucado: 'Por acaso teu servo é um cachorro, para fazer isso?' E agora devo passar por isso, pelo que vejo. E o filho de Elisa também! Sei que, em razão disso, vai haver confusão com minha mulher. E mais ainda por causa de Tom. É nisso que dá ter dívidas... diacho! O sujeito vê que leva vantagem e quer se aproveitar."

Talvez a forma mais branda do sistema de escravidão seja a do Estado de Kentucky. O predomínio geral de atividades agrícolas de natureza tranquila e gradual, que não exige aqueles períodos de intenso e premente trabalho requerido nas áreas do sul, torna a tarefa do negro mais amena e sadia. O patrão, satisfeito com uma forma de rendimento mais gradual, não tem aquelas tentações de dureza, que sempre se sobrepõem à frágil natureza humana quando a perspectiva de ganho súbito e rápido é pesada na balança, em detrimento dos interesses dos indefesos e desprotegidos.

Quem visita algumas propriedades por lá e testemunha a bem-humorada indulgência de alguns patrões e patroas e a afetuosa lealdade de alguns escravos poderia ser tentado a sonhar a tão falada lenda poética de uma instituição patriarcal; mas por sobre esse cenário paira uma sombra portentosa... a sombra da *lei*. Enquanto a lei considerar todos esses seres humanos, com corações pulsando e afetos vivos, somente como outras tantas *coisas* pertencentes a um patrão... enquanto o fracasso ou o infortúnio ou a imprudência ou a morte do mais bondoso proprietário, puder levá-los a algum dia trocar uma vida de bondosa proteção e indulgência por uma de desesperadora miséria e fadiga... será impossível construir o quer que seja de belo ou desejável na mais perfeita organização da escravatura.

O senhor Shelby era, de modo geral, um homem bondoso e generoso, propenso a fácil indulgência para os que o rodeavam, e nunca havia faltado nada que pudesse contribuir para o bem-estar material dos negros, em sua propriedade. Ele se havia metido, no entanto, em grandes e vagas especulações... havia acabado por se afundar em dívidas e grande parte de seus títulos estavam agora nas mãos de Haley; e essa pequena informação é a chave da conversa anterior entre os dois.

Ora, ao se aproximar da porta, Elisa captou o suficiente da conversa para saber que um traficante de escravos estava fazendo ofertas a seu patrão por alguém.

Ela teria parado atrás da porta para escutar, mas sua patroa, precisamente naquele momento, a estava chamando e foi obrigada a se afastar depressa.

Ainda assim achou ter ouvido o mercador fazer uma oferta pelo filho dela... seria mero engano? Seu coração se inflou e bateu forte; e ela involuntariamente apertou o filho com tanta força que o pequeno olhou para o rosto dela, atônito.

– Elisa, minha menina, o que a aflige hoje? – perguntou a patroa quando Elisa derrubou o jarro, tropeçou na mesa de costura e, por fim, distraidamente levou para a patroa o longo roupão de dormir em vez do vestido de seda que havia ordenado que lhe trouxesse do armário.

Elisa se assustou.

– Oh! senhora! – disse ela, levantando os olhos; debulhada em lágrimas, sentou-se numa cadeira e continuou soluçando.

– Por que, Elisa, minha menina! O que a aflige? – perguntou a patroa.

– Oh! senhora, minha senhora – disse Elisa –, esteve aqui um mercador de escravos falando com o patrão na sala de visitas! Eu o ouvi.

– Bem, sua tola, e daí?

– Oh, senhora, acha que o patrão venderia meu Harry? – E a pobre criatura se jogou numa cadeira e soluçava convulsivamente.

– Vendê-lo! Não, sua tola! Sabe que seu patrão nunca lida com esses mercadores sulistas, nem pensa em vender algum de seus criados, desde que se comporte bem. Ora, sua boba, quem acha que gostaria de comprar seu Harry? Pensa que todo mundo é doido por ele como você, sua mocinha tola? Vamos, anime-se e dependure meu vestido. Agora arrume meu cabelo com aquela bela trança que você aprendeu outro dia e pare de ficar escutando atrás das portas.

– Sim, mas, senhora, a senhora nunca daria seu consentimento para... para...

– Bobagem, menina! Certamente que não. Por que você fala assim? Preferiria vender um de meus filhos. Mas realmente, Elisa, você está ficando orgulhosa demais por esse pequeno. Um homem não pode nem colocar o nariz para dentro da porta, que você já acha que ele quer comprá-lo.

Tranquilizada pelo tom confiante da patroa, Elisa prosseguiu com agilidade e habilidade no penteado, rindo de seus próprios temores.

A senhora Shelby era uma mulher superior, tanto intelectual quanto moralmente. A essa magnanimidade natural e generosidade de espírito que muitas vezes caracteriza as mulheres de Kentucky, ela aliava grande sensibilidade e elevados princípios morais e religiosos, que punha em prática com grande energia e habilidade. O marido, que não professava nenhum credo religioso particular, reverenciava e respeitava o dela e, quem sabe, ficava até um pouco temeroso ante as opiniões dela. O certo é que ele lhe deu ilimitada liberdade em todos os seus benevolentes esforços para o conforto, instrução e aprimoramento de seus criados, embora ele nunca tenha participado nesse sentido. De fato, ainda que não tivesse muita fé na doutrina da eficácia das boas obras em excesso dos santos, realmente parecia acreditar, de algum modo, que a esposa tinha piedade e benevolência suficientes para dois... contentava-se com a tênue expectativa de entrar no céu através da superabundância de qualidades dela, que não tinha nenhuma pretensão em imitar.

O que mais pesava no espírito dele, depois da conversa com o mercador, era a necessidade iminente de comunicar à esposa o acerto realizado... sabendo das importunações e oposição que certamente deveria encontrar.

A senhora Shelby, desconhecendo totalmente os apuros do marido e conhecendo apenas a grande benevolência de seu caráter, tinha sido totalmente sincera na incredulidade com que ouvira as suspeitas de Elisa. Na verdade, nem se deu tempo para pensar nelas, sem qualquer segunda intenção; e como estivesse ocupada com os preparativos de uma visita a fazer naquela noite, logo se esqueceu de tudo isso.

2
A MÃE

Elisa tinha sido criada por sua patroa, desde a infância, como uma querida e mimada favorita.

O viajante do sul deve ter notado muitas vezes aquele ar peculiar de refinamento, aquela suavidade de voz e modos, que em muitos casos parece ser uma dádiva peculiar das mulheres negras e mulatas. Esses dotes naturais das mestiças são frequentemente unidos à beleza do tipo mais deslumbrante e quase sempre por uma aparência pessoal atraente e agradável. Elisa, como a descrevemos, não é um retrato da imaginação, mas o tiramos da memória, como a vimos anos atrás em Kentucky. Segura sob a proteção da patroa, Elisa havia atingido a maturidade sem aquelas tentações que tornam a beleza uma herança tão fatal para uma escrava. Ela tinha se casado com um jovem mulato brilhante e talentoso, que era escravo numa propriedade vizinha e se chamava George Harris.

Esse jovem tinha sido alugado por seu patrão para trabalhar numa fábrica de sacos, onde sua destreza e criatividade fizeram com que fosse considerado o melhor trabalhador no local. Tinha inventado uma máquina para a limpeza do cânhamo que, considerando a instrução e as circunstâncias do inventor, mostrava tanto talento mecânico quanto o de Whitney com seu descaroçador de algodão[1].

George era bem apessoado, de boas maneiras e era benquisto por todos na fábrica. Não obstante isso, como não era um homem aos olhos da lei, mas uma coisa, todas essas qualificações superiores ficavam sujeitas ao controle de um patrão vulgar, tacanho e tirânico. Esse mesmo cavalheiro, tendo ouvido falar da fama da invenção de George, seguiu até a fábrica para verificar o que esse instru-

---

1   Uma máquina dessa descrição foi realmente inventada por um jovem negro em Kentucky (Nota da autora)

mento inteligente fazia. Foi recebido com grande entusiasmo pelo empregador, que o parabenizou por possuir escravo tão valioso.

Uma vez recebido na fábrica, a máquina lhe foi mostrada por George que, muito animado, falou tão fluentemente, manteve-se tão alinhado, parecia tão simpático e sobranceiro, que o patrão começou a sentir um desconfortável complexo de inferioridade. Que direito tinha seu escravo de andar rodando pelo país, inventando máquinas e se distinguindo entre cavalheiros? Logo haveria de colocar um fim a isso. Iria levá-lo de volta e o colocaria a capinar e a cavar a terra para "ver se haveria de andar por aí todo orgulhoso". Consequentemente, o fabricante e todos os trabalhadores ficaram surpresos quando ele de repente exigiu o salário de George e anunciou sua intenção de levá-lo para casa.

– Mas, senhor Harris – protestou o fabricante –, essa decisão não é por demais repentina?

– E se for?... o homem não é *meu*?

– Estaríamos dispostos, senhor, a aumentar a taxa de compensação.

– Em absoluto, senhor. Não preciso alugar nenhum de meus escravos, a menos que eu queira.

– Mas, senhor, ele parece perfeitamente adaptado a essa função.

– Pode até ser, mas tenho certeza de que nunca se adaptou muito bem em tudo o que lhe mandei fazer.

– Mas pense somente na máquina que ele inventou – interpôs um dos trabalhadores, um tanto triste.

– Oh, sim!... uma máquina para poupar trabalho, não é? Garanto que ele seria capaz de inventar uma coisa dessas, pois basta deixar um negro sozinho por um tempo. Todos eles são máquinas que poupam trabalho. Não, ele vai ter de partir!

George havia ficado como que paralisado ao ouvir sua sentença assim subitamente proferida por uma autoridade que sabia ser irresistível. Cruzou os braços, apertou bem os lábios, mas um vulcão inteiro de sentimentos amargos queimava em seu peito e despejava torrentes de fogo em suas veias. Respirava com rapidez e seus grandes olhos escuros brilhavam como brasas; e poderia ter explodido numa perigosa ebulição, se o bondoso fabricante não o tocasse no braço e dissesse, em voz baixa:

— Ceda, George; vá com ele por ora. Nós vamos tentar ajudá-lo mais tarde.

O tirano observou o sussurro e parecia adivinhar seu sentido, embora não tivesse ouvido o que se dizia; e interiormente se fortaleceu em sua determinação de manter a vítima sob seu poder.

George foi levado para casa e mandado para os piores trabalhos da fazenda. Conseguiu, no entanto, reprimir qualquer palavra desrespeitosa que pudesse ofender o patrão; mas os olhos faiscantes, a fronte sombria e contraída, faziam parte de uma linguagem natural que não podia ser reprimida... sinais indubitáveis que mostravam claramente que o homem não podia se converter numa coisa.

Foi durante o feliz período de seu emprego na fábrica que George tinha conhecido Elisa e se havia casado com ela. Durante esse período... gozando da confiança do empregador e favorecido por ele... tinha liberdade de ir e vir a seu próprio critério. O casamento teve a total aprovação da senhora Shelby que, com aquela satisfação feminina na arte de fazer casamentos, teve o prazer de celebrar a união de sua bela favorita com um homem da própria classe e que parecia, em todos os sentidos, convir à moça. E assim se casaram na grande sala de visitas da patroa, e foi esta que enfeitou os belos cabelos da noiva com flores de laranjeira e prendeu neles o véu de noiva, que certamente não poderia ter sido posto numa cabeça mais bela; e não faltaram luvas brancas, bolo e vinho... e maravilhados convidados para elogiar a beleza da noiva e a indulgência e a liberalidade da patroa. Por um ano ou dois, Elisa viu o marido com frequência e sua felicidade foi interrompida somente pela perda de dois filhos pequenos, aos quais estava profundamente apegada, chorando-os com um pesar tão intenso a ponto de provocar uma branda repreensão da patroa, que procurou, com ansiedade materna, repor naturalmente seus apaixonados sentimentos dentro dos limites da razão e da religião.

Após o nascimento do pequeno Harry, no entanto, ela conseguiu, aos poucos, voltar a seu estado normal; e os profundos laços de sangue, mais uma vez entrelaçados com essa nova e pequena vida, pareciam tornar-se sólidos e saudáveis; e Elisa era uma mulher feliz, até o momento em que seu marido foi rudemente arrancado do bondoso empregador, para atirá-lo sob o férreo controle de seu proprietário legal.

O fabricante, fiel à palavra, visitou o senhor Harris uma semana ou duas depois da partida de George quando, como esperava, o calor do momento havia passado e tentou todos os meios possíveis para induzi-lo a repor o escravo em seu antigo emprego.

– Não precisa perder seu tempo em falar – disse ele, de modo intratável. – Sei muito bem o que estou fazendo, senhor.

– Não pretendia interferir, senhor. Só achei que poderia ser de seu interesse deixar o homem conosco nos termos propostos.

– Oh, entendo muito bem certas coisas. Eu o vi piscando e sussurrando no dia em que o tirei da fábrica; mas é inútil vir aqui com a pretensão de levá-lo. Vivemos num país livre, senhor; o homem é *meu* e faço com ele o que bem entender... é isso!

Foi assim que George perdeu as últimas esperanças... nada diante dele, a não ser uma vida de trabalho penoso, exacerbada pela mesquinha perseguição e pela indignidade que a engenhosidade tirânica poderia conceber.

Um jurista muito humano disse uma vez: "O pior uso que se pode fazer de um homem é enforcá-lo." Não; há outro uso que se pode fazer de um homem que é ainda *pior*.

3
MARIDO E PAI

A senhora Shelby havia saído para fazer uma visita. Elisa estava na varanda, um tanto desanimada, olhando para a carruagem que se afastava quando sentiu uma mão pousar em seu ombro. Ela se virou e um belo sorriso iluminou seus olhos.

– George, é você? Você me assustou! Mas que felicidade em vê-lo! A patroa saiu a passeio. Venha para meu pequeno aposento e teremos o tempo todo para nós.

Dizendo isso, levou-o para um pequeno quarto, que dava para a varanda, onde geralmente ficava costurando, ao alcance do chamado da patroa.

– Como estou contente!... por que você não sorri?... olhe para Harry... como ele cresceu. – O menino ficou timidamente olhando para o pai através dos cabelos, agarrado à saia da mãe. – Não é lindo? – disse Elisa, afastando seus longos cabelos para beijá-lo.

– Preferia que ele nunca tivesse nascido! – disse George, amargamente. – Eu mesmo preferia nunca ter nascido!

Surpresa e assustada, Elisa se sentou, encostou a cabeça no ombro do marido e desatou a chorar.

– Pois é, Elisa, lamento muito fazê-la sentir-se assim, pobre menina! – disse ele, com ternura. – Sinto muito. Oh, como gostaria que você nunca me tivesse conhecido... talvez pudesse ser bem mais feliz!

– George! George! Como pode falar assim? Que coisa terrível aconteceu ou está para acontecer? Tenho certeza de que fomos muito felizes até recentemente.

– Realmente fomos, querida – replicou George. Depois, tomando o filho no colo, olhou atentamente para os lindos olhos escuros do menino e passou as mãos pelos longos cabelos dele.

– Como é parecido com você, Elisa; e você é a mulher mais linda que já vi e a melhor que sempre quis ver; mas quem dera nunca a tivesse visto, nem você a mim!

– Oh, George, como pode dizer isso?

– Sim, Elisa, é tudo miséria, miséria, miséria! Minha vida é amarga como absinto; a própria vida está me consumindo. Sou um pobre, miserável burro de carga desamparado; só vou arrastá-la para baixo comigo, isso é tudo. O que adianta tentarmos fazer alguma coisa, tentarmos saber alguma coisa, tentarmos ser alguma coisa? De que adianta a vida? Antes tivesse morrido!

– Oh, querido George, que coisa mais terrível! Sei como se sente por ter perdido seu lugar na fábrica e ter um patrão cruel; mas, por favor, tenha paciência e talvez algo...

– Paciência! – disse ele, interrompendo-a. – Não fui paciente? Eu disse uma palavra quando ele veio e me levou, sem motivo justificável, do lugar onde todos eram bons para comigo? Repassei a ele cada centavo do que eu ganhava e todos dizem que eu trabalhava bem.

– Bem, é mesmo terrível – disse Elisa. – Mas, afinal, ele é seu patrão, você sabe.

– Meu patrão! E quem fez dele meu patrão? Isso é o que penso... que direito ele tem sobre mim? Sou um homem tanto quanto ele. Sou um homem melhor do que ele. Sei mais de negócios do que ele. Sou um administrador melhor do que ele. Posso ler melhor do que ele. Posso escrever melhor, e aprendi tudo sozinho, e não graças a ele... eu aprendi contra a vontade dele. E agora, que direito ele tem de fazer de mim um cavalo de tiro?... de me afastar de coisas que posso fazer, e fazer melhor do que ele, e de me sujeitar a um trabalho que até um cavalo pode fazer? E é o que ele faz; diz que vai me derrubar e me humilhar, e assim me destina justamente para o trabalho mais duro, mais cruel e mais sujo, de propósito!

– Oh, George... George... você me assusta! Nunca o ouvi falar assim; tenho medo de que faça algo terrível. Compreendo seus sentimentos, mas, por favor, tenha cuidado... cuidado, cuidado... por mim... por Harry!

– Fui mais que cuidadoso e paciente, mas as coisas estão piorando sempre mais... não há mais como aguentar. Ele aproveita todas as ocasiões possíveis para me insultar e atormentar. Pensei que trabalhando bem e ficando quieto poderia ter algum tempo para ler e aprender nas horas vagas; mas quanto mais faço, mais ele me oprime. Diz que, apesar de meu silêncio, percebe que tenho o diabo no corpo e que se faz necessário expulsá-lo; qualquer dia desses o diabo vai sair mesmo, mas de uma maneira que ele não vai gostar muito, se não me engano!

– Oh, meu querido! O que vamos fazer? – exclamou Elisa, choramingando.

– Ainda ontem – continuou George –, enquanto eu estava ocupado carregando uma carroça de pedras, o pequeno Tom, filho do patrão, estava lá, dando chicotadas perto do cavalo, assustando-o. Pedi-lhe, com toda a delicadeza, para parar... mas ele continuou. Insisti de novo e então ele se virou para mim e começou a me bater. Segurei-lhe a mão e então o menino começou a gritar e correu para o pai, dizendo-lhe que eu estava batendo nele. O pai ficou furioso e veio dizendo que iria me ensinar quem era o patrão. Então me amarrou a uma árvore, cortou algumas varas, entregou-as ao filho e lhe disse que podia me chicotear até cansar... e foi o que ele fez! Garanto que um dia vou fazê-lo lembrar-se disso!

A fronte do jovem escravo ficou carregada e seus olhos faiscavam com uma expressão que fez sua jovem esposa tremer.

– Quem fez esse homem meu patrão? É só isso o que quero saber! – concluiu ele.

– Bem – disse Elisa, pesarosa –, sempre achei que devia obedecer a meu patrão e à minha patroa ou não poderia ser cristã.

– Em seu caso, faz sentido. Eles a criaram como filha... a alimentaram, a vestiram, a trataram bem e lhe deram instrução, de modo que você tem uma boa educação; essa é a razão pela qual eles devem reivindicar algum direito sobre você. Mas eu fui maltratado, acorrentado, xingado e, na melhor das hipóteses, largado sozinho. E o que devo a ele? Paguei mais de cem vezes todo o meu sustento. Não suporto mais... não, não *vou suportar*! – disse ele, apertando as mãos com uma carranca feroz.

Elisa tremia, mas ficou em silêncio. Nunca tinha visto o marido nesse estado e seu delicado sistema de ética parecia dobrar-se como um caniço na tempestade dessas paixões.

– Lembra-se do pobre Carlo, o cãozinho que você me deu? – acrescentou George. – A pequena criatura era minha única alegria. Dormia a meu lado à noite, me seguia por toda a parte durante o dia e me olhava carinhosamente como se entendesse meu sofrimento. Bem, um dia desses, eu o estava alimentando com alguns restos de comida que apanhara na porta da cozinha quando o patrão chegou; disse-me que estava sustentando o cão à sua custa e que não podia tolerar que todos os negros da fazenda mantivessem um cachorro; ordenou-me, portanto, que amarrasse uma pedra ao pescoço do animal e o jogasse na lagoa.

— Oh, George, mas você não fez isso!

— Não eu, mas ele o fez. O patrão e Tom mataram a pobre criatura a pedradas enquanto o afogavam. Coitadinho! Olhava para mim tão triste, como se estivesse se perguntando por que não o salvava. E levei chicotadas por não tê-lo feito. Não me importa. O patrão ainda vai descobrir que sou alguém que o chicote não doma. Meu dia ainda vai chegar, se ele não se cuidar.

— O que vai fazer? Oh, George, não faça nada de mal. Se confiar em Deus e procurar fazer o que é correto, o próprio Deus o libertará.

— Não sou cristão como você, Elisa; meu coração está cheio de amargura; não posso confiar em Deus. Por que ele consente que as coisas sejam postas desse jeito?

— Oh, George, devemos ter fé. A patroa diz que, mesmo que todas as coisas deem errado para nós, devemos acreditar que Deus está fazendo o melhor.

— É fácil dizer isso para as pessoas que estão sentadas em seus sofás e passeando de carruagem; mas ponha-as em meu lugar, e verá que haveriam de pensar de modo bem diferente. Gostaria de ser bom, mas meu coração queima e não pode se reconciliar com ninguém. Nem você poderia, se estivesse em meu lugar; nem poderia agora, se lhe contasse tudo. Você não conhece ainda toda a verdade.

— O que está querendo dizer agora?

— Bem, ultimamente o patrão andou dizendo que foi um tolo ao deixar que me casasse com uma mulher estranha a casa. Disse ainda que detestava o senhor Shelby e toda a sua gente, porque eles são orgulhosos e afetam superioridade e a soberba que demonstro vem precisamente de você. E concluiu que não me deixaria mais vir aqui e que eu vou ter de tomar uma esposa da propriedade dele e me estabelecer por lá. No começo, ele só me xingou e resmungou essas coisas; mas ontem me comunicou que deveria tomar Mina como esposa e morar numa cabana com ela, caso contrário me venderia a qualquer mercador de escravos rio abaixo.

— Ora, mas se casou comigo pelas mãos do ministro, como se você fosse um homem branco! – disse Elisa, ingenuamente.

— Você não sabe que um escravo não pode se casar? Não há lei neste país para isso; não posso tomá-la por esposa, se o patrão quiser nos separar. Foi por isso que disse que preferia nunca tê-la visto... por isso que eu preferia nunca ter nascido; teria sido melhor para nós dois... teria sido melhor para essa pobre criança, se nunca tivesse nascido. Tudo isso pode acontecer com ela ainda!

— Oh, mas meu patrão é tão bondoso!

— Sim, mas quem sabe? Ele pode morrer e então o menino pode ser vendido a ninguém sabe quem. De que adianta ele ser bonito, inteligente e ativo? Digo-lhe, Elisa, que uma espada traspassará sua alma para cada coisa boa e agradável que seu filho mostrar ou tiver... isso fará com que ele valha demais para que você possa conservá-lo junto de si.

Essas palavras ecoaram pesadamente no coração de Elisa; a visão do mercador surgiu diante de seus olhos e, como se alguém lhe tivesse dado um golpe mortal, ficou pálida e ofegante. Olhou nervosamente para a varanda, onde o menino, cansado da conversa séria, se havia retirado e cavalgava triunfalmente para cima e para baixo na bengala do senhor Shelby. Teve vontade de contar ao marido suas inquietações, mas se controlou.

"Não, não, ele tem bastante para suportar, coitado!", pensou ela. "Não, não vou lhe contar; além do mais, isso não é verdade; a patroa nunca nos engana."

— Assim, Elisa, minha menina – disse o marido, pesaroso. – Aguente, agora; e adeus, porque vou fugir.

— Fugir, George! Fugir para onde?

— Para o Canadá – disse ele, endireitando-se. – E quando estiver lá, vou comprá-la... essa é a única esperança que nos resta. Você tem um patrão bondoso, que não se recusará em vendê-la. Vou comprar você e o menino... se Deus me ajudar, vou comprá-los!

— Oh, que coisa terrível!... e se você for apanhado?

— Não vou ser apanhado, Elisa... a não ser morto! Serei livre ou morrerei!

— Você não vai se matar!

— Não vai ser preciso; eles vão me matar bem antes; eles nunca vão conseguir me levar, rio abaixo, vivo!

- Oh, George, por minha causa, tenha cuidado! Não faça nada de mal; não ponha as mãos em ninguém, tampouco em você mesmo! Evite qualquer tentação... qualquer uma; mas não... ir você deve... mas vá com cuidado, com prudência; ore a Deus para que o ajude.

- Bem, Elisa, ouça meu plano. O patrão decidiu me enviar exatamente para cá, com um bilhete para o senhor Symmes, que vive a uma milha de distância. Creio que ele suspeitava que eu viesse aqui para lhe contar meus problemas. Era isso que ele pretendia, pois o objetivo dele era importunar os Shelby. De minha parte, volto para casa como se nada tivesse acontecido. Tenho feito alguns preparativos e tenho amigos que vão me ajudar; e, dentro de uma semana, mais ou menos, estarei entre os desaparecidos. Ore por mim, Elisa; talvez o bom Deus a ouça.

- Oh, ore você também, George, vá confiando nele; e assim não haverá de fazer nada de condenável.

- Bem, *adeus* - disse George, segurando as mãos de Elisa e fitando-a nos olhos, sem se mexer. Ficaram em silêncio; depois se seguiram as últimas palavras, soluços e choro amargo... uma separação iminente com a tênue esperança de um dia se encontrarem de novo; e marido e mulher se separaram.

4
UMA NOITE NA CABANA DO PAI TOMÁS

A cabana do pai Tomás era uma pequena construção de toras, bem perto da "casa", como o negro *por excelência* designa a residência do patrão. Na frente, havia um belo canteiro contíguo ao jardim, onde, sob cuidadoso trato, cresciam, no verão, morangos, framboesas e uma variedade de frutas e vegetais. Toda a fachada estava coberta por uma grande bignônia escarlate e rosas nativas que, entrelaçando-se e enroscando-se, mal deixavam entrever o vestígio das rudes toras. No verão, havia também variadas plantas anuais, como malmequeres, petúnias, quatro horas, que invadiam um recanto onde desdobravam seus esplendores e eram o encanto e o orgulho do coração da tia Cloé.

Mas vamos entrar na residência. O jantar na casa do patrão havia terminado e a tia Cloé, que presidia a preparação como cozinheira em chefe, deixou para os subalternos da cozinha a tarefa de recolher e lavar a louça e saiu para seus próprios aconchegantes territórios, para "preparar o jantar de seu velho". Era ela, portanto, que estava diante do fogão, presidindo com ansioso interesse o cozimento de alguns alimentos, levantando com extremo cuidado as tampas das panelas, de onde emanavam indubitáveis vapores de "algo muito bom". Seu rosto arredondado, preto e iluminado era tão brilhante a ponto de sugerir a ideia de que poderia ter sido banhado com clara de ovo, como uma das próprias roscas que preparava para o chá. Seu semblante rechonchudo irradia satisfação e contentamento sob o bem engomado e ajustado turbante, percebendo-se nele, após simples exame, um pouco desse toque de sobranceria de uma mulher tida e reconhecida por todos como a melhor cozinheira das redondezas. Essa era a tia Cloé.

Uma cozinheira, ela certamente era, no verdadeiro sentido da palavra e no âmago de sua alma. Galinhas, perus ou patos no pátio do celeiro olhavam com desconfiança quando a viam se aproximar e pareciam evidentemente estar refletindo em seu derradeiro fim; e era certo que ela estava sempre pensando em matar, rechear e assar com uma determinação que era capaz de inspirar terror em qualquer ave mais corajosa. Seu bolo de milho, em todas as suas variedades, e outros tipos de guloseimas, numerosas demais para mencionar, eram um sublime mistério para todos os doceiros menos experientes; e ela podia se pavonear com singelo orgulho e alegria, enquanto narrava os infrutíferos esforços que uma e outra de suas rivais haviam feito para alcançar seu nível.

A chegada de hóspedes na casa, a organização de jantares e ceias "em grande estilo" despertavam todas as energias de sua alma; e nenhuma visão era mais bem-vinda para ela do que uma pilha de malas de viagem descarregadas na varanda, pois previa novos esforços e novos triunfos.

Nesse preciso momento, no entanto, a tia Cloé está atarefada com as panelas; vamos deixá-la nessa preciosa tarefa até terminarmos nossa descrição da casa.

Num dos cantos havia uma cama, coberta com uma colcha branca como a neve; ao lado dela havia um tapete, de dimensões medianas. Nesse recanto atapetado, a tia Cloé tomava seu lugar, como se estivesse decididamente nos altos escalões da sociedade; esse canto com o tapete e a cama era tratado com uma consideração toda especial, como lugar sagrado contra as incursões e profanações dos pequeninos; era como que a *sala de estar* da casa. No outro canto, havia uma cama bem mais modesta, evidentemente destinada a uso diário. A parede sobre a lareira era adornada com algumas gravuras, entre as quais se destacava a do general Washington, retratado e colorido de forma que certamente teria surpreendido esse herói, se porventura pudesse vê-la.

Num banco tosco, dois meninos de cabelo encarapinhado, olhos negros e brilhantes, rosto rechonchudo vigiavam os primeiros tímidos passos do bebê que, como geralmente ocorre, consistiam em erguer-se sobre os pés, tentar equilibrar-se por um momento e depois desmoronar... cada tentativa fracassada era saudada com gritos entusiasmados, como demonstração de habilidade.

Via-se também uma mesa de pernas bambas diante da lareira, coberta com uma toalha, sobre a qual estavam dispostos pratos e talheres de padrão bastante distinto e outros sinais de uma refeição que se aproximava. Sentado à mesa estava o melhor subalterno do senhor Shelby, o pai Tomás que, como vai ser o herói de nossa história, convém fazer uma descrição dele para nossos leitores. Era um homem alto, de peito largo, porte avantajado, de uma cor preta reluzente e um rosto de feições verdadeiramente africanas, caracterizadas por uma expressão de bom senso grave e firme, aliada a grande bondade e benevolência. Em todo o seu aspecto transparecia um ar de respeitabilidade e dignidade, conjugado com uma simplicidade confiável e humilde.

Nesse momento, ele estava compenetrado sobre uma lousa, na qual estava tentando, cuidadosa e lentamente, copiar algumas letras, operação em que era supervisionado pelo filho do patrão, rapaz inteligente e brilhante de treze anos, chamado George, que parecia perceber plenamente a dignidade de sua posição como instrutor.

– Não é assim, pai Tomás... não é desse jeito – disse ele, rispidamente, quando o pai Tomás puxou laboriosamente a cauda de seu *g* do lado errado. – Isso parece um *q*, como pode ver.

– Ora, pois, é assim? – disse pai Tomás, olhando com ar respeitoso e admirado, enquanto seu jovem professor rabiscava de forma brilhante inumeráveis *qq* e *gg* para sua edificação; e depois, tomando o lápis em seus longos e pesados dedos, recomeçou pacientemente.

– Como os brancos fazem com facilidade todas as coisas! – disse a tia Cloé, parando enquanto engordurava uma grelha com um pedaço de toucinho preso no garfo e observando o patrãozinho George com orgulho. – Como ele escreve e lê com desenvoltura! E mais ainda, vem para cá todas as noites para nos dar lições... é sumamente interessante!

– Mas, tia Choé, estou com muita fome – disse George. – O bolo na forma não está pronto ainda?

– Quase pronto, patrãozinho George – disse a tia Cloé, levantando a tampa e espiando. – Está dourando... um dourado muito bonito. A patroa deixou Sally tentar fazer um bolo, outro dia, exatamente para aprender, segundo ela. "Oh, vá embora, senhorita", disse eu; "chega a ferir meus sentimentos ver estragar coisas tão gostosas! O bolo, enfim, cresceu só de um lado... todo deformado; parece um chinelo. Vá embora!"

E com essa expressão final de desprezo pela inexperiência de Sally, tia Cloé tirou a tampa da forma e abriu para ver um bolo bem assado, do qual nenhum confeiteiro da cidade se envergonharia. Sendo esse, evidentemente, o ponto central do entretenimento, tia Cloé começou agora a se agitar seriamente no preparo da ceia.

– Mose e Pete! Vão para fora, seus negrinhos! Vá embora daqui, Polly querida... mamãe vai lhe dar alguma coisa, logo mais. Agora, patrãozinho George, deixe esses livros e sente-se com meu velho; vou buscar salsichas e servir a primeira grelha cheia de petiscos num instante.

– Eles queriam que eu tomasse minha ceia em casa – disse George –, mas eu sabia o que havia por aqui, tia Cloé.

– Fez bem... fez bem, querido – disse tia Cloé, colocando os fumegantes bolinhos na bandeja. – Você sabe que sua velha tia guarda o melhor para você. Oh, isso é só para você! Vá em frente!

E com isso, a tia deu uma cutucada com o dedo em George, com a intenção de ser simplesmente simpática, e voltou-se novamente para a frigideira com grande vivacidade.

– Agora, ao bolo! – exclamou George, quando a atividade na grelha tinha diminuído um pouco; dito isso, brandiu uma grande faca por sobre o artigo em questão.

– Era só o que faltava, patrãozinho George! – disse a tia Cloé, séria, tomando o braço dele. – Você não poderia cortá-lo com essa enorme faca! Vai esmagar o bolo... vai estragar tudo. Aqui está uma faca velha e fina, própria para isso. Agora sim, veja! Corta com leveza como uma pena! Agora coma... você não iria conseguir nada acalcando desse jeito.

– Tom Lincoln afirma – disse George, falando com a boca cheia – que sua Jinny é melhor cozinheira do que você.

– Os Lincoln não contam muito, de jeito nenhum! – disse tia Cloé, com desdém. – Quero dizer, ao lado de nossa gente. Eles são pessoas respeitáveis de modo geral, mas para viver com estilo, nem chegam a ter noção disso. Comparar o patrão Lincoln com o patrão Shelby! Bom Deus! E a senhora Lincoln poderia fazer sombra num salão à minha esplêndida patroa? Oh, por favor! Nem me fale mais desses Lincoln!... – E tia Cloé meneava a cabeça como alguém que se vangloria de conhecer alguma coisa da alta sociedade.

– Bem, apesar disso, já ouvi você dizer – replicou George – que Jinny é ótima cozinheira.

– E eu disse mesmo – retrucou tia Cloé. – Posso dizer que cozinha coisas simples, comuns. Isso Jinny sabe fazer... um pão... tortas... bolos de milho que, aliás, não são extraordinários... mas, meu Deus, quando se trata de pratos mais refinados, o que é que ela pode fazer? Ora, alguns pastéis... mas, e a qualidade da massa? Ela consegue fazer uma massa tão macia que se desmancha na boca? Passei por lá quando a senhorita Mary estava para se casar e Jinny me mostrou os doces de casamento. Jinny e eu somos boas amigas; por isso eu não disse nada. Ora, ora, meu patrãozinho George! Se eu tivesse feito uns doces como aqueles, certamente haveria de ficar uma semana sem dormir. Ora, não prestavam para nada.

– Suponho que Jinny chegou a pensar que eram perfeitos – disse George.

– Pensou, sim!... e por que não? E lá veio ela mostrá-los, com ar inocente! E até agora Jinny *não sabe* fazê-los. Meu Deus, a família não sabe! Ela não tem como aprender! Não é culpa dela. Ah, meu patrãozinho George, você não pode avaliar os privilégios de ter uma família e uma criação como as suas! – Nesse instante, tia Cloé suspirou e revirou os olhos, comovida.

– Tenho certeza, tia Cloé, que avalio muito bem meus privilégios em relação a tortas e pudins – replicou George. – Pergunte a Tom Lincoln, se eu não tripudio com ele toda vez que o encontro.

A tia Cloé se sentou na cadeira, recostando-se no espaldar, e se permitiu uma vigorosa gargalhada, com essa manha dos jovens patrões, rindo até as lágrimas rolarem por suas faces negras e lustrosas, passando depois a dar jocosas palmadas e cutucadas no patrãozinho George, dizendo-lhe para ir embora, porque ele era realmente um caso à parte... que acabaria por matá-la e certamente iria matá-la, qualquer dia desses; e entre cada uma dessas sanguinárias previsões, ria às gargalhadas, sempre mais estrondosamente, até que George realmente começou a pensar que era um sujeito perigosamente espirituoso e que precisava tornar-se mais cuidadoso com a maneira como falava e não exagerar em suas gracinhas.

– E então você disse tudo isso a Tom, não é? Oh, meu Deus! O que os jovens não aprontam! Você zombou de Tom? Oh, meu Deus! Meu patrãozinho George, você é capaz de fazer rir os mortos!

– Sim – respondeu George –, eu disse a ele: "Tom, você deveria provar alguns dos pastéis da tia Cloé; aqueles sim que são pastéis."

– Pobre rapaz! – disse tia Cloé, em cujo bondoso coração a ideia da infeliz condição de Tom parecia produzir uma forte impressão. – Deveria simplesmente convidá-lo a jantar aqui mais vezes, meu patrãozinho George – acrescentou ela. – Seria muita bondade sua. Sabe, patrãozinho, você não deve se considerar superior a ninguém, por causa de seus privilégios, porque todos os nossos privilégios nos foram agraciados. Sempre devemos nos lembrar disso – concluiu tia Cloé, em tom sério.

– Bem, vou convidar Tom, algum dia da próxima semana – disse George. – E faça o melhor que puder, tia Cloé, e vamos deixá-lo deslumbrado. Vamos induzi-lo a comer tanto que vai ficar indisposto por quinze dias.

– Sim, sim... certamente – disse tia Cloé, encantada. – Você verá. Meu Deus! Pense somente em alguns de nossos jantares! Você se lembra daquela grande torta de frango que fiz quando oferecemos o jantar ao general Knox? Eu e a patroa chegamos quase a brigar por causa da massa. Não sei o que se passa na cabeça das damas, mas, às vezes, quando alguém tem a maior responsabilidade em fazer as coisas e, como podemos dizer, quando estamos mais atrapalhadas na tarefa, elas ficam rodando em torno de nós e querendo interferir! Ora, a patroa queria que fizesse desse jeito e depois queria que o fizesse daquele outro jeito. Acabei por ficar nervosa e lhe disse: "Minha senhora, repare, por favor, em suas lindas mãos brancas de longos dedos, todos eles cheios de anéis cintilantes como os lírios brancos quando se cobrem de orvalho, e olhe para minhas grandes e fortes mãos negras; pois então, não acha que Deus me deu como destino sovar a massa e a senhora a ficar na sala de visitas?" Isso mesmo! Eu estava furiosa, meu patrãozinho George.

– E o que foi que a mãe disse? – perguntou George.

– Ora, ela me fitou meigamente com seus olhos... seus grandes e belos olhos e disse: "Muito bem, tia Cloé, acho que você tem razão nesse ponto." E foi para a sala de visitas. Ela devia me romper a cabeça por ter sido tão impertinente. Mas ficou por isso... eu não consigo fazer nada com damas rodando pela cozinha!

– Bem, você se saiu bem com aquele jantar... lembro-me de que todos falaram dele – disse George.

– Pensa que não sei? E eu não estava atrás da porta da sala de jantar naquele dia? E acha que não vi o general alcançar o prato três vezes pedindo um pouco mais daquela torta? E dizendo: "Deve ter uma cozinheira incomum, senhora

Shelby." Meu Deus! Eu estava prestes a explodir de contentamento. E o general entende de cozinha – continuou tia Cloé, empertigando-se e dando-se ares. – O general é um homem muito simpático! Vem de uma das melhores famílias da antiga Virgínia! Entende de cozinha tanto quanto eu. Em todos os pratos há ingredientes típicos, meu patrãozinho George; mas nem todos sabem o que são ou como são. Mas o general sabe; notei pelas observações que fez.

A essa altura, o senhor George tinha chegado a um ponto em que até mesmo um menino pode chegar (sob circunstâncias incomuns, quando realmente não podia comer mais) e, portanto, se distraía em observar as cabeças lanudas e os olhos brilhantes que, no canto oposto, seguiam avidamente os comensais se refestelando.

– Venham para cá, Mose, Pete – disse ele, cortando generosos pedaços e jogando-os para eles. – Vocês querem comer, não é? Vamos lá, tia Cloé, dê algumas guloseimas a eles.

George e Tomás sentaram-se confortavelmente perto da lareira, enquanto tia Cloé, depois de preparar uma boa quantidade de bolinhos, tomou seu bebê no colo e começou a encher alternadamente a boca da criança e a dela, além de servir também a Mose e Pete, que pareciam preferir comer enquanto rolavam pelo chão embaixo da mesa, fazendo cócegas um no outro e, ocasionalmente, puxando os pés do bebê.

– Oh! não podem ficar quietos? – dizia a mãe, desferindo de vez em quando um pontapé por baixo da mesa quando a agitação excedia os limites. – Vocês não podem se comportar com decência quando os brancos vêm vê-los? Parem com isso agora! É melhor se comportarem ou vou trancá-los em algum lugar quando meu patrãozinho George for embora!

Que significado estava oculto nessa terrível ameaça é difícil dizer, mas o certo é que essa severa admoestação pareceu não produzir grande impressão nos jovens pecadores.

– Vejam só! – exclamou pai Tomás. – Estão se provocando tanto com cócegas o tempo todo que não conseguem se comportar.

Nesse ponto, os garotos saíram de debaixo da mesa e, com mãos e rostos sujos de melaço, passaram a acariciar e a beijar a criancinha.

– Deem o fora daqui! – gritou a mãe, afastando suas cabeças lanudas. – Vocês vão ficar colados um no outro e sempre mais lambuzados, se continuarem a agir assim. Vão se lavar na fonte! – concluiu ela, acompanhando sua exortação com um tapa que ressoou formidavelmente, mas que parecia apenas aumentar as risadas dos meninos, enquanto saíam precipitadamente tropeçando um no outro e gritando de alegria.

– Você já viu garotos tão bagunceiros? – disse tia Cloé, um tanto complacente, enquanto, tomando uma velha toalha guardada para essas emergências, derramou um pouco de água nela e começou a retirar o melaço do rosto e das mãos da criança; depois de limpá-la bem, colocou-a no colo de Tomás, enquanto ela se ocupava em guardar os restos da ceia. A criança se divertia em puxar o nariz de Tomás, em arranhar-lhe o rosto e enterrar as rechonchudas mãos nos cabelos dele, operação esta que parecia lhe propiciar um contentamento todo especial.

– Não é uma criancinha esperta? – disse Tomás, segurando-a um pouco afastada para ter uma visão completa dela; então, levantando-se, colocou-a em seus largos ombros e começou a saltitar e a dançar com ela, enquanto o patrãozinho George a abanava com o lenço de bolso, e Mose e Pete, que haviam voltado, rugiam atrás dela como ursos, até que tia Cloé reclamou que todo esse barulho "lhe transtornava a cabeça". Como a mesma queixa se repetisse todos os dias na cabana, a reclamação não diminuiu a balbúrdia, até que todos se cansaram de tanto saltar, dançar e gritar.

– Bem, espero que tenham terminado – disse tia Cloé, que tinha estado ocupada puxando para fora uma pesada cama de rodas de sob outra. – E agora, você Mose e você Pete, deitem, porque vamos ter nossa reunião.

– Oh, mãe, não queremos deitar. Queremos ficar para a reunião... as reuniões são tão bonitas. Nós gostamos delas.

– Vamos, tia Cloé, reponha essa cama no lugar e deixe-os ficar – interveio o patrãozinho George, incisivamente, dando um empurrão na rude máquina.

Tia Cloé, salvas assim as aparências, parecia bem disposta a empurrar a coisa para baixo, dizendo, ao fazê-lo: "Bem, talvez isso lhes faça algum bem.

A casa então entrou em agitação com o objetivo de acelerar os preparativos e as acomodações para a reunião.

– Como vamos arranjar cadeiras, não sei – disse tia Cloé. Como a reunião tinha sido realizada semanalmente na casa do pai Tomás por um período de tempo bastante longo, sem se preocupar por mais cadeiras, parecia que era de se esperar que agora se haveria de descobrir um jeito de resolver o problema.

— O velho tio Peter quebrou as duas pernas dessa cadeira, na semana passada — interveio Mose.

— Não sei, não! Acho que foi você que as quebrou, numa de suas brincadeiras — retrucou tia Cloé.

— Bem, não vai cair, se ficar bem encostada na parede — disse Mose.

— Então o tio Peter não deve se sentar nela, porque não para de se balançar quando canta. Na outra noite, ele andava se balançando pela sala — lembrou Pete.

— Bom Deus! Deixem que ele se sente nela — disse Mose. — E quando começar, "Venham santos e pecadores, escutem-me", a cadeira vai ceder e ele vai se estatelar no chão... — E Mose imitava precisamente os tons nasais do velho, caindo no chão, para ilustrar a suposta catástrofe.

— Vamos lá, tenha um pouco de modos, rapaz — esbravejou tia Cloé. — Não tem vergonha?

O patrãozinho George, no entanto, juntou-se ao faltoso na risada, afirmando incisivamente que Mose era um belo humorista. Desse modo, a admoestação materna não surtiu efeito.

— Bem, velho — disse tia Cloé. — Você terá que ajeitar esses barris.

— Esses barris são tão bons como aqueles da Sagrada Escritura que o senhor George nos leu, outro dia... servem para tudo — disse Mose, ao lado de Pete.

— Tenho certeza de que um deles ruiu na semana passada — acrescentou Pete. — Deixem-nos todos bem juntos no meio da sala; isso evitará qualquer perigo, não é?

Durante essa conversa entre Mose e Pete, dois barris vazios foram rolados para dentro da cabana, foram firmados com pedras em cada lado e tábuas foram postas sobre eles; esse arranjo foi finalmente completado com algumas barricas e baldes emborcados, além de algumas cadeiras quebradas.

— O patraozinho George é um leitor tão fluente que espero que fique para ler para todos nós — disse tia Cloé. — Parece que vai ser muito mais interessante.

George consentiu prontamente, pois um rapaz está sempre pronto para qualquer coisa que lhe dê certa importância.

A sala logo ficou repleta de pessoas de todos os tipos, desde o velho patriarca de cabeça grisalha de 80 anos de idade até jovens, garotas e rapazes, de 15 anos. Alguns mexericos inofensivos se seguiram, sobre vários temas. Ouvia-se contar onde a velha tia Sally tinha comprado seu novo lenço vermelho, como "a patroa iria dar a Lizzy aquela velha saia de musselina quando sua nova bata estivesse pronta" e como o senhor Shelby estava pensando em comprar um novo potro marrom, que iria se revelar um acréscimo às glórias do lugar. Alguns dos fiéis pertenciam a famílias abastadas, que tinham conseguido permissão para participar e que traziam vários fragmentos de informação sobre os ditos e feitos na casa e no local, que circulavam tão livremente quanto o mesmo tipo de pequena mudança faz em círculos sociais mais elevados.

Depois de certo tempo, o canto começou, para evidente deleite de todos os presentes. Nem mesmo toda a desvantagem da entonação nasal poderia impedir o efeito das vozes naturalmente belas, em ares ao mesmo tempo rudes e espirituais. As palavras eram, por vezes, extraídas dos hinos bem conhecidos e comuns cantados nas igrejas dos arredores e, às vezes, de caráter mais selvagem, mais indefinido, que ecoavam nas reuniões ao ar livre.

O estribilho de um deles, que corria como se segue, foi cantado com grande energia e unção:

> *Morrer no campo de batalha,*
> *Morrer no campo de batalha,*
> *Glória em minha alma.*

Outro preferido e especial repetia muitas vezes as palavras:

> *Oh, vou me gloriar... você não vem comigo?*
> *Não vê os anjos acenando e me chamando?*
> *Não vê a cidade dourada e o dia eterno?*

Havia outros, que faziam menção incessante das "margens do Jordão", dos "campos de Canaã" e da "Nova Jerusalém", pois a mente dos negros, impressionável e imaginativa, sempre se afeiçoa a hinos e expressões de natureza vívida e pictórica. Enquanto cantavam, alguns riam, outros choravam e outros batiam palmas ou apertavam as mãos uns dos outros em regozijo, como se tivessem realmente chegado ao outro lado do rio.

Várias exortações ou depoimentos se seguiram, intercalados entre os cantos. Uma velha de cabeça grisalha, há muito sem trabalhar, mas muito reverenciada como uma espécie de crônica do passado, levantou-se e, apoiada em sua bengala, disse:

– Bem, meus filhos! Bem, estou muito feliz em ouvir todos vocês e ver mais uma vez a todos, porque não sei quando terei ido para a glória; mas já me preparei, meus filhos; parece que já tenho minha pequena trouxa bem atada e meu chapéu bem posto, esperando somente pelo momento que vier e me levar para casa; às vezes, à noite, julgo ouvir o chiado das rodas da carruagem e fico olhando o tempo todo para fora; preparem-se vocês também, porque digo a todos vocês, meus filhos – concluiu ela, batendo com força sua bengala no chão –, essa *glória* é uma coisa poderosa! É uma coisa poderosa, meus filhos... vocês nada sabem sobre isso... é *maravilhoso*!

E a velha se sentou, banhada em lágrimas, totalmente extasiada, enquanto toda a assembleia cantava:

> *Oh, Canaã, brilhante Canaã*
> *Estou indo para a terra de Canaã.*

George, a pedido de todos, leu os últimos capítulos do Apocalipse, frequentemente interrompido por exclamações como "O fim é agora!", "Ouçam só isso!", "Pensem nisso!", "Tudo isso vai acontecer com certeza?"

George, que era um menino inteligente e bem educado em coisas religiosas pela mãe, vendo-se objeto da atenção geral, passou a fazer observações pessoais de vez em quando, com louvável seriedade e gravidade, sendo, em razão disso, admirado pelos jovens e abençoado pelos velhos; e todos concordaram que "um ministro não poderia fazer melhor, que isso era realmente surpreendente!"

O pai Tomás era, na vizinhança, uma espécie de patriarca em assuntos religiosos. Naturalmente propenso a abordar questões em que predominava a *moral*, dotado de grande visão espiritual que superava a dos companheiros, era respeitado por todos como uma espécie de ministro; o estilo simples, amável e sincero de suas exortações podia edificar até mesmo pessoas mais instruídas. Mas era na oração que ele especialmente se destacava. Nada podia exceder a simplicidade comovente, a seriedade infantil de sua oração, enriquecida com a linguagem da Escritura, que parecia tão inteiramente forjada em seu ser, como se fizesse parte intrínseca dele, a jorrar espontaneamente de seus lábios; na linguagem de um velho e piedoso negro, ele "orava com todo o fervor". E tamanha era a influência de sua oração sobre a devoção dos presentes, que parecia muitas vezes correr o risco de ser abafada completamente pela abundância das respostas que brotavam de todos os lados a seu redor.

Enquanto essa cena se passava na cabana do pai Tomás, uma bem diferente se desenrolava nas salas do patrão.

O mercador de escravos e o senhor Shelby estavam sentados, na sala de jantar já mencionada, a uma mesa repleta de papéis e notas.

O senhor Shelby estava ocupado em contar alguns maços de notas que, depois de contadas, ele as passava ao mercador, que as recontava.

- Tudo certo - disse o mercador. - E agora só falta assinar esses papéis.

O senhor Shelby apanhou rapidamente o contrato de compra e venda e o assinou, como alguém que se apressa em concluir um negócio desagradável; e então o empurrou de volta junto com o dinheiro. Haley retirou de uma velha valise um pergaminho que, depois de olhá-lo por um momento, entregou-o ao senhor Shelby. Este o tomou com um gesto de disfarçada ansiedade.

- Bem, agora *está tudo resolvido*! - disse o mercador, levantando-se.

- Está *feito*! - disse o senhor Shelby, num tom de ponderação; e, dando um profundo suspiro, repetiu: - *Está feito!*

- Não parece estar muito satisfeito, a meu ver - disse o mercador.

- Haley - replicou Shelby -, espero que não se esqueça da promessa, empenhando a palavra, de que não venderia Tomás, sem saber em que tipo de mãos ele iria parar.

- Ora, o senhor acabou de fazer isso - disse o mercador.

- Circunstâncias, bem sabe, me obrigaram - retrucou Shelby, com altivez.

- Ora, sabe que elas podem *me* obrigar também - redarguiu o mercador. - Com toda a certeza, farei o melhor que puder para conseguir um bom lugar para Tomás; quanto a tratá-lo mal, não precisa ter o menor receio. Se há algo que agradeço ao Senhor, é de nunca ter sido cruel.

Depois das exposições que o mercador já havia feito anteriormente sobre seus princípios de humanidade, o senhor Shelby não ficou particularmente convencido com essas declarações; mas como ambos estavam diante de um negócio mais que fechado, ele deixou o mercador partir em silêncio e buscou consolo num charuto solitário.

5
SENTIMENTOS DA MERCADORIA HUMANA AO TROCAR DE DONO

O senhor e a senhora Shelby se haviam retirado, à noite, para seus aposentos. Ele estava descansando numa grande espreguiçadeira, lendo algumas cartas que haviam chegado pelo correio da tarde, enquanto ela estava de pé diante do espelho, desfazendo as complicadas tranças e cachos com que Elisa havia arrumado seus cabelos. Ao notar as faces pálidas e os olhos cansados da moça, ela a tinha dispensado naquela noite e havia ordenado que fosse para a cama. Essa ocupação trouxe-lhe naturalmente à memória uma conversa com a moça pela manhã e, voltando-se para o marido, disse despretensiosamente:

– A propósito, Arthur, quem era aquele sujeito mal-educado que você trouxe para nossa mesa de jantar hoje?

– Chama-se Haley – respondeu Shelby, virando-se desconfortavelmente na cadeira e continuando com os olhos fixos numa carta.

– Haley! Quem é ele e que negócio o trouxe aqui, por favor?

– Bem, é um homem com quem tive alguns negócios, da última vez em que estive em Natchez – replicou o senhor Shelby.

– E por isso entrou aqui e jantou como se estivesse em sua própria casa, é?

– Ora, eu o convidei; tinha algumas contas a acertar com ele – disse Shelby.

– É um mercador de negros? – perguntou a senhora Shelby, percebendo certo embaraço nos modos do marido.

– Por que, minha querida, quem pôs isso em sua cabeça? – retrucou Shelby, olhando para ela.

– Nada... só que Elisa veio aqui, depois do jantar, preocupada, chorando e dizendo-me que você estava conversando com um mercador de escravos e que o ouviu fazer uma oferta pelo filho dela... o pequeno traquinas!

– Ela disse isso, é? – perguntou o senhor Shelby, retornando à carta, que parecia, por alguns momentos, estar lendo com atenção, sem perceber que estava segurando a folha de cabeça para baixo.

"Terei de confessá-lo", pensou ele, "mais cedo ou mais tarde."

- Eu disse a Elisa - prosseguiu a senhora Shelby, enquanto continuava a arrumar os cabelos - que era tolice ficar se torturando e que você nunca teve qualquer coisa a ver com esse tipo de pessoa. Claro, eu sabia que você nunca pretendia vender qualquer um de nossos criados... menos ainda a um sujeito desses.

- Bem, Emily - falou o marido -, foi sempre assim que senti e disse, mas o fato é que meus negócios chegaram a um ponto sem outra saída. Terei de vender alguns de meus criados.

- Para esse sujeito? Impossível! Senhor Shelby, não pode estar falando sério.

- Lamento dizer que estou - retrucou o senhor Shelby. - Concordei em vender Tomás.

- O quê! nosso Tomás?... essa boa e fiel criatura!... que tem sido seu servo fiel desde menino! Oh, senhor Shelby!... e prometeu a ele a liberdade... você e eu falamos com ele centenas de vezes sobre isso. Bem, agora já posso acreditar em tudo... posso acreditar que seria capaz de vender o pequeno Harry, o único filho da pobre Elisa! - desabafou a senhora Shelby, num tom entre dor e indignação.

- Bem, desde que você deve saber tudo, é assim. Concordei em vender Tomás e Harry também e não sei por que devo ser repreendido, como se eu fosse um monstro, por fazer o que todo mundo faz todos os dias.

- Mas por que, dentre todos os outros, escolher esses? - perguntou a senhora Shelby. - Por que vendê-los, dentre todos, se precisa mesmo vender?

- Porque vão dar um lucro bem maior que qualquer outro... é por isso. Poderia escolher outro, como você diz. O sujeito me fez uma oferta tentadora por Elisa, se isso for melhor para você - disse o senhor Shelby.

- Desgraçado de um mercador! - exclamou a senhora Shelby, com veemência.

- Bem, eu não dei atenção a isso em momento algum... em respeito a seus sentimentos, não faria isso... então me conceda algum crédito.

- Meu querido - disse a senhora Shelby, ponderando -, me perdoe. Fui precipitada. Estava surpresa e totalmente despreparada para isso, mas com certeza você me permitirá interceder por essas pobres criaturas. Tomás é um companheiro de coração nobre e fiel, mesmo sendo negro. Acredito firmemente, senhor Shelby, que, se fosse preciso, ele daria a vida por você.

– Eu sei... ouso dizer... mas de que adianta tudo isso?... Não há outro jeito.

– Por que não fazer um sacrifício pecuniário? Estou disposta a suportar minha parte do inconveniente. Oh, senhor Shelby, eu tentei... tentei o mais fielmente possível, como uma mulher cristã deveria... cumprir meu dever para com essas pobres, simples e dependentes criaturas. Cuidei desses escravos, dei-lhes instrução, zelei por eles e conheço há anos todas as suas pequenas preocupações e alegrias; e como posso voltar a levantar a cabeça no meio deles se, por causa de um ganho insignificante, vendemos uma criatura tão fiel, excelente e confiável como o pobre Tomás, e arrancamos dele num momento tudo o que lhe ensinamos a amar e a valorizar? Ensinei-lhes os deveres da família, dos pais e dos filhos, do marido e da mulher; como posso suportar ter esse reconhecimento franco de que não nos importamos com nenhum laço, nenhum dever, nenhuma relação, por mais sagrada que seja, em comparação com o dinheiro? Falei com Elisa sobre o filho dela... seu dever para com ele como mãe cristã, cuidar dele, orar por ele e criá-lo de uma maneira cristã; e agora, o que posso dizer, se você o arrancar e vendê-lo, alma e corpo, a um homem profano e sem princípios, apenas para economizar um pouco de dinheiro? Eu disse a ela que uma alma vale mais do que todo o dinheiro do mundo; e como vai ela acreditar em mim quando nos vir lhe dar as costas e vender o filho dela?... vendê-lo, talvez, para a ruína certa do corpo e da alma!

– Lamento muito que se sinta assim, Emily... de fato, lamento – disse o senhor Shelby. – Respeito seus sentimentos também, embora não pretenda compartilhá-los em toda a sua extensão; mas lhe digo agora, solenemente, que não adianta... não havia outro jeito. Não queria lhe dizer isso, Emily; mas, em palavras simples, não há escolha entre vender esses dois e vender tudo. Ou eles devem ir, ou todos devem. Haley entrou de posse de uma hipoteca que, se eu não acertasse diretamente com ele, tomaria tudo. Juntei tudo o que tinha, economizei, pedi emprestado, quase mendiguei... e o preço desses dois era fundamental para fechar as contas, e tive de me desfazer deles. Haley se entusiasmou pela criança; concordou em resolver o assunto dessa maneira e de nenhuma outra. Eu estava nas mãos dele e tive de fazê-lo. Se sente tanto pela venda dos dois, teria sido melhor vendê-los todos?

A senhora Shelby se mostrou abalada. Finalmente, voltando para a toalete, descansou o rosto entre as mãos e soltou uma espécie de gemido.

– Essa é a maldição de Deus contra a escravidão!... uma amarga, amarga coisa mais que amaldiçoada!... maldição para o patrão e maldição para o escravo! Fui uma tola ao pensar que poderia fazer algo de bom com um mal tão mortal. É pecado manter um escravo sob leis como as nossas; sempre achei que era... sempre pensava assim quando era menina... pensava assim ainda mais depois que entrei na Igreja; mas achei que poderia disfarçá-la... pensava que, com bondade, cuidado e instrução, poderia tornar a condição de meus escravos melhor do que a liberdade... idiota que fui!

– Ora, mulher, você está se transformando em abolicionista!

– Abolicionista! Se eles soubessem tudo o que sei sobre escravidão, eles *poderiam* falar! Nós não precisamos deles para nos dizer; você sabe que nunca pensei que a escravidão fosse correta... nunca me senti com vontade de ter escravos.

– Bem, nesse ponto você difere de muitos homens sábios e piedosos – disse o senhor Shelby. – Você se lembra do sermão do senhor B., no domingo passado?

– Não quero ouvir semelhantes sermões; nunca mais desejo ouvir o senhor B. em nossa igreja novamente. Os ministros não podem eliminar o mal, talvez... não podem curá-lo, mais do que nós podemos... mas defendê-lo!... sempre foi contra meu bom senso. E acho que você também não gostou muito desse sermão.

– Bem – replicou Shelby –, devo dizer que esses ministros levam por vezes o assunto mais longe do que nós, pobres pecadores, nos atreveríamos exatamente a fazer. Nós, homens do mundo, devemos fechar bem os olhos sobre várias coisas e nos acostumarmos a tratá-las de um modo que não é o correto. Mas nós, homens, não imaginamos que mulheres e ministros se pronunciem abertamente e vão além de nós em questões de modéstia ou de moral... esse é um fato. Mas agora, minha querida, creio que vê a necessidade da coisa e vê que fiz o melhor que pude, de acordo com as circunstâncias.

– Oh, sim, sim! – disse a senhora Shelby, apressada e distraidamente dedilhando seu relógio de ouro. – Não tenho nenhuma joia de grande valor – acrescentou ela, pensativa –, mas este relógio não serviria para alguma coisa?... era caro quando foi comprado. Se, pelo menos, pudesse salvar o filho de Elisa, sacrificaria qualquer coisa que tivesse.

– Sinto muito, sinto muito, Emily – retrucou o senhor Shelby. – Lamento que isso a abale tanto, mas de nada adianta. O fato é, Emily, que a coisa está feita; o contrato de venda já foi assinado e está nas mãos de Haley; e você deve ficar agradecida, por não ser pior. Esse homem tinha o poder de nos arruinar a nós todos e agora ele está bem longe. Se você conhecesse esse homem como eu, pensaria que escapamos por um triz.

– Ele é tão duro, então?

–Não exatamente um homem cruel, mas irredutível... um homem que vive unicamente para o comércio e o lucro... frio, sem hesitação e implacável como a morte e a sepultura. Venderia a própria mãe por um bom dinheiro... sem desejar à velha qualquer mal, evidentemente.

– E esse desgraçado é dono daquele bom e fiel Tomás e do filho de Elisa!

– Bem, minha querida, o fato é que isso é muito difícil para mim... é algo que detesto até pensar... Haley não quer perder tempo e pretende tomar posse do que já lhe pertence amanhã mesmo. Eu vou sair a cavalo bem cedo, não quero ver Tomás; é isso... e é melhor que você arranje um passeio para qualquer lugar, junto com Elisa. Deixe que o menino seja entregue durante a ausência dela.

– Não, não – disse a senhora Shelby. – Não me presto a ser cúmplice ou a ajudar nesse negócio cruel. Vou ver o pobre e velho Tomás e que Deus o ajude em sua aflição! Eles devem perceber, de qualquer maneira, que a patroa pode sentir por e com eles. Quanto a Elisa, não me atrevo a pensar nisso. Que Deus nos perdoe! O que é que fizemos, para que essa atroz necessidade recaísse sobre nós?

Havia alguém que ouviu toda essa conversa, de quem o senhor e a senhora Shelby nem sequer suspeitavam.

Comunicando-se com o aposento deles havia um cubículo bastante amplo, cuja porta dava para o corredor. Quando a senhora Shelby dispensou Elisa à noite, esta última teve a ideia de se esconder ali e, com o ouvido colado à porta, não havia perdido nem uma palavra da conversa.

Quando as vozes silenciaram, ela se afastou sorrateiramente. Pálida, tremendo, com feições rígidas e lábios contraídos, parecia ser completamente outra e não aquela criatura meiga e tímida como era. Ela se moveu cautelosamente ao longo da entrada, parou por um momento na porta da patroa e ergueu as mãos em mudo apelo aos céus; então voltou e se refugiou em seu próprio quarto. Era um aposento modesto e limpo, no mesmo piso daquele da patroa, e recebia luz natural por uma janela, sob a qual ela costumava sentar-se e costurar, cantando. Sobre a mesa havia uma pequena caixa de livros e vários pequenos artigos de fantasia, enfileirados ao lado, presentes das festas de Natal. Suas roupas simples estavam distribuídas no armário e nas gavetas. Esse era, em resumo, seu recanto, bem aconchegante para ela. Na cama, estava o filho adormecido, com seus longos cabelos caindo negligentemente sobre o rosto, a boca rosada entreaberta, as mãozinhas gordas jogadas sobre os lençóis e um sorriso espalhado como um raio de sol em todo o semblante.

– Pobre menino! coitadinho! – disse Elisa. – Eles o venderam! mas a mãe vai salvá-lo!

Nem uma só lágrima caiu sobre aquele travesseiro; em dificuldades como essa, o coração não tem lágrimas para verter; só verte sangue, derrama sangue em silêncio. Ela tomou um pedaço de papel e um lápis e escreveu, apressadamente:

"Oh, minha senhora! querida senhora! não me julgue ingrata... seja como for, não pense o pior de mim... eu ouvi tudo o que você e o patrão disseram essa noite. Vou tentar salvar meu filho... não me culpe! Deus a abençoe e a recompense por toda a sua bondade!"

Depois de dobrar e endereçar apressadamente esse papel, tirou de uma gaveta algumas roupas para o menino, embrulhou-as e amarrou com um lenço firmemente em torno da cintura. Tão viva é a lembrança de uma mãe que, mesmo no terror daquela hora, não se esqueceu de colocar no embrulho alguns brinquedos favoritos do menino, separando um papagaio alegremente pintado para diverti-lo, quando fosse despertá-lo. Foi um pouco difícil acordar o pequeno dorminhoco; mas, depois de algum esforço, ele se sentou e ficou brincando com o pássaro, enquanto a mãe vestia o gorro e o xale.

– Para onde você vai, mãe? – perguntou ele, enquanto ela se achegava à cama, com o pequeno casaco e boné do filho.

A mãe se aproximou e olhou tão seriamente para ele que o menino imediatamente adivinhou que algo incomum acontecia.

– Silêncio, Harry – disse ela. – Não deve falar alto porque eles vão nos ouvir. Um homem mau chegou e quer tirar o pequeno Harry da mãe e levá-lo embora no escuro; mas a mãe não vai deixar... ela vai colocar o boné e o casaco no filhinho e vai fugir com ele; assim, o homem feio não vai conseguir pegá-lo.

Dizendo essas palavras, ajustou e abotoou a roupa simples do menino e, tomando-o nos braços, sussurrou-lhe para ficar bem quieto; e, abrindo uma porta do quarto que dava para a varanda externa, saiu sem fazer qualquer rumor.

Era uma noite fria e estrelada; perfeitamente imóvel, com vago terror, o menino se agarrou ao pescoço da mãe, que o envolveu com seu xale.

O velho Bruno, um grande cão terra-nova, que dormia no final do alpendre, se levantou com um rosnado baixo, quando ela se aproximou. Chamou-o pelo nome meigamente e o cachorro, um velho animal de estimação e companheiro de brincadeira dela, instantaneamente, abanando o rabo, preparou-se para segui-la, embora aparentemente remoendo em sua simples cabeça de cachorro, o que um passeio noturno tão indiscreto poderia significar. Algumas ideias obscuras de imprudência ou de impropriedade pareciam embaraçá-lo bastante, pois parava com frequência, enquanto Elisa seguia em frente, e olhava melancolicamente, primeiro para ela e depois para a casa; então, como se tranquilizado pela reflexão, seguia novamente atrás dela. Alguns minutos os levaram até a janela da cabana do pai Tomás e Elisa parou, bateu levemente na vidraça.

A reunião de orações na casa do pai Tomás tinha terminado tarde, por causa do canto dos hinos; e como o pai Tomás ficara entoando longos solos depois, consequentemente, embora fosse entre doze e uma hora, ele e sua digna companheira não estavam dormindo ainda.

– Bom Deus! o que é isso? – exclamou tia Cloé, levantando-se e puxando apressadamente a cortina. – Meu Deus do céu, é Lizzy! Ponha suas roupas, velho, rápido! Há o velho Bruno também, rondando... o que é isso! Vou abrir a porta.

E, adequando a ação à palavra, escancarou a porta e a luz da vela de sebo, que Tomás acendera às pressas, iluminou o rosto abatido e os olhos escuros e selvagens da fugitiva.

– Que Deus a abençoe! Sinto calafrios ao vê-la, Lizzy! Está passando mal, que aconteceu?

– Estou fugindo, pai Tomás, tia Cloé... com meu filho. O patrão o vendeu!

– Vendeu? – ecoaram ambos, erguendo as mãos, consternados.

– Sim, ele o vendeu! – disse Elisa, com firmeza. – Eu me esgueirei para dentro do cubículo pela porta da patroa essa noite e ouvi o patrão dizer à senhora que ele havia vendido meu Harry e você, pai Tomás, a um mercador de escravos e que ele ia sair a cavalo esta manhã para não ver o homem levar os dois.

Enquanto ela falava, Tomás conservava as mãos levantadas, os olhos arregalados, como se estivesse sonhando. Lenta e gradualmente, à medida que captava o sentido dessas palavras, desmoronou sobre sua velha cadeira e afundou a cabeça nos joelhos.

– Que o bom Deus tenha piedade de nós! – sussurrou tia Cloé. – Oh! será mesmo verdade? O que fez esse homem para que o patrão tivesse de vendê-lo?

– Ele não fez nada... não é por isso. O patrão não quis vender e a senhora, que é muito boa, pediu e implorou por nós; mas ele disse que não adiantava, que tinha dívidas com esse homem e que a sorte dele estava nas mãos desse mercador; além do mais, se não o pagasse, terminaria por ter que vender a fazenda e todas as pessoas e sair dali. Sim, eu o ouvi dizer que não havia escolha entre vender esses dois e vender tudo; o homem o estava pressionando com toda a força. O patrão disse que lamentava muito; mas deveria ter ouvido o que a senhora falou! Se ela não é cristã e um anjo, nunca houve um. Sinto-me uma garota malvada por deixar minha senhora desse modo, mas não pude evitar. Ela mesma me dizia que uma alma vale mais que o mundo; e esse menino tem uma alma e, se eu deixar que o levem, quem sabe o que será dele? Devo ter agido corretamente; mas, se não, que o Senhor me perdoe, pois não posso deixar de fazer o que estou fazendo!

– Bem, meu velho! – interveio tia Cloé. – Por que você não vai também? Vai esperar que o carreguem rio abaixo, onde eles matam os negros à força de trabalho duro e os deixam morrer de fome? Eu preferiria mil vezes morrer que ir para lá! O tempo está a seu favor; vá embora com Lizzy... você tem um passe livre para ir e vir a qualquer momento. Vamos, apresse-se, que eu vou juntar suas coisas.

Tomás ergueu vagarosamente a cabeça e olhou com tristeza, mas em silêncio, ao redor e disse:

– Não, não; eu não vou. Deixe Elisa ir... é direito dela! Eu não seria a única pessoa a dizer não. Não é natural ela ficar, pois acabou de ouvir o que ela disse! Se devo ser vendido ou todas as pessoas da fazenda, se tudo for para a ruína, ora, que me vendam. Acho que posso suportar isso, assim como os demais –

acrescentou ele, enquanto algo como um soluço e um suspiro invadiu convulsivamente seu peito largo e áspero. – O patrão sempre me encontrou em meu posto de trabalho... e nele sempre vai me encontrar. Nunca abusei da confiança dele nem usei meu passe livre de modo que ferisse minha palavra dada, e nunca o farei. É melhor que eu vá sozinho do que acabar com a fazenda e com tudo. O patrão não tem culpa, Cloé, e vai cuidar de você e das pobres...

Nesse momento, ele se virou para a cama repleta de cabecinhas de cabelo encarapinhado e rompeu em soluços. Inclinou-se sobre o espaldar da cadeira e cobriu o rosto com suas grandes mãos. Gemidos profundos, roucos e altos balançavam a cadeira, e grandes lágrimas caíam por entre seus dedos até o chão... lágrimas iguais, senhor, às que alguém verte sobre o caixão onde jaz seu filho primogênito; lágrimas iguais, senhora, às que alguém derrama quando ouve os gemidos de seu filhinho morrendo.... pois, senhor, ele era um homem e você é apenas outro homem. E, senhora, ainda que vestida de seda e coberta de joias, você é apenas uma mulher e, na grande angústia e nos grandes sofrimentos da vida, sente apenas tristeza como qualquer outra!

– Pois é – disse Elisa, ainda junto à porta –, vi meu marido só esta tarde e nem desconfiava do que estava por vir. Eles o impeliram até os limites da degradação e me disse hoje que iria fugir. Peço-lhe, se puder, que fale com ele e lhe conte de que maneira fui embora e por que fui; diga-lhe também que vou tentar chegar ao Canadá. Diga-lhe ainda que o amo de todo o coração e que, se nunca mais o encontrar – ela se virou e ficou de costas para eles por um momento; depois acrescentou, com voz entrecortada: – Aconselhe-o a proceder dignamente para que possamos nos encontrar no reino dos céus.

– Chame Bruno para dentro – acrescentou ela. – Feche a porta para o pobre animal! Ele não deve me seguir!

Depois de mais algumas palavras e lágrimas, de simples adeus e bênçãos, apertando a criança assustada nos braços, ela se afastou silenciosamente da cabana.

6
FUGA DESCOBERTA

O senhor e a senhora Shelby, depois da longa conversa da noite anterior, não conseguiram conciliar o sono logo em seguida e, consequentemente, dormiram até um pouco mais tarde do que o habitual na manhã seguinte.

– Eu me pergunto o que está acontecendo com Elisa – disse a senhora Shelby, depois de tocar a sineta repetidas vezes, sem sucesso.

O senhor Shelby estava de pé diante do espelho, afiando sua navalha; e então a porta se abriu e um menino de cor entrou com a água de barbear.

– Andy – disse a patroa – vá até a porta de Elisa e diga a ela que eu toquei a sineta três vezes. Coitadinho! – acrescentou ela para si mesma, com um suspiro.

Andy logo retornou, com os olhos arregalados de espanto.

– Meu Deus, senhora! As gavetas de Lizzy estão todas abertas e estão faltando todas as coisas dela; acredito que ela acabou de esvaziá-las!

A verdade ficou transparente para o senhor Shelby e sua esposa, ao mesmo tempo, e ele exclamou:

– Certamente ela suspeitou e fugiu!

– Graças a Deus – disse a senhora Shelby. – Acredito que sim.

– Mulher, você fala como uma idiota! Na realidade, será algo bastante embaraçoso para mim, se ela tiver fugido. Haley percebeu que eu hesitava em vender essa criança e vai achar que fui conivente com essa fuga, só para tirá-lo do caminho. Não posso permitir que minha honra seja manchada! – E o senhor Shelby saiu apressadamente do quarto.

Por cerca de quinze minutos, houve grande correria e exclamações, abrir e fechar de portas e aparecimento de rostos em todas as tonalidades de cor e em diferentes lugares. Apenas uma pessoa, que poderia ter dado alguma luz sobre o assunto, se conservava em total silêncio; era a cozinheira chefe, a tia Cloé. Calmamente e com uma pesada nuvem de tristeza velando-lhe o rosto, geralmente alegre, ela prosseguiu fazendo seus biscoitos para o café da manhã, como se não ouvisse e não visse nada da agitação a seu redor.

Em pouco tempo, cerca de uma dúzia de moleques estava empoleirada, como outros tantos corvos, nas grades da varanda, cada um determinado a ser o primeiro a informar ao mercador estrangeiro sua má sorte.

- Ele vai enlouquecer, aposto - disse Andy.
- Vai xingar todo mundo! - exclamou o pretinho Jake.
- Sim, vai xingar mesmo - disse Mandy, com sua cabeça lanuda. - Eu o ouvi ontem, no jantar. Ouvi tudo, porque entrei no cubículo onde a senhora guarda a louça, e não perdi uma palavra. - E Mandy, que nunca em sua vida tinha pensado no significado de uma palavra que tivesse ouvido, mais do que um gato preto, agora tomava ares de sabedoria superior e se pavoneava, esquecendo-se de confessar que, embora estivesse no quartinho da prataria no horário apontado, tinha estado dormindo profundamente o tempo todo.

Quando, finalmente, Haley apareceu, de botas e esporas, foi saudado com a má notícia aos gritos vindos de todos os lados. Os moleques na varanda não ficaram desapontados em sua esperança de ouvi-lo xingar, o que ele fez com uma fluência e um fervor que encantou a todos e bem mais do que esperavam. Mas, para ficar fora do alcance do chicote do furioso mercador, eles se abaixavam e se esquivavam de lado para outro, terminando por descer aos pulos e aos gritos para o gramado ressequido sob a varanda, rolando e rindo até mais não poder.

- Se eu pegar esses diabinhos! - murmurou Haley, entre dentes.
- Mas você não consegue pegá-los! - gritou Andy, com ar triunfante e fazendo uma série de indescritíveis caretas, às costas do infeliz mercador, quando ele estava razoavelmente longe para alcançá-lo.
- Ora, sim senhor, Shelby, que coisa mais extraordinária! - exclamou Haley, entrando abruptamente na sala de visitas. - Parece que a moça fugiu com o filho.
- Senhor Haley, a senhora Shelby está presente - reparou-lhe o senhor Shelby.
- Peço perdão, senhora - disse Haley, curvando-se ligeiramente, com a fronte ainda sombria. - Mas repito, como disse antes, que notícia extraordinária! Mas é mesmo verdadeira, senhor?

– Senhor Haley – disse Shelby –, se deseja se comunicar comigo, deve observar o mínimo do decoro de um cavalheiro. Andy, tome o chapéu e o chicote do senhor Haley. Tenha a bondade, senhor, sente-se. Sim, senhor; lamento dizer-lhe que essa jovem mulher, agitada por dar ouvidos a notícias confusas que andaram lhe transmitindo sobre esse negócio, tomou o filho à noite e fugiu.

– Confesso que eu esperava uma negociação justa nesse assunto – replicou Haley.

– Bem, senhor – perguntou o senhor Shelby, virando-se bruscamente para ele –, o que devo entender por essa observação? Se alguém puser em dúvida minha honradez, só tenho uma resposta a dar-lhe.

O mercador ficou receoso e, num tom de voz mais baixo, disse que "era um homem extremamente rígido, que havia conduzido uma negociação justa para ser enganado dessa maneira".

– Senhor Haley – continuou Shelby –, se eu não achasse que você tinha alguma razão para se decepcionar, não teria suportado vê-lo entrar sem cerimônia em minha sala esta manhã. Digo-lhe isso porque as aparências o exigem, ou seja, que insinuações sejam feitas contra mim, como se eu fosse cúmplice de qualquer injustiça nessa questão. Além do mais, estou pronto a dar-lhe toda a assistência, por meio de cavalos, criados, etc., na busca e recuperação do que lhe pertence. Assim, em resumo, Haley – disse ele, baixando repentinamente o tom de altiva frieza para o usual de estrita franqueza –, o melhor é manter a calma, tomar seu café da manhã e então veremos o que se pode fazer.

A senhora Shelby se levantou e disse que seus compromissos a impediriam de estar à mesa do café naquela manhã; e, delegando uma mulata muito respeitável para cuidar do café dos cavalheiros, saiu da sala.

– A velha senhora não simpatiza mesmo com seu humilde criado – disse Haley, num desconfortável esforço para demonstrar familiaridade.

– Não estou acostumado a ouvir falar de minha esposa com tanta liberdade – replicou o senhor Shelby, secamente.

– Perdoe-me; é claro que só falei assim por brincadeira – redarguiu Haley, forçando um riso.

– Algumas brincadeiras são menos agradáveis que outras – retrucou Shelby.

"Diacho! Agora que já assinei aqueles papéis... maldito seja ele!" murmurou Haley para si mesmo. "Ficou bem orgulhoso, desde ontem!"

Jamais a queda de um primeiro-ministro na corte produziu tanta sensação como a notícia da venda de Tomás, entre seus camaradas da fazenda. Era o assunto que circulava de boca em boca, de lugar a lugar; e nada se fazia na casa ou no campo, a não ser discutir os prováveis resultados desse negócio. A fuga de Elisa... um evento sem precedentes no local... também foi um grande elemento para estimular toda essa grande agitação.

Sam, o Negro, como era comumente chamado, por ser mais preto que qualquer outro filho de ébano do lugar, considerava profundamente os fatos em todas as suas fases e referências, com uma acuidade ímpar e com uma estrita preocupação em vista de seu próprio bem-estar, coisas que o teriam recomendado a qualquer patriota branco de Washington.

"Sopram maus ventos por aqui, agora... isso é um fato", dizia Sam, sentenciosamente para si mesmo, repuxando as calças para cima e substituindo habilmente um botão do suspensório, que caíra, por um alfinete de segurança, dando-se por satisfeito com o resultado de sua engenhosidade.

"Sim, sopram maus ventos agora", repetiu ele. "Tomás já era... bem, claro que há lugar para algum negro se destacar... e por que esse negro não sou eu?... essa é a ideia. Tomás, viajando pelo país... botas lustradas... salvo-conduto no bolso... todo orgulhoso como Cuffee... quem, a não ser ele? Agora, por que não poderia ser Sam?... isso é o que eu quero saber."

- Olá, Sam... Oh, Sam! O patrão quer que você apanhe os cavalos Bill e Jerry - gritou Andy, interrompendo o solilóquio de Sam.

- Ôpa! O que está acontecendo agora, rapaz?

- Ora, você não sabe que Lizzy fugiu e desapareceu com o filho?

- Vá contar isso para sua avó! - disse Sam, com infinito desprezo. - Sabia disso muito antes de você; essa mulata não é tão boba!

- Bem, de qualquer forma, o patrão quer Bill e Jerry imediatamente aqui; e você e eu vamos procurá-la com o senhor Haley.

- Muito bem! Esse é o momento certo! - disse Sam. - É o Sam que é chamado nessas horas. Ele é negro. Vai ver se não a apanho; o patrão vai ver o que Sam pode fazer!

- Ah! mas, Sam - replicou Andy. - É melhor você pensar duas vezes, pois nossa patroa não quer que a apanhem.

– Ôpa! – disse Sam, abrindo os olhos. – E como sabe disso?

– Eu mesmo a ouvi dizer isso, essa bendita manhã, quando fui levar água para o patrão se barbear. Ela me mandou ver porque Lizzy não tinha ido vesti-la. Quando eu lhe disse que a moça havia fugido, ela se levantou e exclamou: "Deus seja louvado!" O patrão reagiu como um doido, dizendo: "Mulher, você fala como uma idiota." Mas tenho certeza que ela vai dobrar o marido. Sei muito bem como isso vai acabar... é melhor ficar do lado da senhora, amigo.

Por causa disso, Sam, o Negro, coçou a cabeça que, se não continha sabedoria muito profunda, ainda continha uma boa dose de ideias peculiares, muito em voga entre os políticos de todas as tendências e de todos os países e que geralmente levam a seguir a direção para onde o vento sopra com mais força. Parou então, para considerar a questão com gravidade, e puxou novamente as calças, que era sinal de que precisava reorganizar as ideias para amainar sua perplexidade mental.

– Não há nada a dizer... nunca... sobre qualquer coisa do tipo *neste* mundo – disse ele, por fim.

Sam falava como um filósofo, enfatizando *neste*... como se tivesse uma grande experiência em diferentes tipos de mundo e por isso tinha chegado a suas conclusões de maneira prudente.

– Com toda a certeza, eu diria que a patroa percorreria o mundo todo atrás de Lizzy – acrescentou Sam, pensativo.

– Assim faria ela – disse Andy. – Mas você não consegue perceber nada, seu negro? A patroa não quer que esse tal de Haley leve o filho de Lizzy; essa é a questão!

– Ôpa! – exclamou Sam, com uma entonação indescritível, conhecida apenas por aqueles que a ouviram entre os negros.

– E lhe digo mais – continuou Andy. – Acho melhor você ir atrás dos rastros desses cavalos... e bem rápido, também... porque ouvi a patroa perguntando por você... acho que já ficou se amarrando tempo demais.

Sam, ao ouvir isso, começou a se mover com determinação; depois de um tempo apareceu, dirigindo-se gloriosamente para a casa, com Bill e Jerry a pleno galope e saltando habilmente da garupa antes que os animais parassem; trouxe-os até o local em que eram amarrados. O cavalo destinado a Haley, potro jovem e nervoso, estremeceu, passou a saltar e a morder o freio com força.

– Ho, ho! – gritou Sam – Voltou a ser xucro? – E seu rosto preto ficou iluminado com um brilho curioso e travesso. – Vou dar um jeito nisso, agora!

Havia uma grande faia sombreando o local e os pequenos frutos dessa árvore, pontiagudos e triangulares, cobriam densamente o chão. Com um desses nas mãos, Sam se aproximou do potro, acariciou-o e aparentemente parecia querer acalmá-lo. A pretexto de ajustar a sela, enfiou habilmente por baixo dela a pequena fruta, de tal maneira que o menor peso aplicado sobre a sela irritaria necessariamente o animal, sem deixar nenhuma esfoladura perceptível ou ferida.

– Aí está! – disse ele, revirando os olhos com um sorriso de aprovação. – Dei um jeito nele!

Nesse momento, a senhora Shelby apareceu na varanda, acenando para ele.

Sam se aproximou com tanta determinação para prestar seus respeitos, como faziam de praxe os pretendentes a um lugar vago em St. James ou em Washington.

– Por que andou demorando tanto, Sam? Mandei Andy dizer-lhe para se apressar.

– Que o Senhor a abençoe, minha senhora! – replicou Sam. – Os cavalos não podem ser apanhados num minuto; eles se haviam afastado lá para os fundos das pastagens, e Deus sabe onde!

– Sam, quantas vezes devo lhe pedir para não dizer "Que o Senhor a abençoe e Deus sabe", e coisas desse tipo? Não é bom.

– Oh, que Deus abençoe minha alma! Esqueci, senhora! Nunca mais vou dizer algo desse tipo.

– Ora, Sam, você acabou de dizê-lo de novo.

– É mesmo? Oh, Senhor! Melhor... não vou mais dizer isso.

– Deve ser *cuidadoso*, Sam.

– Só me deixe recuperar o fôlego, senhora, e vou começar bem. Vou ter muito cuidado.

– Bem, Sam, você deve acompanhar o senhor Haley para lhe mostrar o caminho e ajudá-lo. Tenha cuidado com os cavalos, Sam; sabe que Jerry andou mancando na semana passada; não corra muito.

A senhora Shelby proferiu as últimas palavras em voz baixa, mas com ênfase.

– Deixe esse negrinho por conta! – disse Sam, revirando os olhos, significativamente. - Deus sabe! Ôpa! Não diga isso! - reprimiu-se ele, recuperando subitamente o fôlego com um gesto tão cômico de apreensão, que fez a patroa rir, apesar de tudo. - Sim, senhora, vou cuidar muito bem dos cavalos!

- Agora, Andy - disse Sam, retornando a seu posto debaixo das faias -, eu não ficaria surpreso se o cavalo desse cavalheiro se espantasse quando ele montar. Sabe, Andy, são coisas que podem acontecer com esses animais - e por isso Sam empurrou Andy para o lado, de maneira altamente sugestiva.

- Ôpa! - exclamou Andy, com um gesto instantâneo de aprovação.

- Sim, é verdade, Andy, a senhora quer ganhar tempo... isso é claro até para o mais ingênuo dos observadores. Um pouco ela o terá. Vamos, solte todos esses cavalos e deixe-os saltar e correr até lá embaixo no bosque, e acho que esse senhor não vai sair daqui tão logo.

Andy sorriu.

- Sim, Andy - continuou Sam -, se alguma coisa assustar esse cavalo do senhor Haley e se mostrar rebelde, você e eu vamos ter de socorrer o homem... combinado?

E os dois se entreolharam e caíram numa risada franca, mas baixinha, esfregando as mãos e batendo os pés de contentamento.

Nesse instante, Haley apareceu na varanda. Algumas xícaras de um bom café o haviam acalmado um pouco, e estava sorrindo e conversando, mostrando que havia recuperado em parte o bom humor. Sam e Andy apanharam os chapéus de folha de palmeira trançada e correram para junto dos cavalos, prontos para "ajudar o patrão".

O chapéu de Sam, que havia sido toscamente trançado, apresentava as abas com pontas soltas viradas para cima, dando a seu portador um esfuziante ar de liberdade e desafio, bem parecido com o de um chefe índio. O de Andy já não tinha aba, mas ele o tomou e, com um golpe certeiro, o enfiou na cabeça, olhando em volta bem satisfeito, como se dissesse: "Quem diz que não tenho chapéu?"

- Bem, rapazes - disse Haley -, vamos depressa, não temos tempo a perder.

- Nem um pouco, patrão! - disse Sam, entregando as rédeas a Haley e segurando-lhe o estribo, enquanto Andy desamarrava os outros dois cavalos.

No instante em que Haley tocou a sela, a fogosa criatura deu um salto repentino que jogou o cavaleiro estirado a alguns passos sobre o gramado macio e seco. Sam, com imprecações de todo tipo, pulou para as rédeas, mas só conseguiu roçar as pontas da folha de palmeira de seu chapéu nos olhos do cavalo que, ainda mais irritado, saltou por cima de Sam e, dando dois ou três relinchos, levantou vigorosamente seus cascos no ar e logo se afastou para a extremidade oposta do gramado, seguido por Bill e Jerry, que Andy se apressou em soltar, de acordo com o combinado, instigando-os com intermináveis imprecações. Seguiu-se então uma cena de confusão geral. Sam e Andy passaram a correr e a gritar... cães latiam aqui e acolá... e Mike, Mose, Mandy, Fanny e todos os negros presentes, homens e mulheres, corriam, batiam palmas, gritavam, berravam, na confusa tentativa de ajudar com um incansável zelo.

O cavalo de Haley, que era branco e muito agitado e veloz, parecia entrar no espírito da cena com grande prazer; tendo à sua frente um gramado de quase meia milha de extensão, que se inclinava suavemente por todos os lados em direção da mata, parecia ter infinito prazer em deixar seus perseguidores se aproximar e então, com um salto e um relincho e, indomável como era, partir em desabalada corrida para o bosque. Não passava pela cabeça de Sam apanhar qualquer um dos animais até que achasse que havia chegado o momento certo... e os esforços que fazia para tanto pareciam ser os mais heroicos. Quando um dos cavalos estava prestes a ser dominado, como a espada de Ricardo Coração de Leão, que sempre brilhava no front e no fragor da batalha, Sam brandia seu chapéu de folha de palmeira e se esgoelava, gritando: "Agora! Segurem-no! Segurem-no!" Mas o estratagema deitava tudo a perder, provocando no mesmo instante uma fuga desordenada dos animais.

Haley corria para cima e para baixo, confuso, praguejando, xingando e batendo os pés no chão. O senhor Shelby tentava em vão dar instruções desde a sacada, e a senhora Shelby, de sua janela do quarto, ria e ficava preocupada, alternadamente... não sem saber do que estava na origem de toda essa confusão.

Finalmente, por volta das doze horas, Sam apareceu triunfante, montado em Jerry, com o cavalo de Haley a seu lado, banhado de suor, mas com olhos faiscantes e narinas dilatadas, mostrando que o espírito de liberdade ainda não o havia abandonado totalmente.

– Foi domado! – exclamou ele, orgulhoso. – Se não fosse por mim, todos eles teriam fracassado; mas eu o apanhei!

– Você! – rosnou Haley, de um jeito nada amistoso. – Se não fosse por você, isso nunca teria acontecido.

– Que o Senhor nos abençoe, patrão – replicou Sam, num tom da mais profunda consternação. – E não fui eu que corri e o persegui até me matar de cansaço?

– Bem, bem! – retrucou Haley. – Você me fez perder perto de três horas, com sua maldita patifaria. Agora vamos partir e basta de loucuras.

– Ora, patrão – disse Sam, num tom de súplica –, acredito que pretende nos matar a todos, cavalos e todos nós. Estamos exaustos e os cavalos, banhados de suor. Ora, patrão, não pode pensar em partir antes do almoço. O cavalo do patrão tem de ser lavado, veja como está sujo; e Jerry manca; e não pense que a senhora nos deixaria partir assim. Que o Senhor o abençoe, patrão, podemos recuperar o tempo que ficamos parados, pois Lizzy não sabe andar depressa.

A senhora Shelby que, com grande satisfação, ouvia essa conversa desde a varanda, resolveu representar seu papel. Desceu e, expressando respeitosamente sua preocupação com o acidente de Haley, insistiu para que ficasse para o almoço, dizendo que a mesa seria servida imediatamente.

Assim, refletindo bem, Haley cedeu, um tanto a contragosto, e seguiu para a sala de visitas, enquanto Sam, depois de acompanhá-lo com olhos de uma indizível expressão, conduziu gravemente os cavalos para o estábulo.

– Você viu, Andy? Você viu? – dizia Sam, quando já tinha chegado bem além do celeiro e prendeu o cavalo a um poste. – Oh, Deus, se não foi bom ver o homem se estatelar no chão e depois dando pontapés no ar e praguejar atrás de nós! Não o ouvi, por acaso? Pragueja, meu velho (dizia eu para mim mesmo); quer seu cavalo agora ou espera até que o apanhe? Meu Deus, Andy, parece que o estou vendo ainda. – E Sam e Andy, apoiados no celeiro, riam com imenso prazer.

– Você viu como ele parecia totalmente louco quando trouxe o cavalo? Meu Deus, se pudesse, ele teria me matado; mas eu me fiz de inocente e humilde.

– Claro que vi – respondeu Andy.

– Viu a senhora na janela? – perguntou Sam. – Eu a vi rindo.

– Eu estava a cavalo, correndo a toda brida, e não vi nada – replicou Andy.

– Veja bem – disse Sam, lavando e escovando cuidadosamente o cavalo de Haley. – Eu sei o que é que eles costumam chamar de espírito de *observação*, Andy. É uma coisa muito importante, Andy; e eu recomendo que o cultive, agora que é jovem. Levante aquela pata traseira, Andy. Veja só, Andy, é a *observação* que faz toda a diferença nos negros. Por acaso, não adivinhei esta manhã de onde soprava o vento? Não percebi o que a senhora queria, embora ela não o dissesse? Isso é observação, Andy. Acredito que é isso que se pode chamar de faculdade. As faculdades são diferentes em cada pessoa, mas o cultivo delas abre novos horizontes.

– Acho que se eu não tivesse ajudado sua observação esta manhã, você não teria visto seu caminho tão claramente – retrucou Andy.

– Andy – continuou Sam –, você é um rapaz promissor, não há dúvida alguma. Tenho a maior consideração por você, Andy; e não me envergonho de aproveitar de suas ideias. Não devemos subestimar ninguém, Andy, porque o mais esperto, às vezes, tropeça. Andy, vamos até a mansão agora, pois acredito que a patroa vai mandar nos servir uns bons petiscos dessa vez.

7
A LUTA DA MÃE

É impossível conceber uma criatura humana mais completamente desolada e desamparada que Elisa, quando partiu da cabana do pai Tomás.

O sofrimento do marido, os perigos que ele e o filho corriam, tudo se misturava na mente dela, com uma sensação confusa e estonteante do risco que ela também corria ao deixar a única casa que conhecera e libertar-se da proteção de uma amiga que tanto amava e reverenciava. E mais, havia a separação de todas as coisas que lhe eram familiares... o lugar onde ela havia crescido, as árvores sob as quais havia brincado, os bosques por onde andara muitas noites nos dias mais felizes, ao lado de seu jovem marido... tudo, como transparecia na clara e fria luz das estrelas, parecia lhe falar de maneira repreensiva e lhe perguntar para onde poderia ir ao deixar uma casa como aquela.

Mas bem mais forte era o amor materno, elevado ao extremo pela aproximação de um terrível perigo. Seu filho tinha idade suficiente para andar a pé a seu lado; em outras circunstâncias, ela o teria conduzido pela mão, mas agora estremecia diante da simples ideia de tirá-lo dos braços e o apertava fortemente contra o peito, enquanto avançava mais que depressa.

A estrada congelada estalava sob seus pés e ela tremia ao ouvir esse ruído; cada folha esvoaçante, cada sombra tremulante lhe gelavam o sangue e aceleravam seus passos. Ela se perguntava intimamente de onde vinha a força que sentia, pois o menino nos braços lhe parecia leve como uma pena e todas as sensações de medo pareciam lhe aumentar essa força de maneira sobrenatural. A todo instante, irrompiam de seus lábios pálidos, em frequentes exclamações, a oração a um amigo lá de cima... "Senhor, ajude-me! Senhor, salve-me!"

Se fosse seu Harry, mãe, ou seu Willie, que fossem arrancados de você por um mercador brutal, amanhã de manhã... se você tivesse visto o homem e ouvido que os documentos estavam assinados e entregues e você tivesse apenas das doze horas até a manhã para conseguir realizar sua fuga... com que rapidez você andaria? Quantas milhas poderia percorrer naquelas breves horas, com o filho no colo, a pequena cabeça sonolenta apoiada em seu ombro, os braços pequenos e macios segurando-se com confiança em seu pescoço?

A criança dormia. De início, a situação incomum e o alarme o mantiveram acordado; mas sua mãe lhe reprimiu tão convictamente qualquer conversa ou ruído, assegurando-lhe desse modo que ela o salvaria somente se ficasse quieto, que ele se agarrou silenciosamente ao pescoço dela, apenas perguntando pouco antes de adormecer:

— Mãe, eu não preciso ficar acordado, não é?

— Não, meu querido; durma, se quiser.

— Mas, mãe, se eu adormecer, não vai deixar que o homem me leve?

— Não! E que Deus me ajude! — respondeu a mãe, com um rosto mais pálido e uma luz mais brilhante, em seus grandes olhos escuros.

— Você tem certeza, não é, mãe?

— Claro que sim! — replicou a mãe, numa voz que a intrigou; pois parecia que vinha de um espírito interior, que não era parte dela; e o menino pousou a pequena cabeça cansada no ombro dela e logo adormeceu. Como o toque daqueles braços quentes, a suave respiração que atingia seu pescoço, pareciam adicionar fogo e energia a seus movimentos! Parecia-lhe como se a força se derramasse sobre ela em correntes elétricas, a cada meigo toque e movimento da criança adormecida e confiante. Sublime é o domínio da mente sobre o corpo que, por um tempo, pode deixar a carne e os nervos insensíveis e ligar os tendões como fios de aço, de modo que os fracos se tornem extremamente fortes.

Os limites da fazenda, o bosque, a mata, passaram por ela confusamente enquanto caminhava; e seguia adiante, deixando para trás um local familiar após outro, sem afrouxar, sem parar, até que a luz avermelhada do despontar do dia a encontrou a muitas milhas de todos os vestígios de qualquer local conhecido ao longo da estrada.

Conhecia bem o caminho, pois costumava visitar com certa frequência, em companhia da patroa, algumas amigas na pequena aldeia de T..., a pouca distância do rio Ohio. Chegar até lá e escapar atravessando o rio Ohio foi a ideia inicial de seu plano de fuga; depois disso, só poderia esperar pela proteção de Deus.

Quando cavalos e veículos começaram a percorrer a estrada, Elisa, com aquela percepção instintiva e peculiar de um estado de agitação e que parece constituir uma espécie de inspiração, tomou consciência de que seu ritmo acelerado e seu ar perturbado poderiam atrair sobre ela observação mais atenta e suspeita. Por isso colocou o menino no chão e, ajustando o vestido e o gorro, passou a andar num ritmo mais ameno e mais condizente com a eventual preservação das aparências. Em sua trouxa, havia colocado uns bolos e algumas maçãs, que ela usava como expedientes para acelerar a velocidade da criança, rolando uma maçã alguns passos na frente dela, de modo que o menino tivesse de correr atrás da fruta para alcançá-la; esse truque, muitas vezes repetido, levou-os a percorrer mais de meia milha.

Depois de um tempo, chegaram a um bosque bastante fechado, atravessado por um límpido riacho. Como o menino se queixasse de fome e sede, ela atravessou uma cerca com ele e, sentando-se atrás de um grande rochedo que os escondia da estrada, serviu-lhe um café da manhã com o que tinha na trouxa. O menino se admirou e se entristeceu ao perceber que ela não comia; então, passando os braços em torno do pescoço dela, tentou enfiar um pedaço do bolo na boca da mãe, que o recusou, dizendo:

– Não, não, querido Harry! A mãe não pode comer até que você esteja em local seguro! Devemos ir... continuar... até chegar ao rio! – E voltou apressadamente para a estrada, obrigando-se a caminhar novamente de modo regular e discreto.

Já estava a muitas milhas de qualquer vizinhança onde era conhecida pessoalmente. Se tivesse chance de encontrar alguém que a conhecesse, sabia que a notória bondade dessa eventual família não haveria de alimentar qualquer suspeita nem a mais improvável suposição de que ela fosse uma fugitiva. Além do mais, sua coloração bastante branca não permitia afirmar que era de origem mestiça, a não ser depois de apurado exame; seu filho também tinha a mesma cor e, portanto, era muito mais fácil para ela passar como insuspeita.

Pensando desse modo, ela parou ao meio-dia numa casa de fazenda para descansar e comprar algum alimento, pois, como o perigo diminuía em razão da distância, a tensão nervosa também decrescia, e ela estava se sentindo cansada e faminta.

A bondosa mulher, gentil e mexeriqueira, mostrou-se mais que satisfeita por receber alguém com quem pudesse conversar; e aceitou com a maior simplicidade a declaração de Elisa de que "estava indo logo adiante para passar uma semana com amigos"... para essa mulher, tudo lhe parecia a pura verdade.

Uma hora antes do pôr do sol, Elisa entrou na aldeia de T..., à margem do rio Ohio, cansada e com os pés doloridos, mas sentindo-se ainda forte em seu coração. Seu primeiro olhar foi dirigido para o rio, que corria, como o Jordão, entre ela e a Canaã da liberdade, logo do outro lado.

Era o início da primavera e o rio estava inchado e turbulento; grandes blocos de gelo flutuando balançavam pesadamente para lá e para cá nas águas turvas. Devido à forma peculiar da margem no lado de Kentucky, a terra avançando rio adentro, o gelo era represado e se acumulava em grandes quantidades; o estreito canal que contornava a curva estava repleto de gelo, chegando a empilhar um bloco sobre outro e constituindo-se assim numa barreira temporária para o gelo descendente que, retido, formava uma grande balsa que enchia todo o rio e se estendia quase até a margem de Kentucky.

Elisa ficou por um momento contemplando esse panorama e compreendeu que era totalmente desfavorável à navegação e que, portanto, a travessia de balsa deveria estar interrompida; voltou então para uma pequena estalagem situada na margem para obter algumas informações.

A dona, que estava ocupada em preparar a refeição da noite, parou com um garfo na mão, ao ouvir a voz doce e angustiada de Elisa.

– O que há? – perguntou ela.

– Não há balsa ou barco que leve as pessoas para B..., agora? – perguntou Elisa.

– Na verdade, não! – respondeu a mulher. – Os barcos pararam de fazer a travessia.

O olhar de desânimo e decepção de Elisa impressionou a mulher que, por sua vez, lhe perguntou:

– Está mesmo precisando atravessar?... alguém está doente? Você parece extremamente ansiosa.

– Eu tenho um filho, isso é muito perigoso – respondeu Elisa. – Fiquei sabendo ontem à noite e andei muito hoje na esperança de chegar à balsa.

– Bem, é muita falta de sorte – disse a mulher, cujas simpatias maternas se despertaram. – Estou realmente preocupada por você... Solomon! – Ela chamou pela janela em direção a uma pequena casa nos fundos. Um homem, de avental de couro e mãos muito sujas, apareceu na porta.

— Sol, assim o chamo — disse a mulher —, esse homem vai transportar os barris dele esta noite?

— Disse que iria tentar, se fosse prudente — respondeu o homem.

— Há um homem daqui que pretende atravessar algumas mercadorias para o outro lado esta noite, se for possível. Ele vai vir cear aqui logo mais e, assim, é melhor você se sentar e esperar. Mas que belo menino — acrescentou a mulher, oferecendo a Harry um pedaço de bolo.

Mas a criança, totalmente exausta, chorava de cansaço.

— Pobre menino! ele não está acostumado a caminhar tanto e eu o obriguei a andar depressa — disse Elisa.

— Bem, leve-o para esse quarto — disse a mulher, abrindo a porta de um quartinho, onde havia uma cama confortável. Elisa deitou o menino exausto e ficou segurando as mãos dele até que estivesse dormindo. Para ela não houve descanso. Como um fogo em seus ossos, o pensamento do perseguidor a deixava apreensiva; e fitava, com olhar ansioso, as águas sombrias e ondulantes que ficavam entre ela e a liberdade.

Aqui devemos nos despedir dela por ora, para seguir o percurso de seus perseguidores.

Embora a senhora Shelby tivesse prometido que a refeição deveria ser posta à mesa de imediato, logo se viu, como já se havia visto muitas vezes antes, que a coisa não era tão simples assim. Ainda que a ordem fosse devidamente dada na presença de Haley e levada à tia Cloé por pelo menos meia dúzia de mensageiros, essa digna senhora apenas deixou escapar alguns sons inarticulados, balançou a cabeça e continuou seu trabalho de uma maneira invulgarmente descontraída e vagarosa.

Por alguma razão singular, parecia reinar entre os criados a impressão de que a patroa não se mostrava particularmente desgostosa com a lentidão deles em fazer as coisas; além do mais, houve uma série de incidentes que retardaram tudo. Um sujeito sem sorte conseguiu entornar o molho, que teria de ser feito *de novo*, com o devido cuidado e formalidade, pois tia Cloé seguia à risca e com precisão todo o processo que a receita exigia, respondendo laconicamente a qualquer sugestão para que se apressasse, dizendo que "não ia servir um molho mal feito para ajudar na captura de ninguém". Outro ajudante derrubou a bilha de água e teve de voltar à fonte para enchê-la; outro ainda deixou cair a manteiga no chão. De quando em quando, vinha alguém à cozinha e referia, entre risos, que "o senhor Haley estava muito irrequieto e não conseguia ficar sentado na cadeira, mas que ficava andando e espreitando pelas janelas e através do pórtico".

– Bem feito! – exclamava tia Cloé, indignada. – Qualquer dia vai ficar ainda mais irrequieto, se não se corrigir. O Senhor lá de cima vai mandar procurar por ele, e então veremos como vai ficar!

– Deverá ir para os tormentos do inferno, sem dúvida – disse o pequeno Jake.

– Ele o merece! – completou tia Cloé, severamente. – Ele partiu muitos, muitos corações. Digo isso a todos vocês – continuou ela, parando, com um garfo erguido nas mãos. – É como o senhor George leu no Apocalipse... almas clamando sob o altar! Clamando ao Senhor por vingança!... e com certeza o Senhor as ouvirá... assim será!

Tia Cloé, que era muito respeitada na cozinha, era ouvida de boca aberta; e, como a refeição já estava sendo servida, todos os ajudantes da cozinha estavam à vontade para ficar conversando com ela e ouvir seus comentários.

– Esse sujeito vai queimar para sempre no fogo do inferno, sem dúvida, não é? – disse Andy.

– Gostaria que assim fosse, com certeza – acrescentou o pequeno Jake.

– Crianças! – disse uma voz, que deixou todos quietos. Era pai Tomás que entrava, mas que havia escutado a conversa à porta.

– Crianças! – continuou ele. – Receio que vocês não sabem o que estão dizendo. Pois eternidade é uma palavra *terrível*; é horrível pensar desse modo. Vocês não devem desejar isso a nenhuma criatura humana.

– Nós não desejamos isso para ninguém, a não ser para os compradores de escravos – disse Andy. – Ninguém pode deixar de lhes desejar isso, pois são terrivelmente maus.

– A própria natureza não clama contra eles? – disse tia Cloé. – Não arrancam o filho do colo da mãe e o vendem? E as criancinhas que choram agarradas na saia da mãe, eles não as levam e as vendem? Não separam a própria esposa do marido? - dizia tia Cloé, começando a chorar. - Não acabam com a própria vida dessa gente?... e, diante de tudo isso, eles sentem alguma coisa? Não ficam bebendo, fumando e desfrutando da vida como se nada fosse? Meu Deus, se o diabo não os carregar, para que serve ele? - E tia Cloé cobriu o rosto com o avental xadrez e começou a soluçar amargamente.

- Ore por aqueles que o maltratam, diz o santo livro - replicou Tomás.
- Orar por eles! - disse tia Cloé. - Meu Deus, é muito duro, não consigo orar por eles.
- É natural, Cloé, e a natureza é forte - prosseguiu Tomás. - Mas a graça do Senhor é mais forte. Além disso, deve pensar no horrível estado da alma de um mercador de escravos e deve agradecer a Deus por não ser como ele, Cloé. Prefiro ser vendido dez mil vezes do que ter todas as maldades que essa pobre criatura carrega e das quais terá de prestar contas.
- Eu diria o mesmo, Andy, e você? - interveio Jake.

Andy encolheu os ombros e deu um assobio de aquiescência.

- Estou contente porque o patrão não saiu esta manhã, como pretendia - disse Tomás. - Não vê-lo seria mais doloroso para mim do que ser vendido. Talvez pudesse ter sido natural para ele, mas teria sido difícil para mim, pois que o conheço desde criança; mas eu vi o patrão e começo a me sentir como que resignado à vontade de Deus. Mas o patrão cedeu à necessidade e fez o que deveria. Temo, porém, que as coisas vão caminhar para a ruína quando eu for embora, pois o patrão não vai conseguir controlar tudo, como eu fazia. Todos os meninos são bons, mas são muito descuidados. Isso me deixa preocupado.

A sineta tocou e Tomás foi chamado à sala de visitas.

- Tomás - disse o patrão, bondosamente -, quero que tenha em mente que me comprometi a pagar a esse cavalheiro uma multa de mil dólares, se você não estiver no local aprazado quando ele quiser levá-lo. Hoje ele vai cuidar de outros negócios e você tem o dia a seu dispor. Pode ir para onde quiser, rapaz.
- Obrigado, meu patrão - disse Tomás.
- E lembre-se - interveio o mercador - de não aprontar uma dessas trapaças próprias dos negros. Se não estiver no local indicado, vou exigir cada centavo da multa. Se seu patrão me ouvisse, não confiaria em nenhum de vocês... que são escorregadios como enguias!

- Meu patrão - disse Tomás, aprumando-se -, eu tinha oito anos e o senhor tinha menos de um ano quando sua mãe o colocou em meus braços, dizendo: "Esse, Tomás, é seu jovem patrão, cuide bem dele." E agora lhe pergunto, patrão, alguma vez faltei com minha palavra ou faltei com meu dever em relação ao senhor, especialmente depois que fui batizado como cristão?

O senhor ficou bastante comovido e as lágrimas lhe brotaram nos olhos.

- Meu bom rapaz - disse ele -, Deus sabe que você diz a pura verdade; se eu tivesse sido capaz de evitar isso, ninguém neste mundo haveria de comprar você.

- E tão certamente como sou uma mulher cristã - interveio a senhora Shelby -, você será resgatado tão logo eu puder reunir meios para tanto. - Senhor - acrescentou ela, dirigindo-se a Haley -, tome nota a quem o vender e me comunique.

- Oh, sim! Quanto a isso - replicou o mercador -, posso trazê-lo de volta dentro de um ano, se não estiver muito decaído, e renegociá-lo com a senhora.

- Vou comprá-lo e com boa margem de lucro para o senhor - retrucou a senhora Shelby

- É claro - disse o mercador -, é exatamente o que me interessa. A mercadoria pode ir e voltar, contanto que eu faça um bom negócio. Tudo o que eu quero é auferir bom lucro, minha senhora; isso é tudo o que qualquer um de nós quer, suponho.

O senhor e a senhora Shelby já estavam aborrecidos e cansados com o abusado atrevimento do mercador de escravos; ainda assim, ambos percebiam a absoluta necessidade de se conter. Quanto mais irremediavelmente sórdido e insensível ele parecia, tanto maior era o medo da senhora Shelby de que ele conseguisse recapturar Elisa com o filho e, claro, tanto maior a razão para detê-lo por meio de todos os artifícios femininos a seu alcance. Por isso ela graciosamente sorria, assentia, conversava familiarmente e fez tudo o que pôde para que o tempo passasse de modo imperceptível.

Às duas horas, Sam e Andy trouxeram os cavalos e os deixaram a postos, aparentemente descansados e revigorados depois da correria da manhã.

Sam estava lá, renovado em forças com o almoço, demonstrando zelo extremo e prontidão para agir. Enquanto Haley se aproximava, ele se gabava, em bom estilo, para Andy do evidente e eminente sucesso da operação, agora que "ele era responsável".

– Seu patrão não tem cães? – perguntou Haley, pensativo, enquanto ele se preparava para montar.

– Muitos deles – respondeu Sam, triunfante. – Aí está Bruno... é um rosnador! Além disso, cada negro aqui tem seu cachorro de uma raça ou outra.

– Hum! – fez Haley... e disse algo mais com relação aos cães; a isso, Sam murmurou:

– Não adianta nada ficar resmungando, de jeito nenhum.

– Mas seu patrão não guarda nenhum cão adestrado (sei muito bem que ele não tem) para rastrear negros?

Sam sabia exatamente o que ele queria dizer, mas continuou com uma expressão de uma séria e enervante simplicidade.

– Todos os nossos cães têm um faro incrível. Acredito que sejam os cães mais apropriados, embora nunca tenham sido treinados. Mas eles correm muito, se instigados. Vem cá, Bruno – chamou ele, assobiando para o terra-nova, que veio ruidosamente em direção a eles.

– Vá para os diabos! – exclamou Haley, levantando-se. – Vamos, monte já!

Sam montou a cavalo em seguida, mas antes agilmente fez cócegas em Andy, que soltou uma bela risada, para grande indignação de Haley, que não se fez de rogado e lhe deu uma chicotada.

– Você me espanta, Andy – disse Sam, com solene gravidade. – Esse é um negócio sério, Andy. Não deveria brincar com isso. Não é uma maneira de ajudar esse senhor.

– Vou tomar o caminho direto para o rio – disse Haley, decididamente, depois de terem chegado aos limites da propriedade. – Conheço o caminho de todos eles... fazem trilhas ocultas.

– Certamente – concordou Sam. – Essa é a ideia. O senhor Haley acertou na mosca. Mas há duas estradas que levam ao rio... a do lamaçal e aquela nova da barreira de controle... qual delas o senhor quer tomar?

Andy olhou inocentemente para Sam, surpreso ao ouvir esse novo fato geográfico, mas instantaneamente confirmou o que o outro disse, repetindo com convicção a mesma coisa.

– Porque – continuou Sam – estou um tanto inclinado a imaginar que Lizzy haveria de tomar a estrada lamacenta, que é a menos utilizada.

Haley, apesar de ser uma velha raposa e naturalmente propenso a suspeitar de tudo, achou que a observação não deixava de ser razoável.

– Vocês são uns malditos mentirosos! – exclamou ele, quase somente para si mesmo, enquanto ponderava por alguns momentos.

O tom pensativo e alheado com que haviam sido proferidas essas palavras parecia ter divertido tanto a Andy que ele ficou um pouco para trás e passou a tremer de tanto rir, correndo o risco de cair do cavalo, ao passo que o semblante de Sam permanecia inteiramente composto na maior compenetração.

– Claro – disse Sam –, o senhor pode fazer o que achar melhor e seguir diretamente pela estrada nova... para nós, dá na mesma. Pensando bem, acho que a estrada nova é o melhor caminho, sem dúvida.

– Ela naturalmente iria por um caminho mais deserto – disse Haley, pensando em voz alta e não dando atenção à observação de Sam.

– Isso não significa nada – retrucou Sam. – As mulheres são caprichosas e nunca fazem o que você julga que fariam; geralmente fazem o contrário. Elas agem naturalmente ao revés; assim, se acha que elas seguiram por uma estrada, é melhor você seguir pela outra, e então vai ter certeza de encontrá-las. Minha opinião pessoal é que Lizzy tomou a estrada lamacenta; então acho melhor tomarmos a nova.

Esta visão genérica e profunda do sexo feminino não parecia inclinar Haley a optar pela estrada nova e afirmou decididamente que iria pela outra, e perguntou a Sam quanto tempo levariam para chegar.

– É só um pequeno trecho – respondeu Sam, piscando o olho que ficava para o lado de Andy e acrescentou, sério: – Mas analisei a questão e estou convencido de que não deveríamos seguir por esse caminho. Eu nunca o tomei. É tão isolado que podemos nos perder... e onde iríamos chegar, só Deus sabe.

– Apesar disso – replicou Haley –, eu irei por esse caminho.

– Pensando melhor, acho que já ouvi dizer que essa estrada está destruída em vários pontos pelas cheias de um riacho, não é isso, Andy?

Andy não tinha certeza; só tinha ouvido falar dessa estrada, mas nunca a havia percorrido. Em resumo, foi estritamente evasivo.

Haley, acostumado a encontrar o equilíbrio das probabilidades entre mentiras de maior ou menor magnitude, julgou que devia optar pela estrada velha.

Acreditou, de início, que os conselhos de Sam não tinham fundamento e que as confusas tentativas feitas para dissuadi-lo se baseavam numa desesperada mentira, com segundas intenções, no intuito de proteger Elisa.

Quando, porém, Sam indicou a estrada, Haley mergulhou rapidamente nela, seguido por Sam e Andy.

A estrada, na verdade, era velha; tinha sido anteriormente um atalho para o rio, mas abandonada havia muitos anos, depois da abertura da nova. Era transitável pelo espaço de uma hora de caminho e depois era cortada por várias fazendas e cercas. Sam sabia disso perfeitamente; na verdade, a estrada havia sido fechada havia tanto tempo que Andy nunca ouvira falar dela. Assim mesmo, seguia os outros dois com um ar de respeitosa submissão, ocasionalmente resmungando e exclamando que o caminho era áspero e péssimo para os cascos de Jerry.

– Agora vou avisá-los – disse Haley. – Eu os conheço. Não vão conseguir me tirar dessa estrada, por mais que queiram... por isso, calem-se!

– O senhor pode seguir o caminho que quiser – retrucou Sam, com toda a humildade, ao mesmo tempo em que piscava para Andy, que estava prestes a cair em estrondosa risada.

Sam estava de ótimo humor e se esforçava em manter-se bem vigilante... ora dizia ter visto "o gorro de uma moça" no topo de uma colina distante, ora perguntava a Andy "se não era Lizzy lá mais embaixo do barranco". Sempre fazia essas observações em alguma parte mais áspera ou escarpada da estrada, onde a súbita aceleração da velocidade era um inconveniente especial para todas as partes envolvidas, mantendo assim Haley num estado de constante comoção.

Depois de uma hora de caminho, os três enveredaram por uma descida íngreme e foram dar num celeiro de um grande estabelecimento agrícola. Nenhuma alma à vista, pois todos estavam ocupados nos campos; mas como o celeiro se erguia visível e claramente no final da estrada, era evidente que sua jornada naquela direção havia chegado ao fim.

– Não foi o que eu dizia, senhor? – disse Sam, com ar de inocência ferida. – Como é que um cavalheiro estranho espera saber mais sobre uma região do que os nativos e criados daqui?

– Seu patife! – exclamou Haley. – Você sabia de tudo isso.

– Não lhe disse que eu conhecia e o senhor não quis acreditar em mim? Eu lhe falei que a estrada estava bloqueada, cortada por cercas, e realmente achava que não podíamos seguir por ela... Andy ouviu bem tudo isso.

Era a pura verdade para ser contestada e o infeliz mercador teve de engolir a raiva em silêncio. E os três deram meia-volta e rumaram em direção da estrada principal.

Em consequência de todos os vários atrasos, fazia cerca de três quartos de hora que Elisa havia posto o filho a dormir na estalagem da aldeia quando os três chegaram. Ela estava à janela, olhando em outra direção, quando Sam a viu. Haley e Andy estavam a alguns passos mais atrás. Nesse instante, Sam fingiu que o vento lhe arrancara o chapéu e deu um grito estridente. Elisa se sobressaltou e correu imediatamente para dentro da casa; os três se achegaram à janela e pararam na porta da frente.

Mil vidas pareciam estar concentradas naquele momento em Elisa. Seu quarto tinha uma porta que dava para o rio. Tomou o filho e se precipitou degraus abaixo em direção do rio. O mercador conseguiu vê-la quando ela já estava desaparecendo na margem e, saltando do cavalo, chamando aos brados Sam e Andy, corria atrás dela como um cão ao encalço de um cervo. Atordoada, os pés dela pareciam mal tocar o chão e, em poucos instantes, chegava à beira da água. Eles vinham logo atrás. Apavorada e com a força que só Deus pode dar aos desesperados, soltou um grito selvagem e deu um pulo, transpondo a corrente de água turva que separava a margem de um bloco de gelo flutuante. Foi um salto desesperado... impossível a não ser em momentos de loucura e de desespero. Haley, Sam e Andy, instintivamente, gritaram e ergueram as mãos para o alto, ao vê-la fazer isso.

O imenso bloco de gelo, no qual pousou, balançou e rangeu sob o peso dela, mas a fugitiva não ficou ali por mais de um momento. Com gritos selvagens e desesperada energia, saltou para outro e depois para outro... tropeçando... pulando... escorregando... emergindo novamente! Perdeu os sapatos... suas meias foram arrancadas de seus pés... enquanto o sangue marcava cada passo; mas ela nada via, nada sentia até que, vagamente, como num sonho, viu a outra margem do Ohio e um homem que a ajudava a subir à margem.

– Seja lá quem for, é uma moça corajosa – disse o homem, proferindo uma imprecação.

Elisa reconheceu a voz e rosto de um homem que possuía uma fazenda não muito distante de sua antiga casa.

- Oh, senhor Symmes!... salve-me... salve-me, por favor... por favor, me esconda! - implorava Elisa.

- Por que, o que é isso? - replicou o homem. - Ora, veja só, se não é a moça dos Shelby!

- Meu filho!... este menino!... ele o vendeu! Lá está o dono dele - disse ela, apontando para a margem oposta, do lado de Kentucky. - Oh, senhor Symmes, o senhor tem um filho!

- Sim, tenho um - concordou o homem, enquanto de maneira rude mas também bondosa a puxava para cima da margem abrupta. - Além disso, você é uma moça correta e corajosa. E eu gosto de coragem, em qualquer situação.

Quando alcançaram o alto da margem, o homem parou.

- Eu ficaria feliz em fazer algo por você - continuou ele -, mas no momento não tenho onde deixá-la. O melhor que posso fazer é dizer-lhe que vá até lá - e apontava para uma grande casa branca, afastada da rua principal da aldeia. - Vá até lá. Eles são gente boa. Não há perigo algum e eles vão ajudá-la... eles estão sempre prontos para situações como esta.

- Que Deus o abençoe! - disse Elisa, agradecida.

- Por nada, por nada deste mundo - disse o homem. - O que fiz não significa nada.

- E, oh, senhor, certamente não vai contar a ninguém!

- Era só o que faltava, menina! Para que serve um amigo? Claro que não! - replicou o homem. - Vamos lá, pois, vá em frente como uma menina correta e sensata que é. Você conquistou sua liberdade e, por mim, você a merece.

A mulher tomou o filho no colo e se afastou com firmeza e rapidez. O homem ficou parado e a seguia com os olhos.

"Talvez Shelby pense que não sou o melhor vizinho do mundo; mas que importa? Se ele apanhar uma de minhas garotas na mesma situação, pode me pagar na mesma moeda. De qualquer forma, eu não podia ver uma criatura como essa, lutando ofegante e tentando se livrar desses cães atrás dela, sem fazer nada. Além disso, não vejo porque eu deveria caçar e apanhar os escravos dos outros."

Foi isso que andou falando esse pobre e rude homem de Kentucky, que não havia sido instruído nas boas relações humanas e, consequentemente, se traiu ao agir de uma maneira aparentemente cristã; se estivesse em melhor condição e mais instruído, poderia não ter feito isso.

Haley tinha presenciado toda a cena como mero espectador até Elisa desaparecer de vista na outra margem; então lançou um olhar vago e inquiridor para Sam e Andy.

– Aí está um belo golpe nos negócios – disse Sam.

– A garota tem sete diabos no corpo, acredito! - exclamou Haley. – Pulava como um gato selvagem!

– Bem, agora – disse Sam, coçando a cabeça –, espero que o senhor nos perdoe por termos tomado aquela estrada. Não pense que estou acostumado a andar por ela, de modo algum! – e Sam deu uma risada rouca.

– E ainda ri! – disse o mercador, com um grunhido.

– Que Deus o abençoe, senhor, mas não pude evitá-lo agora – replicou Sam, desafogando todo o prazer contido de sua alma. – Ela parecia tão engraçada ao vê-la pulando, saltando o gelo que se rompia... e só ouvi-la... punf! paf!... e emergir! Meu Deus! E como se saiu dessa! – Sam e Andy passaram a rir à vontade, até as lágrimas lhes correrem pelo rosto.

– Podem rir, seus patifes, mas isso não vai durar muito! – bradou o mercador, brandindo o chicote por sobre as cabeças deles.

Os dois se esquivaram e saíram correndo e gritando até a margem do rio e montaram em seus cavalos antes que ele os alcançasse.

– Boa noite, senhor! – ainda falou Sam, com toda a seriedade. – Acho que a patroa está ansiosa por ter Jerry de volta. O senhor não precisa mais de nós. Além disso, a patroa não gostaria de ouvir que estivemos cavalgando a noite inteira com essas pobres criaturas no encalço de Lizzy. E com uma cutucada nas costelas de Andy, ele saiu em disparada, seguido por este último... e suas sonoras gargalhadas ressoavam ao vento.

8
A FUGA DE ELISA

Elisa fez sua desesperada travessia do rio exatamente ao cair do crepúsculo. A névoa cinzenta da noite, subindo lentamente do rio, envolveu-a enquanto ela desaparecia na margem e as águas revoltas e os blocos flutuantes de gelo se configuravam como uma barreira intransponível entre ela e seu perseguidor. Por isso Haley, devagar e descontente, retornou à pequena taberna, para refletir sobre o que haveria de fazer. A mulher lhe abriu a porta de uma pequena sala, com um tapete esfarrapado no chão, sobre o qual havia uma mesa com uma reluzente toalha preta oleada, várias cadeiras de madeira de espaldar alto; viam-se ainda algumas imagens de gesso em cores resplandecentes na cornija da lareira em que ardia um fogo muito baixo; havia também um banco de madeira colocado na frente da lareira e nele Haley se sentou para meditar sobre a instabilidade das esperanças humanas e da felicidade em geral.

"O que é que eu estava querendo com esse maldito menino? – dizia ele para si mesmo. Eu poderia ter me deixado arrastar como um bicho do mato, como sou, dessa maneira?" E Haley desabafou repetindo uma ladainha não muito seleta de imprecações contra si mesmo, que, embora subsistissem todas as razões para considerá-las verdadeiras, vamos, por uma questão de gosto, omiti-las.

Sobressaltou-se com a voz alta e dissonante de um homem que estava aparentemente apeando à porta da estalagem. Correu para a janela.

– Pelos céus! Se isso não é mesmo o que certas pessoas chamam de Providência! – exclamou Haley. – Acredito realmente que seja Tom Loker.

Haley se precipitou para fora. De pé diante do balcão, no canto da sala, estava um homem bronzeado e musculoso, de 1,80 m de altura e de corpo proeminente. Trajava um casaco de pele de búfalo, com os pelos do lado externo, o que lhe dava uma aparência desgrenhada e feroz, perfeitamente de acordo com o ar de sua fisionomia. Na cabeça e no rosto, todos os órgãos e lineamentos realçavam os traços de um homem resoluto, violento e brutal em sua expressão máxima. De fato, nossos leitores poderiam imaginar um buldogue transformado em homem, caminhando por aí de chapéu e casaco, e teriam uma ideia aproximada do estilo do físico dele e do efeito que causava. Estava acompanhado de um companheiro de viagem que, em muitos aspectos, era um exato contraste dele próprio. Era baixo e franzino, ágil e felino em seus movimentos e tinha uma expressão de espião e de perscrutador em seus olhos negros penetrantes, conferindo a suas feições um aspecto de vivaz simpatia; seu nariz fino e comprido se projetava como se estivesse ansioso em penetrar na natureza de todas as coisas; seus cabelos lisos, pretos e finos estavam penteados com esmero e todos os seus movimentos e evoluções expressavam uma agudez alerta e cautelosa. O homenzarrão serviu-se de um grande copo de aguardente e o engoliu sem dizer palavra. O homenzinho ficou na ponta dos pés e, virando a cabeça para um lado e para outro e olhando com atenção em direção das diversas garrafas, finalmente pediu, com voz fina e trêmula e com ar de grande circunspecção, um licor de hortelã. Quando servido, tomou o copo, examinou-o demorada e cuidadosamente, como alguém que pensa ter feito a escolha certa, tocou a cabeça com a ponta do dedo e passou a sorvê-lo em breves e bem estudados goles.

– Bem, quem diria que a boa sorte o traria até aqui? Como vai, Loker? – exclamou Haley, aproximando-se e estendendo a mão para o homenzarrão.

– Que diabos! – foi a polida resposta. – O que anda fazendo por aqui, Haley?

O homenzinho, que se chamava Marks, parou imediatamente de beber e, esticando o pescoço, dirigiu um olhar de astúcia para o recém-conhecido, como um gato, às vezes, olha para uma folha seca em movimento ou para outro objeto qualquer passível de perseguição.

– Digo-lhe, Tom, que esta é a maior sorte que já tive. Estou numa enrascada dos diabos e você tem de me ajudar a sair dela.

– Hum! Mais essa! – grunhiu o amigo, complacente. – Qualquer um pode ter certeza disso quando você fica feliz ao vê-lo; algo a ser feito e de que se trata agora?

– Você arrumou um amigo então? – perguntou Haley, olhando com desconfiança para Marks. – Parceiro, talvez?

– Sim. Marks, este é o sujeito com quem estive em Natchez.

— Prazer em conhecê-lo — disse Marks, estendendo-lhe a mão longa e fina, como a garra de um corvo. — Senhor Haley, não é?

— O próprio, senhor — replicou Haley. — E agora, cavalheiros, vendo que tivemos a felicidade de nos encontrar, acho que posso lhes expor o assunto aqui mesmo nesta sala. Pois então, velha raposa — disse ele para o homem do bar —, providencie água quente, açúcar, charutos e muita bebida da boa, porque vamos ter uma bela conversa.

Velas foram acesas, o fogo da lareira foi avivado e nossos três dignos cavalheiros tomaram assento em torno de uma mesa, sobre a qual estavam dispostas todas as coisas encomendadas, que serviam para celebrar a boa amizade.

Haley começou o relato patético de seus problemas. Loker ficou de boca calada e o ouvia atentamente, com ar sombrio e mal-humorado. Marks que, ansioso e inquieto, preparava um copo de ponche a seu próprio gosto, erguia ocasionalmente os olhos e, debruçando seu nariz e queixo quase sobre o rosto de Haley, prestava a maior atenção na história toda. O desfecho pareceu diverti-lo enormemente, pois sacudiu os ombros e o tronco em silêncio e espichou os lábios finos, deixando transparecer grande prazer em seu íntimo.

— Então, você acabou perdendo, não é? — disse ele. — Ha! ha! ha! Muito engraçado.

— Esse comércio de crianças traz inúmeros problemas — disse Haley, lamentando-se.

— Se pudéssemos criar uma raça de moças que não se importassem com os filhos menores — interveio Marks —, acho que constituiria o maior progresso de nossos tempos. — E ilustrou a piada com um calmo riso de ironia.

— Exatamente — concordou Haley. — Mas nunca pude ver isso; e as crianças só causam problemas para elas. Alguém poderia pensar que elas ficariam contentes em se livrar dos pequenos; mas não é assim. Quanto mais problemático é um filho pequeno, quanto mais inútil, mais elas se agarram a ele.

— Bem, senhor Haley — continuou Marks —, por favor, passe a água quente. Sim, senhor, é o que sinto e todos sentimos. Uma vez comprei uma bela moça, na época em que eu estava nesse negócio... era uma mulata forte, bem torneada e muito esperta... e ela tinha um filho pequeno bem doente, com as costas recurvadas e outras mazelas; e eu o repassei a um homem que pensava em criá-lo, visto que não lhe havia custado nada... nunca pensei em deixá-lo junto com a mãe... mas, Deus do céu, devia ver o que aconteceu. Realmente, ela parecia estimá-lo mais ainda porque era doente e irritadiço, e isso a atormentava. Não é de acreditar... ela começou a chorar, a gritar e acabou fugindo para procurá-lo, como se tivesse perdido o maior tesouro de sua vida. Parece loucura! Meu Deus, não dá para entender o que se passa na cabeça das mulheres!

– Bem, o mesmo aconteceu comigo – disse Haley. – No verão passado, descendo o rio Vermelho, comprei uma escrava que tinha um filho de bela aparência, de olhos tão brilhantes quanto os seus; mas, examinando-o de perto, reparei que era totalmente cego. De fato... cego como pedra. Bem, pensei que não faria mal algum em passá-lo adiante sem dizer nada; mas ainda consegui trocá-lo por um barril de uísque. Mas quando quis tirá-lo da mãe, esta ficou feroz como um tigre. Aconteceu antes de zarparmos e eu não tinha ainda acorrentado meus negros. E o que ela fez? Subiu como uma gata num grande fardo de algodão, arrancou uma faca das mãos de um marinheiro e fez com que todos fugissem num instante, até que percebeu que era inútil resistir. Virou-se então e se atirou de ponta-cabeça no rio, com o filho no colo... afundou e nunca mais emergiu.

– Bah! – exclamou Tom Loker, que havia escutado essas histórias com desgosto mal reprimido. – Incompetência de vocês! Minhas escravas não têm esses chiliques, posso lhes assegurar!

– Verdade! Como é que você faz? – perguntou Marks.

– Como faço? Ora, quando compro uma escrava e tem um filho que pretendo vender, aproximo-me dela e lhe dou um murro no rosto, dizendo-lhe: "Tome cuidado, se ousar dizer uma palavra, quebro-lhe a cabeça. Não quero ouvir uma palavra sequer... nem uma sílaba! Esse pequeno é meu; não é seu e você não tem mais nada a ver com ele. Vou vendê-lo, na primeira oportunidade. Lembre-se, nada de lamúrias ou vou fazê-la desejar nunca ter nascido." Digo-lhes que ela percebe que não é brincadeira quando o tenho em minhas mãos. E essas negras ficam mudas como peixe; e se alguma delas se desespera e começa a gritar, ora... – e o senhor Loker deixou cair o punho com um baque sobre a mesa, como que a completar a explicação interrompida.

– Isso é o que se pode chamar de ênfase – disse Marks, cutucando Haley e dando uma risadinha. – Não é bem original esse Tom? Ha! ha! Tom, espero que assim você se faça entender, porque todos os negros têm cabeça oca. E nunca vão ter dúvidas sobre o significado de seus meios, Tom. Se você não for o diabo, Tom, é o irmão gêmeo dele, isso posso lhe garantir!

Tom recebeu o cumprimento com adequada modéstia e começou a olhar de modo tão afável e conveniente quanto era possível "para sua natureza brutal", como diz John Bunyan.

Haley, que estivera bebendo à vontade, começou a sentir uma sensível elevação e uma expansão de suas faculdades morais... fenômeno não incomum com cavalheiros de tendência à seriedade e à reflexão, em circunstâncias similares.

— Bem, Tom — disse ele —, realmente você é muito mau, como sempre lhe falei. Bem sabe, Tom, que nós dois costumávamos conversar sobre esses assuntos em Natchez e eu insistia em provar-lhe que agiríamos muito melhor, que seria melhor fazer o bem neste mundo, tratando bem os negros, o que representaria para nós a melhor chance de chegar finalmente ao reino dos céus quando tudo voltar ao nada e não houver mais nada a conquistar.

— Boh! — murmurou Tom. — E eu não sei?... não me aborreça demais com essas bobagens... meu estômago está doendo. — E Tom bebeu meio copo de conhaque.

— E digo — continuou Haley, inclinando-se na cadeira e gesticulando de maneira espalhafatosa —, direi isso agora: sempre pretendi dirigir meu negócio de modo a ganhar dinheiro em primeiro lugar e acima de tudo, tanto quanto todo o mundo; mas negociar não é tudo e dinheiro não é tudo, porque todos nós temos alma. Não me importo agora com quem me ouve dizer isso... por isso vou dizê-lo, de qualquer maneira. Acredito na religião, e um dia desses, quando tiver as coisas ajustadas e definidas, quero cuidar de minha alma e isso é sério. E então de que adianta praticar mais maldades do que as realmente necessárias?... Não me parece nada prudente.

— Cuidar da alma! — repetiu Tom, com desdém. — Procure atentamente e veja se encontra uma alma em você... poupe-se de qualquer cuidado nesse sentido. Se o diabo passar você por uma peneira, não vai encontrar alma alguma.

— Ora, Tom, você está irritado — replicou Haley. — Por que não pode levar as coisas numa boa quando um sujeito está falando para seu bem?

— Pare com essa conversa fiada — retrucou Tom, rispidamente. — Posso suportar qualquer palavra sua, mas essa conversa piedosa... me mata. Afinal, que diferença há entre nós dois? Não é que você se cuide um pouco mais ou que tenha um pouco mais de sensibilidade... é claro e transparente que está querendo enganar o diabo e salvar a própria pele; acha que não percebo? E invocar a religião, como você a chama, no final das contas de nada serve. Faça um pacto com o diabo por toda a sua vida e escape quando chegar a hora de pagar!

– Vamos, vamos, cavalheiros! Isso não é negócio! – interveio Marks. – Existem diferentes maneiras de tratar qualquer assunto. O senhor Haley é um homem muito bom, sem dúvida, e tem sua própria consciência; e, Tom, você tem seu modo de ver e muito bom também; mas brigando, não vão resolver coisa alguma. Vamos ao negócio. Senhor Haley, quer mesmo que apanhemos essa mulher?

– A mulher não me pertence... é do Shelby; só quero o garoto. Fui um tolo ao comprar esse macaquinho!

– Você sempre foi um tolo! – disse Tom, asperamente.

– Vamos, Loker, nada de xingamentos – disse Marks, lambendo os lábios. – Considere que o senhor Haley está nos propondo um bom trabalho, acho; então, fique quieto; essas questões são meu forte. Como é essa moça, senhor Haley?

– Bem, clara e bonita... bem-educada. Teria dado a Shelby 800 ou mil dólares e ainda teria feito um bom negócio.

– Clara, bonita e bem-educada! – repetiu Marks, avivando olhos, nariz e boca ante a boa perspectiva. – Veja só, Loker, uma bela descrição. Vamos fazer o negócio de nosso jeito; vamos apanhar os dois. O menino, claro, vai para o senhor Haley... e nós ficamos com a moça para vendê-la em Orleans. Não é ótima ideia?

Tom, cuja boca grande e pesada havia ficado entreaberta durante essa explanação, fechou-a de repente como um cachorro ao abocanhar um pedaço de carne e parecia estar digerindo a ideia com satisfação.

– Sabe muito bem – disse Marks, dirigindo-se a Haley, mexendo no ponche que estava preparando – que temos tribunais adequados em todos os lugares ao longo da costa e que julgam pequenas causas convenientemente em nosso favor. Tom faz o trabalho sujo; eu me apresento bem vestido... botas brilhando... tudo de primeira, quando o julgamento vai ser proferido. Deve saber – continuou Marks, com orgulho profissional – como resolvo isso. Ora sou o senhor

Twickem, de Nova Orleans; ora acabo de chegar de minhas plantações do rio Pearl, onde possuo 700 negros; outras vezes sou um parente distante de Henry Clay ou de qualquer outra personalidade de Kentucky. Talentos variam, bem sabe. Tom é uma fera quando se trata de bater e lutar; mas mentir, não é bom... Tom não sabe mentir... não é natural para ele. Mas, meu Deus, se há alguém no país que pode prestar qualquer tipo de juramento e inventar todas as circunstâncias com a maior frieza melhor do que eu, gostaria de vê-lo! Acredito em mim, sei fazer as coisas e me safar, mesmo que os juízes fossem mais severos do que são. Às vezes, preferiria que eles fossem mais severos; teria muito mais sabor... seria mais divertido.

Tom Loker que, como já mostramos, era homem de pensamentos e movimentos lentos, interrompeu Marks, dando um soco na mesa, que ecoou por todos os cantos, e esbravejou:

– Vou fazer o negócio!

– Meu Deus, Tom, não precisa quebrar todos os copos! - interveio Marks. - Guarde seus socos para o momento propício.

– Mas, cavalheiros, e eu não vou participar dos lucros? - perguntou Haley.

– Não é suficiente apanharmos o menino para você? - respondeu Loker. - O que quer mais?

– Bem - replicou Haley -, se eu lhes passei a tarefa, mereço alguma coisa... vamos dizer, dez por cento dos lucros, despesas pagas.

– Ora - vociferou Loker, dizendo um palavrão e dando um murro na mesa -, acha que não o conheço, Dan Haley? Não me venha com histórias! Acha então que Marks e eu nos dedicamos ao trabalho de capturar fugitivos só para beneficiar cavalheiros como você, sem ganhar nada? Está totalmente enganado! Nós vamos apanhar a mulher e com ela vamos ficar; e você, fique bem quieto ou vamos ficar com os dois... o que vai nos impedir? Você não nos mostrou a caça? Está livre tanto para nós quanto para você, espero. Se você ou Shelby quiserem nos tirar do negócio, tomem cuidado. Mais dia menos dia poderá haver acerto de contas.

– Sim, sim, está certo. Façam exatamente como quiserem - disse Haley, alarmado. - Mas apanhe e me traga o garoto; e o negócio está fechado de acordo com sua própria palavra.

– Você sabe – disse Tom – que não levo em conta nenhum de seus jeitos lamurientos, mas eu não sou de mentir nem para o próprio diabo. O que digo que vou fazer, faço. Você sabe disso, Dan Haley.

– Sim, sim; foi o que eu disse, Tom – replicou Haley. – Gostaria que prometesse me entregar o garoto dentro de uma semana. É tudo o que quero.

– Mas não é tudo o que eu quero, longe disso – retrucou Tom. – Acha que fiz negócios com você em Natchez por nada, Haley? Aprendi a segurar uma enguia quando a apanho. Você tem de me adiantar 50 dólares ou não vai ver essa criança. Eu o conheço muito bem.

– Ora, Tom, você já tem em mãos um trabalho que vai lhe render um lucro limpo de algo entre mil e 1.600 dólares! Ora, Tom, você não está sendo razoável – disse Haley.

– Sim, e nós não temos serviço tratado pelas próximas cinco semanas... e temos de fazê-lo? Suponha que deixemos tudo para correr atrás do menino e, se não conseguirmos apanhar a moça... e as moças são piores que o diabo para agarrar... o que vai acontecer então? Você nos pagaria um centavo... pagaria? Acho que vejo você se esquivando! Não, não, passe já os 50. Se levarmos a bom termo o trabalho, o dinheiro voltará para seu bolso; caso contrário, fica conosco por conta de nossas despesas. Não é justo, Marks?

– Certamente, certamente – respondeu Marks, em tom conciliatório. – É apenas uma taxa retida... ha! ha! ha!... nós, advogados, você sabe... Bem, todos devemos nos manter tranquilos... calmos. Tom vai lhe entregar o menino no lugar que você indicar, não é, Tom?

– Se encontrar o garoto, vou levá-lo para Cincinnati e deixá-lo na casa de Granny Belcher, no cais – disse Loker.

Marks tinha tirado do bolso um engordurado bloco de anotações e, puxando deste uma folha de papel, sentou-se, fixou nela os negros e penetrantes olhos e começou a ler em voz rouquenha: "Barnes... condado de Shelby... o garoto Jim, 300 dólares por ele, vivo ou morto. Os Edward... Dick e Lucy... marido e mulher, 600 dólares. A jovem negra Polly e os dois filhos... 600 por ela ou pela cabeça dela." Estou apenas verificando nossos negócios, para ver se podemos lidar com isso com facilidade. Loker – concluiu ele, depois de uma pausa – devemos pôr Adams e Springer no encalço desses, pois foram assinalados neste livro há algum tempo.

— Eles cobram demais — disse Tom.

— Vou tratar disso. Eles são novos no negócio e precisam trabalhar barato — disse Marks, enquanto continuava a ler. — Três deles são casos fáceis, pois tudo o que têm a fazer é matá-los ou jurar que foram mortos. Claro que não poderiam cobrar muito por isso. Os outros casos — acrescentou ele, dobrando o papel — podem muito bem esperar um pouco. Assim, vamos aos detalhes. Diga-me, senhor Haley, acaso viu essa moça quando pôs os pés em terra no outro lado do rio?

— Com toda a certeza... claramente como estou vendo vocês.

— E um homem ajudando-a a subir na margem? — perguntou Loker.

— Claro que vi.

— Muito provavelmente — disse Marks —, ele a levou para algum lugar; mas para onde, essa é a questão. O que acha, Tom?

— Temos de atravessar o rio hoje à noite, sem dúvida — replicou Tom.

— Mas não há nenhum barco — retrucou Marks. — O gelo está deslizando rapidamente, Tom; não é perigoso?

— Não se pode pensar nisso, só que tem de ser feito — disse Tom, incisivamente.

— Meu Deus — exclamou Marks, agitado. — Terá de ser... mas — acrescentou ele, caminhando até a janela — está escuro como a boca de um lobo e, Tom...

— Curto e grosso, você está é com medo, Marks; mas não posso evitar, você tem de ir. Suponha que queira ficar aqui por um dia ou dois dias esperando; a moça já terá chegado não sei onde, antes que você se decida a partir.

— Oh, não; não tenho medo nenhum — disse Marks. — Apenas...

— Apenas o quê? — interrompeu Tom.

— Bem, a respeito do barco. Pode ver que não há nenhum barco.

— Ouvi a mulher dizer que havia um chegando esta noite e que um homem ia atravessar o rio com ele. Seja como for, temos de ir com ele — disse Tom.

— Quero crer que tenham bons cachorros — interveio Haley.

— De primeira linha — disse Marks. — Mas de que adianta? Você não tem nada da fugitiva para que os cães possam identificar o cheiro.

— Sim, tenho — respondeu Haley, triunfante. — Aqui está o xale que ela deixou em cima da cama em sua pressa para fugir; deixou também a touca.

— Isso é que é sorte — disse Loker. — Passe para cá.

– Embora os cães possam danificar a garota, se eles a atacarem inesperadamente – observou Haley.

– Bem observado – disse Marks. – Uma vez nossos cães dilaceraram um sujeito, em Mobile, antes que pudéssemos contê-los.

– Bem, então não é o caso de usá-los, pois essa moça só tem valor por sua beleza, entendem? – concluiu Haley.

– Concordo – disse Marks. – Além disso, se ela estiver numa casa, os cães não servem para nada. Os cães se mostram inúteis nas regiões em que essas criaturas são abrigadas e protegidas; claro que não podem seguir suas pegadas. Só têm serventia no meio das plantações, onde os negros, quando correm, têm de correr sozinhos, sem a ajuda de ninguém.

– Bem – interrompeu-os Loker, que acabara de sair do bar onde estivera para obter informações –, dizem que o homem chegou com o barco; então, Marks...

Este lançou um olhar pesaroso para os confortáveis aposentos que estava deixando, mas lentamente se levantou resignado. Depois de trocar algumas palavras de ulteriores passos, Haley, com visível relutância, entregou os 50 dólares a Tom e o digno trio se separou.

Se algum de nossos leitores refinados e cristãos se opuser à sociedade que esta cena apresenta, pedimos para que reconsiderem seus preconceitos. Permitimo-nos relembrar-lhes que o negócio da captura de escravos fugitivos era elevado à dignidade de uma profissão legal e patriótica. Se todas as vastas terras entre o Mississippi e o Pacífico se tornarem um grande mercado de corpos e almas e a propriedade humana mantiver as tendências motoras deste século XIX, o mercador e o caçador de escravos ainda podem figurar entre os membros de nossa aristocracia.

Enquanto essa cena se desenrolava na taberna, Sam e Andy, num estado de grande felicidade, prosseguiam a caminho de casa.

Sam estava no auge da exaltação e expressava sua exultação por todos os tipos de urros e exclamações, por diversos movimentos esquisitos e contorções com o corpo. Às vezes, sentava virado para trás, com o rosto voltado para a cauda do cavalo, e então, com um grito e uma cambalhota, voltava a cair na sela novamente. Depois, mostrando um semblante sério, começava a ensinar a Andy como provocar o riso com palavras e tolices. Logo em seguida, batendo com os braços nos flancos, irrompia em gargalhadas, que faziam estremecer as velhas árvores. Mesmo com todas essas evoluções, ele conseguia manter os cavalos em alta velocidade, de modo que, entre dez e onze horas, seus cascos ressoavam no cascalho diante da sacada. A senhora Shelby correu para o parapeito.

– É você, Sam? Onde eles estão?

– O senhor Haley está descansando na taberna; está extremamente cansado, minha senhora.

– E Elisa, Sam?

– Bem, ela atravessou o Jordão. Como se diz, chegou à terra de Canaã.

– Ora, Sam, o que quer dizer com isso? – perguntou a senhora Shelby, sem fôlego e quase desmaiada, quando o possível significado dessas palavras finalmente lhe ocorreu.

– Bem, senhora, Deus preserva os seus. Lizzy conseguiu atravessar o rio para Ohio tão notavelmente como se o Senhor a tivesse levado numa carruagem de fogo puxada por dois cavalos.

A piedade de Sam era sempre invulgarmente fervorosa na presença da patroa e fazia uso frequente de figuras e imagens tiradas das Sagradas Escrituras.

– Venha para cá, Sam – disse o senhor Shelby, que tinha ido para a varanda –, e conte à sua patroa tudo o que ela quer saber. Venha, venha, Emily – continuou ele, passando o braço em volta dela. – Está fria e trêmula; você se deixa comover demais.

– Comover-me demais! Por acaso não sou mulher... não sou mãe? Não somos ambos responsáveis perante Deus por essa pobre menina? Meu Deus! Não deixe recair sobre nós esse pecado.

– Que pecado, Emily? Não vê que fizemos apenas o que fomos obrigados a fazer?

– Um terrível sentimento de culpa me invade – disse a senhora Shelby. – Não consigo livrar-me dele.

– Andy, seu negro, mova-se! – gritou Sam, da varanda. – Leve os cavalos para o estábulo. Não ouviu o patrão me chamar? – E Sam logo apareceu, com o chapéu de palha na mão, na porta da sala de visitas.

– Agora, Sam, conte-nos claramente o que aconteceu – pediu o senhor Shelby. – Onde está Elisa, se souber?

– Bem, eu a vi com meus próprios olhos atravessando o rio sobre o gelo que flutuava. E o atravessou de modo extraordinário, foi um milagre. E vi também um homem ajudá-la a subir a margem do lado de Ohio. Em seguida desapareceu no crepúsculo.

– Sam, acho um tanto inacreditável... esse milagre. Atravessar o rio sobre gelo flutuante não é tão fácil de fazer – disse o senhor Shelby.

– Fácil! Ninguém poderia ter feito isso, sem a ajuda de Deus. Bem, foi exatamente assim – contou Sam. – O senhor Haley, Andy e eu chegamos à pequena taberna perto do rio e eu cavalgava um pouco à frente (Eu estava tão ansioso em alcançar Lizzy que não podia me conter, de jeito nenhum). Quando cheguei perto da janela da estalagem, lá estava ela, bem à vista; os outros dois vinham atrás. Aí eu perdi meu chapéu e dei um grito capaz de ressuscitar os mortos. Claro que Lizzy ouviu e se escondeu quando o senhor Haley chegou à porta. E então ela fugiu pela porta lateral e correu até a margem do rio. O senhor Haley a viu, gritou, e ele, eu e Andy a seguimos correndo. O rio estava alto, as águas invadiam as margens e blocos de gelo flutuavam e dançavam de cá para lá, juntando-se em certos pontos como se formassem grandes ilhas. Seguíamos no encalço dela e eu pressentia em meu íntimo que ela poderia sair dessa... quando a vi dar um pulo como jamais imaginei e lá estava ela na corrente do rio, mas sobre um bloco de gelo, gritando e pulando... o gelo rachou, ela afundou, subiu em outro bloco que se fendeu, alcançou outro e ia pulando de um a outro como um cabrito! Meu Deus, os saltos dessa moça eram algo fora do comum; essa é minha opinião.

A senhora Shelby estava sentada, em profundo silêncio, pálida de excitação, enquanto Sam fazia esse relato.

– Deus seja louvado, ela não está morta! – exclamou ela. – Mas onde está a pobre criatura agora?

– Deus proverá – disse Sam, revirando os olhos piedosamente. – Como estive dizendo, é a mão da providência que nos ampara, como a patroa sempre nos ensinou. Nada mais somos do que instrumentos criados para fazer a vontade de Deus. Agora, se não tivesse sido por mim, hoje, ela teria sido apanhada uma dúzia de vezes. Não fui eu que espantei os cavalos pela manhã e fiquei correndo atrás deles para apanhá-los até a hora do almoço? Não fui eu também que fiz o senhor Haley andar por cinco milhas pela estrada errada? Não fosse eu, ele teria apanhado Lizzy tão facilmente como um cão encurrala uma raposa. Tudo isso se deve à providência.

– Bem que você poderia poupar a providência nesse caso, Sam. Não posso permitir tais práticas com cavalheiros que recebo em minha casa – disse o senhor Shelby, com tanta severidade quanta podia demonstrar nessa circunstância.

Ora, não adianta simular que está zangado com um negro; é o mesmo que se mostrar zangado com uma criança; ambos reagem instintivamente da mesma forma. E Sam não se sentiu abatido com essa repreensão, embora assumisse um ar de aflita gravidade e ficasse com os cantos da boca rebaixados em sinal de arrependimento.

– Senhor, está bem... está bem; foi feio de minha parte... não há o que discutir; e certamente o patrão e a patroa não haveriam de incentivar essas coisas. Compreendo muito bem, mas um pobre negro como eu é loucamente tentado a agir mal às vezes, especialmente quando um sujeito se mostra tão mau como esse senhor Haley. Não é um cavalheiro, de jeito nenhum; alguém que foi criado como eu fui, não pode ajudar um homem desses.

– Bem, Sam – disse a senhora Shelby –, como parece que você tem uma noção adequada de seus erros, vá procurar tia Cloé e peça que lhe dê uma porção daquele presunto frito que foi servido no jantar de hoje. Você e Andy devem estar com fome.

– A senhora é extremamente boa para nós – disse Sam, fazendo uma inclinação todo entusiasmado e saindo.

Pode-se perceber, como já foi assinalado anteriormente, que Sam possuía um talento natural que o teria alçado, sem dúvida, na vida política... um talento para tirar proveito de tudo o que aparecesse, para ser investido em sua própria reputação e glória. E depois de ter reavivado sua bonomia e humildade, para satisfação dos que estavam na sala, pôs na cabeça o chapéu de folhas de palmeira, com uma espécie de ar de astúcia e liberdade, e se dirigiu aos domínios de tia Cloé, com a intenção de se refestelar na cozinha.

"Agora vou fazer meus discursos para esses negros", dizia Sam para si mesmo. "Agora chegou minha vez. Meu Deus, vou deixá-los de olhos arregalados."

Deve-se observar que uma das maiores alegrias de Sam era acompanhar seu patrão em todos os tipos de reuniões políticas, onde, a cavalo de algum muro ou empoleirado no alto de uma árvore, ficava observando os oradores, com o maior entusiasmo e depois, descendo entre os vários irmãos de sua própria cor, reunidos no mesmo ato, ele os edificava e deleitava com as mais ridículas paródias e imitações, todas executadas com a mais imperturbável seriedade e solenidade. Embora os ouvintes imediatamente mais próximos dele fossem geralmente de sua própria cor, não raro acontecia que estivessem cercados de razoável número de pessoas de pele mais clara que escutavam, riam e aplaudiam, para grande satisfação de Sam. Na verdade, Sam considerava a oratória como sua vocação e nunca deixava escapar uma oportunidade para aprimorar sua performance.

Entre Sam e tia Cloé existia, desde tempos antigos, uma espécie de animosidade crônica, ou melhor, uma decidida indiferença; mas como Sam estivesse pensando no setor de provisões como óbvio e necessário fundamento para suas operações, determinou-se, nessa ocasião, a ser eminentemente conciliador, pois sabia muito bem que, embora "as ordens da patroa" fossem, sem dúvida, seguidas à risca, haveria de obter consideráveis vantagens se conquistasse a simpatia da cozinheira.

Por isso ele se apresentou diante de tia Cloé com uma expressão tocantemente comovida e resignada, como alguém que sofreu incomensuráveis dificuldades em favor de uma criatura perseguida... ampliadas pelo fato de que a patroa o havia orientado a ir até a tia Cloé em busca do que necessitava... e assim reconheceu inequivocamente o direito e a supremacia dela no setor da cozinha e em tudo o que nela estava.

Deu certo. Nenhum eleitor pobre, simples e virtuoso jamais foi persuadido pelas atenções de um candidato político com mais facilidade do que tia Cloé foi conquistada pela graça e doçura de Sam; se este fosse o próprio filho pródigo, não poderia ter sido cumulado de generosidade mais maternal; e logo ele se viu sentado, feliz e glorioso, diante de uma grande panela, contendo uma espécie de mistura de tudo o que aparecera à mesa nos últimos dois ou três dias. Saborosos pedaços de presunto, blocos dourados de bolo de milho, fragmentos de torta de todas as formas geométricas concebíveis, asas de galinha, moelas, tudo numa pitoresca confusão; Sam, como rei, examinou tudo, sentou-se alegremente com o chapéu de folha de palmeira de lado e, à direita, o convidado Andy.

A cozinha estava lotada com todos os companheiros escravos, que haviam acorrido de várias cabanas, para ouvir o relato das proezas do dia. Era a hora de glória de Sam. A história do dia foi repetida com todos os tipos de ornamento e exagero que pudessem ser necessários para causar mais efeito; pois Sam, como alguns de nossos elegantes amadores, nunca permitia que uma história perdesse seu brilho ao passar por suas mãos. Estrondosas gargalhadas acompanhavam a narração, seguidas e prolongadas por toda a criançada que se espalhava pelo chão ou empoleirada em todos os cantos.

No auge do tumulto e das risadas, Sam, no entanto, mostrava uma gravidade solene, erguendo os olhos apenas de tempos em tempos e dirigindo a seus ouvintes alguns olhares indizivelmente engraçados, mas sem se afastar da sentenciosa elevação de sua oratória.

- Podem ver, meus compatriotas - dizia Sam, erguendo uma perna de peru, com energia -, podem ver agora que eu estava do lado de vocês, para defender vocês todos... sim, vocês todos. Porque tirar um de nossa gente do perigo é como se o fizesse para todos. Podem ver que o princípio é o mesmo... isso é claro. E qualquer um desses mercadores que vem caçar qualquer um de nós vai encontrar a mim em seu caminho. Eu sou o sujeito com quem ele vai ter de tratar... eu sou o sujeito a quem todos vocês devem recorrer, irmãos... eu vou defender seus direitos. Eu vou defendê-los até o último suspiro.

- Ora, Sam, você me disse precisamente esta manhã que ajudaria esse senhor a apanhar Lizzy. Parece-me que sua conversa não bate - atalhou Andy.

- Pois então lhe digo, Andy - retrucou Sam, com pomposa superioridade -, não é bom que fale sobre coisas que não sabe; garotos como você, Andy, trabalham até bem, mas não se pode esperar deles que compreendam os grandes princípios de ação.

Andy parecia desnorteado, particularmente pelas palavras difíceis da resposta, que a maioria dos jovens membros do grupo parecia considerar como encerramento do caso, enquanto Sam prosseguia.

- Isso era *consciência*, Andy; quando pensei em perseguir Lizzy, eu realmente esperava que esse fosse o desejo do patrão. Quando percebi que o desejo da patroa era exatamente o contrário, segui mais ainda a *consciência*, porque é melhor ficar do lado da patroa... assim, pode ver que sou persistente por qualquer caminho que vá, me agarro à consciência e sigo meus princípios. Sim, *princípios* - continuou Sam, brandindo entusiasmado um pescoço de galinha - para que servem os princípios, se não formos persistentes, gostaria de saber? Aí, Andy, tome esse osso... ainda tem carne para roer.

Os presentes escutavam boquiabertos o discurso de Sam, o que o levou a prosseguir.

– Essa questão sobre a persistência, irmãos negros – disse Sam, com ar de alguém entrando num assunto abstrato –, a persistência é uma coisa que não pode ser vista muito claramente pela maioria das pessoas. Vejam só, quando um sujeito sustenta uma coisa num dia e o contrário no dia seguinte, o povo diz (e naturalmente o diz) que ele não é persistente... alcance-me aquele pedaço de bolo de milho, Andy. Mas vamos adiante. Espero que os cavalheiros e o belo sexo me desculpem por fazer uso de uma comparação bem comum. Pois bem, estou tentando subir até o topo de uma meda de feno. Então encosto minha escada num lado, mas vejo que não dá para alcançar o topo; então desisto de continuar tentando ali, mas mudo a escada para o lado oposto. Não sou persistente? Sou persistente ao querer subir por qualquer um dos lados em que minha escada se ajusta. Não está claro para todos vocês?

– É a única coisa em que você sempre foi persistente, Deus sabe! – murmurou a tia Cloé, que estava ficando bastante impaciente, uma vez que a alegria da noite era para ela um tanto parecida com a comparação das Escrituras... como "vinagre misturado com salitre".

– Sim, de fato! – disse Sam, levantando-se, bem alimentado e cheio de si, para um esforço conclusivo. – Sim, meus cidadãos negros e damas do outro sexo em geral, eu tenho princípios... e deles me orgulho... são próprios desses tempos e de todos os tempos. Tenho princípios e me apego a eles... qualquer coisa que acho que é princípio, a ela me agarro. Não me importaria se me queimassem vivo... eu iria caminhando diretamente para a fogueira, eu iria e diria "aqui vou eu para derramar meu último sangue em favor de meus princípios, em favor de meu país, em favor dos interesses gerais da sociedade.

– Bem – interveio novamente tia Cloé –, um de seus princípios deveria ser o de ir para a cama em algum momento hoje à noite e não ficar segurando todos até a manhã. Pois bem, todos vocês jovens que não querem apanhar, seria melhor que saíssem daqui imediatamente.

– Negros! Todos vocês – concluiu Sam, agitando o chapéu de folha de palmeira, com discrição –, podem ir com minha bênção. Vão para a cama agora e sejam bons garotos.

E com essa bênção patética, a assembleia se dispersou.

9
UM SENADOR NÃO É MAIS QUE UM HOMEM

A luz de um fogo vivo iluminava o tapete de uma sala de visitas bem mobiliada e refletia nas laterais das xícaras e do polido bule de chá, enquanto o senador Bird tirava as botas e se preparava para enfiar os pés num par de chinelos novos e bonitos, que a esposa havia adornado durante os dias em que ele estivera no Senado.

A senhora Bird, a própria imagem da alegria, se ocupava na arrumação da mesa, sempre atenta e distribuindo admoestações às irrequietas crianças que inventavam todas as formas de brincadeiras e travessuras, que sempre deixam as mães preocupadas.

- Tom, largue a maçaneta da porta... há alguém! Mary! Mary! não puxe a cauda do gato... pobre bichinho! Jim, não suba em cima da mesa... não, não!... Você não sabe, querido, que surpresa é para todos nós vê-lo aqui hoje à noite! - disse ela, finalmente, quando encontrou tempo para dizer algo ao marido.

- Sim, sim, pensei em dar um pulo até aqui, passar a noite e ter um pouco de conforto em casa. Estou morto de cansado e com dor de cabeça!

A senhora Bird lançou um olhar para um frasco de cânfora, que estava no armário semiaberto, e fez menção de apanhá-lo, mas o marido interveio.

- Não, não, Mary, nada de remédios! Uma boa xícara de chá quente e alguns momentos com vocês são tudo o que eu quero. É realmente cansativo esse trabalho no Senado.

E o senador sorriu, como se gostasse da ideia de se considerar como alguém que se sacrifica pelo país.

- Bem - disse a esposa, depois que a mesa para o chá estava posta -, e o que andam fazendo no Senado?

Era muito raro a afável senhora Bird se preocupar com o que estava se passando na casa do Senado, pois sabiamente considerava que tinha o suficiente para se importar com a dela. Por isso o senhor Bird arregalou os olhos, surpreso, e disse:

– Nada de muito importante.

– Bem, mas é verdade que andaram aprovando uma lei que proíbe dar de comer e beber aos pobres negros fugitivos que vagueiam por aí? Ouvi falar dessa lei, mas não creio que uma assembleia cristã possa aprová-la.

– Ora, Mary, está começando a se interessar por política de uma só vez.

– Não, bobagem! Eu não daria a mínima para toda a sua política, mas acho que isso é algo absolutamente cruel e anticristão. Espero, querido, que semelhante lei não tenha sido aprovada.

– Foi aprovada uma lei proibindo as pessoas deste Estado de ajudar os escravos que fogem de Kentucky, querida. Tantas coisas andaram fazendo esses temerários abolicionistas, que nossos irmãos em Kentucky estão sumamente preocupados. E parecia necessário, desconsiderando se é bom e cristão, fazer algo por nosso Estado, a fim de acalmar a situação.

– E qual é a lei? Não nos proíbe de abrigar aquelas pobres criaturas por uma noite e de lhes dar algo para comer, algumas roupas velhas e mandá-las embora tranquilamente outra vez?

– Sim, querida; isso seria ajudar e estimular, bem sabe.

A senhora Bird era uma mulher tímida e corada, bem baixinha, de meigos olhos azuis, uma pele cor de pêssego e a voz mais doce e amável do mundo... quanto à coragem, um peru de tamanho médio bastava para deixá-la assustada ao primeiro gorgolejo e um robusto cão doméstico, de aparência mansa, a deixava apavorada pelo simples fato de lhe mostrar os dentes. O marido e os filhos eram todo o seu mundo e mantinha a ordem na casa mais com súplicas e persuasão do que com comando ou argumentação. Havia apenas uma coisa que era capaz de alterá-la e que afetava seu caráter extraordinariamente afável e simpático: qualquer forma de crueldade a encolerizava e as atitudes que tomava, no caso, contrastavam de modo alarmante e inexplicável com sua mansidão habitual. Geralmente era a mais indulgente e extremosa das mães, mas seus filhos ainda se lembravam muito bem do rigoroso castigo que ela lhes havia infligido uma vez porque os encontrou, junto com vários garotos malvados da vizinhança, apedrejando um indefeso gatinho.

— Vou lhe contar — Bill costumava dizer — que naquela vez fiquei com medo. A mãe veio até mim tão zangada que achei que estava louca; ela me bateu com o chicote e me mandou para a cama sem jantar, antes que eu pudesse imaginar o que estava acontecendo. Depois disso a ouvi chorando atrás da porta, o que me deixou mais dolorido do que todas as chicotadas que havia levado. Vou lhe contar, nós, garotos, nunca mais jogamos pedras nos gatos!

Na presente ocasião, a senhora Bird se levantou rapidamente, com o rosto vermelho, o que melhorava sua aparência geral, dirigiu-se ao marido com ar resoluto e, num tom incisivo, disse:

— Agora, John, quero saber se você acha que tal lei é justa e cristã.

— Não vai me matar agora, Mary, se eu disser que sim!

— Nunca poderia ter pensado isso de você, John; votou a favor dessa lei também?

— Votei sim, minha bela política.

— Você deveria se envergonhar, John! Pobres, desabrigados, criaturas sem casa! É uma lei vergonhosa, perversa e abominável, e eu vou violá-la, na primeira oportunidade que tiver. E espero ter essa oportunidade! As coisas chegaram a um ponto inominável, se uma mulher não pode dar um prato de comida e uma cama para pobres e famintas criaturas, só porque são escravas e porque viveram a vida inteira sendo maltratadas e oprimidas. Que tristeza!

— Mas Mary, escute um pouco. Seus sentimentos são justos, caros e interessantes, e eu a amo mais ainda por cultivá-los; mas, querida, não devemos deixar que nossos sentimentos eliminem nossa razão; deve considerar que sua posição reflete um sentimento pessoal; há grandes interesses públicos envolvidos; há um tal estado de agitação pública se avolumando, que devemos pôr de lado nossos sentimentos pessoais.

— Ora, John, eu não entendo absolutamente nada de política, mas posso ler minha Bíblia e nela está escrito que devo alimentar os famintos, vestir os nus e consolar os desolados. E é essa Bíblia que eu pretendo seguir.

— Mas nos casos em que, agindo de acordo com ela, acarretar grandes danos públicos...

— Obedecendo a Deus nunca vai trazer danos. Sei que não pode. É sempre mais seguro, em todos os sentidos, fazer o que Ele nos mandar.

- Agora me escute, Mary, e posso apresentar-lhe um argumento muito claro, para mostrar ...

- Bobagem, John! Pode falar a noite toda, mas eu não faria isso. Eu é que lhe pergunto: você poria para fora de sua casa uma pobre criatura tremendo de frio, morrendo de fome, só porque é um fugitivo? Faria isso?

Dizendo a verdade, nosso senador tinha a infelicidade de ser um homem que primava por um caráter particularmente humano e acessível e virar as costas para qualquer um que estivesse em dificuldade não era seu modo de agir. E o que era pior para ele nesse particular era que sua esposa sabia disso e, claro, estava atacando um ponto indefensável. Então ele recorreu aos meios habituais de ganhar tempo em semelhantes casos. Murmurou "hum" e tossiu várias vezes, tirou o lenço do bolso e começou a limpar os óculos. A senhora Bird, vendo a condição indefesa do território do adversário, não teve o menor escrúpulo em tentar aumentar sua vantagem.

- Eu gostaria de ver você fazendo isso, John... gostaria mesmo! Pôr para fora da porta uma mulher numa tempestade de neve, por exemplo; ou talvez a prendesse e a mandasse para a cadeia, não é? Estaria cumprindo rigorosamente seu dever!

- Claro, seria um dever muito doloroso - começou o senhor Bird, num tom moderado.

- Dever, John! Não use essa palavra! Sabe que não é um dever... não pode ser um dever! Se as pessoas quiserem impedir que seus escravos fujam, que os tratem bem... essa é minha doutrina. Se eu tivesse escravos (como espero nunca ter), tenho certeza absoluta de que nunca fugiriam de mim, nem de você, John. Digo-lhe que os escravos não fogem quando estão felizes; e quando fogem, pobres criaturas!, já sofrem bastante de frio, fome e medo, sem que todos se voltem contra eles. Com lei ou sem lei, nunca vou fazer uma coisa dessas, que Deus me ajude!

- Mary! Mary! Minha querida, vamos raciocinar juntos.

- Detesto raciocinar, John... especialmente sobre assuntos como esse. Há um jeito que vocês políticos têm de complicar as coisas simples e justas; e vocês mesmos não acreditam nelas, quando se trata de pô-las em prática. Eu o conheço muito bem, John. Você não acredita, mais do que eu, que essa lei seja correta; e não haveria de acreditar mais e antes do que eu.

Nesse momento crítico, o velho Cudjoe, negro que fazia de tudo na casa, assomou à porta e pediu à patroa para que fosse até a cozinha. Nosso senador, aliviado com a interrupção, olhou para sua pequena esposa com um misto de caprichosa satisfação e irritação e, sentando-se na poltrona, passou a ler os jornais.

Depois de alguns instantes, ouviu a mulher chamá-lo, num tom de voz calmo e sério:

– John! John! Gostaria que viesse aqui um momento.

Largou o jornal, foi até a cozinha e ficou estupefato com a visão que se lhe apresentava... Uma mulher jovem e esbelta, de roupas rasgadas e congeladas, sem um dos sapatos e a meia arrancada do pé cortado e ensanguentado, jazia desmaiada e apoiada sobre duas cadeiras. Havia a marca da desprezada raça negra em seu rosto, mas ninguém poderia deixar de perceber seus traços de tocante beleza, enquanto sua rigidez pétrea, seu semblante frio, fixo e mortal provocavam um frio solene no senador, que respirou fundo e ficou em silêncio. Sua mulher e sua única criada de cor, a velha tia Diná estavam ocupadas em tentar reanimar a moça. O velho Cudjoe tinha tomado o menino no colo e tratava de tirar-lhe os sapatos e as meias e lhe esfregar os pés frios.

– Claro que é um triste espetáculo! – disse a velha Diná, consternada. – Parece que foi o calor ao entrar que a fez desmaiar. Estava bastante bem quando chegou e pediu para se aquecer um pouco aqui. Eu ia lhe perguntar de onde vinha quando caiu desmaiada. Nunca fez trabalhos pesados, dá para ver pelas mãos dela.

– Pobre criatura! – exclamou a senhora Bird, compadecida, ao ver a jovem mulher abrindo lentamente os grandes olhos escuros e olhando vagamente em derredor. Subitamente, uma expressão de agonia se estampou em seu rosto e se soergueu, dizendo:

– Oh! meu Harry! Eles o apanharam?

Nisso, o menino pulou do colo de Cudjoe e, correndo para o lado dela, levantou os braços.

– Oh! ele está aqui! ele está aqui! – exclamou ela.

– Oh, minha senhora! – disse ela, descontroladamente, para a senhora Bird. – Proteja-nos! Não deixe que eles o levem!

– Ninguém vai lhe fazer mal aqui, pobre menina – disse a senhora Bird, encorajando-a. – Você está segura; não tenha medo.

– Que Deus a abençoe! – exclamou a mulher, cobrindo o rosto e soluçando, enquanto o garotinho, vendo-a chorar, tentou se aconchegar no colo dela.

Com todos os cuidados afáveis e maternais, que ninguém melhor do que a senhora Bird sabia prestar, a pobre mulher, com o tempo, foi se serenando. Improvisaram uma cama no local, perto do fogo e, depois de breves momentos, ela caiu num sono profundo, junto com o menino, que parecia não menos cansado e que adormeceu nos braços da mãe, pois esta resistia, com nervosa ansiedade, às mais meigas tentativas de tirá-lo dela. E até mesmo durante o sono, o braço dela o apertava contra si com força, como se mesmo então ela pudesse ser lograda em sua vigilância.

O senhor e a senhora Bird tinham voltado para a sala de visitas, onde, por mais estranho que possa aparecer, nenhuma referência foi feita, de ambas as partes, à conversa anterior. Mas a senhora Bird se ocupou com seu trabalho de costura e o senhor Bird fingiu estar lendo o jornal.

– Eu me pergunto quem e o que ela é – disse, finalmente, o senhor Bird, enquanto largava o jornal.

– Vamos saber quando ela acordar e se sentir um pouco descansada – replicou a senhora Bird.

– Acho que, mulher! – falou o senhor Bird, depois de ficar matutando em silêncio por sobre o jornal.

– O quê, meu querido!

– Ela não poderia usar um de seus vestidos, com pequeno ajuste? Ela parece bem mais alta que você.

Um sorriso quase imperceptível se desenhou no rosto da senhora Bird, que respondeu:

– Vamos ver.

Outra pausa, que o senhor Bird a rompeu, dizendo:

– Acho que, mulher!

– Bem... o que é agora?

– Pois bem, aquela velha manta, que você guarda de propósito para me cobrir quando tiro meu cochilo à tarde, pode muito bem dá-la... ela precisa de roupas.

Nesse momento, Diná entrou para dizer que a mulher estava acordada e queria falar com a patroa.

O senhor e a senhora Bird foram para a cozinha, seguidos pelos dois filhos mais velhos; o menor, a essa altura, já tinha sido posto na cama.

A mulher estava sentada diante do fogo. Olhava fixamente para as chamas, com uma expressão calma e de coração partido, bem diferente de sua condição de desespero ao chegar.

– Quer falar comigo? – perguntou a senhora Bird, em tom suave. – Espero que se sinta melhor agora, pobre criatura!

Um longo suspiro trêmulo foi a única resposta; mas ergueu os olhos negros e fixou-os nela com tal expressão de desolação e de súplica, que as lágrimas passaram a escorrer pelo rosto da senhora Bird.

– Não precisa ter medo de nada, aqui você está entre amigos! Diga-me de onde veio e o que quer.

– Eu vim de Kentucky – respondeu a mulher.

– Quando? – perguntou o senhor Bird, assumindo o interrogatório.

– Esta noite.

– Como veio?

– Atravessei o rio pulando sobre o gelo.

– Pulou sobre o gelo! – disseram todos os presentes.

– Sim – disse a mulher, lentamente. – Foi o que fiz. Com a ajuda de Deus, corri sobre o gelo; porque eles estavam atrás de mim... logo atrás... e não havia outro jeito!

– Meu Deus, senhora! – exclamou Cudjoe – O gelo está todo partido em blocos, flutuando e vagando para cá e para lá na água!

– Eu sei de tudo isso... eu sei! – retrucou ela, um tanto descontrolada. – Mas foi o que fiz! Não imaginava que pudesse fazê-lo... não pensava que ia conseguir, mas não me importei! Só poderia morrer, se não conseguisse. Deus me ajudou. Ninguém sabe até que ponto o Senhor pode ajudar aqueles que tentam – disse a mulher, com um brilho nos olhos.

– Você era uma escrava? – perguntou o senhor Bird.

– Sim, senhor; eu pertencia a um homem em Kentucky.

– Ele era cruel?

– Não, senhor; era um bom patrão.

– E sua patroa era cruel com você?

– Não, senhor... não! Minha patroa sempre foi muito bondosa para comigo.

– O que poderia então induzi-la a deixar um bom lar, fugir e passar por esses perigos?

A mulher fitou a senhora Bird, com um olhar atento e perscrutador, e não deixou de notar que esta estava vestida de luto.

– Minha senhora – disse ela, de repente –, já perdeu um filho?

A pergunta inesperada reabriu uma ferida recente, pois mal fazia um mês que um filho querido do casal havia sido levado para o túmulo.

O senhor Bird se virou e foi até a janela; a senhora Bird se pôs a chorar; mas, recobrando a voz, disse:

– Por que pergunta isso? Perdi um filho pequeno.

– Então vai sentir também por mim. Eu perdi dois, um após outro... deixei-os sepultados lá quando fugi e só me resta este. Nunca dormi uma noite sem ele; era tudo o que eu tinha. Era meu conforto e orgulho, dia e noite; e, minha senhora, eles iam tirá-lo de mim... para vendê-lo... vendê-lo no sul, minha senhora, para ficar sozinho... um garoto que nunca, na vida dele, passou um dia longe da mãe! Não poderia aguentar isso, minha senhora. Eu sabia que nunca poderia me conformar, se isso acontecesse. Quando fiquei sabendo que os papéis de compra e venda tinham sido assinados e que ele fora vendido, eu o tomei em meus braços e fugi à noite. Eles me perseguiram... o homem que o comprou e alguns criados do patrão... estavam logo atrás de mim e eu os ouvia. Pulei diretamente para o gelo e como consegui atravessar o rio, não sei; lembro-me somente que um homem me ajudou a subir para a margem.

A mulher não soluçava nem chorava. As lágrimas já haviam secado, mas todos os presentes na sala mostravam, cada um a seu modo, sinais de comovida simpatia.

Os dois meninos, depois de remexer desesperadamente nos bolsos, à procura dos lenços que as mães sabem que nunca devem ser encontrados ali, agarraram-se desconsoladamente ao avental da mãe, soluçando e enxugando nele os olhos, para consolo de seus corações. A senhora Bird havia escondido o rosto no lenço e a velha Diná, com lágrimas escorrendo por seu rosto negro e honesto, exclamava "Senhor, tenha misericórdia de nós!" com todo o fervor religioso. O velho Cudjoe, esfregando os olhos repetidamente nos punhos e fazendo uma variedade incomum de caretas esquisitas, repetia ocasionalmente a mesma invocação com grande fervor. Nosso senador, como homem público, não podia, é claro, mostrar a mesma emoção e chorar como outros mortais. Por isso virou as costas para o grupo, olhou pela janela e parecia particularmente ocupado em limpar a garganta e os óculos, assoando de vez em quando o nariz de uma maneira calculada para eliminar toda suspeita de emoção de sua parte.

— Como é que me disse que tinha um bom patrão? — perguntou ele de repente, engolindo resolutamente alguma coisa como um nó na garganta e voltando-se subitamente para a mulher.

— Porque ele *era* realmente um patrão bondoso... e vou dizê-lo quantas vezes quiser. E minha patroa era amável, mas eles não puderam evitar isso. Estavam devendo dinheiro; e aconteceu que um homem começou a pressioná-los e foram obrigados a dar-lhe o que queria. Escutei e ouvi o patrão contar isso à patroa quando ela pedia e intercedia por mim. Ele respondeu que não havia mais como evitar porque os papéis já estavam assinados. Então tomei meu filho, deixei a casa e fugi. Eu sabia que não podia mais viver depois disso, pois esse menino é tudo o que tenho.

— Não tem marido?

— Sim, mas ele pertence a outro dono, que é muito duro para com ele e não permite que venha me ver, a não ser raramente. Além do mais, está ficando sempre mais rígido para conosco e ameaça vendê-lo para os estados do sul. É provável que nunca mais volte a vê-lo!

O tom calmo com que a mulher proferia essas palavras poderia levar um observador superficial a pensar que fosse inteiramente apática; mas era uma calma de profunda angústia, espelhada em seus grandes olhos negros, que refletia algo bem diferente.

— E para onde pretende ir, pobre mulher? — perguntou a senhora Bird.

— Para o Canadá, se soubesse onde está. O Canadá está muito longe daqui? — perguntou ela, erguendo os olhos, com um ar simples e confiante, para a senhora Bird.

— Pobrezinha! — disse a senhora Bird, involuntariamente.

— É muito grande a distância até lá, não é? — perguntou a mulher, séria.

— Muito maior do que você pensa, minha filha! — respondeu a senhora Bird. — Mas vamos ver o que poderemos fazer por você. Diná, prepare uma cama em seu quarto, perto da cozinha, e eu vou pensar no que se pode fazer por ela amanhã de manhã. Por enquanto, não tenha medo, mulher. Confie em Deus, que haverá de protegê-la.

A senhora Bird e o marido entraram novamente na sala. Ela se sentou na pequena cadeira de balanço, diante do fogo, balançando-se pensativamente para lá e para cá. O senhor Bird caminhava de um lado para outro da sala, resmungando para si mesmo "Psih! psih! Maldito e desastroso negócio!" Finalmente, caminhando até a esposa, disse:

– Digo-lhe, mulher, que ela terá de sair daqui, esta mesma noite. Aquele sujeito deve ter seguido o rastro dela e chegar aqui amanhã de manhã cedo: se fosse só a mulher, ela poderia ficar tranquila e escondida até tudo acabar; mas lhe garanto que nem um exército vai conseguir manter quieto aquele garoto; ele vai estragar tudo, pondo sua cabeça para fora de uma janela ou mesmo da porta. Um belo espetáculo seria, para mim, ser apanhado com os dois aqui, justamente agora! Não, terão de sair hoje à noite.

– Esta noite! Como é possível?... para onde?

– Eu sei muito bem para onde – replicou o senador, começando a calçar as botas, com um ar reflexivo; e, parando quando a perna já estava pela metade dentro da bota, pôs as duas mãos nos joelhos e parecia estar em profunda meditação.

– É realmente um negócio complicado, feio e maldito – disse ele, finalmente, continuando a calçar as botas. – Esse é o fato! – Depois de enfiar a primeira, o senador parou com a outra nas mãos, examinando atentamente os desenhos do tapete. – Isso terá de ser feito, pelo que vejo... que se dane! – enfiou a outra bota ansiosamente e olhou pela janela.

A senhora Bird era uma mulher discreta... uma mulher que nunca em sua vida disse: "Eu o avisei!" E, nessa ocasião, embora bem ciente do rumo que as meditações do marido estavam tomando, com muita prudência se absteve de se intrometer, ficou sentada bem quieta na cadeira e parecia pronta a ouvir as intenções de seu lorde, quando ele achasse oportuno expressá-las.

– Veja bem – disse ele – há um velho cliente meu, Van Trompe, que veio do Kentucky e libertou todos os escravos. Depois comprou um terreno perto daqui, a sete milhas riacho acima, isolado no meio da floresta, para onde ninguém vai, a menos que já conheça o caminho; é um local difícil de ser encontrado. Lá ela estaria bastante segura; mas o diabo é que ninguém poderia dirigir uma carruagem até esse lugar esta noite, a não ser eu.

– Por que não? Cudjoe é um excelente condutor.

– Ah, ah! Mas veja bem. O riacho tem de ser atravessado duas vezes; e a segunda travessia é bem perigosa, a menos que alguém a conheça como eu. Atravessei-o uma centena de vezes a cavalo e sei exatamente que atalhos tomar. E assim, não há outra saída. Cudjoe deverá aparelhar os cavalos, com o menor ruído possível, por volta da meia-noite e eu vou levá-la; e então, para disfarçar o motivo da viagem, ele vai me levar até a próxima estalagem, onde vou esperar a diligência que segue para Columbus e que chega por volta das três ou quatro horas; desse modo, dá a impressão que fui de carruagem até lá somente para isso. Vou fazer tudo bem cedo pela manhã. Mas estou pensando que não vou me sentir muito bem depois de tudo o que foi dito e feito. Mas, dane-se! Não há outro jeito!

– Nesse caso, seu coração é melhor do que sua cabeça, John – disse a esposa, pondo sua pequena mão branca na dele. – Poderia tê-lo amado, se não o conhecesse melhor do que você mesmo se conhece?

A senhora Bird parecia tão bonita com as lágrimas cintilando em seus olhos, que o senador pensou que devia se sentir mais que satisfeito por ter conseguido fazer com que uma criatura tão linda lhe dedicasse tanta afeição; e para deixá-la mais contente ainda, o que mais poderia fazer senão tomar providências para aprontar a carruagem? À porta, porém, parou por uns instantes e voltou, dizendo com alguma hesitação:

– Mary, não sei o que pensa a respeito, mas há uma gaveta cheia de coisas... de... do pobre Henry. – Depois disso, virou-se rapidamente e fechou a porta atrás de si.

A mulher abriu a porta do quartinho contíguo ao dela e, tomando a vela, colocou-a em cima de uma mesinha; depois, apanhou uma chave, enfiou-a cuidadosamente na fechadura de uma gaveta e fez uma pausa repentina, enquanto dois meninos que, como garotos curiosos, a haviam seguido de perto e ficaram olhando com relances silenciosos e significativos para a mãe.

Oh! mãe que lê isso... nunca houve em sua casa uma gaveta ou um armário, que nunca abre senão como quem abre um pequeno túmulo? Ah! Feliz mãe você é, se isso nunca lhe aconteceu.

A senhora Bird abriu lentamente a gaveta. Havia nela muitas roupas de diferentes modelos e tamanhos, uma quantidade de meias e até mesmo um par de sapatinhos gastos na frente e que apontavam nas dobras de um papel. Havia ainda um cavalo de brinquedo, uma carroça, um pião, uma bola... recordações guardadas com muitas lágrimas e muita mágoa! Ela se sentou aos pés da gaveta e, apoiando a cabeça nas mãos, chorou até as lágrimas cair por entre os dedos na gaveta; subitamente, levantando a cabeça, começou, com nervosa pressa, a selecionar os artigos mais simples e mais conservados e fez um pacote.

– Mamãe – perguntou um dos meninos, tocando suavemente o braço dela –, vai doar todas essas coisas?

– Meus queridos filhos – respondeu ela, meiga e sinceramente –, se nosso caro e amoroso pequeno Henry olhar para baixo do céu, vai ficar feliz ao ver--nos fazer isso. Eu não teria coragem de dá-las a qualquer pessoa... para qualquer um que já fosse feliz; mas vou dá-las a uma mãe muito mais amargurada e triste do que eu. E espero que, com elas, Deus envie suas bênçãos!

Há neste mundo almas abençoadas, cujas tristezas se transformam em alegrias para os outros e cujas esperanças terrenas, colocadas na sepultura com muitas lágrimas, são sementes das quais brotam flores e bálsamo para os desolados e aflitos. Entre elas, estava a delicada mulher que, sentada à luz de uma vela e vertendo lentas lágrimas, preparava o embrulho das recordações de seu próprio filho para a errante fugitiva.

Depois de uns momentos, a senhora Bird abriu um guarda-roupa e, tirando dois vestidos simples e em bom estado, sentou-se à mesa de costura e, com agulha, tesoura e dedal à mão, silenciosamente começou a rebaixar as barras, que o marido havia recomendado, e continuou atarefada até que o velho relógio no canto bateu doze horas; ouviu então o ruído das rodas da carruagem à porta.

– Mary – disse o marido, entrando com o sobretudo na mão –, deve acordá-la agora; temos de partir.

A senhora Bird arrumou apressadamente os vários artigos que havia coletado numa maleta simples e, trancando-a, pediu ao marido que a levasse à carruagem, e depois foi chamar a mulher. Logo em seguida, envolta num manto, de gorro e xale, que haviam pertencido à sua benfeitora, ela apareceu na porta com o filho nos braços. O senhor Bird correu para a carruagem e a senhora

Bird o acompanhou até ele entrar e se acomodar. Elisa se debruçou para fora do veículo e estendeu a mão... uma mão tão suave e bela quanto aquela que a apertava. Fixou os olhos grandes e escuros, cheios de sentida significação, no rosto da senhora Bird e parecia que iria falar. Seus lábios se moveram, ela tentou uma ou duas vezes, mas não se ouvia som algum; e, apontando para cima, com um olhar impossível de esquecer, recostou-se no banco e cobriu o rosto. A porta se fechou e a carruagem partiu.

Que situação para um senador patriota que havia passado toda a semana anterior incitando todos os membros da assembleia de seu estado natal a aprovar resoluções mais rigorosas contra escravos fugitivos, seus receptadores e cúmplices!

Nosso bom senador em seu estado natal não havia sido superado por nenhum de seus colegas em Washington, no tipo de eloquência que lhes havia granjeado notória fama! Como ele se punha solenemente de mãos nos bolsos e ridicularizava toda a fraqueza sentimental daqueles que teriam posto o bem-estar de alguns miseráveis fugitivos acima dos grandes interesses do Estado!

Ele era corajoso como um leão nesse assunto, profundamente convicto em sua posição e conseguia convencer a todos que o ouviam. Mas a ideia de um fugitivo era apenas uma ideia das letras que formavam a palavra ou, no máximo, a imagem de uma pequena gravura, publicada em jornal, de um homem apoiado num bastão e carregando um pacote, com a legenda "Fugitivo". Nunca se havia deparado com a magia da verdadeira presença da desgraça, do olho humano suplicante, da mão humana frágil e trêmula, do apelo desesperado da agonia impotente. Nunca havia pensado que um fugitivo pudesse ser uma mãe infeliz, uma criança indefesa, como aquela que agora usava o boné de seu falecido filho; e assim, como nosso pobre senador não era de pedra ou de aço, como era homem e deveras de coração nobre, estava também, como todos devem ver, numa triste situação por causa de seu patriotismo. E você não precisa exultar, meu irmão dos Estados sulinos, pois temos alguns pressentimentos de que muitos de vocês, em circunstâncias similares, não fariam muito melhor. Temos razões para saber, no Kentucky, como no Mississippi, que há homens de coração nobre e generoso, aos quais nunca se contou a história do sofrimento em vão. Ah! meu irmão! É justo que espere de nós serviços que seu próprio coração valente e honrado não lhe permitiria prestar, se estivesse em nosso lugar?

Seja como for, se nosso bom senador era um político faltoso, tinha uma bela ocasião para expiar seu erro com a penitência dessa noite. Um longo e contínuo período de chuvas tinha transformado o rico solo de Ohio num lamaçal e a estrada era um antigo ramal de ferrovia dos bons e velhos tempos.

"Que tipo de estrada podia ser essa?", pode se perguntar um viajante do leste, acostumado a não ter outra ideia de uma ferrovia, a não ser a de suavidade e velocidade.

Saiba, então, inocente amigo do leste, que em regiões desconhecidas do oeste, aonde a lama chega a uma insondável e sublime profundidade, as estradas são feitas de rudes troncos redondos, dispostos transversalmente lado a lado e recobertos com terra, capim, pedregulho e tudo o que vem à mão; e então os habitantes do lugar, contentes, pensam em ter uma bela estrada e logo se dispõem a viajar por ela. Com o decorrer do tempo, as chuvas levam a terra e outro material que a recobria, deslocam os troncos para cá e para lá, deixando-os em posições pitorescas, para cima, para baixo e transversalmente, abrindo buracos enormes e sulcos de lama negra.

Ao longo de uma estrada como essa, nosso senador foi rodando, tentando se concentrar em suas reflexões morais, interrompido a todo momento pelos solavancos da carruagem que ora afundava no lodo, ora saltava com os buracos. O senador, a mulher e o menino eram atirados uns contra os outros, sem encontrar sossego, chegando a bater contras as janelas da carruagem, que seguia rapidamente e Cudjoe, na boleia do lado de fora, fazia de tudo para controlar adequadamente os cavalos. Depois de vários puxões e movimentos bruscos, justamente quando o senador estava perdendo toda a paciência, a carruagem subitamente se projeta num salto, caindo com as duas rodas dianteiras em outro buraco enorme; o senador, a mulher e o garoto voam amontoados para o assento da frente; o chapéu do senador fica enterrado até o nariz e todo amarrotado; e ele se sentia exausto. O menino começou a chorar e Cudjoe, do lado de fora, grita com os cavalos, que escoiceiam, se debatem e fazem força sob as repetidas chicotadas do condutor. A carruagem se endireita com outro salto... as rodas traseiras é que afundam no buraco... o senador, a mulher e o garoto voam para o banco de trás, cotovelos atingem o gorro da mulher e os dois pés dela batem no chapéu do senador, que cai no chão com o solavanco. Depois de alguns instantes, com um grito do condutor, os cavalos param, ofegantes; o senador recolhe o chapéu, a mulher arruma o gorro e silencia o filho, e se preparam para o que ainda está por vir.

Por certo tempo, só os contínuos e suaves solavancos se misturavam, tanto para variar, com alguns mergulhos no vazio e nas sacudidas laterais; e eles começam a se alegrar por não se sentirem mais tão mal assim, afinal. Por fim, com um mergulho espetacular, que põe todos de pé e depois os faz cair sentados com incrível rapidez, a carruagem para; e, depois de muita confusão de lado de fora, Cudjoe apareceu na porta.

– Por favor, senhor, esse é um local péssimo. Não sei como vamos sair daqui. Acho que devemos colocar alguns troncos.

O senador, em desespero, põe um pé para fora, procurando cautelosamente um ponto de apoio, mas o pé afunda inteiramente no barro; tentando puxá-lo para fora, perde o equilíbrio e cai na lama; com a ajuda de Cudjoe, se levanta, mas numa condição lamentável.

Mas, por simpatia, vamos poupar a sensibilidade de nossos leitores. Os viajantes do oeste, que passaram as madrugadas no interessante processo de derrubar cercas das ferrovias para tirar suas carruagens atoladas na lama, deveriam ter uma respeitosa e pesarosa simpatia com nosso infeliz herói. Pedimos que vertam uma silente lágrima e vamos adiante.

Era já de madrugada quando a carruagem emergiu do riacho, pingando e salpicando, enquanto avançava até a porta de uma grande casa de fazenda. Precisaram chamar com muita insistência para despertar os moradores; finalmente, o respeitável proprietário apareceu e abriu a porta. Era espadaúdo, alto, rude, de 1,80 metro e vestido com uma camisa de caça de flanela vermelha. Um homenzarrão de cabelo loiro, desordenadamente emaranhado, e barba de alguns dias por fazer lhe conferiam uma aparência, para dizer o mínimo, não muito atraente. Ficou por alguns minutos segurando a vela levantada, fitando nossos viajantes com uma expressão sombria e carregada que parecia realmente cômica. Custou algum esforço a nosso senador para levá-lo a compreender do que se tratava. Mas enquanto ele estiver dando explicações, vamos apresentar brevemente o novo personagem a nossos leitores.

O velho e honrado John Van Trompe já tinha sido um grande proprietário de terras e dono de escravos no estado de Kentucky. Não se assemelhando em nada a um urso a não ser na pele e dotado por natureza de um coração grande, honesto e justo, bastante similar à sua estrutura gigantesca, esteve por alguns anos observando com inquietação o funcionamento de um regime igualmente funesto para opressor e oprimido. Por fim, um dia, o grande coração de John se cansou de favorecer esse sistema perverso. Tomou então sua carteira e foi até Ohio, onde comprou uma grande extensão de terras férteis e libertou todos os seus escravos... homens, mulheres e crianças... embarcou-os em carroças e os estabeleceu nessas terras. Depois o honesto John se retirou, riacho acima, para uma fazenda isolada e aconchegante onde, com a consciência tranquila, podia se entregar a suas reflexões.

– O senhor poderia dar abrigo a uma pobre mulher e a uma criança perseguidas por caçadores de escravos? – perguntou o senador, explicitamente.

– Creio que sim – respondeu o honesto John, com ênfase.

– Era o que eu pensava – disse o senador.

– Se aparecer algum deles – completou o bom homem, mostrando com gestos seu porte atlético –, estou pronto para recebê-lo. Tenho sete filhos, todos rapazes fortes, que também estarão prontos. Mande-lhes meus condignos respeitos, diga-lhes que não importa quando vierem me visitar; não faz diferença alguma – concluiu John, passando os dedos pelos cabelos que cobriam a testa e dando uma grande gargalhada. Cansada, exausta e sem ânimo, Elisa se arrastou até a porta, segurando nos braços o filho que dormia profundamente. O homem aproximou a vela do rosto dela e, proferindo uma espécie de grunhido compassivo, abriu a porta de um pequeno quarto adjacente à grande cozinha onde estavam e fez sinal para que ela entrasse. Tomou outra vela, acendeu-a, colocou-a sobre a mesa e então se dirigiu a Elisa.

– Moça, não precisa ter o menor medo, que venha quem quiser, estou preparado para o que der e vier – disse ele, apontando para dois ou três rifles dependurados acima da lareira. – E a maioria das pessoas que me conhece sabe que não seria muito saudável tentar tirar alguém de minha casa quando estou aqui. Então pode dormir agora, tão tranquila como se sua mãe a estivesse embalando – completou ele, ao fechar a porta.

– Meu amigo, realmente é uma menina muito bonita – disse ele ao senador. – Bem sei, mas, às vezes, a beleza é a maior causa de fuga, especialmente se a escrava tiver sentimentos e prezar sua honra. Eu sei disso.

O senador, em poucas palavras, explicou brevemente a história de Elisa.

– Ah! Oh! oh! agora entendo! – exclamou o bom homem, consternado. – Ah! Oh! É natural, pobre criatura! Caçada como um cervo... caçada justamente por ter sentimentos e por fazer o que qualquer mãe faria! Afirmo-lhe que são essas coisas que me revoltam e me levam a praguejar de tudo que é jeito – disse o honesto John, enxugando os olhos com as costas de uma das grandes mãos sardentas e amarelas. – Vou lhe dizer, senador, fazia anos e anos que não frequentava a igreja, porque os ministros, por essas bandas, costumavam pregar que a Bíblia era favorável à escravatura; eu já não podia mais aguentar suas citações em grego e hebraico e então larguei a Bíblia e tudo. Nunca mais tinha ido à igreja até que encontrei um ministro que deixava de lado o grego e todas aquelas coisas e pregava exatamente o contrário; então me decidi e voltei a frequentar a igreja... essa é a verdade – disse John, que estivera todo esse tempo tentando abrir uma garrafa de cidra, que ora apresentava.

– É melhor que fique aqui até o raiar do dia – disse ele, cordialmente. – Vou despertar minha velha para que lhe prepare uma cama.

– Obrigado, meu bom amigo – retrucou o senador. – Devo partir para chegar a tempo de tomar a diligência para Columbus.

– Ah! bem, então, se deve ir, vou acompanhá-lo por um breve trecho e indicar-lhe uma estrada bem melhor do que aquela pela qual chegou. A estrada por onde veio é péssima.

John se aprontou e, com uma lanterna na mão, logo foi visto conduzindo a carruagem do senador em direção a uma estrada que descia para um atalho, por trás da residência dele. Quando se separaram, o senador colocou-lhe nas mãos uma nota de dez dólares.

– É para ela – disse ele, secamente.

– Sim, sim – disse John, com igual concisão.

Apertaram as mãos e cada um foi para seu lado.

10
A ENTREGA DA MERCADORIA

A manhã de fevereiro era cinzenta e chuviscava janela adentro da cabana do pai Tomás. Clareava as cabeças abaixadas, imagem de corações pesarosos. A mesinha se destacava diante da lareira, coberta por um pano de passar roupa; uma camisa grossa, mas limpa, apenas passada, estava pendurada no espaldar de uma cadeira perto do fogo, e tia Cloé estava estirando outra sobre a mesa. Ela escovava cuidadosamente e passava a ferro cada dobra e cada bainha, com a mais escrupulosa exatidão, levando de vez em quando a mão ao rosto para enxugar as lágrimas que corriam pelas faces.

Tomás estava sentado ao lado, a Bíblia aberta sobre os joelhos e a cabeça apoiada numa das mãos, mas nenhum dos dois falava. Era muito cedo ainda e as crianças dormiam juntas na pequena e rude cama.

Tomás, que tinha entranhado e extremado amor por elas, característica peculiar de sua raça infeliz, levantou-se e caminhou em silêncio para olhar seus filhos.

– É a última vez – disse ele.

Tia Cloé não respondeu, apenas escovou repetidas vezes a camisa grossa, já tão macia quanto as mãos conseguiam deixá-la; depois, largando repentinamente o ferro com um gesto desesperado, sentou-se à mesa e começou a chorar.

– Sei que devemos nos resignar. Mas, meu Deus, como poderia? Se ao menos soubesse para onde você vai ou como vai ser tratado! A patroa diz que vai tentar resgatá-lo dentro de um ano ou dois; mas meu Deus, nenhum daqueles que vai para o sul consegue voltar! Eles os matam de tanto trabalhar! Ouvi contar como eles têm de trabalhar duro nas plantações.

– O mesmo Deus daqui está também lá, Cloé.

– Bem – disse tia Cloé –, suponho que sim, mas o Senhor deixa acontecer coisas terríveis, às vezes. E isso não me consola de forma alguma.

– Estou nas mãos do Senhor – replicou Tomás. – Nada pode acontecer sem a permissão dele; e essa é uma das coisas que devo agradecer a ele. Eu é que fui vendido e que vou embora, e não você nem as crianças. Aqui você está segura; o que vai acontecer, vai acontecer só para mim. E Deus vai me ajudar, sei que ele vai.

Oh! coração valente e viril, sufocando sua própria tristeza, para confortar seus amados! Tomás falou com voz rouca e entrecortada, mas com altivez e energia.

– Pensemos nos benefícios que recebemos! – acrescentou ele, trêmulo, como se tivesse certeza de que precisava pensar muito neles.

– Benefícios! – repetiu tia Cloé. – Não vejo benefício algum! 'Não é justo! Não é justo que fosse assim! O patrão nunca deveria ter deixado que você fosse tomado para quitar as dívidas dele. Você já ganhou para ele mais de duas vezes o preço que pagou por você. Ele lhe deve a liberdade e devia tê-la concedido anos atrás. Talvez ele esteja em dificuldades agora, mas sinto que foi injusto. Nada pode me tirar isso da cabeça. Você sempre foi um servo fiel, cuidou dos negócios dele mais do que seus próprios e se dedicou a ele muito mais do que à sua própria esposa e filhos! Aqueles que vendem o amor e o sangue do coração para se livrar de uma dificuldade atraem sobre si a ira de Deus!

– Cloé! Se você me ama, não pode falar assim, justamente quando é, talvez, a última vez em que ficamos juntos! E vou lhe dizer, Cloé, quem proferir uma palavra contra meu patrão é a mim que está ofendendo. Eu não o carreguei em meus braços quando ele era pequenino? É natural que eu o estime profundamente. E não era de se esperar que tivesse tanto respeito pelo pobre Tomás. O patrão está acostumado a fazer tudo para eles e naturalmente eles não pensam muito nisso. Não pode ser diferente. Coloque-o ao lado de outros patrões... quem deu o tratamento e a vida que eu tive? E ele nunca teria deixado acontecer isso comigo, se pudesse ter previsto de antemão. Eu sei que não teria deixado.

– Bem, de qualquer forma, isso é um tanto injusto – retrucou tia Cloé, que tinha como traço predominante um obcecado senso de justiça. – Não consigo precisar o que é, mas tenho certeza de que é um tanto injusto.

– Você tem de volver seus olhos para o Senhor, que está acima de tudo... e nenhum passarinho morre sem a vontade dele.

– Isso não me serve de consolo, embora eu saiba disso – replicou tia Cloé. –

Mas não adianta ficar falando. Vou retirar o bolo de milho, para que você tenha um bom café da manhã, porque ninguém sabe quando vai ter outro.

Para compreender melhor os sofrimentos dos negros vendidos para as regiões do sul, deve-se relembrar que todos os laços afetivos dessa raça são particularmente fortes. Seu apego ao local é permanente. Não são naturalmente ousados e aventureiros, mas amam o lar e são carinhosos. Acrescente-se a isso todos os terrores que a ignorância do desconhecido provoca e, mais ainda, que a venda deles para o sul é colocada para o negro, desde a infância, como a punição mais severa que possa existir. A ameaça que aterroriza mais do que chicote ou a tortura de qualquer tipo é a ameaça de ser mandado para o sul.

Nós mesmos os temos ouvido expressar esse sentimento, reforçado ainda com as conversas que mantêm durante suas horas de descanso, contando histórias assustadoras sobre aquela região do "rio abaixo", que para eles é

Esse país desconhecido, de onde
Nenhuma criatura jamais retorna.

Um missionário entre os fugitivos no Canadá nos contava que a maioria dos fugitivos confessaram ter escapado de patrões geralmente amáveis e que foram induzidos a enfrentar os perigos da fuga, em quase todos os casos, pelo desesperado horror que tinham de serem vendidos para o sul – uma ameaça que pairava sobre suas cabeças, sobre as de suas mulheres e de seus filhos. Isso irrita os africanos, naturalmente pacientes, tímidos e irresolutos, mas com uma coragem heroica, que os leva a passar fome, frio, dor, os perigos do deserto e mesmo os mais terríveis castigos que se seguem à recaptura.

A modesta refeição da manhã já fumegava sobre a mesa, pois a senhora Shelby havia dispensado, nessa manhã, a tia Cloé de seu serviço corriqueiro. A pobre alma tinha despendido todas as suas pequenas energias nessa festa de despedida. Tinha matado e preparado sua melhor galinha, tinha feito seus bolos de milho com o maior cuidado e precisamente ao gosto do marido, tinha exposto, enfim, sobre o friso da lareira alguns potes misteriosos, cheios de conservas, que só apareciam em circunstâncias muito especiais.

– Olhe, Pete – disse Mose, triunfante –, que beleza de comida temos hoje! – Dizendo isso, apanhava da mesa um pedaço de galinha.

Tia Cloé lhe desferiu uma instantânea bofetada na orelha.

— Mais isso agora! Avançando sobre a última refeição da manhã que o pobre papai vai ter em casa!

— Oh, Cloé! – disse Tom, com toda a meiguice.

— Bem, não pude evitar – disse tia Cloé, escondendo o rosto no avental. – Estou tão perturbada, que acabo fazendo o que não deveria.

Os meninos sossegaram, olhando primeiro para o pai e depois para a mãe, enquanto o bebê, agarrando-se à saia desta, começou a chorar de modo impertinente e exigente.

— Chega! – disse tia Cloé – enxugando os olhos e tomando o bebê nos braços. – Agora acabei, espero; coma alguma coisa, Tom. Essa é minha melhor galinha. Chega, meninos! Vocês já vão comer também, minhas pobres criaturas! A mãe foi rude com vocês.

Os meninos não precisaram de um segundo convite e avançaram sobre a comida com grande apetite; se não fosse por eles, a mesa servida teria ficado intocada.

— Agora – disse tia Cloé, agitada depois desse café da manhã – vou arrumar suas roupas. Seja como for, talvez o novo patrão não o deixe levá-las. Sei como são essas coisas. Bem, aqui estão, nesse canto, seus panos para o reumatismo. Tome cuidado, porque ninguém vai lhe dar outros. Depois, aqui estão as camisas velhas e estas são novas. Acabei ontem à noite essas meias de lã e dentro delas está um novelo para consertá-las. Mas, meu Deus! Quem vai consertá-las para você? – E tia Cloé, vencida novamente pela dor, apoiou a cabeça sobre a caixa e soluçou. – Não posso pensar nisso! Ninguém que possa cuidar de você, na saúde ou na doença! Realmente, não acho que eu deveria me resignar agora!

Os meninos, depois de devorarem tudo o que havia na mesa, começaram a dar um pouco de atenção ao que se passava; e, vendo a mãe chorando e o pai muito triste, puseram-se a choramingar e a esfregar os olhos. O pai Tomás tinha a pequena no colo e a deixava se divertir ao máximo, arranhando o rosto e puxando os cabelos dele, e ocasionalmente rindo com imenso prazer, evidente reflexo de suas emoções de criança.

— Sim, brinque, pobre criatura – disse tia Cloé. – Vai chegar sua vez também! Vai viver para ver seu marido vendido, e você mesma, talvez; e esses meninos, também vão ser vendidos, suponho, talvez não, quando chegarem a valer alguma coisa. De nada adianta para os negros ter alguma coisa!

Nesse momento, um dos meninos gritou:

– Aí vem a senhora!

– Ela já não pode fazer mais nada. Para que ela vem aqui? – disse tia Cloé.

A senhora Shelby entrou. Tia Cloé lhe ofereceu uma cadeira, de um modo decididamente contrafeito e zangado. Mas a senhora não deu atenção a nada disso. Estava pálida e ansiosa.

– Tomás – disse ela –, venho para ... – e parando de repente o olhando para o grupo silencioso, sentou-se na cadeira e, cobrindo o rosto com o lenço, começou a soluçar.

– Oh, meu Deus! Minha senhora não chore, não chore! – disse tia Cloé, caindo no choro também; e por uns momentos todos choraram. E naquelas lágrimas, que todos derramavam juntos, se extinguiam todo o ressentimento e a raiva dos oprimidos. Oh! vocês que visitam os aflitos, sabem que tudo o que seu dinheiro pode comprar, dado com ar frio e indiferente, não vale uma lágrima honesta derramada com verdadeira simpatia?

– Meu bom amigo – disse a senhora Shelby –, nada posso lhe dar agora que venha modificar sua sorte. Se lhe der dinheiro, de nada adianta, pois lhe será tirado. Mas eu lhe prometo solenemente, e perante Deus, que vou seguir seus passos e trazê-lo de volta assim que eu puder resgatá-lo. E até esse dia, confie em Deus!

Nesse momento, os meninos gritaram que o senhor Haley estava chegando. Então um pontapé sem cerimônia escancarou a porta e Haley entrou de mau humor, depois de ter cavalgado infatigavelmente na noite anterior e nada satisfeito com seu insucesso em recapturar sua presa.

– Vamos, negro – disse ele –, está pronto? Bom dia, senhora! – acrescentou ele, tirando o chapéu, ao ver a senhora Shelby.

Tia Cloé fechou e amarrou a caixa. Levantando-se, lançou um olhar furioso para o mercador e suas lágrimas pareciam terem se transformado, repentinamente, em centelhas de fogo.

Tomás se levantou sem dizer palavra para seguir seu novo patrão e pôs nos ombros a pesada caixa. Sua mulher tomou a filhinha nos braços para acompanhá-lo até a carroça e as crianças, ainda chorando, seguiam-nos atrás.

A senhora Shelby, caminhando até o mercador, o deteve por alguns momentos e conversou com ele de modo muito sério; e enquanto ela estava falando, toda a família se pôs em volta da carroça, que estava pronta à porta da casa.

Uma multidão de negros, velhos e jovens, acorreu ao local para se despedir do velho companheiro. Tomás sempre havia sido considerado por todos como bom pai de família e também como ótimo instrutor cristão; todos, portanto, demonstravam sincera simpatia para com ele, além de profunda tristeza por sua partida, de modo particular, entre as mulheres.

– Ora, Cloé, você é mais corajosa do que nós! – disse uma das mulheres, que estivera chorando copiosamente, notando a sombria tranquilidade que tia Cloé conservava ao lado da carroça.

– Estou segurando minhas lágrimas! – disse ela, olhando severamente para o mercador, que estava se aproximando. – Não me sinto à vontade chorando na frente desse miserável, justo agora!

– Suba! – disse Haley a Tomás, enquanto caminhava por entre a multidão de escravos, que olhavam para ele com as sobrancelhas abaixadas.

Tomás subiu. Haley, tirando de debaixo do assento da carroça um pesado par de correntes, prendeu-as firmemente em torno de cada um dos tornozelos de Tomás.

Um surdo murmúrio de indignação percorreu todo o círculo, e a senhora Shelby bradou do alto da varanda:

– Senhor Haley, asseguro-lhe que essa precaução é totalmente desnecessária.

– Não sei, senhora. Já perdi 500 dólares neste lugar e não posso correr mais riscos.

– O que mais ela poderia esperar dele? – disse tia Cloé, indignada, enquanto os dois meninos, que agora pareciam compreender de vez o destino do pai, se agarravam à saia dela, soluçando e gemendo sem parar.

– Sinto que o patrãozinho George esteja ausente hoje – disse Tomás.

George tinha ido passar dois ou três dias com um amigo numa propriedade vizinha. Como havia partido de manhã cedo, antes que o infortúnio de Tomás se tornasse conhecido de todos, tinha saído sem nada saber a respeito.

– Transmitam minhas saudações ao senhor George – disse ele, com sinceridade.

Haley deu uma chicotada no cavalo e, com um olhar firme e lastimoso, fixo até o último instante no velho lugar, Tomás foi levado embora dali.

O senhor Shelby não estava em casa nesse dia. Ele tinha vendido Tomás sob a imperiosa necessidade de se ver livre de um homem a quem temia. Seu primeiro sentimento, depois de concluída a venda, foi de alívio. Mas as recriminações da esposa logo despertaram nele o remorso meio adormecido; e a indiferença de Tomás aumentou ainda mais o desconforto de seus sentimentos. Foi em vão que ele disse a si mesmo que tinha o direito de fazê-lo, que todos o faziam e que alguns o faziam até mesmo sem a desculpa da necessidade; ele não conseguia apaziguar seus próprios sentimentos; e para não testemunhar as desagradáveis cenas da despedida, tinha partido para uma curta viagem de negócios pela região, esperando que tudo tivesse terminado antes de seu regresso.

Tomás e Haley percorreram por bom tempo a estrada poeirenta, deixando para trás todos os locais familiares, até que os limites da propriedade do senhor Shelby fossem inteiramente ultrapassados. Depois de terem percorrido cerca de uma milha, Haley parou de repente à porta de uma ferraria. Tomando em mãos um par de algemas, entrou na ferraria para fazer uma pequena alteração nelas.

– Essas são pequenas demais para um homem da constituição dele – disse Haley, mostrando as algemas e apontando para Tomás.

– Meu Deus! Se não me engano esse é Tomás do senhor Shelby. Ele o vendeu? – exclamou o ferreiro.

– Sim, vendeu – disse Haley.

– Ora, não é possível! Realmente – disse o ferreiro –, quem poderia pensar nisso! Mas você não precisa algemá-lo dessa maneira. É a mais fiel, a melhor criatura...

– Sim, sim – disse Haley. – Mas seus bons amigos são exatamente as criaturas que mais querem fugir. Os estúpidos não se importam para onde são conduzidos; os bêbados não se importam com nada, ficam parados, embora não gostem de ser carregados para cá e para lá; mas os inteligentes odeiam isso mais que o pecado. Por isso não há outro jeito senão acorrentá-los; se lhes deixar as pernas livres, não se iluda, eles vão fazer uso delas.

– Bem – disse o ferreiro, mexendo em suas ferramentas –, as plantações lá do sul não são exatamente o lugar para onde um negro de Kentucky quer ir. Parece que por lá eles morrem logo em seguida, não é?

– Bem, sim, morrem muito rápido, quase logo em seguida. Seja por causa do clima, seja por uma coisa ou outra, eles morrem e assim mantêm o mercado de escravos bem ativo – disse Haley.

– É, mas não se pode deixar de pensar que é uma grande pena ter um sujeito bom, quieto e fiel servidor como o Tomás e vê-lo condenado a seguir para o sul para morrer nas plantações de cana de açúcar.

– Na verdade, ele ainda teve muita sorte. Eu prometi tratá-lo bem. Vou colocá-lo como criado doméstico de alguma boa e tradicional família e então, se ele suportar a febre e o clima, vai ter uma vida tão boa quanto qualquer negro deseja ter.

– Ele deixa a esposa e os filhos aqui, certamente.

– Sim; mas ele vai conseguir outra coisa por lá. Meu Deus, há mulheres por toda parte – disse Haley.

Tomás estava sentado, muito triste, do lado de fora da ferraria, durante toda essa conversa. De repente, ouviu um rápido e breve bater de cascos de cavalo atrás dele; antes que pudesse se recobrar totalmente da surpresa, o jovem senhor George Shelby subiu na carroça, abraçou-o com força e emoção, aos soluços e xingando energicamente.

– Que infâmia! Não me importo com o que possam dizer! É realmente odioso! Se eu já fosse homem feito, eles não teriam chegado a isso, não teriam mesmo! – disse George, com uma espécie de uivo reprimido.

– Oh! senhor George! Que bom vê-lo aqui! – disse Tomás. – Eu não poderia partir sem vê-lo! Não consigo nem lhe dizer como isso me faz bem!

Nesse momento, Tomás fez um movimento com os pés e George viu os grilhões.

– Que vergonha! – exclamou ele, levantando as mãos. – Vou me atracar com esse velho malvado, vou mesmo!

– Não, não faça nada, senhor George; não fale tão alto. Não vai me ajudar em nada, mas vai enfurecer o homem.

– Está bem, vou ficar quieto então, por sua causa; mas só em pensar nisso... não é uma vergonha? Eles não me chamaram, não me disseram uma só palavra a respeito. E se não fosse por Tom Lincoln, eu não saberia de nada. Digo-lhe que fiz um escarcéu por isso, lá em casa!

– Receio que não deveria ter feito isso, senhor George.

– Não consegui me conter! Falei que isso é uma vergonha! Mas olhe, pai Tomás – disse ele, virando as costas para a ferraria e falando em tom misterioso:
– *Trouxe-lhe meu dólar!*

– Oh! Nem poderia pensar em aceitá-lo, senhor George, por nada deste mundo! – disse Tomás, bastante emocionado.

– Mas deve aceitá-lo! – retrucou George. – Olhe aqui, eu disse à tia Cloé que o faria; ela me aconselhou a fazer um furo nele e passar um cordão para que possa pendurá-lo ao pescoço; o senhor deve mantê-lo escondido, caso contrário, esse malvado vai roubá-lo. Digo-lhe, Tomás, que tenho vontade de bater nele! Isso me faria tanto bem!

– Não, isso não, senhor George, pois não me faria bem a mim.

– Bem, não vou fazê-lo, por sua causa – disse George, pendurando seu dólar no pescoço de Tomás. – Mas agora, abotoe bem o casaco para que não o vejam; conserve-o e lembre-se, sempre que o vir, de que vou seguir seus passos e um dia vou trazê-lo de volta. Tia Cloé e eu já estivemos conversando sobre isso. Disse-lhe que não ficasse com medo. Vou cuidar disso e vou atormentar a vida de meu pai, se ele não se decidir a fazer isso.

– Oh! senhor George, não deve falar assim de seu pai!

– Meu Deus, pai Tomás, não estou querendo nada de mal.

– E agora, George – disse Tomás –, o senhor deve continuar sendo um bom rapaz. Lembre-se de que muitos corações procuram consolo no senhor. Nunca se afaste de sua mãe. Não faça como esses meninos que, em suas loucuras, acabam esquecendo os conselhos das mães. Faço questão de lhe dizer, senhor George, que Deus dá muitas coisas boas duas vezes; mas ele não lhe dá uma boa mãe, a não ser uma só vez. Nunca vai ver outra mulher igual, senhor George, mesmo que viva cem anos. Então, fique sempre ao lado dela, cresça e seja um consolo para ela, meu bom menino. Promete isso, não é?

– Sim, prometo, pai Tomás – respondeu George, sério.

– E tenha cuidado ao falar, senhor George. Os meninos, quando chegam à sua idade, são voluntariosos, às vezes; é natural que assim seja. Mas os verdadeiros cavalheiros, como espero que também o seja, nunca proferem uma palavra desrespeitosa em relação aos pais. Não está se sentindo ofendido com o que digo, senhor George?

– Não, de modo algum, pai Tomás; o senhor sempre me deu bons conselhos.

– Sou muito mais velho, bem sabe – disse Tomás, acariciando a bela cabeça de cabelos encaracolados do rapaz com sua mão grande e forte, mas falando com uma voz tão terna como a de uma mulher –, e vejo tudo o que pode vir a ser. Oh, George, o senhor tem tudo: instrução, privilégios, leitura, escrita.

Deverá ser um homem importante, instruído, bom e todas as pessoas do lugar, bem como seus pais terão orgulho do senhor! Seja um bom homem, como seu pai; e um bom cristão, como sua mãe. Lembre-se de seu Criador nos dias de sua juventude, senhor George.

- Vou ser verdadeiramente bom, pai Tomás, prometo - disse George. - Vou ser um homem de primeira linha. E não desanime. Ainda vou trazê-lo de volta a esse lugar. Como falei à tia Cloé essa manhã, vou reformar toda a nossa casa e o senhor vai ter uma sala de estar com tapete quando eu for homem feito. Espere, que ainda vai ter dias muito felizes!

Nesse momento, Haley chegou à porta com as algemas nas mãos.

- Muito cuidado, senhor - disse George, com ar de grande superioridade, no momento em que ele vinha saindo. - Vou contar a meus pais a respeito do tratamento que der ao pai Tomás!

- Como quiser - disse o mercador de escravos.

- Acho que o senhor deveria ter vergonha de passar a vida inteira comprando homens e mulheres e acorrentá-los como gado! Acho que o senhor deveria se sentir o mais mesquinho dos homens - disse George.

- Enquanto houver grandes senhores que querem comprar homens e mulheres, sou tão bom quanto eles - disse Haley. - Tão mesquinho e desonroso poderá ser vendê-los como comprá-los!

- Nunca hei de fazer nem uma nem outra coisa quando for homem feito - disse George. - Sinto-me envergonhado, hoje, por ser um kentuckiano. Sempre me orgulhei disso antes. - E logo George se empertigou sobre seu cavalo e olhou em volta com ar superior, como se sua opinião pudesse impressionar todos os habitantes da região.

- Bem, adeus, pai Tomás; mantenha-se firme! - disse George.

- Adeus, senhor George - respondeu Tomás, olhando com carinho e admiração para ele. - Que Deus todo-poderoso o abençoe! Ah! Kentucky não tem muitos como o senhor! - acrescentou ele, do fundo do coração, quando já não via mais o rosto franco e juvenil do moço.

Ele foi embora e Tomás ficou olhando até que o ruído dos cascos do cavalo se perdeu à distância, o derradeiro som ou visão de sua casa. Mas em seu coração parecia haver um lugar quente, onde aquelas jovens mãos tinham colocado aquele precioso dólar. Tomás levantou a mão e a pressionou contra seu peito.

– Agora, escute, Tomás – disse Haley, ao subir na carroça e jogar as algemas dentro dela. – Pretendo tratá-lo bem, como geralmente faço com meus negros. E vou lhe dizer, para começar, se proceder corretamente, vou tratá-lo bem; nunca fui cruel com meus negros. Procure, portanto, agir da melhor maneira possível. Veja bem, é melhor se comportar muito bem e não tentar me trapacear, porque estou bem acostumado com todo tipo de tapeação dos negros e que de nada adiantam. Se os negros ficam tranquilos e não tentam fugir, passam bem comigo; e se não, ora, é culpa deles e não minha.

Tomás assegurou a Haley que não tinha intenções de fugir. Na realidade, as exortações pareciam um tanto supérfluas para um homem com um enorme par de grilhões preso aos pés. Mas o senhor Haley tinha o hábito de iniciar suas relações com cada cabeça de seu rebanho com pequenas exortações dessa natureza, calculadas, como julgava, para inspirar alegria e confiança, e evitar a ocorrência de cenas desagradáveis.

E aqui, por enquanto, nos despedimos de Tomás, para seguir o destino de outros personagens de nossa história.

11
A MERCADORIA PASSA
A TER OPINIÃO PRÓPRIA

Já ia avançada a tarde chuvosa quando um viajante apeou do cavalo à porta de uma pequena estalagem da zona rural, no vilarejo de N..., em Kentucky. No salão do bar, encontrou reunido um grupo bastante heterogêneo, que a inclemência do tempo tinha obrigado a procurar abrigo, e o local apresentava o cenário habitual de semelhantes reuniões. Altos, robustos e corpulentos kentuckianos, em trajes de caça, que corriam por vasta extensão de território, com a peculiar negligência de sua raça, rifles empilhados no canto, cartucheiras, bolsas, cães de caça e pequenos negros, todos estirados pelos cantos, eram os traços característicos do quadro. Em cada extremidade da lareira, estava sentado um cavalheiro de pernas compridas, com a cadeira inclinada para trás, de chapéu na cabeça e os saltos das botas enlameadas repousando de modo sublime sobre a lareira; uma posição, cumpre informar nossos leitores, decididamente favorável a momentos de importantes reflexões nas tabernas do oeste, onde os viajantes exibem uma típica preferência por esse modo particular de expor suas considerações.

O estalajadeiro, que estava atrás do balcão, tinha, como a maioria dos interioranos, estatura elevada, era afável e de movimentos rápidos, exibindo uma espessa cabeleira, em parte escondida sob um grande chapéu.

De fato, todos na sala traziam na cabeça esse característico emblema da soberania do homem; quer fosse chapéu de feltro, de folha de palmeira, de pele oleosa de castor, quer fosse um belo chapéu novo, ali repousava com verdadeira independência republicana. Na verdade, parecia ser a marca espeífica de cada indivíduo. Alguns o usavam negligentemente inclinado para um lado: eram os homens bem-humorados, alegres e folgados; outros o enterravam até o nariz: eram os durões, decididos que, ao usarem o chapéu, queriam usá-lo e usá-lo exatamente como queriam; havia aqueles que o jogavam bem para trás: eram os homens atentos a tudo e espertos, que queriam ter uma visão completa do que andava ocorrendo; ao passo que os homens descuidados, que não sabiam, ou não se importavam como o chapéu estava na cabeça, o deixavam balançar em todas as direções. Os vários chapéus, de fato, poderiam dar um belo estudo digno de Shakespeare.

Diversos negros, de calças largas e camisas apertadas, andavam de um lado para outro, sem motivo evidente, a não ser a disposição pouco cuidadosa de zelar pelos pertences do patrão e de seus hóspedes. Acrescente-se a esse quadro um fogo vivo, crepitante e animado, subindo alegremente por uma grande e larga chaminé, com a porta externa e todas as janelas escancaradas, cortinas agitadas pelo vento, que deixavam entrar um ar frio e úmido, e se terá uma ideia das amenidades de uma taberna em Kentucky.

O kentuckiano de nossos dias é uma boa ilustração da doutrina dos hábitos e peculiaridades que se transmitem por hereditariedade. Seus antepassados eram poderosos caçadores, homens que viviam nas florestas e dormiam ao relento, com as estrelas fazendo as vezes de velas; e seus descendentes, até hoje, sempre agem como se o céu aberto fosse sua casa; andam de chapéu o tempo todo, se estiram de qualquer maneira e apoiam os tacos das botas no alto das cadeiras ou da lareira, como seus pais faziam ao se estender sobre a grama verde, apoiando suas botas nos troncos das árvores; mantêm todas as janelas e portas abertas, tanto no inverno como no verão, para que possam ter ar suficiente para seus dilatados pulmões; chamam todo o mundo de "estrangeiro" com indiferente bonomia e, em geral, são as criaturas mais francas, mais displicentes e mais joviais que se possa encontrar.

Foi nessa assembleia de homens livres e folgados que nosso viajante entrou. Era um homem baixo e corpulento, cuidadosamente vestido, de rosto arredondado e bem-humorado e com uma aparência um tanto cômica e original. Parecia bastante cioso de sua valise e de seu guarda-chuva, que não largava, resistindo com pertinácia a todas as ofertas dos vários criados para desembaraçá-lo desses apetrechos.

Olhou em volta do balcão com certa ansiedade e, recuando com seus valiosos objetos de valor para o canto mais quente, colocou-os sob a cadeira, sentou-se e passou a examinar apreensivamente o ilustre personagem que apoiava os tacos das botas no anteparo da lareira e que escarrava à direita e à esquerda, com uma coragem e energia bastante alarmantes para os cavalheiros de nervos fracos e de hábitos meticulosos.

– Como vai, estrangeiro? – disse o referido cavalheiro, cuspindo na direção do recém-chegado, à moda de saudação, um jato de suco de tabaco que mascava.

– Bem, eu acho – foi a resposta do outro, esquivando-se, com um pequeno susto, da ameaçadora saudação.

– Alguma novidade? – perguntou o primeiro, tirando uma tira de tabaco e uma grande faca de caça do bolso.

– Não que eu saiba – respondeu o outro.

– Masca? – perguntou o primeiro, oferecendo ao velho cavalheiro um pouco de seu tabaco, com um ar decididamente fraterno.

– Não, obrigado; não me faz bem – disse o baixinho, recuando.

– Não? – disse o outro, tranquilamente, enfiando o pedaço de fumo na boca, a fim de manter o suprimento de suco de tabaco, para benefício geral da sociedade.

O velho cavalheiro sempre dava um pequeno salto quando o vizinho de pernas longas cuspia em sua direção; notando isso, o homem, bem-humorado, virou sua artilharia para outro setor e passou a bombardear um dos ferros da lareira com tal pontaria e talento militar, que seria mais que suficiente para tomar de assalto uma cidade.

– O que é isso? – perguntou o velho cavalheiro, observando alguns dos companheiros agrupados em torno de grande cartaz.

– Anúncio de um negro que fugiu! – disse um do grupo, secamente.

O senhor Wilson, assim se chamava o velho cavalheiro, se levantou e, depois de ter recolhido cuidadosamente a maleta e o guarda-chuva, tirou os óculos e os ajustou sobre o nariz; terminada essa operação, passou a ler o cartaz:

Fugiu da casa do abaixo assinado, meu mulato, chamado George. Dito George tem seis pés de altura, é um mulato de pele bastante clara, cabelo castanho escuro, encaracolado; é muito inteligente, fala bem, sabe ler e escrever, provavelmente vai tentar se passar por branco; tem profundas cicatrizes nas costas e nos ombros, foi marcado com a letra H na mão direita. Vou dar 400 dólares por ele vivo e a mesma quantia por prova satisfatória de que foi morto.

O velho cavalheiro leu esse anúncio de ponta a ponta em voz baixa, como se o estivesse estudando.

O veterano de pernas longas, que estava sentado junto da lareira, como foi relatado antes, estirou as desajeitadas pernas e se ergueu de forma impertinente; caminhou até o anúncio e deliberadamente deu uma cusparada sobre ele, sujando-o com sua saliva escura de tabaco mascado.

- Aí está o que penso disso! - disse ele, secamente, voltando a sentar-se.

- Ora, estrangeiro, para que isso? - perguntou o estalajadeiro.

- Eu faria a mesma coisa para o autor desse papel, se ele estivesse aqui - disse o homem, voltando friamente à sua tarefa de cortar o rolo de fumo. - Alguém que possui um menino desses e não consegue tratá-lo bem, merece perdê-lo. Esses cartazes são uma vergonha para o Kentucky; essa é minha opinião, se alguém quiser saber!

- Tem toda a razão - disse o estalajadeiro, enquanto registrava uma conta num bloco de notas.

- Eu também tenho um grupo de negros, senhor - replicou o homem, ajeitando-se ao lado da lareira. - E digo a todos eles: "Rapazes, fujam, corram, vão para onde quiserem! Eu é que não vou andar à procura de vocês!" É assim que os mantenho.

Deixe-os saber que estão livres e que podem fugir a qualquer momento; e isso os impede de fazê-lo. Além disso, tenho os documentos de alforria de todos eles em ordem, para o caso de eu vir a morrer repentinamente; e eles sabem disso. Asseguro-lhe, estrangeiro, não há ninguém lá por nossos lados que confia tanto em seus negros como eu. Veja só. Mandei alguns desses rapazes a Cincinnati para vender uns cavalos que valiam 500 dólares. Voltaram com o dinheiro bem contado e assim fiz outras vezes. É lógico que eles haveriam de agir assim. Trate-os como cães e terá cães a seu serviço. Trate-os como homens e terá homens a seu dispor para tudo. - E o honrado fazendeiro, em seu entusiasmo, fez acompanhar esse sentimento moral de uma certeira cusparada para dentro da lareira.

- Acho que tem toda a razão, amigo - disse o senhor Wilson. - E esse rapaz descrito no cartaz é um bom sujeito, sem dúvida alguma. Ele trabalhou cerca de seis anos em minha fábrica de sacos; era meu melhor operário, senhor. É um sujeito engenhoso também: inventou uma máquina para preparar o cânhamo, que é realmente de grande valia; já foi adquirida por várias fábricas. O patrão dele detém a patente do invento.

– Garanto-lhe – disse o fazendeiro – que ele tem a máquina, ganha dinheiro com ela e então se volta contra o rapaz e o marca a ferro em brasa na mão direita! Se eu pudesse, marcaria a ferro esse proprietário, que não haveria de esquecer isso nunca mais.

– Esses mulatos inteligentes sempre causam problemas e aborrecimentos – disse um sujeito de aparência rude, do outro lado da sala. – É por isso que são castigados e marcados. Se eles se comportassem bem, nada disso aconteceria.

– Isso quer dizer que Deus os fez homens e que não é nada fácil reduzi-los à condição de bestas – disse o fazendeiro, secamente.

– Negros talentosos não oferecem nenhum tipo de vantagem a seus patrões – continuou o outro, bem entrincheirado em sua grosseira e insensível obtusidade contra o desprezo de seu oponente. – De que adiantam seus talentos, se não se pode fazer uso deles? Ora, eles os usam exatamente para poder enganar melhor. Eu tive um ou dois desses sujeitos e acabei por vendê-los lá para o sul. Sabia que haveria de perdê-los, mais cedo ou mais tarde, se não o fizesse.

– É melhor pedir a Deus que, ao fazê-los homens, os faça desprovidos inteiramente de alma – disse o fazendeiro.

Nesse momento, a conversa foi interrompida pela aproximação, à porta da estalagem, de uma charrete puxada por um cavalo e dirigida por um escravo, na qual vinha um cavalheiro de aparência afável e bem vestido. Todos os presentes passaram a examinar o recém-chegado com o interesse com que os ociosos, retidos em casa num dia chuvoso, costumam examinar alguém que vem de fora. Era um homem alto, de pele escura, belos olhos negros expressivos, cabelos encaracolados e curtos, de uma cor preta brilhante. Seu nariz aquilino bem formado, lábios retos e finos e o admirável contorno de seus membros finamente formados, impressionaram instantaneamente todo o grupo ali reunido com a ideia de algo incomum. Adiantou-se desembaraçadamente no meio dos presentes e, com um aceno de cabeça, indicou ao criado onde colocar o baú; curvou-se para o grupo e, com o chapéu na mão, avançou vagarosamente até o balcão e declinou seu nome como sendo Henry Butler, de Oaklands, condado de Shelby. Virando-se, com ar indiferente, aproximou-se do anúncio e o leu.

– Jim – disse ele a seu criado –, parece-me que encontramos um rapaz algo semelhante a esse, na casa de Bernan, não é?

– Sim, patrão – respondeu Jim. – Só não tenho certeza se tinha a mão marcada.

– Bem, eu não olhei, claro – disse o estrangeiro com um descuidado bocejo.

Então, dirigindo-se ao estalajadeiro, pediu-lhe um quarto privativo, pois ele tinha algo a escrever de imediato.

O estalajadeiro, mais que obsequioso, e um grupo de cerca de sete negros, velhos e jovens, homens e mulheres, pequenos e grandes, logo se puseram a correr, como um bando de perdizes, apressando-se, pisando e tropeçando uns nos outros, no afã de preparar rapidamente o quarto desse senhor, enquanto ele ficou sentado comodamente numa cadeira no meio da sala, conversando com o homem que estava a seu lado.

O fabricante, senhor Wilson, desde o momento da entrada do estrangeiro, não havia deixado de observá-lo com ar de perturbada e desconfortável curiosidade. Parecia-lhe ter se encontrado com ele e conhecê-lo de algum lugar, mas não conseguia se lembrar. A todo momento, quando o homem falava ou se mexia ou sorria, ele se sobressaltava e fixava os olhos nele, mas logo os recolhia, ao cruzar com os olhos negros e brilhantes do outro, que transmitiam frieza tão despreocupada. Por fim, uma súbita lembrança pareceu lhe ocorrer, pois fitou o estranho com ar de espanto e alarme, que o levou a aproximar-se dele.

– Senhor Wilson, acho – disse ele, como se o reconhecesse e estendendo-lhe a mão – que devo lhe pedir perdão por não tê-lo reconhecido antes. Vejo que o senhor se lembra mim; sou o senhor Butler, de Oaklands, condado de Shelby.

– Sim, sim, senhor – disse Wilson, como quem fala sonhando.

Nesse momento preciso, entrou um negro e anunciou que o quarto do hóspede já estava pronto.

– Jim, cuide da bagagem – disse o cavalheiro, negligentemente; então, dirigindo-se ao senhor Wilson, acrescentou: – Gostaria de ter alguns momentos de conversa com o senhor sobre negócios, em meu quarto, se me fizer o favor.

O senhor Wilson o seguiu como um autômato e subiram para um amplo quarto do andar de cima, onde crepitava um fogo recém-acendido e onde ainda vagavam vários criados, dando os toques finais na arrumação.

Quando todos esses criados se retiraram, o homem trancou deliberadamente a porta e, colocando a chave no bolso, olhou em volta; cruzando então os braços, olhou para o senhor Wilson diretamente no rosto.

– George! – exclamou o senhor Wilson.

– Sim, George – replicou o jovem.

– Eu não poderia ter pensado numa coisa dessas!

– Estou bem disfarçado, imagino – disse o jovem, com um sorriso. – Um pouco de casca de nogueira me deu uma pele amarelada e de um castanho suave; e pintei meu cabelo de preto. Então, pode ver que não tenho nenhum dos sinais descritos no anúncio.

– Oh, George! Mas está fazendo um jogo perigoso. Eu não o teria aconselhado a fazer isso.

– A responsabilidade é toda minha – disse George, com o mesmo sorriso de orgulho.

De passagem, observamos que George era, por parte de pai, de ascendência branca. Sua mãe era uma daquelas infelizes de sua raça, condenada por sua beleza a ser escrava das paixões do patrão e mãe de crianças que nunca ficariam sabendo quem era o pai. De uma das famílias mais orgulhosas do Kentucky, ele havia herdado uma série de belas características europeias e um espírito elevado e indomável. Da mãe, havia recebido apenas uma leve tonalidade de mulato, contrastando vivamente com seus belos olhos negros. Uma leve mudança no tom da pele e na cor dos cabelos o havia metamorfoseado num perfeito espanhol, como parecia no momento; e como a graciosidade dos movimentos e as maneiras cavalheirescas sempre haviam sido perfeitamente naturais nele, não encontrou dificuldade em interpretar o ousado papel que havia assumido, o de um cavalheiro viajando com seu criado.

O senhor Wilson, velho cavalheiro bonachão, mas extremamente inquieto e cauteloso, andava de um lado a outro do quarto, parecendo indeciso e dividido entre o desejo de ajudar George e certa noção confusa de manter a lei e a ordem; assim, andando de cá para lá, passou a falar da seguinte forma:

– Bem, George, suponho que está fugindo e que tenha deixado seu dono de direito. George (não me parece estranho)... mas ao mesmo tempo, sinto muito, George... sim, decididamente... acho que devo dizer, George... é meu dever dizer-lhe isso.

– Por que sente muito, senhor? – perguntou George, calmamente.

– Ora, por vê-lo, por assim dizer, transgredindo as leis de seu país.

– *Meu* país! – replicou George, com forte e amarga ênfase. – Que país tenho eu, a não ser o túmulo, onde já gostaria de estar, se Deus o permitisse?

– Ora, George, não, não é isso! Essa maneira de falar é perversa, é contrária às Sagradas Escrituras. George, sei que tem um patrão rude... de fato, ele é mesmo... ele se comporta de forma totalmente repreensível... Não pretendo defendê-lo. Mas você sabe como o anjo ordenou a Agar a voltar para sua ama e a se submeter a ela; e o apóstolo mandou de volta Onésimo a seu patrão.

– Não me cite a Bíblia desse jeito, senhor Wilson – disse George, com olhos faiscantes. – Não, por favor! pois minha esposa é cristã e eu pretendo sê-lo também, se conseguir realmente chegar aonde quero. Mas citar a Bíblia a um indivíduo em minhas condições é suficiente para fazê-lo desistir de tudo. Eu apelo a Deus todo-poderoso, estou disposto a apresentar meu caso a ele e lhe perguntar se estou fazendo algo errado ao procurar minha liberdade.

– Esses sentimentos são bastante naturais, George – retrucou o bondoso homem, assoando o nariz. – Sim, são naturais, mas é meu dever não incentivá-los em você. Sim, meu rapaz, sinto muito por você agora; a situação é ruim, péssima, mas o apóstolo diz: "Que todos permaneçam na condição em que são chamados." Todos nós devemos nos submeter às indicações da Providência, George... não compreende?

George ficou de cabeça baixa, de braços cruzados sobre o largo peito, e um sorriso amargo dançava em seus lábios.

– Diga-me, senhor Wilson, se os índios o tomassem como prisioneiro e o separassem de sua mulher e filhos, e o mantivessem toda a vida a cultivar a terra para eles, o senhor julgaria seu dever permanecer nessa condição a que foi chamado? Prefiro acreditar que o primeiro cavalo perdido que pudesse encontrar haveria de considerá-lo como uma bênção da Providência; não é mesmo?

O velho cavalheiro arregalou os olhos diante dessa nova visão do caso; mas, embora não fosse um grande casuísta, teve o bom senso, coisa que alguns lógicos não têm, de não dizer nada onde nada mais poderia ser dito. Assim, enquanto ficou alisando cuidadosamente o guarda-chuva, fechando-o e desmanchando-lhe todas as pregas, prosseguiu com suas exortações de forma genérica.

– Compreenda, George, você sabe muito bem que sempre fui seu amigo; e tudo o que disse, eu o disse para seu bem. Agora, nesse momento, me parece que você está correndo um risco terrível. Você não vai conseguir escapar. Se for apanhado, será muito pior; eles vão maltratá-lo, deixá-lo mais morto que vivo e vão vendê-lo lá para os lados do sul.

— Senhor Wilson, sei de tudo isso — retrucou George. — Estou realmente correndo um risco, mas — abrindo o casaco, mostrou duas pistolas e um punhal —, mas lá — disse ele — vou estar pronto para eles! Para o sul, nunca irei. Não! se chegar a esse ponto, posso garantir para mim pelo menos seis palmos de terra livre... a primeira e derradeira terra que vou possuir em Kentucky!

— Ora, George, esse estado de espírito é assustador; está realmente ficando desesperador. Estou preocupado. Vai infringir as leis de seu país!

— Meu país, outra vez! Senhor Wilson, o senhor tem um país; mas que país eu tenho, ou qualquer um como eu, nascido de mãe escrava? Que leis existem para nós? Nós não as fazemos, não concordamos com elas, nada temos a ver com elas; tudo o que elas fazem conosco é esmagar-nos, subjugar-nos. Não ouviu os discursos de seu quatro de julho? Não nos dizem, a cada ano, que o poder do governo deriva do consentimento de todos os governados? O que alguém pode pensar ao ouvir essas coisas? Acha que ele não pode comparar tudo isso e tirar suas conclusões?

O espírito do senhor Wilson poderia muito bem ser comparado a uma bola de algodão, flexível, macia, agradavelmente felpuda e confusa. Ele tinha pena realmente de George e tinha uma espécie de vaga e nebulosa percepção do tipo de sentimentos que o agitava; mas julgava seu dever continuar falando com ele de modo razoável e com toda a perseverança.

— George, isso não é bom. Devo lhe dizer, como amigo, é melhor não se imbuir dessas ideias; não são boas, George, nada boas para rapazes de sua condição. — E o senhor Wilson sentou-se a uma mesa e começou a mordiscar nervosamente o cabo de seu guarda-chuva.

— Olhe bem para mim, senhor Wilson — disse George, chegando mais perto e sentando-se determinadamente diante dele. — Olhe para mim agora. Não estou sentado diante do senhor como outro homem qualquer? Olhe para meu rosto, olhe para minhas mãos, olhe para meu corpo! — E o jovem se levantou, cheio de orgulho. — Por que não sou homem como qualquer outro? Bem, senhor Wilson, ouça o que vou lhe dizer. Eu tinha um pai, um de seus cavalheiros de Kentucky, que não se preocupou, antes de morrer, em impedir que eu fosse vendido com seus cães e cavalos, em benefício dos herdeiros dele. Vi minha mãe ser posta em leilão com seus sete filhos. Eles foram vendidos, diante dela, um por um a diferentes compradores; eu era o caçula. Ela então se ajoelhou diante do comprador, implorando para que ele a comprasse também, de modo que pudesse ficar pelo menos junto de um dos filhos. Ele lhe respondeu com um pontapé. Eu o vi fazer isso; e a última coisa que ouvi foram seus gemidos e gritos, quando eu estava sendo amarrado ao pescoço do cavalo para ser levado embora.

– Pois bem, e depois?

– Meu patrão me negociou com um dos homens e comprou minha irmã mais velha. Era uma menina piedosa e boa, pertencia à Igreja batista, e era tão bonita quanto minha pobre mãe tinha sido. Era bem educada e tinha boas maneiras. No começo, fiquei contente por ela ter sido comprada, pois teria uma amiga perto de mim. Mas logo me arrependi. Senhor, fiquei junto da porta e ouvi que era chicoteada; parecia que cada golpe cortava meu coração e eu não podia fazer nada para ajudá-la; era chicoteada, senhor, porque queria viver uma vida cristã decente, coisa que suas leis não permitem a uma escrava; por fim, eu a vi acorrentada com um grupo de um mercador, para ser enviada ao mercado em Orleans; enviada para lá por nada mais que isso e foi a última vez que a vi. Bem, eu cresci, vivi longos e longos anos sem pai, sem mãe, sem irmã, sem alma viva que se importasse mais comigo do que com um cachorro; nada além de chicotadas, repreensões e fome, muita fome. Sim, senhor, sentia tanta fome que ficava feliz em roer os ossos que atiravam aos cães. E quando era ainda pequeno, ficava acordado noites inteiras e chorava, mas não era de fome, não era das chicotadas que chorava. Não, senhor, era por minha mãe e por minhas irmãs, porque eu não tinha quem me amasse na terra. Nunca soube o que era paz ou conforto. Nunca tive uma palavra amável até o momento em que vim trabalhar em sua fábrica. Senhor Wilson, o senhor me tratou bem; o senhor me encorajou a fazer bem, a aprender a ler e a escrever e a tentar fazer algo para chegar a ser alguém; e Deus sabe quão grato lhe sou por isso.

Então, senhor, encontrei minha esposa; o senhor a conheceu, sabe como ela é linda. Quando descobri que ela me amava, quando me casei com ela, mal conseguia acreditar que eu estava vivo; era tão feliz! Senhor, ela é tão boa quanto é bonita. Mas então? Meu patrão veio, me arrancou de meu trabalho, de meus amigos e de tudo o que eu amava, e me reduziu a mais profunda miséria. E por quê? Porque, diz ele, eu me esqueci de quem eu era; diz que é para me ensinar que eu sou apenas um negro! Por fim, e acima de tudo, ele me separa de minha mulher, me obriga a largá-la e me diz que devo morar com outra. E suas leis lhe dão o poder de fazer tudo isso, apesar de Deus ou dos homens. Senhor Wilson, pense nisso! Não há nenhuma dessas coisas que partiram o coração de minha mãe, de minha irmã, de minha esposa e o meu que suas leis não o permitam; essas leis dão a todos os senhores, em Kentucky, o poder de fazer tudo isso e a ninguém é dado dizer não. A essas o senhor chama leis de meu país? Senhor, não tenho nenhum país, como não tive pai. Mas vou ter um. Não quero nada de seu país, exceto que me deixe em paz, para sair pacificamente dele; e quando chegar ao Canadá, onde as leis me são favoráveis e me protegem, esse será meu país, e vou obedecer às leis dele. Mas se alguém tentar me deter, que se cuide, pois estou desesperado. Vou lutar por minha liberdade até o último suspiro. O senhor diz que seus antepassados fizeram isso; se estavam no direito deles, eu estou no meu!

Esse discurso, pronunciado em parte sentado à mesa e, em parte, andando de um lado para outro do quarto, dito entre lágrimas, com olhos faiscantes e gestos desesperados, era demais para o bom velho a quem era dirigido, que acabou tirando do bolso um grande lenço amarelo, de seda, e passou a enxugar o rosto com visível energia.

— Que o diabo os carregue a todos eles! — exclamou ele, subitamente. — Não foi sempre o que eu disse... malditos velhos do fundo do inferno! Espero não estar blasfemando agora. Bem! vá em frente, George, vá em frente; mas tome cuidado, meu rapaz; não atire em ninguém, George, a menos que... bem... é melhor não atirar, creio eu; pelo menos eu não haveria de ferir ninguém, você sabe. Onde está sua esposa, George? — acrescentou ele, enquanto se levantava nervosamente e começava a andar pelo quarto.

— Fugiu, senhor; fugiu com o filho nos braços. Só Deus sabe para onde. Fugiu em direção norte. E, se algum dia nos encontrarmos ou se ainda haveremos de nos encontrar neste mundo, ninguém pode dizer.

— Não é possível! Surpreendente! de uma família tão amável?

– Famílias amáveis se endividam e as leis de *nosso* país permitem arrancar os filhos do seio materno para pagar as dívidas do patrão – disse George, amargamente.

– Bem, bem – disse o bom velho, remexendo no bolso. – Acho que, talvez, não esteja seguindo o bom senso. Deixemos disso, não quero seguir meu bom senso! – acrescentou ele, de repente. – Tome, George. – E, tirando um maço de notas da carteira, ofereceu-as a George.

– Não, meu caro e bom senhor! – disse George. – O senhor fez muito por mim e isso pode lhe causar problemas. Tenho dinheiro suficiente, espero, para me levar até onde preciso.

– Não; mas deve aceitá-lo, George. Dinheiro é de grande ajuda em qualquer lugar. Nunca é demais, quando empregado honestamente. Tome, tome-o, por favor, meu rapaz!

– Com a condição, senhor, de que eu possa restituí-lo algum dia no futuro – disse George, tomando o dinheiro.

– E agora, George, quanto tempo vai viajar dessa maneira? Espero que não seja por muito tempo. Está muito bem disfarçado, mas é algo temerário. E esse sujeito negro, quem é?

– Um verdadeiro amigo, que fugiu para o Canadá há mais de um ano. Como ficasse sabendo, depois de chegar lá, que seu patrão, furioso por causa de sua fuga, passou a açoitar a pobre mãe dele; assim, voltou para consolá-la e tentar levá-la embora consigo.

– Ele conseguiu?

– Ainda não; tem andado rondando a casa, mas não teve chance até o momento. Enquanto isso, vai comigo até Ohio, para me apresentar a amigos que o ajudaram e depois vai voltar por ela.

– É perigoso, muito perigoso! – disse o velho.

George se levantou e sorriu com desdém.

O velho cavalheiro olhou-o da cabeça aos pés, com uma espécie de inocente admiração.

– George, como você se transformou para melhor. Você mostra segurança, fala e age como outro homem – disse o senhor Wilson.

– Porque sou um homem livre! – disse George, com orgulho. – Sim, senhor; já foi o tempo em que chamei alguém de patrão pela última vez. Sou um homem livre!

- Cuidado! Ainda não está em segurança. Pode ser preso.

- Todos os homens são livres e iguais no túmulo, se isso acontecer, senhor Wilson - disse George.

- Estou totalmente perplexo com sua ousadia! - disse o senhor Wilson. - Parar aqui, numa estalagem tão próxima!

- Senhor Wilson, é tão audacioso e esta taberna está tão perto, que eles nunca haveriam de suspeitar; vão me procurar mais adiante e o senhor mesmo não me haveria reconhecido. O patrão de Jim não mora nesse condado; não é conhecido por esses lados.

Além disso, já desistiram de persegui-lo e ninguém terá a ideia de me confrontar com o indivíduo descrito no cartaz.

- Mas a marca em sua mão?

George tirou a luva e mostrou uma cicatriz recém-cicatrizada na mão.

- Essa é uma última prova da consideração do senhor Harris - disse ele, com desdém. - Quinze dias atrás, decidiu que devia me marcar com ferro em brasa, porque acreditava que eu deveria tentar fugir um dia. Parece interessante, não é? - disse ele, repondo a luva.

- Asseguro-lhe que meu próprio sangue corre gelado nas veias quando penso em sua condição e em seus riscos! - disse o senhor Wilson.

- O meu esteve gelado por longos anos, senhor; mas agora está fervendo - replicou George.

- Bem, meu bom senhor - continuou George, depois de alguns momentos de silêncio -, vi que o senhor me reconheceu; pensei logo em ter essa conversa, com receio de que seus olhares de surpresa me traíssem. Vou partir amanhã cedo, antes do raiar do dia e, amanhã à noite, espero dormir a salvo em Ohio. Vou viajar em pleno dia, parar nos melhores hotéis, jantar na mesma mesa dos grandes senhores da terra. Então, adeus, senhor; se ouvir dizer que fui preso, pode ter certeza de que já estarei morto!

George ficou de pé, firme como uma rocha, e estendeu a mão com ar de um príncipe. O velhinho simpático apertou-a cordialmente e, depois de breve exortação de cautela, tomou o guarda-chuva e saiu do quarto.

George ficou olhando pensativo para a porta, enquanto o velho a fechava. Um pensamento pareceu atravessar sua mente. Foi rapidamente até a porta, abriu-a e disse:

– Senhor Wilson, mais uma palavra.

O velho cavalheiro entrou de novo e George, como antes, trancou a porta; ficou então alguns instantes olhando para o chão, indeciso. Finalmente, levantando a cabeça com um esforço repentino, disse:

– Senhor Wilson, o senhor sempre me tratou como verdadeiro cristão; gostaria de lhe pedir um último ato de caridade cristã de sua parte.

– Pois não, George.

– Bem, senhor, o que me disse era verdade. Estou correndo um risco terrível. Não existe, na terra, alma viva que se importe se eu morrer – acrescentou ele, respirando fundo e falando com grande esforço – Posso ser jogado em qualquer lugar e ser enterrado como um cão; e ninguém vai pensar em mim um dia depois, a não ser minha pobre mulher! Pobre alma! Vai chorar e lamentar. Se o senhor se dispusesse apenas, senhor Wilson, a lhe enviar este pequeno alfinete de gravata que ela me deu de presente de Natal... pobre menina! Entregue-o a ela e diga-lhe que sempre a amei até o momento derradeiro. O senhor faria isso por mim, faria? – acrescentou ele, sério.

– Sim, certamente, amigo! – disse o velho cavalheiro, recebendo o alfinete com lágrimas nos olhos e com um tremor melancólico na voz.

– Diga-lhe uma coisa – pediu George. – É meu último desejo. Se ela puder chegar ao Canadá, que vá para lá. Não importa se a patroa dela é amável, não importa o apego que tem pela casa; peça-lhe que não volte atrás, pois a escravidão sempre acaba em desgraça. Diga-lhe para criar nosso filho como homem livre, para que não venha a sofrer como eu. Pode lhe dizer isso, senhor Wilson?

– Sim, George. Vou lhe dizer tudo isso, mas espero que você não venha a morrer. Coragem, você é um bravo. Confie em Deus, George. Desejo de todo o coração que chegue são e salvo a seu destino; é o que mais desejo.

– Há um Deus em quem confiar? – replicou George, num tom de amargo desespero quando o velho acabava de falar. – Oh, vi coisas durante toda a minha vida que me levaram a pensar que não pode haver um Deus. Vocês, cristãos, não sabem como essas coisas se apresentam a nós. Há um Deus para vocês, mas há algum para nós?

– Oh, não, não fale assim, meu rapaz! – disse o velho, quase soluçando. – Não pense assim! Existe, existe um Deus; nuvens e escuridão estão em volta dele, mas justiça e a verdade formam o habitáculo de seu trono. Há um Deus, George, acredite; confie nele e tenho certeza de que vai ajudá-lo. Tudo vai ficar bem, se não nesta vida, na outra.

A verdadeira piedade e benevolência desse homem simples lhe conferiram uma temporária dignidade e autoridade, enquanto falava. George parou seu agitado caminhar pelo quarto, ficou pensativo por um momento e disse então, calmamente:

– Obrigado por essas palavras, meu bom amigo. Vou pensar nisso.

12
TRISTES INCIDENTES
DE UM COMÉRCIO LEGAL

Ouve-se em Ramá uma voz... um choro, um lamento, um pranto amargo;
é Raquel que chora seus filhos e não pode ser consolada.

Jeremias, 31, 15

O senhor Haley e pai Tomás, sacudidos na carroça, continuaram a viagem absorvidos por um tempo, cada um com suas próprias reflexões. Coisa curiosa seria examinar as reflexões de dois homens sentados lado a lado, sentados no mesmo banco, com os mesmos olhos, os mesmos ouvidos, as mesmas mãos e os mesmos órgãos de todo tipo deparando-se com os mesmos objetos passando diante deles... e, no entanto, que diferença entre as reflexões que lhes povoam a mente!

Por exemplo, o senhor Haley pensava na estatura de Tomás, em seu porte, por quanto haveria de vendê-lo, se o conservasse em bom estado, e quanto poderia lucrar com ele no mercado. Pensava a quantas cabeças poderia chegar seu rebanho de escravos; pensava no valor de mercado de homens, mulheres e crianças e em outros tópicos relacionados ao negócio; depois pensava em si mesmo e em como ele era humano, pois, enquanto outros homens acorrentavam os pés e as mãos de seus negros, ele só punha grilhões nos pés e deixava a Tomás o uso das mãos, desde que se comportasse direito. Ao mesmo tempo, contudo, suspirava ao pensar como o ser humano era ingrato, a ponto de duvidar que Tomás soubesse apreciar tamanha bondade da parte dele. Já havia sido logrado por negros que ele havia favorecido e por isso se surpreendia ao considerar a bondade que ainda subsistia nele ao tratá-los.

Por sua vez, Tomás estava pensando nas palavras de um velho livro fora de moda, que lhe vinham à cabeça continuamente e que diziam: "Nós não temos aqui habitação permanente, mas procuramos uma que há de vir; por isso Deus não se envergonha de ser chamado nosso Deus, pois ele preparou uma habitação para nós." Essas palavras de um livro antigo, consultado principalmente por "homens ignorantes e sem instrução", exerceram, em todos os tempos, um estranho tipo de poder sobre o espírito dos pobres e dos simples como Tomás. Elas elevam a alma das profundezas e despertam, como um toque de trombeta, coragem, energia e entusiasmo, onde antes reinavam as trevas do desespero.

O senhor Haley tirou da bolsa diversos jornais e começou a ler os anúncios com vivo interesse. Não era um leitor fluente e costumava ler palavra por palavra a meia voz, a fim de verificar com os ouvidos o que os olhos enxergavam. Foi assim que leu pausadamente o parágrafo seguinte:

VENDA DE NEGROS EM HASTA PÚBLICA
Segundo ordens do Tribunal, serão vendidos, terça-feira, 20
de fevereiro, à porta do Tribunal de Justiça, na cidade de
Washington, Kentucky, os seguintes negros: Hagar, de 60 anos;
John, de 30; Ben, de 21; Saul, de 25; Albert, de 14. Vendidos em
benefício dos credores e dos herdeiros de Jesse Blutchford.
Samuel Morris e Thomas Flint, Oficiais de Justiça.

– Preciso ver isso – disse ele a Tomás, por falta de outro com quem conversar. – Veja bem, pretendo levar um grupo de primeira linha com você, Tomás; será uma agradável companhia, com certeza. Temos de ir diretamente para Washington, onde vou deixá-lo na prisão enquanto eu realizar meus negócios.

Tomás recebeu com tranquilidade a agradável informação, simplesmente se perguntando intimamente quantos desses desgraçados tinham mulher e filhos e se sofriam tanto como ele, abandonando-os. Deve-se dizer também que a direta e ingênua informação de que deveria ser jogado numa prisão não produziu uma impressão muito agradável num pobre homem que sempre se havia vangloriado de ter levado uma vida estritamente honesta e honrada. Sim, devemos confessá-lo, Tomás se sentia realmente orgulhoso de sua honestidade, pobre homem, mesmo porque não tinha outra coisa para se orgulhar; se pertencesse às classes mais elevadas da sociedade, talvez não se visse reduzido a semelhante situação. Mas o dia passou e, ao anoitecer, Haley e Tomás estavam confortavelmente acomodados em Washington; um numa estalagem, o outro na prisão.

No dia seguinte, em torno das onze horas, uma multidão se apinhava diante das escadarias do Tribunal de Justiça, fumando, mascando, cuspindo, imprecando e conversando, cada um segundo seus próprios gostos, esperando todos pelo momento em que devia começar o leilão. Os escravos, homens e mulheres, a serem vendidos, formavam um grupo à parte e conversavam entre si em voz baixa. A mulher anunciada com o nome de Hagar era, pelas feições e pela conformação do rosto, uma verdadeira africana. Podia ter 60 anos, mas o trabalho duro e a doença a tinham envelhecido antes do tempo; era parcialmente cega e tinha mobilidade reduzida por causa do reumatismo. A seu lado estava o único filho que lhe havia restado, Albert, um belo rapaz de 14 anos. O menino era o único sobrevivente de uma numerosa família, cujos membros tinham sido sucessivamente vendidos para um mercado do sul. A mãe se agarrava a ele com as mãos trêmulas e fitava com profunda ansiedade cada um que se aproximava para examiná-lo.

- Não tenha medo, tia Hagar - disse o mais velho dos negros. - Falei com o patrão Thomas e ele acha que pode manobrar as coisas para que ambos sejam vendidos num só lote.

- Não precisam dizer que já estou inutilizada - disse ela, levantando suas mãos trêmulas. - Ainda posso cozinhar, varrer, esfregar, lavar; ainda vale a pena ser comprada, mesmo porque custo pouco. Diga-lhes isso, diga - acrescentou ela, séria.

Nesse momento, Haley abriu caminho entre a multidão, aproximou-se de um velho, abriu-lhe a boca, examinou-o, verificou os dentes, ordenou-lhe que se levantasse, que se curvasse e que executasse diversos outros movimentos para mostrar seus músculos; depois passou a outro e o submeteu às mesmas demonstrações. Quando, por fim, chegou ao rapaz, apalpou seus braços, apertou suas mãos, olhou seus dedos e o fez pular, a fim de mostrar sua agilidade.

- Ele não pode ser vendido sem mim! - disse a velha mãe, com apaixonada impetuosidade. - Ele e eu formamos um só lote. Ainda sou forte, senhor, e posso fazer muita coisa, muito trabalho, senhor.

- Numa plantação? - replicou Haley, com um olhar desdenhoso. - É pouco provável!

Depois, satisfeito com o exame, saiu dali, ficou olhando, de pé, com as mãos no bolso, charuto na boca, chapéu pendendo para um lado, pronto para a ação.

- Que acha deles - perguntou um homem que tinha observado o exame de

Haley, como se quisesse se apoiar na opinião dele.

— Bem — respondeu Haley, cuspindo —, eu acho que poderia dar meus lances pelos mais jovens e pelo menino.

— Eles querem vender o menino junto com a velha — disse o homem.

— Acho uma condição muito rígida. Ora, ela é uma velha só pele e osso; não vale o que come!

— Então, não vai comprá-la? — perguntou o homem.

— Quem quer que a compre não passa de um tolo! Ela é quase cega, acometida de reumatismo e parece tresloucada.

— Há quem compre essas velhas e sabem utilizá-las muito bem e com bom retorno, mais do que qualquer um possa pensar! — disse o homem, pensativo.

— Mas não eu, de modo algum — disse Haley. — Eu não a levaria nem de graça... de fato, não me serve.

— Bem, é realmente uma pena não comprá-la junto com o filho... ela parece tão agarrada a ele... acredito que vão vendê-la muito barato.

— Se alguém tem dinheiro e quer gastá-lo dessa maneira, tudo bem. Vou comprar esse menino como mão de obra para as plantações. Mas não vou me incomodar com ela, de jeito nenhum, nem que a dessem de presente — disse Haley.

— Ela vai entrar em desespero — disse o homem.

— Naturalmente — retrucou o mercador, com frieza.

Nesse momento, a conversa foi interrompida por um surdo murmúrio no auditório; e o leiloeiro, homem baixo, irrequieto e sobranceiro, abriu caminho entre a multidão. A velha respirou fundo e se agarrou instintivamente ao filho.

— Albert, fique bem perto da mamãe, bem perto... eles vão nos colocar juntos — disse ela.

— Oh! mãe, tenho medo de que não vão nos deixar juntos — disse o menino.

— Vão, sim, filho. Não posso viver, de jeito nenhum, se não fizerem isso — disse a velha escrava, com veemência.

A voz de trovão do leiloeiro, conclamando para que abrissem espaço, anunciava agora que a venda estava para começar. Um espaço foi delimitado e começou o leilão. Os negros compreendidos na lista logo foram adquiridos a preços elevados, o que provava a grande procura de escravos no mercado. Haley conseguiu comprar dois deles.

-Vamos, menino! - disse o leiloeiro, tocando-o com o martelo. - Fique em pé e mostre sua agilidade.

- Venda-nos juntos, juntos, por favor, senhor! - exclamou a velha, agarrada ao filho.

- Fique quieta! - disse o leiloeiro, asperamente, afastando as mãos dela. - Você vem em último lugar. Vamos, pequeno, pule! - Dizendo isso, empurrou o menino em direção do estrado, enquanto um profundo e surdo gemido era ouvido atrás dele. O rapaz parou e olhou para trás; mas não era hora de vacilar e, enxugando as lágrimas de seus grandes e brilhantes olhos, logo avançou. Seu corpo esbelto, seus membros ágeis e rosto juvenil despertaram o interesse de todos; meia dúzia de lances logo chegaram aos ouvidos do leiloeiro. Ansioso, um tanto atemorizado, o rapaz olhava alternadamente para um lado e para outro, ao ouvir a gritaria dos lances que disputavam sua posse... ora aqui, ora acolá... até que o martelo bateu. Haley deu o maior lance e levou a melhor. O menino foi empurrado em direção do novo proprietário, mas parou um momento e olhou para trás, onde sua pobre e velha mãe, tremendo de alto a baixo, estendia seus braços para ele.

- Compre-me também, senhor, por amor de Deus! Compre-me!... Vou morrer, se não me comprar!

- Se a comprar, vai morrer também; não tem jeito... Não! - disse Haley e virou as costas.

A venda da pobre velha foi rápida. O homem que havia falado com Haley e que não parecia destituído de compaixão, comprou-a por uma bagatela e os espectadores começaram a se dispersar.

As pobres vítimas da venda, que tinham crescido juntos no mesmo lugar por anos, se reuniram em torno da velha mãe desesperada, cuja agonia causava dó.

- Não podiam, pelo menos, me deixar um! Aquele senhor me disse que ficaria com um! - repetia ela, continuamente, com voz de cortar o coração.

- Confie em Deus, tia Hagar! - disse o mais velho dos negros.

- De que adianta? - replicou ela, soluçando desesperadamente.

- Mãe, mãe, não chore! - interveio o menino. - Dizem que seu novo patrão é bom.

- Pouco me importa! Não me interessa! Oh, Albert! Oh, meu filho! Você é meu último filho. Como é possível, meu Deus?

– Vamos, levem-na daqui! Alguém de vocês não pode fazer isso? – perguntou Haley, secamente. – Não lhe faz bem algum se ficar aí desse jeito.

Os mais velhos do grupo, ora pela persuasão, ora por força, tiraram a pobre criatura dessa situação desesperadora e, enquanto a conduziam para a carroça de seu novo patrão, tentavam consolá-la.

– Vamos lá! – gritou Haley, empurrando suas três aquisições e tirando da maleta um molho de algemas; colocou-as nos pulsos dos novos escravos e as prendeu a uma longa corrente; e desse jeito os conduziu até a prisão.

Poucos dias depois, Haley e sua compra já estavam a bordo de um dos barcos a vapor do Ohio. Eram as primeiras cabeças da leva que ele devia aumentar, à medida que o navio avançava, com mais mercadorias do mesmo tipo, que ele ou seus agentes, já haviam adquirido em vários pontos ao longo da margem.

O *La Belle Rivière*, um dos mais rápidos e belos navios que jamais sulcaram as águas do mencionado rio, estava navegando alegremente rio abaixo, sob um céu radiante e com a bandeira estrelada da América livre tremulando acima das cabeças. O convés estava repleto de damas bem vestidas e elegantes cavalheiros que caminhavam e gozavam das delícias de tão belo dia. Tudo era vida, alvoroço e alegria, exceto para o grupo de Haley, que estava estocado com outras mercadorias no porão. Os componentes desse grupo pareciam não apreciar em nada seus vários privilégios, pois estavam apinhados e falavam em voz baixa.

– Rapazes! – gritou Haley, aproximando-se bruscamente. – Espero que se conservem de bom humor e alegres! Nada de trapaças! Mostrem-se bem dispostos. Se vocês se comportarem bem comigo, eu me comportarei bem com vocês.

A essas palavras, eles responderam com a invariável expressão "Sim, senhor", que por séculos é a senha da pobre África; mas nem por isso ficaram mais alegres. Cada um deles tinha seus desgostos; não tinham como esquecer as mulheres, as mães, as irmãs e os filhos que acabavam de ter visto pela última vez; e embora exigissem deles demonstrar alegria, não era instantaneamente que eles mudavam de humor.

– Tenho mulher – disse John, 30 anos de idade, pondo as mãos algemadas sobre os joelhos de Tomás –, e ela nada sabe de tudo isso, pobre menina!

– Onde ela mora? – perguntou Tomás.

— Numa estalagem perto daqui – disse ele; e acrescentou: – Gostaria tanto de vê-la ainda uma vez neste mundo!

Pobre John! Era um desejo bem natural, e as lágrimas que corriam, enquanto falava, brotavam tão naturalmente como se ele fosse um homem branco. Tomás deu um longo suspiro, como de um coração oprimido, e tentou, de seu jeito simples, consolá-lo.

Mas acima de suas cabeças, no convés, estavam reunidos pais e mães, maridos e esposas, e alegres crianças que dançavam e corriam no meio deles, como tantas outras belas borboletas. E tudo transcorria de forma tranquila e mais que confortável.

— Mamãe! – disse um menino, que acabava de subir do porão. – Há um mercador de escravos a bordo e ele tem quatro ou cinco negros lá embaixo.

— Pobres criaturas! – exclamou a mãe, num tom meio triste, meio indignado.

— O que foi? – perguntou outra senhora.

— Alguns pobres escravos lá embaixo – respondeu a mãe.

— E estão acorrentados – disse o menino.

— Que vergonha para nosso país, que semelhantes espetáculos ainda possam ser vistos! – exclamou outra senhora.

— Há muito a dizer, pró e contra, a esse respeito – interveio uma afável senhora, que estava sentada à porta do camarote, bordando, enquanto seus dois filhos brincavam em volta dela. – Já estive no sul e posso assegurar que os negros vivem por lá mais felizes do que se fossem livres.

— Concordo que alguns deles, sob certos aspectos, passam muito bem por lá – replicou a primeira senhora. – A meu ver, o que há de mais revoltante na escravidão é a agressão aos sentimentos e às afeições, por exemplo, a separação dos membros de uma família.

— Sem dúvida, isso é algo terrível – retrucou a outra senhora, examinando uma peça de vestuário infantil que acabara de completar e olhando atentamente sua urdidura –, mas isso, creio eu, não ocorre com frequência.

— Oh, ocorre, sim! – disse a primeira senhora, com veemência. – Vivi muitos anos no Kentucky e na Virgínia, onde presenciei muitas cenas de partir o coração! Imagine, minha senhora, que seus dois filhos lhe fossem tirados dos braços e vendidos!

– Não podemos julgar com nossos sentimentos os dessa classe de pessoas – replicou a outra senhora, desemaranhando alguns fios de lã em seu regaço.

– Na verdade, minha senhora, creio que nada sabe sobre eles, se chega a afirmar isso – respondeu a primeira senhora, de modo incisivo. – Eu nasci e fui criada no meio deles. Sei que sentem tão profundamente... talvez até mais... do que nós.

– Verdade! – exclamou a senhora, bocejando e olhando pela janela do camarote e, finalmente, repetiu, de modo conclusivo, a observação com a qual havia começado: – Apesar de tudo, acho que os negros são mais felizes assim do que se fossem livres.

– Sem dúvida, é intenção da Providência que a raça africana seja escrava, mantida em condição inferior – disse um cavalheiro vestido de preto, de aparência severa, um clérigo, sentado à porta do camarote. – "Maldito seja Canaã! Ele será o servo dos servos de seus irmãos", diz a Sagrada Escritura.

– Permita-me, estrangeiro, é isso o que o texto realmente significa? – perguntou um homem alto, postado ao lado.

– Sem dúvida alguma. Aprouve à Providência, por razões inescrutáveis, condenar essa raça à escravidão, há séculos, e nós não devemos nos opor a seus decretos.

– Bem, então, vamos continuar comprando negros – disse o homem –, se esse é um decreto da Providência, não é assim, senhor? – continuou ele, voltando-se para Haley, que estava de pé ao lado do fogão, de mãos nos bolsos e ouvindo atentamente a conversa.

– Sim – prosseguiu o homem alto –, devemos nos resignar aos decretos da Providência. Os negros podem ser vendidos, trocados e oprimidos. É para isso que foram feitos. Parece um ponto de vista bem interessante, não é, estrangeiro? – disse ele a Haley.

– Nunca pensei a respeito – respondeu Haley. – Nem poderia afirmar semelhante coisa, pois não tenho instrução. Abracei essa profissão unicamente para ganhar a vida; se não for algo correto, vou procurar me arrepender em tempo.

– Por enquanto não precisa se preocupar com problemas, não é? – disse o homem alto. – Veja só como é bom conhecer a Escritura. Se você tivesse estudado a Bíblia como esse senhor, poderia ter sabido disso antes e ter se poupado de muitos problemas. Teria sido suficiente dizer "Maldito seja..." qual é mesmo o nome?... e tudo iria a contento com seu comércio.

E o estrangeiro, que não era outro senão o honrado fazendeiro que apresentamos a nossos leitores na estalagem do Kentucky, sentou-se e começou a fumar, com um sorriso enigmático estampado em seu longo e magro rosto.

Um rapaz de boa estatura e esguio, com um expressivo rosto de grande sensibilidade e inteligência, tomou então a palavra e disse:

– Não faça aos outros o que não quer lhe façam. – E acrescentou: – Acredito que esta também é uma sentença bíblica como "Maldito seja Canaã!"

– Bem, estrangeiro, parece um texto bem claro – disse o fazendeiro John – para nós, pobres ignorantes. – E John continuou fumando como um vulcão.

O jovem fez uma pausa, parecia que ia prosseguir com suas observações, quando o barco parou subitamente, e todos foram correndo para o convés, como de costume, para ver onde iriam atracar.

– Os dois parecem bons clérigos – disse John a um dos homens, enquanto iam saindo.

O homem assentiu com um aceno da cabeça.

Assim que o barco parou, uma mulher negra veio correndo pela prancha, atravessou a multidão, desceu precipitadamente ao local onde estava o grupo de escravos, se atirou nos braços daquela infeliz mercadoria, já citada como sendo "John, de 30 anos" e, com lágrimas e soluços, lamentava a sorte de seu marido.

Mas para que serve contar essa história, já tantas vezes contada, quase que diariamente, história de partir o coração... do fraco alquebrado e subjugado em proveito e para conforto do forte! Essa história não precisa ser contada, nem àquele que não é surdo, embora permaneça em longo silêncio.

O jovem viajante, que havia defendido a causa da humanidade e de Deus anteriormente, estava de pé, de braços cruzados, contemplando essa cena. Voltou-se e Haley estava a seu lado.

– Meu amigo – disse ele, falando com voz firme –, como é que pode, como é que ousa dedicar-se a um comércio desse tipo? Olhe para essas pobres criaturas! Aqui estou eu, alegrando-me no fundo de meu coração por saber que vou para casa para junto de minha mulher e de meu filho; e o mesmo sino que anuncia que estou indo para junto deles anuncia também a separação definitiva desse pobre homem de sua mulher. Tenha certeza de que Deus vai julgá-lo por isso.

O mercador de escravos se retirou em silêncio.

– Quer dizer – falou o fazendeiro, coçando o cotovelo – que há diferentes opiniões, não é? "Maldito Canaã" parece não combinar com isso, não é?

Haley deixou escapar um gemido surdo.

– E isso não é o pior de tudo – disse John. – Pode ser que não esteja muito de acordo com o que Deus quer. Pense quando tiver de prestar contas a ele, qualquer dia desses, como todos nós.

Haley caminhou, pensativo, para a outra extremidade do barco.

"Se eu conseguir vender com bom lucro uma ou duas levas de escravos", pensou ele, "vou parar com esse negócio, pois está ficando realmente perigoso."

Tomou então a carteira e começou a fazer contas, expediente que muitos cavalheiros, além do senhor Haley, achavam eficaz para fazer calar a voz da consciência.

O barco deslizava majestosamente para longe da margem e tudo corria festivamente como antes. Os homens conversavam, andavam pelo convés, liam e fumavam. As senhoras costuravam, as crianças brincavam e o barco seguia seu caminho.

Um dia atracou por pouco tempo diante de uma pequena cidade do Kentucky. Haley desembarcou para acertar alguns negócios.

Tomás, cujos grilhões não o impediam de fazer moderadas caminhadas, tinha ido até a borda do navio e ficou olhando distraidamente por cima do parapeito. Depois de um tempo, viu o mercador regressando com passo apressado em companhia de uma mulher negra com uma criança nos braços. Ela estava decentemente vestida e um negro a seguia, carregando uma pequena mala; e, subindo a prancha, entraram na embarcação. O sino tocou, a sirene soou, a máquina chiou ao se pôr em movimento e o barco passou a deslizar novamente rio abaixo.

A mulher se encaminhou para o meio das caixas e das bagagens e, sentada, passou a brincar com o filhinho.

Haley deu umas voltas pelo navio, veio sentar-se ao lado dela e começou a lhe dizer algumas coisas em voz bastante baixa.

Tomás logo notou que as feições da mulher se contraíam e que respondia rapidamente e com grande veemência.

– Não acredito, não acredito! – ouviu-a dizer. – O senhor está zombando de mim!

– Se não quer acreditar, olhe isso! – disse o mercador, apresentando-lhe um papel. - Esse é o contrato de compra e venda e nele consta o nome de seu dono. E paguei em dinheiro vivo, um bom dinheiro devo dizer... assim, agora...

- Não posso acreditar que meu patrão me enganasse desse modo. Não pode ser verdade! - exclamou ela, cada vez mais agitada.

- Pode perguntar a qualquer um desses homens que sabem ler. Amigo! - disse ele a um homem que passava. - Poderia, por favor, ler isso para ela? Essa moça não acredita em mim quando lhe digo do que se trata.

- Pois bem, é um contrato de venda, assinado por John Fosdick - disse o homem -, pelo qual lhe vende a escrava Lucy e o filho. Está inteiramente de acordo com a lei, pelo que posso ver.

As extremadas exclamações da mulher atraíram muitas pessoas em torno dela e o mercador de escravos lhes explicou a causa dessa agitação.

- Ele me disse que me enviava a Louisville para trabalhar como cozinheira na estalagem onde está meu marido. Foi isso que o patrão me falou. Não posso acreditar que tenha mentido desse jeito - disse a mulher.

- Mas ele a vendeu, minha pobre mulher. Não resta dúvida alguma a respeito - disse o bondoso senhor que havia examinado os papéis. - Ele a vendeu, sem dúvida.

- Então não adianta ficar falando - disse a mulher, tranquilizando-se subitamente. E, apertando o filho nos braços, sentou-se numa caixa, virou as costas e ficou olhando vagamente para o rio.

- Afinal de contas, está se conformando! - disse o mercador. - A moça é corajosa, pelo que vejo.

A mulher parecia calma enquanto o vapor avançava rio abaixo. Uma suave brisa de verão soprava como um espírito compassivo por sobre sua cabeça... a afável brisa que nunca pergunta se a fronte que vem suavizar é escura ou clara. E ela via os raios de sol cintilar na água em dourados reflexos; ouvia vozes alegres em torno dela, cheias de felicidade e prazer; mas seu coração permanecia imóvel, como se uma grande pedra tivesse caído sobre ele. A criança se erguia em pé e apertava o rosto dela com suas mãozinhas; saltando, gritando e tentando falar, parecia determinada a distraí-la. Ela apertou subitamente o filho em seus braços e, vagarosamente, uma lágrima após outra caía sobre o rostinho angelical dele. Aos poucos, parecia que ela ficava sempre mais calma e passou então a se concentrar no filho, cobrindo-o de carícias.

A criança, um menino de dez meses, era, para sua idade, muito grande e forte, com vigorosos membros. Não tinha um momento de sossego e a mãe se via continuamente ocupada em vigiá-lo e em controlar sua excessiva vivacidade.

– Que belo menino! – disse um homem, parando repentinamente na frente dele, de mãos nos bolsos. – Que idade tem?

– Dez meses e meio – respondeu a mãe.

O estrangeiro assobiou para o menino e lhe ofereceu um caramelo, que ele logo o agarrou avidamente e o levou, como fazem todas as crianças, à boca.

– Menino singular! – disse o homem, que se afastou, assobiando. Quando chegou ao outro lado do barco, encontrou Haley fumando, sentado sobre uma pilha de caixas.

O estrangeiro tirou um fósforo e acendeu um charuto, dizendo ao mesmo tempo:

– O senhor tem ali uma bela mulher, estrangeiro.

– Sim, acredito que ela é razoavelmente bonita – replicou Haley, soltando a fumaça da boca.

– Vai levá-la para o sul? – perguntou o homem.

Haley acenou afirmativamente com a cabeça e continuou fumando.

– Para as plantações?

– Bem – disse Haley –, tenho uma encomenda para uma plantação e creio que posso empregá-la ali. Disseram-me que é boa cozinheira e poderão aproveitá-la nisso ou para colher algodão. Ela tem as mãos próprias para isso, já as examinei. De qualquer modo, será uma boa venda.

E Haley voltou a seu charuto.

– Mas eles não vão querer o pequeno nas plantações – insistiu o homem.

– Vou vendê-lo na primeira oportunidade que aparecer – disse Haley, acendendo outro charuto.

– Acredito que vai vendê-lo bem barato – voltou a insistir o estrangeiro, subindo numa pilha de caixas e sentando-se confortavelmente.

– Não sei – retrucou Haley. – É um menino muito esperto, ágil, gordo, forte e músculos firmes como pedra.

– É verdade; mas há o incômodo e as despesas de criá-lo.

– Bobagem! – exclamou Haley. – Pode ser criado tão facilmente como qualquer criatura que anda por aí; não vai dar mais trabalho que um cãozinho. Daqui a um mês, esse pirralho estará correndo por toda parte.

– Tenho um bom lugar para criá-lo e pensei que deveria aumentar um pouco meu rebanho – disse o homem. – Na semana passada, uma cozinheira perdeu o filho, que se afogou no tanque enquanto ela estendia a roupa no varal; acho que seria ótimo dar-lhe este para que o criasse.

Haley e o estrangeiro continuaram fumando, em silêncio, durante alguns momentos. Nenhum dos dois parecia interessado em falar abertamente da eventual transação. Por fim, o homem prosseguiu:

– Não pensaria em querer mais de dez dólares por esse moleque, uma vez que o senhor pretende se desfazer dele de qualquer jeito.

Haley sacudiu a cabeça e cuspiu com desdém.

– Mas nem pensar, de jeito nenhum – disse ele, e continuou fumando.

– Bem, estrangeiro, quanto quer?

– Veja bem – disse Haley. – Eu mesmo poderia criar esse moleque ou mandá-lo criar. Ele é muito forte e saudável e, daqui a seis meses, poderia conseguir cem dólares por ele; e, dentro de um ano ou dois, pode valer 200 dólares em qualquer mercado. Não posso aceitar menos de 50 dólares agora.

– Oh, estrangeiro! Isso chega a ser ridículo! – exclamou o homem.

– Nada menos! – replicou Haley, com um enérgico aceno da cabeça.

– Dou-lhe 30 dólares – retrucou o estrangeiro. – Nem um centavo a mais.

– Muito bem, vou lhe dizer o que posso fazer – disse Haley, cuspindo de novo, com renovada decisão. – Vou fazer uma diferença e fica em 45 dólares; e é tudo o que posso fazer.

– Aceito! – disse o homem, depois de um intervalo.

– Feito! – exclamou Haley. – Aonde é que vai desembarcar?

– Em Louisville – respondeu o homem.

– Em Louisville! – repetiu Haley. – Perfeito, vamos chegar lá ao anoitecer. O menino vai estar dormindo... ótimo... leve-o com cuidado, sem gritos... o que acontece sempre... gosto de fazer tudo tranquilamente... detesto todo tipo de agitação e alarido.

E assim, depois da transferência de algumas notas da carteira do homem para a do mercador, este retomou seu charuto.

Era uma noite serena e estrelada quando o navio atracou no porto de Louisville. A mulher estava sentada com o filho em sono profundo nos braços quando ouviu o nome do lugar do desembarque ser anunciado. Ela o deitou apressadamente num pequeno berço formado pelo espaço vazio entre as caixas, estendendo antes uma capa por baixo; correu então para um dos lados do barco na esperança de ver o marido, entre os vários criados de hotel que se apinhavam no cais do porto. Com essa esperança, ela se debruçou sobre o parapeito do convés e percorreu atentamente com os olhos a multidão de cabeças que se moviam na margem; o grande número de passageiros afastou-a assim do lugar onde tinha deixado o filho.

– Agora é o momento! – disse Haley, tomando nos braços o menino adormecido e entregando-o ao estrangeiro. – Não o acorde, porque vai chorar e vai desencadear um pandemônio com a mãe!

O homem segurou cuidadosamente o embrulho e logo se perdeu no meio da multidão que se comprimia no porto.

Quando o navio, apitando, gemendo e bufando foi se afastando do porto e estava começando vagarosamente sua marcha, a mulher retornou para o lugar de antes. O mercador de escravos estava sentado ali, mas o menino tinha desaparecido!

– Como! Onde está meu filho? – exclamou ela, surpresa e alucinada.

– Lucy – disse o mercador –, seu filho foi embora; tanto faz sabê-lo agora como mais tarde. Veja bem, eu sabia que você não podia levá-lo para o sul e tive a oportunidade de vendê-lo a uma excelente família, que vai criá-lo melhor que você.

O mercador tinha chegado a esse grau de perfeição política e cristã, recomendado recentemente por alguns pregadores e políticos do norte, com o qual superava inteiramente todas as fraquezas e preconceitos humanos. Seu coração era exatamente, caro leitor, o que o seu e o meu seriam, se submetidos a uma civilização mais apurada. O olhar feroz de angústia e de profundo desespero que a mulher lançou sobre ele teria perturbado um homem menos experimentado, mas ele já estava acostumado a isso. Já tinha encarado o mesmo olhar centenas de vezes. A gente se acostuma a essas coisas também, meu amigo; e é objeto de recentes esforços fazer com que toda a nossa comunidade setentrional se acostume a elas, para a glória da União. Por isso o mercador só considerava a angústia mortal que via se estampando naquelas feições escuras, que vislumbrava naquelas mãos que se contorciam e naquela respiração ofegante, como meros incidentes necessários e inevitáveis ao comércio de escravos; e só receava que ela, com seus estridentes gemidos, provocasse uma comoção geral no navio; porque, como muitos outros defensores de nossas instituições, detestava profundamente qualquer tipo de agitação.

Mas a mulher não gritou. O golpe lhe havia trespassado rapidamente demais o coração para que pudesse se entregar ao choro e às lágrimas.

Uma vertigem a deixou sentada. Os braços inânimes pendiam ao lado do corpo. Os olhos olhavam diretamente para frente, mas nada viam. Todo o barulho e o rumor do navio, o ronco das máquinas se mesclavam em seus ouvidos como num pesadelo; e o pobre coração apertado não encontrava forças para que ela pudesse soltar um grito ou derramar uma lágrima, a fim de externar sua profunda desgraça. Parecia totalmente insensível.

O mercador que, considerando suas vantagens, era quase tão humano como alguns de nossos políticos, julgou-se na obrigação de procurar consolá-la, como a situação exigia.

– Sei que isso é muito duro, no primeiro momento, Lucy – disse ele. – Mas uma jovem inteligente e sensata como você não deve se deixar abater por isso. Bem vê que era *necessário*, que era inevitável.

– Oh, não, senhor, não! – exclamou a mulher, com voz sufocada.

– Você é uma mulher inteligente, Lucy – insistiu ele. – Vou fazer de tudo por você, vou lhe conseguir uma boa colocação no sul e logo vai encontrar outro marido... uma moça tão bonita como você...

– Oh, senhor, se pelo menos não continuasse a falar comigo! – disse ela, com uma expressão de angústia tão profunda e pungente, que o mercador sentiu que havia nesse caso algo que ia além de seu estilo costumeiro de abordagem. Levantou-se então e a mulher voltou-lhe as costas, enterrando a cabeça em sua capa.

O mercador ficou caminhando de um lado para outro por um tempo e, de vez em quando, parava e olhava para ela.

"Sofre muito", disse ele, em solilóquio, "mas pelo menos se conserva calma... logo que tiver chorado um pouco, vai voltar ao normal!"

Tomás tinha presenciado toda a transação, do começo ao fim, e tinha pleno conhecimento de seus resultados. Para ele, parecia algo inexprimivelmente horrível e cruel, porque, pobre negro ignorante, não tinha aprendido a generalizar, a ampliar o âmbito das ideias. Se apenas tivesse sido instruído por certos ministros do cristianismo, teria pensado melhor a respeito e teria visto nisso um incidente diário de um comércio legal, comércio que é a base vital de uma instituição que, no dizer de um clérigo americano, nada mais era que o reflexo dos males inseparáveis de todas as demais relações humanas na vida social e doméstica. Mas Tomás, como vimos, indivíduo pobre e ignorante, cuja leitura se havia limitado exclusivamente ao Novo Testamento, não podia se confortar e se aliviar com considerações dessa ordem. Sua própria alma sangrava dentro dele por aquilo que lhe parecia uma injustiça para com essa pobre coisa sofrendo que jazia como um caniço pisoteado em cima das caixas; coisa sensível, viva, desfalecida, mas imortal, que as leis americanas confundem friamente com os fardos, pacotes e caixas, entre os quais está deitada.

Tomás se aproximou e tentou dizer alguma coisa, mas a resposta dela foi um profundo gemido. Com toda a honestidade e com lágrimas escorrendo por suas faces, ele lhe falou de um coração amoroso nos céus, de um Jesus misericordioso e da morada eterna; mas os ouvidos dela estavam ensurdecidos pela angústia e o coração paralisado não conseguia sentir.

A noite chegou, serena, sem vento, resplandecente, fitando a terra com seus inumeráveis e solenes olhos dos anjos, belos e cintilantes, mas silenciosos. Não havia nenhuma fala, nenhuma voz misericordiosa ou mão pronta a ajudar que descesse do longínquo céu. Uma após outra, as vozes tratando de negócios ou convidando ao prazer tinham sumido. Tudo no barco dormia e mal se ouvia o rumor das águas batendo na proa. Tomás se estendeu sobre um fardo e ouvia, de vez em quando, os abafados soluços ou choro de Lucy... "Oh! o que vou fazer? Oh, Deus! Oh, meu Deus, me ajude!!... e assim, de vez em quando, até que a murmuração silenciou.

À meia-noite, Tomás acordou com um sobressalto! Uma sombra negra passou rapidamente por ele, dirigindo-se à borda do navio e logo ouviu um baque na água. Ninguém mais viu ou ouviu qualquer coisa. Tomás ergueu a cabeça e viu que o lugar da mulher estava vazio! Levantou-se e procurou em volta dele, mas em vão. O pobre coração ferido estava, finalmente, tranquilo e as águas do rio continuavam seu murmúrio e suas ondulações tão alegremente como se não o tivessem engolido.

Paciência! paciência! Os senhores, cujos corações estremecem diante de tais horrores! Não há um só suspiro de angústia, nem uma única lágrima dos oprimidos que sejam esquecidos pelo divino consolador, pelo Senhor da Glória. Em seu paciente e generoso coração, ele acolhe as angústias do mundo. Sofram, como ele sofreu, com paciência, e operem com amor, pois, tão certo como ele é Deus, a hora da redenção vai chegar.

O mercador de escravos acordou, pela manhã, e veio, alegre e faceiro, examinar sua mercadoria viva. Foi a vez dele, nesse momento, ficar perplexo.

– Onde está a moça? – perguntou ele a Tomás.

Tomás, que havia aprendido a ser prudente, julgou que não era obrigado a comunicar-lhe suas observações e suas suspeitas, e respondeu que não sabia de nada.

– Certamente não poderia ter desembarcado durante a noite em nenhuma das paradas, porque eu estava acordado e vigilante, sempre que o barco parava. Não costumo confiar essas coisas a outras pessoas.

Essas palavras eram dirigidas confidencialmente a Tomás, como se tivessem de interessá-lo de modo particular. Tomás não deu resposta.

O mercador começou a vasculhar o barco de ponta a ponta, entre caixas, fardos e barris, em torno das máquinas, junto das chaminés, mas em vão.

– Vamos, Tomás! Seja franco! – disse ele, quando, depois de infrutífera busca, chegou ao local onde Tomás estava. – Você sabe alguma coisa a respeito. Não diga que não. Sei que você sabe. Eu vi a moça estendida aqui em torno das dez horas, e de novo às doze, e mais uma vez entre uma e duas horas; e às quatro já havia desaparecido; e você estava dormindo exatamente ali, durante o tempo todo. Ora, você deve saber de alguma coisa... não pode negá-lo.

– Pois bem, patrão – replicou Tomás. – Logo antes do amanhecer, algo roçou em mim; entreabri os olhos e depois ouvi um grande baque de um peso caindo na água. Então acordei totalmente e vi que a menina tinha desaparecido. Isso é tudo o que sei.

O mercador não ficou chocado nem admirado, porque, como dissemos antes, ele estava acostumado a essas tragédias de que mal se pode ter uma ideia. Nem a presença da morte o impressionava mais, pois a tinha visto muitas vezes no exercício de sua profissão de traficante de escravos e só pensava nela como uma visita importuna que atrapalhava decisivamente suas operações comerciais. Contentou-se, portanto, em rogar algumas pragas, pois considerava a moça como uma bagagem e que tinha tido muito azar em perdê-la; além do mais, se as coisas continuassem desse jeito, não haveria de lucrar nem um centavo com seu carregamento. Em resumo, ele parecia se considerar um homem realmente desafortunado; mas não havia mais nada a fazer, tanto mais que a mulher havia fugido para uma região em que nunca se devolve um fugitivo, mesmo que seja reclamado por toda a gloriosa União. O mercador, portanto, se sentou inteiramente descontente com seu livro de contas e lançou o nome da infeliz moça na coluna de "perdas".

"É uma criatura perturbadora esse mercador, não é? Tão insensível! Realmente, é terrível! Oh! Mas ninguém pensa nada de bom desses mercadores! São desprezados em toda parte... nunca são acolhidos numa sociedade decente."

Mas quem é, senhores, que faz o mercador? Quem é que deve ser recriminado? O homem esclarecido, instruído, inteligente, que apoia o sistema do qual o mercador é o inevitável resultado ou o próprio pobre mercador? Vocês é que criam a instituição pública que exige um mercador, que o deprava e o despreza até ele sentir vergonha do que faz; e em que os senhores são melhores do que ele? Os senhores são instruídos e ele, ignorante; os senhores são de alta classe e ele, da inferior; os senhores são refinados e ele, grosseiro; os senhores são talentosos e ele, ingênuo?

No dia de um futuro julgamento, essas mesmas considerações deverão ser bem mais favoráveis a ele do que aos senhores.

Concluindo esses pequenos incidentes do comércio legal de escravos, devemos pedir ao mundo que não pense que os legisladores americanos são inteiramente destituídos de humanidade como pode ser, talvez, infelizmente inferido dos grandes esforços feitos por nossos dirigentes nacionais para proteger e perpetuar essa espécie de tráfico de escravos.

Quem não conhece nossos grandes homens que se empenham em denunciar esse comércio de escravos estrangeiros! Há um verdadeiro exército de Clarksons e de Wilberforces que se levantaram entre nós contra esse comércio e que merecem ser ouvidos e respeitados. Traficar negros da África, caro leitor, é horroroso e impensável. Mas traficar negros do Kentucky... é bem outra coisa!

13
A COLÔNIA DOS QUAKERS

Uma pacífica cena se oferece agora diante de nós. Entremos numa grande e espaçosa cozinha bem pintada, com seu assoalho brilhante e liso, sem uma partícula de pó; com um fogão preto bem limpo; com fileiras de panelas reluzentes, sugerindo inumeráveis coisas boas de aguçar o apetite; com cadeiras de madeira pintadas de verde, lustradas, velhas e firmes; com uma pequena cadeira de balanço, flanqueada de longos braços e guarnecida de uma almofada, com outra maior e mais velha, cujos amplos braços eram um convite contínuo para sentar-se, secundado por suas belas almofadas de penas... uma verdadeira cadeira confortável e convidativa, digna de figurar entre os móveis de uma sala de estar da pequena nobreza. E nessa cadeira, balançando-se suavemente, com os olhos fixos num trabalho de costura, estava sentada nossa velha amiga Elisa. Sim, aí está ela, mais pálida e mais magra do que a vimos em sua casa no Kentucky, com uma dor profunda que se espelhava à sombra dos longos cílios e que desenhava os contornos de sua boca! Era fácil perceber como o coração juvenil tinha ficado velho e firme sob a disciplina da dor infinita; e quando, vez por outra, levantava seus grandes olhos negros para vigiar as peraltices de seu pequeno Harry, que brincava como uma borboleta tropical pelo assoalho, percebia-se neles uma firmeza e uma determinação que nunca eram exibidas em seus mais felizes dias de outrora.

A seu lado, estava sentada uma mulher com uma panela sobre os joelhos, dentro da qual estava dispondo cuidadosamente alguns pêssegos secos. Parecia ter 55 ou 60 anos, mas seu rosto era um daqueles que o tempo passa só para ornar e embelezar. A touca de crepe, branca como a neve, feita segundo o estrito modelo dos quakers... o lenço branco de musselina, pendendo em plácidas dobras sobre o peito... o xale e o vestido de lã... indicavam claramente a que comunidade pertencia. Seu rosto cheio e rosado, com leve e saudável penugem, sugeria a imagem de um pêssego maduro. Seu cabelo, em parte prateado pela idade, se dividia suavemente para trás a partir de uma elevada e plácida fronte, na qual o tempo só tinha deixado essa inscrição: "Paz na terra, boa vontade para os homens." E abaixo brilhavam dois grandes olhos castanhos cândidos, honestos e afetuosos; bastava olhar diretamente para eles para sentir que estava vendo até o fundo de um coração tão bom e verdadeiro como jamais palpitou no peito de uma mulher. Tanto se tem dito e cantado a beleza das jovens, por que alguém não haveria de celebrar a beleza das mulheres de idade? Se alguém quisesse buscar inspiração para descrever uma beleza dessas, bastaria conhecer nossa boa amiga Raquel Halliday, tal como está em sua pequena cadeira de balanço. Essa cadeira tinha uma tendência a chiar e ranger, talvez por ter sido abandonada às intempéries quando nova ou, por assim dizer, por ter sofrido uma bronquite asmática ou por ter sido acometida de um desarranjo nervoso, mas o fato é que, ao balançar para frente e para trás, produzia um ruído que teria sido intolerável em qualquer outra cadeira. Mas o velho Simeão Halliday dizia com frequência que esse ruído era tão agradável quanto qualquer música e as crianças afirmavam que por nada deste mundo renunciariam ao prazer de ouvir o ranger da cadeira da mãe. Mas por quê? Porque durante 20 anos ou mais, nada além de palavras amáveis, meigas admoestações e extremada bondade maternal provinham dessa cadeira. Inumeráveis dores da alma e do corpo tinham sido ali curadas; dificuldades espirituais e temporais ali tinham sido resolvidas... todas por uma mulher bondosa e amorosa. Que Deus a abençoe!

– Então, Elisa, ainda pensa em partir para o Canadá? – perguntou ela, enquanto estava calmamente cuidando de seus pêssegos.

– Sim, minha senhora – respondeu Elisa, com firmeza. – Preciso ir em frente, não posso parar.

– E o que vai fazer quando chegar lá? Deve pensar nisso, minha filha!

"Minha filha" saiu naturalmente dos lábios de Raquel Halliday, pois seu rosto e seu porte faziam da palavra "mãe" como a mais natural que se podia aplicar a ela.

As mãos de Elisa tremiam e algumas lágrimas caíam sobre sua costura; mas respondeu com firmeza:

– Alguma coisa vou fazer. Acho que vou conseguir encontrar algo a fazer.

– Sabe que pode ficar conosco o tempo que quiser – disse Raquel.

– Oh! obrigada, mas – disse Elisa, apontando para Harry – não consigo dormir à noite, não consigo descansar. A noite passada, sonhei que vi aquele homem entrando no pátio – acrescentou ela, estremecendo.

– Pobre menina – disse Raquel, enxugando os olhos. – Mas não fique impressionada desse jeito. Deus nunca permitiu que um fugitivo fosse apanhado em nossa aldeia. Espero que não seja a primeira.

Nesse momento, a porta se abriu e entrou uma mulher baixa, redonda como uma bola, de rosto risonho e corado como uma maçã madura. Vestia roupa cinza, como Raquel, e trazia um lenço bem ajustado em torno de seu peito roliço.

– Ruth Stedman – exclamou Raquel, indo alegremente ao encontro dela. – Como vai, Ruth? – disse ela, tomando-lhe as mãos.

– Perfeitamente bem – respondeu Ruth, tirando o pequeno chapéu escuro, que limpou com o lenço, exibindo, ao fazer isso, uma cabeça arredondada, coberta com a touca quaker, ajeitada de maneira graciosa, apesar de todos os esforços e tapinhas de suas pequenas mãos rechonchudas tentando arranjá-la melhor. Algumas mechas de seus cabelos encaracolados apontavam para fora da touca, o que a obrigava a repô-las no devido lugar. A recém-chegada, que poderia ter uns 25 anos, voltou da frente do pequeno espelho, diante do qual havia feito esses reparos e parecia bem atraente, pois era realmente uma mulher bonita, cordial e alegre.

– Ruth, esta amiga é Elisa Harris; e este é seu filhinho, de quem já lhe falei.

– Muito prazer, Elisa – disse Ruth, apertando-lhe as mãos, como se Elisa fosse uma velha amiga que voltava a encontrar depois de muito tempo. – E este é seu querido filho... trouxe um doce para ele – acrescentou ela, oferecendo ao menino um doce em forma de coração; ele se aproximou, olhando por entre seus cachos de cabelo e timidamente o aceitou.

– Onde está seu filho, Ruth? – perguntou Raquel.

– Logo vai estar aqui. Mary ficou com ele quando eu ia chegando e o levou até o celeiro para mostrá-lo às outras crianças.

Nesse instante, a porta se abriu e Mary, menina graciosa e rosada, de grandes olhos castanhos como os da mãe, entrou com o menino.

– Ah! – exclamou Raquel, levantando-se e tomando nos braços o gorducho menino branco. – Como está lindo e como está crescido!

– Está mesmo – disse a expansiva Ruth, ao tomar a criança; e começou a lhe tirar o pequeno capuz de seda azul e várias peças de roupa complementares. E depois de lhe dar uns apertões, de arrumá-lo novamente, beijou-o com ternura e o pôs no chão para deixá-lo à vontade. O menino parecia estar acostumado a esses modos de proceder, pois colocou o polegar na boca (como se fosse algo natural, é claro) e logo parecia absorvido em suas próprias reflexões, enquanto a mãe se sentou e, tomando uma longa meia de lã azul e branca, começou a tricotar ativamente para terminá-la.

– Mary, ponha a panela no fogo – ordenou Raquel à filha.

Mary foi até o poço para encher a panela e logo reapareceu, colocou-a sobre o fogão; em pouco tempo, começou a borbulhar e a exalar vapor, que era uma espécie de incenso a envolver a hospitalidade e a boa companhia. Depois, obedecendo a um sussurro de Raquel, a mesma mão colocou os pêssegos em outro recipiente sobre o fogo.

Raquel tomou então uma tábua branca e, vestindo um avental, se pôs a estender a massa para fazer alguns biscoitos, dizendo antes a Mary:

– Seria bom que dissesse a John para preparar uma galinha.

E Mary desapareceu imediatamente.

– E como está Abigail Peters? – perguntou Raquel, enquanto continuava atarefada em preparar os biscoitos.

– Oh, está bem melhor – respondeu Ruth. – Fui vê-la esta manhã; arrumei-lhe a cama e limpei a casa. Leah Hills esteve na casa dela esta tarde, assou o pão e fez tortas que devem bastar por alguns dias. Prometi voltar esta noite para ajudá-la em outras coisas.

– Então eu vou amanhã para lavar e remendar a roupa – disse Raquel.

– Ah, muito bem – disse Ruth, e acrescentou: – Fiquei sabendo que Hannah Stamvood está doente. John esteve lá, ontem à noite. Amanhã vou visitá-la.

– John poderá fazer suas refeições aqui, se você precisar ficar por lá o dia todo – sugeriu Raquel.

– Obrigada, Raquel. Veremos, amanhã. Mas aí vem Simeão...

Simeão Halliday, homem alto, esbelto, musculoso, entrou, vestindo um casaco escuro e calças de pano grosso e trazia na cabeça um chapéu de abas largas.

– Como está, Ruth? – disse ele, cumprimentando-a calorosamente, enquanto lhe estendia sua grande mão para lhe apertar a mãozinha gorducha. – E como está John?

– Oh! John está bem, como todos os demais da família – respondeu Ruth, alegremente.

– Alguma novidade, Simeão? – perguntou Raquel, enquanto punha os biscoitos no forno.

– Peter Stebbins me disse que viria aqui à noite com alguns *amigos* – respondeu Simeão, enquanto lavava as mãos num pequeno cômodo aos fundos.

– Verdade! – exclamou Raquel, pensativa e olhando para Elisa.

– Você não dizia que seu sobrenome era Harris? – perguntou Simeão a Elisa, ao voltar para a sala.

Raquel lançou um olhar rápido ao marido, enquanto Elisa, trêmula, respondia "sim". Ela receava que tivessem espalhado cartazes anunciando sua fuga.

– Venha cá, Raquel – disse Simeão, parado à porta e chamando a mulher para fora.

– O que quer? – perguntou Raquel, esfregando as mãos enfarinhadas, enquanto se dirigia à porta.

– O marido dessa moça está na colônia e vai estar aqui esta noite – disse ele.

– Não é possível! – exclamou Raquel, radiante de alegria.

– É verdade! Peter se dirigiu ontem com a carroça até a outra estação e lá encontrou uma mulher de idade acompanhada de dois homens; um deles declarou que se chamava George Harris. Pela história que contou, tenho certeza de que é ele. É um rapaz inteligente e simpático.

– Será que devemos contar a ela? – perguntou Simeão.

– Vamos contar a Ruth – replicou Raquel. – Ruth, venha cá!

Ruth largou o tricô e num instante estava fora da porta.

– Ruth, o que você acha? – começou Raquel. – Meu marido acaba de me contar que o marido de Elisa está na colônia e que vai estar aqui hoje à noite.

Uma explosão de alegria da pequena quaker interrompeu a fala. Ao dar um pulo de contentamento e ao bater palmas, alvoroçada, duas mechas de cabelo apontaram por baixo da touca e balançavam sobre o lenço branco do pescoço.

– Fique quieta, querida! – disse-lhe Raquel, afavelmente. – Quieta, Ruth!

Será que devemos contar isso a ela, agora mesmo?

– Agora mesmo, certamente... nesse mesmo instante! Ora, imagine que fosse meu John! Como me sentiria? Conte-lhe, por favor, agora mesmo!

– Tudo o que você faz é por amor ao próximo, Ruth – interveio Simeão, olhando sorridente para Ruth.

– Certamente. E não é para isso que estamos no mundo? Se eu não amasse meu marido e meu filho, não poderia adivinhar os sentimentos de Elisa. Vamos lá, por favor, vá contá-lo a ela! – E pôs suas mãos, num gesto persuasivo, no braço de Raquel. – Leve-a para seu quarto e deixe que eu prepare a comida, enquanto estiverem a sós.

Raquel entrou na cozinha, onde Elisa estava costurando e, abrindo a porta de um pequeno quarto, disse afavelmente:

– Venha comigo, minha filha. Tenho notícias para você.

O sangue fluiu para o rosto pálido de Elisa; tremendo de ansiedade, olhou para o filho.

– Não, não! – exclamou Ruth, correndo até ela e tomando-lhe as mãos. – Não tenha medo. São boas notícias, Elisa... vai, vai! – E ela a empurrou suavemente para a porta, que fechou; e então, voltando-se, tomou o pequeno Harry nos braços e começou a beijá-lo.

– Vai ver seu pai, meu pequeno. Você o conhece? Seu pai está chegando – repetia ela, continuamente, enquanto o menino olhava admirado para ela.

Nesse meio tempo, atrás da porta do quarto, outra cena se desenrolava. Raquel Halliday se achegou mais a Elisa e lhe disse:

– Deus teve compaixão de você, minha filha. Seu marido fugiu da escravidão.

O sangue subiu à cabeça de Elisa num ímpeto repentino e refluiu para o coração com a mesma rapidez. Ela se sentou, pálida e desfalecida.

– Coragem, menina! – disse Raquel, pondo a mão na cabeça de Elisa. – Ele está entre amigos que vão trazê-lo aqui hoje à noite.

– Esta noite! Esta noite! – repetia Elisa. As palavras perderam todo o sentido para ela. Sua cabeça girava, confusa. Tudo se transformou em espesso nevoeiro, num instante.

Quando voltou a si, estava deitada confortavelmente na cama com uma colcha sobre ela e Ruth lhe esfregava as mãos com cânfora. Abriu os olhos num estado de sonolência, de deliciosa languidez, como alguém que tinha estado por muito tempo oprimido por um fardo pesado e agora se sentia livre dele, podendo, enfim, repousar. A tensão dos nervos, que nunca tinha cessado desde o primeiro momento de sua fuga, tinha esmorecido e um estranho sentimento de segurança e de serenidade se apoderou dela. E, enquanto permanecia deitada, seguia, com seus grandes olhos negros abertos, como num tranquilo sonho, os movimentos de todos os circunstantes. Via a porta aberta para o outro cômodo, via a mesa de jantar com sua toalha branca; ouvia o doce murmúrio da chaleira fervendo; via Ruth indo e vindo com travessas de doces e pratos de conservas e, de vez em quando, parando para pôr um doce nas mãos de Harry ou dar-lhe um tapinha na cabeça ou acariciar seus longos cabelos com seus dedos brancos como a neve. Via ainda o amplo e maternal perfil de Raquel que, vez por outra, se aproximava de sua cabeceira, alisava e arrumava as cobertas e dava um toque aqui e acolá, como para expressar sua boa vontade; e de seus grandes e límpidos olhos castanhos parecia baixar uma espécie de raio de sol que a tranquilizava. Viu o marido de Ruth entrar e a esposa correr até ele; e os dois passaram a sussurrar bem sérios e, com gestos significativos, apontar para a sala. Viu-a, a seguir, sentar-se à mesa para o chá, com seu filho nos braços. Viu então todos eles à mesa e o pequeno Harry numa cadeira alta, posta ao lado de Raquel. Ouvia o murmúrio de conversa em voz baixa, suave tinir de talheres e um musical tilintar de xícaras e pires, tudo isso mesclado numa deliciosa sonolência repousante. E Elisa dormiu, como nunca tinha dormido antes, desde aquela terrível noite em que tinha tomado seu filho e tinha fugido no meio do nevoeiro, à luz das estrelas.

Sonhou com uma linda região... uma terra, lhe parecia, de descanso, com margens verdejantes, ilhas paradisíacas e borbulhantes águas cristalinas; e ali, numa casa em que meigas vozes lhe diziam que era um lar, ela viu seu filho brincando, livre e feliz. Ouvia os passos de seu marido, sentia-o aproximar-se; seus braços a apertavam, suas lágrimas lhe tombavam sobre o rosto e, nesse momento, acordou! Não era um sonho. Fazia muito tempo que a luz do dia tinha desaparecido; seu filho dormia tranquilamente a seu lado; uma vela estava se extinguindo e seu marido estava soluçando sobre o travesseiro dela.

A manhã seguinte foi de total alegria na casa dos quakers. Raquel se havia levantado ao amanhecer e estava rodeada de filhas e filhos atarefados, que não conseguimos apresentar a nossos leitores ontem, por falta de tempo, e que todos se moviam obedientemente de acordo com as amáveis ordens de Raquel no trabalho de preparar o café da manhã. Nos ricos vales de Indiana, um café da manhã é uma coisa complicada e multiforme e, como o trabalho de colher pétalas de rosa e aparar a folhagem das plantas ornamentais, requer outras mãos além daquelas da mãe. Por isso, enquanto John correu até a fonte para buscar água fresca, Simeão Júnior peneirava a farinha de milho e Mary moía o café, Raquel se dedicava tranquilamente a fazer biscoitos, a cozinhar a galinha e a difundir uma radiante harmonia nessa ocupação de todos. Se houvesse qualquer perigo de atrito ou de conflito por causa da falta de zelo de tantos jovens ajudantes, uma palavra de ordem dela era suficiente para suplantar qualquer dificuldade. Os poetas escreveram sobre o cinto de Vênus que, geração após geração, fez perder a cabeça ao mundo inteiro. De nossa parte, preferimos o cinto de Raquel Halliday, que mantinha a cabeça de todos no lugar e que fazia com que tudo procedesse harmoniosamente. Julgamos que, decididamente, é mais apropriado a nossos dias.

Enquanto todos os outros preparativos estavam em curso, Simeão pai, num canto da sala, em mangas de camisa e diante de um pequeno espelho, se dedicava à antipatriarcal operação de fazer a barba. Tudo na grande cozinha avançava de modo tão sociável, tão tranquilo, tão harmonioso que parecia agradável a cada um deles fazer o que estava fazendo. Reinava uma atmosfera de mútua confiança e amizade em toda parte... até os garfos e as facas tinham um tinir amigável quando eram postos à mesa, até o frango e o presunto emitiam um alegre e radiante chiado na panela, como se preferissem ser cozidos do que qualquer outra coisa... E quando George e Elisa com o pequeno Harry saíram do quarto, se depararam com tão cordial e alegre acolhida que não é de admirar que tudo isso lhes parecesse um sonho.

Por fim, todos se sentaram à mesa para o café da manhã, enquanto Mary continuava junto do fogão, assando bolinhos que, ao atingir o ponto exato da cor dourado-escura, eram transferidos com habilidade à mesa.

Raquel nunca parecera tão verdadeiramente feliz como à cabeceira da mesa. Transparecia nela de modo singular seu lado materno e sua extrema bondade até na maneira como passava os pratos ou servia uma xícara de café; parecia que ela transferia toda a sua magnanimidade na comida que oferecia.

Era a primeira vez em sua vida que George se sentava à mesa de um homem branco, como seu igual. De início, ele se sentiu um tanto constrangido e embaraçado; mas a simples e transbordante bondade com que todos o tratavam fez com que esse acanhamento logo se dissipasse como se esvai a neblina da manhã diante dos esplêndidos raios de sol matinais.

Esse, na verdade, era um lar... lar, palavra cujo real significado George nunca tinha compreendido totalmente. E uma crença em Deus, uma confiança na providência começaram a penetrar em seu coração. Como se estivesse cercado por uma nuvem dourada de proteção e confiança, as sombrias dúvidas do cético e do ateu, além do selvagem desespero, se dissipavam diante da luz de um Evangelho vivo que se revelava em rostos vivos, pregado por milhares de atos inconscientes de amor e de boa vontade que, como o copo de água dado em nome do Senhor, nunca deixa de receber sua recompensa.

– Pai, o que faria, se o descobrissem de novo? – perguntou Simeão Júnior, enquanto passava manteiga no bolinho.

– Pagaria a multa – respondeu Simeão, tranquilo.

– Mas o que faria, se o prendessem?

– Você e sua mãe não poderiam administrar a fazenda? – retrucou ele, sorrindo.

– Minha mãe sabe fazer quase tudo – disse o rapaz. – Mas não é uma vergonha fazer tais leis?

– Você não deve falar mal dos legisladores, Simeão – disse o pai, com severidade. – Deus só nos dá os bens materiais para que possamos fazer justiça e exercer a misericórdia. Se nossos governantes exigem um tributo de nós por isso, devemos nos resignar.

– Bem, eu odeio esses senhores de escravos! – disse o rapaz, cuja opinião era tão pouco cristã como estava se tornando a de muitos reformadores modernos.

– Estou surpreso com você, filho – disse Simeão. – Sua mãe nunca lhe ensinou isso. Se Deus conduzisse à minha porta um senhor de escravos em apuros, eu o socorreria do mesmo modo que dou guarida a um escravo.

Simeão Júnior corou; mas a mãe sorriu e disse:

– Simeão é um bom menino; vai crescer com o tempo e vai se tornar igual ao pai.

– Espero, meu bom senhor, que não esteja exposto a dificuldades por nossa causa – disse George, ansioso.

– Não tenha medo, George. É para isso que estamos neste mundo. Se não estivéssemos prontos a enfrentar dificuldades por uma boa causa, não seríamos dignos de nosso nome.

– Mas *eu* não posso tolerar isso – disse George.

– Não se preocupe, amigo George. Não é por você, mas por Deus e pelo homem que fazemos isso – disse Simeão. – E agora você deve repousar durante o dia, porque, às dez horas desta noite, Phineas Fletcher vai conduzi-lo até a próxima estação... você e toda a sua família. Os perseguidores o seguem de perto; não podemos perder tempo.

– Se assim é, por que esperar até a noite? – perguntou George.

– Porque, durante o dia, você está seguro aqui, pois todos os habitantes da colônia são amigos e todos estão vigiando. Além disso, é mais seguro viajar de noite.

14

EVANGELINA

Uma jovem estrela! que brilha
Sobre a vida... imagem doce demais para esse espelho!
Um ser amável, apenas formado ou moldado;
Uma rosa com todas as suas mais suaves pétalas ainda fechadas.

O Mississipi! Como se fosse tocado por uma varinha de condão, como mudaram seus cenários, desde que Chateaubriand, em sua prosa poética, o descreveu como um rio de majestosas e intocadas solidões, deslizando num insondável mundo de existência vegetal e animal!

Mas em pouco tempo, esse rio de sonhos e de selvagem poesia emergiu para uma realidade não menos encantadora e esplêndida. Que outro rio do mundo leva em seu seio ao oceano a riqueza e a produção de outro país semelhante?... um país cujos produtos provêm dos trópicos como dos polos! Essas turvas águas, espumosas e rápidas, que lambem as margens por onde passam, são a fiel imagem da vasta atividade comercial que é descarregada sobre suas ondas por uma raça mais enérgica e laboriosa que a do velho mundo. Ah! oxalá suas águas não levassem mais um temido carregamento... as lágrimas dos oprimidos, os suspiros dos desamparados, as amargas súplicas de pobres e ignorantes corações a um Deus desconhecido... desconhecido, invisível e silencioso, mas que um dia há de descer de seu trono para salvar todos os pobres da terra!

A luz oblíqua dos raios do sol poente balançava sobre as águas do imenso rio. Os oscilantes caniços e os grandes e negros ciprestes, dos quais pendem tranças de musgo escuro e funéreo, brilham sob os raios dourados, enquanto o barco a vapor, com carga total, avança.

Atulhado de fardos de algodão, produto de muitas plantações, convés acima e nos lados, à distância parecia até uma maciça montanha retangular e cinza que se movia pesadamente em direção ao próximo mercado. Somos obrigados a procurar por algum tempo, entre a densa carga e os viajantes, antes de encontrar novamente nosso humilde amigo Tomás. No alto do convés, num pequeno espaço entre os imensos fardos de algodão, finalmente o encontramos.

Em parte pela confiança inspirada nas recomendações do senhor Shelby e, em parte, pelo notável e inofensivo caráter do homem, Tomás tinha conquistado, insensivelmente, a confiança até de um homem como Haley.

De início, o mercador de escravos o vigiava bem de perto durante o dia e nunca o deixava dormir à noite sem as algemas; mas a resignada paciência e o aparente contentamento de Tomás o tinham levado, aos poucos, a afrouxar essas restrições e, já fazia algum tempo, Tomás usufruía de benefícios sob palavra, que lhe permitiam ir e vir livremente por onde quisesse dentro do navio.

Sempre tranquilo e obsequioso, sempre pronto a dar uma mão em qualquer emergência que pudesse ocorrer entre a tripulação, ele tinha conquistado a estima de todos e passava muitas horas ajudando-os com a maior boa vontade, como se estivesse trabalhando numa fazenda do Kentucky.

Quando lhe parecia que não havia nada a fazer, subia até um recanto no meio dos fardos de algodão do convés e se entretinha lendo e relendo a Bíblia... e é ali que o vemos agora.

Por umas cem milhas ou mais, acima de Nova Orleans, o rio corre mais alto que as terras circunstantes e desliza seu enorme volume de água entre diques de vinte pés de altura. Do convés do navio, como se fosse do topo de um castelo flutuante, o viajante descortina toda a região por muitas milhas em seu derredor. Tomás, portanto, via, se desdobrar diante de si, plantação após plantação, um mapa da vida da qual estava se aproximando.

Já via, ao longe, os escravos trabalhando. Via, mais adiante, seus vilarejos de cabanas se destacando em longas fileiras entre as plantações e distantes das mansões e parques de seus proprietários. E enquanto descortinava esse cenário, seu pobre e palpitante coração se voltava para a fazenda do Kentucky, com suas frondosas faias, lembrando-lhe a casa do patrão com seus vastos e arejados quartos e sua cabana erguida entre árvores e flores. Parecia-lhe ver ainda os bem conhecidos rostos de seus camaradas que tinham crescido com ele desde a infância; via sua mulher atarefada preparando a refeição da noite; ouvia as efusivas risadas de seus filhos brincando e o tagarelar da caçula em seu colo. Depois, repentinamente, tudo se esvaía e passou a ver novamente os canaviais e os ciprestes e as extensas plantações; enfim, ouvia outra vez o rumor e o ranger das máquinas do barco a vapor e tudo lhe dizia claramente que aquela fase da vida tinha passado para sempre.

Em tais circunstâncias, o leitor teria escrito à esposa e enviado mensagens aos filhos. Mas Tomás não sabia escrever. O correio para ele não existia e o abismo da separação não poderia ser transposto por qualquer palavra ou por qualquer sinal amigável.

É de se estranhar, portanto, que algumas lágrimas caíssem sobre as páginas de sua Bíblia, enquanto ele se recostava nos fardos de algodão e, com um dedo paciente, seguia palavra por palavra as linhas que lhe revelavam tesouros de promessas? Como tivesse aprendido a ler muito tarde, Tomás demorava para decifrar as palavras e passava com dificuldade de versículo a versículo. Felizmente o livro que o ocupava nada perde em ser lido devagar... não, suas palavras, como barras de ouro, precisam ser pesadas uma a uma, a fim de que o espírito possa exaurir delas todo o seu inestimável valor. Vamos segui-lo por um momento, enquanto aponta o dedo sobre cada palavra, repetindo-a a meia voz:

"Que... seu... coração... não... se... perturbe.... Na... casa... de... meu... pai... há... muitas... moradas... Eu... vou... para... preparar... um... lugar... para... vocês..."

Quando Cícero enterrou sua filha única e querida, tinha o coração tão amargurado quanto o do pobre Tomás, talvez não mais, porque ambos eram apenas homens; mas Cícero não tinha essas sublimes palavras de esperança para se consolar e para ter a segura perspectiva de outra vida! E mesmo que as tivesse, quase certamente não haveria de acreditar nelas, pois logo lhe passariam pela cabeça mil perguntas sobre a autenticidade delas e sobre a fidelidade da tradução. Mas para o pobre Tomás, aí estava exatamente o que precisava, palavras evidentemente tão verdadeiras e divinas que a possibilidade de questioná-las nem lhe passava pela cabeça. Deviam ser verdadeiras; se não o fossem, como poderia ele viver?

A Bíblia de Tomás não tinha notas nem indicações de sábios comentadores, à margem, mas tinha sido enriquecida por certos sinais e marcas inventados pelo próprio Tomás e que ajudavam mais que eruditas explicações. Ele se havia acostumado a ouvir a leitura da Bíblia pelos filhos de seu patrão, de modo particular por George; e enquanto eles liam, tinha o cuidado de assinalar com tinta, as passagens que mais lhe agradavam aos ouvidos ou que mais lhe tocavam o coração. Sua Bíblia estava, portanto, cheia de sinais, do começo ao fim, de vários tipos e formas; assim, conseguia encontrar num instante suas passagens favoritas, sem precisar ler ou soletrar longos trechos. Cada versículo lhe recordava alguma antiga cena de sua vida familiar e alguma de suas alegrias passadas. A Bíblia parecia tudo o que lhe havia restado na vida, bem como a promessa de uma vida futura.

Entre os passageiros a bordo, estava um jovem cavalheiro rico e de família distinta, residente em Nova Orleans. O jovem se chamava St. Clare. Estava acompanhado de uma filha, de cinco a seis anos, bem como de uma senhora, que parecia ser parente de ambos e que era encarregada de vigiar a menina.

Tomás já havia prestado especial atenção nessa menina, pois era uma dessas criaturas vivas e traquinas, tão difícil de prender num lugar como um raio de sol ou uma brisa de verão... nem era uma dessas meninas que, uma vez vista, poderia ser facilmente esquecida.

Seu tipo refletia a perfeição da beleza infantil, sem aquele costumeiro perfil rechonchudo ou magricelo. Havia nela uma graça ondulante e aérea, como se poderia sonhar em alguma criatura mítica ou alegórica. Seu rosto era notável não tanto por sua perfeita beleza dos traços, mas especialmente por uma singular e contemplativa seriedade de expressão, o que encantava a todos que a viam, impressionando até mesmo os mais simplórios e prosaicos, sem saber exatamente por quê. As linhas da cabeça, pescoço e busto eram peculiarmente nobres e os longos cabelos de um loiro escuro que flutuavam como uma nuvem em torno da cabeça, a profunda gravidade espiritual de seus olhos azuis, sombreados por espessas sobrancelhas de um dourado escuro, tudo a destacava entre as demais crianças e não havia ninguém que deixasse de segui-la com o olhar quando ela brincava de um lado a outro do navio. A pequena não era, contudo, uma criança quieta ou tristonha. Pelo contrário, uma alegria inocente parecia brincar como a sombra de folhas de verão por sobre seu rosto infantil e em torno de todo o seu esfuziante e esguio corpo. Estava sempre em movimento, sempre com um sorriso nos lábios, andando continuamente de um lado a outro, com passo ondulado e leve, cantando por vezes como se fosse embalada por um belo sonho. Seu pai e a senhora que o acompanhava estavam sempre atrás dela, mas quando era apanhada, ela lhes escapava das mãos como uma sombra fugidia. E como ninguém a repreendia por qualquer coisa que fizesse, ela prosseguia percorrendo o barco de ponta a ponta. Sempre vestida de branco, parecia mover-se como uma sombra por todos os lugares, sem se sujar. Não havia recanto do navio em que seus pés não tivessem pisado e em que não tivesse resplandecido por momentos aquela cabecinha de auréola dourada e de olhos azuis.

Quantas vezes o foguista, soerguendo-se para enxugar o suor, a via diante de si olhando admirada para as profundezas da fornalha acesa e mostrando medo e compaixão pelos perigos a que o considerava exposto. Não poucas vezes o timoneiro que manejava o leme parava e sorria quando essa cabecinha aparecia à janela da cabine e um instante depois desaparecia. Mil vezes por dia, vozes rudes a abençoavam e rostos severos lhe sorriam com invulgar ternura quando ela passava; e quando ela corria sem medo por lugares perigosos, mãos toscas e calosas se estendiam instintivamente para protegê-la.

Tomás, imbuído da natureza meiga e sensível de sua raça, sentindo-se atraído pela inocência e pela ingenuidade, observava a criança diariamente, com crescente interesse. Ela lhe parecia uma criatura quase divina; e sempre que aquela cabecinha loira de olhos azuis aparecia por entre os fardos de algodão ou quando ela o olhava de cima de pilhas de pacotes, ele acreditava estar vendo um dos anjos de que fala o Novo Testamento.

Muitas e muitas vezes ela caminhava melancolicamente pelo local onde estava acorrentado o grupo de homens e de mulheres de Haley. Passava no meio deles e os olhava com ar de perplexa e triste gravidade; por vezes levantava as correntes dos escravos com suas delicadas mãos e, ao afastar-se, suspirava profundamente. Várias vezes ela apareceu repentinamente no meio deles com as mãos cheias de caramelos, nozes e laranjas, distribuindo-os alegremente a todos eles para, sem seguida, se afastar novamente.

Tomás a observou por muito tempo antes de se atrever a procurar uma aproximação mais efetiva com ela. Conhecia inúmeros meios de atrair a atenção de uma criança e resolveu fazer sua parte com habilidade. Sabia fazer lindos cestinhos com caroços de cereja, rostos grotescos com nozes e era muito habilidoso em fazer apitos de todos os tamanhos e tipos. Seus bolsos estavam repletos de diferentes objetos atraentes, que os havia feito em tempos idos para os filhos do patrão e que agora os exibia, com recomendável prudência e parcimônia, um a um, como tentativas de aproximação e de amizade.

A pequena era tímida, apesar de seu vivo interesse por todos e por tudo, e não era fácil conquistá-la. Por uns tempos, ela ficava empoleirada como um passarinho sobre uma caixa ou um fardo perto de Tomás, contemplava os pequenos objetos já citados e recebia com certo acanhamento das mãos dele aqueles que ele lhe oferecia. Mas, finalmente, chegaram a ter certa intimidade.

– Como se chama, minha menina? – perguntou ele, por fim, quando julgou que era chegado o momento apropriado para poder fazer essa pergunta.

– Evangelina St. Clare – respondeu ela –, embora papai e todos os demais me chamem de Eva. E qual é seu nome?

– Meu nome é Tomás; os filhos de meu antigo patrão, lá no Kentucky, costumavam me chamar de Pai Tomás.

– Então eu também vou chamá-lo de Pai Tomás, porque gosto do senhor – disse Eva. – Então, Pai Tomás, para onde está indo?

– Não sei, senhorita Eva.

– Não sabe?

– Não; vou ser vendido a alguém; mas não sei a quem.

– Meu pai pode comprá-lo – disse Eva, imediatamente. – E se ele o comprar, vai ser muito bom para o senhor. Vou falar com ele hoje mesmo.

– Muito obrigado, minha menina – disse Tomás.

O barco a vapor parou numa pequena enseada para carregar lenha e Eva, ouvindo a voz do pai, correu para perto dele. Tomás se levantou e foi ajudar a carregar a lenha e logo estava entre os homens da tripulação.

Eva e seu pai estavam juntos na amurada, observando a partida do navio do local, a imensa roda já havia dado duas ou três voltas na água quando, por causa de um brusco movimento, a pequena perdeu subitamente o equilíbrio e caiu no rio. O pai dela, sem saber o que fazer, ia pular na água atrás dela, mas foi detido por alguém, que viu um homem mais vigoroso lançar-se na água para salvar a menina.

Tomás estava na parte mais baixa quando a viu cair no rio. Viu-a estatelar-se na água e afundar e, sem pensar um instante, jogou-se do navio. Com seu largo peito e fortes braços, manteve-se facilmente na superfície até que, momentos depois, a menina veio à tona; ele a tomou em seus braços e, nadando com ela até o navio, a levantou e dezenas de mãos se estenderam para agarrá-la. Pouco depois, o pai a levou, desmaiada, para uma sala reservada às senhoras para onde, como acontece em semelhantes casos, acorreram todas as mulheres, desvelando-se em zelo e rivalizando em atenções que mais pareciam atrapalhar aquelas que realmente se empenhavam de todas as formas possíveis para que a menina recobrasse os sentidos e tivesse todos os cuidados para seu bem-estar.

No dia seguinte, quando o vapor se aproximava de Nova Orleans, fazia um calor sufocante. A agitação geral pela expectativa e pelos preparativos do desembarque se espalhou por todo o navio. Todos arrumavam suas coisas e se vestiam com esmero, preparando-se para descer. Toda a tripulação do navio, do comandante à criada dos camarotes, estava ocupada em limpar, ajeitar e enfeitar o esplêndido barco a vapor, para que fizesse uma entrada triunfal no porto.

Sentado numa parte inferior do navio, nosso amigo Tomás, de braços cruzados, de vez em quando dirigia ansiosamente seu olhar para um grupo no outro lado do navio.

Ali estava a bela Evangelina, um pouco mais pálida do que no dia anterior, mas não mostrando sinais visíveis do acidente que lhe havia ocorrido. Um jovem gracioso e elegante estava ao lado dela, apoiando descuidadamente o cotovelo num fardo de algodão e com uma grande carteira aberta diante de si. Era fácil reconhecer nele o pai de Eva. Era o mesmo nobre formato da cabeça, eram os mesmos grandes olhos azuis, era o mesmo cabelo loiro escuro, mas a expressão era totalmente diferente. Nos grandes e claros olhos azuis, embora exatamente iguais na forma e na cor, faltava aquela profundidade vaga e sutil da expressão; tudo era límpido, ousado e brilhante, mas com uma luz totalmente terrestre; a boca perfeitamente desenhada tinha uma expressão de orgulho e de certo sarcasmo, enquanto um ar de nítida superioridade não era de todo desagradável em seu jeito e em seus movimentos. Estava escutando com ar bem-humorado e negligente, meio cômico, meio desdenhoso ao que Haley falava, tecendo os mais rasgados elogios às qualidades da mercadoria que queria vender.

- Toda a moral e todas as virtudes cristãs lançadas em resumo e encadernadas em marroquim preto - disse St. Clare, quando Haley terminou. - Bem, meu companheiro, qual é o prejuízo, como dizem em Kentucky? Em resumo, quanto devo pagar? Em quanto vai me lograr? Vamos, diga lá!

- Bem - disse Haley -, eu diria 1.300 dólares por aquele sujeito; é o preço de custo, não vou ganhar nada.

- Quanta generosidade! - exclamou o homem, fixando nele seu olhar penetrante e irônico. - Acredito que o venda a esse preço só por uma especial consideração comigo!

- Bem, essa menina parece estar realmente interessada nele, profundamente interessada.

- Oh! certamente sua generosidade não pode resistir ao pedido dela, meu amigo. Pois bem, como um ato de caridade cristã, a que preço final chegaria para contentar uma menina que está particularmente interessada nele?

- Bem, pense um pouco - disse o mercador de escravos. - Olhe só para aqueles membros, aquele peito, largo e forte como o de um cavalo. Olhe para a cabeça dele; a testa larga nos negros sempre indica que são inteligentes, que podem fazer qualquer coisa; foi o que sempre observei. Ora, um negro com essa constituição e com essa força tem considerável valor, mesmo que fosse, como o senhor poderia dizer, um tanto idiota; mas levando em conta suas qualidades intelectuais, que ele as tem de forma incomum, é claro que o preço aumenta. Ora, esse sujeito administrava toda a fazenda de seu antigo dono. Tem extraordinário talento para os negócios.

- Tanto pior, tanto pior! Esse sujeito sabe demais - disse o jovem, com o mesmo sorriso irônico nos lábios. - Não vai dar certo, por nada deste mundo. Seus escravos muito espertos só sabem fugir, roubar cavalos e fazer o diabo. Acho que o senhor deveria baixar pelo menos 200 dólares no preço por causa da esperteza dele.

- Bem, até poderia concordar, se não fosse pelo caráter dele. Posso lhe mostrar cartas de recomendação de seu antigo dono e de outros, provando que ele é muito piedoso... a criatura mais humilde, religiosa e dedicada à oração; lá pelos lados de onde veio era chamado de pregador.

- E eu poderia fazer dele o capelão de minha família - acrescentou o jovem cavalheiro, secamente. – Não deixa de ser uma boa ideia. A religião é um artigo bastante raro em nossa casa.

– O senhor está brincando.

– Como pode saber se estou? Não acabou de me dizer que é um pregador? Ele chegou a ser examinado por algum sínodo ou concílio? Vamos lá, deixe-me ver os documentos.

Se o mercador não se sentisse seguro, por um olhar de transparente confiança, de que essa disputa terminaria bem, no final das contas, resultando em bons ganhos para seu bolso, já teria perdido a paciência; no ponto em que estavam as coisas, ele abriu a engordurada bolsa sobre um fardo de algodão e, ansiosamente, começou a examinar certos papéis. O jovem cavalheiro estava de pé, ao lado, e observava, demonstrando pouco interesse e muita ironia.

– Papai, compre-o! Não importa o que deve pagar – sussurrou Eva, meigamente, subindo numa caixa e pendurando-se no pescoço do pai. – Sei que o senhor tem muito dinheiro. Eu o quero.

– E para que, querida? Quer fazer dele seu boneco ou seu cavalo de pau?

– Quero fazê-lo feliz.

– Um motivo bem original, certamente.

O mercador lhe apresentou um certificado, assinado pelo senhor Shelby, que o jovem cavalheiro tomou na ponta dos dedos e o olhou descuradamente.

– Uma letra primorosa. Bem redigido também. Muito bem, mas a religião desse sujeito me deixa em dúvida – disse ele, com a expressão desdenhosa retornando a seu olhar. – O país está quase arruinado com a religiosidade dos brancos; temos tantos políticos profundamente religiosos nas vésperas das eleições... essas tendências religiosas em todos os setores da Igreja e do Estado nos deixam sem saber como vamos ser logrados da próxima vez. Além disso, não sei se a religião foi posta a bom preço nos dias de hoje no mercado. Não andei lendo ultimamente os jornais para ver por quanto a religião se vende. Bem, quantas centenas dólares calcula que vale a religião dessa sua mercadoria?

– O senhor gosta de brincar com essas coisas – disse o mercador. – Mas é preciso fazer uma distinção em tudo isso. Sei que há diferenças na prática religiosa. Algumas são desprezíveis: são reuniões supostamente piedosas, reuniões rumorosas, com cantos piedosos, que não devem ser levadas em conta, tanto

15
O NOVO DONO DE TOMÁS E OUTROS ASSUNTOS

Uma vez que o destino da vida de nosso modesto herói está interligado com aquele de pessoas mais distintas, torna-se indispensável apresentar resumidamente estas últimas.

Agostinho St. Clare era filho de um rico plantador da Luisiana, cuja família era originária do Canadá. De dois irmãos, de temperamento e caráter muito semelhantes, um deles tinha adquirido uma florescente fazenda no estado de Vermont e o outro se havia tornado um opulento plantador na Luisiana. A mãe de Agostinho era uma senhora francesa, protestante, cuja família tinha emigrado para a Luisiana nos primeiros anos da formação da colônia. Agostinho e o irmão eram os únicos filhos do casal. Tendo herdado da mãe uma constituição extremamente delicada, Agostinho havia passado, a conselho dos médicos, vários anos de sua juventude na casa de um tio no estado de Vermont, a fim de que sua constituição se fortificasse com o clima frio e saudável da região.

Desde a infância, se notava nele uma extrema e marcante sensibilidade, mais próxima à meiguice feminina do que ao vigor usual do homem. Mas com o tempo, uma energia mais viril disfarçou essa sensibilidade a tal ponto que bem poucos percebiam como ela ainda persistia. Embora dotado de talentos inegáveis, sempre mostrou preferência pelo que se lhe configurava ideal e estético, demonstrando até certa repugnância em se ocupar de coisas materiais da vida. Logo depois de completar os estudos no colégio, sentiu-se dominado por uma intensa e incontrolável paixão. Sua hora havia chegado... a hora que chega uma única vez, sua estrela surgiu no horizonte... aquela estrela que tantas vezes surge em vão, mas que fica para sempre ocupando o mundo dos sonhos; e para ele realmente surgiu em vão. Resumindo, ele se apaixonou por uma mulher inteligente e bonita de um dos Estados do norte e logo noivaram. Ele voltou para o sul, a fim de comandar os preparativos para o casamento. Foi quando, inesperadamente, recebeu um pacote com todas as suas cartas, acompanhadas de uma nota do tutor de sua noiva, dizendo-lhe que, ao retornar, encontraria sua amada casada com outro. Enlouquecido de dor, esperou em vão, como tantos outros, sufocar todo esse amor com desesperado esforço. Demasiado soberbo para se rebaixar em pedir ou suplicar por explicações, lançou-se de vez no turbilhão dos prazeres de uma sociedade elegante. E, quinze dias depois de ter recebido aquela carta fatal, já era noivo da beldade da moda e, logo depois de todos os preparativos para a ocasião, ele se tornava marido de uma linda jovem, senhora de dois grandes olhos negros e de cem mil dólares. Escusado dizer que todos os consideravam imensamente felizes.

O novo casal passava a lua de mel no meio de um esfuziante círculo de amigos, em sua esplendorosa casa de campo, perto do lago Pontchartrain quando, certo dia, entregaram a ele uma carta, cuja letra reconheceu imediatamente. Foi-lhe entregue quando estava na sala, repleta de gente, e em plena conversa alegre e animada. Quando viu a letra, uma palidez mortal cobriu seu rosto, mas conseguiu se dominar e continuou a conversar alegremente com todos e a dirigir galanteios com todo o bom humor a senhoras presentes. Pouco depois saiu. Em seu quarto, sozinho, abriu e leu a carta, que agora nem valia a pena ler. Era dela, da antiga noiva, que lhe contava a longa perseguição de que tinha sido vítima por parte da família do tutor, que a havia levado a se casar com o filho desse tutor; relatava-lhe ainda que suas cartas não lhe chegavam às mãos e como ela havia insistido em escrever-lhe, até que se cansou, dominada pela dúvida, acrescentava também que sentia sua saúde piorar com tamanha ansiedade, mas finalmente havia descoberto a fraude cometida contra eles dois. Terminava a carta com palavras de esperança e de agradecimentos, com protestos de imorredouro afeto, expressões mais cruéis que a própria morte para o infeliz rapaz. Este lhe respondeu imediatamente:

Recebi sua carta... mas demasiado tarde. Acreditei em tudo o que seu tutor me escreveu. Fiquei desesperado. Eu me casei com outra, e tudo está acabado. Esquecer... é tudo o que resta a cada um de nós dois.

Assim acabou todo o romance e o sonho de vida para Agostinho St. Clare. Mas a realidade permanecia ali... essa realidade semelhante ao lodo esparramado e pegajoso que as águas azuis espalham na costa, depois de carregar sobre suas espumantes ondas belos barcos de brancas velas; num momento, a música dos remos e o rumorejar das águas desaparecem; nada mais resta que a lama, nua, feiosa, real... excessivamente real.

Nos romances, o coração dos amantes se despedaça e eles morrem, e é o fim de tudo. Numa história, isso é muito conveniente. Mas na vida real, não morremos quando morre em torno de nós tudo o que dá valor à vida. É necessário continuar a comer, beber, vestir, caminhar, fazer visitas, comprar, vender, conversar, ler e tudo o que comumente se chama viver. E isso ainda restava a Agostinho. Se sua esposa fosse uma mulher à altura, poderia, como as mulheres podem, ter feito alguma coisa para remendar os fios rotos daquela vida e recuperá-los em novo e esplendoroso tecido. Mas Maria St. Clare nem sequer conseguia perceber que estavam partidos. Como foi dito antes, ela era apenas uma mulher bonita, dona de dois olhos esplêndidos e de cem mil dólares; nenhuma dessas vantagens era precisamente a requerida para curar um espírito enfermo.

Quando encontraram Agostinho, pálido como a morte, deitado no sofá, pretextando uma súbita dor de cabeça como causa de sua tristeza, ela se limitou a recomendar-lhe que cheirasse uns sais; e quando percebeu que a palidez e a dor de cabeça persistiam semana após semana, ela simplesmente disse que nunca havia pensado que o senhor St. Clare fosse um homem doentio, mas que era muito provável que ele fosse propenso a dores de cabeça e que isso era uma coisa muito desagradável para ela, porque, não podendo acompanhá-la a reuniões festivas, pareceria muito estranho aos outros que ela saísse com frequência sozinha, uma vez que eles eram recém-casados.

Agostinho, por outro lado, se regozijava por ter se casado com uma mulher tão pouco perspicaz; mas passados os belos momentos e as visitas da lua de mel, descobriu que uma mulher jovem e bonita, que tinha passado a vida sendo mimada e servida, poderia se mostrar uma tirana na vida doméstica. Maria nunca havia sido dotada de grande dose de afeição nem de muita sensibilidade; mas o pouco que a natureza lhe havia dado desses sentimentos tinha sido absorvido por um desmedido e inconsciente egoísmo, egoísmo tanto mais cruel quanto mais obtuso e incapaz de se abrir para qualquer anseio de quem lhe fosse próximo. Desde a infância, tinha vivido rodeada de criados, que se dedicavam exclusivamente a atender os caprichos dela; a simples ideia de que eles tivessem sentimentos ou direitos jamais passou, nem de longe, pela cabeça dela. Filha única, o pai nunca lhe havia recusado coisa alguma que estivesse no âmbito de suas possibilidades e quando ela começou a frequentar a sociedade, bela, prendada e herdeira de uma fortuna, claro que viu todos os homens mais e menos elegantes suspirando a seus pés. E ela não tinha dúvida alguma de que Agostinho era o homem mais afortunado do mundo por ter conseguido desposá-la.

É um grande erro pensar que uma mulher sem coração não se julgue merecedora do mais extremado amor. Não há na terra ninguém que exija mais implacavelmente o amor do outro do que uma mulher profundamente egoísta; e quanto mais cresce sem amor, mas ciosa e escrupulosamente ela exige amor, até as últimas consequências. Por isso, quando St. Clare deixou de lhe dirigir galanteios e de lhe prodigalizar pequenas atenções que sempre fluem de um coração apaixonado, percebeu que sua sultana não estava disposta a perder o comando sobre seu escravo. Houve abundantes lágrimas, amuos, pequenas tempestades, houve descontentamentos, choro, recriminações. St. Clare, que era bondoso e indulgente, procurou tranquilizá-la com presentes e elogios; e quando Maria deu à luz uma linda menina, ele realmente chegou a sentir por ela uma espécie de ternura.

A mãe de Agostinho St. Clare havia sido uma mulher de invulgar elevação espiritual e de pureza de caráter e ele deu à filha o nome da avó, imaginando ver na filha a reprodução da imagem da mãe dele. Isso provocou um ciúme doentio na esposa que observava a profunda afeição do marido pela criança com suspeição e desgosto; parecia-lhe que era despojada da afeição devida a ela para dá-la à filha. Desde o nascimento da menina, a saúde da jovem mãe começou a se deteriorar. Uma vida de constante inação, física e mental, o tédio e o descontentamento, unidos à fraqueza usual que acompanha a maternidade, no decorrer de poucos anos transformaram a jovem e bela mulher numa mulher desfigurada e doentia, que passava o tempo se queixando de doenças imaginárias e que se considerava, em todos os sentidos, a pessoa mais infeliz e menosprezada do mundo.

Suas queixas não tinham fim, mas a principal era a de violenta dor de cabeça que, às vezes, a confinava no quarto durante três dias sobre seis. Como consequência, a administração da casa ficava nas mãos dos criados. St. Clare chegava a não se sentir mais confortável em sua própria casa. Além do mais, sua filha única era excessivamente delicada e passou a temer que, não havendo ninguém para cuidar dela e assisti-la, a saúde e a menina pudessem se tornar vítimas da inoperância e negligência da mãe. Por isso havia decidido levá-la a Vermont, onde tinha persuadido sua prima, senhorita Ofélia St. Clare a retornar com eles para sua residência no sul. E foi justamente quando estavam regressando nesse navio que os apresentamos a nossos leitores.

Quem já viajou pelos Estados da Nova Inglaterra deve ter notado, em algum tranquilo vilarejo, o grande casarão da fazenda com seu pátio gramado e bem limpo, sombreado pela densa e maciça folhagem das árvores; deve se lembrar da perfeita ordem e tranquilidade, do perpétuo e imutável repouso que parece transpirar sobre todo o local. Nada ali se perde, nada está fora do lugar; não há uma estaca frouxa na cerca, não se vê uma palha sobre o belo relvado, ladeado com arbustos de flores lilás despontando por baixo das janelas. Se tiver entrado na casa, deve se lembrar dos amplos cômodos, onde nada está sendo feito ou está por fazer, onde tudo está sempre religiosamente no lugar e onde todos os arranjos domésticos são executados com a pontual exatidão do velho relógio colocado num canto. Deve se recordar também da "sala reservada da família", como a chamam, o simples e respeitável armário de portas envidraçadas onde figuram em decorosa ordem a *Historia antiga* de Rollin, o *Paraíso perdido* de Milton, a *Jornada do peregrino* de Bunyan, e a *Bíblia da família* anotada por Scott, além de muitos outros livros, igualmente sérios e respeitáveis. Não há criados na casa, a não ser a senhora de touca branca, de óculos, que todas as tardes costura entre as filhas, como se nada tivesse sido feito ou estivesse por fazer... ela e as filhas, em algum momento já esquecido do dia, já fizeram todo o trabalho e, durante o resto do dia, a qualquer hora que possam ser vistas, tudo já está feito. O assoalho da velha cozinha nunca parece estar manchado; as mesas, as cadeiras, os variados utensílios de cozinha nunca parecem estar sujos ou em desordem, embora, às vezes, se façam três ou quatro refeições ali, embora as tarefas de lavar e passar a roupa sejam realizadas ali e embora seja ali que, de maneira um tanto silenciosa e misteriosa, se fabrica manteiga e queijo.

Foi numa dessas fazendas, numa dessas casas que a senhorita Ofélia havia levado uma existência pacífica por cerca de 45 anos quando o primo a convidou para visitar sua mansão no sul. Embora fosse a mais velha de numerosa família, ela era considerada ainda, pelos pais, como uma de "suas crianças" e a proposta de partir para Orleans foi um acontecimento inaudito em todo o círculo familiar. O pai, já idoso, foi buscar um atlas na biblioteca, procurou a latitude e a longitude exatas para ter uma ideia da localização da região e teve ainda o cuidado de ler o livro "Viagens ao Sul e ao Oeste", de Flint.

A boa mãe perguntou com ansiedade "se Orleans não era um lugar terrível e horroroso", dizendo ainda que lhe "parecia ser muito melhor ir para as ilhas Sandwich ou para qualquer outro lugar entre pagãos".

A notícia de que Ofélia St. Clare estava de partida para Orleans com o primo logo chegou à casa do pároco, à do médico e à loja da modista, senhorita Peabody; é claro que toda a aldeia não podia deixar de comentar o caso. O pároco, que era um ferrenho abolicionista, tinha lá suas dúvidas se esse passo não poderia encorajar os habitantes do sul a conservar seus métodos de escravidão, enquanto o médico, que era irredutível colonialista, era favorável à partida da senhorita Ofélia, a fim de mostrar aos habitantes de Orleans que os de Vermont, afinal de contas, não pensavam mal deles. De fato, a seu ver, o médico achava que o povo do sul necessitava de estímulo e encorajamento. Quando, finalmente, todos ficaram sabendo que ela havia decidido partir, amigos e vizinhos passaram a convidá-la, durante quinze dias consecutivos, a tomar chá na casa deles, crivando-a de perguntas, em conversas intermináveis, sobre o que pretendia fazer por lá. A senhorita Moseley, chamada para auxiliar na arrumação das roupas, assumia cada vez mais importância na organização do guarda-roupa da senhorita Ofélia, o que ela sabia fazer como ninguém. Corria a voz de que o cavalheiro Sinclare, como era chamado abreviadamente na redondeza, havia dado 50 dólares à senhorita Ofélia para que comprasse as roupas que bem quisesse, sem contar os dois vestidos de seda e um chapéu que já haviam chegado de Boston. Mas a opinião pública se dividia sobre a conveniência dessa extraordinária soma de dinheiro... alguns diziam que, diante da inusitada situação que ocorre uma vez na vida, era razoável; outros afirmavam categoricamente que teria sido melhor enviar esse dinheiro aos missionários. Mas todos concordavam que nunca havia sido vista por essas bandas semelhante sombrinha como aquela, vinda de Nova Iorque, e que um dos vestidos de seda poderia facilmente manter-se de pé sozinho, sem que ninguém o segurasse. Corriam também rumores a respeito de um lenço guarnecido de rendas e o relato chegava até o ponto de afirmar que o lenço da senhorita Ofélia, além de ser totalmente bordado nos quatro lados, era finamente trabalhado nos cantos; mas esse último detalhe nunca foi satisfatoriamente confirmado e, de fato, permanece duvidoso até hoje.

A senhorita Ofélia, como pôde ser vista a bordo, se apresentava num brilhante vestido de linho escuro, apropriado para a viagem. Era uma mulher alta, magra e de formas angulosas; seu rosto era fino e de contornos bastante salientes; seus lábios eram cerrados como os deu uma pessoa que está acostumada a ter uma opinião formada sobre todos os assuntos, enquanto seus olhos negros e penetrantes se moviam de modo peculiar e pairavam sobre todas as coisas, como se estivessem à procura de algo para cuidar.

Todos os seus movimentos eram rápidos, decididos e enérgicos; e, embora não fosse de falar muito, suas palavras eram notavelmente diretas e incisivas quando ela realmente falava.

Em seu modo de agir, era a personificação da ordem, do método e da exatidão. Na pontualidade, era precisa como um relógio e inexorável como um trem; por isso nutria profundo desprezo e abominação por tudo o que revelasse hábitos contrários a essa pontualidade. Para ela, o pecado dos pecados, o resumo de todos os males, era expresso por uma palavra muito comum e importante em seu vocabulário: inaptidão. Demonstrava até seu maior desprezo ao pronunciar de modo enfático a palavra "inapto, incapaz"; e com isso definia todos os modos de proceder que não tivessem uma relação direta e inevitável para alcançar um objetivo que se possuía em mente. As pessoas que não faziam nada ou que não sabiam exatamente o que haveriam de fazer ou que não seguiam o caminho mais direto para realizar o que tinham a fazer eram objeto de seu total desprezo... um desprezo mostrado com menos frequência por palavras do que por uma expressão glacial, como se não se dignasse até a dizer algo sobre o caso.

Quanto a seus dotes intelectuais, ela tinha um espírito ativo, lúcido e forte. Conhecia muito bem história e havia lido os antigos clássicos; revelava força em suas ideias, embora restritas dentro de estritos limites. Suas convicções religiosas eram todas bem formuladas, rotuladas de forma distinta e positiva e dispostas com toda a ordem, como as roupas de sua bagagem; tinha as que julgava suficientes e não se interessava por outras. O mesmo se poderia dizer de suas ideias sobre a maioria dos aspectos da vida prática, como a economia doméstica em todos os seus setores e as variadas relações políticas em seu vilarejo natal. Mas o que baseava seu caráter, da maneira mais profunda, mais elevada e mais ampla que qualquer outra coisa era o mais lídimo princípio de seu próprio ser, a consciência, como, aliás, é predominante em toda parte entre as mulheres da Nova Inglaterra, semelhante às formações graníticas, que se enraízam nas profundezas e afloram atingindo até o topo das mais altas montanhas.

A senhorita Ofélia era a própria escrava do dever. Quando tinha certeza de que o caminho do dever, como ela própria o definia, estava na direção correta, nem o fogo nem a água conseguiriam desviá-la dele. Lançar-se-ia num poço ou enfrentaria a boca de uma peça de artilharia, se estivesse segura de que esse era o caminho. Seu senso de justiça era tão elevado, tão abrangente, tão minucioso e tão intransigente em relação às fraquezas humanas que, malgrado seus heroicos esforços, nunca havia conseguido atingi-lo plenamente; e isso lhe pesava na consciência como um constante e incômodo sentido de fracasso, o que havia conferido a seu caráter religioso um aspecto severo e um tanto sombrio.

Mas como, então, a senhorita Ofélia poderia se dar bem com Agostinho St. Clare, alegre, disposto, impontual, irregular, cético, em resumo, que com toda a descarada e indiferente liberdade se opunha a cada um de seus mais estimados hábitos e opiniões?

Para falar a verdade, a senhorita Ofélia gostava muito dele. Quando ainda menino, era ela que lhe ensinava o catecismo, que lhe arrumava a roupa, que lhe penteava o cabelo e zelava por sua boa conduta. Tinha por ele, enfim, sincera afeição e Agostinho, como fazia com todas as pessoas, soube tirar proveito disso para persuadi-la de que o caminho do dever apontava na direção de Nova Orleans e, portanto, deveria seguir com ele para cuidar de Eva e para salvar sua casa da completa ruína por causa das frequentes indisposições de sua esposa. A ideia de uma casa sem ninguém que cuide dela tocou o coração de Ofélia. Além disso, ela gostava da linda menina, o que não poderia deixar de ser. E, embora considerasse Agostinho um completo pagão, ainda assim gostava dele, ria de suas piadas e suportava suas falhas a um ponto que parecia incrível para quem o conhecia. Nosso leitor haverá de tomar conhecimento mais completo da senhorita Ofélia por meio de suas ações.

Aí está ela, sentada no camarote, cercada de um desordenado número de pequenas e grandes malas, caixas, cestos, contendo diferentes objetos, que ela está procurando amarrar, ajeitar, refazer e apertar com todo o empenho.

– Vamos, Eva, contou direitinho toda a sua bagagem? Aposto que não; as crianças nunca fazem nada direito. Ali está o saco de lona e a pequena caixa azul com seu melhor chapéu, ou seja, dois volumes; a maleta de borracha, três; minha caixa de costura, quatro; a caixa de meu chapéu, cinco; a caixa de meus coletes, seis; e aquela maleta de couro, sete. Onde está sua sombrinha? Vá buscá-la; deixe que a embrulhe em papel e amarrá-la com a minha. Pronto!

– Mas, titia, só estamos indo para casa... para que todo esse trabalho?

– Para manter tudo bem arrumado, menina. Temos de cuidar bem das coisas, se quisermos continuar tendo alguma coisa. Agora, Eva, onde pôs o dedal?

– Realmente, não sei, tia.

– Bem, não importa. Vou examinar sua caixa. Um dedal, cera, dois novelos, tesoura, faca e agulhas; está bem, coloque-a aqui. O que você fazia, menina, quando viajava sozinha com seu pai? Aposto que perdia quase tudo o que tinha.

– Bem, tia, eu perdia muitas coisas. Então, quando parávamos em qualquer lugar, papai comprava outras.

– Misericórdia, menina! Que modo de resolver as coisas!

– Era um modo muito fácil e simples, tia – disse Eva.

– E terrivelmente desordenado – replicou a tia.

– E agora, tia, o que vamos fazer? – perguntou Eva. – Essa mala está cheia demais e não fecha.

– Mas tem de fechar – disse a tia, com ar resoluto de um general, enquanto apertava as coisas e forçava a tampa; mas ainda restava um espaço aberto na frente. – Suba na mala, Eva! – disse a senhorita Ofélia, com coragem. – O que já foi feito uma vez pode ser feito de novo. Essa mala deve ser fechada, de qualquer jeito.

E a mala, intimidada sem dúvida por essas palavras incisivas, cedeu. O fecho se enganchou direitinho no buraco e a senhorita Ofélia girou a chave e a retirou, pondo-a triunfalmente no bolso.

– Agora estamos prontas. Onde está o papai? Acho que já é hora de desembarcar a bagagem. Eva, veja se encontra seu pai.

– Oh, sim! Está na outra ponta, no salão dos homens, degustando uma laranja.

– Acho que nem sabe que estamos chegando – disse a tia. – Não é melhor correr até ele e avisá-lo?

– Papai nunca tem pressa por coisa nenhuma – disse Eva. – Não chegamos ainda a atracar. Olhe, tia, lá está nossa casa, no fim da rua!

O barco começou então, com pesados gemidos, como um enorme e fatigado monstro, a se preparar para entrar no porto, abrindo caminho entre os numerosos vapores ancorados. Eva, toda radiosa, apontava para as várias torres, monumentos e prédios que reconhecia em sua cidade natal.

– Sim, sim, querida, que bonito! – dizia a senhorita Ofélia. – Meus Deus! O navio parou! Onde está seu pai?

Seguiu-se então o costumeiro tumulto de um desembarque. Criados corriam por todos os lados, homens carregavam malas, sacos e caixas, mulheres chamavam ansiosas pelos filhos e todos se apinhavam numa densa massa caminhando em direção da prancha de desembarque.

A senhorita Ofélia sentou-se resolutamente sobre a última mala e controlava todos os seus pertences, enfileirados em estrita ordem militar, parecendo decidida a defendê-los até o fim.

– Quer que leve sua mala, minha senhora?

– Posso descer sua bagagem?

– Deixe-me levar todas as suas coisas, senhora!

– Posso carregar isso para a senhora?

Eram perguntas que choviam sobre ela de todos os lados. Mas ela ficou firme em seu lugar, vigiando suas bagagens e sombrinhas, com uma determinação que afastava dali qualquer um que se aproximasse e perguntando a todo momento a Eva:

– Que é feito de seu pai? Em que estará pensando? Não poderia ter caído na água. Mas alguma coisa deve ter acontecido.

E justamente quando começava a inquietar-se e a entrar em desespero, Agostinho apareceu caminhando com seu costumeiro modo indolente de andar e deu a Eva um gomo de laranja, dizendo:

– Então, prima de Vermont! Suponho que já esteja pronta.

– Faz tempo! Há quase uma hora que estou esperando – replicou a senhorita Ofélia. – Já começava a ficar realmente preocupada com o senhor.

— Agora está tudo bem — disse ele. — A carruagem está aguardando e a multidão já se dispersou. Desse modo, agora podemos desembarcar de forma decente e cristã, sem atropelos e empurrões. Aqui, carregue nossas coisas! — acrescentou ele, dirigindo-se a um condutor que estava atrás dele.

— Vou inspecionar como colocam tudo isso na carruagem — disse a senhorita Ofélia.

— Ora, ora, prima, para que isso? — disse-lhe St. Clare.

— Bem, de qualquer modo, vou carregar isso, mais isso e mais isso — disse a senhorita Ofélia, separando três caixas e uma maleta.

— Minha querida senhorita de Vermont, sinceramente não deveria nem pensar em trazer para cá os hábitos de sua terra. Deve se adequar o mínimo possível aos costumes do sul e não desça carregando tudo isso. Vão tomá-la por uma criada. Dê essas coisas a esse rapaz; vai colocá-las com tanto cuidado como se fossem caixas de ovos.

A senhorita Ofélia olhou desesperada para seu primo que lhe arrancava seus tesouros das mãos e só ficou tranquila quando os viu todos bem ajeitados e bem preservados na carruagem..

— Onde está Tomás? — perguntou Eva.

— No assento da frente, do lado de fora, querida. Vou levar Tomás como oferta de paz à sua mãe, para substituir aquele bêbado de cocheiro que conseguiu tombar a carruagem.

— Oh! Tomás vai ser um excelente condutor — disse Eva. — Ele nunca vai se embebedar.

A carruagem parou na frente de uma mansão antiga, construída naquele exótico estilo meio espanhol meio francês, de que ainda se pode ver alguns exemplares em diversos pontos de Nova Orleans. Era construída à moda mourisca: uma construção quadrangular com pátio interno, para o qual a carruagem entrou passando por um portão abobadado. O traçado, no interior, tinha sido evidentemente projetado para resultar numa imagem ideal e pitoresca. Amplas galerias se estendiam pelos quatro lados, cujos arcos mouriscos, esguios pilares e ornamentos em arabescos remetiam, como num sonho, ao domínio oriental na Espanha. No meio do átrio, uma fonte esguichava sua água prateada, descendo numa chuva perene dentro de uma bacia de mármore, em torno da qual cresciam fragrantes violetas. Na água cristalina da fonte, nadavam milhares de peixes dourados e prateados, brilhando como tantas outras pedras preciosas. Em torno da fonte, corria uma calçada pavimentada com um mosaico de seixos, formando variados e fantásticos desenhos; e esta era ladeada por grama macia e de um verde aveludado e uma alameda para a passagem das carruagens contornava todo esse conjunto. Duas grandes laranjeiras, carregadas de flores, propiciavam deliciosa sombra; enfileirados em círculo sobre a grama, havia vasos de mármore branco lavrados com arabescos, contendo as mais seletas plantas dos trópicos. Enormes romãzeiras, com suas lustrosas folhas e coloridas flores, jasmineiro árabe com suas estrelas prateadas pousando sobre suas folhas escuras, gerânios, belas roseiras, vergando sob o peso de suas flores, o jasmim dourado, a cheirosa verbena, todas misturavam suas cores e seus aromas, enquanto aqui e ali se erguiam místicos e velhos aloés com suas estranhas e maciças folhas, parecendo velhos feiticeiros contemplando do alto de sua grandeza as efêmeras belezas em volta.

As galerias que cercavam o pátio estavam guarnecidas de cortinas de uma espécie de tecido mourisco e podiam ser baixadas à vontade para tapar os raios do sol. Em seu conjunto, a mansão tinha um aspecto suntuoso e romântico.

Quando a carruagem entrou no pátio, Eva, no auge de seu entusiasmo, parecia um passarinho pronto para voar da gaiola, - Oh! não é bonita, fantástica minha querida casa? - perguntou ela à senhorita Ofélia. - Não é linda?

- É uma casa muito bonita - respondeu Ofélia, enquanto apeava -, embora me pareça um tanto velha e pagã.

Tomás desceu da carruagem e olhou em volta com ar de sereno contentamento. Cumpre lembra que os negros são originários das mais fecundas e ricas regiões do mundo e têm arraigada em si uma paixão por tudo o que é esplêndido, rico e fantástico, uma paixão que, sem o refinamento do bom gosto, é ridicularizada pelos brancos, raça mais fria e metódica.

St. Clare, que tinha certo veio poético, sorriu ao ouvir as observações que a senhorita Ofélia tecia sobre sua propriedade e, voltando-se para Tomás, que estava parado olhando em volta, com seu rosto negro irradiando admiração, disse:

- Tomás, meu velho, parece que isso lhe serve.

- Sim, senhor! Parece a coisa perfeita - replicou Tomás.

Tudo isso se passou num momento, enquanto as bagagens eram descarregadas e uma multidão de criados, de todas as idades e tamanhos... homens, mulheres e crianças... acorriam das galerias e de todos os lados para ver o patrão chegando. Entre eles, estava um mulato elegantemente vestido, sem dúvida, um personagem distinto, trajando roupas de última moda e acenando graciosamente com um lenço perfumado de cambraia.

Esse personagem se empenhava, com grande afã, em fazer com que toda a turma de domésticos recuasse para a outra extremidade da varanda.

- Para trás! Todos! Vocês me envergonham! - bradou ele, com voz autoritária. - Vocês querem importunar o patrão, logo no primeiro momento de seu retorno?

Impressionados com essas elegantes palavras, proferidas com certa dignidade, fez com que todos recuassem a uma respeitosa distância, exceto dois robustos carregadores, que avançaram e começaram a transportar as bagagens.

E graças às sistemáticas providências do senhor Adolfo, quando St. Clare se voltou depois de pagar o cocheiro, não viu mais ninguém, a não ser o próprio senhor Adolfo, com sua jaqueta de cetim, sua corrente de ouro e suas calças brancas, que se inclinava em sinal de saudação, com toda a graça e suavidade.

- Ah! é você, Adolfo! Como vai, meu rapaz? - disse o patrão, estendendo-lhe a mão, enquanto Adolfo recitava, com grande fluência, um extemporâneo discurso que andara preparando com extremo cuidado durante os últimos quinze dias.

- Bem, muito bem - disse St. Clare, com seu habitual tom zombeteiro. - Seu discurso está perfeito, Adolfo, mas tome conta da bagagem. Volto daqui a pouco para ver a todos.

E dizendo isso, conduziu a senhorita Ofélia para a grande sala que dava para a varanda. Eva já tinha voado como um passarinho, passando pelo pórtico e pela sala, entrando num pequeno quarto, que dava igualmente para a varanda, onde estava reclinada num sofá uma mulher alta, de olhos negros e muito pálida.

- Mamãe! - exclamou Eva, como em êxtase, atirando-se no colo dela e abraçando-a repetidas vezes.

- Basta, cuidado, filha! Basta, pois isso me dá dor de cabeça - disse a mãe, depois de beijá-la languidamente.

St. Clare entrou, abraçou a esposa de uma forma verdadeira, ortodoxa e marital, apresentando-lhe depois a prima. Maria fitou seus grandes olhos na prima com ar de curiosidade e a cumprimentou com fria polidez. Uma multidão de escravos se apinhava agora à porta e, entre eles, uma mulata de meia idade, de aspecto respeitável, se adiantou, trêmula de impaciência e de alegria.

– Oh, Mammy! – exclamou Eva, atravessando o quarto como uma flecha e jogando-se nos braços da mulata, que beijou repetidamente.

Essa mulher não se queixou de dor de cabeça, mas, pelo contrário, apertou-a em seus braços, ria e chorava ao mesmo tempo, a ponto de parecer que tinha perdido o juízo. Quando Eva se desvencilhou dela, correu para apertar a mão e beijar outras, de modo que a senhorita Ofélia afirmou mais tarde que isso lhe revoltou o estômago.

– Bem – disse a senhorita Ofélia no momento –, suas crianças do sul fazem coisas que eu jamais poderia fazer.

– O que foi agora, por favor? – exclamou St. Clare.

– Bem, eu quero ser delicada com todos e não gostaria de ferir ninguém, mas beijar...

– Negros – interrompeu St. Clare. – Não seria capaz de fazer isso, não é?

– Sim, é isso. Como é que ela pode?

St. Clare se pôs a rir, enquanto se dirigia para o corredor.

– Olá! Venham todos para cá! Todos, Mammy, Jimmy, Polly, Sukey... contentes por verem o patrão de volta? – disse ele, enquanto ia apertando as mãos de todos eles. – Cuidado com as crianças – acrescentou ele, ao tropeçar num pequeno que engatinhava pelo chão. – Se eu pisar em alguém, avisem-me.

Todos caíram em risos e se mostravam agradecidos ao patrão, enquanto St. Clare distribuía entre eles pequenas moedas de troco.

– Agora podem ir, como bons meninos e meninas – disse ele.

E todos se retiraram por uma porta que dava para a varanda, seguidos por Eva, que carregava um saco cheio de maçãs, nozes, doces, fitas, laços e brinquedos de todos os tipos, comprados durante a viagem de volta para casa.

Quando St. Clare se dispunha a entrar, deu com Tomás que, acanhado, se apoiava na parede ora com um pé ora com outro, enquanto Adolfo, recostado negligentemente sobre a balaustrada, o examinava através de uma luneta, com ares de verdadeiro dândi.

– Ora essa, patife! – disse o patrão, tirando-lhe a luneta. – É assim que trata o companheiro que lhe trago? Parece-me, Adolfo - acrescentou ele, pondo o dedo sobre o elegante colete de cetim que o mulato vestia -, parece que é meu colete!

- Oh, patrão! Esse colete está todo manchado de vinho; é claro que um cavalheiro da posição de meu patrão nunca haveria de usar um colete desses. Achei que podia ficar com ele. Cai muito bem para um pobre negro como eu.

E Adolfo abanou a cabeça, passando os dedos em seus perfumados cabelos, com muita graça.

- Assim tem de ser, não é? - disse St. Clare, negligentemente. - Bem, agora vou apresentar Tomás à sua nova patroa e depois você o levará à cozinha; mas cuide de não se dar ares de importância com ele, pois ele vale mais que dois peraltas iguais a você.

- O patrão gosta muito de brincar - disse Adolfo, rindo. - Fico muito contente em ver o patrão de bom humor.

- Por aqui, Tomás - disse St. Clare, acenando.

Tomás seguiu-o até o quarto. Ficou olhando, estupefato, aqueles tapetes de veludo e os jamais imaginados esplendores de espelhos, quadros, estátuas e cortinas e, como a rainha de Sabá diante de Salomão, fixou perplexo, sem saber o que dizer. Tinha até medo de pôr os pés no chão.

- Maria - disse St. Clare à esposa -, comprei, finalmente, um ótimo cocheiro para você. É um negro inigualável em sobriedade e a conduzirá tão criteriosa e vagarosamente como melhor lhe convier. Abra os olhos e examine-o. Não venha me dizer agora que nunca penso em você quando viajo.

Maria abriu os olhos e os fixou em Tomás, sem se levantar do sofá.

- Sei que vai se embebedar - disse ela.

- Não, garantiram-me que é um sujeito piedoso e sóbrio.

- Bem, espero que seja assim - replicou a senhora. - De qualquer modo, é mais do que esperava.

- Adolfo - disse St. Clare -, leve Tomás para baixo e lembre-se do que lhe disse.

Adolfo saiu apressado e graciosamente, enquanto Tomás o seguia movendo-se com dificuldade.

- É um verdadeiro monstro! - disse Maria.

- Ora, vamos, Maria! - disse St. Clare, sentando-se num tamborete ao lado do sofá. - Seja um pouco graciosa e diga-me algo de agradável!

– Você ficou fora quinze dias a mais do que o prometido – disse a senhora, amuada.

– Bem, sabe que lhe escrevi, explicando-lhe o motivo.

– Uma carta tão fria e tão curta! – retrucou a senhora.

– Meu Deus! O correio estava para partir, e só podia mandar essas linhas ou nada.

– É sempre assim – lamentou-se a senhora. – Sempre aparece alguma coisa para prolongar suas viagens mais longas e suas cartas mais breves.

– Veja isso – disse ele, então, tirando do bolso uma caixinha de veludo e abrindo-a. – Aqui está um presente que lhe trago de Nova Iorque.

Era um daguerreótipo, claro e sofisticado com uma gravura, representando Eva e o pai dando-se a mão.

Maria contemplou-o com ar descontente.

– Quem o aconselhou a sentar-se numa posição tão ridícula? – perguntou ela.

– Bem, a posição pode ser questão de gosto; mas que diz da semelhança?

– Se minha opinião lhe é indiferente num caso, acho que deve ser também no outro – respondeu a senhora, fechando o daguerreótipo.

"Que os diabos a carreguem!", disse St. Clare, mentalmente; mas acrescentou em voz alta:

– Vamos, Maria, o que você acha da semelhança? Não se faça de mal-entendida.

– É muita falta de consideração de sua parte, St. Clare – disse a senhora –, insistir para que eu olhe e fale dessas coisas. Você sabe que estive acamada com horríveis dores de cabeça e tem havido tanto tumulto desde que você chegou, que estou aqui meio morta.

– Sofre de seguidas dores de cabeça, minha senhora! – interveio a senhorita Ofélia, levantando-se subitamente da poltrona em que estava calmamente sentada, inventariando os móveis e calculando-lhes os preços.

– Sim, é um verdadeiro martírio! – respondeu a senhora.

– O chá de zimbro é muito bom para dores de cabeça – disse a senhorita Ofélia. – Pelo menos, é o que afirma Augusta, mulher do diácono Abraham Perry, e ela é uma grande enfermeira.

– Vou mandar colher os zimbros em nosso jardim, perto do lago, quando estiverem maduros e especialmente para essa finalidade – disse St. Clare, gravemente, puxando o cordão da campainha. – Nesse momento, prima, deve estar desejando se retirar para seus aposentos e repousar um pouco depois dessa viagem. Adolfo - acrescentou ele -, diga a Mammy para vir aqui.

A respeitável mulata, que Evangelina tinha abraçado tão efusivamente, logo entrou, bem vestida e com belo turbante vermelho e amarelo na cabeça, presente de Eva, que a ajudou a ajeitá-lo bem direitinho.

- Mammy - disse St. Clare -, ponho essa senhora sob seus cuidados; ela está cansada e precisa de repouso. Acompanhe-a até o quarto dela e não lhe deixe faltar nada.

E a senhorita Ofélia desapareceu, seguindo Mammy.

16
A PATROA DE TOMÁS E SUAS OPINIÕES

— Eagora, Maria – disse St. Clare –, seus dias dourados vão começar. Está aqui nossa prima da Nova Inglaterra, muito sensata e trabalhadora, que vai tirar de seus ombros todos os afazeres da casa e lhe dar tempo para descansar e voltar a ser jovem e formosa como sempre foi. Seria melhor apressar a cerimônia da entrega das chaves.

Essa observação foi feita à mesa, no café da manhã, poucos dias depois da chegada de Ofélia.

– Foi bom que ela viesse – disse Maria, apoiando languidamente a cabeça numa das mãos. – Creio que logo vai perceber, se conseguir, que por aqui nós as patroas é que somos escravas.

– Oh, com toda a certeza, ela vai descobrir isso e um mundo de outras salutares verdades, sem dúvida – disse St. Clare.

– Falam que mantemos escravos como se o fizéssemos por nossa pura satisfação – continuou Maria. – Tenho certeza de que, se consultássemos apenas nossos interesses, já teríamos dado liberdade a todos eles.

Evangelina fixou seus grandes olhos no rosto da mãe, com uma expressão séria e perplexa, e disse simplesmente:

– Então para que os conserva, mamãe?

– Nem eu mesma sei por que razão, pois são uma verdadeira praga. Eles são o tormento de minha vida. Acredito que a piora de minha saúde é causada por eles, mais do que por qualquer outra coisa. E de todos os escravos que conheço, os nossos são os piores de todos.

– Oh, vamos lá, Maria! Você anda irritada demais esta manhã – disse St. Clare. – Você sabe que não é bem assim. Mammy, por exemplo, é a melhor criatura do mundo. O que é que você faria sem ela?

– Mammy é a melhor escrava que já conheci – retrucou Maria. – Mas ela é egoísta, terrivelmente egoísta; é o defeito de toda a raça dela.

– O egoísmo é um defeito horrível – disse St. Clare, sério.

– Pois, veja bem! – continuou Maria. – Acredito que é egoísmo da parte dela dormir a sono solto a noite inteira. Ela sabe que necessito de cuidados a toda hora por causa de minha saúde e, apesar disso, me dá o maior trabalho acordá-la. E se estou bem pior esta manhã é por causa dos esforços que tive de fazer para despertá-la essa noite.

– Mas ela não passou ultimamente noites inteiras sem dormir a seu lado, mamãe? – perguntou Eva.

– E como sabe disso? – respondeu Maria, secamente. – Aposto que ela andou se queixando.

– Não se queixou, mamãe. Só me falou que não passou nada bem durante várias noites seguidas.

– Por que não deixa Jane ou Rosa substituí-la durante uma noite ou duas, para que ela possa descansar? – perguntou St. Clare.

– Como é que pode propor isso? – exclamou Maria. – Realmente, não tem nenhuma consideração! Nervosa como sou, até o menor sopro me perturba; e uma mão estranha cuidando de mim me deixaria alucinada. Se Mammy tivesse por mim o interesse que deveria ter, acordaria mais facilmente, claro que sim. Fiquei sabendo de pessoas que têm escravos extremamente dedicados, mas eu nunca tive essa sorte.

E Maria deu um profundo suspiro.

A senhorita Ofélia tinha escutado a conversa com semblante compenetrado, mas revelando atenção e perspicácia; conservava ainda os lábios cerrados, como que decidida a determinar melhor sua posição, antes de emitir qualquer parecer.

– Mammy tem uma espécie de bondade – continuou Maria. – É meiga e respeitosa, mas profundamente egoísta. Nunca vai deixar de se inquietar e de se preocupar com o marido dela. Quando me casei e vim morar aqui, é claro que tive de trazê-la comigo e meu pai não quis dispensar o marido dela. Ele era um ferreiro e, por conseguinte, extremamente necessário. Na época, pensei e disse que Mammy e ele deveriam desistir um do outro de qualquer jeito, pois não era mais possível, provavelmente, que eles pudessem viver juntos. Desejaria agora ter insistido com Mammy para que se casasse com outro; mas insensata e indulgente como fui, não quis insistir demais. Disse então a Mammy que não deveria esperar ver o marido mais do que uma ou duas vezes na vida, pois minha saúde não se dá bem com os ares da terra de meu pai, e não quero voltar para lá. Aconselhei-a a tomar outro marido, mas não, não quis. Mammy é teimosa, obstinada; só eu é que sei quanto.

– Ela tem filhos? – perguntou a senhorita Ofélia.

– Sim, tem dois.

– Acho que sente muito a separação deles.

– Bem, é claro que eu não podia trazê-los. Eram duas coisinhas muito sujas, não podia tê-las em volta de mim. Além disso, essas crianças haveriam de tomar muito tempo dela. Mas acredito que ela sempre guardou uma espécie de rancor por causa disso e não quer se casar com mais ninguém. E tenho certeza de que, embora ela saiba como é necessária para mim e veja como minha saúde está debilitada, ela voltaria para seu marido amanhã, se pudesse. Por isso afirmo com convicção – disse Maria –, como os escravos, por melhores que sejam, são extremamente egoístas.

– É muito triste pensar nisso – disse St. Clare, secamente.

A senhorita Ofélia lhe dirigiu um olhar penetrante e notou que ela corava mortificada e irritada, mas que conservava a curva sarcástica dos lábios ao falar.

– Mammy sempre foi minha escrava predileta – disse Maria. – Gostaria que alguns de seus criados do norte pudessem ver o guarda-roupa dela! Tem vestidos de seda, de musselina e até mesmo um de cambraia de linho! Passei, às vezes, tardes inteiras ajeitando suas toucas e aprontando-a para ir a uma festa. Ela não sabe o que é ser maltratada. Não foi açoitada mais de uma ou duas vezes em toda a sua vida. Não há dia em que deixe de tomar seu café ou seu chá, tão forte como o nosso, e com açúcar refinado. Isso é abominável, sem dúvida, mas St. Clare os deixa levar uma bela vida e todos eles fazem o que bem entendem com a própria vida. O fato é que nossos escravos são tratados com demasiada indulgência. Acredito que é por culpa nossa, em parte, que eles sejam tão egoístas e ajam como crianças mimadas. Já falei disso a St. Clare, mas cansei.

– E eu também – disse St. Clare, tomando o jornal da manhã.

Eva, a linda Eva, tinha escutado a mãe com aquela expressão de profunda e mística seriedade, que lhe era peculiar. Caminhou suavemente em volta da cadeira da mãe e passou-lhe os braços em torno do pescoço.

– O que é que você quer agora, Eva? – perguntou Maria.

– Mamãe, será que eu poderia cuidar da senhora uma noite, uma única noite? Sei que não a deixaria nervosa e que eu não haveria de adormecer. Muitas vezes passo noites acordada, pensando...

– Bobagem, criança, bobagem! – disse Maria. – Você é uma criança tão estranha, Eva!

– Mas posso, mamãe? Acho que Mammy – disse ela – não está bem. Ela me contou que, ultimamente, tem dor de cabeça o tempo todo.

– Oh! é exatamente uma das traquinices de Mammy! Ela é como todos os demais; arma toda uma confusão por causa de uma pequena dor de cabeça ou por um dedo machucado. Nunca se deve dar atenção às queixas deles, nunca! Já tenho experiência no assunto – disse ela, voltando-se para a senhorita Ofélia. – Vai ter necessidade dela também. Se consentir que os escravos venham se queixar de qualquer coisa desagradável, da menor dor, não conseguirá mais nada deles. Veja bem, eu mesma nunca me queixo e ninguém sabe o que sofro. Acho que é um dever sofrer em silêncio e é o que eu faço.

Ao ouvir essa peroração, os arredondados olhos da senhorita Ofélia revelaram um indisfarçável espanto, parecendo a St. Clare algo tão cômico, que caiu numa gargalhada.

– St. Clare sempre ri quando faço a menor alusão a meu estado de saúde – disse Maria, com voz de mártir. – Só espero que não chegue o dia em que tenha de se arrepender!

E Maria cobriu os olhos com o lenço.

É claro que se seguiu um silêncio constrangedor. Finalmente, St. Clare se levantou, olhou para o relógio e disse que tinha um compromisso na cidade. Eva seguiu atrás dele e a senhorita Ofélia e Maria ficaram à mesa, sozinhas.

– Esse é o próprio St. Clare! – exclamou Maria, retirando o lenço dos olhos, com um gesto um tanto incisivo quando o objeto de seu ressentimento não está mais à vista. – Ele nunca se preocupou durante anos, nunca pôde ou quis se preocupar com o que eu sofro, com o que eu tenho. Se eu fosse uma dessas mulheres que se queixam ou que armasse confusão por causa de minha doença, haveria razões para que me tratasse assim. Os homens naturalmente se cansam de uma esposa que vive se queixando. Mas eu tenho ficado calada, tenho suportado tudo em silencio, a tal ponto que St. Clare acabou por pensar que eu posso suportar tudo.

A senhorita Ofélia não sabia exatamente o que responder a isso.

Enquanto pensava no que haveria de dizer, Maria enxugava as lágrimas, alisava o vestido como uma pomba alisa as penas depois de uma chuva; e então começou a falar de coisas domésticas com a senhorita Ofélia, sobre o que havia nos armários, nas cômodas, nos guarda-roupas, na despensa e sobre outros assuntos; de tudo isso, daí por diante e de comum acordo, a senhorita Ofélia deveria assumir a direção. Passou-lhe tantas cautelosas orientações e tantos encargos que uma cabeça menos organizada e sistemática que a da senhorita Ofélia teria ficado totalmente confusa e perplexa.

- Agora - continuou Maria -, parece que já lhe disse tudo. Desse modo, quando eu ficar doente, estará em condições de fazer tudo sozinha, sem precisar me consultar. Devo excetuar Eva, que exige muita vigilância.

- Ela me parece uma boa menina - disse a senhorita Ofélia. - Nunca vi criança melhor.

- Eva é bem peculiar - disse a mãe. - Muito peculiar. Ela tem coisas tão singulares. Não se parece comigo, em nada.

E Maria suspirou, como se essa fosse uma consideração verdadeiramente melancólica.

"Espero que não se pareça mesmo", pensou a senhorita Ofélia; mas teve a prudência de se calar.

- Eva sempre gostou de andar com as criadas; acho bastante natural que ande com certas crianças. Por exemplo, eu sempre brincava, quando pequena, com os negrinhos, filhos dos criados de meu pai; e isso nunca me fez mal. Mas parece se colocar sempre em pé de igualdade com qualquer criatura que se aproxime dela. É algo estranho para uma criança. Jamais consegui tirar isso dela. Acredito que St. Clare a encoraja. O fato é que St. Clare é indulgente com todas as pessoas que estão sob este teto, exceto com a própria esposa.

Novamente, a senhorita Ofélia ficou em total silêncio.

- Ora, não há outro meio de lidar com os escravos - continuou Maria -, a não ser rebaixá-los e mantê-los nessa condição de seres inferiores. Sempre agi assim e, para mim, é de todo natural, desde criança. Mas Eva é capaz de estragar todos os criados de uma casa. O que pode acontecer quando ela vier a manter uma casa, não sei. Concordo que é necessário ser bom para com os criados; eu sempre fui e sou, mas é preciso deixá-los sabendo qual é o devido lugar deles. Eva nunca age dessa forma; não há como lhe pôr na cabeça a real condição de um escravo e qual o verdadeiro lugar dele! Certamente a ouviu oferecer-se para cuidar de mim à noite, a fim de deixar Mammy dormir! É um exemplo do que essa criança haveria de fazer o tempo todo, se isso fosse deixado por sua conta.

– Ora – disse a senhorita Ofélia, bruscamente –, suponho que considere seus escravos como criaturas humanas, que precisam de algum repouso quando estão cansados.

– Certamente; é claro! Faço questão de lhes conceder tudo o de que precisam, contanto que isso não os desvie de suas obrigações, bem-entendido. Mammy pode muito bem dormir de vez em quando, não me oponho de forma alguma. Mas ela é a maior dorminhoca que já vi; costurando, em pé, sentada, essa criatura dorme e dorme a todo momento e em qualquer lugar. Não se preocupe, Mammy dorme até demais. Mas tratar os escravos como se fossem flores exóticas ou vaso de porcelana é algo realmente ridículo – disse Maria, enquanto se enterrava languidamente nas profundezas de um sofá estofado e cheio de almofadas; depois destampou um elegante frasco de sais aromáticos e o cheirou.

– Veja bem – continuou ela, com voz fraca e delicada, como se fosse o último suspiro ou algo parecido –, veja bem, prima Ofélia, eu nunca falo de mim. Não é meu costume; nem me agrada. Na realidade, não tenho forças para tanto. Mas há pontos em que St. Clare e eu diferimos. St. Clare nunca me compreendeu, nunca me deu valor. Acho que isso está na raiz de minha saúde abalada. St. Clare tem boas intenções, estou inclinada a acreditar, mas os homens são egoístas por natureza e não têm consideração para com a mulher. Essa é, pelo menos, minha impressão.

A senhorita Ofélia, que tinha a cautela típica das genuínas mulheres da Nova Inglaterra e um verdadeiro horror de se imiscuir nos problemas familiares alheios, começava agora a prever que alguma estranha confidência estava na iminência de ocorrer. Assim, revestiu-se da mais perfeita neutralidade e, tirando do bolso uma meia feita pela metade e as agulhas, que sempre trazia consigo, como remédio específico contra a ociosidade que é, segundo o Dr. Watts, um dos hábitos pessoais de satanás, ela se pôs a tricotar com verdadeiro afã, cerrando os lábios, que poderiam estar articulando estas palavras: "Não adianta tentar me fazer falar. Não tenho nada a ver com seus problemas familiares." De fato, ela se mostrou impassível como uma estátua de pedra. Mas Maria não se importava com isso. Como tinha com quem conversar, sentia-se na obrigação de fazê-lo. Depois de se recompor, cheirando outra vez seu frasco de sais aromáticos, continuou:

– Veja bem, quando me casei com St. Clare, trouxe em dote meus bens e meus escravos que legalmente tenho o direito de tratá-los como melhor me parecer. St. Clare tinha sua fortuna e seus escravos, que não me oponho que os trate como bem entender. Mas St. Clare se acha no direito de interferir. Tem ideias mais que extravagantes sobre muitas coisas, especialmente no tocante ao tratamento dos escravos. Ele age como se os escravos fossem mais importantes do que eu e do que ele próprio também, pois os deixa fazer o que querem e nunca levanta um dedo. Em certas coisas, St. Clare chega a me espantar, e até me assusta pela bondade que o caracteriza. Ora, chegou a determinar que, aconteça o que acontecer, não deverá haver castigo físico contra os escravos nessa casa, salvo se aplicado por ele ou por mim. E segue essa linha de um modo tal que não posso suportar. Bem, pode imaginar a que isso leva, pois St. Clare não haveria de levantar a mão, mesmo que um escravo o atacasse. Quanto a mim, pode muito bem supor como seria cruel exigir de mim esse trabalho de castigar! Ora, bem sabe que esses escravos não passam de crianças grandes.

– Não sei nada disso e agradeço a Deus por não sabê-lo! – disse a senhorita Ofélia, secamente.

– Bem, mas vai saber algo e sabê-lo à sua própria custa, se permanecer aqui. Não sabe ainda a casta de miseráveis eles são: provocadores, estúpidos, descuidados, irracionais, infantis e ingratos.

Tratando desse assunto, Maria parecia sempre se recuperar milagrosamente de seu mal-estar, abria os olhos e parecia esquecer seus achaques.

– Não sabe, e não pode saber, o que uma dona de casa tem de sofrer da parte deles todos os dias, a toda hora, em todo lugar e de todos os modos. Mas é inútil se queixar a St. Clare. Responde com as posições mais estranhas. Ele diz que fomos nós que os fizemos assim e temos de aturá-los como são. Diz ainda que se têm defeitos é por culpa nossa e que seria cruel castigá-los por erros de que somos nós os culpados. Ele acha que, no lugar deles, agiríamos da mesma forma, como se fosse possível comparar-nos com eles.

– Não acredita que Deus os criou do mesmo sangue que o nosso? – perguntou-lhe a senhorita Ofélia.

– Não, certamente que não! Essa é boa! Eles são uma raça degenerada.

– Pensa então que eles não têm almas imortais? – perguntou a senhorita Ofélia, com crescente indignação.

– Oh, bem, isso é claro – respondeu Maria, bocejando. – Ninguém duvida disso. Mas colocá-los de qualquer modo em pé de igualdade conosco, ora, é impossível! St. Clare até já me falou que separar Mammy do marido é como se me separassem do meu. Nem se deve pensar em comparações nesse caso. Mammy não poderia ter os mesmos sentimentos que os meus. É totalmente diferente, claro que é, mas St. Clare ainda insiste em não perceber isso. É como se quisessem me fazer acreditar que Mammy é capaz de amar seus filhos sujos como eu amo Eva! E ainda assim, St. Clare tentou realmente uma vez me persuadir que, apesar de minha saúde fraca e de tudo o que sofro, era obrigação minha deixar Mammy voltar à família dela, e tomar outra em seu lugar. Já era demais para mim ter de suportar isso. Eu geralmente não demonstro meus sentimentos; tenho por princípio aguentar tudo em silêncio; é a dura sorte da esposa, a que é forçoso sujeitar-se. Mas dessa vez me revoltei de tal forma que ele nunca mais aludiu ao assunto. Mas sei pelos olhares dele, pelas pequenas coisas que diz, que ainda pensa da mesma maneira, o que não deixa de ser provocador!

A senhorita Ofélia parecia estar com medo de abrir a boca e dizer alguma coisa, mas continuou a tricotar com suas agulhas de um modo que podia revelar tudo, se Maria tentasse ao menos compreender.

– Assim, pode ver – continuou ela – o que a espera. Uma casa totalmente desorganizada, onde os criados fazem tudo a seu modo, fazem o que bem entendem e têm o que quiserem, exceto até o momento em que eu, com minha saúde abalada, administrei tudo da melhor maneira. Deixo o chicote de lado, embora, às vezes, faça uso dele, mas o esforço para tanto me custa demais. Se St. Clare fizesse pelo menos isso, como os outros senhores de escravos fazem...

— E como é que esses outros fazem?

— Ora, mandam-nos para o calabouço ou para outro lugar qualquer, a fim de serem açoitados. Esse é o único jeito. Se eu não fosse uma pobre mulher tão fraca, aposto que agiria, para dirigi-los, com o dobro da energia de St. Clare.

— Mas como é que St. Clare consegue ser obedecido? — perguntou a senhorita Ofélia. — Acabou de me dizer que ele nunca os açoita.

— Bem, sabe que os homens têm mais poder de comando; é mais fácil para eles. Além disso, se já reparou nos olhos de St. Clare... que são bem peculiares... quando ele fala em tom enérgico, parece que soltam faíscas. Eu mesma tenho medo desse olhar; e os escravos sabem que devem se cuidar. Por mais que eu me irrite e ralhe com os escravos, consigo muito menos do que St. Clare com um simples olhar. Para ele não há grandes problemas em lidar com os criados e nisso não combinamos muito no modo de fazê-lo. Mas logo verá, quando assumir suas funções, que não é possível administrar a casa sem severidade, pois os negros são maus, velhacos, preguiçosos.

— A mesma cantilena de sempre! — disse St. Clare, entrando repentinamente. — Que terríveis contas essas perversas criaturas terão de prestar no dia do juízo, especialmente por serem preguiçosos! Veja bem, prima — acrescentou ele, enquanto se estirava inteiramente sobre um sofá defronte da mulher –, que essa preguiça é totalmente indesculpável neles à luz do exemplo que Maria e eu lhes demos.

— Como você é mau, St. Clare! — exclamou Maria.

— Eu? Ora, achava que estava falando da maneira mais coerente, a meu ver. Sempre tento apoiar suas observações, Maria.

— Bem sabe que nunca faz isso, St. Clare — retrucou Maria.

— Oh, devo ter me enganado, então. Obrigado, querida, por me corrigir.

— Está realmente querendo me provocar — replicou Maria.

— Oh, que é isso, Maria! Faz um calor danado e acabo de ter uma longa discussão com Adolfo, que me fatigou sobremaneira. Então, por favor, seja amável e deixe um pobre mortal descansar à luz de seu sorriso.

— Que houve com Adolfo? — perguntou Maria. — O descaramento desse sujeito tem chegado a um ponto que é totalmente intolerável para mim. Se o tivesse sob minhas estritas ordens por um tempo, eu iria domá-lo.

— O que diz, minha querida, traz a marca de sua perspicácia e de seu bom senso - disse St. Clare. - Quanto a Adolfo, o caso é o seguinte: há tanto tempo que se empenha em imitar meu jeito e minhas atitudes que, por fim, ele realmente se confundiu comigo, chegando a pensar que era ele o patrão; evidentemente, me vi obrigado a lhe mostrar o erro em que estava incorrendo.

- Como? - perguntou Maria.

- Ora, dei-lhe a entender de modo explícito que eu preferia conservar algumas de minhas roupas para meu uso pessoal; tive também de limitar seu luxo ao lhe pedir que deixasse de usar minhaágua de colônia; além disso, foi realmente muito cruel ter de lhe ordenar que se contentasse com uma dúzia de meus lenços de cambraia. Adolfo ficou bastante melindrado e tive de falar com ele como um pai, para que ele tomasse jeito.

- Oh, St. Clare! Quando é que vai aprender a tratar como deve seus escravos? Sua indulgência para com eles chega a ser abominável! - exclamou Maria.

- Mas, enfim, qual é o crime desse pobre sujeito ao querer ser igual ao patrão? E se eu não o eduquei melhor, para que ele chegasse a considerar como bens supremos a água de colônia e os lenços de cambraia, por que não haveria de dá-los a ele?

- E por que não o educou melhor? - perguntou a senhorita Ofélia, com ríspida determinação.

- Dá muito trabalho... preguiça, prima, preguiça... que arruína mais almas do que folhas que caem ao sacudir um galho. Se não fosse pela preguiça, eu mesmo seria um anjo perfeito! Estou propenso a pensar que a preguiça é o que seu velho Dr. Botherem, no Vermont, costumava chamar de "a essência do mal moral". E não deixa de ser um respeitável pensamento, com toda a certeza.

- Acho que os donos de escravos arcam com uma terrível responsabilidade - disse a senhorita Ofélia. - Eu não queria tê-la por nada deste mundo. Esses senhores deveriam instruir seus escravos, tratá-los como criaturas racionais, como criaturas imortais e que um dia deverão comparecer perante o tribunal de Deus. Essa é minha opinião - disse a boa senhora, intervindo repentinamente com extremo zelo que vinha ganhando força em sua mente desde a manhã.

- Calma lá! - exclamou St. Clare, levantando-se subitamente. - Prima, o que conhece de nossa vida? - E sentou-se ao piano e passou a tocar uma peça de música extremamente viva. St. Clare tinha um belo talento musical. Seu toque era brilhante e firme e seus dedos corriam sobre as teclas com movimentos rápidos e incríveis, mas sempre corretos. Tocou diversos trechos, sem parar, como um homem que tenta espantar o mau humor. Depois de deixar a música, levantou-se e disse alegremente: – Pois bem, agora, prima, deu-nos uma boa lição e cumpriu seu dever; por isso é que passo a estimá-la ainda mais. Não posso duvidar, de forma alguma, que me jogou um verdadeiro diamante de verdade, embora possa ver que me atingiu diretamente no rosto; por isso, de início, não o apreciei como devia.

– De minha parte, não sei para que serve essa conversa toda – disse Maria. – Estou tranquila; se alguém faz mais pelos escravos do que nós, gostaria de saber quem é. Mas eles não aproveitam, nem um pouco, e se tornam sempre piores. Quanto a falar com eles, já lhes falei até ficar cansada e farta, explicando-lhes seus deveres e tudo mais. E têm a permissão de ir à igreja quando quiserem, embora não entendam uma única palavra do sermão, como não a compreende uma manada de suínos... de modo que, a meu ver, a igreja não tem utilidade nenhuma para eles; assim mesmo, eles vão e têm plena liberdade de ir. Mas, como disse antes, eles são uma raça degenerada, e sempre o serão, e não há remédio para eles. Nada se pode fazer com eles e por eles, por mais que se tente. Veja, prima Ofélia, eu tentei e você não; eu nasci e cresci no meio deles, e eu sei de tudo.

A senhorita Ofélia achou que já tinha falado bastante e por isso permaneceu calada. St. Clare começou a assobiar.

– St. Clare, gostaria que parasse de assobiar – disse Maria –, porque aumenta minha dor de cabeça!

– Pois não! – anuiu St. Clare. – Há mais alguma coisa que deseja que eu não faça?

– Desejaria que tivesse um pouco de compaixão por meus tormentos; você não demonstra nenhuma sensibilidade para comigo.

– Meu caro anjo acusador! – exclamou St. Clare.

– Falando desse jeito, você nada mais faz que me provocar.

– Então, como quer que lhe fale? Diga como devo falar... da maneira que você preferir... só para lhe agradar.

Uma bela risada vinda do pátio atravessou as cortinas de seda da varanda. St. Clare caminhou até a janela e, abrindo a cortina, passou a rir também.

– O que é isso? – perguntou a senhorita Ofélia, aproximando-se da janela.

Lá estava Tomás, sentado num montículo de relva, com todas as casas dos botões de suas roupas enfeitadas com ramos de jasmim e Eva, rindo alegremente, estava colocando uma grinalda de rosas no pescoço dele; e depois sentou nos joelhos dele, sempre rindo.

– Oh! Tomás, você está tão engraçado!

Tomás tinha o rosto animado com um sóbrio e benevolente sorriso. Em seu jeito tranquilo, parecia estar tão contente quanto sua pequena patroa. Ele ergueu os olhos e, ao ver o patrão, olhou-o como alguém que implorava por indulgência.

– Como é que a deixa fazer isso – perguntou a senhorita Ofélia.

– E por que não? – respondeu St. Clare.

– Ora, não sei; mas parece tão horroroso!

– Não acharia nada demais que uma criança acariciasse um cão, por mais preto que fosse, mas estremeceria ao vê-la fazer o mesmo com uma criatura negra que pensa, que raciocina, que sente e que é imortal; confesse, prima. Sei muito bem o que pensam e sentem alguns americanos do norte. Não é por virtude que nós não concordamos com esses preconceitos, mas o hábito faz em nós o que o cristianismo deve fazer... destrói o sentimento do preconceito pessoal. Vi muitas vezes, em minhas viagens pelo norte, como esse preconceito é mais forte entre vocês do que entre nós. Embora se indignem com o tratamento dado aos negros, vocês os detestam tanto quanto um sapo ou uma cobra. Não gostam de que sejam maltratados, mas nem sequer suportam ter qualquer contato com eles. Vocês os mandariam todos para a África, longe de nossos olhos, e depois lhes enviariam, como uma espécie de expiação pelo mal feito a eles, um missionário ou dois para educá-los convenientemente. Não é isso?

– Bem, primo – disse a senhorita Ofélia, pensativa –, não deixa de haver alguma verdade nisso.

– O que seria dos pobres e dos humildes, se não fossem as crianças? – disse St. Clare, apoiando-se na balaustrada e observando Eva que passeava de mãos dadas com Tomás. – As crianças são as únicas verdadeiras democratas. Para Eva, Tomás é um herói; suas histórias lhe parecem maravilhosas, suas cantigas e seus hinos metodistas são melhores que uma ópera e as bugigangas e os pequenos objetos sem valor que ele traz no bolso são uma verdadeira mina de joias. E o próprio Tomás é o mais maravilhoso dos homens que jamais a pele negra cobriu. Eva é uma dessas rosas do Éden que Deus plantou propositadamente para os pobres e humildes, que bem poucas têm dessa nobre espécie.

– Estranho, primo – disse a senhorita Ofélia. – Ao ouvi-lo falar, poder-se-ia pensar que é um *professor*.

– Professor? – indagou St. Clare.

– Sim, um homem de religião.

– De maneira nenhuma! Não sou nenhum professor de religião, como os seus imaginam; e, o que é pior, nem praticante sou.

– O que é então que o leva a falar assim?

– Nada mais fácil do que falar – redarguiu St. Clare. – Creio que Shakespeare põe na boca de um personagem esta frase: *"Prefiro ensinar vinte pessoas a fazer o bem do que ser uma das vinte pessoas que seguem o que ensino."* Nada como a divisão do trabalho. Meu forte é falar; o seu, prima, é fazer.

Na situação atual de Tomás, não havia nada, como se diz, a recriminar na admiração que a pequena Eva tinha por ele. A gratidão e o afeto instintivos de um coração nobre levaram a menina a pedir ao pai que o novo escravo fosse seu acompanhante especial sempre que precisasse da companhia de um escravo em suas caminhadas e passeios. E Tomás tinha recebido ordens de deixar tudo para acompanhar Eva quando precisasse dele... ordens que, o leitor pode imaginar, eram mais que agradáveis para ele. Vestiram-no com todo o esmero, pois St. Clare era extremamente exigente nesse ponto. Os serviços de Tomás no estábulo era uma verdadeira sinecura e consistia simplesmente numa inspeção diária do local e orientar outro escravo, posto sob suas ordens, pois Maria St. Clare havia declarado que não o queria perto dela cheirando a cavalos. Além do mais, exigia que lhe dessem qualquer serviço que o tornasse desagradável a seus olhos, pois seu sistema nervoso não estava em condições de suportar mais nada que pudesse abalá-lo ainda mais. O mais leve mau cheiro de qualquer natureza, segundo ela, era mais que suficiente para encerrar seu triste papel neste mundo e pôr um fim para sempre a suas tributações terrestres. Por isso Tomás, com seu casacão bem escovado, com seu chapéu de castor, com suas botas brilhando, com seu colarinho e seus punhos imaculados, com seu benévolo rosto negro, tinha um ar tão respeitável que poderia ser um bispo de Cartago como o foram antigamente homens de sua cor.

Além disso, morava numa bela cabana, vantagem a que os homens de sua sensível raça nunca ficam indiferentes. E ele usufruía com viva alegria da vista das aves, das flores, das fontes, do perfume, da luz e da beleza do pátio, das cortinas de seda, dos quartos, dos lustres, das estatuetas e dos enfeites que conferiam às salas da casa do patrão o aspecto de um palácio de Aladim.

Se um dia a África tiver uma raça nobre e civilizada, o que deve acontecer mais cedo ou mais tarde, será sua vez de figurar dignamente no grande teatro da civilização humana. A vida haverá de despertar por lá com uma magnificência e um esplendor que nossas indiferentes tribos ocidentais nunca sonharam. Nessa distante e mística terra de ouro, pedras preciosas, especiarias, palmeiras ondulantes, flores exóticas e milagrosa fertilidade, haverão de surgir novas formas de arte, novos estilos de esplendor e a raça negra, emancipada do desprezo e da opressão, haverá de brilhar, talvez, como a última e a mais sublime revelação da vida humana. Certamente, os negros, em sua bondade, em sua humilde docilidade de coração, em suas aptidões que emanam de uma mente superior e que se apoiam num poder mais alto, em sua afetuosa simplicidade e em sua facilidade para perdoar, certamente os negros vão se destacar. Em tudo isso eles vão exibir a mais elevada forma de vida cristã e talvez, como Deus castiga a quem ama, ele escolheu a pobre África, jogada na fornalha da aflição, para fazer dela a mais distinta e a mais nobre naquele reino que vai fundar, quando todos os outros reinos tiverem sido experimentados e tiverem falhado, pois os primeiros serão os últimos e os últimos serão os primeiros.

Seria isso que Maria St. Clare estava pensando, enquanto estava de pé, esplendidamente vestida, na varanda, num domingo pela manhã, com um bracelete guarnecido de diamantes em seu delicado pulso? Provavelmente, sim. Se não fosse isso, seria algo similar, pois Maria patrocinava iniciativas boas e nesse momento, carregada de diamantes, de sedas, de rendas e de joias, estava se dirigindo a uma bela igreja, por ser muito devota. Maria sempre fez questão de se mostrar muito piedosa aos domingos. Lá estava ela, tão esbelta, tão elegante, tão graciosa em seus movimentos, com uma mantilha de renda que a envolvia como se fosse uma névoa. Parecia uma criatura encantadora e ela, na verdade, se sentia muito bem em sua elegância. A senhorita Ofélia, ao lado dela, formava um verdadeiro contraste. Não é que ela não tivesse um vestido de seda e um xale igualmente bonitos, acompanhados de fino lenço bordado, mas a rigidez e os traços angulosos dela, junto com seu porte indefinido, embora apreciável, realçavam ainda mais a graça de sua elegante companheira; não era a graça de Deus, bem-entendido, que é bem outra coisa!

– Onde está Eva? – perguntou Maria.

– Está na escada conversando com Mammy – respondeu Ofélia.

E o que estaria dizendo Eva a Mammy, na escada? Escute, leitor, e vai ouvir o que Maria não ouve:

– Querida Mammy, sei que sofre terrivelmente de dor de cabeça.

– Que Deus a abençoe, senhorita Eva! Ultimamente sofro de dores de cabeça, mas não precisa se preocupar.

– Bem, estou contente que possa sair agora – disse a menina, e a abraçou. – Mammy, tome meu frasco de sais aromáticos.

– O quê! Essa coisinha linda de ouro, engastada de diamantes! Meu Deus, senhorita, isso não é para mim, não, de jeito nenhum.

– Por que não? Você precisa e eu, não. Mamãe sempre se serve dele quando está com dor de cabeça; tome, vai lhe fazer bem. Leve-o pelo menos para me agradar.

– Era só o que faltava! – exclamou Mammy, enquanto Eva lhe colocava o frasquinho no seio, a beijava, correndo depois para junto da mãe.

– Por que demorou tanto tempo?

– Parei só para dar a Mammy meu frasquinho de sais, para ela levar à igreja.

– Eva! – exclamou Maria, batendo com o pé, impaciente. – Seu frasco de sais aromáticos para Mammy? Quando é que vai aprender a ver o que é apropriado e conveniente? Vá imediatamente tomá-lo de volta!

Eva, confusa e envergonhada, voltou-se lentamente.

– Maria, deixe a criança em paz; que ela faça o que quiser – disse St. Clare.

– St. Clare, como quer que ela leve a vida neste mundo? – replicou Maria.

– Só Deus sabe – retrucou St. Clare. – Mas no céu ela vai ter um lugar melhor que você ou eu.

– Oh, papai, não diga isso, que mamãe vai ficar triste – disse Eva, tocando de leve o braço dele.

— Então, primo, está pronto para ir à igreja? — perguntou a senhorita Ofélia, virando-se bruscamente para St. Clare.

— Eu não vou, obrigado.

— Bem que eu gostaria que St. Clare fosse à igreja — disse Maria. — Mas ele não quer nem ouvir falar de religião. É até falta de respeito.

— Eu sei — replicou St. Clare. — Vocês, senhoras, vão à igreja para aprender como proceder neste no mundo, suponho, e assim sua piedade expande respeitabilidade sobre nós. Se eu tivesse de ir à igreja, iria aonde Mammy vai; lá, pelo menos, há algo que mantém a gente acordado.

— O quê? Para ouvir aqueles gritos dos metodistas? Que horror! — exclamou Maria.

— Qualquer coisa menos o mar morto de sua respeitável igreja, Maria. Com toda a certeza, é pedir demais a um homem. Eva, você quer ir? Vamos lá, fique em casa para brincar comigo.

— Obrigado, papai, mas prefiro ir à igreja.

— Não é terrivelmente enfadonho? — perguntou St. Clare.

— Acho que é um pouco enfadonho — respondeu Eva — e me dá sono também, mas eu tento ficar acordada.

— Então, para que vai?

— Sabe, papai — respondeu ela, num sussurro —, a prima me disse que Deus assim o quer e ele nos dá tudo; e não há o que fazer, se ele o quer. No final de tudo, não é tão enfadonho assim.

— Doce e delicada criatura! — disse St. Clare, beijando-a. — Vá, boa menina, e ore por mim.

— Com certeza, sempre o faço — replicou a menina, correndo atrás da mãe para subir na carruagem.

St. Clare ficou sobre os degraus da escada, mandando-lhe beijos, enquanto a carruagem se afastava. Grossas lágrimas corriam de seus olhos.

"Oh, Evangelina! Realmente digna de ser assim chamada", pensou ele consigo. "Será que Deus não fez de você um Evangelho para mim?"

Essa ideia o dominou por um momento; então acendeu um charuto, se pôs a ler um jornal e esqueceu seu pequeno Evangelho. Será que ele era muito diferente dos outros?

— Escute, Evangelina! — disse a mãe. — É sempre bom e correto ser boazinha para com os escravos, mas não é adequado tratá-los como se fossem nossos parentes ou pessoas de nossa condição de vida. Por exemplo, se Mammy ficasse doente, não deveria nem pensar em ceder sua própria cama para ela.

– Acho que eu o faria, mamãe – disse Eva –, porque seria mais fácil cuidar dela e porque minha cama é melhor que a dela.

Maria ficou desesperada com a total falta de percepção moral que essa resposta revelava.

– O que é que vou fazer para que esta criança me compreenda? – perguntou ela.

– Nada – respondeu a senhorita Ofélia, de modo significativo.

Por um momento, Eva pareceu triste e desconcertada; mas, felizmente, as impressões não duram muito nessa idade e, em poucos instantes, estava rindo alegremente com tudo o que avistava através da janela da carruagem, que seguia pela estrada.

* * *

– Então, senhoras? – perguntou St. Clare, quando já estavam confortavelmente sentados à mesa de jantar. – O que é que houve de novo hoje na igreja?

– O doutor G... fez um esplêndido sermão – respondeu Maria. – Foi exatamente o sermão que você deveria ter ouvido. Expressou com precisão todos os meus pontos de vista.

– Deve ter sido muito edificante! – replicou St. Clare. – O assunto deve ter sido muito extenso.

– Bem, quero dizer todos os meus pontos de vista sobre a sociedade e outras coisas – disse Maria. – O tema desenvolvido era "Deus fez belas todas as coisas e em seu devido tempo." E o pregador mostrou como todas as classes e distinções na sociedade vêm de Deus; e que isso era tão apropriado e tão belo que era necessário que uns fossem superiores e outros, inferiores; além do mais, alguns nasceram para governar e outros, para servir. E ele foi mais longe: aplicou isso muito bem a toda essa ridícula balbúrdia que se faz contra a escravidão e provou com clareza que a Bíblia está a nosso favor e dá sustentação a todas as nossas instituições de modo convincente. O que mais **queria é** que você o tivesse ouvido!

– Oh! Não preciso disso – disse St. Clare. – Posso aprender as mesmas coisas boas lendo meu jornal, sempre que quiser, e ainda fumar meu charuto, coisa que, bem sabe, não poderia fazer numa igreja.

– Ora, não acredita nessas ideias? – perguntou a senhorita Ofélia.

– Quem?... Eu? Veja bem, prima, eu sou um sujeito tão miserável que esses aspectos religiosos de semelhantes assuntos são bem pouco edificantes para mim. Se eu tivesse de dizer algo sobre essa questão da escravatura, eu diria sem medo nem vergonha o seguinte: "Estamos envolvidos nisso; temos escravos e queremos tê-los, pois nos são convenientes e satisfazem nossos interesses." Essa é a pura e transparente realidade. Afinal de contas, é a isso que leva todo esse palavreado hipócrita que se dispende. E acho que isso é perfeitamente compreensível para todas as pessoas e em todos os lugares.

– Como você é irreverente, Agostinho! – exclamou Maria. – É revoltante ouvi-lo falar desse modo.

– Revoltante! É a pura verdade! O discurso religioso sobre essa questão... por que não o levam um pouco mais longe e mostram toda a beleza, nesse âmbito, de um sujeito tomando um copo de aguardente a mais, jogando baralho até tarde da noite e vários outros passatempos pontuais desse tipo, que são mais que frequentes entre nós, jovens... gostaríamos de ouvir que também esses hábitos são justos e de instituição divina.

– Bem – disse a senhorita Ofélia –, acha afinal que a escravatura é justa ou injusta?

– Não vou seguir em nada sua horrenda lógica, tão difundida na Nova Inglaterra, prima – disse St. Clare, alegremente. – Se eu responder a essa pergunta, sei que virá com meia dúzia de outras, cada uma mais intrincada que a precedente; **além** disso, não vou definir minha posição. Eu sou um desses homens que vive atirando pedra nos telhados de vidro dos vizinhos, mas nunca vou cobrir a minha de vidro para receber o mesmo tratamento em troca.

– É exatamente assim que ele sempre fala – disse Maria. – Nunca vai obter dele uma resposta satisfatória. Acredito que é justamente porque ele não gosta de religião que sempre se esquiva desse jeito em qualquer situação.

– Religião! – exclamou St. Clare, num tom que chamou a atenção das duas senhoras. – Religião! É o que vocês escutam na igreja, religião? É essa religião que se estende e se encolhe, que se abaixa e se soergue para responder a cada fase tortuosa da sociedade egoísta e mundana? É essa religião que é menos escrupulosa, menos generosa, menos justa, menos indulgente para com o homem do que é minha própria natureza por mais ímpia, mundana e insensível que seja? Não! Quando procuro uma religião, devo procurar algo acima de mim e não algo abaixo.

- Então, não acredita que a Bíblia justifica a escravidão - atalhou a senhorita Ofélia.

- A Bíblia era o livro predileto de minha mãe - replicou St. Clare. - Nunca a deixou em vida e mesmo na morte; seria muito doloroso, para mim, pensar que a Bíblia justificasse a escravidão. Seria o mesmo que provar que minha mãe bebia uísque, mascava tabaco e rogava pragas só para me justificar por eu fazer essas coisas. Eu não me sentiria mais satisfeito por causa disso e, mais ainda, me tiraria o consolo de poder respeitar a memória de minha mãe; e é realmente um consolo, nesse mundo, ter alguma coisa que se possa respeitar. Em resumo, podem ver que - acrescentou ele, retomando subitamente seu tom jovial - tudo o que eu quero é que coisas diferentes sejam guardadas em caixas diferentes. A organização da sociedade, tanto na Europa quanto na América, se baseia em vários elementos que não resistem a um exame rigoroso de um padrão ideal de moralidade. É geralmente reconhecido que os homens não aspiram à justiça absoluta, mas se contentam em viver e fazer, pouco mais ou menos, como o resto do mundo. Por isso quando alguém fala francamente, como homem, e diz que a escravidão é necessária para nós, não podemos viver sem ela, seríamos reduzidos à mendicância se desistíssemos dela e, por conseguinte, nos convencemos a mantê-la... essa é uma linguagem forte, clara, bem definida; transmite a respeitabilidade da verdade em si; e se pudéssemos julgar pela prática, a maioria das pessoas nos apoiaria nesse ponto. Mas quando um hipócrita aparece com um semblante tristonho e começa a fungar e a citar as Escrituras, me sinto inclinado a pensar que ele não é muito melhor do que poderia ser.

- Você não é nada caridoso - disse Maria.

- Bem - continuou St. Clare -, vamos supor que uma circunstância qualquer faça despencar o preço do algodão de uma vez e para sempre e leve os escravos a perder todo o valor no mercado, não acham que logo a seguir teríamos nova versão da doutrina das Sagradas Escrituras? Que torrente de luz haveria de inundar a igreja repentinamente e, de imediato, se chegasse a descobrir que tudo na Bíblia e mesmo na razão converge para uma posição contrária!

— De qualquer modo – disse Maria, enquanto se reclinava num sofá –, dou graças a Deus por ter nascido num país em que existe escravidão; e acredito que é legítima... na verdade, sinto que é e, seja como for, tenho certeza de que não poderia viver sem ela.

— E você, o que pensa disso, minha pequena? – perguntou ele a Eva, que acabava de entrar com uma flor na mão.

— De que, papai?

— Ora, de que você gosta mais... viver como eles vivem na casa de seu tio, no Vermont, ou ter uma casa cheia de escravos como nós temos?

— Oh, claro, aqui é muito melhor – respondeu Eva.

— E por quê? – voltou a perguntar St. Clare, acariciando-lhe a cabeça.

— Ora, porque temos mais pessoas a quem amar – respondeu Eva, séria.

— Que fazer? É assim que essa menina é – disse Maria. – Mais uma de suas ideias esquisitas.

— É uma ideia esquisita, papai? – perguntou Eva, sussurrando, enquanto se ajeitava sobre os joelhos dele.

— Um pouco, aos olhos do mundo em que vivemos, minha querida – respondeu o pai. – Mas onde é que minha pequena Eva se meteu durante o jantar?

— Estive no quarto de Tomás, ouvindo-o cantar e a tia Diná me trouxe o jantar.

— Ficou ouvindo Tomás cantar?

— Sim! Cantou hinos tão bonitos sobre a nova Jerusalém, sobre os anjos e sobre a terra de Canaã.

— Acredito. Bem melhor que uma ópera, não é?

— Sim, e ele vai me ensinar a cantar esses hinos também.

— Lições de canto, hein? Interessante!

— Sim, ele canta para mim e eu leio a Bíblia para ele, que me explica o sentido.

— Palavra de honra – exclamou Maria, rindo. – Essa é a última brincadeira da temporada.

— Tomás não é tão ruim assim para explicar as Escrituras, juro – disse St. Clare. – Tomás tem uma queda natural para a religião. Esta manhã, bem cedo, precisava dos cavalos a postos e fui até o quarto em cima do estábulo, onde ele dorme; surpreendi-o compenetrado, fazendo suas orações em voz alta. Na realidade, a oração de Tomás foi a coisa mais saborosa que me foi dado ouvir ultimamente. Orou por mim com um zelo quase apostólico.

– Talvez tivesse percebido que você estava escutando. A artimanha não é nova.

– Em tal caso, ele não foi muito esperto, pois expressou, com a maior sem-cerimônia, sua opinião a meu respeito perante Deus. Tomás parecia acreditar que havia realmente possibilidade de melhora em mim e parecia seriamente interessado em minha conversão.

– Espero que guarde isso no fundo do coração – disse a senhorita Ofélia.

– Quero crer que a prima é da mesma opinião – disse St. Clare. – Bem, vamos ver, não é, Eva?

17
A DEFESA DO HOMEM LIVRE

Havia certa agitação na casa dos quakers, no final da tarde. Raquel Halliday andava tranquilamente de cá para lá, recolhendo de seus armários tudo o que pudesse ser útil aos fugitivos, que deveriam partir naquela noite. As sombras do crepúsculo se estendiam para leste, e o globo vermelho do sol se mantinha calmamente suspenso no horizonte e seus raios dourados iluminavam o pequeno quarto onde estavam George e sua mulher. Ele estava sentado com o filho no colo e apertava a mão da esposa. Ambos pareciam comovidos e sérios, com vestígios de lágrimas escorrendo de suas faces.

– Sim, Elisa – disse George –, sei que tudo o que você diz é verdade. Você é uma boa moça, muito melhor do que eu; vou procurar seguir seus conselhos. Vou tentar agir dignamente, como homem livre. Vou tentar agir como verdadeiro cristão. O Deus todo-poderoso sabe que procurei fazer o bem... tentei com todo o esforço fazer o bem... quando tudo estava contra mim. Agora quero esquecer o passado e banir todo o sentimento de ódio e de amargura. Vou ler a Bíblia e aprender a ser um homem bom.

– E quando chegarmos ao Canadá – disse Elisa –, vou poder ajudá-lo. Sei costurar muito bem, lavar, engomar e, nós dois, juntos, podemos ganhar o suficiente para viver.

– Sim, Elisa, desde que tenhamos um ao outro, junto com nosso filho. Oh, Elisa! Se essas pessoas soubessem apenas que felicidade é para um homem sentir que sua mulher e seu filho lhe pertencem! Quantas vezes fiquei admirado ao ver homens, que podiam dizer que suas esposas e seus filhos lhes pertenciam, se aborrecerem e se atormentarem por ninharias. Ora, eu me sinto rico e forte, ainda que nada tenhamos, a não ser nossas mãos vazias. Sinto até que nada mais poderia pedir a Deus! Sim, embora tenha trabalhado duramente todos os dias até meus 25 anos e não tenha nenhum centavo no bolso, nem um teto para me cobrir, nem um pedaço de terra que possa chamar meu, se eles me deixassem em paz agora, ficaria satisfeito... agradecido. Vou trabalhar e enviar o dinheiro para resgatar você e o menino. Quanto a meu antigo patrão, ele já recebeu mais de cinco vezes como pagamento aquilo que gastou comigo. Não lhe devo nada.

– Mas ainda não estamos totalmente fora de perigo – disse Elisa. – Ainda não estamos no Canadá.

– É verdade – replicou George. – Mas parece que já respiro o ar livre e me sinto mais forte.

Nesse momento, ouviram vozes no outro cômodo; logo a seguir, bateram à porta. Elisa estremeceu e foi abri-la.

Era Simeão Halliday, acompanhado de outro quaker, que o apresentou como Phineas Fletcher. Phineas era alto e magro, de cabelo ruivo, com uma expressão de acuidade e perspicácia em seu rosto. Não tinha o aspecto plácido, tranquilo e sereno de Simeão Halliday; pelo contrário, tinha a aparência de alguém cheio de confiança e decidido a tudo, homem que se vangloria de saber tudo o que vai o fazer e com um golpe de vista de respeito. Essas peculiaridades não combinavam muito bem com seu chapéu de abas largas e com sua fraseologia sectária.

– Nosso amigo Phineas descobriu uma coisa muito importante para vocês, George – disse Simeão. – Seria bom que o ouvissem.

– O caso é o seguinte – começou Phineas. – E mostra que é sempre bom dormir com um ouvido aberto em certos lugares, como eu sempre digo. Ontem à noite, parei numa pequena taberna isolada, um pouco afastada da estrada principal. Você a conhece, Simeão; é a mesma onde vendemos maçãs, no ano passado, àquela mulher gorda, que usava brincos bem grandes. Bem, eu estava cansado da longa viagem; e, depois de comer alguma coisa, estirei-me sobre uma pilha de sacos num canto e me cobri com uma pele de búfalo, enquanto preparavam minha cama. E que outra coisa podia fazer, senão dormir profundamente...

– Com um ouvido à escuta, Phineas? – perguntou Simeão, tranquilo.

– Não. Apaguei completamente por uma hora ou duas, porque estava realmente cansado. Mas quando despertei um pouco, vi que havia alguns homens na sala, sentados em torno de uma mesa, bebendo e falando. E, antes de me mexer, percebi o que estavam arquitetando, especialmente quando ouvi algo a respeito dos quakers. "Sem dúvida, estão no acampamento dos quakers", disse um deles. Então apurei os ouvidos e entendi que estavam falando de vocês. Fiquei quieto e os ouvi traçar todos os seus planos. "Esse rapaz", diziam eles, "deve ser mandado de volta para o Kentucky, para seu dono, que fará dele um exemplo, para que todos os negros desistam de tentar fugir." Quanto à mulher desse mulato, dois deles deviam ir a Nova Orleans para vendê-la por conta e calculavam conseguir 1.600 ou 1.800 dólares por ela; o menino, diziam eles, deviam entregá-lo a um mercador, que já o havia comprado. E havia ainda o rapaz Jim e a mãe dele, que deveriam ser devolvidos a seu senhor no Kentucky. Disseram ainda que havia dois policiais, numa cidade a pouca distância, que seguiriam com eles para apanhá-los e que a mulher deveria ser conduzida perante um juiz; e um desses camaradas, baixinho e de fala macia, jurava que ela era propriedade sua, exigindo que lhe fosse entregue para levá-la até o sul. E o pior é que eles descobriram o caminho que vamos seguir esta noite e serão seis ou oito que estão em nosso encalço. Então, o que devemos fazer agora?

Depois dessa informação, o grupo, todo ele em pé, mostrava as mais diversas reações, dignas do pincel de um pintor. Raquel Halliday, que tinha deixado de lado uma fornada de biscoitos para ouvir a notícia, levantava as mãos enfarinhadas em prece, com uma fisionomia carregada de preocupação. Simeão parecia absorvido em profunda reflexão; Elisa abraçava o marido, fitando-o. George estava de pé, de punhos cerrados e olhos faiscantes, olhando como qualquer outro homem poderia olhar numa situação em que sua mulher deveria ser vendida em hasta pública e seu filho entregue a um mercador, tudo isso ao abrigo das leis de uma nação cristã.

– O que vamos fazer, George? – perguntou Elisa, com voz sumida.

– Sei o que vou fazer – respondeu George, enquanto caminhava para o pequeno quarto e passava a examinar suas pistolas.

– Êpa, êpa! – exclamou Phineas, acenando com a cabeça a Simeão. – Veja só, Simeão, como isso vai terminar!

– Estou vendo – disse Simeão, suspirando. – Espero que não chegue a tanto.

– Não quero envolver ninguém por minha causa – disse George. – Se vocês me emprestarem uma carroça e me orientarem, vou sozinho até a próxima estação de muda. Jim tem uma força de gigante e a coragem do desespero e da morte, e eu também.

— Ah, muito bem, amigo — interveio Phineas. — Mas vocês precisam de um guia. Vocês poderão lutar livremente, se quiserem, mas há trechos da estrada que eu conheço bem e vocês não.

— Mas não quero envolver você — retrucou George.

— Envolver — repetiu Phineas, com uma expressão curiosa e peculiar do rosto. — Quando você me envolver, por favor, me avise.

— Phineas é um homem prudente e corajoso — disse Simeão. — Você fará muito bem, George, se seguir o conselho dele e — acrescentou ele, pousando gentilmente a mão no ombro de George e apontando para as pistolas — não seja apressado demais com essas... o sangue jovem ferve facilmente.

— Não vou atacar ninguém — replicou George. — Tudo o que peço a esse país é que me deixe tranquilo e vou sair daqui pacificamente, mas... — parou, sua fronte se anuviou e seu rosto se contraiu... — tive uma irmã vendida nesse mercado de Nova Orleans. Sei para que elas são vendidas; e eu vou ficar quieto, vendo-os levar minha esposa e vendê-la quando Deus me deu um par de braços vigorosos para defendê-la?

Não! Que Deus me ajude! Vou lutar até o último suspiro, antes que eles tomem minha mulher e meu filho. Podem me recriminar por isso?

— Nenhum mortal poderá recriminá-lo, George. Carne e sangue não podem agir de outra maneira — disse Simeão. — Ai do mundo por causa dos escândalos, mas ai daquele que insinua e comete escândalos.

— O senhor não faria a mesma coisa em meu lugar?

— Peço para não ser tentado — respondeu Simeão. — A carne é fraca.

— Acho que minha seria suficientemente forte num caso desses — disse Phineas, abrindo os braços como se fossem duas pás de moinho de vento. — Garanto-lhe, amigo George, que eu poderia me encarregar de um sujeito desses, se você tiver contas a acertar com ele.

— Se o homem tiver de resistir sempre ao mal — disse Simeão — George poderia sentir-se livre de fazê-lo agora. Mas os líderes de nosso povo nos ensinaram um caminho melhor, porque a cólera do homem não condiz com a justiça de Deus; esta, porém, é totalmente contrária à vontade corrupta do homem e ninguém pode receber essa justiça, a não ser aqueles a quem é dada. Peçamos, portanto, a Deus para não sermos tentados.

– E é o que eu faço – disse Phineas. – Mas se a tentação for demasiado forte... pois então, que se cuidem, é tudo.

– Bem se vê que você não é quaker de nascença – disse Simeão, sorrindo. – A velha natureza ainda se manifesta com vigor em você.

Para dizer a verdade, Phineas tinha sido durante muito tempo um verdadeiro habitante dos bosques, vigoroso caçador e de tiro certeiro numa luta. Mas, tendo-se apaixonado por uma linda mulher quaker, viu-se obrigado, pelo poder dos encantos dela, a filiar-se à sociedade, na vizinhança. Embora fosse um membro honesto, sóbrio e eficiente, e nada de particular pudesse ser alegado contra ele, ainda assim, os mais devotos dentre eles não cessavam de apontar-lhe a extrema falta de fervor em seu desenvolvimento espiritual.

– O amigo Phineas sempre vai ter suas próprias ideias – disse Raquel Halliday, sorrindo –, mas todos nós sabemos que tem um excelente coração.

– Bem – disse George. – Não seria melhor apressarmos a fuga?

– Levantei às quatro horas e vim a toda pressa. Temos duas ou três horas de vantagem, se eles seguirem o plano que traçaram. Em todo o caso, seria perigoso partir antes da noite, pois há pessoas malvadas nas aldeias por onde devemos passar, que poderiam se intrometer, se nos vissem, e isso haveria de retardar nossa viagem; mas dentro de duas horas poderemos partir sem maiores riscos. Vou até a casa de Michael Cross para lhe pedir que nos siga com seu veloz cavalo, vigie atentamente a estrada e nos avise se algum grupo de homens vier atrás de nós. Michael tem um cavalo que não tem igual em rapidez; poderia nos alcançar em instantes e nos deixar de sobreaviso, se houvesse qualquer perigo. Vou agora mesmo dizer a Jim e à velha senhora que estejam de prontidão e cuidem dos cavalos. Temos uma boa vantagem sobre eles e poderemos chegar à próxima estação de muda antes que eles possam nos alcançar. Por isso, coragem, amigo George. Não é o primeiro aperto que passo junto com gente de sua raça – disse Phineas, fechando a porta.

– Phineas é muito esperto – disse Simeão. – Fará o melhor que puder por você, George.

– O que mais me aflige – replicou George – é o risco a que os exponho.

– Você nos fará um grande favor, se não falar mais nisso, amigo George. Fazemos o que a consciência nos manda fazer; não podemos agir de outra forma. E agora, mãe – disse ele, dirigindo-se a Raquel –, ande depressa com os preparativos para esses amigos, porque não podemos deixá-los partir sem ter comido nada.

E enquanto Raquel e seus filhos se ocupavam em fazer broas de milho, assar presunto e frangos, além de preparar outras coisas para o jantar, George e a esposa se recolheram em seu pequeno quarto, abraçados, falavam como marido e mulher geralmente o fazem quando sabem que, dali a poucas horas, talvez tivessem de se separar para sempre.

– Elisa – dizia George –, aqueles que têm amigos, casas, terras, dinheiro e tantas outras coisas não podem amar mais do que nós nos amamos, que nada temos, a não ser um ao outro. Até o momento em que a conheci, ninguém me tinha amado senão minha infeliz mãe e minha irmã. Vi a pobre Emília na manhã em que o mercador de escravos a levou. Ela chegou até o canto onde eu estava dormindo e me disse: "Pobre George, sua última amiga está partindo. O que vai ser de você, pobre menino?" Levantei, abracei-a, chorando e soluçando juntamente com ela. E aquelas foram as últimas palavras afetuosas que ouvi durante dez longos anos. Meu coração se ressecou e eu me sentia seco como cinzas, até que a encontrei. E o amor que você me devotou... sim, foi como se eu ressuscitasse dentre os mortos! Desde então me tornei outro homem! E agora, Elisa, estou pronto a derramar até a última gota de meu sangue, mas eles não vão tirá-la de mim. Quem quiser tê-la deverá passar por cima de meu cadáver.

– Oh, Senhor, tem piedade de nós! – disse Elisa, soluçando. – Permita pelo menos que saiamos juntos deste país; é tudo o que lhe pedimos.

– Será que Deus só está a favor dos brancos? – exclamou George –, não tanto para responder à sua mulher, como para desabafar a amargura de seu coração. – Será que ele vê tudo o que eles fazem? Por que permite que tais coisas aconteçam? E eles nos dizem que a Bíblia está do lado deles; que todo o poder está, não há dúvida alguma. Eles são ricos, cheios de saúde, felizes; são membros de igrejas, esperando ir para o céu; vivem tão bem neste mundo e têm tudo a seu dispor. E os pobres, honestos, verdadeiros cristãos... cristãos tão bons ou melhores do que eles... são calcados por seus pés. Eles os compram e os vendem; traficam seu sangue, seus gemidos e suas lágrimas... e Deus o permite.

– Amigo George! – gritou Simeão, lá da cozinha. – Escute este salmo; pode lhe fazer bem.

George deslocou a cadeira para perto da porta e Elisa, enxugando as lágrimas, também se aproximou, enquanto Simeão lia o seguinte:

Quanto a mim, faltava-me o chão sob os pés; meus passos por pouco não escorregaram, porque tive inveja dos insensatos, vendo a prosperidade dos maus. Eles não têm as tribulações dos outros homens nem são submetidos a flagelos como os demais. É porque o orgulho os adorna como um colar, e a violência os cobre como um manto. Seus olhos estão intumescidos de gordura; possuem mais do que seu coração pode desejar. São corruptos e falam com maldade em favor da opressão; sua linguagem é altiva. É por isso que o povo de Deus, ao ver as águas da maldade transbordarem, exclama: Por acaso Deus sabe o que se passa na terra? Será que o Altíssimo conhece realmente tudo?

– Não é isso o que você sente, George?

– É isso, realmente – respondeu George. – Até parece que eu mesmo poderia ter escrito essas palavras.

– Então – disse Simeão –, escute bem isso:

Quando procurei compreender tudo isso, foi muito penoso para mim, até que entrei no santuário de Deus e então percebi o fim que lhes era reservado. Sim, o Senhor os colocou em terrenos escorregadios, os conduz para a própria ruína deles. Como um sonho, ao despertar, o Senhor despreza a sombra deles. Apesar de tudo, estou sempre com o Senhor, pois me tomou pela mão direita e me guia com seu conselho para me receber, mais tarde, em sua glória. É bom para mim me aproximar de Deus. Eu pus toda a minha confiança no Senhor Deus.

Essas palavras de santa confiança, pronunciadas pela voz amiga do bom velho, penetraram como música sagrada no espírito perturbado e ardente de George. E então ele se sentou com uma expressão tranquila e resignada em suas belas feições.

– Se só existisse este mundo, George – continuou Simeão –, você poderia realmente perguntar: "Onde está Deus?" Mas muitas vezes são os que menos possuem nesta vida que ele escolhe para entrar em seu reino. Tenha confiança nele e não importa o que possa acontecer. No final, ele fará justiça.

Se essas palavras tivessem sido proferidas por pregador tranquilo e indulgente, de cuja boca tivessem provindo simplesmente como um floreio piedoso e retórico, para consolar pessoas aflitas, talvez não tivessem produzido muito efeito; vindas, porém, de um homem que se expunha todos os dias à multa e à prisão pela causa de Deus e do homem, essas palavras tinham uma força que não podia ser avaliada e os dois pobres e desolados fugitivos encontraram nelas a tranquilidade e coragem.

Raquel tomou então carinhosamente a mão de Elisa e a conduziu à mesa. Quando todos estavam sentados, uma leve batida se fez ouvir na porta e Ruth entrou.

– Corri para cá – disse ela – com essas meias para o menino; três pares de lã, bonitos e bem quentes. Sabem que no Canadá faz muito frio. Coragem, cara Elisa! – acrescentou ela, dando a volta à mesa para apertar calorosamente as mãos de Elisa e colocando uns bolinhos nas mãos de Harry. – Trago também um pequeno embrulho para ele – disse ela, remexendo no bolso para tirar um pacotinho. – Sabe que as crianças comem a toda hora.

– Oh, muito obrigada! Quanta bondade! – exclamou Elisa.

– Vamos, Ruth, sente-se para comer alguma coisa – disse Raquel.

– Obrigada, mas não posso. Deixei John tomando conta do pequeno e tenho uns biscoitos no forno; se me demorar algum tempo, John vai deixar queimar todos os biscoitos e vai acabar dando ao pequeno todo o açúcar do açucareiro. É como ele sempre faz – disse a baixinha quaker, rindo. – Por isso, adeus, Elisa, adeus, George; que o Senhor lhes conceda uma viagem tranquila – e, com uns passos ligeiros, Ruth já estava fora da casa.

Pouco depois do jantar, uma grande carroça coberta parou à porta. A noite estava estrelada e Phineas saltou bruscamente do assento para presidir a acomodação dos passageiros. George saiu até a porta com o filho nos braços e sua mulher ao lado. Seus passos eram firmes e seu rosto compenetrado e resoluto. Raquel e Simeão os seguiam.

– Desçam por um momento – disse Phineas aos que estavam na carroça – e deixem-me arrumar parte da carroça para as mulheres e o menino.

– Aqui estão duas peles de búfalo – disse Raquel. – Ajeitem-nos nos bancos porque é duro viajar a noite toda aos solavancos da carroça.

Jim desceu por primeiro e ajudou com cuidado sua velha mãe, que se agarrou nos braços dele e olhava ansiosamente em volta, como se esperasse pelos perseguidores a qualquer momento.

– Jim, está com as pistolas preparadas? – perguntou George, em voz baixa e firme.

— Claro! — respondeu Jim.

— E sabe o que deve fazer, se formos atacados?

— E acha que não sei? — replicou Jim, mostrando seu peito aberto e respirando fundo. — Está pensando que vou deixar levarem minha mãe outra vez?

Durante essa breve conversa, Elisa se despedia de sua boa amiga Raquel e Simeão a ajudava a subir na carroça; ali se acomodou com o filho no lugar destinado a ela, no fundo, sobre as peles de búfalo. A idosa mãe de Jim subiu em seguida e George e Jim tomaram lugar de frente para elas. Phineas tomou o assento da frente.

— Adeus, amigos! — exclamou Simeão.

— Que Deus o abençoe — responderam-lhe os fugitivos.

E a carroça se pôs em marcha, rodando aos solavancos por uma estrada coberta de gelo. Não havia possibilidade de qualquer tipo de conversa, por causa da irregularidade da estrada e do ruído das rodas. O veículo seguia, no entanto, atravessando longos e densos trechos de bosques, imensas e monótonas planícies, subindo colinas e descendo por vales; e assim, aos solavancos, avançavam hora após hora. O menino logo adormeceu, encolhido no colo da mãe. A pobre e assustada senhora esqueceu, finalmente, seus temores e até mesmo Elisa, à medida que a noite avançava, percebeu que suas ansiedades eram suficientes para evitar que seus olhos se fechassem. Phineas parecia, de todos, o que estava mais alerta e espantava o tédio da longa viagem assobiando certas árias um tanto profanas para um quaker.

Mas em torno das três horas, George ouviu claramente o bater apressado e decidido de cascos de cavalo atrás deles, a alguma distância, e cutucou Phineas, que freou os cavalos e ficou escutando.

— Deve ser Michael — disse ele. — Parece-me reconhecer o estilo de galope do cavalo. — E ele se levantou, apurando o ouvido na direção de onde vinha o som.

Um homem galopando a toda pressa podia ser visto no topo de uma distante colina.

— É ele, com certeza! — exclamou Phineas.

George e Jim saltaram da carroça, sem saber exatamente o que estavam fazendo. Todos ficaram em absoluto silêncio, com o rosto voltado para o lado do esperado mensageiro. Ele vinha vindo. Desceu por um vale, onde não podia ser visto, mas ouviam o forte e apressado bater de cascos que se aproximava sempre mais. Finalmente, o viram surgir no alto de pequeno morro, ao alcance da voz.

– Sim, é Michael! – exclamou Phineas; e, levantando a voz, bradou: – Olá, Michael!

– É você, Phineas?

– Sim! Que notícias você tem? Estão vindo?

– Pouco atrás de nós, oito ou dez deles, todos bêbados, praguejando e espumando como lobos raivosos.

E enquanto falava, uma brisa trazia o som fraco ainda de cavaleiros galopando na direção deles.

– Subam todos, depressa, subam! – disse Phineas. – Se for necessário combater, esperem até que eu chegue a um local mais adequado.

Ao ouvir essas palavras, os dois subiram imediatamente e Phineas chicoteou os cavalos para uma corrida desenfreada, conservando-se quase em cima deles. A carroça seguia, pulando e quase voando sobre o chão congelado; ouviam-se cada vez mais distintamente o rumor dos cavaleiros que vinham atrás. Ouvindo-o, as mulheres aterrorizadas olharam para fora e viram, bem atrás, no declive de uma distante colina, um grupo de homens aparecendo contra a linha do horizonte de um céu avermelhado do despontar da aurora. Passada outra colina, os perseguidores evidentemente não tardaram a divisar a carroça, cuja cobertura de lona branca era bem visível à distância, e um forte grito de brutal triunfo foi trazido pelo vento. Elisa sentiu-se desfalecer e estreitou com mais força o filho ao peito; a velha senhora orava e gemia; George e Jim apertaram as pistolas com a energia do desespero. Os perseguidores ganhavam terreno rapidamente; a carroça subitamente fez uma curva e parou perto de uma saliência de um rochedo escarpado, que se elevava, solitário no meio de vasta planície sem arvoredo. Esse rochedo isolado, que se elevava negro e compacto por entre o esbranquiçado céu da manhã, parecia prometer abrigo e esconderijo. Era um lugar bem conhecido de Phineas, que o havia percorrido muitas vezes na época de suas caçadas; e tinha sido justamente para alcançar esse local que ele havia fustigado os cavalos para andar tão depressa.

– É aqui mesmo! – gritou ele, depois de deter seus cavalos e saltando da carroça. – Todos para fora, rápido, todos, e subam comigo nessas rochas. Michael, amarre seu cavalo à carroça e leve-a até a casa de Amariah; peça a ele e aos filhos que venham para cá, a fim de receber esses sujeitos que vêm atrás de nós!

Num piscar de olhos, todos tinham apeado da carroça.

– Por ali! – gritou Phineas, tomando Harry no colo. – Ajudem as mulheres e corram agora como talvez nunca correram.

Não precisavam de nenhuma exortação. Mais que depressa, o grupo inteiro atravessou a sebe, subindo rapidamente pelo rochedo, enquanto Michael, saltando de seu cavalo, tomou as rédeas da carroça e passou a rodar a toda a velocidade.

– Vamos em frente! – gritou Phineas, ao alcançarem as rochas, percebendo logo adiante, na escassa luz que as estrelas e a aurora delineavam, vestígios de uma rude, mas transitável trilha que levava ao cume do penhasco. – Esse é um de nossos esconderijos de caça. Sigam-me!

Phineas ia à frente, escalando as rochas como um cabrito, com o pequeno em seus braços. Jim vinha em seguida, carregando sua trêmula mãe às costas; George e Elisa formavam a retaguarda. Os cavaleiros apearam ao lado da sebe e, com gritos e imprecações, se preparavam para segui-los. Poucos momentos depois de fatigante escalada, chegaram ao topo do rochedo; a trilha seguia então por entre um estreito desfiladeiro, onde podia passar um só por vez, até chegarem a um penhasco ou abismo profundo com mais de dois braços de largura; da parte oposta, havia outro conjunto de rochas, separado do resto do rochedo, e cujos flancos caíam a prumo como os de um castelo, formando um precipício de mais de 30 pés. Phineas saltou facilmente a enorme fenda e depôs o menino numa espécie de plataforma coberta de musgo crespo e esbranquiçado.

– Agora é a vez de vocês! Pulem agora, de uma vez, se têm amor à vida! – gritava Phineas, enquanto um após outro ia pulando. Vários pedaços de pedras soltas foram amontoados, formando uma espécie de anteparo que os abrigava e os ocultava da dos perseguidores.

– Bem! Aqui estamos todos – disse Phineas, olhando por cima do anteparo para vigiar os assaltantes, que subiam tumultuosamente pelos rochedos. – Que venham nos apanhar, se puderem! Quem quiser chegar até aqui tem de caminhar sozinho entre aquelas duas rochas, sendo alvo fácil para nossas pistolas. Repararam nisso, rapazes?

– Sim – respondeu George. – E agora, como esse negócio é só nosso, cabe somente a nós correr o risco e enfrentar a batalha.

— Agora pode lutar à vontade, George — disse Phineas, mastigando algumas folhas de amoreira silvestre. — Mas suponho que eu possa assistir à brincadeira. Veja, esses camaradas estão deliberando lá embaixo e olhando para cima como galinhas que estão estudando como subir no poleiro. Talvez fosse interessante dirigir-lhes uma palavra, antes que subam, só para adverti-los polidamente que serão recebidos à bala, caso avancem.

O grupo de agressores, agora mais visível à luz da aurora, consistia de nossos velhos conhecidos, Tom Loker e Marks, acompanhados de dois policiais e de mais alguns arruaceiros recrutados na taberna a troco de um pouco de aguardente, todos eles ansiosos em participar da caçada de alguns negros fugitivos.

— Muito bem, Tom, seus coelhos estão bem escondidos na toca — disse um deles.

— Sim, eu os estou vendo lá em cima — respondeu Tom — e aqui está a trilha. Vou subir atrás deles. Não podem mais escapar e, dentro em pouco, vão estar em nossas mãos.

— Mas, Tom, eles podem atirar contra nós lá de cima, escondidos atrás das rochas — disse Marks. — Vai ficar feio para nós.

— Hum! — rosnou Tom, com um sorriso irônico. — Você tem medo de arriscar sua pele, Marks! Não há perigo! Os negros são uns desgraçados poltrões!

— Não sei por que eu não deveria tentar salvar minha pele — retrucou Marks. — É o que tenho de mais precioso e os negros realmente lutam como demônios, às vezes.

Nesse momento, George apareceu no topo de uma rocha acima deles e, com voz clara e firme, disse-lhes:

— Cavalheiros, quem são vocês e que querem?

— Procuramos um bando de negros fugitivos — respondeu Tom Loker. — Um tal de George Harris, Elisa Harris e o filho, além de Jim Selden e uma velha. Temos conosco dois policiais com um mandado de prisão contra eles; e vamos pôr as mãos neles. Ouviu bem? Você não é George Harris, pertencente ao senhor Harris, do condado de Shelby, no Kentucky?

— Sou eu mesmo, George Harris, que um tal de senhor Harris do Kentucky julgou que eu era propriedade dele. Mas agora sou um homem livre e piso o solo livre de Deus. Minha mulher e meu filho os reclamo como exclusivamente meus. Jim está aqui com a mãe dele. Temos armas para nos defender e vamos nos defender de qualquer jeito. Podem subir, se quiserem, mas o primeiro que apontar ao alcance de nossas balas será um homem morto, assim como o seguinte e os demais até o último.

– Oh, vamos, vamos! – disse um gorducho baixinho, avançando e assoando ruidosamente o nariz. – Rapaz, esse não é o tipo de conversa que tem de fazer. Veja bem, nós somos oficiais de justiça. Temos a lei e a força de nosso lado; por isso é melhor que se rendam pacificamente, pois deverão se render de qualquer forma, no final.

– Sei muito bem que têm a lei e a força de seu lado – disse George, com amargura. – Sei que querem roubar minha mulher para vendê-la em Nova Orleans e levar meu filho como um bezerro para ser leiloado no mercado de escravos; sei que querem entregar a velha mãe de Jim ao bruto que a açoitava e a injuriava, porque já não podia fazer o mesmo ao filho, que lhe havia escapado. Sei que querem entregar Jim e eu para sermos açoitados, torturados e pisados sob os pés desses brutos que vocês chamam de nossos donos. E se suas leis lhes permitem isso, maior vergonha ainda é para vocês e para eles. Mas ainda não nos apanharam. Nós não reconhecemos suas leis, não reconhecemos seu país; estamos aqui como homens livres, sob o céu de Deus, como vocês. E pelo grande Deus que nos criou, vamos lutar por nossa liberdade até a morte.

George estava de pé, bem à vista, no alto do rochedo, enquanto fazia essa declaração de independência; o brilho da aurora conferia um fulgor a suas faces morenas e amarga indignação e desespero faiscavam de seus olhos escuros; e como se apelasse para a justiça divina, levantava as mãos para o céu enquanto falava.

Se fosse um dos jovens defensores húngaros, protegendo corajosamente nas montanhas a retirada de fugitivos, escapando da Áustria para se refugiarem na América, esse teria sido sublime heroísmo; mas como era um jovem de ascendência africana defendendo a retirada de fugitivos da América para o Canadá, claro que somos muito bem instruídos e patrióticos para não ver nisso o menor heroísmo; se algum de nossos leitores tiver semelhante ideia, a responsabilidade é totalmente sua. Quando desesperados húngaros decidem fugir, contra todas as ordens das autoridades de seu governo legal, para a América, a imprensa e a classe política aplaudem os fugitivos e lhes dão as boas-vindas.

Quando desesperados africanos se dão igualmente à fuga... o que acontece?

Seja como for, é certo que a atitude, o olhar, a voz e os modos do orador reduziram ao silêncio, por um momento, o grupo debaixo. Há algo na ousadia e na determinação que, por momentos, silencia até a natureza mais rude. Marks foi o único que não se impressionou e estava deliberadamente afagando sua pistola; no momentâneo silêncio que se seguiu ao discurso de George, atirou contra ele.

– Pois bem, vocês vão ganhar o mesmo levando-o vivo ou morto para Kentucky – disse ele friamente, enquanto limpava a pistola na manga do casaco.

George deu um salto para trás... Elisa soltou um grito... a bala tinha passado raspando os cabelos, quase acertando o rosto da esposa e alojando-se num tronco de uma árvore logo acima.

– Não é nada, Elisa! – disse George, imediatamente.

– É melhor você se abrigar, em vez de prosseguir com esse falatório – disse Phineas. – Eles nada mais são que mesquinhos patifes.

– Agora, Jim – disse George –, veja se suas pistolas estão bem carregadas e vigie aquela passagem comigo. O primeiro homem que aparecer, eu atiro; você dispara contra o segundo, e assim por diante. Não é bom gastar duas balas contra um só.

– Mas se você não acertar?

– Vou acertar – disse George, friamente.

– Ótimo! Esse rapaz é de boa têmpera – murmurou Phineas, entredentes.

O grupo debaixo, depois do tiro de Marks, ficou, por momentos, indeciso.

– Acho que deve ter ferido um deles – disse um dos homens. – Ouvi um grito!

– Vou atrás deles lá em cima – disse Tom. – Nunca tive medo de negros e não vou ter agora. Quem vai me seguir? – perguntou ele, escalando as rochas.

George ouviu claramente essas palavras. Puxou a pistola, examinou-a e apontou na direção da saída do desfiladeiro, onde o primeiro homem deveria aparecer.

Um dos mais corajosos do grupo seguiu Tom e assim, franqueado o caminho, todos começaram a subir pelo rochedo, os de trás empurrando os da frente, mais depressa talvez do que desejavam. Depois de um momento de espera, a figura corpulenta de Tom apareceu quase à borda do precipício. George fez fogo... o tiro acertou-o na altura do quadril; mas, embora ferido, ele não recuou; com um grito como o de um touro bravio, deu um salto para superar a fenda e cair no meio do grupo.

– Amigo – disse Phineas, dando um passo para frente e empurrando-o com seus longos braços –, não precisamos de você aqui.

E ele foi caindo pelo precipício, rolando entre árvores, arbustos, espinhos e pedras soltas, até parar todo machucado e gemendo, 30 pés abaixo. A queda poderia tê-lo matado, se não tivesse sido interrompida e moderada pelos galhos de uma grande árvore que o prenderam pelas roupas; mas essa queda, embora amortecida, não foi, contudo, nada agradável nem menos terrível.

– Que Deus nos ajude! Eles são verdadeiros demônios! – exclamou Marks, encabeçando a retirada rochedo abaixo com muito mais disposição do que tivera na subida e todo o grupo o seguiu precipitadamente aos tropeções... especialmente o gordo policial, que bufava como ninguém.

– Bem, camaradas – disse Marks –, deem a volta por aqui e recolham o pobre Tom, enquanto eu vou a todo galope buscar socorro.

E sem se preocupar com os apupos e as brincadeiras de seus companheiros, Marks, juntando a ação às palavras, afastou-se do local a galope.

– Já se viu um velhaco e pilantra igual? – exclamou um dos homens. – Convoca-nos para cuidar dos interesses dele e agora foge, deixando-nos largados aqui!

– Bem, devemos buscar aquele camarada – disse outro. – Com os diabos, pouco me importa se está vivo ou morto.

Os homens, guiados pelos gemidos de Tom, engatinhando e escorregando entre troncos, tocos e arbustos, chegaram onde jazia aquele herói, alternando queixumes e imprecações com igual veemência.

– Você sabe gritar e bem alto, Tom – disse um deles. – Está muito ferido?

– Não sei. Ajudem-me a levantar, podem fazer isso? Que o diabo carregue esse infernal quaker! Se não fosse por ele, eu teria jogado alguns deles aqui para baixo, para ver como é agradável.

Depois de muitos esforços e gemidos, o prostrado herói conseguiu se soerguer, apoiado nos ombros de dois companheiros, que o levaram até o local onde estavam os cavalos.

– Se pudessem pelo menos me levar até aquela taberna de onde partimos. Deem-me um lenço ou algo parecido para enfiar nesse local e estancar esse maldito sangue.

George ficou olhando por cima das rochas e viu-os tentando colocar o corpulento Tom na sela. Depois de duas ou três tentativas inúteis, ele cambaleou e caiu pesadamente no chão.

– Oh! Espero que não esteja morto! – disse Elisa que, junto com todo o grupo, estava observando a operação.

– Por que não? – disse Phineas. – Teria o que há muito merecia!

– Porque depois da morte vem o juízo – respondeu Elisa.

– Sim – disse a velha escrava, que durante o tempo todo tinha ficado gemendo e orando segundo o ritual metodista –, é um terrível momento para a alma dessa pobre criatura.

– Palavra de honra, creio que eles vão abandoná-lo – disse Phineas.

Era verdade. Depois de alguns momentos de indecisão e de consultas, o grupo inteiro montou a cavalo e partiu a todo galope. Logo que se perderam de vista, Phineas começou a se mover, dizendo aos demais:

– Bem, devemos descer e caminhar um pouco. Falei a Michael para ir buscar ajuda e voltar para cá com a carroça; mas teremos de caminhar um pouco pela estrada, acredito, até encontrá-los. Deus queira que ele chegue logo! Ainda é cedo e não deve haver grande distância a percorrer a pé. Não devemos estar a mais de duas milhas da próxima parada. Se a estrada não fosse tão ruim, já teríamos chegado a nosso destino.

Quando o grupo chegou até a sebe, descobriram à distância a própria carroça deles voltando pela estrada, acompanhada de alguns homens a cavalo.

– Oba, lá está Michael, junto com Stephen e Amariah – exclamou alegremente Phineas. – Agora estamos em total segurança, como se já tivéssemos chegado.

– Bem, então parem – disse Elisa – e façam alguma coisa por esse pobre infeliz; está sofrendo terrivelmente.

– Nada mais cristão do que isso – disse George. – Vamos carregá-lo na carroça e levá-lo conosco.

– Para ser cuidado pelos quakers – disse Phineas. – Perfeito! Isso mesmo! Bem, não me importo se o fizermos. Bem, vamos dar uma olhada nele.

E Phineas que, durante sua vida de caçador pelas florestas, tinha adquirido alguns conhecimentos rudimentares de cirurgia, ajoelhou-se ao lado ferido e começou a fazer um cuidadoso exame do estado dele.

– Marks! – balbuciou Tom, com voz sumida. – É você, Marks?

— Não, acho que não é ele, amigo – disse Phineas. – Marks se importa tanto com você, que procurou salvar a própria pele. Faz tempo que fugiu.

— Acho que estou liquidado – exclamou Tom. – Esse maldito cão sarnento foi me deixar morrer aqui sozinho! Minha pobre mãe sempre me disse que eu haveria de acabar assim.

— Vamos salvá-lo! Não ouvem o que diz esse pobre sujeito? Está chamando pela mãe! – disse a velha escrava. – Não posso deixar de ter pena dele.

— Devagar, devagar; não é momento de morder nem de rosnar, amigo – disse Phineas a Tom, que estremecia e afastava a mão dele. – Você estará perdido, se eu não conseguir estancar o sangue. – E Phineas foi executando pacientemente alguns procedimentos cirúrgicos com seu próprio lenço de bolso e com algumas outras coisas que os membros do grupo lhe alcançavam.

— Foi você que me empurrou lá para baixo – disse Tom, com voz fraca.

— Bem, se eu não o tivesse feito, você nos teria empurrado lá para baixo – disse Phineas, enquanto se inclinava para fazer um curativo. – Pronto, pronto... deixe-me fixar a atadura. Não lhe queremos mal, não somos maldosos. Você vai ser levado para uma casa onde vão cuidar e tratar de você como o faria sua própria mãe.

Tom gemeu e fechou os olhos. Nos homens de sua estirpe, o vigor e a coragem se baseiam inteiramente na força física e vão diminuindo à medida que o sangue se esvai. Em seu estado de abandono, esse gigantesco camarada realmente dava pena.

O outro grupo chegou, finalmente. Tiraram os assentos da carroça, dobraram as peles de búfalo em quatro, estenderam-nas ao longo de um lado e quatro homens, com grande dificuldade, levantaram o pesado corpo de Tom e o deitaram dentro do veículo. Enquanto o pousavam nessa cama improvisada, ele perdeu completamente os sentidos. A velha escrava, tomada de compaixão, sentou à cabeceira e aconchegou a cabeça dele a seu colo. Elisa, George e Jim se arranjaram como puderam no espaço que ficou livre e o grupo inteiro partiu.

— Que pensa do estado dele? – perguntou George, sentado ao lado de Phineas no banco do condutor.

— Bem, trata-se somente de um ferimento bem profundo nos músculos; depois, rolando e batendo penhasco abaixo não o ajudou em nada. Perdeu muito sangue... muito mesmo se esvaiu, junto com a coragem e tudo mais... mas vai escapar dessa e deverá aprender uma boa lição, ou duas, com isso.

– Fico contente em ouvi-lo falar desse modo – disse George. – Seria um verdadeiro tormento para mim, se tivesse provocado a morte dele, ainda que fosse por uma causa justa.

– Sim – respondeu Phineas –, matar é sempre uma ação indigna, quer se trate de homem ou de animal. Fui grande caçador em outros tempos e posso lhe garantir que, mais de uma vez, vi um cervo ferido e expirando parecendo me fitar com tais olhos que me sentia mal por ter atirado no pobre animal; no caso de criaturas humanas, a coisa é muito mais séria e grave, uma vez que, como diz sua esposa, após a morte vem o juízo. Não posso, portanto, julgar se as ideias de nosso povo sobre essas questões são demasiado severas, mas tenho me conformado com elas, apesar da maneira como fui criado anteriormente.

– O que vamos fazer com esse pobre sujeito? – perguntou George.

– Oh! vamos deixá-lo na casa de Amariah. A velha avó Stephens... Dorcas, como a chamam eles... é uma enfermeira como poucas. É sua vocação natural e nunca se sente tão feliz como ao ter a oportunidade de tratar de um enfermo. Podemos pensar em entregar-lhe este por uns quinze dias ou até mais.

Depois de uma hora de viagem, os fugitivos pararam numa bela casa de fazenda, onde, cansados, foram recebidos com um abundante café da manhã. Tom Loker foi logo transportado para uma cama mais limpa e mais macia do que qualquer uma que ele já tivesse ocupado. O ferimento foi novamente tratado e ele ficou deitado tranquilamente, abrindo e fechando os olhos, observando, como uma criança exausta, as cortinas brancas das janelas e as afáveis figuras das pessoas que iam e vinham para cuidar ele. E aqui, por ora, vamos nos despedir de nosso grupo de fugitivos.

18
EXPERIÊNCIAS E OPINIÕES DA SENHORITA OFÉLIA

Nosso amigo Tomás, em seus inocentes pensamentos, comparava com frequência sua sorte com a de José no Egito; e, de fato, à medida que o tempo passava e quanto mais era benquisto pelo patrão, mais a força da comparação aumentava.

St. Clare era indolente e descuidado com o dinheiro. Por isso, a compra das provisões era feita principalmente por Adolfo que era, no final das contas, tão descuidado e extravagante como o patrão; e, com os dois, o processo de esbanjamento de dinheiro crescia espantosamente. Acostumado durante muitos anos a considerar como seus os bens do patrão, Tomás via, não sem desconforto, que lhe custava reprimir, as excessivas despesas da casa; e, de modo calmo e indireto, que era peculiar dos escravos, por vezes dava algumas sugestões.

De início, St. Clare incumbia-o, ocasionalmente, das compras; mas, impressionado com sua retidão e com sua capacidade, foi lhe confiando cada vez mais alguns encargos, até que todas as compras e despesas da família foram entregues aos cuidados de Tomás.

– Não, não – disse um dia St. Clare a Adolfo, que deplorava a perda de suas atribuições. – Deixe Tomás tranquilo. Você compra tudo o que lhe cai sob os olhos. Tomás sabe o preço das coisas e sabe controlar os gastos. O dinheiro haveria de acabar, se não deixássemos alguém tomar conta disso.

Investido assim de ilimitada confiança por um patrão descuidado que lhe entregava dinheiro sem contá-lo e reembolsava o troco sem conferi-lo, Tomás tinha toda a facilidade de ceder à tentação da desonestidade; e nada além de uma extrema simplicidade natural, fortalecida pela fé cristã, podia tê-lo guardado de sucumbir à tentação. Mas para esse escravo, quanto maior era a confiança depositada nele, tanto maior e mais escrupulosa deveria ser sua fidelidade.

Com Adolfo, as coisas eram bem diferentes. Irrefletido, indulgente para consigo e desimpedido por um patrão que achava mais cômodo tolerar do que controlar, havia chegado ao ponto de confundir completamente as noções do meu e do teu entre ele e seu senhor, o que, por vezes, inquietava o próprio St. Clare. O próprio bom senso deste lhe havia ensinado que era injusto e perigoso tratar desse modo seus escravos. Uma espécie de remorso, causado por essa negligência, mas demasiado fraco para produzir nele uma mudança radical, o perseguia sem cessar. Infelizmente, esse remorso o fazia recair em sua habitual indulgência. Fechava os olhos para as faltas mais graves de seus escravos, porque, dizia-se a si mesmo, se ele tivesse feito sua parte, seus dependentes não as teriam cometido.

Tomás sentia por seu alegre, descompromissado e belo jovem patrão um misto de lealdade, reverência e solicitude paternal. Percebia que ele nunca lia a Bíblia, nunca ia à igreja, que brincava e se divertia com todas as coisas que se lhe apresentavam, que passava os domingos à noite na ópera ou no teatro, que frequentava festas regadas a vinho, clubes e jantares com mais frequência do que era conveniente... todas essas coisas, que Tomás podia ver tão claramente como qualquer um, levaram-no à conclusão de que "o patrão não era cristão". Mas guardou essa convicção para si, não se permitindo revelá-la a ninguém mais; pelo contrário, em seu modo simples e ingênuo, passou a se entregar a mais orações em favor de seu patrão, quando se recolhia em seu pequeno quarto. Tomás não deixava, contudo, de lhe dirigir alguma eventual palavra com todo o tato que é peculiar aos negros. Assim, por exemplo, foi o que ocorreu um dia após o domingo de que falamos. St. Clare havia sido convidado para uma festa regada a bebidas alcoólicas e foi levado para casa, entre uma e duas horas da madrugada, num estado em que o físico havia embotado totalmente o intelecto. Tomás e Adolfo o ajudaram a deitar-se; este último, evidentemente se divertia com o fato e ria da simplicidade de Tomás, que estava horrorizado, a ponto de passar o resto da noite acordado e em orações por seu jovem patrão.

– Muito bem, Tomás, o que está esperando? – perguntou St. Clare, no dia seguinte, sentado em seu gabinete, de roupão e chinelos. Havia acabado de entregar a Tomás o dinheiro necessário para diversas despesas. – Não está tudo em ordem? – acrescentou ele, vendo que Tomás continuava esperando.

– Receio que não, senhor – respondeu Tomás, com ar grave.

St. Clare largou o jornal, pôs a xícara de café sobre a mesa e olhou para Tomás.

–Vamos, Tomás, o que há? Parece tão solene como um caixão de defunto.

– Sinto-me muito mal, senhor! Sempre pensei que o senhor era bom para com todos.

– Bem, Tomás, e não tenho sido? Vamos lá, o que é que você quer? Alguma coisa que você não tem, suponho, e não tem coragem de dizê-lo.

– O senhor sempre foi bom para comigo. Não tenho nada para me queixar. Mas há algo em que o senhor não se mostra bom.

– Ora, Tomás, o que está acontecendo com você? Fale de uma vez, o que é que você quer?

– Ontem à noite, entre uma e duas da madrugada, fiquei pensando no assunto. O senhor não é bom para consigo mesmo.

Tomás disse isso já de costas para o patrão e com a mão na maçaneta da porta. St. Clare corou, mas riu.

– Oh! é só isso, é? – disse ele, alegremente.

– É tudo! – respondeu Tomás, voltando-se subitamente e caindo de joelhos. – Oh, meu caro senhor, receio que vai se perder totalmente, de corpo e alma. O bom Livro diz "morde como uma serpente e pica como uma cobra", meu caro senhor.

Tomás ficou com a voz embargada e lágrimas escorriam por suas faces.

– Pobre insensato e tolo! – disse St. Clare, com lágrimas em seus próprios olhos. – Levante-se, Tomás. Não sou digno de que chore por mim.

Mas Tomás não se levantava e o olhava com ar de súplica.

– Muito bem, não vou mais cometer essas malditas loucuras, Tomás – disse St. Clare. – Palavra de honra, não vou. Não sei por que não parei há mais tempo. Sempre desprezei isso e sempre me desprezei a mim mesmo por causa disso; agora, portanto, enxugue seus olhos, Tomás, e vá fazer suas tarefas. Vamos, vamos, não sou tão maravilhosamente bom – disse ele, enquanto empurrava Tomás amavelmente para a porta. – Vá, prometo-lhe que nunca mais vai me ver nesse estado – concluiu ele.

E Tomás saiu, enxugando as lágrimas, com grande satisfação.

– Vou cumprir minha palavra – disse St. Clare, ao fechar a porta.

E, de fato, a cumpriu... pois o sensualismo grosseiro, de qualquer forma, não era o maior defeito de seu caráter.

Mas, durante todo esse tempo, quem poderia relatar as numerosas tribulações de nossa amiga, a senhorita Ofélia, que tinha passado a exercer as funções de administradora de uma casa do sul?

Há uma diferença marcante no mundo dos escravos das casas do sul, que deve ser atribuída ao caráter e à capacidade das donas de casa que os criaram e educaram.

Tanto no sul como no norte, há mulheres que possuem um extraordinário talento de comando e de tato na educação. São capazes, com aparente facilidade e sem demasiada severidade, de submeter à sua vontade e de manter uma harmoniosa e sistemática ordem, todos os serviçais de sua propriedade. Sabem administrar suas peculiaridades e equilibrar e compensar as deficiências de um pelos excessos de outro, de modo a estabelecer um sistema de trabalho harmonioso e ordenado.

Assim era a senhora Shelby, como dona de casa, senhora que já conhecemos há mais tempo, como nossos leitores devem se lembrar. Se tais donas de casa não são comuns no sul é porque são raras no mundo inteiro. Podem ser encontradas por lá com tanta frequência como em qualquer outro lugar e, quando existem, encontram nessa peculiar organização social uma brilhante oportunidade para mostrar seus talentos domésticos.

Assim não era Maria St. Clare, como dona de casa, e assim não o fora nem a mãe dela. Indolente e infantil, desorganizada e imprevidente, não era de se esperar que os serviçais comandados por ela não agissem da mesma forma. E ela própria havia descrito com exatidão à senhorita Ofélia o estado de confusão que reinava em sua casa, embora não tivesse atribuído a causa dessa desordem a si própria.

No primeiro dia no exercício de sua nova função, a senhorita Ofélia se levantou às quatro horas da manhã; depois de ter feito sua cama e arrumado o quarto, como sempre tinha feito desde sua chegada, para grande espanto da escrava encarregada desse serviço, ela passou a inspecionar os armários, os guarda-louças e todos os cômodos da casa, de que tinha as chaves. Passou em rigorosa revista a despensa, a rouparia, a baixela, a cozinha e a adega. Coisas ocultas nos fundos de armários vinham à luz em tal número que alarmou a todos os encarregados da cozinha e dos quartos, causando recriminações e murmúrios contra "essas damas do norte".

A velha Diná, cozinheira e autoridade máxima em toda a repartição da cozinha, ficou raivosa com o que considerava uma invasão no setor que era privilégio seu. Nenhum barão feudal da época da Magna Carta teria ficado mais ressentido com qualquer intromissão da coroa.

Diná era uma personagem a seu próprio modo e seria uma injustiça à sua memória não dar ao leitor uma breve ideia sobre ela. Havia nascido essencialmente cozinheira, como tia Cloé, uma vez que esse talento é natural na raça africana; mas Cloé era uma cozinheira sábia e metódica, que cumpria sua tarefa com todos os requisitos domésticos, ao passo que Diná era geniosa e seguia sua intuição natural e, como todas as pessoas cheias de caprichos, era ousada, obstinada e excêntrica ao extremo.

Como certos filósofos modernos, Diná votava um profundo desprezo à lógica e à razão, qualquer que fosse sua forma, refugiando-se sempre na certeza intuitiva; e nisso era totalmente irredutível. Não havia talento possível, nem autoridade ou explicação que pudesse induzi-la a acreditar que qualquer outro método era melhor que o dela ou que sua maneira de proceder em qualquer quesito pudesse ser minimamente modificado. Sua antiga patroa, a mãe de Maria, tinha acabado por se submeter à sua inabalável convicção; e a "senhorita Maria", como Diná sempre chamava a jovem patroa, mesmo depois do casamento, julgou ser mais fácil ceder do que discutir. E assim, Diná reinava absoluta. Isso lhe resultava muito fácil, visto que dominava totalmente aquela arte diplomática que une a mais completa submissão à máxima inflexibilidade.

Diná dominava também inteiramente a arte e o mistério da desculpa, em todos os seus graus. De fato, para ela era um axioma que a cozinheira nunca errava; e uma cozinheira, numa cozinha do sul, está sempre rodeada de inumeráveis cabeças e braços que podem ser responsabilizados por todos os pecados e falhas, conseguindo assim manter sempre imaculado seu bom nome. Se algum prato não saísse a contento, havia cinquenta indiscutíveis boas razões para o fato e era incontestavelmente culpa de cinquenta outras pessoas, que Diná havia recriminado com severo zelo.

Mas era muito raro que houvesse falhas no resultado final da arte culinária de Diná. Embora seu modo de fazer qualquer coisa fosse particularmente sinuoso e complicado e sem qualquer tipo de cálculo quanto ao tempo e ao lugar, embora sua cozinha geralmente parecesse ter sido varrida por um furacão e tivesse tantos lugares para guardar seus utensílios quantos são os dias do ano, ainda assim, se alguém tivesse paciência para esperar, o jantar seria servido na mais perfeita ordem e preparado num estilo que nenhum epicurista poderia reclamar.

Aproximava-se a hora de começar os preparativos do jantar. Diná, que precisava de longo tempo de calma e reflexão, procurando o que mais convinha à sua comodidade em vista de todos os arranjos necessários, estava sentada num canto da cozinha, fumando um pequeno e rechonchudo cachimbo, ao qual era muito apegada, e que o acendia continuamente, como se fosse um turíbulo, quando sentia necessidade de inspiração. Era assim que Diná invocava as musas domésticas.

Sentados em torno dela havia diversos membros dessa florescente juventude que se multiplica nas grandes casas do sul, empenhados em abrir ervilhas, descascar batatas, depenar aves e dedicando-se a outros preparativos, enquanto Diná interrompia, vez por outra, suas meditações para cutucar ou bater na cabeça, com a colher de pau, alguns dos jovens serviçais. De fato, Diná trazia os jovens negros sob um jugo de ferro e parecia que ela os considerava como se tivessem vindo ao mundo somente para lhe "poupar trabalho", segundo dizia. Era o espírito do sistema sob o qual havia crescido e que ela o aplicava com todo o rigor.

A senhorita Ofélia, depois de ter passado com seu projeto de reforma por todos os cômodos da casa, entrou finalmente na cozinha. Diná tinha ficado sabendo, de várias fontes, do que estava acontecendo e resolveu se manter na defensiva, mentalmente determinada a opor-se e a ignorar qualquer nova medida, sem qualquer contestação real e explícita.

A cozinha era um vasto salão ladrilhado, com um enorme fogão-lareira à moda antiga, que se estendia por todo um lado... foi em vão que St. Clare tentou persuadir Diná a trocá-lo por um fogão moderno, muito mais prático. Não houve jeito. Nenhum conservador de qualquer escola seria mais inflexivelmente apegado aos embaraçosos objetos consagrados pelo tempo do que Diná.

Quando St. Clare voltou pela primeira vez do norte, impressionado com o sistema e a ordem adotados na cozinha do tio, tinha provido amplamente a sua com um conjunto de armários, guarda-louças e de vários outros utensílios para facilitar a organização sistemática de tudo, com a entusiástica ilusão de que seria de grande ajuda para Diná. Mas foram tempo e dinheiro perdidos. Quanto maior o número de armários e gavetas, tanto maior a quantidade de esconderijos em que Diná podia encontrar para acomodar velhos trapos, pentes, calçados velhos, fitas, flores artificiais e outros objetos de fantasia, que faziam as delícias de sua alma.

Quando a senhorita Ofélia entrou na cozinha, Diná não se levantou, mas continuou fumando com sublime tranquilidade, observando os movimentos da outra de soslaio; parecia, no entanto, prestar atenção somente às operações em torno dela. A senhorita Ofélia começou a inspeção, abrindo um conjunto de gavetas.

– Para que serve esta gaveta, Diná? – perguntou ela.

– Serve para todo tipo de coisas, senhorita.

Parecia que era isso mesmo. Da variedade de coisas que continha, a senhorita Ofélia tirou uma linda toalha de mesa manchada de sangue, que teria sido usada evidentemente para envolver carne crua.

– O que é isso, Diná? Não deve embrulhar carne nas melhores toalhas de mesa de sua patroa!

– Meu Deus, senhorita! Não; faltavam panos de cozinha... então apanhei essa toalha. Deixei-a ali para mandá-la lavar... por isso a coloquei ali.

"Que negligência!", disse Ofélia para si mesma, continuando a remexer na gaveta, onde encontrou um ralador e duas ou três nozes moscadas, um livro de cânticos metodistas, uns lenços de seda rasgados, um novelo de lã e agulhas de tricotar, um pacote de fumo e um cachimbo, alguns biscoitos, um ou dois pires de porcelana dourada com pomada, um ou dois chinelos velhos, cebolinhas cuidadosamente guardadas num pedaço de flanela, vários guardanapos finos, panos de cozinha, algumas agulhas e diversos embrulhos de papel rasgados, de onde saíam variadas ervas aromáticas que se esparramavam no fundo da gaveta.

– Onde é que você guarda as nozes moscadas, Diná? – perguntou a senhorita Ofélia, com o tom de quem está pedindo paciência a Deus.

– Por toda parte, senhora. Há algumas naquela xícara quebrada e há outras naquele guarda-louça.

– Há algumas também no ralador – disse a senhorita Ofélia, apanhando-as.

– Oh, sim! Eu as coloquei ali esta manhã. Gosto de ter minhas coisas à mão – disse Diná. – Você aí, Jake! Por que está parado? Cuide de seu serviço, vamos! – acrescentou ela, dando uma pancada ao faltoso, com a colher de pau.

— E o que é isso? – perguntou a senhorita Ofélia, apanhando um pires cheio de pomada.

— É banha para meu cabelo... coloquei ali para tê-la à mão.

— Você usa os melhores pires de sua patroa para isso?

— Oh! É que eu estava com tanta pressa, que não sabia o que fazia... mas ia limpá-los e trocá-los hoje mesmo.

— Aqui estão dois guardanapos finos!

— Eu os coloquei ali para mandar lavar.

— Não tem um lugar certo para pôr as coisas para lavar?

— Sim, o senhor St. Clare comprou aquela caixa para isso, disse ele; mas eu gosto de preparar a massa de biscoito sobre a tampa, certos dias, e então não é muito fácil abri-la.

— E por que não prepara a massa dos biscoitos na mesa apropriada para isso?

— Porque, senhora, está sempre tão cheia de louça e outras coisas, que nunca tem lugar para mais nada.

— Mas devia lavar a louça logo e colocá-la no lugar.

— Lavar a louça! – exclamou Diná, já alterada e com uma raiva que a fazia perder sua habitual compostura. – Gostaria de saber o que as damas entendem do serviço. Quando é que o patrão teria seu jantar, se eu tivesse de gastar todo o meu tempo lavando e guardando a louça? A senhorita Maria nunca me falou assim.

— Bem, e o que estão fazendo essas cebolas aqui?

— Oh, sim! – exclamou Diná. – Não sei por que as coloquei ali. Não lembro. São cebolas que separei para um guisado e as esqueci, enroladas naquela flanela velha.

A senhorita Ofélia tirou os pacotinhos esburacados de ervas aromáticas.

— Gostaria que a senhora não as tirasse dali. Gosto de guardar minhas coisas onde sei que posso encontrá-las depois – disse Diná, bastante decidida.

— Mas para que todos esses buracos no papel?

— Porque é mais prático tirá-las rapidamente.

— Mas pode ver que se espalham por toda a gaveta.

— Sim! Se a senhora continuar mexendo, vão se espalhar mesmo. A senhora acabou por espalhar mais ainda desse jeito – disse Diná, aproximando-se incomodada das gavetas. – Se a senhora se retirasse um pouco para me dar tempo de arrumar tudo, logo tudo estará em ordem. Mas não consigo fazer nada quando as damas estão em torno de mim, mexendo em tudo. Vamos, Sam! Por que dá esse açucareiro à criança? Vou dar um jeito em você, se não se cuidar!

– Vou passar em revista a cozinha e pôr tudo em ordem, de uma vez, Diná. E espero que a mantenha assim depois.

– Meu Deus! Senhora Félia! Isso não é trabalho para senhoras. Nunca vi senhoras fazendo tal coisa. Minha antiga patroa nem a "senhorita Maria" nunca o fizeram e vejo necessidade disso – e Diná começou a andar, indignada, enquanto a senhorita Ofélia empilhava e arrumava a louça, esvaziava dúzias de tigelas dispersas com açúcar dentro de um recipiente, separava guardanapos, toalhas de mesa e panos para mandar lavar; e lavava, varria e arrumava tudo com as próprias mãos e com tal ligeireza que deixou Diná totalmente estupefata.

– Meu Deus! Se é desse modo que as damas do norte agem, certamente não são damas – dizia ela a alguns de seus serviçais, a alguma distância segura para não ser ouvida. – Quando é o meu dia de limpeza, minha cozinha está em perfeita ordem como outra qualquer; mas não quero senhoras à minha volta dando palpite e colocando minhas coisas em lugares onde não posso mais encontrá-las.

Para fazer justiça a Diná, ela tinha, em períodos irregulares, paroxismos de reforma e de organização, que ela chamava de "dias de arrumação". Começava então, com grande zelo, a esvaziar gavetas e armários, espalhando tudo pelo chão ou sobre as mesas, e tornava a usual confusão sete vezes mais confusa. Isso feito, acendia seu cachimbo e ruminava tranquilamente seus planos de arrumação, examinando as coisas e discorrendo sobre tudo; mandava os jovens serviçais esfregar vigorosamente as panelas, deixando tudo na mais completa desordem por várias horas; a quem perguntasse o que significava tudo isso, respondia com satisfação que era o dia da arrumação geral. Não podia deixar as coisas como estavam e iria impor a esses jovens serviçais a obrigação de aprender a manter tudo em ordem, pois a própria Diná se iludia a si mesma, considerando-se modelo de ordem e eram somente esses rapazes, junto com outros habitantes da casa, os culpados de toda essa falta de perfeita ordem. Quando todas as panelas estavam bem brilhantes, as mesas brancas como a neve, quando tudo o que podia ferir a vista estava escondido em algum canto, Diná se arrumava pondo o melhor vestido, avental limpo, fino turbante de seda e mandava todos os criados manter-se fora da cozinha, porque ela queria pôr tudo em perfeita ordem. Na verdade, essas faxinas periódicas não deixavam de ter seus inconvenientes, pois Diná se apegava de modo imoderado a suas panelas brilhando que não queria se servir delas para qualquer finalidade que fosse, pelo menos enquanto perdurasse esse fervor pela arrumação geral.

Em poucos dias, a senhorita Ofélia reformou inteiramente todas as repartições da casa, segundo um sistemático padrão; mas em todos os trabalhos que exigiam a colaboração dos escravos, ela chegava a perder a paciência. Desesperada, um dia apelou a St. Clare.

– Não há como conseguir pôr ordem nesta casa!

– Certamente, é bem difícil – disse St. Clare.

– Nunca vi tanta negligência, tanto desperdício, tanta confusão!

– Acho que você tem razão.

– Não levaria isso tão pouco a sério, se fosse o encarregado da casa.

– Querida prima, deve entender, de uma vez por todas, que nós, senhores de escravos, estamos divididos em duas classes, opressores e oprimidos. Os que são de boa índole e que detestam a severidade devem resignar-se a muitos inconvenientes. Se estamos resolvidos a guardar entre nós, para nossa própria satisfação, uma quantidade de seres ignorantes, desastrados e negligentes, devemos arcar com as consequências. São raros os casos em que vi patrões que, dotados de tato especial, conseguiram estabelecer a ordem sem recorrer a medidas drásticas. Mas eu não sou um deles. Por isso faz tempo que decidi deixar as coisas como estão. Não quero moer de pancadas nem matar esses pobres diabos e eles sabem disso... e eles sabem, é claro, que o bastão de comando está nas mãos deles.

– Mas não ter hora marcada, nem lugar, nem ordem... tudo correndo a rédeas soltas!

– Minha cara Vermont, vocês naturais do polo norte, atribuem ao tempo um valor extravagante. De que adianta o tempo para alguém que não sabe o que fazer com ele? Quanto à ordem e à regularidade, que importa para aquele que não tem a fazer senão estirar-se no sofá e ler; que lhe importa que o café ou o jantar seja servido uma hora mais cedo ou uma hora mais tarde? Veja que magníficos pratos nos prepara Diná... sopa, guisado, assados, sobremesas, cremes e tudo o mais... e tira tudo isso do caos e da noite profunda lá de sua cozinha. Seu talento é realmente sublime. Mas, que os céus nos abençoem! Se descermos até lá e a virmos fumando, remexendo-se desajeitamente nesse processo confuso de preparação dos pratos, com certeza perderíamos a vontade de comer! Portanto, minha boa prima, poupe-se! É mais que uma penitência e não lhe faz bem algum. Só vai lhe fazer perder a paciência e deixar Diná totalmente transtornada. Deixe-a fazer do jeito dela.

– Mas Agostinho, você não sabe em que estado achei todas as coisas!

– Não? Pois então não sei que o rolo da massa está debaixo da cama dela, que guarda no bolso ralador de noz moscada junto com o fumo de seu cachimo, que há 65 açucareiros, um em cada buraco da casa, que ela lava a louça um dia com um guardanapo e, no dia seguinte, com um trapo de uma saia velha? Mas o mais importante de tudo é que ela prepara excelentes jantares e faz um café delicioso; acho, portanto, que deve julgá-la como se julgam os guerreiros e os homens de Estado: por seu sucesso.

– Mas o desperdício, as despesas!

– Bem, feche tudo o que puder e guarde as chaves. Dê as provisões aos poucos e nunca pergunte por pequenas coisas... é o melhor a fazer.

– Isso me inquieta, Agostinho. Não posso deixar de pensar que esses criados não sejam *estritamente honestos*. Tem certeza de que não se pode confiar neles?

Agostinho riu às gargalhadas, vendo o rosto grave e ansioso da senhorita Ofélia ao lhe fazer essa pergunta.

– Oh! prima, essa é boa! *Honestos!*... como se pudéssemos esperar isso deles! Honestos!... ora, claro que eles não são. Por que haveriam de ser? O que é que poderia torná-los assim?

– Por que é que não os educa?

– Educá-los! Que gracinha! Que educação acha que poderia lhes dar? Como se eu servisse para isso! Quanto a Maria, tem bastante habilidade para matar de tanto trabalho os escravos de toda uma plantação, se a deixasse dirigi-los; mas não haveria de impedi-los que a lograssem.

– Não existem então escravos honestos?

– Bem, de vez em quando se encontra um que a natureza criou tão simples, tão confiável e tão leal que a pior influência possível não pode corrompê-lo. Mas, veja bem, desde o berço a criança negra sente e vê que não tem pela frente outros caminhos a não ser os clandestinos e desleais. Não pode viver de outro jeito com seus pais, com sua patroa, com seu jovem patrão e com os colegas de brincadeiras. Astúcia e logro se tornam hábitos necessários e inevitáveis. Não se pode esperar outra coisa do negro nem deve ser punido por isso. Quanto à honestidade, o escravo está sujeito a tal estado de dependência e de quase infantilidade que não é possível fazê-lo compreender a ideia de propriedade ou perceber que os bens de seu dono não são igualmente seus, ainda que possa apoderar-se deles. De minha parte, não sei como podem ser honestos. Um sujeito como Tomás, por exemplo, é... é um milagre moral!

– E o que será de suas almas? – perguntou a senhorita Ofélia.

– Isso não é comigo, por quanto eu saiba – respondeu St. Clare. – Só me interesso por fatos da vida presente. É pensamento corrente que todas essas pobres raças do diabo vieram ao mundo para maior proveito nosso, os brancos, mas pode ser que as coisas se invertam no outro.

– Que coisa horrorosa você anda dizendo! – exclamou a senhorita Ofélia. – Vocês todos deveriam se envergonhar!

– Não sei se eu pessoalmente devo. Nós todos estamos em boa companhia, com relação a tudo isso – disse St. Clare. – Olhe para cima e para baixo, observe o mundo todo, e é sempre a mesma história... as classes inferiores são sacrificadas, de corpo, espírito e alma, para o bem das classes superiores. É assim na Inglaterra; é assim em toda parte; e toda a cristandade fica consternada, com virtuosa indignação, porque nós fazemos a coisa de uma forma um pouco diferente do que ela o faz.

– Mas não é assim no Vermont!

– Ah, sim! Na Nova Inglaterra e nos Estados livres, vocês estão mais bem organizados que nós, concordo. Mas acabo de ouvir a sineta; assim, prima, vamos deixar de lado, por uns momentos, nossos preconceitos regionais e venha jantar.

A senhorita Ofélia estava na cozinha, no final da tarde, e ouviu alguns dos negrinhos gritar:

– Oh! aí vem Prue, resmungando como sempre!

Uma negra alta e magra entrou na cozinha, com um cesto de roscas e bolinhos quentes na cabeça.

– Oh, Prue! Você veio – disse Diná.

A expressão do rosto de Prue era rude e a voz, rouquenha. Baixou o cesto, sentou-se no chão e, apoiando os cotovelos nos joelhos, disse:

– Oh, meu Deus! Quem me dera estar morta!

– Por que deseja morrer? – perguntou a senhorita Ofélia.

– Porque estaria livre da miséria! – respondeu bruscamente a mulher, sem tirar os olhos do chão.

– E por que se embebeda sempre, para depois ser açoitada? – perguntou-lhe uma linda mulata, balançando a cabeça, ao falar, para mostrar os brincos de coral.

A mulher lançou-lhe um olhar frio e contrariado, dizendo:

– Talvez ainda a veja nesse estado algum dia. Ficaria muito contente em vê-la desse jeito. Então você ficaria feliz ao conseguir um gole, como eu, para esquecer suas misérias.

– Vamos, Prue! – disse Diná. – Mostre-nos os doces. Aqui está a senhorita que vai pagar por eles.

A senhorita Ofélia comprou, de fato, duas dúzias deles.

– Há alguns vales naquela velha jarra rachada no alto da prateleira – disse Diná. – Suba, Jake, e traga-os aqui.

– Para que servem esses papéis? – perguntou a senhorita Ofélia.

– Nós os compramos do patrão de Prue e com eles pagamos o pão que ela nos traz.

– E quando volto para casa contam o dinheiro e os bilhetes; se a conta não fecha, eles me matam de pancadas.

– E é bem feito – disse Jane, a bela mulata –, se você gasta o dinheiro para se embebedar. E é o que ela faz, senhorita.

– E é o que vou fazer sempre... não posso viver de outro jeito... beber e esquecer minha miséria.

– Você faz muito mal e é realmente tola – disse a senhorita Ofélia –, rouba o dinheiro de seu patrão para se embrutecer com bebida.

– É a pura verdade, senhorita, vou continuar fazendo isso, sim, vou mesmo. Oh, meu Deus! Como gostaria de estar morta, sim, gostaria de estar morta e livre de minha miséria! – E lentamente, com dificuldade, a velha escrava se levantou e pôs o cesto sobre a cabeça; mas antes de sair, olhou para a jovem mulata que continuava a balançar seus brincos.

- Você acha que está muito bonita com esses penduricalhos tinindo nas orelhas e olhando para todos. Bem, não importa... você há de viver para ser uma pobre, velha e alquebrada criatura como eu. Espero que Deus lhe reserve isso. Então vai ver se não vai beber... beber... beber... até cair no inferno! E será bem feito, também! - E, com um maligno urro, a mulher se retirou.

- Velha besta horrorosa! - disse Adolfo, que preparava a água de barbear do patrão. - Se eu fosse patrão, haveria de açoitá-la muito mais do que já a açoitam.

- Não poderia fazer isso, impossível - disse Diná. - As costas dela já estão em carne viva... não consegue mais suportar nem o vestido por cima.

- Acho que não deveria ser permitido a essas criaturas inferiores entrar em casas de famílias distintas - disse a senhorita Jane. - O que pensa disso, senhor St. Clare? - perguntou ela, voltando com trejeitos sua cabeça para Adolfo.

Deve-se observar que, entre outras coisas do patrão de que se apropriava, Adolfo tinha o costume de usar o nome de seu senhor; por isso, nos círculos dos negros de Nova Orleans, que ele frequentava, era conhecido como *senhor St. Clare*.

- Sou inteiramente de seu parecer, senhorita Benoir - disse Adolfo.

Benoir era o nome de família de Maria St. Clare, e Jane era uma de suas escravas.

- Por favor, senhorita Benoir, posso me permitir perguntar-lhe se esses brincos são para o baile de amanhã à noite? São realmente encantadores!

- Fico até espantada, senhor St. Clare, ao ver o descaramento a que vocês, homens, podem chegar! - disse Jane, remexendo sua bela cabeça, fazendo tilintar novamente seus brincos. - Não vou dançar com o senhor uma única vez durante a noite toda, se me fizer mais uma pergunta.

- Oh, não haveria de ser tão cruel! Eu só estava morrendo de desejo de saber se você iria aparecer com aquele vestido rosa de tarlatana - replicou Adolfo.

- De que estão falando - perguntou Rosa, uma bela e provocante mulata, que vinha descendo as escadas nesse momento.

- Ora, o senhor St. Clare é tão descarado!

- Palavra de honra! - disse Adolfo. - Deixo que a senhorita Rosa julgue o caso.

- Sei que ele é sempre impertinente - disse Rosa, ficando na ponta dos pés e olhando maliciosamente para Adolfo. - Está sempre me provocando e me deixando zangada.

— Oh! damas, damas! Vocês vão certamente partir meu coração — exclamou Adolfo. — Qualquer dia vão me encontrar morto na cama e vão ter de responder por isso.

— Ouviram essa criatura horrenda falar? — disseram as duas damas, rindo às gargalhadas.

— Vamos, fora daqui todos! Não posso aturar toda essa algazarra na cozinha — disse Diná. — Aqui em meu canto, criando confusão!

— A tia Diná está mal-humorada porque não pode ir ao baile — disse Rosa.

— Não dou a mínima para seus bailes de negros — retrucou Diná. — Mostrando-se por aí, querendo se fazer passar por pessoas brancas. Afinal de contas, vocês são negras, tanto quanto eu.

— E tia Diná passa pomada todos os dias em seus cabelos encarapinhados, para alisá-los — disse Jane.

— E, depois de tudo, ficam sempre encarapinhados — disse Rosa, sacudindo maliciosamente seus longos cabelos sedosos.

— Bem, aos olhos de Deus, os cabelos encarapinhados não valem tanto quanto os outros? — perguntou Diná. — Gostaria que a patroa dissesse quem vale mais... um punhado de mulheres como vocês ou uma só como eu. Saiam já daqui, suas tagarelas... não as quero mais por aqui!

Nesse momento, a conversa foi interrompida de duas maneiras. A voz de St. Clare foi ouvida do alto da escada, perguntando a Adolfo se ele pretendia levar a noite toda para preparar a água de barbear; e a senhorita Ofélia que saía da sala de jantar, dizendo:

— Jane e Rosa, por que é que estão perdendo seu tempo por aqui? Entrem já e vão trabalhar em sua costura.

Nosso amigo Tomás, que estivera na cozinha durante a conversa da velha escrava dos doces, a tinha seguido até a rua. Viu-a andando e, de vez em quando, soltando gemidos sufocados. Por fim, ela colocou o cesto nos degraus de uma porta e começou a arrumar o velho xale desbotado, que cobria seus ombros.

— Posso carregar seu cesto um pouco — disse Tomás, compadecido.

— Por que haveria de fazer isso? — perguntou-lhe a mulher. — Não quero ajuda de ninguém.

— Parece que está doente ou em dificuldade ou tem alguma coisa — disse Tomás.

– Não estou doente – replicou a mulher, secamente.

– Gostaria – disse Tomás, olhando para ela, seriamente –, gostaria de persuadi-la a deixar de beber. Não sabe que isso será sua ruína, tanto do corpo como da alma?

– Sei que vou diretamente para o inferno – disse a mulher, de mau humor. – Não precisa me dizer nada. Sou feia, sou má... vou direto para o inferno. Meu Deus! É o que mais desejo!

Tomás estremeceu ao ouvir essas horríveis palavras, proferidas com desanimadora e emocionada gravidade.

– Meu Deus, misericórdia! Pobre criatura! Nunca ouviu falar de Jesus Cristo?

– Jesus Cristo... quem é ele?

– Ora, ele é o *Senhor!* – respondeu Tomás.

– Acho que já ouvi falar dele, do juízo e do inferno. Já ouvi, sim.

– Mas ninguém jamais lhe falou do Senhor Jesus que nos amou a nós, pobres pecadores, e que morreu por nós?

– Não sei nada disso – respondeu a mulher. – Ninguém jamais me amou desde que meu pobre marido morreu.

– Onde foi criada? – perguntou Tomás.

– No Kentucky. Um homem me criou junto com outras crianças e as vendia logo que fossem bastante robustas. Por fim, ele me vendeu a um mercador de escravos que, por sua vez, me vendeu a meu atual patrão.

– E por que se deixou levar a esse péssimo costume de beber?

– Para me livrar de minhas misérias. Tive um filho depois que cheguei aqui e eu achava que me deixassem criá-lo, porque meu patrão não era um mercador. Era a criança mais linda do mundo! Minha patroa parecia gostar muito do pequeno; ele não chorava, era tranquilo e gorducho. Mas a patroa caiu doente e eu, cuidando dela, apanhei a febre e meu leite secou. Meu filhinho ficou pele e osso e a patroa não quis comprar leite para ele. Não quis me dar ouvidos quando lhe disse que não tinha mais leite. Ela me respondeu que podia alimentá-lo com o que os outros comiam. A criança definhava cada vez mais, não parava de chorar, dia e noite, e acabou se reduzindo realmente a pele e ossos; então a senhora ficou com raiva dele, dizendo que só servia para criar problemas. Disse ainda que desejava vê-lo morto e não me deixava cuidar dele durante a noite, porque, dizia ela, me mantinha acordada, impedindo-me de lhe prestar os serviços que devia. Obrigou-me a dormir no quarto dela e a deixar o menino sozinho num recanto do sótão; e lá, uma noite não parou de chorar, até morrer. E, de fato, morreu abandonado. E eu passei a beber para banir de meus ouvidos o choro dele! Passei a beber... e vou continuar bebendo! Vou, mesmo que acabe caindo no inferno por causa disso! Meu patrão diz que devo ir para o inferno e eu lhe respondo que já vou tarde, quero ir agora!

– Oh, pobre criatura! – exclamou Tomás. – Ninguém lhe contou como o Senhor Jesus a amou e morreu por você? Não lhe contaram que ele vai ajudá-la e que você pode ir para o céu e ali encontrar repouso, finalmente?

– E acha que vou para o céu? – replicou a mulher. – Não é para lá que vão os brancos? Suponha que eles me vejam por lá! Prefiro ir para o inferno e ficar longe do patrão e da patroa. E é o que desejo! – disse ela e, com seu costumeiro gemido, pôs o cesto na cabeça e foi embora, mal-humorada.

Tomás tomou tristemente o caminho de casa. No pátio, encontrou a pequena Eva com uma coroa de flores na cabeça e com os olhos radiantes de alegria.

– Oh, Tomás! Chegou enfim. Fico contente em vê-lo. Papai diz que pode atrelar os cavalos e me levar a um passeio em minha nova carruagem – disse ela, tomando-lhe a mão. – Mas o que há com você, Tomás?... Parece tão triste.

– Não me sinto bem, senhorita Eva – respondeu Tomás, com tristeza. – Mas vou apanhar os cavalos.

– Diga-me, por favor, Tomás; de que se trata? Eu o vi falando com a velha Prue.

Tomás, em frases simples e diretas, contou a Eva a história da pobre escrava. A menina não se abriu em exclamações nem manifestou admiração nem chorou, como teriam feito outras crianças; mas empalideceu e uma sombria nuvem toldou seus olhos. Levou as duas mãos ao peito e deu um profundo suspiro.

19
MAIS EXPERIÊNCIAS E OPINIÕES DE OFÉLIA

– Não precisa preparar os cavalos, Tomás. Não quero mais passear – disse Eva.
– Por que, senhorita?
– Essas coisas partiram meu coração, Tomás – disse Eva. – Partiram meu coração – repetiu ela, séria. – Não quero mais ir. – E se afastou de Tomás, voltando para casa.

Alguns dias depois, outra velha escrava veio trazer roscas, no lugar de Prue. A senhorita Ofélia estava na cozinha.

– Meu Deus! – exclamou Diná. – O que aconteceu com Prue?
– Prue não vem nunca mais – respondeu a mulher, com ar misterioso.
– Por que não? – perguntou Diná. – Ela morreu, não é?
– Não sabemos exatamente. Ela está lá embaixo, na adega – respondeu a mulher, olhando para a senhorita Ofélia.

Depois que Ofélia apanhou as roscas, Diná seguiu a mulher até a porta.
– O que foi que aconteceu com Prue? – insistiu ela.

A mulher parecia propensa a falar, embora relutante, mas respondeu em voz baixa e misteriosa:

– Bem, não deve contá-lo a ninguém. Prue se embebedou de novo... e eles a levaram lá para baixo, na adega... e a deixaram lá o dia todo... e ouvi dizer que ela *ficou coberta de moscas*... e acabou morrendo!

Diná ergueu as mãos ao céu e, ao voltar-se, viu a seu lado Evangelina, com seus grandes e místicos olhos dilatados de horror e com as faces e os lábios de uma palidez mortal.

– Que Deus nos ajude! A senhorita Eva vai desmaiar! Para que é que a deixamos escutar essas conversas? O patrão vai ficar louco de raiva.

– Não vou desmaiar, Diná – disse a menina, com firmeza. – E por que eu não poderia ouvir essas coisas? É menos cruel para mim ouvi-las do que para a pobre Prue sofrê-las.

— Pelo amor de Deus! Essas histórias não são para meninas delicadas como você... o relato dessas coisas horríveis pode matá-las!

Eva deu mais um suspiro e subiu as escadas com passo lento e melancólico.

Ansiosa, a senhorita Ofélia quis saber da história da mulher. Diná contou sua própria versão, com profusão de detalhes, aos quais Tomás acrescentou algumas circunstâncias colhidas pela manhã na conversa com a própria velha escrava.

— Que coisa abominável... realmente horrível! — exclamou ela, enquanto se encaminha para a sala onde estava St. Clare, lendo o jornal.

— Por favor, diga que iniquidade andou descobrindo agora? — perguntou ele.

— O quê? Ora, esses sujeitos espancaram Prue até a morte! — respondeu a senhorita Ofélia, continuando a lhe narrar o fato com grande riqueza de detalhes e calcando nos pormenores mais chocantes.

— Já imaginava que algum dia se chegaria a isso — disse St. Clare, continuando a ler seu jornal.

— Já imaginava isso!... e não fez nada para impedi-lo? — disse a senhorita Ofélia, indignada. — Não há aqui nenhuma autoridade ou alguém capaz de interferir e cuidar dessas questões?

— Julga-se geralmente que o interesse do proprietário é uma garantia suficiente nesses casos. Se há quem prefira arruinar sua própria propriedade, não vejo e não sei o que se pode fazer. Parece que a pobre criatura era ladra e alcoólatra; não se pode esperar que desperte muita simpatia em seu próprio favor.

— É totalmente ultrajante... é horrendo, Agostinho! Isso certamente vai atrair vingança sobre sua cabeça.

— Minha querida prima, eu não fiz isso e não poderia evitá-lo; eu o teria feito, se pudesse. Se gente desprezível e brutal age segundo seus instintos, o que posso fazer? Esses sujeitos têm autoridade absoluta, são déspotas irresponsáveis. Seria perfeitamente inútil inteferir; não há lei alguma que tenha valor prático nesses casos. O melhor que se pode fazer é fechar os olhos, tapar os ouvidos e deixar correr. É o único recurso que nos resta.

— Como pode fechar os olhos e tapar os ouvidos? Como pode deixar correr essas coisas?

– Minha querida menina, o que espera de nós? Temos uma classe inteira... aviltada, iletrada, indolente, provocadora... entregue, sem qualquer ajuizamento de termos ou condições, nas mãos dessas pessoas que formam a maioria de nossa sociedade, os brancos; pessoas que não têm consideração nem autocontrole, que não têm conhecimento dos princípios fundamentais que devem reger seus próprios interesses... pois esse é o que acontece com mais da metade do gênero humano. Por conseguinte, numa comunidade assim organizada, o que um homem de sentimentos honrados e humanos pode fazer, senão fechar os olhos e enducerer o coração? Eu não posso comprar todos os desafortunados negros que vejo. Não posso me tornar um cavaleiro errante e me empenhar para corrigir cada erro cometido numa cidade como esta. O máximo que posso fazer é tentar me manter afastado disso.

O belo semblante de St. Clare se obscureceu por um momento, mas disse:

– Vamos, minha prima, não fique olhando assim como uma feiticeira; você ainda não viu nada... só uma amostra do que está acontecendo no mundo todo, de uma forma ou de outra. Se ficássemos espreitando e espiando para descobrir todas as coisas sinistras da vida, acabaríamos por não ter mais coragem para nada. Seria como examinar bem de perto todos os detalhes da cozinha de Diná. – St. Clare se reclinou no sofá e voltou a ler seu jornal.

A senhorita Ofélia sentou-se e apanhou seu material de tricô, mostrando-se indignada. Tricotava freneticamente, mas enquanto meditava, o fogo ardia em seu íntimo; finalmente, irrompeu com essas palavras:

– Digo-lhe, Agostinho, que não posso me resignar a isso. É total aberração defender esse sistema, como você faz... essa é minha opinião.

– O quê? – exclamou St. Clare, erguendo os olhos. – Vai voltar a isso novamente?

– Digo que é totalmente abominável de sua parte defender semelhante sistema! – exclamou a senhorita Ofélia, com crescente veemência.

– Eu o defendo, minha cara senhora? Quem jamais disse que o defendo? – replicou St. Clare.

– Claro que o defende... vocês todos... todos vocês sulistas. Para que têm escravos, se não o defendem?

– Você é tão inocente que ainda acredita que ninguém neste mundo pratica o que sabe que não é justo? Você não pratica ou nunca praticou o que não acha ser inteiramente justo?

– Se me acontece de fazê-lo, pelo menos me arrependo em seguida – respondeu a senhorita Ofélia, movendo suas agulhas com energia.

– É o que também faço – disse St. Clare, descascando uma laranja. – Passo o tempo todo me arrependendo.

– E por que continua a fazê-lo?

– E nunca lhe aconteceu de incidir no mesmo erro depois de se ter arrependido, minha boa prima?

– Bem, somente quando a tentação era muito grande – respondeu a senhorita Ofélia.

– Pois bem, eu tenho sido fortemente tentado – disse St. Clare. – E é justamente essa minha dificuldade!

– Mas eu sempre tomo a resolução de não recair e tento mantê-la.

– Pois fique sabendo que há mais de dez anos que tomo essas resoluções – replicou St. Clare – e não consigo me emendar. E você conseguiu livrar-se de todos os seus pecados, prima?

– Agostinho – respondeu seriamente a senhorita Ofélia, deixando de lado seu material de tricô –, mereço certamente que recrimine minhas faltas. Sei que tudo o que me diz é verdade; ninguém mais do que eu sente por isso, mas me parece, no final das contas, que há alguma diferença entre nós dois. Eu deixaria que cortassem minha mão direita antes de continuar fazendo, dia após dia, o que achasse que seria totalmente errado. Mas minha conduta tem sido, por vezes, tão incoerente com meus princípios, que não me espantam suas recriminações com relação a mim.

– Oh! pelo amor de Deus, prima! – exclamou St. Clare, sentando-se no chão e pousando a cabeça no regaço dela. – Não leve isso tão terrivelmente a sério! Sabe muito bem que rapaz desleixado e impertinente sempre fui. Gosto de contrariá-la... é tudo... só para vê-la assumir ar tão sério. Tenho absoluta certeza de que você é extrema e intrinsecamente bondosa; e me envergonho até a morte ao pensar nisso.

– Mas esse é um assunto sério, meu rapaz – disse a senhorita Ofélia, pondo a mão na cabeça dele.

– Lugubremente sério – disse ele. – E eu... não gosto de tratar de assuntos sérios quando faz tanto calor. Com tantos mosquitos, além do calor, a gente não pode alçar sublimes voos em questão de moral e acredito – disse St. Clare, levantando-se de repente – ter uma teoria! Agora compreendo por que as nações do norte são sempre mais virtuosas que as do sul... agora vejo com toda a clareza.

– Oh, Agostinho! Você é um pobre desmiolado!

– Sério? Bem, sou mesmo, creio. Mas agora vou falar seriamente. Antes disso, faça o favor de me alcançar aquele cesto de laranjas... veja bem, você deveria ficar a meu lado para me confortar, enquanto eu faço esse esforço todo. Pois bem – disse Agostinho, aproximando o cesto de laranjas –, vou começar. Quando, no decorrer dos acontecimentos, se torna necessário que alguém mantenha duas ou três dúzias de seus semelhantes em cativeiro, exige-se ter decente consideração pela opinião pública...

– Não me parece que esteja falando com maior seriedade – disse a senhorita Ofélia.

– Espere... vou chegar lá... escute. O resumo de tudo isso é, prima – disse ele, com seu belo rosto tomando, subitamente, uma expressão séria –, nessa abstrata questão da escravidão, só pode haver, acho, uma única opinião. Os fazendeiros, que podem ganhar dinheiro com isso... os eclesiásticos, que querem agradar os fazendeiros... os políticos, que querem regulamentar isso... podem desfigurar e alterar a linguagem e a ética a ponto de deixar todo o mundo admirado por sua habilidade, podem distorcer as leis da natureza, a Bíblia e o que mais quiserem em seu benefício, mas, no final das contas, não conseguem enganar a ninguém, nem mesmo a si próprios. Em última análise, a escravidão é invenção e obra do diabo e, a meu ver, é uma bela amostra do que ele é capaz de fazer.

A senhorita Ofélia parou de tricotar e ficou olhando, surpresa. St. Clare, parecendo contente com o espanto dela, continuou:

– Parece estar surpresa. Mas se me escutar com toda a atenção, vou confessar tudo o que penso. Essa maldita instituição, amaldiçoada por Deus e pelo homem, o que é, afinal? Dispa-a de todos os seus ornamentos, vá até a raiz, até o cerne, e o que ela é? Por quê? Porque meu irmão negro é ignorante e fraco e eu sou inteligente e forte... porque eu sei como e posso fazê-lo... por isso posso roubar tudo o que ele tem, sujeitá-lo a mim e lhe dar somente o que me convém. Todo o trabalho que for por demais rude, sujo e desagradável para mim, posso mandar o negro fazê-lo. Porque eu não gosto de trabalhar, o negro pode trabalhar. Porque o sol me queima, o negro pode ficar exposto ao sol. O negro deve ganhar dinheiro e eu vou gastá-lo. O negro pode se afundar nos lamaçais, para que eu possa andar em terra seca. O negro deverá fazer minha vontade, e não a dele, durante todos os dias de sua existência mortal e assim poderá ter a chance de ganhar o céu, finalmente, e ainda assim se eu lhe conceder essa chance. Aí está o que é, a meu ver, a escravidão. Desafio a quem quer que seja de me dizer se não é este o verdadeiro sentido de nosso código de leis sobre a escravidão! Falam dos abusos da escravatura. Tapeação! A própria escravatura é a essência de todos os abusos! E a única razão por que a terra não submergiu sob essa monstruosidade, como Sodoma e Gomorra, é porque é utilizada de maneira infinitamente mais branda do que o permitem nossas leis. Por compaixão, por vergonha, porque somos homens nascidos de mulher e não de feras, muitos de nós não queremos ou não ousamos fazer uso de todo o poder que nossas leis selvagens põem em nossas mãos. E aquele que vai mais longe, que se mostra mais cruel, só usa dentro de certos limites o poder que a lei lhe dá.

St. Clare tinha se levantado e, segundo seu costume, quando estava exaltado, andava com passos rápidos de um lado para outro. Seu belo rosto, clássico como o de uma estátua grega, estava inflamado pelo ardor de seus sentimentos. Seus grandes olhos azuis faiscavam e gesticulava com intensa vivacidade. A senhorita Ofélia, que nunca o tinha visto assim, permanecia sentada em total silêncio.

– Confesso – disse ele, parando subitamente diante da prima –, confesso-lhe (embora não se costume pensar e falar nesse assunto) que não poucas vezes pensei que, se o país inteiro submergisse para esconder toda essa injustiça e miséria da luz do dia, eu de boa vontade desapareceria com ele. Quando andei viajando para cima e para baixo em nossos barcos ou em breves passeios pelas vizinhanças e passei a perceber que, cada sujeito brutal, mesquinho, desagradável e mesmo depravado que encontrava, tinha permissão por causa de nossas leis de se tornar déspota absoluto de tantos homens, mulheres e crianças que ele pudesse comprar com seu dinheiro extorquido, roubado ou ganho no jogo... quando vi semelhantes homens gozando de verdadeira posse de crianças desamparadas, de meninas e de mulheres... me senti disposto a maldizer minha pátria, a amaldiçoar a raça humana!

– Agostinho! Agostinho! – exclamou a senhorita Ofélia. – Creio que já disse bastante. Nunca, em minha vida, ouvi nada semelhante a isso, mesmo no norte!

– No norte! – repetiu St. Clare, com uma súbita mudança de expressão e reassumindo seu descuidado tom habitual. – Ora, os habitantes do norte têm sangue gelado, são frios em tudo! Não são capazes de amaldiçoar tudo como nós.

– Bem, mas a questão é... – ia dizendo a senhorita Ofélia.

– Oh, sim! Sem dúvida, a questão é... uma questão dos diabos! Como é que se chegou a esse estado de iniquidade e de miséria? Bem, vou responder com as boas palavras que outrora você me dirigia aos domingos. Cheguei a essa condição por uma questão de herança. Meus escravos pertenciam a meu pai e, o que é mais significativo, à minha mãe! Agora são meus, eles e sua descendência, que começa a formar um belo contingente. Meu pai, como sabe, tinha vindo da Nova Inglaterra e era bem diferente de seu pai... um velho romano dos tempos antigos... direito, enérgico, generoso, com uma vontade de ferro. Seu pai se estabeleceu na Nova Inglaterra, para reinar sobre rochedos e pedras, arrancando à força da natureza seu sustento; o meu se estabeleceu na Luisiana, para governar homens e mulheres e arrancar deles sua subsistência. Minha mãe – disse St. Clare e, levantando-se, caminhou até um quadro na extremidade oposta da sala e o contemplou com uma expressão de fervorosa veneração –, minha mãe era divina! Não me olhe assim! Voce sabe o que quero dizer! Com toda a probabilidade era mortal de nascença, mas pelo que pude observar, nunca houve nela vestígio de fraqueza humana ou de erro. Todos os que ainda vivem e que podem lembrá-la, escravos ou livres, criados, amigos, conhecidos, parentes, todos dizem a mesma coisa. Ela era a encarnação direta e a personificação do Novo Testamento... uma prova viva de sua verdade. Oh, mãe, minha mãe! – disse St. Clare, com as mãos postas numa espécie de êxtase.

E então, acalmando-se subitamente, voltou e, sentando-se num sofá, continuou:

– Meu irmão e eu éramos gêmeos; dizem que os gêmeos sempre se parecem muito, mas nós eramos um perfeito contraste sob todos os aspectos. Ele tinha os olhos negros e ardentes, cabelo preto como o carvão, um belo perfil romano e uma acentuada pele morena. Eu tinha olhos azuis, cabelo loiro, perfil grego e pele clara. Ele era ativo e observador; eu, sonhador e inativo. Ele era generoso com seus amigos e seus iguais, mas orgulhoso, dominador, exigente para com os inferiores e sem piedade para com aqueles que o contrariavam. Éramos ambos verdadeiros; ele, por orgulho e coragem; eu, por uma espécie de idealismo abstrato. Nós nos amávamos como geralmente os irmãos se amam... cada um de seu jeito e com seus caprichos... ele era o predileto de meu pai e eu, de minha mãe. Eu tinha uma mórbida sensibilidade e uma agudez de sentimentos com relação a todos os objetos possíveis que meu irmão e meu pai não podiam compreender e que não me granjeavam simpatias da parte deles, mas que minha mãe compreendia muito bem. Quando eu brigava com Alfredo e meu pai me olhava com severidade, eu costumava me refugiar no quarto de minha mãe e me sentava ao lado dela. Lembro-me ainda como ela, com suas faces pálidas, me fitava com seus profundos, doces e sérios olhos, envolta em seu vestido branco... ela sempre se vestia de branco, o que me fazia pensar nela quando lia sobre os santos, no livro do Apocalipse, sempre descritos vestindo belas e translúcidas roupas brancas. Minha mãe possuía inúmeros talentos, destacando-se o da música; costumava passar horas ao piano, tocando a majestosa música antiga da Igreja católica e cantando com uma voz mais semelhante à de um anjo que à de uma mulher. E eu pousava minha cabeça no colo dela e chorava, sonhava e sentia... oh, de forma incomensurável... coisas que não tinha palavras para descrever.

"Nessa época, a questão da escravatura ainda não era objeto de discussão como é agora; ninguém pensava que fosse um mal. Meu pai era um verdadeiro aristocrata; tinha nascido como tal. Acho que, numa existência anterior, devia ter figurado nos círculos dos espíritos mais elevados e que havia trazido consigo todo o orgulho de sua antiga casta, pois esse orgulho lhe era inerente, penetrava até seus ossos, embora meu pai fosse, em suas origens, de família pobre e, de modo algum, nobre. Meu irmão foi criado à imagem dele. Um aristocrata, bem o sabe, em qualquer parte do mundo, não conhece nenhuma simpatia humana além de certa linha na sociedade. Na Inglaterra essa linha está num local, na Birmânia em outro e, na América, igualmente em outro, mas o aristocrata de todos esses países nunca a ultrapassa. O que seria violência, desgraça e injustiça em sua própria classe, é coisa de pouca importância em outra. A linha de demarcação de meu pai era a cor. *Com seus iguais,* nunca houve homem mais justo, mais generoso do que ele; mas considerava o negro, em todas as possíveis gradações de cor, como uma espécie de laço intermediário entre o homem e o animal, e baseava todas as suas ideias de justiça e de generosidade nesse princípio. Estou certo de que, se alguém lhe perguntasse se os negros tinham uma alma imortal, ele teria hesitado, tossido antes de responder sim. Mas meu pai não era homem que se preocupasse com o aspecto espiritual do homem; não tinha nenhum sentimento religioso, além de venerar a Deus como o irrefutável chefe das classes superiores.

"Bem, meu pai possuía aproximadamente 500 negros. Era um homem inflexível, exigente e minucioso nos negócios; tudo devia ser feito de modo sistemático, mantido com infalível rigor e precisão. Se levar em conta que tudo era feito por um conjunto de trabalhadores preguiçosos, trapaceiros e negligentes, que tinham passado a vida toda sem qualquer possibilidade de aprender outra coisa do que fugir da ordem, como vocês dizem no Vermont, deverá compreender que aconteciam naturalmente, nas plantações de meu pai, muitas coisas que pareciam horríveis e aflitivas aos olhos de uma criança sensível como eu era. Além disso, meu pai tinha um feitor, alto, esguio, com punhos de ferro de um renegado do Vermont (desculpe-me se a ofendo!), que tinha feito um curso regular de rigidez e brutalidade e nele se havia diplomado para ser admitido na função de dominar escravos. Minha mãe não podia suportá-lo; nem eu. Mas ele conseguiu adquirir total ascendência sobre meu pai e esse homem era o déspota absoluto da fazenda.

"Eu era um menino ainda, mas já sentia como agora certa propensão afetiva por todas as coisas humanas, uma espécie de paixão pelo estudo da natureza humana, sob todas as formas que se me apresentavam. Viam-me continuamente nas cabanas e pelas plantações e, claro, era benquisto pelos negros; e me chegavam aos ouvidos todos os tipos de queixas e de injustiças, que eu transmitia a minha mãe; e nós dois formávamos uma espécie de comitê para coibir os abusos. Conseguimos assim impedir ou mitigar um grande número de crueldades e nos congratulávamos por termos feito o bem, até que, como acontece muitas vezes, meu zelo ultrapassou os limites. Stubbs se queixou a meu pai de que já não podia dominar os escravos e que pretendia renunciar a seu cargo. Meu pai era um marido bom e compreensivo, mas que nunca recuava nos pontos que considerava absolutamente necessários; assim, ele se interpôs como um rochedo entre nós e os escravos. Disse à minha mãe, numa linguagem cheia de respeito e deferência, mas inteiramente explícita, que ela podia ter plena autoridade sobre os escravos da casa, mas que não haveria de lhe permitir qualquer interferência entre aqueles que trabalhavam nos campos. Ele adorava e respeitava minha mãe acima de todas as coisas, mas teria dito a mesma cousa à Virgem Maria, se esta quisesse interferir em seu sistema de conduzir a fazenda.

"Às vezes, ouvia minha mãe discutindo com ele, tentando excitar as simpatias dele para com os negros. Ele escutava os mais patéticos apelos com polidez e com a mais desencorajadora frieza. 'Toda a questão se resume nisso', dizia ele; 'devo me separar de Stubbs ou conservá-lo? Stubbs é a pontualidade em pessoa, homem correto e eficiente... tem grande tino nos negócios e é tão humano quanto é possível ser. Não podemos pretender a perfeição; e se o mantenho, devo apoiar sua administração como um *todo*, mesmo que ocorram, de vez em quando, coisas excepcionais. Todo governo exige algum rigor; as regras gerais devem se sobrepor a casos particulares.' Esta última frase parecia justificar, aos olhos de meu pai, os alegados casos de crueldades praticadas. Depois de uma argumentação como essa, ele geralmente se reclinava no sofá, como um homem que tinha concluído um negócio, e se concedia um cochilo ou passava a ler o jornal, segundo o que lhe apetecia no momento.

"O fato é que meu pai possuía aquela espécie de talentos próprios de um estadista. Teria dividido a Polônia tão facilmente como partia uma laranja ou teria esmagado a Irlanda tão fria e sistematicamenle como qualquer ser vivo. Finalmente, minha mãe, desesperada, desistiu. Nunca se haverá de saber, sob hipótese alguma, quanto podem sofrer naturezas nobres e sensíveis como a dela, lançadas, totalmente desamparadas, no que parece para elas um abismo de injustiça e de crueldade, e que tal não parecem para ninguém em torno delas. Tem sido um tempo de interminável sofrimento para essas naturezas, neste mundo como o nosso, votado ao inferno. O que restava para minha mãe, senão inculcar em seus filhos suas ideias e seus sentimentos? Bem, no final das contas, os filhos sempre crescem substancialmente como a natureza os fez, e mais nada. Desde o berço, Alfredo era um aristocrata; e, ao crescer, todas as suas simpatias e todos os seus raciocínios caminhavam instintivamente nessa linha e todas as exortações de minha mãe voavam com o vento. Em meu caso, porém, elas penetravam profundamente em meu íntimo. Minha mãe jamais contradizia abertamente o que meu pai dizia, nunca se opunha a ele diretamente, mas imprimia em minha alma, com caracteres de fogo e com toda a força de sua natureza séria e profunda, a ideia da dignidade e da excelência da mais ínfima criatura humana. Eu olhava para o rosto dela com solene veneração quando, à noite, ela apontava para as estrelas e me dizia: 'Olhe, Agostinho! A mais pobre e mais ínfima alma de nossos negros viverá, mesmo depois que todas essas estrelas tiverem desparecido... viverá tanto quanto o próprio Deus vive.' Ela possuía alguns belos quadros antigos, entre os quais, um em particular que representava Jesus curando um cego. Eram quadros bonitos e me impressionavam vivamente. Ela costumava me dizer: 'Veja, Agostinho, esse cego era um mendigo pobre e sujo; por isso Jesus não quis curá-lo *de longe*! Chamou-o para perto de si e pôs *suas mãos sobre ele*. Lembre-se disso, meu filho!' Se eu tivesse podido continuar a viver sob seus cuidados, ela certamente teria me impelido até os últimos limites do entusiasmo. Eu poderia ter me tornado um santo, um reformador, um mártir... mas, ai de mim, eu me vi separado dela aos 13 anos e nunca mais tornei a vê-la."

St. Clare pôs a cabeça entre as mãos e não falou mais por alguns minutos. Depois de algum tempo, ergueu os olhos e continuou:

– Que pobre e mesquinho traste é toda essa questão da virtude humana! Na maioria dos casos, uma mera questão de latitude e longitude, de posição geográfica, atuando de acordo com as disposições naturais. Quase tudo não passa de acidente. Seu pai, por exemplo, se estabelece no Vermont, numa cidade onde todos são de fato livres e iguais; torna-se membro regular da igreja e diácono e, com o tempo, adere a uma sociedade abolicionista; passa então a nos considerar um pouco melhores que pagãos. Ainda assim, para todo o mundo, na constituição e nos hábitos, ele é uma duplicata de meu pai. Posso vê-lo mostrar-se publicamente, em cinquenta diferentes modos, com o mesmo espírito forte, arrogante, dominador. Sabe muito bem como é praticamente impossível persuadir alguns habitantes de sua aldeia que o cavalheiro Sinclair não se julga superior a eles. O fato é que, embora tenha caído entre democratas e tenha abraçado teorias democráticas, ele é, no fundo de seu coração, um aristocrata tanto quanto meu pai, que era senhor absoluto de 500 ou 600 escravos.

A senhorita Ofélia se sentia disposta a fazer algumas observações sobre esse retrato e já ia colocando de lado seu material de tricô para começar, mas St. Clare a deteve, dizendo:

– Já sei cada palavra que vai proferir. De fato, não digo que os dois eram iguais. Um caiu numa condição em que tudo se opunha à tendência natural das coisas e o outro, onde tudo favorecia a ordem natural das coisas; e assim, um se tornou um teimoso, vigoroso e arrogante velho democrata e o outro, um velho déspota, igualmente teimoso e arrogante. Se ambos possuíssem terras e plantações na Luisiana, teriam sido tão semelhantes como duas balas do mesmo calibre.

– Que filho desrespeitoso você é! – disse a senhorita Ofélia.

– Não é minha intenção faltar ao respeito - replicou St. Clare. – Você sabe que a reverência não é meu forte. Mas, voltando à minha história: Quando meu pai morreu, deixou todos os seus bens para nós dois, a serem divididos como melhor entendêssemos. Não há na terra de Deus homem mais nobre nem mais generoso que Alfredo, em tudo o que se relaciona com seus iguais; por isso nos entendemos admiravelmente nessa questão da propriedade, sem uma palavra ou sentimento sequer que viesse em nosso desabono. Decidimos explorar juntos as plantações; e Alfredo, cuja visão prática e capacidades eram muito superiores às minhas, se tornou um entusiasta plantador e prosperou de forma extraordinária. Mas dois anos de experiência foram suficientes para me convencer de que eu não poderia ser um sócio ideal nesse trabalho. Ter um enorme contingente de 700 escravos comprados, que eu não podia conhecer individualmente ou que não me despertavam especial interesse, e abrigá-los, alimentá-los, dirigi-los e fazê-los trabalhar como um rebanho de animais, com uma precisão militar... enfrentar o recorrente problema de mantê-los trabalhando em perfeita ordem, concedendo-lhes o mínimo de lazer e diversão possível... a necessidade de capatazes e feitores... a necessidade contínua do açoite como primeiro, último e único argumento... tudo isso era intoleravelmente desgostoso e repugnante para mim. E quando pensava no imenso valor que minha mãe dava à alma imortal, isso me revoltava ainda mais. Para mim, é pura bobagem dizer que os escravos gostam desse sistema de vida! Hoje, não tenho mais paciência para ouvir as indizíveis patifarias que alguns de seus defensores nortistas andaram formulando em seu zelo para nos desculpar de nossos pecados. Nós, do sul, somos bem mais realistas. Diga-me se há um homem que queira trabalhar todos os dias de sua vida, de sol a sol, sob a vigilância constante de um patrão, sem poder expressar a própria vontade, repetindo sempre o mesmo trabalho fatigante, monótono e imutável, recebendo por ano dois pares de calças, um par de sapatos, alimentação suficiente e mísero abrigo contra as intempéries! Todo aquele que pensa que o ser humano pode se sujeitar de boa vontade a esse regime e se sentir confortável, gostaria que ele próprio se submetesse ao mesmo.

– Sempre pensei – disse a senhorita Ofélia – que vocês todos aprovassem esse sistema e o julgassem justo e de acordo com as Sagradas Escrituras.

– Ledo engano! Não chegamos ainda a esse ponto. Alfredo, que é um legítimo déspota como jamais houve, não adota esse tipo de defesa. Não, ele se baseia, soberbo e altivo, naquele velho e respeitável princípio do *direito do mais forte* e diz, creio que com bastante razão, que os plantadores americanos estão fazendo, de outra forma, o que fazem os aristocratas e capitalistas ingleses com as classes inferiores, isto é, apropriando-se delas, de corpo e alma, para seu uso e conveniência. Ele defende a ambos... e julgo que o faça de modo consistente. Afirma que não pode haver uma grande civilização sem a escravização das massas, tanto nominal como real. Deve haver, diz ele, uma classe inferior votada ao trabalho material e a uma existência animal; como deve haver, por conseguinte, uma classe superior ociosa e rica que saiba despertar a inteligência e impulsionar o desenvolvimento, tornando-se a própria alma da classe inferior. É assim que ele raciocina, porque, como lhe disse, nasceu aristocrata... e eu não acredito nisso tudo, porque nasci democrata.

– Como é que pode comparar essas duas posições? – perguntou a senhorita Ofélia. – O trabalhador inglês não é vendido, comercializado, separado da família, açoitado?

– Ele é tão dependente do empregador como se tivesse sido comprado. O proprietário de escravos pode açoitar o escravo até a morte... o capitalista pode deixar morrer de fome o operário. Quanto à garantia da família, é difícil dizer o que é pior... ter os filhos vendidos ou vê-los morrer de fome em casa. Mas não há como justificar a escravidão, provando que não é pior do que outra instituição, igualmente má. Não há como nem tento justificá-la, de forma alguma. Diria, antes, que nossa escravidão é a mais ousada e palpável violação dos direitos humanos. Realmente, comprar um homem como se compra um cavalo, examinar seus dentes, apalpar suas articulações, observar seu modo de andar e então pagar por ele... ter especuladores, produtores, mercadores e usuários que traficam corpos humanos... tudo isso se exibe aos olhos do mundo civilizado da forma mais tangível, embora, em sua essência, afinal de contas, é o que se repete sempre, ou seja, a dominação de uma parte do gênero humano em benefício e para o progresso da outra, sem a menor consideração para com a primeira.

- Nunca pensei nesse assunto sob esse prisma - disse a senhorita Ofélia.

- Pois bem, viajei pela Inglaterra durante algum tempo e examinei apreciável número de documentos relativos à situação das classes inferiores desse país e realmente creio que Alfredo tem razão, ao dizer que seus escravos são mais bem tratados que grande parte da população da Inglaterra. Veja bem, de tudo o que eu lhe disse, não deve inferir que Alfredo seja um senhor cruel, pois não o é. Ele é despótico e sem piedade com os insubordinados. Mataria um escravo rebelde sem qualquer remorso, como se matasse um cervo. Mas em geral ele sente certo orgulho por ter seus escravos bem nutridos e muito bem acomodados. Quando trabalhávamos juntos, insisti para que contratasse alguém para lhes dar alguma instrução. Para me agradar, contratou um capelão para lhes ensinar o catecismo aos domingos, embora, creio eu, ele pensasse em seu íntimo que era a mesma coisa que mandar o capelão pregar a seus cães e cavalos. O fato é que uma mente, entorpecida e embrutecida por todo tipo de má influência desde o nascimento e passando todos os dias da semana num trabalho maquinal, não pode tirar grande proveito de umas poucas horas de ensino aos domingos. Os professores das escolas dominicais para a população operária da Inglaterra e para os trabalhadores nas plantações de nosso país poderiam atestar, tanto aqui como lá, os mesmos resultados. Ainda assim, há notáveis exceções entre nós, porque o negro é naturalmente mais suscetível aos sentimentos religiosos que o branco.

- Muito bem - perguntou a senhorita Ofélia -, por que é que deixou as plantações?

- Bem, tocamos o trabalho juntos por algum tempo, até que Alfredo percebeu claramente que eu não tinha a menor vocação para essa vida. Achava absurdo que, depois de ter reformado, alterado e melhorado muitas coisas para corresponder a minhas ideias, eu ainda não me desse por satisfeito. O fato é que era a própria escravidão que eu detestava... a exploração desses homens e dessas mulheres, a perpetuação de toda essa ignorância, brutalidade e vícios... apenas para ganhar dinheiro para mim. Além disso, eu estava sempre interferindo nos detalhes. Sendo eu mesmo um dos maiores preguiçosos entre os mortais, sempre sentia muita simpatia pelos preguiçosos; e quando os pobres e indolentes negros introduziam pedras no fundo dos cestos de algodão, para que pesassem mais, ou quando enchiam de terra os sacos, com algodão por cima, parecia-me que eu teria feito exatamente o mesmo no lugar deles e me opunha terminantemente a que fossem açoitados por causa disso. É claro que, dessa forma, desaparecia a disciplina na plantação; e Alfredo e eu nos desentendemos, como havia ocorrido antes entre mim e meu pai.. Assim, Alfredo acabou por me taxar de sentimental efeminado e que nunca poderia ser homem de negócios na vida. Por fim, decidiu me oferecer os fundos bancários e a mansão familiar de Nova Orleans que possuíamos, aconselhando-me a escrever poesias e a deixá-lo sozinho na administração das plantações. Foi assim que nos separamos e eu vim para cá.

– Mas por que você não libertou seus escravos?

– Bem, não estava preparado para isso. Não podia me servir deles como instrumentos para ganhar dinheiro... parecia-me menos desonesto conservá-los para que fossem meus parceiros em gastar esse dinheiro. Alguns deles eram criados antigos, a quem eu estava afeiçoado; os mais jovens eram filhos desses criados. Todos eles estavam satisfeitos com a própria situação.

Parou por instantes, passou a andar de um lado para outro, refletindo, e então continuou:

– Houve um tempo em minha vida em que tive planos e a esperança de fazer alguma coisa neste mundo, algo que fosse melhor do que me acomodar sem nenhum objetivo válido. Tive vagos e indistintos anseios de ser uma espécie de libertador... livrar minha pátria dessa nódoa ou mancha. Todos os jovens, creio eu, têm esses acessos de febre alguma vez na vida, mas então...

– Por que não o fez? – perguntou a senhorita Ofélia. – Você não deveria ter posto a mão no arado e olhar para trás.

– Oh, bem, as coisas não correram como eu esperava e caí no desencanto da vida, que Salomão descreve. Suponho que era necessário esse incidente, tanto na vida desse rei como na minha, para escancarar as portas da sabedoria. Mas, seja como for, em vez de ser ator e regenerador na sociedade, tornei-me um pedaço de madeira flutuante e, desde então, me deixei arrastar à toa pela torrente. Alfredo ralha comigo sempre que nos encontramos; e ele se deu muito melhor do que eu, garanto... pois ele realmente faz alguma coisa. A vida dele é um resultado lógico de suas opiniões e a minha é um desprezível "non sequitur" (algo a não ser seguido).

– Meu caro primo, pode acaso estar satisfeito em passar assim sua vida?

– Satisfeito! Não estava lhe dizendo exatamente agora que a desprezo? Mas, voltanto ao assunto... estávamos falando da questão da libertação dos escravos. Não julgo que minha opinião sobre a escravatura seja de todo peculiar. Conheço muitos que, no fundo do coração, pensam como eu. A terra geme sob o peso dela; e por pior que seja para o escravo, não deixa de ser pior ainda para o patrão. Não é preciso usar óculos para ver que muitas pessoas viciadas, imprevidentes e degradadas entre nós são um verdadeiro mal para nós e para elas próprias. Os capitalistas e aristocratas da Inglaterra não podem sentir isso como nós, porque não se misturam com a classe que eles degradam, como nós o sentimos. Nossos escravos vivem em nossas casas, são companheiros de nossos filhos, exercem sobre eles influências mais rápidas que as nossas, porque são uma raça que atrai naturalmente as crianças que acabam assimilando tudo o que os negros dizem e falam. Se Eva não tivesse uma natureza angélica como tem, já estaria perdida. Poderíamos muito bem deixar que a varíola se propagasse entre eles e pensar que nossos filhos não seriam contagiados como agora os deixamos sem instrução e cheios de vícios, pensando que isso não haverá de afetar nossos filhos. Ainda assim, nossas leis proíbem de modo categórico que se organize qualquer sistema educacional em favor dos escravos e o fazem sabiamente, sem dúvida, pois bastaria educar inteiramente uma geração para que todo o sistema de escravatura desmorone. Se nós não dermos a liberdade aos escravos, eles a tomarão.

– E qual vai ser, em sua opinião, o fim de tudo isso? – perguntou a senhorita Ofélia.

– Não sei. Uma coisa é certa... há uma agitação entre as massas no mundo inteiro e há um "dies irae" (dia da ira) por chegar, mais cedo ou mais tarde. O mesmo está acontecendo na Europa, na Inglaterra e em nosso país. Minha mãe costumava me falar de um milênio que estava por vir, em que Cristo reinaria e em que todos os homens seriam livres e felizes. E quando eu era criança, ela me ensinava a orar, dizendo: "Venha a nós o vosso reino." Às vezes, penso que todos esses suspiros, esses gemidos e esses movimentos entre os marginalizados preanunciam o que ela costumava me dizer que estava por chegar. Mas quem pode adivinhar o dia de sua vinda?

– Agostinho, às vezes, penso que você não está longe desse reino – disse a senhorita Ofélia, pondo de lado o material de tricô e olhando ansiosamente para o primo.

– Agradeço sua boa opinião a meu respeito, mas eu sou uma pessoa de altos e baixos... estou às portas do céu em teoria, mas, na prática, estou afundado no pó da terra. Ouviu a sineta chamando para o chá?... Vamos e não me diga que não tive, uma vez na vida, uma conversa séria e inequívoca com você!

À mesa, Maria aludiu ao incidente com Prue, dizendo:

– Suponho que vai pensar, prima, que somos todos bárbaros.

– Acho que cometeram com ela um ato bárbaro, mas nem por isso acredito que todos vocês sejam bárbaros – retrucou a senhorita Ofélia.

– Pode-se pensar o que se quiser – disse Maria. – Só sei que é impossível conviver com algumas dessas criaturas. São tão más que não merecem viver. Não tenho a mínima simpatia por elas. Se pelo menos acreditassem em si mesmas, não aconteceriam essas coisas.

– Mas mamãe – exclamou Eva –, a pobre mulher era infeliz; é por isso que ela passou a beber.

– Oh, que tolice! Como se isso servisse de desculpa! Também eu sou infeliz, e com frequência – replicou Maria, pensativa. – Já passei por tribulações muito piores que as dela. É unicamente porque os negros são maus. Há alguns deles que você não pode dobrar nem com toda a severidade. Lembro-me muito bem de que meu pai possuía um escravo tão preguiçoso, que fugia de casa só para se livrar do trabalho e ficava vagando pelos pântanos, roubando e cometendo todo tipo de coisas horrendas. Esse miserável foi apanhado e açoitado repetidas vezes e nunca se corrigiu; na última vez que foi capturado, arrastou-se, mal podendo, até os pântanos, onde morreu. Não havia motivo algum para agir assim, pois meu pai sempre tratou benevolamente seus escravos.

– Já consegui dobrar um desses escravos, certa vez – disse St. Clare. – Todos os feitores e patrões tinham tentado domá-lo, mas em vão.

– Você! – exclamou Maria. – Bem, gostaria de saber quando é que você conseguiu realizar tal façanha!

- Era um negro extremamente vigoroso e gigante, natural da África, que parecia ter o rude instinto da liberdade em seu mais alto grau. Era um verdadeiro leão africano. Chamava-se Cipião. Ninguém podia com ele. Já tinha passado pelas mãos de vários donos, até que Alfredo o comprou, porque pensava que podia domá-lo. Muito bem, certo dia esse negro agrediu gravemente o feitor e fugiu para os pântanos. Eu estava visitando as plantações de Alfredo, pois isso aconteceu depois de termos desfeito a parceria. Alfredo estava exasperado, mas eu lhe disse que a culpa era dele e apostei com ele que eu poderia domesticar o homem. Finalmente, combinamos que, se eu o apanhasse, ele me deixaria fazer a experiência com o negro fugitivo. Foi organizado um grupo de seis ou sete homens, com armas e cães, para a caçada. Não podem imaginar como as pessoas se empolgam ao caçar, seja que se entreguem à caça de um homem ou de um veado. De fato, até eu me entusiasmei um pouco, embora eu estivesse presente apenas como mediador, caso o negro fosse capturado. Bem, os cães latiam e uivavam, e nós galopamos percorrendo descampados, até que, finalmente, o avistamos. Ele corria e saltava como um cabrito e durante algum tempo se conservou a razoável distância à frente; por fim, viu-se encurralado num denso emaranhado de caniços e arbustos. Então se voltou contra nós e lutou bravamente com os cães. Desferiu golpes à direita e à esquerda contra eles e chegou a matar três deles com as próprias mãos. Nesse momento, um tiro certeiro o atingiu e ele caiu, ferido e sangrando, quase a meus pés. O pobre sujeito me fitou com um olhar tanto de coragem como de desespero. Afastei os cães e os caçadores, que se aproximavam, e o reclamei como meu prisioneiro. Era tudo o que eu podia fazer para evitar que o matassem de vez, na euforia do êxito. Mas eu persisti no trato feito e Alfredo me vendeu o escravo. Bem, levei-o para casa e, em quinze dias, o tornei tão submisso e tratável como se poderia desejar.

- E como é que você conseguiu isso? - perguntou Maria.

- Ora, foi um processo muito simples. Levei-o para meu próprio quarto, mandei preparar uma boa cama para ele, tratei de suas feridas e eu mesmo cuidei dele até que estivesse completamente curado. E durante todo esse processo, mandei preparar os papéis de alforria e então lhe disse que poderia ir para onde bem quisesse.

- E ele foi embora? - perguntou a senhorita Ofélia.

- Não. O tresloucado do sujeito rasgou a carta de alforria e se recusou terminantemente em me abandonar. Nunca tive um servo mais obsequioso e melhor... confiável e leal ao extremo. Mais tarde, abraçou o cristianismo, tornando-se dócil como uma criança. Administrava minha propriedade às margens do lago e o fazia de modo espetacular. Perdi-o no primeiro surto de cólera. Na realidade, ele deu a própria vida para me salvar, pois eu estava doente, à beira da morte; quando todos me abandonaram, tomados pelo pânico, Cipião me tratou com uma dedicação ilimitada e, realmente, me restituiu a vida. Mas, pobre rapaz! Logo depois, ele também foi acometido pela doença e não houve jeito de salvá-lo. Nunca senti tanto a perda de alguém.

Eva, aos poucos, tinha se aproximado do pai, enquanto ele narrava a história, com os lábios semiabertos, olhos dilatados e fixos, exprimindo profundo interesse. Quando ele terminou, ela o abraçou fortemente, irrompeu em lágrimas e passou a soluçar convulsivamente.

– Eva, minha querida, o que é que você tem? – perguntou St. Clare, enquanto sentia que o pequeno corpo da criança tremia de violenta emoção. – Essa criança – acrescentou ele – não devia ouvir esse tipo de coisas; ela está nervosa.

– Não, papai, não estou nervosa – replicou Eva, controlando-se repentinamente, com uma força de vontade singular numa criança como ela. – Não estou nervosa, mas essas coisas ferem meu coração.

– O que quer dizer, Eva?

– Não posso lhe dizer, papai; penso em muitas e muitas coisas. Talvez um dia lhe conte.

– Pense no que quiser, querida... só não chore e não se preocupe com o papai – disse St. Clare. – Olhe que belo pêssego eu trouxe para você.

Eva o apanhou e sorriu, embora se percebesse ainda um leve estremecimento nervoso nos cantos de sua boca.

– Vamos, venha ver os peixinhos vermelhos do aquário – disse St. Clare, tomando-a pela mão e conduzindo-a até a varanda. Poucos momentos depois, ouviam-se alegres risadas através das cortinas de seda; Eva e o pai estavam atirando pétalas de rosa um no outro e correndo pelas alamedas do jardim.

Lamento que nosso humilde amigo Tomás tenha sido esquecido com a narração das aventuras de pessoas mais distintas. Mas, se nossos leitores nos acompanharem até um pequeno cômodo situado acima do estábulo dos cavalos, talvez possam ficar a par dos afazeres desse escravo. Esse cômodo era um quarto decente, contendo uma cama, uma cadeira e uma pequena e rude estante, sobre a qual estavam a Bíblia de Tomás e um livro de cânticos religiosos; no momento, ele estava ali, sentado com sua pedra de ardósia, concentrado em alguma coisa que parecia lhe custar imenso esforço.

O fato é que a saudade de casa se havia tornado tão forte para Tomás, que ele pediu uma folha de papel a Eva e tentava reunir todo o seu pequeno tesouro de conhecimentos literários, aprendidos com o filho do antigo patrão Shelby, concebendo a ousada ideia de escrever uma carta. No momento, estava empenhado em redigir um rascunho dessa carta na ardósia. Enfrentava grandes dificuldades, pois havia esquecido totalmente as formas de algumas letras, além de não se lembrar direito de como devia usar adequadamente aquelas que ainda retinha na memória. Enquanto se esforçava seriamente, respirando fundo, apareceu Eva, empoleirando-se como um passarinho no espaldar da cadeira e espiando por sobre os ombros dele.

– Oh, pai Tomás! Que rabiscos engraçados está traçando!

– Estou tentando escrever para minha pobre mulher, senhorita Eva, e para meus filhos – disse Tomás, enxugando os olhos com as costas da mão. – Mas, de qualquer jeito, acho que não vou conseguir.

– Gostaria de ajudá-lo, Tomás! Aprendi a escrever um pouco. No ano passado, eu conseguia fazer todas as letras, mas tenho medo de ter esquecido.

Eva encostou sua cabecinha loira na de Tomás e os dois começaram uma grave e ansiosa discussão, ambos igualmente compenetrados e quase igualmente ignorantes. Depois de muito refletir e argumentar sobre cada palavra, a composição passou a tomar forma, provocando grande entusiasmo nos dois.

– Sim, pai Tomás, começa a ficar muito bonita – exclamou Eva, olhando com admiração para a escrita. – Como sua mulher e seus pobres filhos vão ficar contentes! Oh, foi uma vergonha tê-los separado desse modo! Vou pedir a papai para que o deixe voltar para lá algum dia.

– Minha antiga patroa me prometeu enviar dinheiro para me resgatar logo que pudesse – disse Tomás – e espero que não se esqueça da promessa. E George, filho do patrão, me disse que viria me buscar e me deu esse dólar como sinal.

Dizendo isso, Tomás tirou o precioso dólar, escondido debaixo das roupas.

– Oh, ele certamente vai vir! – exclamou Eva. – Estou tão contente!

– Eu quis lhes escrever essa carta para que saibam onde estou e dizer à pobre Cloé que estou bem, porque ela deve estar muito triste e preocupada comigo.

– Tomás! – chamou St. Clare, aparecendo na porta, nesse instante.

Tomás e Eva estremeceram.

– O que estão fazendo? - perguntou St. Clare, chegando mais perto e olhando para a pedra de ardósia.

– É uma carta de Tomás. Estou ajudando a escrevê-la – respondeu Eva. – Não está bem escrita?

– Não gostaria de desiludi-los – disse St. Clare –, mas acho melhor que me deixe escrever essa carta para você. Vou fazê-lo logo que voltar de minha cavalgada.

– É muito importante para ele – disse Eva –, porque a patroa dele deve mandar dinheiro para resgatá-lo, papai. Ele me disse que assim lhe prometeram.

St. Clare pensou que era provavelmente uma dessas promessas que os senhores fazem benevolamente a seus escravos para lhes mitigar a profunda dor de se verem vendidos, mas sem nenhuma intenção de algum dia cumpri-la. Mas evitando qualquer comentário a respeito, só ordenou a Tomás a preparar os cavalos para um passeio.

A carta de Tomás foi escrita e posta no correio naquela mesma tarde.

A senhorita Ofélia continuava, perseverante, em seus trabalhos domésticos. E todos na casa, desde Diná até o menor dos serviçais, comentavam que a senhorita Ofélia era decididamente "curiosa"... palavra que os escravos do sul usam para apelidar os superiores que não lhes agradam.

O trio mais em evidência na família, isto é, Adolfo, Jane e Rosa concordavam que ela não podia ser uma dama, porque as damas nunca trabalham como ela... porque ela não se dava ares de alguém superior; e se admiravam de que ela pudesse ter algum parentesco com os St. Clare. Até mesmo Maria declarava que era incômodo ver a prima Ofélia continuamente tão ocupada. De fato, a atividade desta era tão intensa que até servia de motivo para as queixas de Maria. Mas a senhorita Ofélia continuava trabalhando o dia inteiro e costurava com tal energia como se estivesse pressionada por alguma urgência; e quando a luz do dia diminuía e dobrava as peças de costura, passava para o interminável tricô, prosseguindo ativa como sempre. Realmente, dava até certa angústia vê-la trabalhando tão incansavelmente.

20
TOPSY

Certa manhã, enquanto a senhorita Ofélia estava ocupada em seus serviços domésticos, a voz de St. Clare ecoou, chamando-a ao pé da escada.

– Por favor, prima, desça! Tenho algo a lhe mostrar.

– O que é? – perguntou a senhorita Ofélia, descendo, com seu material de costura nas mãos.

– Comprei uma coisa para você... veja! – disse St. Clare, empurrando para frente uma negrinha, de uns oito ou nove anos de idade.

Era uma das mais negras amostras de sua raça; seus olhos redondos e brilhantes reluziam como duas pérolas de vidro, movendo-se rápida e incansavelmente sobre cada objeto da sala; sua boca entreaberta de espanto, diante das maravilhas da casa do novo patrão, exibia duas fileiras de dentes brancos e luzidios. Seu cabelo lanoso pendia em variados rabinhos entrelaçados, que tomavam diferentes direções. A expressão de seu rosto era uma curiosa mistura de perspicácia e de astúcia, no alto do qual se desenhava de forma esquisita, como uma espécie de véu, uma expressão da mais dolorosa e solene gravidade. Estava vestida com uma túnica simples, de tecido roto de estopa; estava de pé com suas mãos timidamente cruzadas sobre o peito. Havia em sua aparência algo de original e estranho... algo que mais tarde a senhorita Ofélia classificou como "totalmente pagão", a tal ponto que provocou na boa dama profundo desalento; e, voltando-se para St. Clare, perguntou:

– Para que trouxe essa coisa para cá, Agostinho?

– Para que a eduque e lhe ensine o caminho do dever. Achei que era um belo espécime dessa raça. Venha cá, Topsy! – gritou ele, assobiando, como se chamasse um cão. – Cante alguma coisa e mostre como sabe dançar.

Os olhos negros e luzidios brilharam com uma expressão maliciosa e a menina entoou, com voz clara e estridente, uma estranha melodia dos negros, marcando a cadência com as mãos e os pés, rodopiando, batendo palmas, tocando um joelho no outro e emitindo todos aqueles esquisitos sons guturais que caracterizam a música nativa de sua raça. Finalmente, dando duas cambalhotas, emitiu um prolongado som conclusivo, tão estranho e inaudito que mais parecia um silvo de uma locomotiva de trem, e se deixou cair sobre o tapete, ficando de mãos postas, com uma expressão de meiguice e solenidade em seu rosto, alterada apenas pelos astutos olhares que lançava pelo canto dos olhos.

A senhorita Ofélia estava em total silêncio, paralisada de espanto. St. Clare, brincalhão como era, parecia se divertir com o espanto da prima e, dirigindo-se à criança, disse:

– Topsy, esta é sua nova patroa. Vou entregá-la a ela. Comporte-se bem.

– Sim, patrão! – disse Topsy, fazendo-se de séria e piscando seus maliciosos olhos.

– Deve ser boazinha, Topsy, ouviu? – disse-lhe ainda St. Clare.

– Sim, patrão! – respondeu Topsy, com outra piscadela e com as mãos postas devotamente sobre o peito.

– Agostinho, para que fez isso? – perguntou a senhorita Ofélia. – Sua casa está cheia dessas pequenas pragas que a gente não pode dar um passo sem pisar numa delas. Levanto de manhã e encontro uma adormecida atrás da porta, vejo uma cabecinha preta saindo de debaixo da mesa, outra deitada no capacho... andam correndo, chorando, gritando por toda a parte e caindo pelos cantos da cozinha! Por que diabos foi trazer mais uma?

– Para que a eduque... já não lhe disse? Está sempre pregando que é preciso educar os negros. Achei que podia presenteá-la com um belo e novo espécime, deixando-o em suas mãos, para que o eduque de acordo com seus princípios.

– Mas eu não quero essa menina... já me incomodo com essas crianças mais do que gostaria.

– Aí está como são todos vocês, cristãos!... Fundam associações e mandam alguns pobres missionários a passar toda a vida no meio dos pagãos. Mas nem um só de vocês abrigaria em sua própria casa um desses pagãos para tomar conta dele e convertê-lo! Não, se fosse o caso de chegar a tanto, consideram todos os africanos sujos e desagradáveis, que exigem cuidados demais e assim por diante.

– Agostinho, você sabe que não considerei o caso sob esse prisma – disse a senhorita Ofélia, evidentemente mais calma. – Bem, poderia ser um verdadeiro trabalho missionário – acrescentou ela, olhando com certa meiguice para a criança.

St. Clare havia tocado na corda mais sensível. A consciência da senhorita Ofélia estava sempre alerta e acrescentou:

– Mas realmente, não era necessário comprar esta... há tantas aqui em sua casa para me tomar todo o tempo e habilidades.

– Muito bem, prima – disse St. Clare, puxando-a de lado –, devo lhe pedir perdão por todas as minhas conversas inúteis. Afinal de contas, você é tão boa que não vejo sentido nelas. O fato é que esta pequena pertencia a um casal de bêbados, que tem uma taberna imunda, diante da qual eu passava quase todos os dias e já estava cansado de ouvir essa criança gritando, depois de ser castigada e maltratada pelos dois. A menina me parecia ser esperta e meiga também, e pensei que poderia fazer algo por ela. Por isso a comprei e ora a entrego a você. Tente, pelo menos, procure lhe incutir uma boa educação à moda da Nova Inglaterra e veja o que pode fazer dela. Bem sabe que não tenho talento para isso, mas gostaria que você tentasse.

– Bem, vou fazer o que puder – disse a senhorita Ofélia, achegando-se à nova escrava muito mais como quem tentasse se aproximar de uma aranha preta, mas procurando demonstrar que tinha boas intenções para com ela e exclamando logo: – Ela está horrivelmente suja e meio nua!

– Bem, leve-a para baixo e mande alguém lavá-la e vesti-la.

A senhorita Ofélia levou-a à cozinha.

– Não sei o que o senhor St. Clare quer com outra negra! – disse Diná, examinando a recém-chegada com ar de poucos amigos. – Não quero tê-la por aqui a meus pés, não mesmo!

– Fora! – exclamaram a um tempo Rosa e Jane, com grande desgosto. – Que fique fora de nosso caminho! Por que diabos o patrão quis outra dessas negras imundas, não há como saber!

– Fique na sua! Ela não é mais negra que você, senhorita Rosa – disse Diná, entendendo que a última observação dizia respeito a ela. – Você acha que é branca, e não é nem preta nem branca; eu preferiria ser de uma cor ou de outra.

Vendo que não havia ninguém que quisesse se encarregar de lavar e vestir a recém-chegada, a senhorita Ofélia se viu obrigada a fazê-lo ela própria, com a ajuda um tanto relutante de Jane.

Creio que não é de bom tom descrever os pormenores desse primeiro trato de limpeza de uma criança abandonada e maltratada. O fato é que, neste mundo, multidões de criaturas humanas vivem e morrem em tal estado que sua simples descrição estraçalharia os nervos de muitas pessoas... A senhorita Ofélia era dotada de espírito forte, resoluto e prático. Executou a tarefa em todos os detalhes com heroica eficiência, embora, seja forçoso confessar, com o semblante carregado, pois a resignação era, nessa circunstância, o melhor sentimento que seus princípios podiam lhe inspirar. Quando viu, nas costas e nos ombros da menina, vergões e cicatrizes, marcas indeléveis do regime sob o qual tinha crescido até então, o coração da senhorita Ofélia começou a se enternecer.

– Veja! – exclamava Jane, apontando para as marcas. – Isso não prova que ela é rebelde? Pelo visto, vamos ter bastante trabalho com ela. Detesto esses negrinhos! Só dão aborrecimentos! Admiro-me que o patrão a tenha comprado!

A "negrinha" ouvia todos esses comentários com ar triste e resignado, que parecia ser-lhe habitual; ainda assim, lançava olhares penetrantes e furtivos para os brincos que pendiam das orelhas de Jane. Quando, finalmente, estava decentemente vestida e com os cabelos aparados, a senhorita Ofélia declarou, com certa satisfação, que a menina parecia mais cristã e começou, em sua mente, a tecer planos para sua educação.

Sentando-se na frente da menina, passou a lhe fazer perguntas.

– Quantos anos você tem, Topsy?

– Não sei, senhora – respondeu ela, com uma careta, que lhe deixou à mostra todos os dentes.

– Não sabe quanto anos tem? Ninguém jamais lhe disse? Quem era sua mãe?

– Nunca tive mãe – respondeu a menina, com outra careta.

– Nunca teve mãe? Que quer dizer com isso? Onde nasceu?

– Eu nunca nasci! – replicou Topsy, com mais uma careta, que a tornava tão parecida com um gnomo que, se a senhorita Ofélia tivesse os nervos à flor da pele, poderia ter imaginado que estava diante de um verdadeiro gnomo negro, proveniente das terras das feiticeiras; mas a senhorita Ofélia não estava nervosa; era uma pessoa calma e positiva e, com certa severidade, disse:

– Menina, não deve me responder desse jeito. Não estou brincando. Diga-me onde você nasceu e quem eram seus pais.

– Eu nunca nasci – repetiu a pequena, com mais ênfase. – Nunca tive pai nem mãe nem nada. Fui criada por um mercador, junto com muitos outros. A velha tia Sue costumava cuidar de nós.

A menina era evidentemente sincera e Jane, dando uma risada, disse:

– Pois não sabe, senhora, que há muitas dessas crianças? Os especuladores as compram barato, quando são pequenas, e as criam para vendê-las no mercado.

– Quanto tempo esteve em casa de seus últimos donos?

– Não sei, senhora.

– Foi um ano ou mais ou menos?

– Não sei, senhora.

– Minha senhora, esses pobres negros... não podem responder. Eles não sabem nada de tempo – disse Jane. – Não sabem o que é um ano. Não sabem que idade têm.

– Nunca ouviu falar de Deus, Topsy?

A criança pareceu confusa, mas deu um leve sorriso, como sempre.

– Você sabe quem a criou?

– Ninguém! Não conheço ninguém que me criou – respondeu a menina, com uma breve risada.

A ideia pareceu diverti-la muito, pois seus olhos piscaram e ela acrescentou:

– Acho que cresci, mas não acho que alguém me criou.

– Sabe costurar? – perguntou a senhorita Ofélia, pensando que seria melhor dirigir seu interrogatório sobre coisas mais tangíveis.

– Não, senhora.

– O que sabe fazer? O que fazia para seus patrões?

– Buscar água, lavar a louça, polir as facas e servir os fregueses.

– Os patrões eram bons para com você?

– Acho que sim – respondeu a criança, lançando um olhar astuto para a senhorita Ofélia.

Esta se levantou, depois desse encorajador diálogo. St. Clare estava apoiado no espaldar da cadeira dela.

– Encontrou um terreno virgem, prima! Semeie suas próprias ideias... não vai encontrar quase nada para arrancar.

As ideias da senhorita Ofélia sobre a educação, como todas as suas outras ideias, eram bem fixas e definidas; eram as que prevaleciam na Nova Inglaterra havia mais de um século e que ainda se conservam em algumas regiões muito retiradas e primitivas, onde não há ferrovias. Para resumi-las, bastariam poucas palavras: ensinar às crianças a escutar quando se lhes fala; ensinar-lhes o catecismo, a costura e a leitura; e castigá-las quando mentissem. E embora seja claro que esse método de educação sofreu imensas modificações introduzidas em tempos posteriores, é fato indiscutível que nossas bisavós educaram com razoável sucesso homens e mulheres de valor com esse sistema, como muitos de nós podem ainda recordar e testemunhar. Seja como for, a senhorita Ofélia não conhecia nada de melhor e, por conseguinte, se empenhou em educar sua menina pagã com a maior diligência possível.

A criança foi introduzida na família e logo passou a ser considerada como filha da senhorita Ofélia que, notando que a menina não era bem vista na cozinha, resolveu transformar seu próprio quarto como principal base de operação e de instrução. Com grande sacrifício, que alguns de nossos leitores saberão apreciar, decidiu... em vez de arrumar ela própria sua cama, varrer e tirar o pó, como até então fazia, dispensando todo tipo de ajuda da camareira... decidiu condenar-se ao suplício de ensinar esses serviços a Topsy. Se algumas de nossas leitoras fizessem o mesmo algum dia, haveriam de apreciar a grandeza do sacrifício dessa mulher!

A senhorita Ofélia começou, logo na primeira manhã, por levar Topsy a seu quarto, dando solene início a um curso de instruções regulares sobre a misteriosa arte de arrumar a cama.

Aí está, portanto, Topsy, bem limpa e com as tranças, de que tanto gostava, bem aparadas, vestida com uma bela saia e com um avental bem engomado, respeitosamente de pé diante da senhorita Ofélia, com uma expressão solene, própria de quem acompanha um funeral.

– Topsy, agora vou lhe mostrar como se arruma uma cama. Sou muito exigente com a minha. Por isso deve aprender exatamente como fazer.

– Sim, minha senhora – disse Topsy, com um profundo suspiro e com o rosto muito sério.

– Preste atenção, Topsy. Esta é a borda do lençol, este é o lado de cima e este é o lado de baixo. Vai se lembrar?

— Sim, minha senhora — respondeu Topsy, com outro suspiro.

— Bem, agora deve puxar o lençol de baixo até o travesseiro e passá-lo por baixo deste... assim... enfiá-lo para baixo na ponta do colchão e alisá-lo bem... assim... está vendo?

— Sim, minha senhora — disse Topsy, com profunda atenção.

— Mas o lençol de cima — continuou a senhorita Ofélia — deve ser enfiado por baixo desse jeito e deixá-lo bem firme e sem pregas no fundo da cama... assim...

— Sim, minha senhora — disse Topsy, como antes.

Cumpre acrescentar o que a senhorita Ofélia não viu. Enquanto a boa senhora virava as costas, em seu zelo de mostrar como se arrumava a cama, a jovem discípula tinha surripiado um par de luvas e uma fita, escondendo-as nas mangas do vestido e ficando com as mãos devidamente cruzadas sobre o peito.

— Agora, Topsy, quero ver você fazer isso — mandou a senhorita Ofélia, desmanchando a cama e sentando-se.

Topsy, com toda a seriedade e destreza, repetiu todo o exercício, para satisfação da senhorita Ofélia. Estendeu os lençóis sem deixar pregas e exibiu, em todo o processo, uma atenção e uma habilidade que deixaram mais que contente a professora. Fazendo um desajeitado movimento, porém, um pedaço da fita deslizou para fora de uma das mangas, exatamente quando estava para terminar, chamando a atenção da senhorita Ofélia que instantaneamente se levantou para apanhá-la.

— O que é isso, sua insolente e malvada? Andou roubando?

A fita foi puxada para fora da manga de Topsy, que não se mostrou minimamente preocupada; apenas a olhou com uma expressão da mais profunda surpresa e inocência.

— Oh! essa fita é sua, minha senhora, não é? Como é que pôde parar dentro de minha manga?

— Topsy, sua malvada! Não minta... você roubou essa fita!

— Senhora, eu não a roubei, não... nunca a tinha visto até esse bendito minuto.

— Topsy! — exclamou a senhorita Ofélia. — Não sabe que é feio mentir?

— Nunca minto, senhora Félia! — respondeu Topsy, com ar de virtude ofendida. — O que digo é a pura verdade e nada mais!

— Topsy, se continuar mentindo, vou ter de bater em você.

– Bem, minha senhora, pode me bater o dia inteiro que vou dizer sempre a mesma coisa – replicou Topsy, começando a choramingar. – Nunca vi essa fita... pode ter entrado na manga. A senhora Félia deve tê-la deixado em cima da cama, no meio da roupa de cama, e assim deslizou para dentro da manga.

A senhorita Ofélia estava tão indignada com a descarada mentira que agarrou a menina pelos braços e a sacudiu.

– Não me diga isso de novo!

O saculejo fez cair as luvas da outra manga do vestido.

– Veja só! – exclamou a senhorita Ofélia. – Pode repetir agora que não roubou a fita?

Topsy confessou ter apanhado as luvas, mas persistiu em negar o roubo da fita.

– E agora, Topsy – disse a senhorita Ofélia –, se confessar tudo, não vou bater em você dessa vez.

Topsy decidiu, por fim, confessar que tinha furtado a fita e as luvas, jurando que estava arrependida.

– Pois então, diga-me agora. Sei que deve ter apanhado outras coisas desde que está na casa, uma vez que a deixei correr por aí durante todo o dia de ontem. Diga-me se andou tomando outras coisas e não vou castigá-la.

– Sim, minha senhora, roubei aquela coisa vermelha que a senhorita Eva usa no pescoço.

– Você fez isso, criança malvada!... Bem, e o que mais?

– Tomei os brincos de Rosa.... aqueles vermelhos.

– Vá buscar as duas coisas, agora mesmo!

– Oh, minha senhora! Não é possível... joguei-as no fogo!

– Jogou no fogo?... Que história é essa? Vá buscá-las ou vou bater em você. Topsy, com lágrimas e gemidos, insistiu que não podia trazê-las.

– Já queimaram... queimaram.

– E por que as queimou? – perguntou a senhorita Ofélia.

– Porque sou má... sim, sou muito má, não consigo me conter.

Nesse momento, Eva entrou inocentemente no quarto, com seu colar no pescoço.

– Ora, Eva, onde é que encontrou seu colar? – perguntou a senhorita Ofélia.

– Onde o encontei? Ora, andei com ele o dia inteiro – respondeu Eva.

— E o usou também ontem?

— Sim; e o que é mais engraçado, tia, é que dormi com ele à noite. Esqueci-me de tirá-lo ao deitar.

A senhorita Ofélia parecia totalmente estupefata; mais ainda ficou ao ver Rosa entrando, nesse instante, no quarto com um cesto de roupa recém-passada na cabeça e com os brincos de coral tinindo nas orelhas!

— Realmente, não sei o que se pode fazer com semelhante criança! – exclamou ela, desesperada. – Por que cargas d'água você me disse que tinha apanhado essas coisas, Topsy?

— A senhora disse que devia confessar e confessei tudo o que me veio à cabeça – respondeu Topsy, esfregando os olhos.

— Mas é claro que eu não queria que confessasse o que não fez – disse a senhorita Ofélia. – Isso é mentir do mesmo jeito.

— É mesmo? – replicou Topsy, com ar de inocente admiração.

— Ora, ora, não há nada de verdade que se possa esperar dessa traquinas – disse Rosa, olhando indignada para Topsy. – Se eu fosse o senhor St. Clare, mandava açoitá-la até sair sangue. Eu o faria... se a apanhasse fazendo isso!

— Não, não, Rosa – interveio Eva, com ar de comando, que a criança pode assumir, às vezes. – Não deve falar assim, Rosa. Não posso ouvir essas coisas.

— Ah, senhorita Eva, você é tão boa e não sabe como lidar com os negros. Não há outro jeito senão moê-los de pancadas, é o que lhe digo.

— Rosa! – exclamou Eva. – Silêncio! Não diga mais nenhuma palavra desse tipo! – e os olhos da criança faiscaram e o rubor de seu rosto se intensificou.

Rosa se assustou, mas, ao sair do quarto, disse:

— Bem se vê que a senhorita Eva tem nas veias o mesmo sangue de St. Clare. Fala exatamente como o pai dela.

Eva ficou olhando para Topsy.

Ali estavam duas crianças representando os dois extremos da sociedade. A bela, bem-educada, com seus cabelos loiros, olhos profundos, fronte nobre e inteligente e com seus movimentos de princesa; e a outra, negra, viva, servil, ignorante e ardilosa. Eram representantes de suas respectivas raças: a raça saxônica, formada por séculos de civilização, de poder, de educação, de superioridade física e moral; a raça africana, embrutecida por séculos de opressão, submissão, ignorância, trabalho e vícios!

Alguns desses pensamentos agitavam talvez a mente de Eva. Mas os pensamentos das crianças mais se assemelham a sombrios e indefinidos instintos e, na nobre natureza de Eva, muitos deles se manifestavam sem que ela tivesse capacidade para exprimi-los. Quando a senhorita Ofélia lamentava a má e indigna conduta de Topsy, Eva a contemplava perplexa e triste, mas dizia meigamente:

– Pobre Topsy! Por que anda furtando? Você vai ser bem tratada e vai ter todos os cuidados nesta casa. Eu preferiria dar-lhe todas as minhas coisas do que vê-la furtar!

Era a primeira palavra de bondade que a negrinha ouvia em sua vida. O suave tom de voz e as maneiras de Eva tocaram de forma estranha o coração rude e selvagem da menina; e um lampejo de algo parecido com uma lágrima brilhou em seus vivos e penetrantes olhos, mas logo foi seguido de um leve riso e de uma habitual careta. Não! os ouvidos, tão acostumados aos insultos, se tornam estranhamente incrédulos perante algo tão celestial como a bondade! Topsy só pensava nas palavras de Eva como algo engraçado e inexplicável... não acreditava nelas.

Mas o que é que se podia fazer com Topsy? A senhorita Ofélia encarava o caso como um enigma. Seu método de educá-la parecia não dar resultado. Pensou que deveria refletir mais e, para ganhar tempo e na esperança de que algumas virtudes morais indefinidas pudessem se desenvolver em locais escuros, a senhorita Ofélia trancafiou a menina num quartinho, até que conseguisse elaborar melhor as ideias sobre o assunto.

– Não vejo como vou poder educar essa criança, sem castigá-la com rigor – disse ela a St. Clare.

– Bata nela, então, para alegria de seu coração. Eu lhe dei plenos poderes para fazer o que bem entender.

– Sempre preciso castigar as crianças – disse a senhorita Ofélia. – Nunca ouvi dizer que pudessem ser educadas sem castigo.

– Oh, certamente! – replicou St. Clare. – Faça como achar melhor. Permito-me apenas uma sugestão. Vi essa criança ser agredida com atiçador, com pás ou com tenazes, com tudo o que estivesse à mão. Por conseguinte, julgando que ela já esteja habituada a esse gênero de correção, acho que seus castigos devem ser muito mais enérgicos para lhe causar mais impressão que os de seus antigos donos!

– Que quer então que eu faça? – perguntou a senhorita Ofélia.

– É uma pegunta muito séria – respondeu St. Clare. – Gostaria que você pudesse respondê-la. O que pode ser feito com um ser humano que só se consegue dominar à base de chicotadas... é o que não dá certo... e é o que ocorre com frequência aqui no sul!

– Garanto-lhe que não sei o que fazer. Nunca vi uma criança como essa.

– Ha muitas desse tipo entre nós, como também homens e mulheres. Como podem e devem ser tratados? – perguntou St. Clare.

– Não tenho a menor ideia a respeito – respondeu a senhorita Ofélia.

– Nem eu, tampouco – retrucou St. Clare. – As horrendas crueldades e ultrajes que, de vez em quando, são publicados nos jornais... casos como o da Prue, por exemplo... de onde provêm? Em muitos casos, ocorrem por causa de um gradual endurecimento de ambos os lados, com o patrão se tornando cada vez mais cruel e o escravo cada vez mais rebelde. Chicotadas e maus-tratos são como o ópio: deve-se dobrar a dose à medida que a sensibilidade diminui. Rapidamente percebi isso quando me tornei proprietário e resolvi nunca começar, porque não sabia quando haveria de parar... e resolvi, pelo menos, proteger meu próprio senso moral. A consequência é que meus escravos agem como crianças mimadas; mas acho isso melhor para todos do que sermos embrutecidos junto com eles. Tem falado muito, prima, a respeito de nossa responsabilidade na educação dos escravos. Eu queria realmente vê-la tentar com uma criança, que é igual a milhares de outras que vivem entre nós.

– É seu sistema que cria essas crianças – disse a senhorita Ofélia.

– Sei disso, mas elas estão aí, elas existem... e o que se pode fazer com elas?

– Bem, não posso dizer que lhe agradeço pela experiência. Mas como me parece que é um dever, vou persistir e tentar, fazendo o melhor que puder – disse a senhorita Ofélia.

Com efeito, desde esse dia, ela pôs mãos à obra, com um elogiável grau de zelo e energia em sua nova função. Estabeleceu horas regulares de trabalho para Topsy e se empenhou em lhe ensinar a ler e a costurar.

Na leitura, a menina fez progressos rápidos. Aprendeu as letras como num passe de mágica e logo era capaz de ler correntemente, mas na costura não teve o mesmo desempenho. A menina era ágil como um gato e ativa como um macaco; abominava, portanto, a imobilidade ao se dedicar à costura. Assim, quebrava as agulhas, atirava-as às escondidas pela janela ou as enfiava nas frestas da parede; dava nós, arrebentava e sujava a linha ou, com um movimento furtivo, jogava fora um carretel inteiro. Seus movimentos eram tão rápidos como os de um prestidigitador e o comando das diversas expressões de seu rosto era igualmente impressionante. Embora a senhorita Ofélia não conseguisse compreender como tantos incidentes pudessem ocorrer em tão rápida sucessão, não lograva surpreender a menina em flagrante, sem uma estrita vigilância que não lhe deixaria tempo para fazer qualquer outra coisa.

Topsy logo se tornou uma personagem de destaque na casa. Seu talento para toda espécie de brincadeira, de caretas e de mímica... para dançar, saltar, cantar, assobiar e imitar qualquer som que ouvisse... parecia inexaurível. Nas horas de recreio, todas as crianças da casa invariavelmente a rodeavam boquiabertas, admirando-a e maravilhando-se... até mesmo a senhorita Eva comparecia, fascinada pelas diabruras da negrinha, como uma pomba que, às vezes, fica encantada com o olhar de uma serpente. A senhorita Ofélia se sentia incomodada ao perceber que Eva adorava a companhia de Topsy e suplicou a St. Clare para que desse um fim a isso.

– Ora! Deixe a criança em paz – replicou St. Clare. – Topsy vai lhe fazer bem.

– Mas uma menina tão depravada... não tem medo de que ela lhe ensine coisas que não deve?

– Não vai lhe ensinar nada de mal. Poderia ensiná-lo a algumas outras crianças, mas o mal escorrega da mente de Eva como o orvalho desliza de uma folha... nenhuma gota se fixa.

– Não confie tanto assim – replicou a senhorita Ofélia. – Só sei que eu nunca deixaria um filho meu brincar com Topsy.

– Bem, seus filhos não – retrucou St. Clare –, mas os meus podem. Se Eva tivesse de se corromper, isso já teria acontecido há alguns anos.

No começo, Topsy era desprezada e maltratada pelos escravos mais antigos, mas logo tiveram de mudar seus modos em relação a ela. Não tardou muito para que descobrissem que todo aquele que não caía nas simpatias de Topsy haveria de se deparar com algum incidente nada agradável pouco depois. Ora era um par de brincos ou algum objeto de estimação que desaparecia, ora um vestido que era repentinamente achado totalmente arruinado, ora alguém tropeçava acidentalmente num recipiente de água fervente, ora recebia um dilúvio de água suja sobre a cabeça quando estivesse bem vesido... e nessas ocasiões, apesar das investigações, era impossível descobrir o culpado dessas ciladas. Topsy era sempre citada e tinha de comparecer diante do tribunal dos domésticos, mas ela sempre enfrentava os interrogatórios com a maior seriedade aparente, protestando a mais edificante inocência. Ninguém duvidava de que era ela a culpada de tudo, mas nem a menor prova direta podia ser encontrada para dar sustentação às suposições e a senhorita Ofélia era muito justa para levar adiante o caso sem provas convincentes.

Essas travessuras eram levadas a efeito em horas rigorosamente escolhidas, mesmo porque era preciso proteger o autor delas. Por exemplo, os momentos de vingança contra Rosa e Jane, as duas camareiras, eram sempre escolhidos nas ocasiões (bastante frequentes, aliás) em que estivessem em desgraça com a patroa e que, portanto, nenhuma queixa da parte delas seria acolhida de bom grado. Em resumo, Topsy logo fez com que a casa toda compreendesse que era mais que oportuno deixá-la em paz. E consequentemente, foi deixada em paz.

Topsy era esperta e muito hábil em todas as operações manuais, aprendendo tudo o que lhe era ensinado com surpreendente rapidez. Com poucas lições, já tinha aprendido a fazer todos os serviços do quarto da senhorita Ofélia com tal perfeição que mesmo uma dama tão exigente como ela não encontrava falha alguma. Nenhuma mão humana era capaz de estender melhor os lençóis e as cobertas, enfronhar mais cuidadosamente os travesseiros, varrer, espanar e arrumar tudo tão perfeitamente como Topsy, quando ela queria... mas nem sempre queria. Se depois de três ou quatro dias de paciente e cuidadosa vigilância, a senhorita Ofélia se persuadia de que poderia deixá-la sozinha, sem qualquer supervisão, ocupando-se ela própria com outros afazeres, Topsy se aproveitava dessas poucas horas para pôr tudo numa desordem terrível. Em vez de arrumar a cama, divertia-se tirando as fronhas dos travesseiros, enfiando a cabeça dentro dos travesseiros até ficar com seu cabelo grotescamente ornado de penas apontando para todas as direções. Além disso, subia no dossel e se dependurava de cabeça para baixo, esparramava lençóis e cobertores por todo o quarto, vestia um travesseiro com a roupa de dormir da senhorita Ofélia e se punha a representar cenas com isso, cantando, assobiando e fazendo caretas diante do espelho. Em resumo, como dizia a senhorita Ofélia, era um diabinho em pessoa.

Certo dia, a senhorita Ofélia, por um descuido totalmente incomum, deixou a chave na fechadura de uma gaveta; Topsy tirou dali o melhor xale escarlate chinês e o ajeitou na cabeça como turbante e foi postar-se na frente do espelho, fazendo poses de todo tipo.

– Topsy! – gritou a senhorita Ofélia, perdendo a paciência. – Por que é que você faz essas coisas?

– Não sei, senhora; acho que é porque sou má!

– Realmente, não sei mais o que fazer com você, Topsy.

– Oh, senhora, deve me bater. Minha antiga patroa sempre me chicoteava. Não estou acostumada a trabalhar, se não apanhar.

– Ora, Topsy, eu não gosto de bater em ninguém. Você pode se comportar direitinho, se quiser; por que é que você não quer?

– Oh, minha senhora, eu estava acostumada a levar chicotadas; acho que isso me faz bem.

A senhorita Ofélia experimentou a receita e Topsy fez um terrível escândalo, gritando, gemendo e implorando, embora meia hora depois, empoleirada no parapeito da varanda e rodeada por um bando de jovens admiradores, relatava com extremo desprezo o que tinha acontecido, dizendo:

– Oh, as chicotadas da senhorita Félia!... não matariam um mosquito, essas chicotadas. Devia ver como meu antigo patrão fazia saltar a carne; o antigo patrão é que sabia bater com o chicote!

Topsy sempre fazia questão de se vangloriar de suas próprias diabruras e falcatruas, considerando-as evidentemente como algo particularmente distinto.

– Oh, vocês negros – dizia ela a seus ouvintes –, vocês sabem que são todos pecadores? Sim, vocês são... todos são. Os brancos também são pecadores... é o que diz a senhorita Félia. Mas eu acho que os negros são os maiores de todos. Sim, mas não há nenhum de vocês igual a mim. Sou tão terrivelmente má que ninguém pode comigo. Minha antiga patroa passava o tempo todo ralhando comigo. Acho que eu sou a criatura mais malvada deste mundo! – E Topsy passava a dar cambalhotas, subia em qualquer coisa mais alta e se vangloriava de suas travessuras, evidentemente como se fossem atos merecedores de toda distinção.

Todos os domingos, a senhorita Ofélia ensinava o catecismo a Topsy, que era dotada de uma memória fora do comum e repetia as lições com toda a correção, o que deixava a mestra mais que contente.

– Espera que ela tire algum proveito dessas lições? – perguntou St. Clare.

– Ora, sempre fazem bem às crianças. E é o que as crianças sempre devem aprender – respondeu a senhorita Ofélia.

– Compreendendo ou não? – perguntou ainda St. Clare.

– Oh, as crianças nunca compreendem muito bem na hora, mas depois de crescidas, vão se lembrar.

– Ainda não chegou esse momento para mim – disse St. Clare –, embora possa garantir que você me ensinou tudo isso muito bem quando eu era pequeno.

– Ah, você aprendia tudo com facilidade, Agostinho! Eu alimentava grandes esperanças em relação a você – disse a senhorita Ofélia.

– Bem, e agora não alimenta mais essas esperanças? – perguntou St. Clare.

– Gostaria que você fosse tão bom como era quando pequeno, Agostinho.

– Eu também, e é um fato, prima – replicou St. Clare. – Bem, continue a ensinar o catecismo a Topsy. Talvez ainda possa fazer alguma coisa dela.

Topsy, que se havia conservado em pé como uma estátua negra durante esse diálogo, com as mãos decentemente cruzadas sobre o peito, a um sinal da senhorita Ofélia, continou a repetir a lição: "Nossos primeiros pais, deixados em plena liberdade e à mercê de sua própria vontade, decaíram do estado em que haviam sido criados."

Os olhos de Topsy piscaram e ela parecia um tanto confusa.

– O que é, Topsy? – perguntou a senhorita Ofélia.

– Por favor, senhora, era o estado de Kentucky?

– Que estado, Topsy?

– O estado de onde eles saíram. Meu antigo patrão sempre contava que nós todos viemos do Kentucky.

St. Clare se pôs a rir.

– Deve explicar o significado de certas palavras ou ela lhe dará outro – disse ele. – Parece que se vislumbra aí uma teoria da emigração.

– Oh, Agostinho, fique quieto! – replicou a senhorita Ofélia. – Como é que posso fazer alguma coisa, se você fica aí rindo?

- Bem, não vou mais perturbá-la em seus exercícios, palavra de honra! - disse St. Clare.

Dizendo isso, tomou seu jornal e foi sentar-se na sala de estar, até que Topsy tivesse terminado de repetir a lição. Tudo ia muito bem, só que, de vez em quando, a menina transpunha algumas palavras importantes e persistia no erro, apesar dos esforços em contrário da senhorita Ofélia. St. Clare, depois de todas as promessas de não intervir, sentia um mórbido prazer nesses erros e chamava Topsy para perto de si quando sentia vontade de se divertir, mandando-a repetir as passagens erradas, apesar das recriminações da senhorita Ofélia.

- Como quer que eu faça alguma coisa com a menina, se você continuar desse jeito, Agostinho? - perguntou ela.

- Bem, não está certo... não vou fazê-lo de novo, mas eu realmente gosto de ouvir a pequena tropeçando nessas passagens.

- Mas você vai confirmá-la no erro!

- Que importa? Tanto faz uma palavra que outra, para ela.

- Você queria que eu a educasse bem; deve se lembrar que ela é uma criatura racional e deve ter cuidado com a influência que pode ter sobre ela.

- Com certeza! Mas, como Topsy, digo "sou tão mau"!

Assim continuou, durante um ano ou dois, a educação de Topsy, com a senhorita Ofélia se aborrecendo, dia após dia, em sua tarefa como se fosse uma espécie de praga crônica a que se acostumou com o tempo a suportar, como algumas pessoas acabam por se habituar a uma nevralgia ou a uma recorrente dor de cabeça.

St. Clare se divertia com as diabruras da menina como poderia se distrair com as brincadeiras de um papagaio ou de um cachorrinho. Topsy, sempre que suas travessuras não eram toleradas em algum lugar, se refugiava atrás da cadeira de St. Clare que, de um modo ou de outro, a protegia. Era dele que recebia de vez em quando alguns vinténs com que comprava nozes e caramelos, que distribuía generosamente entre as demais crianças da casa, pois Topsy, para lhe fazer justiça, era bondosa e de boa índole, e só era maldosa para se defender. Agora que ela já garantiu seu lugar no desenrolar de nossa trama, vamos deixá-la por um tempo, embora deva voltar a reapresentar-se, vez por outra, contracenando com outros atores.

21
KENTUCKY

Nossos leitores devem estar com vontade de voltar, nem que seja por breves momentos, até a cabana do pai Tomás, na fazenda de Kentucky, para ver o que andou acontecendo com aqueles que ele deixou para trás.

Era o entardecer de um dia de verão; as portas e janelas da vasta sala de estar do senhor Shelby estavam escancaradas, para deixar entrar a suave brisa que soprava. O senhor Shelby estava sentado num amplo corredor que dava para a sala e que percorria toda a extensão da casa, desde a varanda até as duas extremidades. Negligentemente recostado numa cadeira, de pernas cruzadas, saboreava tranquilamente seu charuto depois do jantar. A senhora Shelby estava sentada perto da porta, costurando e parecendo preocupada com alguma coisa e à espera de uma oportunidade favorável para falar.

– Sabe que Cloé recebeu uma carta de Tomás? – perguntou ela.

– Ah, é mesmo? Parece que Tomás encontrou algum amigo por lá. E como é que ele vai?

– Acho que foi comprado por uma excelente família – respondeu a senhora Shelby. – Ele é tratado muito bem e não tem muito trabalho a fazer.

– Ah! que bom! Fico muito contente com isso... muito contente – disse o senhor Sbelby, com sinceridade. – Creio que Tomás vai se resignar a ficar no sul; dificilmente vai querer voltar para cá.

– Pelo contrário, pergunta ansiosamente – retrucou a senhora Shelby – quando é que o dinheiro para seu resgate vai ser enviado.

– Nem eu mesmo sei – replicou o senhor Shelby. – Quando os negócios começam a dar errado, parece que não param de desandar. É como pular de touceira em touceira através de um pântano; é pedir emprestado a um para pagar outro e então pedir a um terceiro para pagar o segundo... e as malditas promissórias vencendo antes que se tenha tempo de fumar um charuto... promissórias importunas e reclamações incessantes... uma coisa atrás da outra, sem parar.

– Parece-me, meu caro, que algo possa ser feito para contornar essas dificuldades. Se vendêssemos todos os cavalos e uma de nossas fazendas, não seria suficiente para liquidar todas as dívidas?

– Oh, que ridículo, Emily! Você é a mulher mais encantadora do Kentucky, mas não se convence que não entende nada de negócios... aliás, as mulheres nunca entendem, nunca podem entender de negócios.

– Mas, pelo menos – insistiu a senhora Shelby –, não poderia me dar uma pequena noção de seus negócios? Elabore uma lista de todas as suas dívidas, ao menos, e outra de tudo o que tem a receber; então, deixe-me tentar ver se posso ajudá-lo a economizar.

– Oh! Que aborrecimento! Não me chateie, Emily!... Não posso dizer com exatidão. Sei, mais ou menos, como as coisas deveriam andar, mas não há como verificar e arranjar meus negócios com tanta facilidade como Cloé prepara seus pastéis! Você não sabe nada de negócios, repito.

E o senhor Shelby, não encontrando outro meio para dar mais peso a suas palavras, levantou a voz... um modo de argumentar muito conveniente e convincente quando um cavalheiro passa a discutir de negócios com a mulher.

A senhora Shelby se calou e deu um suspiro. O fato é que, embora o marido insistisse que, como mulher, nada entendia, ela tinha uma mente clara, enérgica e prática, além de uma força de caráter bem superior à do marido, de modo que não teria sido nenhum absurdo, como ele dizia, permitir à mulher que assumisse o controle dos negócios. Ela realmente desejava cumprir a promessa feita a Tomás e a Cloé e sentia muito por causa dos obstáculos que se acumulavam em torno dela.

– Não acha que poderíamos, de algum modo, arranjar esse dinheiro? Pobre tia Cloé! Seu coração está ansioso por isso!

– Sinto muito, se assim for! Acho que fui precipitado ao prometer isso. Não tenho certeza no momento, mas creio que o melhor é falar com Cloé e levá-la a se resignar com sua sorte. Tomás deverá casar-se com outra, dentro de um ano ou dois, e ela deveria pensar em recomeçar sua vida com outro.

– Senhor Sbelby, eu ensinei a nossos escravos que seus casamentos são tão sagrados como os nossos. Nunca pensaria em dar semelhante conselho a Cloé.

– É uma pena, querida, que os tenha sobrecarregado com uma moral que está acima das condições e dos planos deles. Sempre pensei assim.

– É apenas a moral da Bíblia, senhor Shelby.

– Bem, Emily, não pretendo interferir em suas opiniões religiosas; acho apenas que são extremamente impraticáveis para pessoas dessa condição.

– Na verdade, elas o são – replicou a senhora Shelby. – E é por isso que detesto, do mais profundo de minha alma, a escravidão. Digo-lhe, querido, que não posso esquecer as promessas que fiz a essas pobres criaturas. Se não puder conseguir o dinheiro de outro jeito, vou dar aulas de música. Sei que vou amealhar o suficiente e vou ganhá-lo com meu próprio trabalho.

– Você não iria se rebaixar a tanto, Emily! Eu nunca haveria de consentir.

– Rebaixar-me! Isso haveria de me rebaixar mais do que faltar com minha palavra com esses desamparados? Não, certamente!

– Bem, sei que você é sempre heroica e sublime – disse o senhor Shelby –, mas creio que deveria pensar melhor antes de se entregar a essa aventura quixotesca.

Nesse momento, a conversa foi interrompida por tia Cloé, que apareceu no fundo da varanda.

– Permita-me, senhora – disse ela.

– Bem, o que há, Cloé? – perguntou a patroa, levantando-se e indo ao encontro dela.

– Se a senhora pudesse vir e examinar uma porção de aves.

A senhora Shelby sorriu, ao ver uma quantidade de galinhas e patos abatidos sobre a mesa da cozinha e Cloé apontava para eles um tanto confusa.

– Estava pensando como é que a senhora gostaria que eu preparasse essas aves.

– Na realidade, Cloé, não faz diferença; prepare-as como achar melhor.

Cloé começou a separar as aves com ar pensativo; era evidente que ela não estava pensando nas aves. Finalmente, com um daqueles risos que os negros costumam, muitas vezes, fazer anteceder a uma proposta duvidosa, disse:

– Ora, minha senhora! Por que é que o senhor e a senhora se afligem por causa de dinheiro e não usam aquele que está precisamente em suas mãos?

E Cloé riu novamente.

– Não a entendo, Cloé! – respondeu a senhora Shelby, não duvidando, pelo conhecimento que tinha dos hábitos de Cloé, de que ela tinha escutado cada palavra da conversa que havia tido com o marido.

– Ora, por favor, senhora! – replicou Cloé, rindo outra vez. – Outras pessoas alugam seus escravos e ganham dinheiro com eles! Não conservem tantas bocas inúteis em casa.

– Muito bem, Cloé. E quem propõe que poderia ser alugado?

– Oh, eu não proponho nada! Samuel me disse que havia um desses doceiros em *Louisville* que precisa de ajuda para fazer doces e pastéis; disse ainda que paga quatro dólares por semana.

– E então, Cloé?

– Bem, eu estava pensando, senhora, está na hora de Sally fazer alguma coisa. Sally andou trabalhando sob minhas ordens durante algum tempo e já sabe tanto quanto eu. Se a senhora me deixasse partir, eu ajudaria a ganhar dinheiro. Não tenho medo de fazer doces e pastéis na casa desse doceiro.

– Na casa de um doceiro, Cloé!

– Oh, por favor, senhora! Não há problema algum...

– Mas vai querer deixar seus filhos, Cloé?

– Oh, minha senhora! Os rapazes já são bastante grandes para fazer qualquer trabalho durante o dia e trabalham bem; Sally vai cuidar da pequena, que não vai lhe dar muito trabalho, porque é muito quieta.

– Mas *Louisville é* muito longe daqui.

– Oh, não tenho medo! Fica rio abaixo, bastante perto do lugar onde está meu velho, talvez? – disse Cloé, olhando para a senhora Shelby.

– Não, Cloé, está a centenas de milhas de distância – respondeu a senhora Shelby. O semblante de Cloé se fechou.

– Não importa! Se você for para lá, vai estar realmente mais perto dele, Cloé. Sim, você pode ir; e vou guardar cada centavo de seu salário aqui para o resgate de seu marido.

Assim como um brilhante raio do sol prateia subitamente uma nuvem escura, assim também o sombrio rosto de Cloé ficou imediatamente iluminado... brilhava de alegria.

– Ah! como a senhora é bondosa! Eu tinha pensado a mesma coisa, porque não preciso comprar roupas, nem sapatos, nada... eu posso economizar cada centavo. Quantas semanas há num ano, minha senhora?

— Cinquenta e duas — respondeu a senhora Shelby.

— Oh, é mesmo? E quatro dólares por semana, quanto dá no fim do ano?

— Duzentos e oito dólares.

— Oba! — exclamou Cloé, num misto de surpresa e alegria. — E quanto tempo será que tenho de trabalhar fora de casa, senhora?

— Quatro ou cinco anos, Cloé; mas você não precisa ganhar todo o dinheiro; eu vou ajudar com um pouco também.

— Não gostaria de ouvir que a senhora anda dando aulas nem nada parecido. O patrão tem razão... não ficaria bem, de jeito nenhum. Espero que ninguém de nossa família precise chegar a isso, enquanto eu tiver mãos para trabalhar.

— Fique tranquila, Cloé; eu vou cuidar da honra da família — disse a senhora Shelby, sorrindo. — Mas quando é que pretende partir?

— Bem, não estou esperando mais nada; só Sam, que vai descer o rio com alguns potros e disse que poderia ir com ele. Já preparei minhas coisas. Se a senhora permitir e me der um salvo-conduto e cartas de recomendação, vou partir amanhã de manhã com Sam.

— Bem, Cloé, vai ter tudo isso, se o senhor Shelby não se opuser. Vou falar com ele.

A senhora Shelby subiu as escadas e tia Cloé, imensamente feliz, foi para sua cabana, a fim de ultimar os preparativos.

— Oh, meu Deus, George! Você não sabe que vou para Louisville amanhã! — disse ela a George que, ao entrar na cabana, encontrou Cloé arrumando as roupas da filhinha. — Pensei em verificar todas essas coisas e deixá-las em ordem. Mas eu vou partir, patrãozinho George... vou ganhar quatro dolares por semana e a senhora vai guardar todo esse dinheiro para resgatar meu pobre marido.

— Oba! — exclamou George. — Essa sim que é uma notícia e tanto! E quando vai partir?

— Amanhã, com Sam. E agora, meu patrão George, tenho certeza de que vai poder sentar aí e escrever para meu pobre velho e contar tudo isso, não é?

— Sem dúvida — disse George. — Pai Tomás vai ficar muito contente ao receber notícias nossas. Vou imediatamente para casa buscar papel e tinta. E então, tia Cloé, vou lhe falar sobre os novos potros e outras coisas.

– Certo, certo, patrão George. Vá e enquanto isso lhe preparo um pouco de carne de galinha ou algo semelhante. Acho que não vai mais jantar com sua pobre e velha tia.

22
"A GRAMA SECA... A FLOR MURCHA"

A vida passa para todos nós, dia após dia. Assim passou também para nosso amigo Tomás, vendo-se dois anos mais velho. Embora separado de todos os entes mais caros, continuava firme; e embora muitas vezes suspirasse apreensivo ante o que poderia sobrevir, nunca se mostrava clara e conscientemente infeliz. A sensibilidade humana é como a harpa, cuja harmonia só pode ser rompida se todas as cordas se partirem de uma vez. Quando olhamos para trás, para nossos tempos de privações e de provações, podemos nos lembrar também das diversões e alívios que as horas, à medida que passavam, nos traziam, de modo que, embora não totalmente felizes, nunca éramos totalmente infelizes.

Tomás tinha lido, num livro, a respeito de alguém que "havia aprendido a ficar sempre contente, qualquer que fosse a situação em que se encontrasse". Parecia-lhe uma boa doutrina, bem conforme com seu hábito de meditar sobre tudo o que conseguia ler.

A carta, que ele havia enviado à família, como contamos no capítulo anterior, foi respondida com bastante rapidez pelo patrãozinho George, escrita com uma bela caligrafia de estudante, para que Tomás pudesse lê-la com facilidade. Continha várias informações recentes, já conhecidas do leitor. Contava que Cloé tinha ido trabalhar como doceira em Louisville, onde sua habilidade na arte culinária lhe renderia um bom dinheiro, que seria todo ele guardado para completar a soma que deveria ser versada para seu resgate. Informava também que Pete e Mose já estavam trabalhando e que a pequena corria pela casa toda, mas sempre sob os olhos vigilantes de Sally e da família em geral.

A cabana de Tomás estava provisoriamente fechada; mas George já imaginava as reformas e melhorias que haveria de fazer quando Tomás voltasse para ocupá-la novamente.

O resto da carta era consagrado a uma lista dos estudos escolares de George e cada um dos itens começava com uma enfeitada letra maiúscula; além disso, dava os nomes dos quatro potros que haviam nascido depois da partida de Tomás e acrescentava, na mesma frase, que os pais dele passavam bem. O estilo da carta era decididamente claro e conciso; mas Tomás julgava ter recebido a mais admirável peça literária dos tempos modernos. Nunca se cansava de contemplá-la, chegando até a consultar Eva para saber se não deveria emoldurá-la e dependurá-la na parede de seu quarto. A única dificuldade consistia em colocá-la de maneira que se pudesse ler ao mesmo tempo os dois lados do papel.

A amizade de Tomás e Eva aumentava à medida que a menina crescia, sendo difícil dizer que lugar ela ocupava no terno e impressionável coração de seu fiel criado. Ele a amava como uma coisa frágil e mortal, ainda que a venerasse como algo celestial e divino. Olhava-a como o marinheiro italiano contempla a imagem do menino Jesus... com um misto de reverência e de ternura. Prestar-se às graciosas fantasias dela e satisfazer os inúmeros caprichos, tão próprios das crianças e tão variados como as cores do arco-íris, era a principal e deliciosa ocupação de Tomás. Todas as manhãs se dirigia ao mercado e seus olhos sempre procuravam as flores mais lindas para ela e embolsava os melhores pêssegos e laranjas para dá-los a ela ao voltar. Nada o alegrava tanto como ver aquela cabecinha loira apontando para fora do portão, quando ele ainda estava longe, e ouvi-la gritar esta pergunta bem infantil:

– Então, pai Tomás! O que me trouxe hoje?

Eva, em troca, não se mostrava menos zelosa em prestar-lhe serviços. Embora fosse criança ainda, sabia ler muito bem, além de possuir um apurado ouvido musical, especial pendor para a poesia e uma instintiva simpatia por tudo que fosse bom e nobre. E esses dotes a transformavam numa leitora tão perfeita da Bíblia, como Tomás nunca tinha visto. De início, ela lia para agradar ao pobre amigo, mas logo sua própria natureza séria lançou suas raízes que se agarraram ao livro sagrado. E Eva se afeiçoou a ele, porque despertou nela estranhos anseios, emoções fortes e vagas, como as crianças imaginativas e impressionáveis gostam de sentir.

Os livros da Bíblia que mais lhe agradavam era o Apocalipse e as Profecias, cujas imagens obscuras e maravilhosas e cuja veemente linguagem a impressionavam tanto mais quanto mais procurava em vão captar-lhes o sentido. Ela e seu ingênuo amigo, ambos crianças, apesar da diferença de idade, tinham a mesma visão a respeito desses textos sagrados. Tudo o que compreendiam era que falavam de uma glória a ser revelada... algo maravilhoso ainda por vir, com o qual a alma deles já se regozijava, embora não soubessem por quê. Ainda que não seja assim no domínio das ciências físicas, pode-se dizer que, na ciência moral, o que é incompreensível nem sempre deixa de ser proveitoso, pois a alma desperta, como ser estranho oscilante, entre duas eternidades misteriosas, a eternidade do passado e a eternidade do futuro. A luz brilha somente num pequeno espaço em torno dela; por isso é que ela aspira pelo desconhecido; e as vozes e os movimentos misteriosos que descem da coluna de nuvem da inspiração encontram na alma outros tantos ecos e respostas. Essas imagens místicas são outros tantos talismãs e pedras preciosas gravados com misteriosos hieróglifos. A alma os conserva com todo o cuidado, esperando decifrá-los quando tiver passado para além do véu da nuvem.

Nesse ponto de nossa história, St. Clare, com toda a família e criados, tinha ido morar na casa de campo situada às margens do lago Pont-Chartrain. O calor do verão tinha levado para as margens do lago, buscando sua agradável brisa, todos aqueles que podiam abandonar a sufocante e insalubre cidade.

A casa de campo de St. Clare reproduzia o estilo das casas das Índias Orientais, cercada de delicadas varandas de bambu e inteiramente cercada de jardins e de belos gramados. A sala de estar dava para um grande jardim embelezado por pitorescas plantas e flores dos trópicos, de onde partiam trilhas sinuosas que desciam até as margens do lago, cujo prateado espelho d'água refletia os raios do sol... num espetáculo novo a cada hora e, a cada hora, sempre mais bonito.

Nesse momento, um pôr do sol intensamente dourado acende todo o horizonte num esplendor de glória e reproduz na água do lago outra abóbada celeste. O lago descansa em róseas ou douradas faixas, exceto onde barcos a vela singram por sobre suas águas, como outros tantos espíritos, e pequenas estrelas douradas piscam com intenso brilho e olham para si mesmas balouçando no espelho d'água.

Tomás e Eva estavam sentados num banco de relva, embaixo de um caramanchão ao lado do jardim. Era um domingo à tarde e Eva estava com a Bíblia aberta sobre os joelhos; e leu: "E vi um mar de vidro misturado de fogo."

— Tomás — disse ela, parando de repente e apontando para o lago. — Aí está ele!
— O que, senhorita Eva?
— Não está vendo?... Ali! — disse a menina, apontando para a água, cujas ondulações refletiam o brilho dourado do céu. — Aí está o mar de vidro misturado de fogo!
— É verdade, senhorita Eva! — concordou Tomás, e começou a cantar:

> *Oh! se tivesse as asas da manhã,*
> *Fugiria para as praias de Canaã;*
> *Brilhantes anjos me conduziriam para casa,*
> *Para a nova Jerusalém!*

— Onde pensa que está a nova Jerusalém, pai Tomás? — perguntou Eva.
— Oh, lá em cima nas nuvens, senhorita Eva!
— Então acho que a vejo! — disse Eva. — Olhe para aquelas nuvens! Parecem grandes portas de pérolas e pode-se ver bem além delas, bem longe... é tudo ouro. Tomás, cante "Os gloriosos espíritos".
Tomás cantou as palavras de um hino metodista bem conhecido:

> *Vejo um coro de brilhantes espíritos,*
> *Que desfruta das glórias do além;*
> *Todos eles de vestes brancas e imaculadas,*
> *Trazendo nas mãos palmas da vitória.*

— Pai Tomás, eu os vi! — disse Eva.
Tomás não duvidou nem ficou surpreso com isso. Se Eva lhe tivesse dito que já tinha estado no céu, ele deveria achar muito provável.
— Esses espíritos me aparecem, às vezes, quando estou dormindo — e o olhar de Eva parecia perdido, enquanto entoava em voz baixa:

> *Todos eles de vestes brancas e imaculadas,*
> *Trazendo nas mãos palmas da vitória.*

— Pai Tomás — disse Eva —, eu vou para lá!

— Para onde, senhorita Eva?

A menina se levantou e apontou para o céu; o brilho do entardecer iluminou seus cabelos loiros e suas faces coradas com uma espécie de auréola celeste, enquanto seus olhos continuavam fixos no firmamento.

— Eu vou para lá — dizia ela —, onde estão os espíritos brilhantes, Tomás. Eu vou, em breve...

O velho e fiel amigo sentiu subitamente um aperto no coração. Pensou então como havia observado, não poucas vezes nos últimos seis meses, que as mãozinhas de Eva tinham emagrecido, que sua pele empalidecia sempre mais e que sua respiração se tornava mais ofegante; além disso, como ela se cansava mais depressa quando corria ou brincava no jardim, ao contrário de antes, que fazia o mesmo durante horas, sem se fatigar. Tinha ouvido também a senhorita Ofélia falar de uma tosse que resistia a todos os medicamentos. Agora mesmo suas faces e suas mãos ardiam de febre, mas o pensamento daquilo que as palavras de Eva sugeriam nunca tinha passado pela cabeça dele.

Será que já existiu outra criança como Eva? Sim, mas seus nomes estão para sempre gravados nas lápides dos túmulos, e seus doces sorrisos, seus olhos celestiais, suas palavras e maneiras peculiares são tesouros escondidos que só os corações sabem guardar. Em quantas famílias não se ouve dizer que a bondade e as graças dos vivos não são nada se comparadas com os encantos daquele que morreu. Parece que o céu possui uma legião especial de anjos, cuja missão é a de passar brevemente na terra e enternecer o indócil coração humano, para que pudessem carregá-los consigo ao alçarem voo para a pátria celestial. Quando vislumbrar aquela profunda luz espiritual no olhar... quando a pequena alma se revelar por palavras mais ternas e mais sábias do que as palavras usuais das crianças... não espere poder reter essa criança, pois o selo divino está nela e a luz da imortalidade brilha através de seus olhos. Assim também você, bem-amada Eva, bela estrela das moradas celestiais! Você está correndo para o além, mas aqueles que tanto a amam não sabem.

A conversa entre Tomás e Eva foi interrompida pelo chamado urgente da senhorita Ofélia.

— Eva, Eva! Menina, o sereno não lhe faz bem. Não deve ficar aí fora!

A senhorita Ofélia já estava mais que acostumada a lidar com crianças. Era natural da Nova Inglaterra e sabia muito bem discernir os primeiros sintomas dessa lenta e insidiosa doença, que ceifa tantas das mais belas e mais amáveis crianças e, antes mesmo que uma única fibra de suas vidas pareça afetada, já estão irrevogavelmente marcadas para morrer.

Ela havia notado a leve tosse seca e as faces cada dia mais coloridas; nem o brilho de seu olhar nem sua alegria expansiva, proveniente da febre, podiam enganá-la.

Procurou comunicar seus receios a St. Clare; mas ele repeliu suas insinuações com impaciente petulância, que contrastava totalmente com seu habitual bom humor.

– Não me venha com presságios sinistros, prima!... Odeio isso! – exclamou ele. – Não está vendo que a menina está crescendo? As crianças sempre ficam mais fracas quando crescem depressa.

– Mas ela está com essa tosse!

– Oh, bobagem! Essa tosse não é nada. Apanhou um resfriado, talvez.

– Bem, foi precisamente dessa forma que começou a doença que levou Elisa Jane, Helen e Maria Sanders.

– Oh! pare com essas lendas de fantasmas e duendes! As mulheres ficam tão medrosas quando envelhecem que uma criança não pode tossir ou espirrar sem que entrem em desespero e vejam o fim de tudo. Preocupe-se em cuidar da menina, evite que se exponha ao sereno e a deixe brincar também; vai ver como ela logo estará melhor.

Assim falava St. Clare, mas nem por isso deixou de ficar mais nervoso e inquieto. Passou a observar Eva com mais cuidado, embora continuasse a dizer que a criança estava muito bem, que não havia nada de anormal naquela tosse, que não passava de uma indisposição estomacal, como as crianças costumam ter. Mas ficava mais tempo com ela, levava-a com mais frequência a cavalgar com ele, trazia-lhe seguidamente uma receita ou uma poção fortificante, dizendo:

– Não que ela precise disso, mas não deverá lhe fazer mal.

Uma coisa deve ser dita: o que mais impressionava o coração dele era a crescente maturidade de espírito e de sentimentos da menina. Embora conservasse todos os encantos e a graça de uma criança, com frequência deixava escapar espontaneamente pensamentos tão profundos e reflexões tão sábias que pareciam inspiração. Nesses momentos, St. Clare sentia um súbito arrepio e tomava a filha em seus braços, como se pudesse salvá-la com aquele amplexo, e seu coração queria à força conservá-la e nunca deixá-la partir.

O coração e a alma de Eva pareciam totalmente voltados para atos de amor e bondade. Ela sempre havia sido impulsivamente generosa, mas agora havia nela uma tocante e profunda gravidade, notada por todos. Gostava ainda de brincar com Topsy e com outras crianças negras; mas agora parecia mais espectadora do que atuar nesses divertimentos; ficava durante uma meia hora rindo das brincadeiras de Topsy... e então uma sombra parecia baixar sobre seu rosto, seus olhos se anuviavam e seus pensamentos estavam distantes.

– Mamãe – disse ela, subitamente, um dia –, por que não ensinamos nossos escravos a ler?

– Que pergunta é essa, menina? Porque ninguém o faz.

– E por que é que não o fazem? – continuou Eva.

– Porque não tem nenhuma utilidade para eles. Não os ajudaria a trabalhar melhor e eles são feitos unicamente para trabalhar.

– Mas eles deveriam ler a Bíblia, mamãe, para conhecer a vontade de Deus.

– Oh! eles podem pedir a outros que a leiam para eles.

– Mas me parece, mamãe, que cada um deve poder ler a Bíblia para si mesmo. Eles precisam saber lê-la, porque muitas vezes não há ninguém que queira ou possa lê-la para eles.

– Eva, você é uma criança esquisita – disse a mãe.

– A tia Ofélia ensinou Topsy a ler – continuou Eva.

– Sim, e pode muito bem ver o resultado. Topsy é a pior criatura que já vi.

– Olhe a pobre Mammy! – disse Eva. – Ela gosta tanto da Bíblia que gostaria muito de poder lê-la! E o que é que vai fazer quando eu não puder lê-la para ela?

Maria estava ocupada, remexendo nos objetos de uma gaveta, mas respondeu:

– Bem, é claro que, em breve, você terá outras coisas para pensar, além de ler a Bíblia para os escravos. Não que isso não seja digno; eu mesma o fiz quando tinha saúde. Mas quando tiver crescido e começar a frequentar a sociedade, não vai ter tempo. Veja isso! – acrescentou ela. – Essas joias serão suas quando tiver idade. Eu as usei em meu primeiro baile. E lhe digo, Eva, causei sensação.

Eva apanhou a caixa de joias e tirou um colar de brilhantes. Seus grandes olhos ficaram pregados nele, mas era evidente que seus pensamentos estavam bem longe.

– Que ar sério é esse, filha? – perguntou Maria.

– Vale muito dinheiro, mamãe?

– Certamente. Meu pai mandou-o vir da França e vale uma pequena fortuna.

– Gostaria de tê-lo – disse Eva – para fazer o que quisesse com ele!

– E o que faria com ele?

– Ia vendê-lo e compraria um terreno nos Estados livres; levaria todos os nossos escravos para lá e contrataria professores para lhes ensinar a ler e a escrever.

Eva foi interrompida com uma estrondosa gargalhada da mãe.

– Fundar uma escola para eles! Haveria de lhes ensinar também a tocar piano e a pintar?

– Eu lhes ensinaria a ler a Bíblia, a escrever suas cartas e a ler as que recebessem – disse Eva, com firmeza. – Sei, mamãe, que eles sofrem muito por não poderem fazer essas coisas. Tomás sofre com isso, Mammy também e muitos deles. Acho que isso está errado.

– Vamos, Eva, você é apenas uma criança! Você não sabe nada dessas coisas – disse Maria. – Além do mais, sua conversa me dá dor de cabeça.

Maria sempre tinha a desculpa da dor de cabeça quando a conversa não lhe convinha. Eva se retirou. Mas depois disso, passou a dar lições de leitura a Mammy, com assiduidade.

23
HENRIQUE

Por esse tempo, Alfredo veio passar alguns dias, junto com o filho mais velho, de doze anos, na casa de campo do irmão, situada às margens do lago.

Nada mais interessante e singular do que ver o contraste entre esses dois irmãos gêmeos. A natureza, em vez de estabelecer entre os dois muitas semelhanças, os havia feito quase diametralmente opostos em tudo. Ainda assim, um misterioso laço parecia estreitá-los na mais sincera amizade.

Costumavam passear de braços dados pelas alamedas e trilhas do jardim. Agostinho, com seus olhos azuis, seu cabello loiro, suas formas flexíveis e sua expressiva fisionomia, e Alfredo, com seus olhos negros, seu perfil severo, seus membros vigorosos e seu soberbo porte. Ambos questionavam continuamente as opiniões e as ações um do outro, sem que sua amizade fosse afetada por isso; pelo contrário, esse antagonismo parecia uni-los mais ainda, como se constata na atração de dois polos opostos de um ímã.

Henrique, o filho mais velho de Alfredo, era um belo rapaz, de ar nobre, de olhos escuros, cheio de energia que, desde o momento da apresentação, pareceu ficar totalmente fascinado pela beleza e graça da prima Evangelina.

Eva possuía um cavalinho branco como a neve. Era manso e meigo como sua pequena dona. Tomás o conduziu até a varanda, enquanto um mulato de uns treze anos trazia pelas rédeas um cavalo árabe preto, recém-comprado para Henrique, por um preço exorbitante.

Henrique não cabia em si de contente. Avançando e tomando as rédeas das mãos do pequeno tratador de cavalos, examinou cuidadosamente o animal e sua fronte se anuviou.

– O que é isso, Dodo, seu preguiçoso! Você não limpou meu cavalo esta manhã!

— Sim, senhor — respondeu Dodo, submisso. — Não sei como ficou cheio de poeira desse jeito.

— Patife, cale a boca! — exclamou Henrique, levantando ameaçadoramente o chicote. — Como se atreve a falar?

O mulato era um belo rapaz, de olhos brilhantes, da altura de Henrique, e os cabelos anelados lhe caíam em torno de testa larga nobre. Tinha sangue de branco nas veias, como se podia julgar pelo súbito rubor de suas faces e pelo piscar de seus olhos, enquanto, ansioso, tentava responder:

— Senhor Henrique!... — começou ele.

Mas Henrique não o deixou prosseguir e lhe desferiu uma chicotada no rosto; agarrando-o então pelo braço, obrigando-o a ficar de joelhos, e bateu nele até se cansar.

— Pronto, seu cachorro! Assim vai aprender a não responder quando lhe falam. Leve o cavalo e limpe-o com todo o cuidado. Vou lhe mostrar qual é seu lugar!

— Meu jovem senhor — interveio Tomás —, creio que ele ia dizer que o cavalo rolou pelo chão quando o retirou do estábulo; o animal é muito fogoso... foi assim que se sujou todo; eu mesmo vi que o rapaz o limpava.

— Cale a boca e só fale quando lhe pedirem! — retrucou Henrique, voltando-lhe as costas e subindo a escada para falar com Eva, que estava vestida com as roupas próprias para cavalgar.

— Querida prima, lamento que esse estúpido rapaz a tenha feito esperar — disse ele. — Vamos sentar aqui nesse banco até que ele venha. Mas o que há, prima? Você parece tão triste!

— Por que foi tão cruel e mau para com o pobre Dodo? — perguntou Eva.

— Cruel... mau! — exclamou Henrique, surpreso. — O que quer dizer, querida Eva?

— Prefiro que não me chame de querida Eva quando age desse modo — replicou ela.

— Querida prima, você não conhece Dodo! É a única forma de tratá-lo, pois sempre vem com mentiras e desculpas. É o único meio de domá-lo... não se pode deixar que abra a boca. É desse jeito que meu pai trata os escravos.

— Mas pai Tomás explicou que foi um acidente e ele nunca mente.

— Então é um velho negro muito raro! — disse Henrique. — Mas Dodo mente mais do que fala.

— Tratando-o desse jeito, você o deixa com medo e o leva a mentir.

— Ora, ora, Eva, você se condoeu tanto de Dodo, que acabo por ter ciúmes dele.

— Mas você bateu nele... e ele não o merecia.

— Bem, vai ficar por conta das vezes que o merecia e não foi castigado. Algumas chicotadas nunca fazem falta a Dodo... é um pequeno rebelde, tenha certeza. Mas não vou mais bater nele em sua presença, se isso a incomoda.

Eva não estava satisfeita; mas achou que era inútil insistir, pois seu belo primo não haveria de compreender seus sentimentos.

Dodo não tardou muito a reaparecer com os cavalos.

— Muito bem, Dodo, dessa vez trabalhou bem — disse o jovem patrão, com uma expressão mais tranquila. — Agora, vamos, segure o cavalo da senhorita Eva enquanto a ponho na sela.

Dodo obedeceu e ficou ao lado do cavalo de Eva. Tinha o rosto contraído e seus olhos pareciam mostrar que tinha chorado.

Henrique, com a presteza e a habilidade de um perfeito cavalheiro, ajudou a prima a acomodar-se na sela e, tomando as rédeas, colocou-as nas mãos dela.

Mas Eva se virou para o lado onde estava Dodo e lhe disse, enquanto ele soltava as rédeas:

— Você é um bom menino, Dodo... obrigada!

Dodo olhou surpreso para o meigo rosto da menina; o sangue lhe subiu até o rosto e lágrimas escorreram de seus olhos.

— Aqui, Dodo! — gritou o patrão, imperiosamente.

Dodo correu e segurou o cavalo, enquanto seu amo montava.

— Aqui estão uns vinténs para comprar caramelos, Dodo — disse Henrique. — Pode ir comprá-los, se quiser.

E Henrique emparelhou seu cavalo ao de Eva. Dodo seguiu com a vista os dois jovens. Um lhe havida dado dinheiro; a outra, um presente mais valioso... uma palavra cheia de bondade, proferida com toda compaixão. Havia poucos meses que Dodo havia sido separado da mãe. Alfredo o tinha comprado numa feira de escravos por causa de seu belo rosto, para combinar com a beleza de seu cavalo árabe; e o pobre rapaz começava agora a trabalhar sob as ordens do jovem patrão.

A cena das chicotadas tinha sido presenciada pelos dois irmãos St. Clare, que no momento estavam do outro lado do jardim.

Agostinho corou, indignado, mas limitou-se a observar, com sua costumeira indiferença sarcástica:

— Suponho, Alfredo, que é isso que podemos chamar de educação republicana!

— Henrique é um diabo quando se zanga — disse Alfredo, tranquilamente.

— Parece-me que a considera uma prática instrutiva para ele — replicou Agostinho, secamente.

— Ainda que eu quisesse, não poderia impedi-lo. Henrique tem seus rompantes como um raio... há muito tempo que a mãe e eu desistimos de controlá-lo. Além do mais, esse Dodo mais parece um verdadeiro duende... as chicotadas só lhe dão cócegas.

— E essa é a maneira de ensinar a Henrique o primeiro artigo do catecismo republicano: "Todos os homens nascem livres e iguais!"

— Ora, ora! — exclamou Alfredo. — Essa é uma bela frase que Tom Jefferson copiou das opiniões e das tapeações dos franceses. É totalmente ridículo que ande circulando por aí até os dias de hoje.

— Também me parece! — disse St. Clare, num tom significativo.

— Porque — continuou Alfredo — podemos ver claramente que todos os homens não nasceram livres e iguais! De minha parte, acho que esse palavreado republicano não passa de pura tapeação. São as pessoas instruídas, inteligentes, ricas e refinadas que devem ter direitos iguais e não a massa informe do povo.

— Se você conseguir conservar essa massa informe nesse estágio — disse Agostinho. — Mas na França, já chegou a vez dela.

— Sem dúvida, ela deve ser subjugada, de modo consistente e com firmeza — disse Alfedo, batendo com o pé no chão, como se quisesse esmagar alguém.

— Mas ela cria um verdadeiro caos quando se rebela — retrucou Agostinho. — Veja o que aconteceu em Santo Domingo, por exemplo.

— Ora! — replicou Alfredo. — Nós vamos cuidar disso, em nosso país. Devemos nos opor a toda essa propaganda pela educação, pela instrução de todos, que está se difundindo por aí. A classe baixa não deve receber educação alguma.

— Isso é fora de questão — disse Agostinho. — Todos eles vão receber educação e só temos de definir como. Nosso sistema atual os educa na barbárie e na brutalidade. Nós estamos rompendo todos os laços de humanização e os estamos transformando em brutos e animais. E, se eles levantarem as mãos, é contra animais que teremos de combater!

— Eles nunca vão se revoltar — disse Alfredo.

— Certo — replicou St. Clare. — Ponha a ferver a caldeira, feche a válvula de escape, sente-se em cima e verá onde vai aterrissar.

– Muito bem – disse Alfredo. – Vamos ver. Não tenho medo de me sentar em cima da válvula de escape, desde que a caldeira seja sólida e que a máquina funcione bem.

– A nobreza dos tempos de Luís XVI pensava da mesma forma; e a Áustria e Pio IX pensam exatamente assim hoje. E numa agradável manhã, todos vocês podem se encontrar voando pelos ares, quando a caldeira explodir.

– *Dies declarabit!* (O dia vai dizer!) – contentou-se em dizer Alfredo, rindo.

– Digo-lhe que – continuou Agostinho –, se há uma coisa que se revele com a força de uma lei divina em nossos tempos, é que as massas vão se levantar e a classe inferior vai se tornar a classe superior.

– Essa é uma de suas tapeações de republicano vermelho, Agostinho! Por que não sobe num palanque? Você daria um bom orador de palanque! Bem, espero já ter morrido antes que esse milênio com suas massas sujas triunfe.

– Sujas ou não, elas vão governá-lo, quando chegar seu dia – replicou Agostinho. – E vão ser exatamente os governantes ao modo que vocês os prepararam. A nobreza francesa preferiu ter um povo andrajoso e teve governantes andrajosos à vontade. O povo do Haiti...

– Basta, Agostinho! Como se não tivéssemos visto demais com esse abominável e desprezível Haiti! Os haitianos não eram anglo-saxões; se o fossem, a história seria outra. O anglo-saxão constitui a raça que deve dominar o mundo e assim deve ser.

– Bem, há uma bela infusão de sangue anglo-saxão entre nossos escravos agora – disse Agostinho. – Há muitos dentre eles que só conservam da origem africana uma espécie de calor tropical e fervor para transmitir à nossa calculada firmeza e precaução. Se a hora de Santo Domingo chegar entre nós, será o sangue anglo-saxão que vai dirigi-la. Filhos de pais brancos, com todos os nossos altivos sentimentos fervendo em suas veias, não deverão ser sempre comprados, vendidos e comercializados. Eles se levantarão e, com eles, se levantará também toda a raça das mães.

– Tolice!... bobagem!

– Bem – disse Agostinho –, há um velho dito que reza assim: "Vai acontecer o mesmo que nos tempos de Noé; todos comiam, bebiam, semeavam, construíam e, quando menos esperavam, o dilúvio chegou."

— Pelo que vejo, Agostinho, você tem grande talento para pregador ambulante — concluiu Alfredo, rindo. — Nunca receie por nós; a posse vale o título. Nós temos a força e o poder. Essa raça escravizada — continuou ele, batendo firme com o pé no chão — está debaixo de nossos pés e assim deve ficar. Temos energia suficiente para pensar em gastar nossa própria pólvora.

— Filhos treinados como seu Henrique serão excelentes guardas para seus depósitos de pólvora — disse Agostinho —, pois são frios e autoconfiantes! O provérbio diz: "Quem não sabe se governar não pode governar os outros."

— Essa é realmente uma dificuldade — admitiu Alfredo, pensativo. — Não há dúvida que nosso sistema não é o melhor para educar os filhos. Em geral, permite livre curso às paixões que, em nosso clima, são bastante ardentes. Tenho sérios problemas com Henrique. Ele é generoso, tem um coração excelente, mas é explosivo quando provocado. Creio que vou mandá-lo ao norte para sua educação, onde a obediência é mais prezada e onde pode ter mais contato com seus iguais e menos com dependentes..

— Como a educação dos filhos é a obra essencial da raça humana — disse Agostinho —, chego a pensar que nosso sistema educacional não funciona muito bem.

— Não funciona para certas coisas — retrucou Alfredo —, mas para outras, sim. Torna os jovens mais fortes e corajosos, e os próprios vícios de uma raça abjeta contribuem para fortificar neles as virtudes opostas. Acho que agora Henrique aprecia melhor a beleza da verdade, ao ver que a mentira e a dissimulação são sinais característicos da escravidão.

— Uma visão cristã do assunto, certamente! — disse Agostinho.

— É verdadeira, seja ela cristã ou não; e é tão cristã como a maioria das coisas deste mundo — retrucou Alfredo.

— Pode ser — contentou-se em dizer St. Clare.

— Bem, é inútil ficarmos falando disso, Agostinho. Creio que ficamos girando em torno do mesmo assunto algumas centenas de vezes, mais ou menos. Não seria melhor jogarmos uma partida de gamão?

Os dois irmãos subiram até a varanda e sentaram-se num banco de bambu, diante de um tabuleiro de gamão. Enquanto dispunham as peças do jogo, Alfredo disse:

— Garanto-lhe, Agostinho, que, se eu pensasse como você, faria alguma coisa.

– Creio que sim... você é um homem de ação... mas o que faria?

– Ora, começaria por educar seus próprios escravos, como amostra – disse Alfredo, com um sorriso meio irônico.

– Seria o mesmo que colocar uma montanha nas costas deles e mandá-los levantar e caminhar. Não haveria como educar meus escravos sob todo o imenso peso de uma sociedade que os oprime. Um homem só nada pode fazer contra a ação de toda a comunidade. A educação, para ser proveitosa, deve estar sob a tutela do Estado ou então que um grande número de pessoas concorde em difundi-la.

– Dê você o primeiro lance da partida – disse Alfredo.

E logo os irmãos estavam entretidos no jogo e só conseguiram ouvir o bater dos cascos dos cavalos quando estes estavam embaixo da varanda.

– São nossos filhos! – exclamou Agostinho, levantado-se. – Olhe só, Alfredo! Já viu um par mais lindo?

Na verdade, era um quadro encantador. Henrique, com a fronte alta, cabelos escuros reluzentes e rosto avermelhado, ria alegremente enquanto se inclinava para sua bela prima, ao entrar. Ela estava vestida com um traje azul, próprio para cavalgar, com um boné da mesma cor. O exercício lhe havia conferido uma coloração mais viva a seu rosto e realçava o efeito de sua singular pele transparente e de seu cabelo loiro.

– Deus do céu! Que beleza deslumbrante! – exclamou Alfredo. – Quantos corações, Agostinho, ela não vai despedaçar, qualquer dia desses!

– Sim, com toda a certeza... só Deus sabe quanto isso me preocupa! – disse St. Clare, num tom de súbita amargura, ao descer correndo para apeá-la do cavalo.

– Eva, querida! Não está muito cansada? – perguntou-lhe ele, apertando-a nos braços.

– Não, papai – respondeu ela, mas sua respiração ofegante alarmou o pai.

– Por que correu tanto a cavalo?... Você sabe que isso não lhe faz bem.

– Eu me sentia tão bem, papai, e gosto tanto que me esqueci.

St. Clare carregou-a nos braços até a sala de estar e a deitou no sofá.

– Henrique, deve ter cuidado com Eva – disse ele. – Não devia ter deixado que corresse tanto.

– Agora vou tomar conta dela – disse Henrique, sentando-se ao lado dela e tomando-lhe a mão.

Eva logo se sentiu bem melhor. O pai e o tio retomaram a partida de gamão e os dois primos foram deixados sozinhos.

— Sabe, Eva, lamento muito que papai só vai ficar aqui mais dois dias, porque não vou vê-la de novo tão cedo! Se ficasse aqui com você, trataria de ser bom e não maltratar Dodo e outras coisas. Isso não quer dizer que eu faço questão de maltratar Dodo, mas, sabe, tenho um temperamento explosivo. Não sou realmente mau para com ele. De vez em quando, até lhe dou uns vinténs e pode ver como ele anda bem vestido. Enfim, acho que Dodo deve estar contente com sua sorte.

— Você se sentiria contente se não tivesse ninguém que o amasse perto de você?

— Eu?... certamente que não.

— E você tirou Dodo do meio de todos os amigos que ele tinha e agora não tem ninguém que o ame... ninguém pode ser bom desse jeito.

— Bem, não posso evitar isso, pelo que sei. Não posso restituir-lhe a mãe e eu mesmo não posso amá-lo, como a nenhum outro.

— Por que não pode amá-lo? — perguntou Eva.

— *Amar* Dodo! Ora, Eva, não conseguiria! Posso *gostar* dele, e muito até, mas não se *ama* os próprios escravos.

— Mas eu os amo, de verdade.

— Que coisa esquisita!

— A Bíblia não diz que devemos amar a todos?

— Oh! a Bíblia! Com toda a certeza, a Bíblia diz muitas coisas desse gênero, mas ninguém as põe em prática... você sabe, Eva, ninguém as pratica.

Eva não respondeu. Ficou pensativa, com seus olhos fixos por um momento.

— Em todo caso — disse ela —, peço-lhe que ame o pobre Dodo, caro primo, e seja bom para com ele, pelo menos por minha causa!

— Eu poderia amar qualquer coisa, por sua causa, querida prima, pois creio firmemente que você é a criatura mais amável que já vi na vida!

Henrique disse essas palavras com tanta sinceridade que seu belo rosto chegou a corar. Eva recebeu o cumprimento com perfeita simplicidade, sem a menor alteração de suas feições, contentando-se em responder:

— Fico muito contente com o que acaba de dizer, querido Henrique. Espero que não se esqueça disso.

Nesse momento, a sineta tocou para o jantar e pôs um fim à conversa.

24
PRESSÁGIOS

Dois dias depois, Alfredo e Agostinho se separaram. Eva que, estimulada pela companhia de seu jovem primo, se havia fatigado além de suas forças, começou a declinar rapidamente em sua saúde. St. Clare decidiu, enfim, consultar um médico, coisa que sempre havia evitado, porque lhe parecia ter de admitir uma funesta verdade. Mas Eva passou tão mal durante um dia ou dois, confinada dentro de casa, que não havia outro remédio senão chamar o médico.

Maria St. Clare não tinha tomado conhecimento do progressivo enfraquecimento das forças e da saúde da filha, porque estava completamente absorvida no estudo de duas ou três novas formas de doença de que se julgava acometida. Seu primeiro artigo de fé era que ninguém podia nem poderia sofrer tanto quanto ela. Por isso repelia indignada qualquer hipótese de que alguém em torno dela estivesse doente. Sempre tinha certeza, em qualquer caso, de que não era nada a não ser preguiça ou falta de energia e se contentava em afirmar que, se os outros padecessem o que ela sofria, logo haveriam de perceber a diferença.

A senhorita Ofélia havia tentado em vão, por várias vezes, despertar-lhe a solicitude maternal para o caso de Eva.

– Não me parece que a pequena esteja doente – respondia ela. – A menina anda correndo e brincando por aí.

– Mas está com tosse.

– Tosse! Não me fale de tosse. Sempre tive tosse, durante toda a minha vida. Quando eu tinha a idade de Eva, todos me julgavam tuberculosa. Noite após noite, Mammy costumava ficar à minha cabeceira. Oh! a tosse de Eva não é nada.

– Mas ela está ficando fraca, respira com dificuldade.

– Ora! Tive isso durante anos a fio; é apenas uma indisposição nervosa.

– Mas ela transpira demais à noite!

– Bem, passei por isso dez anos. Muitas vezes, noite após noite, minhas roupas estavam ensopadas. Não havia um fio de tecido seco em minha roupa de dormir e os lençóis estavam tão molhados que Mammy tinha de estendê-los no varal! É impossivcl que Eva sue tanto assim!

A senhorita Ofélia calou-se por algum tempo. Mas quando Eva estava completa e visivelmente prostrada e o médico foi chamado, Maria, repentinamente, mudou de versão.

– Sabia disso – dizia ela. – Já tinha pressentido que estava destinada a ser a mais infeliz das mães. Aqui estava ela, com sua malfadada saúde e com sua única e querida filha descendo para o túmulo diante de seus olhos...

E Maria, dominada por essa nova infelicidade, mandava embora Mammy à noite e, durante todo o dia, xingava e ralhava mais energicamentc do que nunca.

– Querida Maria, não fale assim – dizia St. Clare. – Você não deve se desesperar desse modo.

– Você não tem um coração de mãe, St. Clare! Nunca vai poder me compreender!... Nunca!

– Mas não fale assim, como se fosse um caso perdido!

– Não posso ficar indiferente como você, St. Clare! Se nada sente quando sua filha está nesse estado alarmante, eu sinto. É um golpe terrível demais para mim, depois de tudo o que tenho sofrido!

– É verdade – disse St. Clare – que Eva é muito delicada; sempre o soube; e é verdade que cresceu tão rapidamente, que exauriu suas forças; sei também que seu estado é crítico. Mas nesse momento ela está prostrada por causa do calor do clima e por causa da excitação e dos esforços que fez durante a visita do primo. Mas o médico diz que há esperança.

– Muito bem; é claro que você pode olhar as coisas pelo lado melhor; faça isso. É uma grande fortuna neste mundo ser privado de sensibilidade! Garanto que gostaria de não sentir o que sinto; isso só me deixa inteiramente infeliz. Gostaria de estar tão tranquila como todos vocês!

E todos tinham boas razões para desejar o mesmo, porque Maria, fazendo alarde desse novo desgosto, servia-se dele como motivo e desculpa para atormentar todos aqueles que a cercavam. Qualquer palavra que fosse dita por alguém, qualquer coisa que fosse feita ou não em qualquer lugar constituía nova prova de que ela estava rodeada por pessoas insensíveis, de coração de pedra, e que não se importavam com o grande sofrimento dela. A pobre menina, que ouviu algumas dessas conversas, chorava de pena e se entristecia por causar tamanha aflição à mãe.

Depois de uma semana ou duas, houve grande melhora no estado de saúde de Eva... uma dessas enganosas melhoras, pela qual a inexorável doença tão amiúde ilude o coração aflito, mesmo à beira do túmulo. Os passos de Eva estavam novamente percorrendo o jardim, a varanda; ela brincava e ria outra vez e, o pai, em transportes de contentamento, dizia que logo mais a teriam mais saudável que nunca. A senhorita Ofélia e o médico foram os únicos que não se encorajaram com essas falaciosas tréguas. Havia outro coração também que tinha a mesma certeza, o pequeno coração de Eva. Qual é, pois, a voz que fala à alma tão calma e claramente que seu tempo terrestre é extremamente curto? Será o secreto instinto da natureza que decai ou a impulsiva aspiração da alma à imortalidade que dela se aproxima? Seja o que for, Eva sentia uma tranquila, suave e profética certeza de que o céu estava perto; certeza calma como a luz do pôr do sol, suave como a harmoniosa tranquilidade do outono, nela seu coração repousava, entristecido unicamente pelo sofrimento daqueles que a amavam tão ternamente.

Quanto a ela, embora cercada de todos os cuidados e embora a vida se despregasse diante dela com todo o brilho que o amor e a riqueza podem dar, não se lamentava por sentir-se à beira da morte.

Naquele livro, que ela e seu velho amigo tantas vezes tinham lido juntos, tinha encontrado a imagem daquele que amava as crianças; tinha-a guardado em seu coração e, à força de contemplá-la interiormente, essa imagem tinha cessado de ser para ela uma visão indistinta do passado e se havia tornado uma realidade viva, presente. O amor de Jesus envolveu seu coração com uma ternura imortal e era para ele, dizia ela, que estava indo e para a morada dele.

Mas seu coração se entristecia profundamente por todos aqueles que teria de deixar, principalmente o pai, pois Eva, embora nunca pensasse nisso voluntariamente, tinha uma instintiva percepção de que ela ocupava o primeiro lugar no coração dele. Ela amava a mãe, porque era uma pessoa extremamente amável e todo o egoísmo que percebia nela só lhe inspirava tristeza e perplexidade; tinha a confiança implícita e infantil de que a mãe não podia agir de modo errado.

Havia nela alguma coisa que Eva não podia compreender; mas evitava deter-se nisso e pensava que, afinal de contas, era sua mãe e ela a amava de todo o coração.

Sentia também por aqueles afeiçoados e fiéis escravos, para quem ela era a luz do dia e o raio de sol. As crianças quase nunca generalizam, mas Eva era uma extraordinária criança de uma maturidade precoce; e todos os males de um sistema sob o qual os escravos tinham de viver tinham calado fundo em seu compassivo coração. Tinha vagos anseios de fazer algo por eles, de salvar não somente aqueles que a rodeavam, mas também todos os que viviam nas mesmas condições... anseios que contrastavam dolorosamente com a debilidade de seu organismo.

– Pai Tomás – disse ela, um dia, depois de ler algo para seu amigo –, agora consigo compreender porque Jesus quis morrer por nós!

– Por que, senhorita Eva?

– Porque senti o mesmo também.

– Que quer dizer, senhorita Eva?... Nao compreendo.

– Não sei como explicar. Mas quando vi aqueles pobres infelizes no barco, no qual você e eu também estávamos... alguns tinham perdido a mãe, algumas mulheres tinham deixado os maridos e algumas mães choravam a perda dos filhos pequenos... e quando ouvi a história da pobre Prue... oh, isso não foi terrível?... e muitas outras vezes senti que ficaria contente em morrer, se minha morte pudesse acabar com toda essa desgraça. Sim, eu morreria por eles, Tom, se pudesse! – disse a menina, séria, pousando sua pequena mão na dele.

Tomás olhou para ela assustado. E quando ela, ouvindo a voz do pai, saiu dali, ele enxugou os olhos várias vezes, enquanto a seguia com a vista.

– É inútil tentar conservar a senhorita Eva entre nós – disse ele a Mammy, que encontrou um momento depois. – Ela está com marca do Senhor na fronte.

– Ah, sim, sim – disse Mammy, levantando as mãos. – Sempre disse isso. Nunca foi uma criança para continuar vivendo neste mundo... havia sempre algo de profundo nos olhos dela. Eu disse isso à patroa, e muitas vezes; é a pura verdade... todos vemos isso... querido e abençoado cordeirinho!

Eva subiu depressa os degraus da varanda para se encontrar com o pai. Já era final de tarde e os raios do sol formavam uma espécie de auréola por trás dela, enquanto avançava vestida de branco, com seus cabelos loiros e faces coradas, com os olhos estranhamente brilhantes por causa da lenta febre que queimava em suas veias.

St. Clare a tinha chamado para lhe mostrar a estatueta que tinha comprado para ela. Mas sua aparência, ao chegar, o impressionou súbita e penosamente. Há uma espécie de beleza tão intensa, ao mesmo tempo tão frágil, que nossa vista não pode suportar. O pai a envolveu imediatamente em seus braços e quase se esqueceu do que queria lhe dizer.

- Querida Eva, está melhor hoje, não é?

- Papai - respondeu Eva, com repentina firmeza -, tenho coisas que queria lhe dizer há muito tempo. Quero dizê-las agora, antes de ficar mais fraca.

St. Clare estremeceu. Eva se sentou no colo do pai e deitou a cabeça no peito dele, dizendo:

- Não adianta, papai, que continuem cuidando de mim. A hora está chegando e eu vou deixá-los. Vou para nunca mais voltar! - E começou a soluçar.

- Oh, não, minha querida Eva! - exclamou St. Clare, tremendo ao falar, mas tentando disfarçar. - Você está nervosa e abatida. Não deve acalentar esses pensamentos sombrios. Olhe, comprei uma estatueta para você!

- Não, papai - disse Eva, afastando-a delicadamente. - Não se iluda!... Não estou nada melhor, sei muito bem disso... e vou partir, em breve. Não estou nervosa... não estou abatida. Se não fosse por você, papai, e por meus amigos, eu estaria perfeitamente feliz. Quero ir... anseio por ir!

- Ora, querida filha, o que é que tornou seu coração tão triste? Você teve tudo para ser feliz, tudo o que pudesse ter.

- Prefiro ir para o céu; embora, só por causa de meus amigos, eu tivesse vontade de viver. Há muitas coisas neste mundo que me deixam triste; para mim, isso é terrível. Prefiro estar lá em cima, no além, mas não quero deixá-lo... isso é de partir meu coração.

- O que a deixa triste e lhe parece terrível, Eva?

- Oh, coisas que acontecem e acontecem o tempo todo. Fico triste por causa de nossos pobres escravos que me amam ternamente e eles todos são bons e amáveis comigo. Gostaria, papai, que eles fossem todos livres.

- Ora, Eva, minha filha, não acha que eles são bem tratados agora?

- Mas papai, se lhe acontecesse alguma coisa, o que seria deles? Há pouquíssimos homens iguais a você, papai. O tio Alfredo não é como você, mamãe tampouco; e pense então nos donos da pobre Prue! Que coisas horrendas as

25
A PEQUENA EVANGELISTA

Tarde de domingo. St. Clare, estirado numa cadeira de bambu na varanda, fumava um charuto. Maria estava reclinada num sofá, perto da janela do outro lado da varanda, sob um mosquiteiro e segurando nas mãos um livro de orações elegantemente encadernado. Estava com ele porque era domingo e fingia que estava lendo, mas, na realidade, tinha estado apenas tirando seguidos cochilos, com o livro aberto nas mãos.

A senhorita Ofélia, depois de muito procurar pelos arredores, tinha por fim descoberto a alguma distância uma pequena reunião metodista. Tinha ido até lá, acompanhada de Tomás, que dirigia a carruagem, e Eva.

— Agostinho — disse Maria, depois de dormitar um pouco —, tenho de mandar chamar o doutor Posey; tenho certeza de que estou sofrendo do coração.

— Por que mandar chamar o doutor Posey? O médico que trata de Eva parece muito competente.

— Não me confiaria nele num caso crítico — respondeu Maria. — E acho que meu caso é realmente crítico. Andei pensando nisso nessas últimas noites; sinto dores contínuas e palpitações estranhas.

— Oh, Maria! Está imaginando coisas. Não creio que esteja sofrendo do coração.

— Já sabia que não acreditaria — replicou Maria. — Já esperava por isso. Se Eva tem uma leve tosse, você se alarma todo, mas você nunca pensa em mim.

— Se é particularmente de seu agrado ter uma doença do coração, ora, vou confirmar que a tem — disse St. Clare. — Mas eu não sabia que a tinha.

— Bem, só espero que não fique lamentando depois, quando for tarde demais! — disse Maria. — Mas, acredite ou não, minha aflição por causa de Eva e os esforços que fiz em favor dessa querida filha contribuíram para o desenvolvimento da doença, de cuja existência há muito já suspeitava.

Até que ponto os "esforços" a que Maria se refeia a tinham fatigado, era difícil dizer. Foi o que St. Clare pensou, mas não disse nada e continuou fumando, como um coração endurecido que era, até o momento em que a carruagem trouxe de volta a senhorita Ofélia e Eva.

A senhorita Ofélia foi diretamente até o quarto, para tirar o chapéu e o xale, como sempre fazia, antes de dizer qualquer coisa sobre qualquer assunto. Eva correu até o pai e se sentou no colo dele, contando-lhe o que havia visto e ouvido na igreja metodista.

De repente, ouviram exclamações em voz alta provenientes do quarto da senhorita Ofélia e violentas recriminações dirigidas a alguém.

— Que nova peraltice aprontou Topsy? — perguntou St. Clare. — Aposto que é ela que causa tudo isso!

Pouco depois apareceu a senhorita Ofélia, no auge da indignação, arrastando pelo braço a menina.

— Venha, que vou contá-lo ao patrão!

— O que foi agora? — perguntou St. Clare.

— O caso é que não consigo mais suportar essa criança! Passou dos limites, quem haveria de tolerá-la! Deixei-a trancada no quarto e lhe dei um cântico para decorar. E o que ela fez foi procurar minha chave, abrir as gavetas de minha cômoda, tirar um véu bordado de meu chapéu e cortá-lo em pedaços para fazer roupinhas para suas bonecas. Nunca vi uma coisa dessas em minha vida!

— Eu lhe disse, prima — interveio Maria —, que iria descobrir que essas criaturas só podem ser educadas com extrema severidade. Se pudesse fazer o que penso — disse ela, olhando com ar de reprovação para St. Clare —, mandaria essa criança lá para fora e lhe aplicava uma boa carga de vergastadas; eu a teria açoitado até que ela não pudesse mais suportar. .

— Não duvido — disse St. Clare. — E venham depois me falar das ternas maneiras da mulher! Ainda não vi uma mulher que, se a deixassem agir a seu modo, não matasse um cavalo ou um escravo!... deixem-na em paz.

— Não vejo sentido nenhum nessa sua lenga-lenga, St. Clare! — replicou Maria. — A prima é uma mulher sensata e creio que está pensando agora exatamente como eu.

A senhorita Ofélia era capaz de se indignar como qualquer outra governanta metódica; e essa indignação tinha sido provocada pela artimanha e pelo desperdício da menina. Na verdade, muitas de minhas leitoras devem concordar que, em tais circunstâncias, teriam reagido da mesma forma. Mas ela se acalmou depois de ouvir as palavras de Maria, que foram muito além do que ela podia imaginar.

– Por nada deste mundo gostaria de ver uma criança tratada dessa forma – disse ela –, mas garanto-lhe, Agostinho, que não sei mais o que fazer. Já a ensinei de tudo que é jeito, falei-lhe até cansar, bati nela, castiguei-a com todos os meios a meu alcance e ela continua exatamente igual ao dia em que chegou.

– Venha cá, Topsy, sua macaquinha! – disse St. Clare, chamando a menina para junto dele.

Topsy foi até ele, com seus olhos arredondados brilhando e piscando num misto de apreensão e de sua costumeira e esquisita peraltice.

– Por que é que você se comporta desse jeito? – perguntou St. Clare, que não conseguia ficar sério com a estranha expressão da menina.

– É por causa de meu coração malvado – respondeu Topsy, séria. – A senhorita Ofélia é quem diz isso.

– Não está vendo tudo o que a senhorita Ofélia tem feito por você? Ela me disse que fez tudo o que podia fazer por você.

– Sim, senhor! A antiga patroa costumava me dizer isso também. Ela me dava chicotadas muito mais violentas; costumava puxar meus cabelos e bater minha cabeça contra a porta, mas isso não adiantava! Acho que se tivesse arrancado todos os cabelos de minha cabeça, não ia adiantar nada do mesmo jeito... é porque eu sou muito má! Ora, eu não sou nada mais que uma negra, é tudo!

– Bem, acho que vou desistir dela – disse a senhorita Ofélia. – Não posso mais continuar com essa praga.

– Muito bem. Gostaria de lhe fazer só uma pergunta – disse St. Clare.

– Qual é?

– Pois bem, se seu Evangelho não tem o poder de salvar uma única criança pagã, que pode abrigar em sua casa, a seu inteiro dispor, de que adianta mandar um ou dois pobres missionários no meio de milhares de seres semelhantes a ela? Creio que essa menina é praticamente uma amostra do que são os milhares de seus pagãos.

A senhorita Ofélia não respondeu de imediato. Eva, que tinha presenciado a cena como silenciosa espectadora, fez um sinal a Topsy para que a seguisse. Havia uma pequena sala envidraçada no canto da varanda, que St. Clare usava como sala de leitura. Eva e Topsy entraram nesse local.

– O que é que Eva fai fazer agora? – perguntou St. Clare. – Gostaria de ver.

E, avançando na ponta dos pés, levantou um canto da cortina que cobria a porta envidraçada e olhou para dentro. Um instante depois, pondo o dedo nos lábios, acenou à senhorita Ofélia para que viesse ver. As duas crianças estavam sentadas no chão, viradas de perfil para eles. Topsy, com seu usual ar de indiferente peraltice e despreocupação, mas, diante dela, Eva se mostrava comovida, com lágrimas que corriam de seus grandes olhos.

– O que é que a torna tão má, Topsy? Por que não tenta ser boa? Você ama alguém, Topsy?

– Não sei nada sobre amor. Eu amo doces e coisas parecidas, é tudo – respondeu Topsy.

– Mas você ama seu pai e sua mãe?

– Nunca tive pai nem mãe, você sabe. Já lhe contei, senhorita Eva.

– Oh! é verdade – disse Eva, triste. – Mas você não tem irmão ou irmã, tia ou...

– Não, nunca tive nada disso... nunca tive nada nem ninguém.

– Mas, Topsy, se você tentasse ao menos ser boa, você poderia...

– Nunca poderia ser nada, a não ser uma negra, mesmo que eu fosse boa – disse Topsy. – Se eu pudesse trocar de pele e ficar branca, então eu tentaria.

– Mas as pessoas podem amá-la, mesmo que seja negra, Topsy. A senhorita Ofélia a amaria, se você fosse boa.

Topsy deu uma repentina e breve risada, que era seu modo usual de expressar incredulidade.

– Não acredita nisso? – perguntou Eva.

– Não, ela não me supporta, porque sou negra!... Ela preferiria tocar num sapo antes que em mim! Não há ninguém que ame os negros e os negros não podem fazer nada! Eu pouco me importo – disse Topsy, começando a assobiar.

– Oh, Topsy! pobre menina, mas eu amo você! – exclamou Eva, com súbita explosão de ternura, pousando sua branca mãozinha no ombro de Topsy. – Eu amo você, porque você não tem pai nem mãe nem amigos... porque você é uma pobre criança maltratada! Eu amo você e quero que seja boa! Eu estou muito doente, Topsy, e acho que não vou viver muito; e realmente me aflige muito vê-la tão desobediente. Gostaria que você tentasse ser boa por minha causa... é só por pouco tempo que vou estar junto com você.

Os olhos redondos e penetrantes da negrinha estavam rasos de lágrimas... grandes e brilhantes gotas escorriam pesadamente pelas faces, uma a uma, e caíam sobre a mãozinha branca. Sim, nesse momento, um raio de verdadeira fé, um raio de amor celestial tinha penetrado na escuridão de sua alma pagã! Com a cabeça pousada sobre os joelhos de Eva, chorava e soluçava... enquanto a bela menina, inclinada sobre ela, parecia a imagem de um anjo cheio de luz curvando-se para socorrer um pecador.

– Pobre Topsy! – disse Eva. – Não sabe que Jesus ama a todos igualmente? Ele quer amar você como ama a mim. Ele ama exatamente como eu amo... só que bem mais, porque ele é melhor. Ele vai ajudar você a ser boa e você pode, finalmente, ir para o céu e ser um anjo para sempre, precisamente como se você fosse branca. Pense nisso, Topsy!... você pode ser um daqueles espíritos brilhantes, como diz o hino que pai Tomás canta.

– Oh, querida senhorita Eva, querida senhorita Eva! – exclamou a menina. – Vou tentar, vou tentar. Eu nunca me tinha importado com nada disso.

Nesse momento, St. Clare deixou cair o canto da cortina.

– Isso me faz lembrar de minha mãe – disse ele à senhorita Ofélia. – É bem verdade o que ela me dizia. Se quisermos dar vista aos cegos, devemos fazer como fazia Jesus Cristo... chamá-los para perto de nós e pôr nossas mãos sobre eles.

– Eu sempre tive preconceitos contra os negros – disse a senhorita Ofélia. – Além disso, é verdade que não podia suportar que essa negrinha me tocasse, mas achava que ela não percebia isso.

– Parece que não sabe que nada escapa às crianças – retrucou St. Clare. – Não há como escondê-lo delas. Estou persuadido de que todos os benefícios e todos os favores feitos a uma criança nunca vão provocar a mais leve demonstração de gratidão, enquanto esse sentimento de repugnância permanecer no coração... é algo singular, mas é assim.

– Não sei como me livrar disso – disse a senhorita Ofélia. – Eles me causam repulsa... essa negrinha em particular... como posso eliminar esse sentimento?

– Eva conseguiu, ao que parece.

– Bem, ela é tão amável! Afinal de contas, ela nada mais é que a perfeita imagem de Cristo – disse a senhorita Ofélia. – Gostaria de ser como ela. Poderia me dar lições.

– Se fosse o caso, não seria a primeira vez que uma criança é chamada para ensinar a alguém mais velho – disse St. Clare.

26
A MORTE

Não chore por aqueles que o véu do túmulo
Escondeu de seus olhos na primeira manhã da vida.

Thomas Moore

O quarto de Eva era um cômodo espaçoso que, como os demais da casa, davam para a ampla varanda. De um lado, se comunicava com o dos pais e, do outro, com o da senhorita Ofélia. St. Clare se havia esmerado em mobiliá-lo com gosto e num estilo que devia agradar a quem ia ocupá-lo. As janelas estavam providas de cortinas de musselina rosa e branca; o assoalho era coberto com um tapete vindo de Paris, segundo o padrão indicado por ele, ornado nas bordas com botões de rosa e folhas e, no centro, com rosas totalmente desabrochadas. A cama, as cadeiras, os sofás eram de bambu, trabalhados em modelos peculiarmente graciosos e originais. Acima da cabeceira da cama se destacava um pedestal de alabastro, sobre o qual se erguia um belo anjo esculpido, de asas encolhidas, segurando uma coroa de folhas de mirto. Deste pendiam sobre a cama leves cortinas de gaze com filigranas de prata como proteção contra os mosquitos, abundantes nessa zona. Os graciosos sofás de bambu eram supridos de almofadas de damasco cor de rosa, enquanto sobre eles, partindo das mãos de estátuas esculpidas, havia cortinas de gaze similares àquelas que cobriam a cama. Em cima de uma pequena e linda mesa de bambu, colocada no meio do quarto, estava um rico vaso de mármore, trabalhado em forma de lírio, cercado de botões, sempre cheio das mais belas flores do jardim. Sobre essa mesa, apareciam os livros de Eva e pequenas joias, além de um rico tinteiro de alabastro que seu pai lhe tinha dado quando a viu tentando escrever. Havia também uma lareira no quarto e sobre suas bordas estava posta uma linda estatueta de Jesus abençoando as crianças, com vasos de mármore de cada lado, vasos que todas as manhãs recebiam flores trazidas com imensa alegria por Tomás. Dois ou três finos quadros, representando cenas de crianças em variadas poses, embelezavam as paredes. Em resumo, os olhos não podiam fixar-se em parte alguma, sem dar com imagens de crianças, de beleza e de paz. Aqueles pequenos olhos nunca se abriam, pela manhã, sem pousar sobre algo que sugeria ao coração belos e amenos pensamentos.

A enganosa força que, durante algum tempo, havia reavivado Eva estava se esvaindo. Raras vezes seus leves passos eram ouvidos na varanda e sempre com maior frequência era encontrada reclinada num pequeno sofá diante da janela aberta, com seus grandes e profundos olhos fixos nas águas do lago.

Assim estava ela, reclinada no sofá, pelo meio da tarde, com a Bíblia aberta e com seus pequenos dedos descuidadamente entre as folhas, quando ouviu, de súbito, a mãe transtornada, gritando na varanda.

– O que está fazendo agora, sua malvada? Mais uma das suas! Por que apanhou essas flores?

E, ao mesmo tempo, Eva ouviu o estalo de sonora bofetada.

– Minha senhora! São para a senhorita Eva! – respondeu uma voz chorosa, que Eva reconheceu ser a de Topsy.

– Para a senhorita Eva? Bela desculpa!... Acha que ela quer suas flores, sua negra sem-vergonha! Suma daqui!

No mesmo instante, Eva saltou do sofá e correu para a varanda.

– Oh, mãe, não faça isso! Eu gosto de flores, por favor, eu as quero.

– Ora, Eva, seu quarto está cheio de flores.

– Para mim, nunca são demais – retrucou Eva. – Topsy, traga-as para cá.

Topsy, que estava parada, amuada e de cabeça baixa, se aproximou e ofereceu as flores a Eva. Ela o fez com hesitação e timidez, bem diferente da ousadia e vivacidade que sempre mostrava.

– Que belo ramalhete! – exclamou Eva, ao recebê-lo.

Era realmente singular, montado com um gerânio vermelho e uma única rosa branca com belas folhas. Era um belo contraste de cores e o arranjo tinha sido muito bem estudado. Topsy ficou contente quando Eva lhe disse:

– Você sabe fazer belos arranjos de flores. Este vaso não tem flores. Gostaria que me trouxesse um ramalhete todos os dias para colocar nele.

– Bem estranho! – disse Maria. – Para que vai querer isso?

– Não importa, mãe! A senhora deveria ver de bom grado o que Topsy pretende fazer, não acha?

– Claro, como quiser, querida! Topsy, veja se obedece à sua jovem senhora... não se esqueça.

Topsy fez um leve cumprimento e baixou os olhos; e, ao voltar-se para sair, Eva viu uma lágrima escorrendo por seu rosto escuro.

– Veja só, mamãe! Eu sabia que a pobre Topsy queria fazer algo por mim – disse Eva.

– Oh, bobagem! É só porque gosta de aprontar. Ela sabe que não pode colher flores... mas ela o fez; é tudo. Mas se você quiser que ela as colha, que seja!

– Mamãe, acho que Topsy está bem diferente do que era antes. Está tentando ser uma boa menina.

– Deverá tentar por um bom tempo antes de consegui-lo – disse Maria, com um riso irônico.

– Bem, mamãe, a senhora conhece Topsy. Tudo tem estado sempre contra ela.

– Não, desde que ela está aqui. Houve quem falasse com ela, quem a aconselhasse e quem fizesse tudo o que pode ser feito por ela... e continua tão malvada e será sempre assim; nada pode ser feito com ela.

– Mas, mamãe, é tão diferente ser criada como eu, com tantos amigos, com tantas coisas para que eu me tornasse boa e feliz, e ser criada como ela o foi até chegar aqui!

– É bem provável – disse Maria, bocejando. – Querida, que calor insuportável!

– Mamãe, acredita que Topsy poderia tornar-se um anjo como qualquer uma de nós, se ela fosse cristã?

– Topsy! Que ideia ridícula! Ninguém mais a não ser você poderia pensar numa coisa dessas. Bem, acho que até poderia.

– Mas mamãe, Deus não é um pai para ela como o é para nós? Jesus não é o Salvador dela também?

– Bem, pode ser. Acho que Deus criou a todos – disse Maria. – Onde está meu frasco de cheiro?

– Que pena! Oh! que pena! Exclamou Eva, olhando para o distante lago e falando mais para si mesma.

— Que foi agora? — perguntou-lhe a mãe.

— Ora, que alguém, que poderia ser um anjo brilhante e viver com os anjos, possa cair, cair sempre mais, sem que ninguém o ajude!... Oh, meu Deus!

— Ora, não podemos evitá-lo. É inútil se afligir por isso, Eva! Não sei o que se possa fazer. Devemos ficar reconhecidos pelos bens de que dispomos.

— É muito difícil para mim — disse Eva. — Sinto muito ao pensar na pobre gente que nada tem.

— Isso não leva a nada — replicou Maria. — Minha religião me pede que me mostre agradecida por tudo o que tenho.

— Mamãe — disse Eva —, gostaria de cortar o cabelo e apará-lo bastante.

— Para quê? — perguntou-lhe a mãe.

— Queria distribuir um pouco dele entre meus amigos, enquanto eu for capaz de fazê-lo. Não poderia pedir à tia para que o cortasse?

Maria levantou a voz e chamou a senhorita Ofélia, que estava na outra sala.

Quando Eva a viu entrar, endireitou-se um pouco sobre as almofadas e, sacudindo os longos cabelos loiros, disse, brincando:

— Vamos, tia, tose a ovelha!

— O que significa isso? — perguntou St. Clare, que entrava nesse momento com algumas frutas que havia colhido para a filha.

— Papai, só estou querendo que a tia corte meu cabelo, que está longo demais e esquenta minha cabeça. E quero distribuir um pouco dele.

A senhorita Ofélia chegou com a tesoura.

— Tenha cuidado e não estrague a aparência dela! — interveio o pai. — Corte por baixo, onde não aparece. O cabelo de Eva é um verdadeiro encanto para mim.

— Oh, papai! — exclamou Eva, com tristeza.

— Sim, e quero que o conserve bonito para quando formos à fazenda do tio, para ver seu primo Henrique — acrescentou St. Clare, com ar alegre.

— Nunca vai me ver indo para lá, papai... vou para um lugar melhor. Por favor, acredite em mim! Não está vendo, papai, que estou ficando mais fraca a cada dia que passa?

— Por que insiste em querer que eu acredite numa coisa tão cruel? — perguntou o pai.

— Só porque é verdade, papai. Se acreditasse nisso, talvez conseguisse sentir o que eu sinto a respeito.

St. Clare se calou e ficou olhando com ar triste os longos e belos cachos que, à medida que eram cortados, caíam no colo da filha. Ela os apanhava, olhava-os compenetrada e os enrolava com seus finos dedos, fitando ansiosamente, de vez em quando, o pai.

- Era justamente o que eu previa! - exclamou Maria. - E é isso que tem minado minha saúde, dia após dia, e que pode me levar à sepultura, embora ninguém se importe. Há muito previa isso, St. Clare, e verá, dentro em pouco, se eu tinha ou não razão.

- Isso vai lhe dar grande consolo, sem dúvida - retrucou St. Clare, num tom seco e amargo.

Maria se reclinou num sofá e cobriu o rosto com o lenço de cambraia.

Os olhos azuis de Eva se dirigiam seriamente ora para um, ora para outro. Era a serenidade de uma alma já meio desembaraçada dos vínculos terrestres. Era evidente que ela percebia e sentia a diferença existente entre os dois.

Ela acenou com a mão para o pai, que se aproximou e sentou ao lado dela.

- Papai, minhas forças vão se esvaindo aos poucos e sei que devo partir. Há muitas coisas que desejaria dizer e fazer... que deveria fazer, mas parece que não quer mesmo me ouvir falar disso. Não posso mais perder tempo, não posso mais adiar. Por favor, poderia me escutar agora?

- Filha, pode falar! - disse St. Clare, cobrindo os olhos com uma mão e, com a outra, segurando a de Eva.

- Pois bem, eu queria ver todas as pessoas desta casa. Tenho algumas coisas que devo transmitir a elas - disse Eva.

- Muito bem - disse St. Clare, num tom de total resignação.

A senhorita Ofélia mandou um mensageiro e logo todos os criados estavam reunidos no quarto.

Eva estava apoiada em alguns travesseiros, com os cabelos soltos caindo em torno do rosto, cujas faces avermelhadas contrastavam com a intensa brancura de sua pele e com o delgado contorno de seus membros e feições; seus grandes olhos, como se fossem olhos da alma, fitavam um a um todos que a cercavam.

Os criados foram colhidos por súbita emoção. Aquele rosto afilado, os longos cachos de cabelo cortado em seu regaço, o rosto transtornado do pai, os soluços da mãe afetaram profundamente os sentimentos de uma raça já por si muito sensível e impressionável; e, à medida que todos os negros entravam, olhavam um para o outro, suspiravam e abanavam a cabeça. Seguiu-se um respeitoso silêncio, como o de um funeral.

Eva se soergueu e olhou seriamente em volta e por longo tempo para cada um deles. Todos pareciam tristes e apreensivos. Muitas mulheres escondiam o rosto no avental.

– Mandei chamá-los, meus caros amigos – disse Eva –, porque os amo. Eu amo a todos vocês e tenho alguma coisa a lhes dizer e gostaria que não se esquecessem jamais... Vou deixá-los. Dentro de algumas semanas, não me verão mais...

Nesse momento, Eva foi interrompida por gemidos, soluços e lamentos, que brotaram de todos os presentes e abafaram sua fraca voz. Esperou um pouco e então, falando num tom que fez cessar os soluços de todos, disse:

– Se gostam de mim, por favor, não me interrompam. Escutem o que tenho a dizer. Quero lhes falar de suas almas... Receio que muitos de vocês não se importam com a própria alma. Só pensam nas coisas deste mundo. Quero lhes lembrar de que há um mundo melhor, onde está Jesus. É para lá que eu vou e vocês também podem ir para o mesmo lugar. É reservado para vocês como o é para mim. Mas se quiserem ir para lá, não devem viver uma vida à toa, desinteressada e indiferente. Devem se tornar cristãos. Devem se lembrar de que cada um de vocês pode se tornar um anjo e anjo para sempre... Se quiserem se converter em cristãos, Jesus vai ajudá-los. Vocês devem pedir a ele, orar, ler...

Ao proferir essas palavras, ela parou, olhou compassivamente para eles e disse, com tristeza:

– Oh, meu Deus! Vocês não sabem ler, pobres criaturas!

Escondeu então o rosto no travesseiro e chorou, mas os soluços abafados daqueles que a rodeavam e que estavam de joelhos no chão, recompuseram-na.

– Não importa! – disse ela, levantando a cabeça e sorrindo por entre as lágrimas. – Eu orei por vocês e sei que Jesus vai ajudá-los, mesmo que não saibam ler. Tratem de fazer o melhor que puderem; orem todos os dias, peçam que ele os ajude e façam com que alguém leia a Bíblia para vocês, sempre que for possível. E espero ver todos vocês, um dia, no céu.

– Amém! – foi a resposta murmurada por Tomás e Mammy e por mais alguns mais velhos, que pertenciam à Igreja metodista. Os mais jovens e mais indiferentes, tomados de emoção, baixaram a cabeça e soluçavam.

– Sei muito bem – disse Eva – que todos vocês me amam.

– Sim, sim! É verdade! Deus a abençoe" – foi a resposta espontânea de todos.

– Sim, sei disso! Não há nenhum de vocês que não tenha sido bondoso para comigo e eu quero lhes dar uma coisa para que se lembrem sempre de mim. Vou dar a cada um de vocês um cacho de meus cabelos; e quando olharem para ele, pensem que eu os amei e que fui para o céu, onde espero ver todos vocês um dia.

É impossível descrever a cena que se seguiu. Entre lágrimas e soluços, todos se agruparam em torno dela e recebiam das mãos de Eva o que lhes parecia ser o último sinal do amor dela por eles. Caíam de joelhos, choravam, oravam e beijavam a orla do vestido dela; e os mais velhos, conforme o costume entre os negros, proferiam palavras de ternura, entremeadas de orações e bênçãos.

À medida que cada um recebia o presente, a senhorita Ofélia, apreensiva pelos eventuais efeitos de tamanha agitação em torno de sua pequena paciente, fazia-lhe sinal para que se retirasse do quarto.

Por fim, ficaram somente Tomás e Mammy.

– Pai Tomás – disse Eva –, guardei esta bela mecha para você. Oh, estou tão feliz, pai Tomás, quando penso que vou vê-lo no céu... pois tenho certeza de que vou vê-lo, e também Mammy... querida, boa e afável Mammy! – disse ela, abraçando ternamente sua antiga criada. – Tenho certeza de que vai estar lá também.

– Oh, senhorita Eva, não sei como é que vou viver sem vê-la! – disse a fiel criada. – Parece que estão arrancando tudo deste lugar, de uma vez! – E Mammy se mostrou profundamente aflita.

A senhorita Ofélia, com toda a delicadeza, acampanhou a criada e Tomás para fora do quarto; ao voltar, pensando que todos tivessem saído, deu com Topsy ali, em pé.

– De onde é que você saiu? – perguntou-lhe ela, de imediato.

– Eu estava aqui – respondeu Topsy, enxugando as lágrimas. – Oh, senhorita Eva, sempre fui uma menina muito má, mas não vai me dar um cacho de seus cabelos a mim também?

– Sim, pobre Topsy! Claro que vou lhe dar. Aqui está... e toda vez que olhar para ele, lembre-se de que a amo e sempre quis que você fosse uma boa menina!

— Oh, senhorita Eva! Estou tentando! – disse Topsy, séria. Mas é tão difícil ser boa! Parece que não consigo, de jeito nenhum!

— Jesus sabe disso, Topsy; ele está triste com você, mas vai ajudá-la.

Topsy, com os olhos escondidos no avental, foi silenciosamente retirada do quarto pela senhorita Ofélia; mas, ao sair, escondeu o precioso presente no peito.

A senhorita Ofélia fechou a porta. Durante toda essa cena, ela própria havia enxugado muitas lágrimas, mas o que mais a inquietava eram as consequências de toda essa agitação na pequena doente, confiada a seus cuidados.

St. Clare ficou todo esse tempo na mesma posição, sentado, cobrindo os olhos com a mão. Quando todos saíram, ele continuou imóvel.

— Papai! – disse Eva, docemente, pondo a mão na dele.

St. Clare estremeceu subitamente, mas não respondeu.

— Querido papai! – repetiu Eva.

— Não! – exclamou St. Clare, levantando-se. – Não posso suportar isso! Deus agiu de modo cruel comigo! – E pronunciou essas palavras com amarga ênfase.

— Agostinho, Deus não tem o direito de fazer o que quiser com o que lhe pertence? – perguntou a senhorita Ofélia.

— Pode ser; mas nem por isso é menos custoso receber tal golpe – respondeu ele, de modo seco, duro e sem uma lágrima, enquanto se virava de lado.

— Papai, você parte meu coração! – exclamou Eva, levantando-se e atirando-se em seus braços. – Não deve pensar assim!

E a menina soluçava e chorava convulsivamente, o que alarmou a todos e desviou o curso das ideias do pai.

— Acalme-se, Eva... sossegue, minha querida! Calma, calma! Errei, fui mau, não vou repetir isso, de jeito nenhum... mas não se aflija, não chore. Vou me resignar. Fiz mal ao falar desse modo.

Logo depois, Eva repousava no colo do pai como uma pombinha cansada; e ele, inclinado sobre ela, a consolava com as palavras mais ternas que podia encontrar.

Maria se levantou e saiu para se trancar no próprio quarto, onde teve um ataque de nervos.

— Só a mim é que você não deu um pouco de seu cabelo, Eva – disse o pai, sorrindo, abatido.

— São todos seus, papai – replicou ela, sorrindo. – Seus e de mamãe. E podem dar à tia quantos ela quiser. Só os dei eu mesma a esses pobres escravos porque, papai, eles poderiam se esquecer que eu parti e porque esperava poder lembrá-los... O papai é cristão, não é? – perguntou Eva, em dúvida.

– Por que me pergunta isso?

– Não sei, mas sendo tão bom, não me parece possível que não o seja.

– O que é ser cristão, Eva?

– Amar Jesus Cristo mais que tudo – respondeu Eva.

– E você o ama assim, Eva?

– Certamente!

– Mas você nunca o viu – disse St. Clare.

– Não faz diferença – disse Eva. – Eu creio nele e, dentro de poucos dias, vou vê-lo. – E o jovem rosto se transformou, radiante de alegria.

St. Clare não disse mais nada. Era uma disposição que já tinha visto antes na mãe dele, mas nenhuma corda vibrou, no íntimo dele.

Daquele dia em diante, Eva passou a piorar rapidamente; já não havia mais dúvida de um triste desfecho; não restava mais esperança alguma. Seu lindo quarto já se tornara reconhecidamente uma câmara mortuária. Dia e noite, a senhorita Ofélia, como enfermeira admirada por todos, lhe prodigava os mínimos cuidados, com um desvelo incomparável. Com mãos hábeis e olhos atentos, com uma destreza e prática na arte de propiciar conforto e tranquilidade e na de ocultar manifestações desagradáveis da doença, com um senso tão perfeito do tempo, com um controle e uma placidez de espírito, com uma precisão em lembrar-se de todas as prescrições médicas, ela era tudo para a pequena enferma. Aqueles que antes davam de ombros diante de suas maneiras e de suas suscetibilidades, tão diferentes daquelas do sul, agora reconheciam que ela era a pessoa certa de que precisavam.

Pai Tomás passava horas no quarto de Eva. A pobre menina sofria muito de perturbações nervosas e sentia um alívio quando era carregada nos braços; e era o maior prazer de Tomás carregar esse frágil corpo em seus braços, pousando-o sobre travesseiros, retomando-o e levando-o pelo quarto e até a varanda; e quando soprava a amena brisa do lago e a menina se sentia melhor pela manhã, ele caminhava com ela sob as laranjeiras ou sentava em algum dos velhos bancos do jardim e lhe cantava seus hinos favoritos.

O pai lhe prestava o mesmo serviço com frequência, mas como era mais franzino, cansava mais facilmente; Eva lhe dizia então:

– Papai, deixe que Tomás me carregue. Pobre homem! Gosta de fazer isso e, sabe, é a única coisa que pode fazer agora e quer fazê-lo.

– Eu também, Eva! – replicou o pai.

– Bem, papai, o senhor pode fazer tudo e é tudo para mim. O senhor lê para mim... fica a meu lado a noite inteira... e Tomás só tem isso a fazer, junto com suas cantigas; e sei também que o faz com maior facilidade do que o senhor.

Mas não era só Tomás que desejava fazer alguma coisa por Eva. Todos os criados da casa se desdobravam para servi-la, de um modo ou de outro.

A pobre Mammy ansiava pela amada menina, mas não podia prestar-lhe nenhum serviço, porque, dia e noite, Maria insistia que seu estado de saúde era tal que lhe era impossível descansar; e, claro, era contra seus princípios deixar qualquer outro descansar. Vinte vezes por noite, Mammy tinha de se levantar para lhe esfregar os pés, para lhe molhar a cabeça, para encontrar o lenço, para ver o que estava acontecendo no quarto de Eva, para fechar as cortinas quando estava muito claro, para abri-las quando estava muito escuro... e, durante o dia, quando pensava em ter um momento para cuidar da menina, Maria a encarregava de fazer mil coisas pela casa ou fora dela; assim, acabava se contentando em dar uma espiada, vez por outra, no quarto da doente.

– Sinto que é meu dever zelar por minha saúde, antes de mais nada – dizia ela. – Fraca como estou, ainda tenho de cuidar e tratar o dia inteiro desse tesouro de minha Eva!

– Verdade? Minha querida! – disse St. Clare. – Achava que nossa prima a tivesse dispensado disso.

– Fala como homem que é, St. Clare... como se uma mãe pudesse ser dispensada dos cuidados para com uma filha nesse estado. Mas é sempre a mesma coisa... ninguém quer saber do que e como sofro! Não sou tão insensível como você!

St. Clare sorriu. Pode-se desculpá-lo, não conseguiu evitar... pois St. Clare ainda podia sorrir. De fato, tão suave e plácida era a despedida da menina... tão amenas e agradáveis eram as brisas que impeliam a leve barca para paragens celestes... que era impossível imaginar que sua morte estava se aproximando. Eva não sentia dores... mas somente uma tranquila e suave fraqueza que ia aumentando, quase insensivelmente, dia após dia. E ela era tão bonita, tão amável, tão resignada e tão feliz que ninguém podia resistir à doce influência daquela atmosfera de inocência e de paz que ela espargia em torno de si. St. Clare se sentia envolto em estranha calma. Não era esperança... era impossível. Não era resignação, era somente uma calma tão consoladora na presença da filha, que não lhe permitia pensar no futuro. Parecia aquela tranquilidade de espírito que sentimos no meio dos bosques, durante o outono, quando as folhas das árvores se tingem de variegadas cores e as últimas flores resistem à beira do riacho; e tanto mais desfrutamos da beleza dessa paisagem, porque sabemos que logo vai desaparecer.

O amigo que melhor conhecia os pensamentos e os pressentimentos de Eva era Tomás. Ela lhe falava de coisas que não se atrevia a dizer ao pai. Ela lhe confiava aqueles avisos misteriosos que a alma recebe quando os laços que a prendem a seu invólucro terrestre começam a se afrouxar.

Tomás já não dormia mais em seu quarto, mas passava as noites na varanda, pronto para acudir a cada chamado.

– Pai Tomás, que mania é essa de dormir em qualquer lugar como um cachorro? – dizia-lhe a senhorita Ofélia. – Eu achava que você era um homem mais ordeiro, que gostava de dormir numa cama como um cristão.

– É o que faço, senhorita Félia – replicou Tomás, misteriosamente. – É o que faço, mas agora...

– Mas agora, o quê?

– Não devemos falar alto; o patrão St. Clare não pode ouvir. Mas, senhorita Félia, sabe que deve haver alguém vigilante na chegada do esposo.

– O que quer dizer, Tomás?

– Sabe, está escrito nas Escrituras: "À meia-noite, um grande grito se fez ouvir. Era o esposo que chegava." É por isso que estou esperando agora, todas as noites, senhorita Félia... e não posso dormir longe daqui, sem ouvir quando vem chegando.

– Ora, pai Tomás, o que leva você a pensar assim?

– A senhorita Eva me falou. Deus envia seu mensageiro à alma. Eu quero estar presente, senhorita Félia, pois quando essa bendita menina for para o reino dos céus, eles vão abrir a porta e nós todos podemos ver aquela glória, senhorita Félia.

— Pai Tomás, a senhorita Eva lhe disse que se sentia pior que de costume, esta noite?

— Não, mas ela me disse, hoje de manhã, que estava chegando mais perto... são eles que o dizem à menina, senhorita Félia. São os anjos... é o som da trombeta antes do raiar do dia – disse Tomás, citando as palavras de um hino.

Esse diálogo entre a senhorita Ofélia e Tomás teve lugar por volta de dez e onze horas, numa noite, depois que tudo tinha sido disposto para o repouso, quando, ao se aproximar da porta externa para trancá-la, a senhorita Ofélia encontrou Tomás deitado no chão da varanda. Ela não era nervosa nem se deixava impressionar facilmente. Mas a voz solene e grave do velho Tomás, dessa vez a impressionou.

Eva se havia mostrado mais radiante e alegre naquela tarde e tinha se soerguido na cama, passando a examinar todas as suas pequenas joias e a indicar as pessoas a quem pretendia dá-las. Estava mais animada, falava com voz mais natural e parecia bem melhor do que nas últimas semanas. Seu pai, ao deixá-la à noite, havia dito que Eva estava se recuperando e que nunca estivera tão bem desde que caíra doente. E quando a beijou, desejando-lhe boa noite, disse para a senhorita Ofélia:

— Prima, ainda vamos conservá-la conosco; sem dúvida, ela está muito melhor.

E ele se retirou com o coração mais leve, como não tivera por semanas.

Mas à meia-noite... estranha e mística hora... quando o véu entre o frágil presente e o eterno futuro se adelgaça... apareceu o mensageiro!

Ressoaram naquele quarto passos de alguém que caminhava precipitadamente. Era a senhorita Ofélia, que tinha decidido velar a noite inteira ao lado da menina e que, no meio da noite, havia percebido o que as experientes enfermeiras chamam significativamente de "uma mudança". Abriu rapidamente a porta externa e Tomás, que dormia do lado de fora, num instante já estava alerta.

— Tomás, vá chamar o médico, imediatamente – ordenou a senhorita Ofélia e, saindo do quarto, foi bater à porta do de St. Clare.

— Primo! – chamou ela. – Venha depressa!

Essas palavras caíram no coração do pai como outras tantas batidas pregando o caixão. Levantou-se instantaneamente e correu para o quarto de Eva, inclinando-se sobre ela, que ainda dormia.

O que foi que ele viu que lhe fez quase parar o coração? Por que não se ouviram palavras entre os dois? Poderá dizê-lo aquele que viu essa mesma expressão no rosto da pessoa mais cara... aquela expressão indescritível, inexorável e indisfarçável que diz que a pessoa amada não continuará mais com ele.

No rosto da menina, porém, não havia traços tenebrosos... só uma expressão serena e quase sublime... a inefável presença de criaturas espirituais, a aurora da vida imortal naquela alma infantil.

Eles ficaram ali tão quietos, olhando para ela, que até o tique-taque do relógio parecia alto demais. Poucos momentos depois, Tomás voltou com o médico. Este entrou, examinou brevemente a enferma e ficou em silêncio, como os demais.

– Quando é que ocorreu essa mudança? – perguntou ele, aos sussurros, à senhorita Ofélia.

– Em torno da meia noite – foi a resposta.

Maria, que havia acordado com a chegada do médico, apareceu correndo, vindo do quarto contíguo.

– Agostinho! Prima!... Oh!... O que é isso? – exclamou ela, desnorteada.

– Silêncio! – ordenou St. Clare, com voz rouquenha. – Ela está morrendo!

Mammy ouviu essas palavras e saiu correndo para acordar os criados. Logo a casa toda estava em alvoroço... luzes eram vistas, passos eram ouvidos, rostos ansiosos apontavam na varanda e olhavam, com lágrimas no rosto, através das portas de vidro. Mas St. Clare nada ouvia, nada via... contemplava somente aquela expressão estampada no rosto da filha adormecida.

– Oh! se ao menos acordasse e falasse ainda uma vez! – disse ele e, inclinando-se sobre ela, falou-lhe ao ouvido:

– Eva, querida!

Os grandes olhos azuis de Eva se abriram... um sorriso iluminou seu rosto... tentou levantar a cabeça e falar.

– Você me reconhece, Eva?

– Querido papai! – disse a menina e, num último esforço, tentou abraçá-lo, mas não conseguiu; os braços lhe caíram e, quando St. Clare levantou a cabeça, viu um espasmo de agonia mortal no rosto da filha... ela respirava com dificuldade e agitava as mãozinhas.

– Oh, Deus, isso é terrível! – exclamou ele, afastando-se desesperado e, sem saber o que fazia, apertava as mãos de Tomás. – Oh, Tomás, meu amigo, isso me mata!

Tomás mantinha as mãos do patrão entre as dele e, com lágrimas inundando suas negras faces, olhou para cima para pedir a ajuda do alto, onde sempre a encontrava.

– Peça a Deus que abrevie esse tormento – disse St. Clare. – Isso despedaça meu coração.

– Oh, demos graças a Deus! Está acabado... está tudo acabado, caro patrão! – disse Tomás. – Olhe para ela!

A menina estava deitada arfando, como se estivesse exausta... os grandes e claros olhos se voltaram, fixos, para cima. Ah! como aqueles olhos falavam do céu! A terra já não existia... e as dores tampouco; mas o triunfante brilho que emanava de seu rosto era tão solene, tão misterioso, que impunha silêncio até aos gemidos de dor e tristeza. Todos os presentes a cercavam, prendendo a respiração.

– Eva! – chamou St. Clare, docemente.

Mas ela não o ouviu.

– Oh, Eva, diga-nos o que está vendo! O que é? – perguntou o pai.

Um radiante e glorioso sorriso iluminou seu rosto e murmurou:

– Oh! amor... alegria... paz!

Deu um suspiro e passou da morte para a vida!

– Adeus, adorada filha! As brilhantes e eternas portas se fecharam atrás de você; nunca mais vamos ver seu doce rosto. Oh, ai daqueles que viram sua entrada no céu, pois, quando voltarem a si, vão encontrar somente o frio e cinzento firmamento por todos os dias dessa vida, que você deixou para sempre!

27
"ESTE É O FIM DA TERRA"

John. Q. Adams

As estatuetas e os quadros do quarto de Eva foram cobertos com um véu branco e ali só se ouviam murmúrios e passos abafados; e a luz entrava parcamente pelas janelas parcialmente fechadas. A cama estava coberta de branco e, logo abaixo da estátua de um anjo, jazia dormindo o corpo frágil da menina... dormindo para nunca mais acordar! Ali repousava ela, com as roupas brancas que costumava usar quando em vida. A luz rósea, que penetrava através das cortinas, dava certo colorido ao rosto frio da pequena defunta. A cabeça estava levemente inclinada para o lado, como se estivesse apenas dormindo, mas sobre todos os traços de suas faces se difundia aquela expressão celestial, aquele misto de êxtase e repouco, que mostrava que não era um sono terrestre ou temporário, mas o longo e sagrado repouso que "ele dá a seus bem-amados".

"Nunca houve morte como a sua, querida Eva! Não houve trevas nem sombras da morte, só um brilho que se esvaiu como a estrela da manhã se esvai na aurora dourada. Sua é a vitória sem batalha... a coroa sem o conflito."

Assim pensava St. Clare, que a contemplava, de braços cruzados. Ah! quem poderia dizer o que ele realmente pensava? Desde o momento em que ouviu dizer "Eva morreu!", sentia-se como que envolvido num espesso nevoeiro, numa densa "escuridão de angústia". Tinha ouvido vozes em torno dele, tinham-lhe feito perguntas e havia respondido; tinham-lhe perguntado quando seria o funeral e onde ela seria sepultada; e ele havia respondido, impacientemente, que isso lhe era indiferente.

Adolfo e Rosa tinham arrumado o quarto; apesar de levianos e infantis como geralmente eram, mostraram que realmente sentiam a perda. E, enquanto a senhorita Ofélia dava ordens para a arrumação geral e a limpeza, coube aos dois dar aquele toque de suavidade e de poesia nos arranjos do ambiente e eliminando aquele caráter pesado e sinistro que se observa muitas vezes nos funerais da Nova Inglaterra. Havia flores nas prateleiras... todas elas brancas, delicadas e cheirosas, com graciosas folhas descaídas. Na mesinha de Eva, coberta de branco, estava seu vaso predileto com uma única rosa branca. As cortinas haviam sido dispostas por Adolfo e Rosa com aquele toque especial que caracteriza a delicadeza dos negros. Mesmo agora, quando St. Clare estava absorto em pensamentos, a pequena Rosa entrou suavemente no quarto com um cesto de flores. Recuou, ao ver St. Clare, e parou respeitosamente; mas notando que ele não reparava nela, aproximou-se do leito. St. Clare a via como num sonho, enquanto ela colocava nas mãozinhas da defunta um belo jasmim e, com admirável bom gosto, espalhou outras flores em torno da morta.

A porta se abriu de novo e Topsy, com os olhos rasos de lágrimas, apareceu, escondendo alguma coisa sob o avental. Rosa fez um rápido gesto para que saísse, mas ela deu um passo à frente.

– Você tem de sair daqui – disse Rosa, num ríspido sussurro. – Você não tem nada a fazer aqui!

– Oh, deixe-me, Rosa! Eu trouxe uma flor... uma linda flor! – disse Topsy, mostrando um botão de rosa meio desabrochado. – Deixe-me pôr esta flor ali!

– Vá embora! – ordenou-lhe Rosa, de modo incisivo.

– Deixe-a ficar! – disse bruscamente St. Clare, batendo com o pé. – Ela pode entrar.

Rosa saiu imediatamente do quarto e Topsy se aproximou e pôs sua oferta aos pés do cadáver; então, subitamente, com um grito amargo e selvagem, se atirou no chão, ao lado da cama, chorando e gemendo. A senhorita Ofélia entrou apressada no quarto e tentou em vão levantar e silenciar a menina.

– Oh, senhorita Eva! Senhorita Eva! Eu queria morrer também... eu queria!

A esses gritos selvagens e penetrantes, o sangue fluiu para o rosto branco como o mármore de St. Clare e de seus olhos brotaram as primeiras lágrimas que vertia desde o momento da morte da filha.

– Levante-se, menina! – disse a senhorita Ofélia, com voz enternecida. – Não chore. A senhorita Eva foi para o céu, ela é um anjo.

– Mas não posso vê-la nunca mais – disse Topsy, continuando a soluçar.

Todos ficaram em silêncio por um momento.

– Ela disse que me amava – disse Topsy. – Sim, dizia que me amava! Oh, meu Deus! Não tenho mais ninguém agora, neste mundo... mais ninguém!

– Não deixa de ser verdade – disse St. Clare e, dirigindo-se à senhorita Ofélia: – Veja se pode confortar essa pobre criatura!

– Gostaria de nunca ter nascido – disse Topsy. – Não queria ter nascido, de jeito nenhum; não vejo nenhum sentido nisso.

A senhorita Ofélia levantou-a com carinho, mas com firmeza, e levou-a para fora do quarto; enquanto a carregava, algumas lágrimas brotaram de seus olhos.

– Topsy, pobre menina! – disse ela, ao entrar no próprio quarto. – Não desista! Eu posso amar você, embora eu não seja igual àquela querida menina. Acredito que aprendi um pouco sobre o amor de Cristo com ela. Eu posso amar você; sim, e vou tentar ajudá-la a ser uma boa cristã.

A voz da senhorita Ofélia dizia ainda mais que suas palavras e mais do que as sinceras lágrimas que corriam de seus olhos. A partir daquela hora, ela adquiriu uma ascendência sobre a alma dessa menina desamparada que nunca mais perdeu.

"Oh, minha Eva! Quanto bem fez sua curta passagem nesta terra", pensava St. Clare, "e eu, que contas hei de prestar de meus longos anos?"

Havia, por momentos, leves sussurros e passos no quarto quando alguém entrava para ver a morta; depois chegou o pequeno caixão, seguindo-se o velório, com carruagens que paravam à porta, trazendo estranhos que vinham prestar suas últimas homenagens; faixas e fitas de luto pendiam dos cantos e entraram também as carpideiras vestidas a rigor. Foram lidas passagens da Bíblia, entremeadas de orações, e St. Clare caminhava de um lado a outro como alguém que tinha vertido até a última lágrima... por fim, viu somente uma coisa, aquela cabeça dourada no caixão; depois assistiu imóvel estenderem a mortalha e fecharem o esquife. Depois desceu com todos para o fundo do jardim, perto do banco onde ela e Tomás se sentavam para conversar, cantar e ler. Lá ficava a pequena sepultura. St. Clare ficou ao lado e olhava vagamente para baixo. Viu baixarem o pequeno caixão e ouviu, com expressão sombria, as solenes palavras: "Eu sou a ressurreição e a vida. Aquele que crer em mim, ainda que morto, viverá." Quando os coveiros jogaram terra e cobriram a sepultura, ele não podia acreditar que era sua querida Eva que estavam se escondendo dele para sempre.

- Nem um pouco – respondeu Tomás.

– Ora, Tomás, mas deve saber que eu sei muito mais que você.

– Oh, patrão, não acabou de ler como ele oculta as coisas dos sábios e prudentes e as revela às crianças? Mas tenho certeza de que o patrão não está falando sério agora – disse Tomás, ansioso.

– Não, Tomás, não estava. Não nego a verdade e acho que há motivos para acreditar, embora ainda não acredite. É um incômodo mau hábito que tenho, Tomás.

– Se o patrão fizesse ao menos uma oração!

– E como sabe que não a faço, Tomás?

– O patrão reza?

– Eu o faria, Tomás, se houvesse alguém para me acompanhar, porque, quando estou só, parece que não estou falando para ninguém. Vamos, Tomás, comece a oração e me ensine como devo fazer.

O coração de Tomás palpitava com força; começou a despejar suas orações como águas que jorram depois de longo tempo represadas. Uma coisa era bem clara: Tomás pensava que havia alguém escutando, fosse isso real ou não. De fato, St. Clare se deixou influenciar por essa torrente de fé e de sentimentos, que se julgou transportado verdadeiramente às portas do céu. Parecia-lhe que se aproximava de Eva!

– Obrigado, meu amigo – disse St. Clare quando Tomás se levantou. – Gosto de ouvi-lo, Tomás; mas agora pode ir, deixe-me sozinho. Em qualquer outro momento, vamos conversar mais.

Tomás deixou a sala silenciosamente.

28
REUNIÃO

As semanas foram se sucedendo ininterruptamente na mansão de St. Clare e as ondas da vida refluíram para seu curso normal, fechando-se sobre aquele pequeno barco que havia submergido. Como se move imperiosa e friamente o duro curso de nossas realidades diárias desrespeitando até mesmo nossos sentimentos! Ainda assim, precisamos comer, beber, dormir, acordar, negociar, comprar, vender, perguntar e responder, prosseguir, enfim, de todas as maneiras, embora todo o ânimo tenha desaparecido; os frios hábitos maquinais da existência subsistem, apesar de despidos de qualquer interesse.

Todas as esperanças, e mesmo interesses, de St. Clare se haviam concentrado em torno da filha. Era por Eva que tratava de aumentar seus bens; era por Eva que tinha planejado a ocupação de seu tempo; e era por Eva que fazia tudo... comprava, melhorava, alterava, arrumava ou preparava alguma coisa para ela... esse tinha sido seu hábito por tão longo tempo que agora, com a partida dela, parecia que não tinha mais nada a pensar e nada a fazer.

Na verdade, há outra vida... uma vida que, uma vez que se acredita nela, se apresenta como uma figura solene e significativa diante de todas as insignificantes cifras do tempo, conferindo a estas últimas um valor misterioso e inaudito. St. Clare bem o sabia. Muitas vezes, em suas horas de solidão, ouvia uma voz, doce e infantil, chamá-lo para o céu e via aquela mãozinha lhe apontando o caminho; mas uma profunda letargia de tristeza pesava sobre ele... não conseguia soerguer-se. Tinha uma dessas naturezas que podem perceber mais claramente as coisas referentes à religião a partir de suas próprias percepções e instintos do que muitos cristãos afeitos à prática religiosa. O dom de apreciar e de sentir as mais delicadas sombras e as relações das verdades morais parece, muitas vezes, atributo daqueles cuja vida mostra um total descaso delas. Por isso Moore, Byron,

Goethe descreveram com mais fidelidade, às vezes, o verdadeiro sentimento religioso do que qualquer outro homem, cuja vida é governada por ele. Em tais mentes, o desrespeito à religião é uma verdadeira traição... um pecado mortal.

St. Clare nunca tinha pretendido submeter-se a qualquer obrigação religiosa. Certa delicadeza natural, porém, lhe permitia ter uma visão tao instintiva da extensão das exigências do cristianismo que fugia sistematicamente do que sentia que eram imposições da própria consciência, caso resolvesse assumi-las. Tão inconsequente é a natureza humana, especialmente na esfera do ideal, que prefere não empreender uma coisa do que empreendê-la e abandoná-la pela metade.

Sob muitos aspectos, porém, St. Clare era outro homem. Lia a pequena Bíblia de Eva com seriedade e sinceridade, pensava de maneira mais prática e ponderada sobre suas relações com os escravos... até o ponto de se sentir extremamente insatisfeito com seu passado e seu presente no tocante a isso. Uma coisa, no entanto, ele fez logo depois de voltar para Nova Orleans, isto é, deu início aos passos legais necessários para a emancipação de Tomás, que seria concluída tão logo pudesse preencher todas as formalidades exigidas. Nesse meio tempo, ele foi se afeiçoando sempre mais a Tomás. No mundo todo, não havia ninguém que lhe recordasse tanto Eva; por isso haveria de insistir para que permanecesse sempre com ele e, embora fosse comedido e discreto, não se furtava em falar abertamente de muitas coisas com Tomás. Nem poderia se admirar a respeito quem visse a expressão de afeição e de devoção com que Tomás seguia continuamente seu jovem patrão.

– Bem, Tomás – disse St. Clare, um dia depois de ter começado as formalidades legais para sua emancipação –, vou fazer de você um homem livre! Pode, portanto, arrumar sua bagagem e ficar pronto para voltar a Kentucky.

O súbito raio de alegria que iluminou o rosto de Tomás, enquanto levantava as mãos ao céu e exclamava "Graças a Deus!", desapontou St. Clare; não lhe agradou o fato de que Tomás estivesse tão pronto a deixá-lo.

– Você não passou maus bocados por aqui, para ficar assim tão extasiado, Tomás – disse ele, secamente.

– Não, não, patrão! Não é isso... é o fato de ser um homem livre! É por isso que estou tão alegre.

— Ora, Tomás, você não acha que foi feliz aqui mais do que será quando for homem livre?

— Na verdade, não, patrão St. Clare — disse Tomás, com súbita energia. — Não, certamente que não!

— Ora, Tomás, você não poderia ganhar, com seu trabalho, as roupas e o sustento que sempre lhe dei.

— Sei disso, senhor St. Clare; o patrão tem sido muito bom; mas, patrão, eu prefiro ter roupas pobres, uma casa pobre, tudo pobre e ter tudo isso como meu do que ter coisa melhor e recebê-la das mãos de outro... eu penso assim, patrão. Acho que isso é natural.

— É, pode ser, Tomás; e assim você vai embora e vai me deixar dentro de um mês — acrescentou ele, um tanto descontente.

— O patrão não precisa se preocupar — disse Tomás. — Vou ficar com o senhor quanto tempo quiser... desde que eu possa ser útil.

— Não preciso me preocupar, Tomás? — disse St. Clare, olhando tristemente pela janela... — E quando é que minha preocupação vai cessar?

— Quando o senhor St. Clare for cristão — respondeu Tomás.

— E você pretende ficar aqui até que chegue esse dia? — perguntou St. Clare, sorrindo enquanto voltava da janela e punha a mão no ombro de Tomás. — Ah, Tomás, meu rapaz meigo e tolo! Não vou prendê-lo aqui até esse dia. Vá para junto de sua mulher e de seus filhos e transmita-lhes meus protestos de amizade.

— Tenho fé para acreditar que esse dia virá — disse Tomás, sério e com lágrimas nos olhos. — O Senhor Deus tem uma missão para o patrão.

— Uma missão, é mesmo? — exclamou St. Clare. — Muito bem; então, Tomás, me dê uma ideia de que tipo de missão é... quero saber.

— Ora, até mesmo um pobre sujeito como eu tem uma missão da parte do Senhor; e o patrão, que é instruído, rico e tem amigos... quanto mais pode fazer para o Senhor Deus!

— Tomás, você acha que Deus tem necessidade de que trabalhemos para ele? — perguntou St. Clare, sorrindo.

— Nós fazemos para Deus quando fazemos para suas criaturas — retrucou Tomás.

— Bela teologia, Tomás; melhor que aquela que o Dr. B. prega, juro — disse St. Clare.

A conversa foi interrompida pela chegada de algumas visitas.

Maria St. Clare sentiu a perda de Eva tão profundamente como podia sentir qualquer coisa; e como ela tinha a faculdade de tornar infelizes a todos que a cercavam quando ela sofria, seus escravos tiveram motivos ainda maiores para lamentar a perda de sua jovem patroa, cuja intercessão os preservava muitas vezes das tirânicas e egoístas exigências da mãe. A pobre Mammy em particular, que se havia consolado com a presença dessa criatura encantadora da cruel separação de seus entes queridos, se sentia reduzida ao desespero. Chorava dia e noite e, pelo excesso de dor, se havia tornado menos hábil e rápida na prestação dos serviços à sua patroa, o que atraía sobre ela uma tempestade de invectivas da parte da própria patroa.

A senhorita Ofélia sentia igualmente essa perda, mas, em seu honesto e bom coração, produzia frutos para a vida eterna. Ela se tornou mais meiga e mais afável; embora continuasse assídua no cumprimento de todos os seus deveres, o fazia com ar mais sereno e modesto. Era mais diligente na educação de Topsy, baseada no conhecimento da Bíblia, não estremecia mais quando a menina a tocava nem manifestava qualquer repugnância em relação a ela. Agora a considerava, como Eva lhe havia mostrado pelo exemplo, uma criatura imortal que Deus lhe havia confiado para conduzi-la à virtude e à glória celestial. Topsy não se tornou imediatamente uma santa, mas a vida e a morte de Eva produziram nela uma notável mudança. A obstinada indiferença havia desaparecido; agora se via sensibilidade, esperança, desejo e esforço para fazer o bem... um esforço irregular, muitas vezes interrompido ou suspenso, mas sempre renovado com ardor.

Um dia, ao ser chamada pela senhorita Ofélia, Topsy atendeu, mas antes escondeu apressadamente alguma coisa no peito.

– O que é que está fazendo, sua malvada? Andou roubando alguma coisa, com certeza – disse a imperiosa Rosa, que havia sido mandada chamá-la, agarrando-a rudemente pelo braço.

– Deixe-me em paz, senhorita Rosa! – disse Topsy, escapando dela. – Isso não é de sua conta!

– Nada disso! – exclamou Rosa. – Eu vi você escondendo alguma coisa... conheço seus truques. – E Rosa agarrou o braço dela e tentou enfiar a mão no peito da menina, enquanto Topsy, enraivecida, dava pontapés e lutava valentemente por aquilo que considerava direito seu. O clamor e a confusão atraíram a senhorita Ofélia e St. Clare.

- Ela andou roubando - disse Rosa.

- Não roubei nada - vociferou Topsy, soluçando convulsivamente.

- Dê-me isso, o que quer que seja - ordenou a senhorita Ofélia, com firmeza.

Topsy hesitou; mas diante de uma segunda ordem, tirou do peito um pequeno embrulho feito com uma de suas meias velhas.

A senhorita Ofélia o abriu. Encontrou um livrinho, que Eva tinha dado a Topsy, contendo uma passagem da Escritura para cada dia do ano, e um papel com a mecha de cabelo que Eva lhe havia dado no memorável dia de sua despedida.

St. Clare ficou comovido ao ver tudo isso; o livrinho tinha sido envolto numa longa tira de tecido preto, tirado das fitas de luto pregadas nas cortinas.

- Por que você enrolou isso no livro? - perguntou St. Clare, segurando o pedaço de tecido.

- Porque... porque era da senhorita Eva. Oh! por favor, não o tire de mim! - disse ela, e sentando-se no chão e cobrindo a cabeça com o avental, começou a soluçar, em desespero.

Era ao mesmo tempo patético e cômico ver a velha meia, a fita preta, o livrinho, a bela mecha de cabelos e a profunda angústia de Topsy.

St. Clare sorriu, mas havia lágrimas nos olhos dele, ao dizer:

- Vamos, vamos... não chore; vai ficar com tudo! - E recolhendo os diversos objetos, colocou-os no colo da menina e foi para a sala de estar, junto com a senhorita Ofélia.

- Acho que, realmente, você pode fazer alguma coisa com essa menina - disse ele, apontando com o polegar virado para trás, por sobre seu ombro. - Todo espírito capaz de uma dor sincera é capaz de fazer o bem. Deve tentar e fazer alguma coisa com a menina.

- Já tem melhorado muito - disse a senhorita Ofélia. - Espero muito dela. Mas Agostinho - disse ela, pondo a mão sobre o braço dele -, gostaria de lhe perguntar uma coisa: de quem vai ser essa menina?... sua ou minha?

- Ora, eu a dei a você - respondeu Agostinho.

- Mas não legalmente... Eu quero que seja minha legalmente - disse a senhorita Ofélia.

– Oh, prima! – exclamou Agostinho. – O que é que vai dizer a sociedade abolicionista? Eles vão convocar um dia de jejum para expiar esse crime, se você se tornar dona de escravos.

– Oh, bobagem! Eu quero tê-la como minha, para que tenha o direito de levá-la para os Estados livres e lhe conceder a liberdade, a fim de que tudo o que estou tentando fazer não fique perdido.

– Oh, prima, que coisa terrível: "fazer o mal para dele tirar o bem"! Não posso apoiar isso.

– Não quero brincar, mas raciocinar – disse a senhorita Ofélia. – Seria inútil que eu me empenhasse em tornar essa criança uma cristã, se não a salvasse de todas as possibilidades e misérias da escravidão. Se você realmente deseja que eu fique com ela, quero que faça a doação nos termos legais.

– Muito bem – replicou St. Clare –, vou fazer isso. – E sentou-se, desdobrando um jornal para ler.

– Mas gostaria que o fizesse agora – insistiu a senhorita Ofélia.

– Para que tanta pressa?

– Porque agora é o único momento que temos para resolver isso – disse a senhorita Ofélia. – Vamos, aqui tem papel, pena e tinta; escreva!

St. Clare, como a maior parte dos homens de seu caráter, detestava cordialmente o tempo presente do verbo fazer; por isso a persistência da senhorita Ofélia o aborreceu consideravelmente.

– Mas o que é isso? Não lhe basta minha palavra? – perguntou ele. – Procedendo dessa forma, pareceria que andou recebendo lições de algum judeu!

– Quero ter a máxima segurança – retrucou a senhorita Ofélia. – Você pode morrer ou quebrar e Topsy seria posta à venda, apesar de todos os meus protestos.

– Na verdade, você é bem previdente. Muito bem, vendo que estou nas mãos de uma americana do norte, não há outro jeito senão ceder.

Como era muito versado nas formalidades legais, St. Clare redigiu rapidamente um termo de doação, que podia realmente fazê-lo, após seu nome em letras maiúsculas, concluindo com sua rubrica.

– Então, não está tudo preto no branco agora, senhorita Vermont? – perguntou ele, ao lhe entregar o papel.

– Bom menino – disse a senhorita Ofélia, sorrindo. – Mas não há necessidade de testemunha?

– Oh, sim, sim! Espere um pouco – disse, abrindo a porta do quarto de Maria. – Maria, a prima precisa de seu autógrafo; por favor, ponha seu nome neste papel.

– Que é isso? – perguntou Maria, correndo os olhos pelo papel. – Ridículo! Eu achava que a prima fosse devota demais para se permitir coisas tão horrendas – acrescentou ela, enquanto escrevia descuidadamente seu nome. – Mas se faz questão de ter essa negrinha, pois então que a tenha!

– Aí está, agora é sua, de corpo e alma – disse St. Clare, entregando-lhe o papel.

– Não é mais minha agora do que já era antes – replicou a senhorita Ofélia. – Ninguém a não ser Deus tem o direito de dá-la a mim, mas eu posso protegê-la agora.

– Muito bem, ela é sua por uma ficção da lei, como dizem os juristas – concluiu St. Clare, ao voltar à sala de estar e acomodar-se para ler o jornal.

A senhorita Ofélia, que raras vezes ficava mais tempo em companhia de Maria, seguiu-o para a mesma sala, depois de ter guardado cuidadosamente o papel.

– Agostinho – disse ela, repentinamente, ao sentar-se para continuar seu tricô –, já tomou as providências necessárias em favor de seus escravos, caso você venha a morrer?

– Não – respondeu St. Clare, continuando a ler.

– Então toda a sua indulgência para com eles pode se revelar uma grande crueldade, mais tarde.

St. Clare tinha pensado muitas vezes a mesma coisa, mas respondeu com negligência:

– Bem, pretendo deixar em dia essas disposições, mais adiante.

– Quando? – perguntou a senhorita Ofélia.

– Oh! qualquer dia desses.

– E se você morresse antes?

– Que é isso, prima? – exclamou St. Clare, largando o jornal e olhando para ela. – Você acha que estou com sintomas de febre amarela ou do cólera para se ocupar com tanto zelo do que deve ser disposto depois de minha morte?

– A morte está sempre à espreita – respondeu a senhorita Ofélia.

St. Clare se levantou e, largando o jornal, foi diretamente até a porta da varanda, para pôr fim a uma conversa que não o agradava. Repetia maquinalmente a palavra "morte" e, inclinando-se sobre o parapeito, olhava a água do chafariz que subia e caía na fonte; e, enquanto através de uma densa e ondulante névoa, via flores, árvores e vasos do pátio, repetia ainda a mística palavra tão comum na boca de todos, ainda que tão terrível... "morte!"

– Estranho que exista tal palavra – dizia ele – e tal coisa, e nós sempre a esquecemos. Estranho que alguém possa estar vivo, disposto e tranquilo, cheio de esperança, de desejos e de necessidades um dia e, no outro, tenha desaparecido, definitivamente e para sempre!

Era uma tarde quente e linda. Enquanto caminhava para o lado oposto da varanda, viu Tomás ocupado atentamente com sua Bíblia, apontando com o dedo cada palavra, que pronunciava sussurrando para si mesmo com ar sério.

– Quer que eu leia para você, Tomás? – perguntou St. Clare, sentando-se ao lado dele.

– Se for de seu agrado – respondeu Tomás. – O patrão lê muito melhor.

St. Clare tomou o livro, olhou para o texto e começou a ler uma das passagens que Tomás tinha assinalado com grossos riscos. O trecho era o seguinte:

Quando o Filho do homem vier em sua glória, acompanhado de todos os seus anjos, vai sentar-se no trono de sua glória e diante dele vão se reunir todas as nações. E ele vai separá-las uma da outra como o pastor separa suas ovelhas dos bodes.

St. Clare leu com voz animada até chegar aos últimos versículos, que diziam:

Então o rei dirá àqueles que estiverem à sua esquerda: 'Afastem-se de mim, malditos, vão para o fogo eterno, porque eu estava com fome e vocês não me deram de comer; eu estava com sede, e não me deram de beber; eu era um estranho e não me deram abrigo; nu, e não me vestiram; eu estava doente, na prisão, e não me visitaram.' Então eles vão lhe perguntar: 'Senhor, quando é que estava com fome ou com sede ou era um estrangeiro ou estava nu ou doente ou preso e nós não o servimos?' Então ele lhes dirá: 'Em verdade lhes digo que, toda vez que não fizeram isso para o menor desses meus irmãos, foi a mim que não o fizeram.'

St. Clare ficou impressionado com essa última passagem e a leu uma segunda vez... bem mais pausadamente, como se estivesse sopesando as palavras em sua mente.

– Tomás – disse ele –, esses indivíduos que mereceram tão rigoroso tratamento parece que andaram fazendo exatamente o que eu fiz... vivendo uma vida boa, tranquila, respeitável e não se importando em saber quantos de seus irmãos estavam famintos ou sedentos, doentes ou presos.

Tomás não respondeu.

St. Clare se levantou e, pensativo, caminhava de um lado a outro da varanda, parecendo esquecer tudo em seus próprios pensamentos; tão absorto estava que Tomás teve de avisá-lo duas vezes que a sineta tinha tocado, antes que ele lhe desse atenção.

St. Clare estava ausente e pensativo durante todo o tempo do chá. Depois de deixarem a mesa, Maria e a senhorita Ofélia se dirigiram para a sala de estar, em silêncio.

Maria se acomodou num sofá, sob um mosquiteiro, e logo caiu num sono profundo. A senhorita Ofélia passou a tricotar em silêncio. St. Clare sentou ao piano e começou a tocar uma suave e melancólica melodia. Parecia mergulhado em devaneios e conversando consigo mesmo ao som da música. Passado algum tempo, ele abriu uma das gavetas e tirou um antigo caderno de música, cujas folhas já estavam amareladas pelo tempo, e se pôs a folheá-lo.

– Veja – disse ele à senhorita Ofélia –, é um dos cadernos de música de minha mãe... e aqui está a letra dela... venha para cá e dê uma olhada. Foi ela mesma que copiou isso do *Requiem* de Mozart.

A senhorita Ofélia se aproximou logo.

– Era um trecho que ela cantava com frequência – disse St. Clare. – Parece que a estou ouvindo agora.

Depois de alguns acordes majestosos, ele começou a cantar aquele antigo e extraordinário trecho latino do "Dies Irae" (Dia da ira).

Tomás, que escutava do lado de fora da varanda, chegou-se até a porta, onde permaneceu de pé, compenetrado. Claro que não entendia as palavras, mas a música e a maneira de cantar pareciam impressioná-lo profundamente, de modo particular quando St. Clare cantou os trechos mais patéticos. Tomás teria ficado ainda mais comovido, se conhecesse o significado dessas belas palavras:

Recordare, Jesu pie,
Quod sum causa tuae viae;
Ne me perdas illa die.
Quaerens me sedisti lassus,
Redemisli crucem passus,
Tantus labor non sit cassus.

(Recorde-se, Jesus piedoso,
Que sou causa de sua via;
Não me condene naquele dia.
Procurando-me se cansou,
Redimiu-me com a cruz,
Que tanto sofrimento não seja em vão.)

St. Clare conferiu a essas palavras uma profunda e tocante expressão, porque parecia que o sombrio véu do passado se havia erguido e parecia-lhe ouvir a voz da mãe guiando a sua. Voz e instrumento pareciam reviver e emanar com viva simpatia aquelas melodias que o próprio gênio de Mozart havia concebido para serem entoadas em suas próprias exéquias.

Quando St. Clare acabou de cantar, ficou sentado por alguns instantes, com a cabeça entre as mãos e depois passou a caminhar pela sala.

– Que sublime concepção é essa do juízo final! – exclamou ele. – Uma reparação dos erros de todos os séculos!... Uma solução de todos os problemas morais por uma inquestionável sabedoria! Realmente, é uma imagem maravilhosa!

– E terrível para nós – acrescentou a senhorita Ofélia.

– Deveria ser para mim, creio – disse St. Clare, parando, pensativo. – Essa tarde, eu estava lendo para Tomás o capítulo do evangelho de Mateus que trata disso e fiquei impressionado com ele. Poder-se-ia esperar que castigos terríveis fossem infligidos àqueles que são excluídos do céu; mas não... são condenados por não terem feito o bem que podiam, como se por isso fossem culpados de todo o mal.

– Talvez – observou a senhorita Ofélia. – É impossível, para uma pessoa que não faz o bem, não fazer o mal.

– Então – disse St. Clare, como se falasse consigo mesmo, mas com profunda emoção – o que se poderá dizer daquele cujo coração, cuja educação e as necessidades da sociedade o solicitavam em vão para contribuir com algum nobre projeto e que se deixou levar como mero espectador das lutas, agonias e misérias humanas quando podia fazer alguma coisa?

– Eu diria – opinou a senhorita Ofélia – que ele deve se arrepender e começar a fazer alguma coisa imediatamente.

– Sempre prática e precisa! – observou St. Clare, com um sorriso estampado no rosto. – Nunca me dá tempo para refletir, prima; sempre me detém no momento presente; você tem uma espécie de eterno "agora" em sua mente.

– "Agora" é o único momento de que posso dispor – replicou a senhorita Ofélia.

– Minha pequena Eva... pobre criança! – exclamou St. Clare. – Tinha o ingênuo desejo em seu íntimo de me levar a fazer o bem.

Depois da morte de Eva, era a primeira vez que ele se referia a ela tão claramente. E falava agora tentando evidentemente reprimir a agitação de seus sentimentos.

– Minha maneira de compreender o cristianismo é tal – acrescentou ele – que acho que ninguém pode professá-lo sinceramente sem consagrar todas as suas forças em combater esse monstruoso sistema de injustiças sobre o qual se baseia nossa sociedade. E, se necessário for, sacrificar-se a si próprio nessa batalha. Ou seja, o que pretendo dizer é que não poderia ser cristão de outro modo, embora tenha encontrado muitas pessoas esclarecidas e cristãs que não fizeram isso; e confesso que a apatia das pessoas religiosas nesse aspecto, sua falta de percepção das injustiças, que me encheram de horror, contribuíram decisivamente para meu ceticismo mais que qualquer outra coisa.

– Se sabia de tudo isso – interveio a senhorita Ofélia –, por que não fez nada?

– Porque só possuo essa espécie de benevolência que consiste em estirar-me num sofá e maldizer a Igreja e o clero por não serem mártires e confessores. É sempre mais cômodo, bem sabe, achar que os outros devem ser mártires.

– Bem, vai agir de modo diferente a partir de agora? – perguntou a senhorita Ofélia.

– O futuro a Deus pertence – respondeu St. Clare. – Sinto-me com mais coragem que antigamente, porque perdi tudo. E quem não tem nada a perder pode se permitir todos os riscos.

– E o que pretende fazer?

– Meu dever, espero, para com os pobres e humildes, tão logo possa – respondeu St. Clare. – Vou começar por meus próprios escravos, para quem nada fiz até agora; e talvez, algum dia, possa aparecer a oportunidade de fazer algo para toda uma classe, algo que salve meu país da desgraça dessa falsa posição em que se encontra agora perante todas as nações civilizadas.

– Julga possível que uma nação decida algum dia e de espontânea vontade emancipar os escravos? – perguntou a senhorita Ofélia.

– Não sei – respondeu St. Clare. – Esta é uma época de grandes ações. O heroísmo e o desinteresse estão em alta, aqui e acolá, em toda a terra. Os nobres húngaros libertaram milhões de servos, com uma incomensurável perda de dinheiro; e talvez, entre nós, possam ser encontrados espíritos generosos que não avaliem em dólares a honra e a justiça.

– Acho que vai ser difícil – disse a senhorita Ofélia.

– Mas suponha que nos insurgíssemos amanhã e emancipássemos os escravos, quem haveria de educar esses milhões e ensinar-lhes a fazer bom uso de sua liberdade? Eles nunca chegariam a fazer muito entre nós. O fato é que somos muito indolentes e não temos prática para lhes dar uma ideia da energia e da iniciativa que são necessárias para que se tornem homens de verdade. Deveriam ir para o norte, onde o trabalho é reconhecido e recompensado. Será que existe nessas áreas do norte aquela filantropia cristã capaz de se encarregar do processo da educação e do desenvolvimento das capacidades deles? Vocês enviam milhares de dólares para as missões estrangeiras. Mas haveriam de receber de bom grado os pagãos enviados para suas cidades e aldeias e dedicar a eles seu tempo, suas preocupações e seu dinheiro para torná-los cristãos? É isso que eu gostaria de saber. Se os emaciparmos, vocês se prontificariam a educá-los? Quantas famílias, em suas cidades, haveriam de acolher um homem negro ou uma mulher negra para ensiná-los, conviver com eles e procurar convertê-los em cristãos? Quantos empresários haveriam de dar emprego a Adolfo, se eu lhe ensinasse uma profissão? Seu eu quisesse matricular Jane e Rosa numa escola, quantas escolas há nos Estados do norte que as aceitariam? Quantas famílias as abrigariam? Ainda assim, elas são tão brancas como muitas de nossas patrícias do norte e do sul. Pode ver, prima, que eu quero que nos façam justiça. Nós estamos em péssima situação. Nós somos os mais evidentes opressores dos negros; mas os preconceitos anticristãos do norte os oprimem com um rigor quase igual.

— Bem, primo, sei que é assim - disse a senhorita Ofélia. — Sei que era assim comigo até que percebi que era meu dever superar isso. Consegui e sei que há muitas pessoas honradas no norte que, nesse aspecto, só precisam ser "convencidas" de seu dever, para fazer o mesmo. Certamente seria um sacrifício muito maior receber os pagãos entre nós do que enviar missionários para as terras deles, mas acredito que seríamos capazes de semelhante sacrifício.

— Você o faria, sei disso - observou St. Clare. — Gostaria de ver que coisa você não faria, se soubesse que é seu dever!

— Bem, não é que eu seja tão perfeita assim - replicou a senhorita Ofélia. — Outros agiriam da mesma forma, se vissem as coisas como eu. Pretendo levar Topsy comigo, ao partir. Suponho que meus conterrâneos vão se surpreender de início, mas acredito que serão induzidos a fazer como eu. Além disso, sei que há muitas pessoas no norte que fazem exatamente o que você disse.

— Sim, mas são uma minoria e, se nós começássemos a emancipar em larga escala, logo seríamos criticados por vocês.

A senhorita Ofélia não respondeu. Houve uma pausa de alguns instantes e o semblante de St. Clare estava carregado, com uma expressão triste e pensativa.

— Não sei o que me faz pensar tanto em minha mãe, esta noite! - disse ele. — É uma sensação muito estranha, mas parece que ela está perto de mim. Fico pensando em coisas que ela costumava dizer. É realmente estranho o que, às vezes, reaviva tão intensamente essas coisas do passado!

St. Clare caminhou de um lado para outro da sala por alguns minutos ainda e então disse:

— Acho que vou dar um giro pelo centro da cidade, por uns momentos esta noite, e saber das novidades.

Tomou o chapéu e saiu.

Tomás o seguiu até o portão do pátio e lhe perguntou se queria que o acompanhasse.

— Não, meu amigo - respondeu St. Clare. — Estarei de volta dentro de uma hora.

Tomás se sentou na varanda. Era uma bela noite de luar e ele ficou sentado, olhando a água jorrando e recaindo na fonte e escutando seu murmúrio. Tomás pensava em seu lar e que logo mais seria um homem livre, capaz de retornar a esse lar quando lhe aprouvesse. Pensava em que poderia trabalhar para resgatar sua mulher e seus filhos. Apalpava os músculos de seus vigorosos braços com certa alegria, ao pensar que logo mais pertenceriam só a ele e então deveriam trabalhar pela liberdade de sua família. Depois pensava em seu nobre e jovem patrão e, sempre que o recordava, fazia uma oração em favor dele; e então seus pensamentos se dirigiram para a bela Eva, que deveria estar, como imaginava, entre os anjos; e mergulhou tanto em seus pensamentos que chegou a fantasiar que aquele rosto brilhante, ornado de cabelos dourados, estivesse olhando para ele através do esguicho da água da fonte. E assim, meditando, pregou no sono e sonhou que via Eva correndo em sua direção, exatamente como costumava vir, com uma grinalda de jasmins presa aos cabelos, com suas faces rosadas e seus olhos radiantes de alegria. Mas ao olhar, parecia que ela se elevava do chão; suas faces eram mais pálidas... seus olhos tinham um brilho profundo e divino e uma auréola dourada lhe cingia a cabeça... e desapareceu de sua vista. Tomás foi acordado por uma forte batida à porta e por um rumor de muitas vozes junto do portão.

Correu para abrir e, com vozes reprimidas e passos pesados, chegaram vários homens carregando um corpo envolto num capote e deitado numa maca. A luz da lamparina incidiu em cheio no rosto e Tomás deu um medonho grito de surpresa e de desespero, que ecoou por todos os corredores, enquanto os homens avançavam com o fardo em direção da porta aberta da sala de estar, onde a senhorita Ofélia continuava tricotando.

St. Clare tinha entrado num café para ler um jornal da tarde. Enquanto estava lendo, surgiu uma rixa entre dois cavalheiros, ambos bastante embriagados. St. Clare e um ou dois outros procuraram separá-los quando St. Clare recebeu um golpe fatal no lado, desferido com uma faca de caça, que ele havia tentado tirar de um dos brigões.

A casa se encheu de gritos e lamentos, gemidos e uivos, com os escravos arrancando os cabelos em desespero, jogando-se no chão ou correndo a esmo e lamentando-se. Somente Tomás e a senhorita Ofélia pareciam ter alguma presença de espírito, pois Maria tinha sido acometida de fortes convulsões histéricas. Sob a orientação da senhorita Ofélia, um dos sofás da sala de estar foi preparado às pressas e o corpo ensanguentado foi acomodado nele. St. Clare tinha desmaiado pela dor e pela perda de sangue; Mas pelos cuidados prestados pela senhorita Ofélia, voltou a si, abriu os olhos, fitou todos os presentes, depois correu ansiosamente o olhar para cada objeto e, finalmente, seus olhos se fixaram no retrato de sua mãe.

O médico chegou e examinou o ferimento. Era evidente, pela expressão de seu rosto, que não havia esperança. Mas ele fez o possível para suturar a ferida e, com a ajuda da senhorita Ofélia e de Tomás, prosseguiu atentamente com seu trabalho, entre os lamentos, soluços e gemidos dos assustados escravos, que se aglomeravam nas portas e janelas da varanda.

– Agora – disse o médico –, é necessário afastar toda essa gente; é preciso mantê-lo bem quieto, tudo depende disso.

St. Clare abriu os olhos e olhou fixamente para esses seres desolados, que a senhorita Ofélia e o médico estavam tentando afastar do local. "Pobres criaturas!", murmurou ele, com uma expressão de amargo arrependimento que se refletia em seu rosto. Adolfo se recusou terminantemente em sair dali. O terror o havia quase privado da razão; jogou-se no chão, estirado e nada podia persuadi-lo a se levantar. O resto cedeu aos insistentes pedidos da senhorita Ofélia, que lhes dizia que a salvação do patrão dependia do absoluto silêncio e da obediência deles.

St. Clare mal podia falar. Permanecia de olhos fechados, mas era evidente que lutava com amargos pensamentos. Depois de algum tempo, pôs a mão na de Tomás, que estava de joelhos ao lado dele, e disse:

– Tomás! Pobre amigo!

– Que é, senhor? – perguntou Tomás, sério.

– Estou morrendo! – disse St. Clare, apertando-lhe a mão. – Reze!

– Gostaria da visita de um clérigo? – perguntou o médico.

St. Clare abanou apressadamente a cabeça e disse novamente a Tomás, com sinceridade:

– Reze!

E Tomás orou, orou de todo o coração e com todas as forças, pela alma que estava prestes a deixar aquele corpo... a alma que parecia olhar tão firme e tristemente através daqueles grandes e melancólicos olhos azuis. Foi uma oração literalmente oferecida com profundos gemidos e lágrimas.

Quando Tomás terminou suas preces, St. Clare estendeu o braço e tomou-lhe a mão, olhando seriamente para ele, mas sem nada dizer. Fechou os olhos, mas continuou segurando-lhe a mão, pois, nas portas da eternidade, a mão negra e a branca se mantêm juntas com igual aperto. Murmurou então suavemente para si mesmo, de modo espaçado:

Recordare, Jesu pie.
...
Ne me perdas... illa die.
Quaerens me... sedisti lassus!

Era evidente que as palavras que havia cantado naquela tarde estavam retornando à sua mente... palavras de súplica à Misericórdia infinita. Seus lábios se moviam vez por outra quando partes do hino fluíam deles, entrecortados.
– Ele está delirando – disse o médico.
– Não! está chegando, minha morada, enfim! – exclamou St. Clare, com energia. – Enfim, enfim!
O esforço para falar exauriu-lhe as forças. A palidez da morte cobriu seu rosto, mas com ela se desenhou, como se acariciada pelas asas de algum espírito compassivo, uma admirável expressão de paz; parecia uma criança que adormece de cansaço.
Assim ficou por alguns momentos. Todos viram que a mão onipotente pousava sobre ele. Logo antes de expirar, ele abriu os olhos, feridos por súbita luz, como se fosse de reconhecimento e alegria, e disse:
– "Mãe!"
E morreu.

29
OS DESPPROTEGIDOS

Com frequência ouvimos falar da tristeza dos criados negros com a perda de um bom patrão. E com toda a razão, porque não há criatura de Deus na terra que seja deixada totalmente desprotegida e abandonada como escravo nessas circunstâncias.

A criança que perdeu o pai tem ainda a proteção de amigos e da lei; é alguma coisa e pode fazer alguma coisa... tem direitos reconhecidos e posição, mas o escravo não tem nada disso. A lei o considera, sob todos os aspectos, destituído de direitos como um fardo de mercadorias. O único reconhecimento possível dos anseios e das necessidades de uma criatura humana e imortal, que lhe é conferido, provém da soberana e irresponsável vontade de seu patrão; e quando o patrão morre, nada mais resta ao escravo.

O número daqueles que sabem como usar de modo humano e generoso o poder que têm nas mãos é bem pequeno. Todos sabem disso e o escravo, mais do que ninguém, de modo que este não tem dúvida de que tem dez chances em sua vida de encontrar um patrão desumano e tirânico contra uma de encontrar um humano e generoso. Por isso é que a perda de um patrão bondoso é chorada e lamentada com tanta dor e angústia.

Quando St. Clare expirou, o terror e a consternação se apoderaram de todos os criados. Tinha sido tirado deles tão inopinadamente, na flor da força e energia de sua juventude! Por toda parte na casa, só se ouviam choro e gemidos de dor e desespero.

Maria, que havia passado a vida procurando enfraquecer seu sistema nervoso por seu estranho comportamento e pelo constante recurso à automedicação, não teve forças para suportar o terror do choque e, no momento em que o marido exalou o último suspiro, foi acometida de um ataque de histeria atrás de outro. E aquele com quem estivera unida pelos misteriosos laços do casamento a deixou, sem a possibilidade de lhe dirigir uma última palavra de adeus.

A senhorita Ofélia, com a característica força e autocontrole, tinha ficado ao lado de seu parente até o fim, desvelando-se em fazer tudo o que pudesse fazer e juntando-se de todo o coração às ternas e emocionadas orações do pobre escravo pela alma de seu patrão moribundo.

Quando estavam preparando o corpo para o derradeiro descanso, encontraram em seu peito uma pequena medalha, que abria e fechava com uma minúscula mola; dentro dela havia uma bela miniatura do rosto de uma mulher e, no reverso, havia uma mecha de cabelo preto. Deixaram-na no peito sem vida... pó sobre pó... tristes relíquias de idos tempos de sonhos que haviam feito palpitar tão ardentemente esse coração agora gelado!

A alma de Tomás estava toda entregue a pensamentos sobre a eternidade; e enquanto prestava seus últimos serviços a essa argila inerte, nem sequer chegou a pensar que esse súbito golpe o condenava irremediavelmente à escravidão para sempre. Com relação a seu patrão, sentia-se em paz, pois, naquela hora em que dirigia suas orações ao pai do céu, tinha recebido uma resposta de segurança e consolo, que brotava em seu íntimo. No mais profundo de sua própria natureza, ele se sentia capaz de perceber algo da plenitude do amor divino, pois um antigo oráculo havia dito: "Aquele que habita no amor habita em Deus, e Deus está nele." Tomás tinha esperança, tinha confiança, e estava em paz.

Mas o funeral passou, com todos os seus pomposos sinais de luto, orações e rostos solenes; e voltaram as frias e lamacentas ondas da vida cotidiana, junto com a recorrente e dura pergunta: "E agora, que fazer?"

Essa pergunta surgiu na cabeça de Maria quando, em seus trajes matinais e cercada por ansiosos criados, ela examinava, sentada numa grande espreguiçadeira, amostras de diferentes tecidos para o luto. A mesma pergunta ocorreu também à senhorita Ofélia, que já se dispunha a regressar à sua casa no norte. Ocorreu ainda, com profundo terror, aos escravos que conheciam o insensível e tirânico caráter da patroa, em cujas mãos foram deixados. Todos eles sabiam, muito bem, que a indulgência com que até então tinham sido tratados vinha de seu patrão e não dessa senhora, e que, agora que ele já não vivia, nada os garantia contra os tirânicos caprichos de uma mulher que, exasperada pela dor, poderia inventar.

Cerca de quinze dias depois dos funerais, a senhorita Ofélia, que estava no quarto trabalhando, ouviu uma leve batida na porta. Abriu e deu com Rosa, a bela e jovem mulata, com cabelos desgrenhados e os olhos inchados de tanto chorar.

- Oh, senhorita Félia! - exclamou ela, caindo de joelhos e agarrando-se à saia dela. - Vá, por favor, vá ter com a senhora Maria por mim! Peça por mim! Ela vai mandar me açoitar. Veja! - E ela entregou um papel à senhorita Ofélia.

Era uma ordem, escrita pela delicada mão de Maria, ao diretor de uma casa de correção para dar à portadora do bilhete quinze chicotadas.

- O que andou fazendo? - perguntou a senhorita Ofélia.

- Sabe, senhorita Félia, que tenho um caráter que me é muito difícil de controlar. Eu estava experimentando um vestido da senhora Maria e ela me deu uma bofetada no rosto; eu, sem pensar, lhe respondi de modo insolente. Aí ela me disse que sabia o que fazer para me humilhar e que me ensinaria, de uma vez por todas, que não iria mais ser tão atrevida como tinha sido. Então ela escreveu este bilhete, ordenando-me para que eu mesma o levasse. Eu teria preferido que ela me matasse ali mesmo.

A senhorita Ofélia ficou parada, pensando, com o papel na mão.

- Veja, senhorita Félia - disse Rosa -, não me importo com as chicotadas, mesmo que as recebesse de suas mãos ou das senhora Maria, mas ser enviada a um homem e a um homem tão horrendo... a vergonha que isso me dá, senhorita Félia!

A senhorita Ofélia sabia muito bem que era costume mandar mulheres e moças para as casas de correção, onde eram entregues nas mãos de homens infames... suficientemente vis para fazer disso sua profissão... e ali serem submetidas a brutais castigos e vergonhosas correções. Embora soubesse dessa prática, não tinha visto nenhuma mulher sendo mandada para lá, até o momento em que viu Rosa profundamente aflita. Todo o sangue de mulher honesta, o vigoroso sangue de mulher livre da Nova Inglaterra, lhe subiu à cabeça e fez seu coração palpitar de indignação; mas com a usual prudência e autocontrole, dominou-se e, amarrotando o papel entre as mãos, disse simplesmente a Rosa:

- Sente-se aqui, minha filha, enquanto eu vou falar com sua patroa.

"Vergonhoso! Monstruoso! Ultrajante!", dizia ela a si mesma, enquanto ia atravessando a sala de estar.

Encontrou Maria sentada na espreguiçadeira, com Mammy ao lado, que a penteava; Jane estava sentada no chão, diante dela, esfregando-lhe os pés para aquecê-los.

– Como é que a senhora está hoje? – perguntou-lhe a senhorita Ofélia.

Deu um profundo suspiro, fechou os olhos, essa foi sua resposta; mas depois de uns momentos, Maria respondeu:

– Oh! não sei, prima. Acho que estou tão bem como vou estar daqui em diante!

E Maria passou nos olhos seu lenço de cambraia com largas bordas pretas.

– Venho – disse a senhorita Ofélia, com aquela leve tosse seca que geralmente precede a abordagem de uma questão difícil –, vim falar com a senhora a respeito da pobre Rosa.

Maria arregalou os olhos e suas lívidas faces ficaram coradas ao perguntar rispidamente:

– Bem, o que há com ela?

– Ela está arrependida da falta que cometeu.

– É mesmo, é mesmo? Vai ficar ainda mais, antes que eu acabe com ela! Aturei o atrevimento dessa menina tempo demais, agora vou humilhá-la como merece... vou fazê-la comer poeira!

– Mas não poderia puni-la de outra maneira... de alguma maneira menos degradante?

– Quero humilhá-la. É justamente o que pretendo fazer. Toda a vida ela contava com sua delicadeza, com sua formosura, com seus ares de dama, esquecendo-se do que realmente era! Vou lhe dar uma lição que vai pô-la em seu devido lugar, imagino!

– Mas pense bem, prima. Se destruir a delicadeza e o pudor numa moça, em pouco tempo vai depravá-la.

– Delicadeza! – disse Maria, com um riso de desprezo. – Bela palavra para essa coisa que ela é! Vou lhe ensinar, com todos os seus ares, que ela não é melhor do que a negra mais andrajosa que anda pelas ruas! Não vai mais levantar a crista para mim!

– Vai ter de responder a Deus por semelhante crueldade! – disse a senhorita Ofélia, com energia.

– Crueldade!... Gostaria de saber o que é crueldade! Dei ordem para somente quinze chicotadas e que lhe sejam aplicadas com leveza. Tenho certeza de que não há crueldade nisso!

– Não há crueldade! – repetiu a senhorita Ofélia. – Estou certa de que não há moça que não preferisse morrer antes de passar por isso!

– Pode ser que pessoas com seus sentimentos pensem assim, mas todas essas criaturas se acostumam a isso e é o único meio de mantê-las sob controle. Desde que lhes seja permitido tomar ares de importância, elas se tornam insolentes, como minhas criadas sempre foram. Agora comecei a subjugá-las e já avisei a todas que vou mandar uma após outra à casa de correção para serem açoitadas, caso não se emendarem! – disse Maria, olhando em volta com determinação.

Jane abaixou a cabeça ao ouvir isso, pois compreendeu que essas palavras eram particularmente dirigidas a ela. A senhorita Ofélia sentou-se um momento, como se tivesse acabado de engolir uma mistura explosiva, que estaria prestes a eclodir. Enfim, percebendo a absoluta inutilidade de qualquer discussão com semelhante pessoa, resignou-se ao silêncio, levantou-se e saiu da sala.

Era difícil voltar e dizer a Rosa que nada pôde fazer por ela. E logo depois, um dos criados veio dizer que a patroa lhe havia ordenado levar Rosa à casa de correção, para onde foi conduzida às pressas, apesar de suas lágrimas e súplicas.

Alguns dias depois, Tomás estava pensativo na sacada quando veio ter com ele Adolfo que, desde a morte do patrão, andava abatido e desconsolado. Adolfo sabia muito bem que Maria não simpatizava com ele, mas pouco se importava com isso quando o patrão ainda vivia. Mas agora passava o dia inteiro com medo e tremendo, não sabendo o que poderia lhe acontecer em seguida. Maria tinha feito diversas consultas a seu advogado. Depois de se comunicar com o irmão de St. Clare, decidiu vender a casa e todos os escravos, exceto os de sua propriedade pessoal, que pretendia levar consigo quando voltasse para a fazenda do pai dela.

– Você sabe, Tomás, que nós todos vamos ser vendidos? – perguntou Adolfo.

– Como é que sabe disso?

– Eu me escondi atrás das cortinas quando a senhora estava falando com o advogado. Dentro de poucos dias, vamos ser postos à venda no leilão, Tomás.

– Que a vontade de Deus seja feita! – replicou Tomás, cruzando os braços e suspirando profundamente.

- Nunca mais vamos ter outro patrão igual - disse Adolfo, apreensivo. - Mas prefiro ser vendido que ficar sob o domínio dessa senhora.

Tomás se afastou. Sentia um aperto no coração. A esperança de liberdade, a ideia de não ver mais a esposa e os filhos invadiram sua alma; sentia-se como um marinheiro naufragado perto do porto, a quem aparecem o campanário da igreja e os amados tetos da aldeia natal quando vêm à tona sobre uma onda gigante só para lhes dar um último adeus. Apertou fortemente os braços contra o peito, reprimiu as amargas lágrimas e tentou rezar. O golpe foi duro demais para ele que tanto ansiava pela liberdade; e quanto mais dizia "Seja feita a vontade Deus", maior era a dor que o prostrava.

Procurou a senhorita Ofélia que, depois da morte de Eva, o tinha tratado com uma bondade marcante e respeitosa.

- Senhorita Félia - disse ele -, meu patrão St. Clare me havia prometido a liberdade. Disse-me que havia começado a arrumar os papéis. E agora, talvez, se a senhorita Félia pudesse ter a bondade de falar disso com a senhora patroa, ela poderia continuar com as formalidades, como era desejo do patrão St. Clare.

- Vou falar com ela, Tomás, e vou fazer tudo o que estiver a meu alcance - disse-lhe a senhorita Ofélia. - Mas se depender da senhora St. Clare, não posso esperar muita coisa... de qualquer modo, vou tentar.

Esse fato ocorreu alguns dias depois do castigo infligido a Rosa, enquanto a senhorita Ofélia fazia seus preparativos para regressar para o norte.

Refletindo seriamente, ela julgou que talvez se houvesse excedido no uso dos termos na conversa anterior com Maria e por isso resolveu que agora se esforçaria para moderar o zelo e parecer tão conciliadora quanto possível. Reunindo todas as forças e tomando a meia que estava tricotando, dirigiu-se ao quarto de Maria, decidida a mostrar-se extremamente amável e tratar do caso de Tomás com toda a habilidade diplomática que lhe era peculiar.

Encontrou Maria estendida sobre um sofá, com o cotovelo apoiado nas almofadas para lhe soerguer o busto, enquanto Jane, que voltava das compras, lhe exibia algumas amostras de fino tecido preto.

- Essa me agrada - disse Maria, separando uma das amostras. - Mas não tenho certeza se é apropriada para o luto.

- Senhora! - replicou Jane. - A senhora do general Derbennon usou exatamente esse tipo de tecido, depois da morte do marido, no verão passado. Combina perfeitamente!

- O que acha? - perguntou Maria à senhorita Ofélia.

- É questão de moda, suponho - respondeu a senhorita Ofélia. - Nesse caso, a senhora entende muito mais do que eu.

- O caso é que - disse Maria - não tenho um vestido sequer que possa usar; e como vou deixar a casa e partir na próxima semana, preciso decidir logo no que comprar.

- Vai partir tão cedo?

- Sim. O irmão de St. Clare me escreveu, e tanto ele como meu advogado pensam que o melhor a fazer é pôr os escravos e a mobília à venda e deixar a casa aos cuidados do advogado.

- Há uma coisa a esse respeito que desejaria lhe falar - disse a senhorita Ofélia. - Agostinho tinha prometido a liberdade a Tomás e havia até mesmo começado a dar andamento às formalidades necessárias para tanto. Espero que a senhora use de sua influência para concluí-las.

- Na verdade, isso é que não vou fazer! - replicou Maria, secamente. - Tomás é um dos mais valiosos escravos da casa... não posso me permitir isso, de forma alguma. Além do mais, o que quer ele com a liberdade? Está muito melhor assim.

- Mas ele realmente a quer, de todo o coração, e o patrão lhe prometeu - retrucou a senhorita Ofélia.

- Não posso duvidar que a queira - disse Maria. - Todos eles a querem, precisamente porque são de uma raça descontente... sempre querem o que nunca tiveram. Além disso, meus princípios são contrários à emancipação, em qualquer caso. Mantenha o negro sob o controle de um patrão e ele se comporta muito bem, é respeitoso; mas liberte-o e verá como se torna preguiçoso, não quer trabalhar, se entrega à bebida e vai caindo até o último grau da degradação. Já vi isso centenas de vezes. Não é nenhum favor que se presta a eles, libertando-os.

- Mas Tomás é tão dedicado, trabalhador e devoto.

- Oh, não precisa me dizer isso! Vi centenas iguais a ele. Enquanto houver alguém que o vigie, sabe comportar-se muito bem... é tudo.

- Mas considere - observou a senhorita Ofélia - que poderá cair nas mãos de um mau patrão quando for posto à venda.

- Oh, conversa fiada! - replicou Maria. - Não acontece uma vez em cem que um bom escravo encontre um mau patrão; quase todos os senhores de escravos são bons, apesar do que se anda falando por aí. Vivi e cresci no sul, e nunca cheguei a conhecer um patrão que não tratasse bem seus escravos... pelo menos tão bem quanto mereciam. Não tenho o menor receio a esse respeito.

– Muito bem! – disse a senhorita Ofélia, energicamente. – Sei que foi um dos últimos desejos de seu marido que Tomás tivesse a liberdade; foi também uma das promessas que ele fez à sua querida Eva, em seu leito de morte, e não poderia acreditar que a senhora se sentisse à vontade em desrespeitar semelhante promessa.

Diante desse apelo, Maria cobriu o rosto com o lenço e começou a soluçar e a fazer uso ostensivo de seu frasco de aromas.

– Todos são contra mim! – exclamou ela. – Todos não têm consideração alguma! Eu nunca esperava que você viesse me trazer à memória todas essas lembranças que tanto me perturbam... é tão inconveniente! Mas ninguém se preocupa comigo... minhas atribulações são tão terríveis! É realmente duro... tinha uma filha, e ela me foi arrebatada!... tinha um marido que me convinha perfeitamente... e me foi tirado! E você parece ser tão pouco atenciosa comigo, que vem me relembrar tudo isso tão descuidadamente... sabendo quanto isso me abala! Suponho que suas intenções eram boas, mas não deixa de ser uma falta de consideração... e muito grande!

E Maria soluçava e, procurando respirar melhor, mandou Mammy abrir a janela e trazer seu frasco de cânfora, banhar-lhe a cabeça e desapertar-lhe o vestido. E durante a confusão geral que se seguiu, a senhorita Ofélia aproveitou para se retirar a seu quarto.

Viu logo que era inútil tentar dizer mais alguma coisa, porque Maria possuía um talento extraordinário para fingir ataques de nervos; e quando, além disso, se aludia aos desejos de seu marido ou de Eva com relação aos escravos, ela sempre achava de todo conveniente simular um desses ataques. Por isso a senhorita Ofélia fez a melhor coisa que podia em favor de Tomás... escreveu uma carta à senhora Shelby, contando a nova situação em que ele estava envolvido e pedindo que se interessasse pela proteção dele.

No dia seguinte, Tomás, Adolfo e uma meia dúzia de outros escravos de St. Clare foram conduzidos a um depósito de escravos, à espera das deliberações do mercador, que iria formar um lote para ser leiloado.

30
O DEPÓSITO DE ESCRAVOS

Um depósito de escravos! Talvez alguns de meus leitores vão fazer uma horrorosa ideia de semelhante lugar. Imaginam tratar-se de um antro escuro e imundo, um horrendo inferno informe, imenso e sem luz. Mas não, inocentes amigos. Nos dias de hoje, os homens aprenderam a arte de fazer o mal com decência e graça, a fim de não ferir os olhos e os sentidos da respeitável sociedade. A mercadoria humana tem muito valor hoje na praça; por isso é bem nutrida, bem tratada e bem cuidada, para que possa comparecer no posto de venda bem limpa, forte e reluzente. Um depósito de escravos em Nova Orleans não difere muito, externamente, de muitos outros empórios e é conservado sempre limpo; e do lado de fora, debaixo de uma espécie de alpendre, pode-se observar filas de homens e mulheres, que ali permanecem como amostras da mercadoria que existe à venda no interior desse depósito.

Então vocês podem ser cortesmente convidados a entrar e examinar a mercadoria, encontrando ali dentro muitos maridos, esposas, irmãos, irmãs, pais, mães e filhos pequenos para serem "vendidos em separado ou em lotes, segundo a vontade do comprador". E essas almas imortais, remidas um dia pelo sangue e pelas angústias do filho de Deus, quando a terra tremeu, as rochas se fenderam e os túmulos se abriram, podem ser vendidas, alugadas, hipotecadas e trocadas por dinheiro ou tecidos, segundo as tendências do mercado ou os caprichos do cliente.

Foi um dia ou dois depois da conversa entre a Maria e a senhorita Ofélia que Tomás, Adolfo e uma meia dúzia de outros escravos da propriedade de St. Clare foram entregues aos bondosos cuidados do senhor Skeggs, guarda de um depósito de escravos, numa das ruas da cidade, para ali ficarem à espera do leilão, marcado para o dia seguinte.

Tomás levava consigo, assim como a maioria de seus companheiros, um baú bastante grande, cheio de roupa. Fizeram-nos entrar, para passar a noite, numa grande sala, onde havia muitos outros homens reunidos, de todas as idades, tamanhos e gradações da cor da pele, rindo e se divertindo descontraídos uns com os outros.

– Olhem só! Muito bem, rapazes! Divirtam-se! – exclamou o senhor Skeggs. – Meus rapazes estão sempre alegres. Sambo, vá em frente, continue! – bradou ele, dirigindo-se a um negro robusto que exibia seu talento em contar histórias pouco recomendáveis, que provocavam as sonoras gargalhadas que Tomás ouviu ao entrar.

Como se pode imaginar, Tomás não estava disposto a tomar parte das brincadeiras e por isso, levando seu baú o mais longe possível do barulhento grupo, sentou-se em cima dele e reclinou sua cabeça contra a parede.

Os negociantes da mercadoria humana fazem escrupulosos e sistemáticos esforços para promover ruidosa alegria entre os escravos como meio de sufocar a reflexão e torná-los insensíveis à própria condição. O objetivo central do treinamento a que o negro é submetido, desde o momento em que é vendido no mercado do norte até o momento em que chega ao sul, é sistematicamente dirigido para torná-lo insensível, irrefletido e brutal. O mercador de escravos compra seu rebanho na Virgínia ou no Kentucky e o leva para algum lugar conveniente e sadio... muitas vezes até em estaçoes de águas... para engordá-lo. Ali os negros têm comida à vontade e como alguns deles podem estar propensos ao desânimo, sempre são acompanhados por um tocador de rabeca que os mantém dançando durante a maior parte do dia. E aquele que se recusar a participar das diversões, por pensar demais na mulher e nos filhos, é considerado um sujeito de mau espírito e perigoso e se expõe a todos os maus-tratos que a má vontade de um homem totalmente irresponsável e empedernido pode lhe infligir. São constantemente exigidas de todos eles a vivacidade, a esperteza e a alegria, de modo particular diante dos observadores, e os próprios negros se dispõem a isso, tanto pela esperança de serem vendidos a um bom patrão como pelo medo de serem duramente castigados pelo mercador, caso não forem vendidos.

– O que é que esse negro está fazendo aqui? – perguntou Sambo, aproximando-se de Tomás, depois que o senhor Skeggs havia deixado a sala.

Sambo era um preto retinto, de estatura elevada, vivaz, tresloucado, cheio de manias e caretas.

– O que anda fazendo por aqui? – perguntou ele de novo, cutucando-o. – Meditando, hein?

– Vou ser vendido no leilão de amanhã! – respondeu Tomás, tranquilamente.

– Vendido no leilão, ho, ho! Rapazes, não é engraçado? Gostaria de estar em seu lugar! Digam, não querem rir um pouco? Mas como é... todo esse lote vai partir amanhã? – perguntou Sambo, pondo com toda a liberdade a mão no ombro de Adolfo.

– Por favor, me deixe em paz! – disse Adolfo, levantando-se imediatamente, desgostoso.

– Oh, vejam só, rapazes! Este é realmente um desses negros brancos... cor de creme, todo perfumado! – disse ele, aproximando-se de Adolfo, fungando. – Meu Deus! calharia muito bem numa tabacaria; perfeito para aromatizar a loja! Por Deus que serviria muito bem para chamar a clientela, com certeza!

– Por favor, fique na sua, entendeu? – disse Adolfo, com raiva.

– Meu Deus! como são delicados os negros brancos! Olhem só! – e Sambo passou a imitar comicamente os modos de Adolfo. – Que ares e que graça! Deveria estar numa boa família, acredito.

– Sim – disse Adolfo. – Tive um patrão que poderia comprar todos vocês como trastes velhos!

– Ora, vejam só! – disse Sambo – Que belos cavalheiros não somos!

– Pertenci à família St. Clare! – disse Adolfo, com orgulho.

– É mesmo? Macacos me mordam, se eles não devem estar felizes por se verem livres de você. Acredito que estavam dispostos a vendê-lo a troco de um lote de panelas rachadas e coisas semelhantes! – disse Sambo, com uma provocante careta.

Adolfo, enraivecido com esse insulto, arremeçou-se furioso contra seu adversário, vociferando e distribuindo socos a torto e a direito. Os espectadores riam e gritavam; a algazarra trouxe o guarda à porta.

– O que é isso, rapazes? Ordem... ordem! – bradou ele, entrando e brandindo seu enorme chicote.

Todos se dispersaram em diferentes direções, menos Sambo que, sabendo dos favores de que gozava com o guarda como animador da turma, ficou parado no lugar, enterrando a cabeça entre os ombros com uma careta, sempre que o guarda fazia um movimento brusco em direção dele.

– Não somos nós, senhor... nós estamos sempre tranquilos... são esses que chegaram agora que andam nos amolando... e estão sempre querendo bater em todos nós!

Diante disso, o guarda se voltou para Tomás e Adolfo e, sem perguntar nada, foi distribuindo pontapés e bofetadas; deixando ordens para que todos se comportassem e fossem dormir, deixou a sala.

Enquanto essa cena se desenrolava no dormitório dos homens, o leitor poderia ficar curioso, querendo saber o que se passava na sala contígua, destinada às mulheres. Estendidas e dormindo no chão, nas mais variadas posições, viam-se inúmeras mulheres de todas as nuances de cor, desde o preto de ébano até o quase branco, e de todas as idades, de crianças a velhas. Aqui, uma bela menina de dez anos, cuja mãe foi vendida na véspera e que agora chora, querendo dormir, mas sem ninguém que lhe faça companhia. Ali, uma negra idosa, cujos braços finos e dedos calejados atestam longos anos de trabalho, esperando ser vendida amanhã como artigo de refugo pelo que quiserem pagar por ela. Outras 40 ou 50 mulheres, com a cabeça envolta em variados tipos de tecido, jaziam estendidas em volta delas.

Num canto, porém, separadas das demais, havia duas mulheres de aparência particularmente mais interessante que a comum. Uma delas é uma mulata muito bem vestida, de 40 a 50 anos, de olhos meigos e de uma afável e atraente fisionomia. Trazia na cabeça uma espécie de turbante feito de um grande lenço vermelho de primeira qualidade; seu vestido, de tecido fino, lhe caía muto bem, mostrando que havia sido feito por mãos habilidosas. Ao lado e bem junto dela, está uma menina de uns quinze anos... é a filha. É uma bela mulata, como se pode ver por sua pele mais clara, embora sua semelhança com a mãe seja transparente. Tem os mesmos olhos ternos e negros, com pestanas um pouco mais longas, e seus cabelos são de um castanho reluzente. Ela também está vestida com gosto e elegância, e suas mãos brancas e delicadas evidenciam que nunca conheceram os trabalhos de escrava. Ambas devem ser vendidas no dia seguinte, no mesmo lote dos escravos de St. Clare; e o cavalheiro a quem pertencem e para quem será entregue o dinheiro de sua venda, é membro de uma igreja cristã de

Nova Iorque. Depois de receber esse dinheiro, ele irá ministrar os sacramentos instituídos pelo mesmo Deus dele e delas, sem mais pensar nessa transação.

Essas duas mulheres, a quem chamaremos Susana, e Emelina, haviam sido criadas pessoais de uma amável e piedosa senhora da Nova Orleans, que as tinha educado e treinado com todo o cuidado e devoção. Haviam aprendido a ler e a escrever e tinham sido instruídas nas verdades da religião; sua sorte havia sido tão feliz, em sua condição, quanto possível. Mas o filho único de sua protetora tinha a administração dos bens maternos e, por negligência e extravagâncias, contraiu tantas dívidas que, por fim, faliu. Um dos maiores credores era a respeitável empresa B. e Companhia, de Nova Iorque. A Companhia escreveu a seu advogado em Nova Orleans para proceder à penhora dos bens móveis, dos quais faziam parte essas duas escravas e mais alguns escravos utilizados nas plantações; e o advogado escreveu a respeito dessa situação aos credores de Nova Iorque. O senhor B. que, como dissemos, era um cristão residente num Estado livre, sentiu-se desconfortável diante dessa situação. Não se sentia disposto a comercializar escravos... claro que não queria ser visto como mercador de carne humana, mas havia 30 mil dólares envolvidos no caso e era realmente muito dinheiro para ser sacrificado a um princípio. Assim, depois de muito refletir e pedir conselho aos que sabia que deveriam aconselhá-lo da melhor forma, o senhor B. escreveu a seu advogado para que concluísse o negócio da maneira que lhe parecesse mais conveniente, dando-lhe carta branca.

Um dia depois da chegada da carta a Nova Orleans, Susana e Emelina foram enviadas ao depósito, no aguardo do grande leilão da manhã seguinte. E ali podem ser vistas à fraca claridade do luar que penetra através das grades das janelas e podemos escutar sua conversa. Ambas choram, mas silenciosamente, para que uma não aumente a aflição da outra.

– Mãe, encoste sua cabeça em meu colo e veja se consegue dormir um pouco – disse a menina, tentando parecer calma.

– Não tenho vontade de dormir, Emelina. Não posso. Talvez seja a última noite que vamos passar juntas!

– Oh, mãe! Não diga isso! Talvez vamos ser vendidas juntas... quem sabe?

– Se fosse o caso de outra qualquer, diria isso também, Emelina – replicou a mulher. – Mas tenho tanto medo de perdê-la que nada vejo senão o perigo.

- Ora, mãe! O homem disse que tínhamos boa aparência e que seríamos vendidas facilmente.

Susana se lembrou dos olhares e das palavras desse homem. Com uma dor profunda no coração, recordou como ele tinha examinado as mãos de Emelina e, levantando seus belos cabelos anelados, declarou-a mercadoria de primeira qualidade. Susana tinha recebido uma educação cristã e estava acostumada a ler a Bíblia todos os dias; tinha o mesmo horror de ver a filha sendo vendida para uma vida infame que qualquer mãe cristã deveria ter, mas não tinha esperança... não tinha a quem recorrer.

- Mãe, acho que poderíamos ser consideradas de primeira qualidade, se a senhora pudesse conseguir um lugar como cozinheira e eu como camareira ou costureira numa mesma família. Acredito que assim vai ser. Vamos nos apresentar tão alegres e dispostas quanto for possível, vamos contar tudo o que podemos fazer e talvez vamos conseguir o que desejamos - disse Emelina.

- Amanhã vou desmanchar seu penteado e deixar seu cabelo puxado para trás - disse Susana.

- Para que, mãe? Não vou parecer muito bem, desse jeito.

- Sim, mas vai ser vendida por melhor preço e mais facilmente.

- Não vejo porquê! - replicou Emelina.

- Famílias respeitáveis ficam mais inclinadas a comprá-la, se você tiver uma aparência simples e decente do que se tratasse de parecer bonita. Conheço as manias deles melhor do que você - disse Susana.

- Bem, mãe, farei como quiser.

- Emelina, se eu for vendida para uma plantação em algum lugar e você for para outro qualquer, se não pudermos nos ver novamente, lembre-se sempre de como você foi criada e de tudo o que a antiga patroa lhe ensinou; leve sua Bíblia e seu livro de cânticos. Se você for fiel a Deus, ele será fiel a você.

Assim falava essa pobre alma, em profundo desânimo, pois sabia que, no dia seguinte, qualquer homem, mesmo vil e brutal, mesmo ímpio e desapiedado, desde que tivesse dinheiro para pagar por ela, se tornaria dono de sua filha. E como a menina poderia continuar fiel? Era sobre tudo isso que ela pensava, enquanto apertava sua filha nos braços, desejando que ela fosse menos bela e atraente. Parecia que lhe agravasse a dor ao lembrar-se de como a menina havia sido criada, pura, piedosa e muito acima do padrão usual. Mas não tinha outro recurso senão orar. E muitas dessas orações se elevaram a Deus desses respeitáveis e bem organizados depósitos de escravos... orações que Deus não esqueceu, como haverá de mostrá-lo o futuro, porque está escrito: "Aquele que escandalizar um desses pequenos, seria melhor para ele que lhe amarrassem uma mó de moinho ao pescoço e fosse atirado no fundo do mar."

Graves, doces e silenciosos penetravam os raios do luar nessa prisão, desenhando nos corpos prostrados e adormecidos a sombra das barras das janelas gradeadas. Mãe e filha cantavam juntas um melancólico hino fúnebre, comum entre os escravos em seus enterros:

Oh, por que chor,a Maria?
Por que chora, Maria?
Chegou à bendita terra do além.
Ela morreu e foi para o céu,
Ela morreu e foi para o céu;
Chegou à bendita terra do além.

Essas palavras, cantadas por vozes de uma doçura penetrante e tristonha, com um acento de desespero terrestre que parecia aspirar por uma esperança celeste, ecoavam pelas salas escuras da prisão com patética cadência, à medida que os versos se seguiam.

Oh! onde estão Paulo e Silas?
Oh! onde estão Paulo e Silas?
Foram para a bendita terra do além.
Morreram e foram paia o céu,
Morreram e foram para o céu;
Chegaram à bendita terra do além.

Cantem, pobres alma! A noite é curta e a manhã vai separá-las para sempre!

Despontou o dia. Todos estão em movimento e o digno senhor Skeggs vai e vem faceiro, porque um lote de mercadoria deve ser apresentado para o leilão. Faz um rígido controle do asseio de todos; recomenda a todos a mostrar-se simpáticos e bem vestidos. Todos eles estão reunidos em círculo para a última revista, antes de mandá-los para o local do leilão.

Empunhando uma vara e de charuto na boca, o senhor Skeggs caminha em torno de todos para fazer a última inspeção na mercadoria.

— O que é isso? — pergunta ele, parando diante de Susana e de Emelina. — Onde estão os cachos de seus cabelos, menina?

Emelina olhou timidamente para a mãe que, com a suave destreza própria de sua raça, respondeu:

— Disse-lhe ontem à noite para que arrumasse o cabelo de modo simples e liso e não o deixasse flutuando em cachos, porque pareceria mais respeitável, assim.

— Bobagem! — disse o homem, peremptoriamente, voltando-se para a menina. — Vá imediatamente arrumar esse cabelo em cachos! E volte o mais breve possível! — acrescentou ele, fazendo estalar a vara que trazia nas mãos.

— E você, vá ajudá-la — bradou ele, dirigindo-se à mãe. — Esses cachos podem representar uma diferença de cem dólares a mais na venda da menina.

Sob uma cúpula esplêndida, havia homens de todas as nações, caminhando de um lado a outro sobre um pavimento de mármore. Em vários pontos da área circular, se erguiam pequenas tribunas destinadas aos leiloeiros e aos compradores. Duas delas, em lados opostos do recinto, eram ocupadas por brilhantes e talentosos cavalheiros, que anunciavam com entusiasmo, em inglês e em francês, os lances mínimos das variadas mercadorias. Uma terceira tribuna, em outro canto, ainda desocupada, estava cercada por um grupo esperando o início do leilão. Nesse grupo podiam ser vistos os escravos de St. Clare, Tomás, Adolfo e outros, bem como Susana e Emelina, aguardando sua vez com expressão ansiosa e abatida. Diversos espectadores, pretendendo ou não comprar, examinavam e faziam comentários sobre cada um dos escravos com a mesma liberdade que compradores de cavalos discutem as qualidades do animal.

— Olá, Alf! O que o traz aqui? — perguntou um jovem elegante, batendo no ombro de outro jovem vestido a rigor, que estava examinando Adolfo com uma lupa.

— Bem, estou precisando de um criado particular e fiquei sabendo que o lote dos escravos de St. Clare ia ser vendido. Pensei que deveria vir para ver...

— Deus me livre de comprar qualquer escravo de St. Clare! São negros mimados, todos eles. Insolentes como o diabo! — disse o outro.

– Não tenho medo, não! – retrucou o primeiro. – Se eu comprar alguns deles, logo vou lhes tirar suas manias; logo verão que têm outro tipo de patrão com quem tratar, bem diferente do senhor St. Clare. Palavra de honra, vou comprar aquele sujeito. Gosto do porte dele.

– Logo vai ver, se o conservar, que vai arruiná-lo. Ele é diabolicamente extravagante!

– Sim, mas esse sujeito vai perceber bem depressa que não pode ser extravagante comigo. Basta mandá-lo ao calabouço algumas vezes e inteiramente despido! Vou lhe contar se isso não vai pô-lo nos trilhos! Oh, vou reformá-lo, de alto a baixo... verá! Vou comprá-lo, está decidido!

Tomás tinha ficado examinando ansiosamente a multidão de rostos que se aglomerava em torno dele, procurando um que desejaria que fosse o de seu novo patrão. Se alguma vez se achasse, leitor, na necessidade de escolher, entre duzentos homens, aquele que deveria se tornar seu dono e senhor absoluto, talvez descobrisse, como Tomás, como são raros aqueles a quem desejaria pertencer com total confiança. Tomás estava vendo muitos homens... altos, corpulentos, grosseiros; baixos, folgazões, secos; bem apessoados, magros, rudes; e toda a variedade de homens rechonchudos e comuns, que compram escravos como recolhem lenha para pôr no fogo ou no cesto, com igual indiferença, de acordo com suas conveniências. Mas ele não viu nenhum St. Clare.

Um pouco antes de começar o leilão, um homem baixo e musculoso, com uma camisa colorida toda aberta sobre o peito e de calças largas e sujas, abriu caminho entre a multidão como alguém muito interessado no negócio e, chegando ao grupo de escravos de St. Clare, passou a examiná-los sistematicamente. Mal o viu se aproximando, Tomás sentiu um imediato e instintivo horror por ele, que foi aumentando à medida que chegava mais perto. Apesar de baixo, era evidente que devia ter uma força hercúlea. Deve-se confessar que sua cabeça redonda como uma bola, seus olhos grandes de um cinzento claro, com sobrancelhas espessas e amareladas, e seus cabelos castanhos densos e eriçados formavam um semblante nada atraente. Sua enorme e grosseira boca mascava um pedaço de tabaco, cujo suco negro ejetava, de vez em quando, com vigorosa e explosiva força. Suas mãos eram enormes, cabeludas, queimadas pelo sol, sardentas e muito sujas, com unhas desmesuradamente longas e mal cuidadas. Esse homem examinou sem maior cerimônia o lote. Agarrou

Tomás pelo queixo e lhe abriu a boca para inspecionar seus dentes; mandou-o arregaçar as mangas para verificar os músculos dos braços; virou-o e revirou-o em todos os sentidos e o fez caminhar e saltar, para que mostrasse sua agilidade.

– Onde foi criado? – perguntou-lhe ele, secamente, depois dessa revista.

– No Kentucky, senhor – respondeu Tomás, olhando em volta, como que para se livrar dele.

– O que é que você fazia?

– Cuidava da fazenda do patrão – respondeu Tomás.

– Bela história! – disse o outro, enquanto passava adiante.

Parou um instante diante de Adolfo; então, dando uma cusparada de suco de tabaco nas lustrosas botas de Adolfo e, dando um grunhido de desprezo, passou adiante. Parou, enfim, diante de Susana e de Emelina. Estendeu sua pesada mão suja e puxou a menina para si; passou-lhe a mão pelo pescoço e pelo peito, apalpou os braços da menina, olhou seus dentes e a empurrou de volta para junto da mãe, cujo paciente rosto exprimia o imenso sofrimento ao ver a filha assim tratada por esse horrendo estrangeiro.

Assustada, Emelina começou a chorar.

– Pare com isso, sua atrevida! – disse o vendedor. – Nada de choradeira aqui... o leilão vai começar.

De fato, começou imediatamente.

Adolfo foi vendido por uma boa soma ao jovem cavalheiro que anteriormente tinha manifestado o desejo de comprá-lo. Os outros escravos do lote de St. Clare foram arrematados por diferentes compradores.

– Agora é sua vez, rapaz! Está ouvindo? – disse o leiloeiro a Tomás.

Tomás subiu no estrado e lançou um ansioso olhar em volta. Tudo parecia mesclado num barulho comum e indistinto... o vozeirão do pregoeiro gritando suas qualificações em francês e inglês, o fogo cruzado de lances em francês e inglês e quase no mesmo momento soou a batida final do martelo e o claro toque da sineta na última sílaba da palavra "dólares", enquanto o leiloeiro anunciava seu preço; e Tomás foi vendido... tinha um patrão!

Foi empurrado para fora do estrado... o homem baixo e de cabeça redonda como uma bola agarrou-o rudemente pelo braço e o puxou para o lado, dizendo com voz rouca:

– Fique aqui!

Tomás não atinava com nada. O leilão continuou com a mesma agitação e vozerio, ora em francês, ora em inglês. Ouviu-se nova batida de martelo... Susana foi vendida! Desceu do estrado, parou, olhou ansiosa para trás... a filha estendia os braços para ela. Olhou agoniada para o rosto do homem que a havia comprado... um respeitável homem de meia idade, de fisionomia benevolente.

– Oh, patrão, por favor, compre minha filha!

– Gostaria muito, mas receio que não vou conseguir – respondeu o cavalheiro, olhando com pesaroso interesse para a menina que subia no estrado e olhava em derredor timidamente e assustada.

O sangue fluiu para o rosto pálido de Emelina, seus olhos tinham um brilho febril e sua mãe gemia ao ver que a filha parecia mais bonita que nunca. O pregoeiro viu vantagem e elogiou demoradamente as qualidades da mercadoria, misturando francês e inglês ao falar. Os lances foram subindo com incrível rapidez.

– Vou tentar tudo o que puder – disse o bondoso cavalheiro, pressionando e cobrindo os sucessivos lances. Em poucos momentos, viu que os lances dos outros já ultrapassavam o poder de seu bolso. Ficou em silêncio. O pregoeiro gritava com mais ardor, mas aos poucos os lances diminuíram em número. Por fim, se reduziram a dois cidadãos, um velho aristocrata e nosso conhecido de cabeça redonda como uma bola. O aristocrata deu mais alguns lances, olhando com desprezo para o oponente. Mas este leva vantagem sobre o outro tanto na obstinação como no dinheiro e, finalmente, a batida do martelo encerra a disputa... ele conseguiu comprar a menina, a menos que Deus a ajude!

O dono de Emelina é o senhor Legree, que possui uma plantação de algodão às margens do rio Vermelho. A menina foi empurrada para o mesmo lote de Tomás e dois outros escravos; ela foi embora chorando.

O benévolo cavalheiro ficou entristecido, mas dizia para si mesmo: "Essas coisas acontecem todos os dias! Sempre vemos meninas e mães chorando nesses leilões! Não se pode evitar..." E ele se afastou com sua aquisição, indo em outra direção.

Dois dias depois, o advogado da empresa cristã B. e Companhia de Nova Iorque fez a remessa do dinheiro a quem cabia de direito. No verso da ordem de pagamento, bem que poderiam figurar estas palavras do grande Pagador, a quem um dia eles deverão prestar contas: *Quando ele perguntar pelo sangue derramado, não esquecerá as lágrimas dos humildes.*

31
A VIAGEM

Teus olhos são puros demais para ver o mal,
Tu não podes contemplar a iniquidade.
Então, por que olhas para os traidores
E te calas quando o ímpio devora
Aquele que é mais justo que ele?
(Habacuc, I, 13)

Na parte mais baixa de um pequeno e miserável barco sobre o rio Vermelho, estava Tomás... correntes nos pulsos, correntes nos tornozelos e um peso muito maior que as correntes no coração. Tudo havia desaparecido de seu céu... a lua e as estrelas; tudo tinha passado por ele, como as árvores e as margens passavam agora, para nunca mais voltar. Adeus casa do Kentucky, com mulher e filhos e com os indulgentes donos; adeus casa de St. Clare com seu luxo e esplendores; a loira cabeça de Eva com seus olhos celestiais; o orgulhoso, alegre, simpático e aparentemente desleixado, mas sempre bondoso St. Clare; as horas de tranquilo e merecido descanso... tudo havia passado! E em lugar disso, o que restava?

Uma das mais dolorosas consequências da escravidão é que o negro, que naturalmente assimila e adota os gostos e os sentimentos que formam a atmosfera de uma boa família, não é menos suscetível de cair nas mãos, como escravo, do mais grosseiro e brutal dos patrões... exatamente como uma cadeira ou uma mesa, que depois de ter ornado uma elegante sala, vai por fim figurar, suja e desmantelada, num salão de uma infame taberna ou em algum antro de devassidão. A única diferença é que a mesa ou a cadeira não sentem, mas o homem sente. Até mesmo o ato legal, em virtude do qual "o escravo é reputado, tomado e adjudicado como propriedade pessoal", não pode privá-lo da alma nem de seu pequeno mundo pessoal de recordações, esperanças, amores, receios e anseios!

O senhor Simão Legree, patrão de Tomás, tinha comprado, em diferentes lugares de Nova Orleans, oito escravos, e os havia conduzido, algemados em duplas, até o barco a vapor *Pirata,* que estava ancorado, pronto para zarpar pelo rio Vermelho acima.

Depois de tê-los instalado a bordo e, logo após a partida do barco a vapor, ele se aproximou do grupo com aquele ar de prepotência que bem o caracterizava para fazer nova revista. Parando diante de Tomás, que se havia vestido com a melhor roupa que tinha e com um par de lustrosas botas, disse-lhe secamente:

– Levante-se!

Tomás se levantou.

– Tire esse lenço do pescoço!

Como Tomás tivesse dificuldade em fazê-lo por causa das algemas que o atrapalhavam, o próprio Simão o ajudou, arrancando-lhe o lenço com um puxão e guardando-o no bolso.

Legree se dirigiu então para o baú de Tomás, que já havia revistado e aliviado antes, e, tirando um par de velhas calças e um casaco roto, que Tomás usava no trabalho do estábulo, disse a Tomás, liberando-lhe as mãos das algemas e apontando-lhe um recanto entre as caixas:

– Vá para lá e vista isso!

Tomás obedeceu e, depois de poucos momentos, voltou.

– Tire essas botas! – ordenou-lhe Legree.

Tomás as tirou.

– Tome! – acrescentou o homem, atirando-lhe um par de sapatos grosseiros, muito comuns entre os escravos. – Calce isso!

Na precipitada troca de roupa, Tomás não havia esquecido de transferir sua estimada Bíblia para os outros bolsos. Ainda bem que o fez, pois o senhor Legree, tornando a algemar Tomás, continuou a revistar as roupas que o negro havia despido. Encontrou um lenço de seda e o pôs no próprio bolso. Achou também várias outras bagatelas, que Tomás havia guardado especialmente porque Eva costumava brincar com elas; Legree olhou-as com um grunhido de desprezo e atirou-as no rio. Remexendo ainda nos bolsos, ele encontrou o livro de cânticos metodistas que, na pressa, Tomás havia esquecido. O homem se virou e disse:

– Hum! Certamente, um devoto! O que é isso aqui... você pertence a uma igreja, não é?

– Sim, patrão! – respondeu Tomás, com firmeza.

– Pois bem, logo, logo vou tirar isso de sua cabeça. Não vou aturar esses negros gritando, orando e cantando em minha casa; lembre-se disso. E lembre-se também – disse ele, batendo o pé e dirigindo um olhar feroz a Tomás – que doravante eu sou sua igreja! Entendido?... você vai ser o que eu quiser!

Alguma coisa no silencioso íntimo do negro respondeu "Não!" e, como se repetidas por uma voz invisível, ocorreram-lhe as palavras de um antigo oráculo profético, que Eva tantas vezes havia lido para ele: "Não tema, pois eu o redimi. Eu o chamei pelo nome. Você me pertence!"

Mas Simão Legree não ouviu voz alguma. E essa voz é a que ele jamais vai ouvir. Contentou-se em olhar brevemente para o rosto abatido de Tomás e afastou-se, levando o baú dele, que continha bastante roupa em boas condições, para a proa, onde foi cercado por muitas mãos de interessados. Depois de muito riso, à custa dos negros que se fingiam de cavalheiros, as peças de roupa foram vendidas rapidamente e o baú vazio foi finalmente rifado. Foi uma boa brincadeira, pensavam eles, especialmente por ver como Tomás seguia com os olhos suas coisas sendo vendidas para uns e outros; o momento da rifa do baú foi o mais engraçado, provocando muitas gargalhadas e gracejos.

Terminada toda essa transação, Simão dirigiu-se novamente a Tomás, dizendo-lhe:

– Pois é, Tomás, pode ver que o livrei de todo excesso de bagagem. Tome o máximo cuidado com a roupa que lhe dei. Vai passar muito tempo antes que receba outra. Quero que meus escravos sejam cuidadosos e que sua roupa dure pelo menos um ano.

Simão se dirigiu então para o local onde estava Emelina, acorrentada a outra mulher.

– Pois bem, querida – disse ele, dando-lhe um tapinha sob o queixo –, quero vê-la mais animada.

O involuntário olhar de medo, de horror e de aversão com que a menina o fitou não escapou ao olhar dele. Franziu a testa, furioso.

– Acabe com esses ares, garota! Deve conservar sempre um semblante alegre quando falo com você... entendeu? E você, velha decrépita! – exclamou ele, dando um empurrão na mulata a quem Emelina estava acorrentada. – Trate de mudar essa cara de infeliz! Deve parecer mais alegre, é o que exijo!

– Escutem todos vocês! – disse ele, dando um passo ou dois para trás. – Olhem para mim... olhem para mim... olhem diretamente em meus olhos... agora mesmo! – foi exclamando ele, batendo o pé a cada pausa.

Como por encanto, todos os olhos dos escravos convergiram agora diretamente para os olhos cinza-esverdeados de Simão.

– Agora – bradou ele, fechando seus grandes e pesados punhos, que pareciam marretas de ferreiro –, estão vendo esse punho? Apalpe-o! – disse ele, deixando cair o punho na mão de Tomás. – Estão vendo? Pois bem, digo-lhes que esses punhos ficaram duros como o ferro de tanto bater nos negros. Ainda não encontrei um único negro que eu não fosse capaz de abater com um só murro – acrescentou ele, levando o punho tão perto do rosto de Tomás, que este piscou e recuou. – Não preciso desses malditos supervisores; eu mesmo os vigio e já vou avisando desde agora que nada me escapa. Então, fiquem bem espertos, pois, quando necessário, falo tudo na hora e sem rodeios. Esse é meu jeito de lidar com vocês. Não vão ter moleza comigo, de modo algum. Então, lembrem-se bem disso, pois não tenho dó de ninguém!

As mulheres mal podiam respirar e todo o grupo de escravos ficou aterrorizado e de cabeça baixa. Depois, Simão virou as costas e foi para o bar do barco para tomar um trago.

– É assim que sempre começo com meus negros – disse ele a um homem de aparência distinta, que estava ao lado dele durante seu discurso. – É meu sistema de começar com rigor... exatamente para deixá-los de sobreaviso sobre o que os espera.

– De fato! – replicou o estranho, olhando para ele com a curiosidade de um naturalista que examina um espécimen desconhecido.

– Sim, é verdade! Não sou como esses cavalheirescos fazendeiros de mãos delicadas que se deixam ludibriar e tapear por seus malditos supervisores! Apalpe essas articulações e olhe para meus punhos. Pois veja, senhor, a carne que os cobre é dura como pedra, à força de bater nos negros.

O estranho tocou com as pontas dos dedos os locais citados e disse, com toda a calma:

– É dura mesmo e suponho – acrescentou ele – que a prática endureceu também seu coração.

– Oh, sim, com certeza – replicou Simão, dando uma gostosa gargalhada. – Acho que a ternura em mim já era! Desapareceu de vez. Vou lhe dizer, ninguém vai me enternecer! Os negros nunca chegam perto de mim e muito menos com choradeiras... não tolero isso de jeito nenhum.

– Pelo que vejo, adquiriu um ótimo lote.

– Sem dúvida – concordou Simão. – Aí está esse Tomás. Disseram-me que é um sujeito incomum. Paguei um pouco caro demais por ele. Pretendo servir-me dele como cocheiro ou para dirigir certos trabalhos; só que tem certas ideias que andou adquirindo ao ser tratado como os negros nunca devem sê-lo; tirando-lhe da cabeça essas coisas, será um sujeito de primeira qualidade. Fui logrado com aquela mulher amarelada; acho que é doentia, mas vou dar um jeito para que possa fazer alguma coisa útil e poderá durar um ano ou dois. Não tento poupar os negros. Explorá-los ao máximo e comprar outros depois, essa é minha regra; isso me cria menos problemas e, no final das contas, sai bem mais barato – e Simão tomou mais um trago.

– E, em geral, quanto tempo duram? – perguntou o estranho.

– Bem, não sei. Vai de acordo com a constituição de cada um. Os sujeitos robustos podem durar seis ou sete anos; mas os de refugo não aguentam mais de dois a três anos. No início, eu me preocupava muito com eles e tentava fazê-los durar mais... tratando da saúde deles quando adoeciam, dando-lhes roupas e cobertores para dormir e não sei mais o quê, na tentativa de mantê-los sempre dispostos e confortáveis. Ora, acabei vendo que era tudo inútil. Perdi dinheiro com eles e só acumulava problemas. Agora, como pode ver, os faço trabalhar de qualquer jeito, estejam eles doentes ou sãos. Quando um negro morre, compro outro; de qualquer modo, acho que assim se torna mais barato e mais cômodo.

O estranho se afastou e foi sentar-se ao lado de um cavalheiro que estivera escutando a conversa com contida indignação.

– Não deve tomar esse sujeito como um exemplo dos plantadores do sul – disse ele.

– Nem pensar! – retrucou o jovem cavalheiro, com ênfase.

– É um sujeito mesquinho, desprezível e brutal – disse o outro.

- E, ainda assim, suas leis lhe permitem ter quantos seres humanos quiser submetidos à vontade absoluta dele, sem a mínima sombra de proteção; e por mais vil que ele seja, não se pode dizer que não haja muitos outros do mesmo calibre.

- Bem - disse o outro -, mas há também muitos plantadores que se mostram humanos e generosos para com os escravos.

- Concedo - retrucou o jovem cavalheiro. - Mas, a meu ver, são vocês, homens providos de humanidade e generosidade, que são responsáveis por toda a brutalidade e afrontas perpetradas por esses miseráveis, porque, se não fosse pela sanção e influência de vocês, todo o sistema não poderia se sustentar por mais de uma hora. Se só houvesse fazendeiros como esse - acrescentou ele, apontando com o dedo para Legree, que estava de costas para ele -, toda a coisa ruiria como um castelo de areia. São sua respeitabilidade e humanidade que sustentam e protegem a brutalidade dele.

- Com certeza, você nutre uma bela opinião a respeito de meu bom caráter - retrucou o fazendeiro, sorrindo. - Mas aconselho-o a não falar tão alto, porquanto há pessoas a bordo que não poderiam ser tão tolerantes como eu. Deveria esperar até chegar a minhas plantações e ali poderá nos recriminar à vontade.

O jovem cavalheiro corou e sorriu e logo os dois foram jogar uma partida de gamão.

Enquanto isso, outra conversa tinha lugar na parte mais baixa do barco, entre Emelina e a mulata a quem estava acorrentada. Como é natural, elas estavam contando uma à outra alguns pormenores de sua história de vida.

- A quem você pertencia antes? - perguntou Emelina.

- Bem, meu patrão era o senhor Ellis... morava na rua do dique. Talvez tenha visto a casa dele.

- Ele a tratava bem? - perguntou Emelina.

- Sim, a maior parte do tempo, até que caiu doente. Esteve doente durante seis meses e se tornou insuportável. Parece que não queria que ninguém descansasse, dia e noite; acabou se tornando tão histérico, que ninguém mais lhe servia. Ele se tornava mais cruel a cada dia que passava; mantinha-me acordada noites a fio, até que me senti exausta e não conseguia mais ficar acordada. E como, certa noite, caí no sono, ele se zangou de tal maneira que me disse que me venderia ao pior patrão que conseguisse encontrar; mas, logo antes de expirar, ele me prometeu a liberdade.

– Você não tinha parentes ou amigos?

– Sim, meu marido... é ferreiro. Meu patrão geralmente o alugava para prestar serviços a outros. Mas me levaram embora tão depressa que não pude me despedir dele; e deixei quatro filhos. Oh, meu Deus! – exclamou a mulher, cobrindo o rosto com as mãos.

É natural em qualquer um, ao ouvir uma história triste, pensar em encontrar palavras que possam servir de consolo. Emelina queria dizer alguma coisa, mas não sabia o que falar. O que poderia dizer? Como que por tácito acordo, as duas evitaram, por medo e terror, qualquer menção com relação ao horroroso homem que agora era seu novo patrão.

É verdade que a fé na religião serve de consolo nas piores horas. A mulata pertencia a uma igreja metodista, tinha um sincero espírito de piedade, embora pouco esclarecido. Emelina tinha recebido uma educação muito melhor, havia aprendido a ler e a escrever e havia sido diligentemente instruída na Bíblia sagrada, pelos cuidados de uma fiel e devota patroa. Ainda assim, não é porventura uma terrível prova para a fé do mais firme cristão ver-se aparentemente abandonado por Deus, caindo nas garras da mais desumana violência? Como não haveria de abalar a fé de um pobre discípulo de Cristo, pouco instruído e de pouca idade?

O barco a vapor seguia, com sua triste carga, pela vermelha, turva e lamacenta corrente, através das tortuosas e abruptas curvas do rio Vermelho. Tristes e cansados olhos contemplavam as rípidas margens de argila vermelha, enquanto deslizavam na melancólica mesmice. Finalmente, o barco parou no porto de uma pequena cidade e Legree, com todo o seu grupo de escravos, desembarcou.

32
LUGARES
SOMBRIOS

Os lugares sombrios da terra são antros de violência.
(Salmo, 74, 20)

Arrastando-se penosamente atrás de uma rude carroça e por uma estrada mais rude ainda, Tomás e seus companheiros prosseguiam viagem. Na frente da carroça, estava sentado Legree, e as duas mulheres, ainda algemadas juntas, sentadas mais atrás, entre as bagagens. Todo o grupo se dirigia para as plantações de Legree, que se situavam a uma boa distância do rio.

O caminho que seguiam era deserto e selvagem, ora passando por trechos de terra estéril coberta de pinheiros, onde o vento gemia lúgubre, ora por trechos cobertos de troncos e por amplos banhados, onde cresciam alguns ciprestes, como que melancólicas árvores despontando do solo lamacento e esponjoso, das quais pendiam como enormes grinaldas fúnebres chumaços de musgo preto; quase a cada passo se podia avistar, no meio dos troncos e de galhos caídos apodrecendo na água, a repugnante forma de uma serpente.

Se esse caminho parece triste e desolado ao viajante que por ele passa montado num belo cavalo e com o bolso cheio de dinheiro, seguindo sozinho para se desincumbir de uma encomenda ou negócio, muito mais triste e selvagem seria para o escravo que, a cada passo que dava, mas estaria se afastando de tudo o que mais preza e ama. Assim teria pensado alguém que visse a expressão cansada e abatida nesses rostos negros e o profundo aborrecimento com que aqueles tristes olhos pousavam sobre tudo o que ia passando pela frente deles nessa enfadonha viagem.

Simão conduzia a carroça aparentemente contente, recorrendo de vez em quando à garrafa de aguardente que guardava no bolso.

– Olá, vocês! – gritou ele, voltando-se para trás e olhando para aqueles rostos totalmente desanimados. – Cantem alguma coisa, rapazes, vamos!

Os escravos se entreolharam; o "vamos" foi repetido, acompanhado com um esperto estalo de chicote, que o condutor trazia nas mãos. Tomás começou um hino metodista.

> *Jerusalém, meu doce lar,*
> *Nome sempre tão caro a mim!*
> *Quando minha tristeza terá fim,*
> *Suas alegrias vão...*

– Cale-se, seu negro maldito! – gritou Legree. – Você acha que vou querer ouvir cantorias de seu velho e infernal metodismo? Vamos lá, cante alguma coisa verdadeiramente divertida... rápido!

Um dos negros passou então a cantar uma dessas cantigas sem sentido, muito apreciadas entre os escravos.

> *O patrão me viu abater a caça*
> *Oba, rapazes, oba!*
> *Ele riu à toa...*
> *Vocês viram a lua,*
> *Ho! ho! ho! rapazes, ho!*
> *Ho! ho! hi! oh!*

O cantor parecia entoar a canção a seu bel-prazer, geralmente calcando na rima, sem dar atenção ao sentido; e o grupo, a inervalos, cantava o estribilho:

> *Ho! ho! ho! rapazes, ho!*
> *Oba - e - oh! oba - e - oh!*

Era cantado aos berros e com o maior esforço para se mostrarem alegres; mas nenhum gemido de desespero, nenhuma palavra de ferverosa oração poderia exprimir, como esse selvagem estribilbo, a profunda dor que os prostrava!

Poder-se-ia dizer que o pobre coração emudecido, ameaçado, preso se refugiou nesse santuário de música primitiva, servindo-se dessa linguagem para elevar sua prece a Deus! Havia uma oração nessa cantilena, que Legree não podia captar. Ele só ouviu os seus escravos cantando ruidosamente e ficou mais que satisfeito. Estava fazendo com que eles "conservassem o bom humor".

– Então, minha querida! – disse ele, virando-se para Emelina e colocando a mão no ombro dela. – Estamos quase chegando em casa!

Quando Legree ralhava e vociferava, Emelina ficava aterrorizada; mas quando ele punha a mão nela e falava como agora, sentia-se tão mal que teria preferido que ele batesse nela. A expressão do olhar dele a fazia estremecer. Involuntariamente, aconchegou-se na mulata como se fosse sua mãe.

– Você nunca usou brincos? – perguntou ele, tocando a pequena orelha dela com seus dedos grosseiros.

– Não, senhor patrão – respondeu Emelina, tremendo e olhando para o chão.

– Muito bem, vou lhe dar um par quando chegarmos a casa. Não tenha medo, não vou fazê-la trabalhar muito. Você vai passar belos dias comigo e vai viver como uma dama... basta que seja uma boa menina.

Legree tinha bebido até aquele ponto em que a pessoa fica inclinada a ser mais afável. Foi nesse momento que as plantações surgiram à vista. A propriedade havia pertencido anteriormente a um cavalheiro muito rico e de bom gosto, que tinha dado considerável atenção ao embelezamento dela. Depois que esse cavalheiro morreu insolvente, ela foi comprada a baixo preço por Legree que a usou só para ganhar dinheiro, como fazia com todas as outras coisas. A fazenda tinha aquela aparência de mal cuidada e abandonada, que é sempre produzida pela evidência de que o cuidado do antigo proprietário tinha sido negligenciado totalmente.

O que era antes um gramado bem aparado na frente da casa, com alguns arbustos ornamentais distribuídos a espaços bem definidos, estava agora coberto de urtigas; e onde a grama havia desaparecido, viam-se vários postes para amarrar os cavalos. Por toda a parte se encontravam baldes velhos, canas de milho e toda espécie de velharias. Aqui e ali aparecia uma coluna caída, coberta de folhas e flores de jasmim e de madressilva. O grande e belo jardim de outrora estava tomado pelas ervas daninhas, no meio das quais surgiam algumas plantas exóticas. O que tinha sido uma estufa não tinha mais proteção nas janelas e sobre as prateleiras havia alguns vasos de flores abandonados, contendo caules e folhas secas.

A carroça seguiu por um caminho cheio de erva, que outrora era cascalhado, sob frondosas árvores, cujas formas graciosas e folhagem sempre verde pareciam ser as únicas coisas que, mesmo negligenciadas, resistiam, como os espíritos fortes, profundamente arraigados na bondade, se desenvolvem e crescem mais fortes num ambiente de desânimo e de degradação.

A casa tinha sido antigamente grande e bela. Era construída segundo o gosto do sul; uma ampla varanda de dois andares em torno de toda a casa, com a parte inferior sustentada por pilares de tijolo. Mas os sinais de desleixo e abandono eram evidentes. Algumas janelas estavam tapadas com tábuas, outras estavam com as vidraças quebradas e com as proteções externas suspensas por uma única dobradiça. Tudo isso mostrava a triste negligência que predominava no local.

Pedaços de madeira, palha, barris rotos e caixas se esparramavam sobre o gramado em todas as direções. Três ou quatro cães ferozes, despertados pelo ruído das rodas da carroça se precipitaram sobre os recém-chegados a pé, sendo detidos com dificuldade pelos esfarrapados escravos que os seguiam, para que não se lançassem sobre Tomás e seus companheiros.

– Estão vendo o que os espera! – disse Legree, acariciando os cães com cruel satisfação; e, virando-se para Tomás e seus companheiros, repetiu: – Estão vendo o que os espera, se tentarem fugir. Esses cães aqui foram adestrados para seguir os rastros dos negros; e se agarrarem algum, são capazes de devorá-lo como um belo jantar. Por isso, tomem cuidado! Então, Sambo! – acrescentou ele, dirigindo-se a um sujeito esfarrapado de chapéu sem abas, mas todo atencioso. – Como estão as coisas por aqui?

– Tudo em perfeita ordem, senhor!

– Quimbo – disse Legree a outro negro, que fazia todos os esforços para atrair a atenção do patrão. – Lembrou-se bem do que lhe prometi?

– Claro que me lembrei!

Esses dois negros representavam os principais braços na condução das plantações. Legree os tinha treinado na crueldade e na brutalidade, do mesmo modo que havia adestrado seus cães. E, pela longa prática na rudeza e na crueldade, os tinha tornado semelhantes a seus animais. É bastante comum observar que o negro, quando em situação de comando, é muito mais tirânico e cruel que o branco; e disso muitos pretendem deduzir mais um forte indício negativo contra a raça africana. Na realidade, isso prova somente que o negro tem sido mais aviltado e degradado do que o branco. A raça negra se comporta como qualquer outra raça oprimida deste mundo. É bem verdade que o escravo sempre poderá ser um tirano, se tiver a oportunidade de sê-lo.

Legree, como alguns potentados de que fala a história, governava sua fazenda por uma espécie de neutralização das forças contrárias. Quimbo e Sambo se detestavam; todos os escravos da lavoura os odiavam; e, jogando um contra o outro, Legree tinha certeza de ser informado, por um ou por outro, como andavam as coisas em sua propriedade.

Ninguém pode viver sem relações sociais e Legree encorajava seus dois satélites negros a uma espécie de grosseira familiaridade com ele... familiaridade que, no entanto, poderia trazer problemas, a qualquer momento, para um ou para outro, pois, diante da mais leve provocação, cada um deles estava pronto, a um aceno, a lançar-se sobre o outro para se vingar.

Enquanto permaneciam ali de pé diante de Legree, ambos pareciam uma viva ilustração do fato de que os homens embrutecidos são piores que os animais. Suas grosseiras e pesadas feições, seus grandes olhos voltando-se raivosos contra o outro, sua voz bárbara, gutural e brutalmente rouquenha, suas roupas caindo aos pedaços, que flutuavam ao vento... tudo condizia admiravelmente com o aspecto vil e degradado do que se podia ver no local.

– Aqui, Sambo – gritou Legree. – Leve esses rapazes para os aposentos. E aqui está uma menina que consegui para você – acrescentou ele, separando a mulata de Emelina e empurrando-a para ele. – Sabe que eu havia prometido trazer-lhe uma.

A mulher deu um passo e, recuando, disse subitamente:

– Oh! patrão! Eu deixei meu marido em Nova Orleans!

– E o que tem isso?... Não quer ter outro aqui? Nada de reclamações... vá andando! – disse Legree, levantando o chicote.

– Venha, menina – disse ele a Emelina. – Você vai entrar aqui comigo.

Um rosto escuro e carrancudo foi visto, por um momento, olhando pela janela da casa; e quando Legree abriu a porta, uma voz feminina disse alguma coisa, num tom irritado e imperativo. Tomás, que não perdia de vista Emelina, notou isso e ouviu Legree responder, zangado:

– É melhor que guarde a língua! Eu faço o que bem entender, e acabou!

Tomás não conseguiu ouvir mais nada, porque logo estava seguindo Sambo para o local das cabanas dos escravos. O recanto dos escravos era uma espécie de rua com uma fileira de rudes choupanas, ao lado das plantações e bem distante da casa. As cabanas tinham um aspecto rústico, miserável e desolador. Ao vê-las, Tomás quase perdeu as forças. Ele se havia confortado com a ideia de uma cabana rude, sim, mas decente e limpa e onde pudesse dispor de uma tábua para colocar sua Bíblia e que fosse um recanto em que pudesse ficar sozinho nas horas de folga. Examinou várias delas; pareciam meras espeluncas, destituídas de qualquer móvel, excetuando-se um monte de palha suja espalhada pelo chão de terra nua, endurecida à força de pisões de inúmeros pés.

– Qual dessas está reservada para mim? – perguntou ele a Sambo, com ar submisso.

– Não sei. Pode entrar nesta, suponho – disse Sambo. – Acho que há lugar para outro ali; há tantos negros em cada uma delas, que não sei o que fazer com mais ainda.

Já era tarde da noite quando os cansados ocupantes dessas choupanas chegavam em grupos, homens e mulheres, com roupas sujas e esfarrapadas, embrutecidos, desolados e pouco propensos a receber com alegria os recém-chegados. Nenhum som agradável se ouvia nessa espécie de aldeia; ouviam-se somente vozes roucas e guturais que pareciam rivalizar com as mós do moinho onde era moído o grão que, transformado num bolo depois de cozido, iria constituir o único prato do jantar. Desde o raiar do dia, tinham estado nos campos, trabalhando o tempo todo sob o vigilante chicote do feitor; era época da colheita e nenhum meio era poupado para que cada um desse o máximo de si no trabalho. "Na verdade", diria alguém, "colher algodão não é trabalho tão penoso." E não é? E não é tampouco um pingo de água cair na cabeça de alguém; ainda assim, uma das piores torturas inventadas pela inquisição foi a de fazer cair gota após gota de água, numa sucessão interminável, no mesmo local da cabeça do torturado. Também o trabalho em si não é duro, mas assim se torna, quando é feito hora após hora com uma invariável e insuportável monotonia, sem deixar ao menos um mínimo de tempo para um descanso ou uma breve distração.

Tomás procurou em vão, entre os inúmeros escravos que iam chegando, um rosto amigável. Mas só via homens desanimados, abatidos, exaustos e mulheres fracas e desoladas ou mulheres que não pareciam mulheres... as fortes afastando as fracas... o grosseiro e irrestrito egoísmo animal dos seres humanos, dos quais nada de bom se poderia esperar e desejar e que, tratados de todos os modos como brutos, tinham baixado até o nível destes, como era possível ver. O som dos moinhos foi ouvido até muito tarde, pois esses moinhos eram poucos em comparação com o grande número de escravos; e os mais fortes e robustos moíam por primeiro, enquanto os mais fracos e franzinos esperavam por sua vez bem mais tarde.

– Ho, ho! – exclamou Sambo, aproximando-se da mulata e jogando um saco de milho aos pés dela. – Que diabo de nome você tem?

– Chamo-me Lucy – respondeu a mulher.

– Bem, Lucy, agora você é minha mulher. Vá moer esse milho e prepare meu jantar, ouviu?

– Não sou sua mulher, nem quero ser! – retrucou a mulata, com a decidida e irritada coragem do desespero. – Deixe-me em paz!

– Vai fazê-lo a pontapés, então! – gritou Sambo, levantado o pé, com ar ameaçador.

– Pode me matar, se quiser... e quanto mais depressa, melhor! Gostaria de estar morta! – exclamou ela.

– Tome jeito, Sambo, você está sujando suas mãos. Vou contar isso ao patrão – gritou Quimbo, que estava ocupado no moinho, do qual havia maldosamente afastado duas ou três mulheres cansadas, que estavam esperando a vez de moer seu grão.

– E eu vou dizer a ele que você não deixa as mulheres moerem seu grão, negro safado! – retrucou Sambo. – Cuide de sua vida!

Tomás estava com muita fome, depois de um dia de viagem e se sentia quase desfalecer por falta de comida.

– Aí está! – disse-lhe Quimbo, atirando-lhe um saco, que continha uma reduzida porção de milho. – Agarre isso, negro, controle bem porque não vai ter mais durante toda esta semana.

Tomás esperou muito tempo até conseguir um lugar num dos moinhos; e então, compadecido pelo extremo cansaço de duas mulheres, que havia visto tentando moer seu grão, ele o moeu para elas; depois, juntando algumas brasas ao fogo quase apagado, onde muitos haviam cozido sua ração antes deles, deixando as mulheres à vontade e só depois foi moer seu grão. Era coisa nunca vista nesse local... um ato de caridade, por menor que fosse, mas tocou o coração dessas mulheres que, com uma expressão de bondade em seus duros semblantes, amassaram o bolo dele e se prestaram a cozinhá-lo. Enquanto isso, Tomás se sentou à luz do fogo e tirou sua Bíblia, pois sentia necessidade de algum conforto.

– O que é isso? – perguntou uma das mulheres.

– Uma Bíblia – respondeu Tomás.

– Deus do céu! Nunca mais tinha visto uma desde que saí de Kentucky!

– Você foi criada em Kentucky? – perguntou Tomás, com interesse.

– Sim, e muito bem criada também. Nunca esperava vir parar nesse lugar! – respondeu a mulher, suspirando.

– Que tipo de livro é esse? – perguntou a outra mulher.

– Ora, a Bíblia.

– Minha nossa! O que é isso? – voltou a perguntar a mulher.

– Como! Nunca ouviu falar da Bíblia? – interveio a outra. – Eu costumava ouvir a patroa lendo alguns trechos, às vezes, em Kentucky. Mas, ai de mim! Aqui não se ouve nada disso, a não ser maldições e ameaças!

– Leia um trecho para nós – pediu a outra mulher, curiosa ao ver Tomás pousando os olhos atentamente sobre o livro.

Tomás leu: "Venham a mim todos vocês que trabalham e estão sobrecarregados e eu lhes darei repouso."

– São belas palavras, realmente – comentou a mulher. – Quem as disse?

– O Senhor Deus – respondeu Tomás.

– Eu gostaria de saber onde posso encontrá-lo – disse a mulher. – Vou até ele, pois parece que nunca vou ter descanso aqui. Meu corpo está todo dolorido e fico tremendo o dia inteiro; e Sambo me cobre de chicotadas, porque não trabalho mais depressa; e à noite, é quase sempre meia-noite quando consigo jantar; e então parece que nem consegui me virar na cama e fechar os olhos, quando já toca o sino para levantar e já chegou de novo a manhã. Se eu soubesse onde é que o Senhor Deus fica, ia contar tudo a ele.

– Ele está aqui, está em toda parte – disse Tomás.

– Oh, não vai me fazer acreditar nisso! Sei que o Senhor Deus não está aqui – disse a mulher. – É inútil me falar disso. Mas agora vou me deitar e dormir, se puder.

As mulheres se retiraram para suas cabanas e Tomás ficou sozinho ao lado do fogo fraco, que refletia sombras avermelhadas em seu rosto.

A lua prateada surgia num céu de púrpura e olhava para baixo, calma e silenciosa, como Deus contempla o cenário de miséria e de opressão... contemplava calmamente o solitário negro, ali sentado, de braços cruzados, com a Bíblia sobre os joelhos.

"Deus está aqui?" Ah! como seria possível para o coração ignorante guardar inabalável a fé diante da medonha desordem e da palpável e irreprimida injustiça? Naquele coração simples, se travava um feroz conflito; o aflitivo senso de injustiça, a perspectiva de toda uma vida de futura miséria, o fim de todas as suas esperanças, agitando-se melancolicamente à sua vista como cadáveres da esposa, dos filhos e amigos surgindo das escuras ondas e aparecendo ao náufrago marinheiro que se debate no mesmo mar! Ah, seria fácil acreditar e manter firme a grande senha da fé cristã de que "Deus existe e é o recompensador daqueles que diligentemente o procuram"?

Tomás se levantou, desconsolado, e entrou às apalpadelas na cabana que lhe havia sido destinada. O chão já estava coberto dos cansados trabalhadores e o ar viciado do lugar quase o fez recuar. Mas o orvalho da noite era gelado, seus membros doíam e, tateando, encontrou um cobertor, única peça de tecido de sua cama, enrolou-se nele e se estirou sobre a palha, pregando no sono.

Em sonho, uma voz amável chegou a seus ouvidos; estava sentado numa saliência de grama no jardim do lago Pont-Chartrain e Eva, com seus olhos baixos, estava lendo um trecho da Bília para ele e ouviu-a lendo o seguinte:

Quando atravessar as águas, estarei com você, e os rios não haverão de submergi-lo; quando passar no meio do fogo, não haverá de se queimar nem as chamas lhe farão mal, porque eu sou o Senhor seu Deus, o Santo de Israel, o Salvador.

Aos poucos, as palavras pareciam se misturar e enfraquecer, como numa música divina; a menina ergueu seus olhos penetrantes e os fixou amavelmente nele, e raios ardentes e cheios de conforto pareciam reanimar seu coração; e como que embalada pela música, ela parecia elevar-se com asas brilhantes, das quais caíam flocos e pingos de ouro como estrelas, e assim desapareceu.

Tomás acordou. Tinha sido um sonho? Que fosse. Mas quem poderia dizer que esse doce e jovem espírito, que em vida tanto ansiava em confortar e consolar os aflitos, não tivesse a permissão de Deus para assumir essa missão depois da morte?

Bela crença, sem dúvida,
Que em torno de nossas cabeças
Estão pairando, em asas de anjo,
Os espíritos de nossos mortos.

33
CASSY

E vejam as lágrimas dos oprimidos e não há ninguém para consolá-los.
Seus opressores cometem violências contra eles e ninguém os protege.
(Eclesiastes, IV, 1)

Não precisou muito tempo para que Tomás se familiarizasse com tudo o que teria de esperar ou recear em seu novo modo de vida. Ele era um trabalhador hábil e eficiente em tudo o que lhe fosse confiado e era também, por hábito e princípios, pronto e fiel. De caráter tranquilo e pacífico, esperava afastar de si, por uma incessante atividade, pelos menos parte das misérias inerentes à sua condição. Já tinha visto bastantes maus-tratos e misérias, que o deixavam aborrecido e até doente. Mas ele resolveu continuar trabalhando com religiosa paciência, confiando naquele que julga com justiça, e sem perder a esperança de que algum meio de escapar ainda se apresentasse a ele.

Legree observou em silêncio as qualidades de Tomás. E o classificou como escravo de primeira linha, ainda que sentisse uma secreta aversão por ele... a antipatia natural do mal pelo bem. Via perfeitamente que Tomás nunca deixava de observar silenciosamente quando ele batia com violência e brutalidade nos mais fracos. De fato, a opinião pode se manifestar sem palavras e até mesmo a opinião de um escravo pode aborrecer o patrão. Tomás manifestava de diferentes modos a seus companheiros de sofrimenlo uma ternura e uma comiseração, estranhas para eles, e que Legree ciosamente vigiava. Tinha comprado Tomás com a intenção de eventualmente fazer dele uma espécie de supervisor, a quem pudesse, por vezes, em suas breves ausências, confiar seus negócios; e, segundo seu modo de ver, o primeiro, o segundo e o terceiro requisitos para a função são a *dureza*. Legree decidiu que, ao ver que Tomás não preenchia essa condição, haveria de endurecê-lo daí em diante. E poucas semanas depois da chegada de Tomás à fazenda, resolveu começar o processo.

Certa manhã, quando os escravos partiam para o trabalho nos campos, Tomás notou, com surpresa, que entre eles havia uma nova figura, cuja aparência chamou sua atenção. Era uma mulher alta e esbelta, com mãos e pés notavelmente delicados, vestida com belas e confortáveis roupas. Mostrava ter de 35 a 40 anos; tinha um rosto que, uma vez visto, não poderia ser esquecido... um daqueles que, à primeira vista, pareciam dar a impressão de uma vida cheia de aventuras românticas e dolorosas. Tinha a fronte alta e as sobrancelhas magnificamente desenhadas; o nariz bem formado e aquilino, a boca distinta e o gracioso contorno da cabeça e do pescoço mostravam claramente quanto outrora devia ter sido bela; mas seu rosto estava profundamente marcado por rugas de dor, de orgulho e de amarga resignação. Sua pele era amarelada e doentia, suas faces magras, suas feições angulosas e todas as suas formas decaídas. Mas o que mais se sobressaía eram seus grandes olhos negros, encimados por longas pestanas da mesma cor, que refletiam um desespero selvagem e melancólico. Havia um orgulho feroz e uma provocação em cada linha de seu rosto, em cada curva de seus lábios flexíveis, em cada movimento de seu corpo; mas seus olhos refletiam uma profunda e triste noite de angústia... uma expressão desesperançada e imutável que contrastava drasticamente com o desprezo e o orgulho que todo o seu porte exprimia.

De onde vinha ou quem era, Tomás não sabia. O que ele sabia é que ela estava caminhando a seu lado, ereta e orgulhosa, logo à primeira hora depois do raiar do dia. Para o grupo, contudo, ela era bem conhecida, pois muitos viraram a cabeça, olhavam e uma abafada, ainda que evidente, exultação se fez ouvir entre essas miseráveis, esfarrapadas e famintas criaturas que a cercavam.

– Enfim ela veio... que beleza! – disse um.

– He! he! he! – bradou outro. – Vai ver o que é bom, senhora!

– Vamos vê-la trabalhar!

– Quero ver se não vai levar umas belas chicotadas hoje à noite, como todos nós!

– Gostaria de vê-la ajoelhada para uma sessão de chicotadas! – disse outro.

A mulher seguiu caminhando, sem dar atenção a essas exclamações, com a mesma expressão carregada de desprezo. Tomás sempre havia vivido entre pessoas distintas e instruídas e intuitivamente percebeu, pelo ar e porte, que ela pertencia a essa classe. Mas como ou por que teria caído numa condição tão degradante, não podia compreender. A mulher não olhava para ele nem falava com ele, embora, durante todo o caminho, estivesse a seu lado.

Tomás logo se pôs a trabalhar, mas como a mulher não estava muito distante dele, com frequência a olhava para vê-la ao trabalho. Percebeu logo que tinha uma destreza natural e uma habilidade primorosa que lhe tornavam a tarefa mais fácil do que muitos outros. Ela colhia o algodão muito rapidamente e com extrema limpeza, mas com um ar de desdém, como se detestasse o serviço e a condição de desgraça e de humilhação a que havia sido condenada.

No decorrer do dia, Tomás trabalhava perto da mulata que havia sido comprada no mesmo lote que ele. Estava evidentemente em péssimas condições, tremia e estremecia, e Tomás a ouvia com frequência rezando e parecia que a qualquer momento poderia desmaiar. Aproximou-se dela em silêncio e transferiu vários punhados de algodão de seu próprio saco para o dela.

– Oh, não, não faça isso! – exclamou a mulher, surpresa. – Você vai ter problemas.

No mesmo instante, apareceu Sambo, que parecia nutrir especial desprezo por essa mulher; e agitando o chicote, bradou num brutal som gutural:

– O que é isso, Lucy!... sua doida!

Ao dizer isso, deu um pontapé com sua pesada bota de couro de vaca e acertou uma chicotada no rosto de Tomás.

Silenciosamente, Tomás retomou seu trabalho, mas a mulher, exausta, caiu desfalecida.

– Vou fazê-la tornar a si – bradou Sambo, com uma brutal risada. – Vou lhe dar algo muito melhor que cânfora! – E, tirando um alfinete da manga do casaco, enterrou-o até a cabeça na carne da pobre mulher, que deu um gemido e se soergueu um pouco. – Levante-se, animal, e já ao trabalho ou vou lhe ensinar mais alguma coisa!

A mulher pareceu, por uns momentos, ter adquirido uma força sobrenatural e se pôs a trabalhar com desesperada sofreguidão.

– Continue a trabalhar assim – disse-lhe Sambo – ou vai desejar a morte esta noite, calculo!

– É o que desejo agora mesmo! – ouviu-a dizer Tomás; depois a ouviu exclamar: – Oh, Sernhor, por quanto tempo! Oh, Senhor, por que não nos socorre?

Assumindo o risco de tudo o que poderia sofrer, Tomás se adiantou e pôs todo o algodão que tinha em seu saco naquele da mulher.

– Oh, não deve fazer isso! Não sabe o que eles vão fazer com você – disse a mulher.

– Eu posso suportar isso melhor que você – retrucou Tomás, e voltou para seu lugar. A transferência do algodão tinha sido feita num instante.

Subitamente, a estranha mulher que descrevemos há pouco e que, no decorrer do trabalho, tinha chegado bastante perto de Tomás para poder ouvir suas últimas palavras, ergueu seus penetrantes olhos negros e os fixou nele, por um segundo; depois, tomando uma quantidade de algodão de seu cesto, passou-o para o dele.

– Você não conhece nada deste lugar – disse ela – ou não teria feito isso. Daqui a um mês, garanto que não vai ajudar mais ninguém; já vai achar difícil cuidar da própria pele!

– Deus me livre disso, senhorita! – retrucou Tomás, tratando instintivamente sua companheira de campo com a respeitosa forma de se dirigir às pessoas de alta classe com quem ele tinha convivido.

– Deus nunca visita esses lugares! – replicou a mulher, com amargura, enquanto continuava agilmente com seu trabalho e assumindo novamente o sorriso de desdém em seus lábios semicerrados.

Mas a ação da mulher tinha sido vista por Sambo; correu em direção dela e, vibrando o chicote, chegou perto dela.

– O quê! O quê! – gritou para a mulher, com um ar de triunfo. – Você está doida? Dê o fora! Você está sob meu poder agora... lembre-se disso ou vai se ter comigo!

Um relance como se fosse um raio brilhou subitamente naqueles olhos negros; e, olhando em derredor, com lábios trêmulos e narinas dilatadas, ela se adiantou e fitou Sambo com um cintilante olhar de raiva e desprezo.

– Seu cachorro! – exclamou ela. – Toque-me, se tiver coragem! Ainda tenho suficiente poder para mandá-lo ser dilacerado pelos cães, queimá-lo vivo, cortá-lo aos pedaços! Basta-me uma palavra!

– Por que diabos está então aqui? – disse Sambo, evidentemente intimidado e recuando mal-humorado um passo ou dois. – Não tinha a intenção de maltratá-la, senhorita Cassy!

– Fique longe de mim, então! – disse a mulher.

E Sambo, fingindo ter de resolver uma questão de ordem na outra extremidade do campo, saiu correndo dali.

A mulher retornou prontamente ao trabalho e se dedicava a ele com tanto empenho que deixou Tomás surpreso. Ela parecia trabalhar como num passe de mágica. Antes do final do dia, seu cesto estava abarrotado e bem acalcado, sem contar as várias vezes que havia ajudado Tomás a encher o dele. Muito tempo depois do crepúsculo, toda a longa fila dos cansados trabalhadores, com os cestos na cabeça, chegava ao galpão apropriado para a pesagem e a amarzenagem do algodão. Legree estava lá, conversando animadamente com os dois supervisores.

– Esse Tomás vai criar muitos problemas; andou ajudando Lucy a encher o cesto dela... Mais dia menos dia, vai abrir os olhos de todos os negros por causa dos maus-tratos, se o patrão não o mantiver sob controle – disse Sambo.

– Ai, ai! Seu negro maldito! – exclamou Legree. – Vai levar a parte dele, não deve ser assim, rapazes?

Os dois negros responderam a essas palavras com uma horrorosa gargalhada.

– Sim, sim! Vamos deixar o patrão Legree sozinho, para lhe dar uma lição! O próprio diabo não saberia bater como o patrão bate! – disse Sambo.

– Bem, rapazes, o melhor meio é encarregá-lo de dar as chicotadas, até que abandone as ideias que tem. Tragam-no aqui!

– Oh, não! O patrão vai ter muito trabalho para conseguir isso!

– Vou conseguir de qualquer maneira! – retrucou Legree, enquanto mascava tabaco.

– Há ainda essa Lucy... a mulher mais provocadora e feia deste lugar! – continuou Sambo.

– Cuidado, Sambo! Vou começar a pensar sobre qual o motivo de sua raiva contra Lucy.

– Bem, o patrão sabe que ela se revoltou contra suas ordens e não quis saber de mim quando lhe disse que deveria me aceitar.

– Vou ensiná-la com umas boas chicotadas – disse Legree, cuspindo. – Mas agora o trabalho é urgente; não parece que seja o momento de castigá-la. Ela é franzina e essas mulheres franzinas preferem deixar-se matar a dobrar a cerviz.

– Bem, Lucy é verdadeiramente insuportável e preguiçosa, anda tapeando; não faz nada... e foi Tomás que a ajudou a encher o cesto.

– Ele fez isso? Bem, então Tomás vai ter o prazer de chicoteá-la. Será uma bela prática para ele, que não vai bater com tanta força como vocês, seus diabos.

– Ha, ha, ha! – riram os dois miseráveis negros e o diabólico riso parecia, na verdade, uma expressão legítima do caráter satânico que Legree lhes havia transmitido.

– Mas, patrão, como Tomás e Cassy encheram o cesto de Lucy, acho que ela vai ter o peso certo, patrão!

– Eu mesmo vou pesá-lo! – replicou Legree, enfático.

Os dois supervisores soltaram nova gargalhada diabólica.

– Então – acrescentou ele – a senhorita Cassy trabalhou muito bem o dia inteiro.

– Ela colhe o algodão mais rápido que o diabo com todos os seus anjos!

– Ela os tem todos no corpo, creio eu! – disse Legree e, proferindo uma brutal blasfêmia, dirigiu-se à sala da pesagem.

Vagarosamente, os cansados e abatidos escravos avançavam em direção do galpão e, com temerosa relutância, aparesentavam os cestos para serem pesados.

Legree anotava numa lousa, ao lado de cada nome da lista, a quantidade.

O cesto de Tomás foi pesado e aprovado; e ele ficou olhando, ansioso, para ver o peso resultante do cesto da mulher que ele havia ajudado.

Cambaleando de fraqueza, ela se adiantou e entregou o cesto. Estava com o peso exato, como Legree percebeu muito bem; mas, simulando raiva, disse:

– O quê! Sua preguiçosa! O peso não está certo! Fique aí de lado, vai ter o que merece logo mais!

A mulher deu um gemido de profundo desespero e se sentou numa tábua.

A pessoa, que todos chamavam de senhorita Cassy, foi chegando e, com ar altivo e negligente, entregou o cesto. Ao entregá-lo, Legree lançou-lhe um olhar irônico, mas inquiridor. Mas ela fixou seus olhos negros firmemente nele, movendo levemente os lábios e disse alguma coisa em francês. O que teria dito, ninguém sabe. Mas o rosto de Legree assumiu uma expressão perfeitamente demoníaca, ao ouvi-la. Ele levantou a mão como se fosse bater nela... mas ela o olhou com feroz desdém, enquanto lhe dava as costas e se afastava.

– E agora – disse Legree –, Tomás, venha cá! Veja bem, eu lhe disse que não o comprei para os trabalhos comuns. Quero promovê-lo e fazer de você um supervisor. Esta noite você vai começar a exercer sua nova função. Agora vá, tome essa mulher e castigue-a com o chicote. Já viu bastante para saber como deve fazer.

– Peço perdão, meu senhor! – disse Tomás. – Espero que o patrão não me mande fazer isso. Não estou acostumado a isso... nunca o fiz... e não posso fazê-lo, é impossível.

– Você vai aprender muitas coisas que ainda não sabe, antes que eu acabe com você! – disse Legree, tomando uma correia de couro e desferindo em Tomás severos golpes no rosto, continuando depois com uma saravaida de golpes pelo corpo.

– Aí está! – gritou ele, ao parar para descansar. – Ainda vai me dizer que não pode fazê-lo?

– Sim, patrão! – respondeu Tomás, levando a mão ao rosto para enxugar o sangue, que escorria pelas faces. – Estou pronto para trabalhar dia e noite e trabalhar enquanto tiver vida e forças; mas sei muito bem que isso não é justo fazê-lo... e, patrão, eu nunca vou fazê-lo... nunca!

Tomás tinha uma voz notavelmente meiga e suave e maneiras habitualmente respeitosas, o que tinha dado a ideia a Legree de que ele era covarde e que seria facilmente domado. Quando Tomás pronunciou essas últimas palavras, todos os presentes estremeceram; a pobre mulher juntou as mãos e exclamou "Oh, Senhor!" e todos instintivamente se entreolharam e tolheram a respiração, à espera da tempestade que iria se desencadear.

Legree ficou estupefato e confuso. Mas, finalmente, explodiu:

– O quê! Seu maldito negro, animal! Você vem me dizer que não acha justo fazer o que lhe mandei? O que é que você, maldito animal, tem de achar o que é justo ou não? Vou pôr um fim a isso! Ora, quem pensa que é? Talvez você se ache um senhor cavalheiro, Tomás, para chegar a dizer a seu patrão o que é justo e o que não é! Assim, você acha que é injusto açoitar essa mulher!

– É o que acho, patrão! – disse Tomás. – A pobre mulher está doente e fraca. Seria uma verdadeira crueldade e é o que nunca vou fazer, nem quero começar a fazer. Patrão, se quiser me matar, mate-me; mas levantar minha mão contra qualquer um, nunca vou fazê-lo... prefiro morrer!

Tomás falava com voz meiga, mas com uma determinação que não podia ser negada. Legree tremia de raiva; seus olhos esverdeados faiscavam ferozmente e suas próprias suíças pareciam crispar-se de ódio; mas como alguns animais ferozes, que brincam com as presas antes de devorá-las, ele conteve seu ímpeto de prosseguir imediatamente com a violência e passou a fazer uso do sarcasmo.

– Bem, aqui temos um cão piedoso, enviado entre nós, pecadores!... Um santo, um cavalheiro, e nada menos do que para falar a todos nós, pecadores, sobre nossos pecados! Deve ser uma poderosa e santa criatura! Vamos, seu patife, você que acredita ser tão piedoso... nunca ouviu o que diz sua Bíblia, "Escravos, obedeçam a seus patrões"? Não sou eu porventura seu patrão? Não paguei 1.200 dólares, em moeda corrente, por tudo o que contém sua maldita casca preta? Você não é meu, agora, de corpo e alma? – disse ele, desferindo em Tomás um violento pontapé com sua pesada bota. – Diga-me!

Apesar da intensidade dos sofrimentos físicos e dobrado pela brutal opressão, essa última pergunta fez penetrar um raio de alegria e de triunfo na alma de Tomás. Subitamente se endireitou e, olhando compenetrado para o céu, enquanto lágrimas e sangue lhe escorriam pelo rosto, exclamou:

– Não, não, não! Minha alma não é sua, patrão! O senhor não a comprou... nem pode comprá-la! Foi comprada e paga por alguém que é capaz de conservá-la... não importa, não importa, o senhor não pode lhe fazer mal algum!

– Não posso! – exclamou Legree, com um sorriso. – Vamos ver... vamos ver! Olá! Sambo, Quimbo, deem uma surra tamanha nesse cão, de modo que não possa se levantar durante um mês!

Os dois enormes negros, que agora tomavam conta de Tomás com diabólica exultação no rosto, poderiam representar a legítima personificação do poder das trevas. A pobre mulher chorava apreensiva e todos se levantaram espontaneamente como por impulso, enquanto os dois arrastavam Tomás, que não resistiu, para fora do local.

34
A HISTÓRIA DA MULATA CASSY

E vejam as lágrimas dos oprimidos e não há ninguém para consolá-los. Seus opressores cometem violências contra eles e ninguém os protege. Por isso achei que os mortos, aqueles que já estão mortos, são mais felizes que os vivos, aqueles que ainda estão em vida.

(Eclesiastes, IV, 1-2)

Era alta noite e Tomás jazia gemendo e sangrando, sozinho, numa velha e abandonada sala de uma usina de descaroçar algodão, entre peças de máquinas quebradas, pilhas de algodão danificado e outros objetos de refugo amontoados. A noite era fechada e úmida e na atmosfera carregada proliferavam enxames de mosquitos, que aumentavam ainda mais a imane tortura de suas feridas, enquanto uma ardente sede... a pior de todas as torturas... constituía a derradeira medida da angústia física.

– Oh! meu Deus! Digne-se olhar para baixo... leve-me a alcançar a vitória!... dê-me a vitória suprema! – orava o pobre Tomás, em sua angústia.

Ouviu passos atrás dele, que adentravam a sala, e a luz de uma lanterna ofuscou seus olhos.

– Quem está aí? Oh, pelo amor de Deus, por favor, me dê um pouco de água!

Cassy, pois era ela, pôs a lanterna no chão e, enchendo uma caneca de água de uma garrafa que trazia, levantou a cabeça dele e lhe deu de beber. Tomás tomou várias canecas com ansiedade febril.

– Beba à vontade – disse ela. – Eu sabia o que haveria de acontecer. Não é a primeira vez que venho aqui de noite estancar a sede de outros nessa condição.

– Obrigado, senhorita – disse Tomás, quando terminou de beber.

– Não me chame senhorita! Sou uma miserável escrava, como você... mais desprezível do que você poderá ser um dia! – disse ela, com amargura. – Mas agora – continuou ela, indo até a porta e arrastando um catre, sobre o qual havia estendido lençóis embebidos em água fria – tente, pobre homem, estirar-se sobre isso.

Coberto de feridas e contusões, Tomás levou um tempo interminável para realizar o movimento, mas, uma vez feito, sentiu um sensível alívio com esse refrescante contato de seus ferimentos.

A longa experiência com vítimas da brutalidade tinha familiarizado a mulher com muitas artes de cura, e ela continuou a tratar das feridas de Tomás, que logo se sentiu bem melhor.

– Pois bem – disse a mulher, depois de haver pousado a cabeça dele sobre um rolo de algodão avariado, que lhe servia de travesseiro –, é o melhor que posso fazer por você.

Tomás agradeceu e a mulher, sentando-se no chão, dobrou os joelhos e, cingindo-os com os braços, olhou fixamente para frente, com uma amarga e dolorosa expressão carregada. Sua touca decaída para trás mostrava mechas onduladas dos cabelos pretos que caíam em torno de seu singular e melancólico rosto.

– É totalmente inútil, meu pobre homem – falou ela, enfim –, é totalmente inútil o que você andou tentando fazer. Você foi um homem corajoso... você tinha a razão de seu lado, mas é tudo em vão e fora de questão para você continuar lutando. Você está nas mãos do demônio... ele é o mais forte e você deve ceder!

Ceder! E a fraqueza humana e o sofrimento físico já não haviam sussurrado isso antes? Tomás estremeceu, pois a amargurada mulher, com seus olhos selvagens e voz melancólica, parecia-lhe a personificação da tentação contra a qual lutava.

– Oh, Senhor! meu Deus! – gemeu ele. – Como posso ceder?

– É inteiramente inútil clamar pelo Senhor Deus... ele nunca ouve – disse a mulher, com firmeza. – Não há nenhum Deus, acredito, ou, se existe, ele se voltou contra nós. Tudo é contra nós, céus e terra! Tudo nos arrasta para o inferno. Por que não haveríamos de ir para lá?

Tomás fechou os olhos e estremeceu ao ouvir essas sombrias e ímpias palavras.

– Ora – disse a mulher –, você não sabe nada do que se passa aqui... eu é que sei. Faz cinco anos que estou neste lugar, de corpo e alma, sob o calcanhar desse homem; e eu o odeio como odeio o demônio! Aqui você está numa plantação isolada, a dez milhas de distância de qualquer outra, no meio de pântanos. Não há nenhum branco por aqui que pudesse servir de testemunha, se você fosse queimado vivo... se você fosse jogado num caldeirão fervente, se fosse cortado em pedaços, se fosse atirado aos cães para ser dilacerado ou pendurado e açoitado até a morte. Aqui não há lei, de Deus ou dos homens, que possa propiciar a você ou a qualquer um de nós o menor benefício. E esse homem, não há coisa neste mundo que ele não seja capaz de fazer. Seria de arrepiar os cabelos e bater os dentes, se eu contasse o que vi e o que fiquei sabendo por aqui... e é totalmente inútil resistir! Porventura eu queria viver com ele? Eu não era uma mulher educada com esmero e ele... Deus do céu! o que era ele e o que é? Ainda assim, vivi com ele esses cinco anos e amaldiçoei cada momento de minha vida... dia e noite! E agora ele trouxe uma nova... uma menina, de quinze anos apenas, e ela foi educada, segundo ela própria diz, por uma patroa religiosa, que lhe ensinou a ler a Bíblia. E ela trouxe sua Bíblia para cá... que vá para o inferno!... - e a mulher soltou uma selvagem e amargurada gargalhada que ecoou, com um som estranho e sobrenatural, por todo o velho barracão em ruínas.

Tomás juntou as mãos. Tudo era escuridão e horror.

- Oh, Jesus! Senhor Jesus! Será que se esqueceu de nós, pobres criaturas? - exclamou ele, por fim. - Socorro, Senhor, que vou perecer!

A mulher continuou, com toda a firmeza:

- E quem são esses miseráveis cães com quem você trabalha, para que sofra por causa deles? Todos se voltarão contra você, na primeira oportunidade que tiverem. Todos eles são tão vis e cruéis, um para com o outro, quanto podem sê-lo. É totalmente inútil sofrer por não querer maltratá-los.

- Pobres criaturas!- exclamou Tomás. - O que foi que os tornou cruéis?... E se eu ceder, vou me acostumar a isso e, aos poucos, vou me tornar igual a eles! Não, não, senhorita! Perdi tudo... mulher, filhos, lar e um bondoso patrão... que me teria dado a liberdade, se tivesse vivido mais uma semana. Perdi tudo neste mundo, tudo sumiu para sempre... mas agora não posso perder o céu também; não, não posso me tornar mau, de jeito nenhum!

- Mas não é possível que Deus nos torne responsáveis por nossos erros - disse a mulher. - Ele não deve nos culpar quando somos forçados a isso; ele deve responsabilizar quem nos levou a cometê-los.

— Sim — disse Tomás. — Mas isso não nos preserva de nos tornarmos maus. Se eu decidir me tornar tão desalmado como Sambo e tão mau, não faria muita diferença por qual motivo me tornei assim; é o fato de chegar a isso que me amedronta.

Cassy lançou um olhar transtornado e surpreso para Tomás e, sentindo-se dominada por um novo pensamento, deu um profundo gemido e exclamou:

— Oh, Deus de misericórdia! É a pura verdade o que você diz! Oh, oh, oh! — e, soluçando, caiu de joelhos, como alguém esmagado e se contorcendo nos extremos da angústia mental.

Seguiu-se um silêncio, por uns momentos, em que a respiração de ambos podia ser ouvida, quando Tomás, com voz fraca, disse:

— Oh, por favor, senhorita!

Subitamente, a mulher se levantou, com o semblante recomposto em sua usual expressão séria e melancólica.

— Por favor, senhorita, eu os vi jogarem meu casaco naquele canto e no bolso dele está minha Bíblia... se a senhorita tiver a bondade de buscá-la.

Cassy foi e a trouxe. Tomás a abriu logo numa página fortemente marcada e desgastada, em que são narradas as últimas cenas da vida daquele que, por seus sofrimentos, nos salvou.

— Se a senhorita tivesse a bondade de ler isso... é melhor do que água.

Cassy tomou o livro, com uma expressão fria e altiva, e olhou por alto a passagem. Depois leu em voz alta, com voz suave e com uma beleza de entonação toda peculiar, aquele tocante relato de angústia e de glória. Com frequência, enquanto lia, sua voz tremia e, por vezes, falhava totalmente; parava então, com ar de fria compostura, até se controlar. Quando chegou às tocantes palavras, "Pai, perdoa-os, porque não sabem o que fazem", largou o livro e, enterrando o rosto no farto cabelo que lhe pendia da cabeça, começou a soluçar alta e convulsivamente.

Tomás chorava também e, vez por outra, deixava escapar uma abafada prece.

— Se conseguíssemos imitá-lo nesse ponto! — disse Tomás. — Parecia ser tão natural nele e nós temos de lutar tanto por isso! Oh, Senhor, ajude-nos! Oh, bendito Senhor Jesus, ajude-nos!

— Senhorita — continuou Tomás, depois de um momento —, vejo que, de algum modo, é bem superior a mim em tudo, mas há uma coisa que a senhorita poderia aprender do pobre Tomás. Dizia que Deus se voltou contra nós, porque permitiu que fôssemos maltratados e castigados. Mas pode ver o que aconteceu com seu próprio Filho... o bendito Senhor da glória... não foi ele humilhado? E nós, qualquer um de nós, foi tão humilhado quanto ele? Deus não nos esqueceu... tenho certeza disso. Se nós sofrermos com ele, poderemos também reinar, diz a Escritura. Mas se o negarmos, ele também nos negará. Eles todos não sofreram?... o Senhor e todos os seus discípulos? Não diz como eles foram apedrejados e torturados, vagaram vestidos de peles, esfomeados, perseguidos e atormentados? Porque sofremos não quer dizer que Deus está contra nós; mas bem pelo contrário, se nos entregarmos a ele e não percarmos, ele vai nos socorrer.

- Mas por que ele nos põe em situações em que não é possível deixar de pecar? - perguntou Cassy.

- Acho que podemos resistir ao pecado - respondeu Tomás.

- Vai ver - replicou Cassy. - O que vai fazer? Amanhã vão estar em cima de você de novo. Eu os conheço. Vi tudo o que fazem. Não quero nem pensar no que vão fazer com você... e vão fazê-lo ceder, finalmente!

- Senhor Jesus! - exclamou Tomás. - Tome conta de minha alma! Oh, Senhor, por favor, não me deixe ceder!

- Meu Deus! - disse Cassy. - Já ouvi todas essas lamentações e súplicas antes. Ainda assim, não resistiram e cederam. Aí está Emelina! Ela está tentando resistir e você também está tentando... mas que adianta? Você deve ceder ou ser morto e esquartejado.

- Pois bem, prefiro morrer! - exclamou Tomás. - Que prolonguem o suplício quanto quiserem, não poderão evitar minha morte algum dia! E, depois disso, não poderão fazer mais nada. Estou decidido, estou pronto! Sei que Deus vai me ajudar, que vai me socorrer.

Cassy não respondeu; ficou imóvel, com os olhos fixos no chão.

- Talvez seja o jeito - murmurou ela para si mesma. - Mas para aqueles que cederam, não há mais esperança! Nenhuma! Vivemos na imundície e ficamos repugnantes, até nos detestarmos a nós mesmos! Ansiamos por morrer e não ousamos matar-nos a nós mesmos!... Não há esperança, nenhuma esperança! Nenhuma esperança!... essa menina agora... da mesma idade que eu tinha!

– Você me vê agora – disse ela, falando rapidamente a Tomás. – Veja o que sou! Pois bem, fui criada no luxo. A primeira coisa de que me lembro é que brincava, quando criança, em esplêndidas salas... estava sempre vestida como uma boneca, acariciada e elogiada pelos familiares e pelos visitantes. As janelas da sala se abriam para um belo jardim e ali costumava brincar de esconde-esconde sob as laranjeiras, com meus irmãos e irmãs. Fui para um convento e lá aprendi música, francês e bordado e muito mais. Quando completei 14 anos, saí para os funerais de meu pai. Tinha morrido subitamente e quando fizeram um balanço, descobriram que todos os seus bens não chegavam para cobrir as dívidas. Os credores me incluíram no inventário que foi feito, porque minha mãe era uma escrava e meu pai sempre tinha pensado em me conceder a liberdade, mas não o tinha feito; e assim fui incluída na lista dos bens. Eu sempre soube quem eu era, mas nunca havia pensado muito a respeito. Ninguém espera que um homem forte e saudável vai morrer. Meu pai estava muito bem apenas quatro horas antes de morrer... foi uma das primeiras vítimas do cólera em Nova Orleans. Um dia depois do funeral, a esposa de meu pai tomou seus filhos e foi para a fazenda do pai dela. Achei que eles iam me tratar de modo distinto, mas não sabia. Havia um jovem advogado que eles deixaram para liquidar o espólio. Ele vinha todos os dias, andava pela casa e falava polidamente comigo. Um dia ele me apresentou um jovem, que achei o mais belo homem que havia visto em minha vida. Nunca posso esquecer aquele entardecer. Demos umas voltas pelo jardim. Eu estava sozinha e cheia de tristeza, e ele era tão bondoso e amável para comigo. Disse-me que me havia conhecido antes mesmo que eu fosse para o convento e que desde esse tempo me amava profundamente; pretendia, portanto, ser meu amigo e protetor... em resumo, embora não me dissesse, havia pago dois mil dólares por mim e eu era propriedade dele... consenti de boa vontade em ser dele, porque o amava. Amava! – disse a mulher, parando. – Oh, como eu amava aquele homem! Como o amo ainda... e sempre o amarei, enquanto viver! Ele era tão bonito, tão alto, tão nobre! Instalou-me numa belíssima casa com criados, cavalos e carruagens, uma casa toda mobiliada e muita roupa. Ele me dava tudo o que o dinheiro podia comprar, mas eu não dava muito valor a tudo isso... só me importava com ele. Eu o amava mais que a meu Deus e minha própria alma e, ainda que o quisesse, nada haveria de fazer contra a vontade dele.

"Eu só queria uma coisa... queria realmente que ele se casasse comigo. Eu pensava que, se me amava tanto como me dizia e se eu era o que ele parecia pensar que eu fosse, ele haveria de desejar se casar comigo e me fazer mulher livre. Mas me convenceu de que isso era impossível e me dizia que, se éramos fiéis um ao outro, esse era o verdadeiro casamento perante Deus. Sendo isso verdade, eu não era a esposa desse homem? Eu não era fiel? Durante sete anos, só dirigi meu olhar, só dei meus passos, só vivi e respirei para lhe agradar. Mas ele teve febre amarela e, durante vinte dias e vinte noites, cuidei dele, sozinha... ministrei-lhe todos os remédios e fiz de tudo por ele; então ele passou a me chamar de seu anjo da guarda e me dizia que salvei a vida dele. Tivemos dois lindos filhos. O primeiro, um menino, demos o nome de Henrique, o mesmo nome do pai, e realmente era o retrato dele... tinha olhos lindos, seu cabelo caía em cachos em torno de sua cabecinha; tinha o caráter do pai e o talento também. A pequena Elisa, dizia ele, se parecia comigo. Costumava dizer que eu era a mais bela mulher da Luisiana e que se orgulhava de mim e de nossos filhos. Gostava de me ver bem vestida e de me levar a passeio, junto com as crianças, de carruagem aberta, só para ouvir os comentários que as pessoas faziam a nosso respeito; depois me repetia constantemente as belas observações e os cumprimentos dirigidos a mim e às crianças. Oh, que dias felizes aqueles! Eu achava que mais feliz não poderia ser. Mas os maus tempos chegaram.

"O pai de meus filhos tinha um primo em Nova Orleans, chamado Butler, de quem era íntimo amigo... tinha a maior consideração por ele. Mas logo, na primeira vez que o vi, não sei dizer por quê, tive pavor dele, pois tive certeza de que iria trazer desgraça para nossa família. Conseguiu fazer com que Henrique saísse com ele e, com frequência, só voltava para casa às duas ou três horas da madrugada. Eu não me atrevia a dizer uma palavra sequer, pois Henrique estava sempre tão embriagado que eu tinha medo. Viciou-o também no jogo. E Henrique era um tipo que, uma vez viciado em alguma coisa, não conseguia recuar. Depois o apresentou a outra mulher e eu logo vi que seu coração se havia afastado de mim. Nunca me contou nada a respeito, mas eu via... eu sabia... dia após dia, sentia meu coração se partindo, mas não podia dizer nada! Nesse ponto, Henrique tinha contraído tantas dívidas de jogo que o impediam de realizar o casamento que desejava com essa mulher e o miserável amigo dele se ofereceu para comprar a mim e a meus filhos para saldar essas dívidas. E Henrique consentiu e me vendeu junto com os próprios filhos dele, e meus. Disse-me, um dia, que tinha negócios no campo e precisaria se ausentar por duas ou três semanas. Ele me falou com mais amabilidade que de costume e me garantiu que voltaria sem demora. Mas não conseguiu me enganar. Eu sabia que o tempo tinha chegado. Fiquei petrificada. Não conseguia falar nem derramar uma lágrima. Ele me beijou, bem como as crianças, por diversas vezes e partiu. Eu o vi montar a cavalo e fiquei olhando até perdê-lo de vista; então caí e desmaiei. Apareceu então o maldito e desgraçado amigo de Henrique. Veio para tomar posse. Disse-me que me havia comprado juntamente com meus filhos e me mostrou os papéis. Eu o cobri de maldiçoes perante Deus e lhe disse que preferia morrer do que viver com ele.

"– Faça como quiser", disse ele, "mas se não tiver juízo e se comportar mal, vendo seus filhos e nunca mais tornará a vê-los." – Declarou, inclusive, que sempre tinha pensado em me possuir, desde a primeira vez que me viu, e que tinha desencaminhado Henrique, levando-o a endividar-se, com o propósito de obrigá-lo a me vender; além disso, acrescentou que o havia aproximado de outra mulher, com quem Henrique se havia apaixonado, e que eu deveria saber, enfim, que ele próprio não haveria de desistir diante de pequenos escândalos e lágrimas minhas ou qualquer coisa desse tipo.

"Eu desisti porque estava de mãos atadas. Ele tinha meus filhos... sempre que eu resistia à vontade dele no que quer que fosse, ele falava em vender meus filhos e assim conseguiu me submeter como ele desejava. Oh, que vida a minha! Viver com o coração partido todos os dias... continuar e continuar sempre, quando tudo era só sofrimento; e estar sujeita, de corpo e alma, a um sujeito que eu detestava. Gostava de ler para meu filho Henrique, brincar, dançar e cantar com ele; mas tudo o que eu fazia para esse tirano me aborrecia profundamente... ainda assim, tinha medo de recusar. Ele era grosseiro e despótico para com as crianças. Elisa era uma criancinha tímida; mas Henrique era ousado e altivo como o pai e nunca se submetia facilmente. O homem sempre implicava com ele e não se cansava de repreendê-lo; eu vivia o dia inteiro com medo e terror e tentava tornar meus filhos respeitosos, mas tentava também mantê-los distantes dele, pois eu os amava demais. Mas não adiantou. Ele vendeu meus dois filhos. Certo dia, ele me convidou para um passeio a cavalo e quando voltei para casa não os encontrei mais em lugar algum. Disse-me então que os havia vendido e me mostrou o dinheiro, o preço do sangue deles. Tive um acesso de fúria e amaldiçoei... amaldiçoei a Deus e a esse homem e, por um momento, creio eu, ele realmente ficou com medo de mim. Mas não desistiu. Disse-me que meus filhos estavam vendidos, mas se eu quisesse vê-los de novo, dependia dele; e que, se eu não me comportasse bem, eles deveriam sofrer por isso. Bem, pode-se fazer qualquer coisa com uma mulher quando se lhe tira os filhos. Ele me tornou submissa, pacífica; dava-me esperança de que ele poderia recomprá-los e assim o tempo foi passando, por uma semana ou duas. Um dia, decidi fazer uma caminhada e passei na frente do calabouço. Vi uma multidão perto do portão e ouvi uma voz de criança... de repente, meu Henrique se desvencilhou de dois ou três homens que cuidavam dele e correu, gritando e agarrando-se a meu vestido. Eles o perseguiram, praguejando de modo terrível; e um deles, cujo rosto jamais vou esquecer, me disse que o menino não podia ir embora desse jeito, que devia voltar ao calabouço, onde receberia uma lição que não haveria de esquecer tão facilmente. Tentei pedir e suplicar... mas eles nada mais fizeram do que rir. O pobre menino gritava e olhava para mim, se segurava em mim, até que eles o agarraram e o puxaram com tal violência que até rasgaram parte de meu vestido. E o levaram embora, enquanto ele gritava "mãe, mãe, mãe!" Havia um homem que parecia ter se compadecido de mim. Eu lhe ofereci todo o dinheiro que tinha, se pudesse pelo menos interferir. Abanou a cabeça e disse que o menino tinha sido rebelde e desobediente desde que o tinha comprado e que haveria de domá-lo, de uma vez por todas. Virei as costas e corri; a cada passo me parecia ouvi-lo gritar. Entrei em casa, corri quase sem fôlego até a sala de estar, onde encontrei Butler. Contei-lhe o fato e lhe supliquei para que fosse até o local e interferisse em favor de meu filho. Ele apenas riu e me respondeu que o menino teria o que bem merecia, que devia ser domado... quanto mais cedo, melhor. "O que você esperava?", perguntou ele.

"Pareceu-me, nesse momento, que algo se partia em minha cabeça. Senti vertigens e fiquei furiosa. Lembro-me de ter visto uma grande e afiada faca de caça em cima da mesa. Lembro-me vagamente de tê-la agarrado e voado para cima dele. E então tudo ficou escuro e não sei mais o que se passou... até dias e

Sambo ficou paralisado, boquiaberto, aterrorizado. Cassy, que estava se preparando para deixar a sala, parou e olhou para ele assustada.

– Nunca mais me traga essas coisas diabólicas! – exclamou ele, mostrando o punho fechado para Sambo, que recuou rapidamente até a porta e, recolhendo o dólar de prata, atirou-o contra a janela; quebrou uma vidraça, mas foi perder-se lá fora, no meio da escuridão.

Sambo ficou contente por ter conseguido se escapulir. Depois que este foi embora, Legree parecia um pouco envergonhado por seu ataque de nervos. Sentou-se numa cadeira e, mal-humorado, passou a saborear seu ponche.

Cassy se preparou então para sair sem ser observada por ele; conseguiu e foi acudir o pobre Tomás, como já relatamos.

O que estava acontecendo com Legree? O que havia numa simples mecha de cabelo loiro para aterrorizar esse homem brutal, tão habituado a todas as formas de crueldade? Para responder a isso, temos de levar o leitor para o início da história dele. Por mais duro e réprobo que o ímpio homem parecesse agora, houve um tempo em que tinha sido embalado no colo de uma mãe ao som de hinos piedosos e orações; aquela fronte queimada havia sido banhada pelas águas do santo batismo. Em sua tenra infância, uma mulher de cabelo loiro o levava, ao som do sino dominical, à igreja para adorar e rezar. Na distante Nova Inglaterra, aquela mãe tinha educado seu único filho com incansável amor e com pacientes orações. Filho de um senhor de temperamento indomável, a quem aquela amável mulher havia dedicado todo seu infrutífero amor, Legree tinha seguido os passos do pai. Impetuoso, indócil e tirânico, ele desprezou todos os conselhos e não deu ouvidos às recriminações dela. Jovem ainda, separou-se da própria mãe e foi tentar a sorte no mar. Nunca mais voltou para casa, a não ser uma única vez. A mãe, com o coração partido e que o amava profundamente, agarrou-se a ele e procurou, entre pedidos e súplicas, afastá-lo da vida de pecado, para o eterno bem da alma dele. Foi um dia de graça para Legree; os bons anjos o chamaram, estava por se persuadir e a misericórdia lhe estendeu a mão. Seu coração, intimamente abrandado... houve, no entanto, um conflito interior... e o espírito do mal venceu e ele lutou com todas as forças de sua rude natureza contra a voz de sua consciência. Entregou-se novamente à bebida e a todos os vicios, tornando-se mais selvagem e brutal que antes. E, certa noite, quando a mãe, agoniada e em total desespero, se ajoelhou a seus pés, repeliu-a sem dó, jogando-a no chão, desfalecida. Endoidecido e praguejando, voltou ao navio. A última vez que Legree ouviu falar da mãe foi quando, certa noite, enquanto farreava com seus companheiros beberrões, alguém lhe pôs nas mãos uma carta. Abriu-a e, ao desdobrá-la, caiu uma mecha de cabelo loiro, que se enrolou nos dedos dele. A carta dizia que sua mãe tinha morrido e que, às portas da morte, o havia abençoado e perdoado.

Há uma terrível e profana magia do mal que transforma as coisas mais suaves e santas em fantasmas horrorosos e aterrorizantes. A imagem pálida da mãe amorosa, suas orações ao morrer e seu perdão produziram nesse coração demoníaco o efeito de uma sentença de condenação, levando-o a pensar com terror e também com indignação no dia do juízo final. Legree queimou a carta, junto com o cabelo. E quando os viu assobiando e crepitando na chama, estremeceu interiormente, ao pensar nas chamas eternas. Entregou-se mais ainda à bebida e aos divertimentos, tentando varrer da memória essas lembranças sinistras. Mas, com frequência, nas avançadas horas da noite, cuja solene tranquilidade conclama a alma do perverso a encontrar-se consigo mesma, ele vislumbrava a pálida mãe surgindo ao lado de sua cama e sentia aqueles cabelos se enrolando suavemente em seus dedos, até que o frio suor escorresse de sua fronte e acabasse por saltar da cama horrorizado.

Vocês, que se admiraram de ter ouvido, no próprio Evangelho, que Deus é amor e que Deus é um fogo devorador, não veem que, para a alma envolvida e endurecida no mal, o perfeito amor são a tortura mais temida, o selo e a sentença do mais medonho desespero?

– Que se dane! – exclamou Legree para si mesmo, enquanto bebia seu licor. – Mas onde é que ele foi arranjar isso? Parecia-se até com... que horror! Achava que tinha esquecido tudo isso. Maldito seja eu, se pensar que há um jeito de esquecer uma coisa; de qualquer modo... para os diabos! Estou sozinho! Vou chamar Emelina. Ela me odeia... essa macaquinha! Não me importa... vai ter de vir!

Legree se dirigiu a um amplo saguão, que dava ao pé da escada, outrora uma soberba escadaria em curva, mas a passagem estava suja e sombria, obstruída de caixas e de trastes velhos. Os degraus, sem tapete, pareciam levar, no escuro, para não se sabe onde! O pálido luar espiava por uma vidraça no alto da porta; o ar era gelado e insalubre como o de um túmulo.

Legree parou ao pé da escada e ouviu uma voz cantando. Parecia estranho e fantasmagórico naquela velha e melancólica casa; talvez fosse efeito do trêmulo estado de seus nervos. Arre! O que é isso? Uma voz selvagem e patética canta um hino comum entre os escravos:

Oh! haverá lamentos, lamentos, lamentos
Oh! haverá lamentos diante do trono do julgamento de Cristo!

– Que se dane a menina! – exclamou Legree. – Vou fazê-la parar de cantar... Emelina! Emelina! – chamou ele, com voz áspera. Mas somente um eco irônico das paredes lhe respondeu. E a meiga voz continuava cantando:

Pais e filhos vão se separar!
Pais e filhos vão se separar!
Vão se separar para
nunca mais se encontrar!

E claro e alto ressoava através das paredes vazias o estribilho:

Oh! haverá lamentos, lamentos, lamentos
Oh! haverá lamentos diante do trono do julgamento de Cristo!

Legree parou. Teria se envergonhado de confessá-lo, mas espessas gotas de suor brotavam de sua testa, seu coração batia acelerado e estava com medo; chegou até a achar que tinha visto alguma coisa branca surgindo e brilhando diante dele, na escuridão, e estremeceu ao pensar que a silhueta de sua mãe morta poderia lhe aparecer repentinamente.

"De uma coisa eu sei", disse ele para si mesmo, depois de voltar cambaleando para a sala de estar e depois de se sentar. "Vou deixar esse sujeito em paz, depois disso tudo! O que é que eu queria com esse maldito embrulho? Creio que estou enfeitiçado, com certeza. Estive tremendo e suando, agora há pouco. Mas onde é que ele arranjou esse cabelo? Não poderia ser o mesmo! Eu o queimei, sei que o queimei! Seria uma bela brincadeira, se os cabelos pudessem ressuscitar!"

– É o que ele não vai fazer – retrucou Cassy.

– Não vai fazer?

– Não, não vai fazer – repetiu Cassy.

–Gostaria de saber por que, minha senhora! – disse Legree, com o máximo desprezo.

– Porque fez o certo, e sabe disso, e não vai confessar que agiu errado.

– E que me importa o que ele sabe? O negro vai dizer o que eu quiser ou...

– Ou você vai perder suas apostas na colheita de algodão ao impossibilitá--lo de trabalhar, exatamente nesse período em que mais faz falta.

– Mas ele vai ceder... claro que vai! Acha que não conheço os negros? Vai ficar mansinho como um cão, hoje mesmo.

– Não vai, Simão. Você não conhece esse tipo. Pode matá-lo aos poucos... mas não vai arrancar um confissão dele.

– Veremos!... Onde está ele? – perguntou Legree, dispondo-se a sair.

– No velho galpão de descaroçar algodão – respondeu Cassy.

Embora tivesse falado com tanta convicção a Cassy, Legree saiu da casa com uma desconfiança que não era usual nele. Os sonhos da noite passada, mesclados com as prudentes sugestões de Cassy, afetaram significativamente seu espírito. Decidiu que ninguém haveria de testemunhar seu encontro com Tomás e determinou que, se não conseguisse dobrá-lo com suas ameaças, adiaria sua vingança para uma ocasião mais oportuna.

A solene claridade da aurora... a angélica glória da estrela da manhã... espiavam através da rude janela do galpão onde Tomás estava deitado; e como se descessem pela trilha do brilho da estrela, chegaram a seus ouvidos as solenes palavras: "Eu sou o filho de Davi e a radiante estrela da manhã." As misteriosas advertências e intimações de Cassy, em vez de desencorajar a alma do escravo, a haviam elevado como que se respondesse a um chamado celeste. Ele só não sabia se era esse seu último dia de vida; seu coração palpitava com repentinos espasmos de alegria e de desejo quando pensava que aquele maravilhoso "tudo", sobre o qual tantas vezes havia meditado... o grande trono branco com seu sempre radiante arco-íris, a multidão vestida de branco com vozes como se fossem muitas águas, as coroas, as palmas, as harpas... todas poderiam surgir à sua vista antes que o sol pudesse se pôr novamente. E por isso, sem estremecer ou tremer, ouviu a voz de seu algoz que se aproximava.

– Estão, sim – replicou Dorcas.

– Era melhor que eles passassem para o outro lado do lago – disse Tom. – Quanto antes, melhor.

– Provavelmente, vão fazer isso – observou tia Dorcas, tricotando pacificamente.

– E escute bem! – disse Tom. – Nós temos correspondentes em Sandusky, que vigiam os vapores de transporte para nós! Não me importa dizê-lo agora. Tomara que eles escapem, exatamente para deixar louco de raiva Marks... esse maldito boneco!... que se dane!

– Tom! – advertiu Dorcas.

– Vou lhe dizer, vovó, se quiser tapar demais minha boca, acabo por explodir – disse Tom. – Mas quanto à menina... diga-lhes que a disfarcem, porque a descrição dela foi difundida em Sandusky.

– Vamos pensar nisso – replicou Dorcas, com sua característica compostura.

Como, neste local, vamos nos despedir de Tom Loker, temos de dizer que, depois de passar três semanas junto com os quakers, acometido de um reumatismo agudo, que se somou aos outros sofrimentos causados pelos ferimentos, conseguiu deixar a cama um pouco mais contido e mais ajuizado. Em lugar de continuar caçando escravos, estabeleceu-se numa das novas colônias, onde seus talentos acharam ocupação melhor como caçador de ursos, de lobos, e de outros animais das florestas, trabalho que lhe deu grande reputação na região. Tom sempre falava com respeito dos quakers. Costumava dizer: "Boa gente. Eles quiseram me converter, mas não conseguiram, pelo menos totalmente. Devo dizer, porém, que transformaram um sujeito doente num homem de primeira linha... sem dúvida. E preparam ótimos petiscos e excelente comida."

Como Tom havia avisado que o grupo deles seria procurado em Sandusky, julgou-se prudente separá-los. Jim e sua mãe deveriam partir antes; e uma noite ou duas depois, Jorge, Elisa com o filho, seriam levados às escondidas até Sandusky e alojados no sótão de um hospital, onde esperariam a ocasião oportuna para atravessar o lago.

A noite tinha passado rapidamente e a estrela da manhã da liberdade despontava diante deles! Liberdade! Palavra mágica! O que é? Há algo mais nela do que um simples nome... um floreio retórico? Por que, homens e mulheres da América, seu coração estremece ao ouvir essa palavra, pela qual seus antepassados derramaram seu sangue e suas bravas mães consentiam que seus mais nobres e melhores filhos morressem?

Se a liberdade é tão gloriosa e cara a uma nação, não deve ser também gloriosa e cara para o homem em particular? O que é a liberdade para uma nação, senão a liberdade dos indivíduos que a compõem? O que é a liberdade para esse jovem, que está ali, de braços cruzados sobre o largo peito, o olhar em chamas e em cujas veias corre o sangue africano... o que é a liberdade para George Harris? Para seus pais, senhores, a liberdade era o direito de constituir uma nação; para ele, é o direito de ser homem e não um animal irracional; é o direito de chamar sua mulher de esposa e de protegê-la contra a violência sem lei; é o direito de proteger e de educar seu filho; é o direito de ter seu próprio lar, sua própria religião, um caráter independente e não sujeito à vontade de outro.

Todos esses pensamentos se agitavam e fervilhavam no peito de George, com a cabeça apoiada numa das mãos, pensativo, observando a esposa enquanto tentava adaptar a seu belo e esguio corpo as roupas de um homem, disfarce sob o qual deveria empreender a fuga.

– Agora vamos a ele – exclamou ela, de pé na frente do espelho, sacudindo seus abundantes cabelos negros e sedosos. – É realmente uma pena, George, não é? – acrescentou ela, brincando, enquanto remexia com as mãos sua vasta cabeleira. – Pena que tenha de sacrificá-la.

George sorriu tristemente, mas não respondeu nada.

Elisa voltou para o espelho e a tesoura ia eliminando da cabeça uma após outra suas belas mechas encaracoladas.

– Está feito! – exclamou ela, apanhando uma escova de cabelo. – E agora, mais alguns retoques. Aí está! Não pareço um belo rapaz? – perguntou ela, dirigindo-se ao marido, rindo e corando ao mesmo tempo.

– Você sempre fica bonita, não importando o jeito como se arruma – disse George.

– Por que é que está tão sério? – perguntou ela, pousando um dos joelhos no chão e segurando a mão dele. – Dizem que estamos só a 24 horas do Canadá. Só um dia e uma noite sobre o lago e depois... oh, depois!...

– Oh, Elisa! – disse George, puxando-a para mais perto de si. – É isso! agora meu destino está por um fio. Chegar tão perto, ter o objetivo final à vista e, então, perder tudo. Eu nunca aguentaria esse golpe, Elisa.

– Não tenha medo – disse-lhe a esposa, cheia de esperança. – O bom Deus não nos teria trazido aqui, se não quisesse que chegássemos a nosso destino. Parece-me sentir que Deus está conosco, George.

– Você é uma mulher abençoada, Elisa! – disse George, apertando-a fortemente ao peito. – Mas... diga-me! Será que merecemos essa graça? Será que esses longos anos de sofrimento vão acabar?... Seremos finalmente livres?

– Tenho certeza, George – respondeu Elisa, olhando para o alto, enquanto lágrimas de esperança e de entusiasmo brilhavam em seus longos e negros cílios. – Sinto intimamente que Deus vai nos levar para o outro lado da fronteira hoje mesmo.

– Acredito em você, Elisa – exclamou George, levantando-se de repente. – Acredito... vamos, então. Na verdade – acrescentou ele, segurando-a pelos braços e olhando admirado para ela –, você está feito um belo rapaz. Esses seus cabelos curtos lhe caem muito bem. Ponha o chapéu. Assim... um pouco para o lado. Nunca a vi tão bonita! Mas a carruagem deve estar à espera... será que a senhora Smith já arrumou o pequeno Harry?

A porta se abriu e uma respeitável senhora de meia-idade entrou, trazendo pela mão o pequeno Harry, vestido de menina.

– Como se parece com uma linda menina! – exclamou Elisa, dando-lhe voltas. – Vamos chamá-lo de Harriet... não é um belo nome para ele?

A criança ficou séria, olhando para a mãe naquele estranho disfarce, observando tudo em silêncio e suspirando de vez em quando.

– Você reconhece a mãe, Harry – perguntou Elisa, estendendo-lhe os braços.

O menino se agarrou timidamente à senhora Smith.

– Vamos, Elisa, para que acariciá-lo, se sabe que deve se separar dele por algum tempo?

– Sei que é tolice – respondeu Elisa –, ainda assim, não é nada fácil ter de ficar longe dele. – Mas vamos... onde está meu capote? Como é que os homens põem o capote, George?

– Deve usá-lo assim – disse-lhe o marido, jogando-o sobre seus ombros.

– Assim – disse Elisa, imitando o movimento. – E devo pisar firme, dar passos largos e tentar parecer atrevido.

– Não precisa exagerar – disse George. – Há por aí também rapazes modestos e acho que deve ser mais fácil para você desempenhar esse papel.

— E essas luvas! Misericórdia! — exclamou Elisa. — Minhas mãos se perdem dentro delas.

— Aconselho-a a mantê-las direitinho nas mãos — disse George. — Suas mãos delicadas poderiam nos trair. E, senhora Smith, lembre-se de que é tia da menina.

— Fiquei sabendo — disse a senhora Smith — que havia homens avisando a todos os capitães de navios sobre ordens de busca contra um homem com a mulher e um menino.

— Pois então — disse George —, se os acharmos, vamos avisá-los.

Uma pequena carruagem alugada chegou à porta e a honrada família que havia abrigado os fugitivos se aglomerou em torno deles para fazer as despedidas.

Os disfarces do grupo tinham seguido as recomendações de Tom Loker. A senhora Smith, mulher respeitável de um assentamento do Canadá, para onde eles estavam fugindo, estava ela também, por sorte, prestes a atravessar o lago para voltar para casa e tinha consentido em passar por tia do pequeno Harry; e para que o menino se afeiçoasse a ela, tinha passado os últimos dois dias na casa dela; tratado com todo o carinho e o fato de receber grande quantidade de doces e guloseimas tinha feito com que o menino se apegasse realmente a essa mulher.

A carruagem parou no cais do porto. Elisa, dirigindo-se para a prancha de embarque, dava o braço graciosamente à senhora Smith, enquanto George ficava para trás, a fim de cuidar da bagagem. No momento em que George estava no escritório do capitão, para o controle das passagens do grupo, ouviu a conversa de dois homens postados a seu lado.

— Tenho observado com atenção todos os que subiram a bordo — disse um deles. — Tenho certeza de que não estão neste barco.

Quem assim falava era um dos comissários do navio. O outro era nosso velho conhecido Marks que, com aquela rara perseverança que o caracterizava, tinha vindo até Sandusky, procurando a quem pudesse devorar.

— Mal poderia distinguir a mulher de qualquer outra branca — disse Marks. — O homem é um mulato de pele muito clara e marcado com ferro em brasa numa das mãos.

A mão, com que George estava apanhando as passagens e o troco, tremeu um pouco. Mas ele se virou friamente, fitou com um olhar displicente o rosto do homem que falava e se dirigiu vagarosamente para o lado do navio onde Elisa o aguardava.

A senhora Smith, com o pequeno Harry, buscou refúgio no setor reservado às senhoras, onde a beleza da pretensa menina morena provocou comentários elogiosos por parte das demais passageiras.

Logo que o barco fez ecoar o apito da partida, George teve a satisfação de ver Marks descer pela prancha até o cais; e deu um longo suspiro de alívio quando o barco tinha posto uma considerável distância entre eles, que impossibilitava qualquer perseguição.

O tempo era magnífico. As ondas azuladas do lago Eriê dançavam, se agitavam e brilhavam aos raios do sol. Uma brisa agradável soprava da terra e o majestoso navio ia singrando gracioso por sobre as águas.

Oh, que mundo indizível há dentro de um coração humano! Quem poderia adivinhar, vendo George caminhando calmamente pelo convés do navio, com sua tímida companheira, tudo o que fervilhava em seu peito? Não ousava acreditar na incomparavel felicidade que se aproximava sempre mais, por ser bela demais para ser real; e a todo instante sentia um verdadeiro terror de que algo viesse a acontecer para arrebatá-la dele. Mas o vapor seguia tranquilo. As horas voavam e, finalmente, as benditas costas inglesas surgiram aos olhos dos viajantes; margens com poder mágico que, com um toque e uma palavra, não importando em que língua seja pronunciada ou por que poder nacional confirmada, quebra todas as correntes da escravidão.

George e a esposa estavam de pé, de braços dados, quando o navio se aproximou da pequena cidade de Amherstberg, no Canadá. A respiração se tornou difícil; uma névoa lhe cobriu os olhos; apertou silenciosamente a pequena mão que pousava tremendo, em seu braço. O apito soou e o navio parou. Mal sabendo o que fazia, George procurou a bagagem e reuniu seu pequeno grupo, que logo desembarcou. Mas ficou tranquilo e quieto, até que o navio se afastasse. Então, entre lágrimas e abraços, marido e mulher, com seu maravilhoso filho nos braços, se ajoelharam e elevaram seus corações a Deus.

> *Era algo como a ruptura entre a morte e a vida,*
> *Da mortalha do túmulo às vestes do céu,*

Do domínio do pecado e da força da paixão,
Para a pura liberdade de uma alma resgatada,
Onde as fronteiras da morte e do inferno são invadidas
E os mortais se revestem de imortalidade,
Quando a mão da Misericórdia girou a chave dourada
E a voz da Misericórdia disse: "Alegre-se, sua alma está livre."

O pequeno grupo foi logo conduzido, pela senhora Smith, à hospitaleira morada de um bom missionário, que a caridade cristã havia colocado ali como pastor dos oprimidos e peregrinos que incessantemente vinham buscar asilo nessas margens.

Quem poderá descrever o júbilo desse primeiro dia de liberdade? Não possuímos em nós, além dos cinco sentidos de que somos naturalmente dotados, outro de ordem superior, o sentido da liberdade? Falar, respirar, ir e vir sem ser vigiado e livre de todo perigo! Quem pode falar das bênçãos desse repouso a que o homem livre pode se entregar sob a proteção das leis que lhe garantem os direitos que Deus concedeu ao homem? Como era lindo e precioso para aquela mãe o rosto daquele menino adormecido, mais querido ainda pela memória dos mil perigos enfrentados! Era praticamente impossível dormir na posse dessa extrema felicidade! E esses dois não tinham ainda um pedaço de terra, nem um teto que fosse próprio deles... tinham gasto tudo, até o último dólar. Não possuíam mais que as aves do céu ou que as flores do campo... ainda assim não conseguiam dormir de tanta alegria. "Oh, vocês que tiram a liberdade do homem, com que palavras haverão de responder por isso a Deus?"

38
A VITÓRIA

Demos graças a Deus que nos deu a vitória.
(I Coríntios, 15, 57)

No duro caminho da vida, há momentos em que se pode pensar que é mais fácil morrer do que viver. O mártir que enfrenta uma morte cheia de angústia e de horror encontra no próprio terror de seu destino um forte estímulo. Sente uma viva emoção, um estremecimento, um fervor que o levam a suportar qualquer sofrimento em vista da eterna glória e repouso, de que vai usufruir.

Mas viver... sofrer todos os dias uma humilhante e amarga escravidão, sentindo os nervos estraçalhados, os sentimentos sufocados... esse longo martírio dilacerando o coração, esse lento sagramento que esgota hora após hora, gota a gota, a vida... essa é a prova mais cruel pela qual um homem pode passar.

Quando Tomás se via frente a frente com seu algoz, ouvia suas ameaças e pensava que sua hora havia chegado, o coração batia corajosamente no peito parecia-lhe que podia suportar todos os tormentos, porque julgava que logo mais veria o céu aberto e Jesus a recebê-lo em seu reino do além. Mas assim que Legree se retirava e que a emoção do momento se acalmava, ele voltava a sentir as dores dos ferimentos e a fraqueza de seus membros... e passava a compreender realmente sua degradante e desesperada condição.

Muito tempo antes que suas feridas estivessem cicatrizadas, Legree ordenou que Tomás fosse mandado novamente ao trabalho dos campos; e suas dores e cansaço foram agravados por todo tipo de injustiça e de indignidade que a má vontade de uma mente malvada e mesquinha poderia arquitetar. Só quem tiver sofrido em semelhantes circunstâncias pode saber até que ponto de irritação chega o homem em função dos maus-tratos a que está sujeito. Por isso Tomás já não se admirava do mau humor e revolta de seus companheiros, porque percebeu que o caráter plácido e radiante, que havia sido o norte de sua vida, tinha decaído e se encontrava invadido pelo mesmo desânimo e pela tristeza. Tinha alimentado a esperança de poder empregar as horas de descanso para ler passagens de sua Bíblia; mas não havia descanso ali. No auge da colheita, Legree não hesitava em obrigar os escravos a trabalhar inclusive aos domingos, como se fosse qualquer dia da semana. E por que não haveria de fazê-lo?... colhia mais algodão e ganhava suas apostas; se chegava a matar de fadiga alguns escravos, tinha como comprar outros e melhores. De início, Tomás costumava ler um versículo ou dois da Bíblia, à luz do fogo da lareira, depois de voltar do trabalho; mas após ter sido tão cruelmente tratado, costumava chegar a casa tão exausto que sua cabeça rodava e seus olhos se anuviavam quando tentava ler. Via-se então obrigado a desistir e ir deitar-se como os demais companheiros.

Não é de admirar que a paz e a confiança, hauridas na religião e que até então o tinham confortado, fossem substituídas pelas dúvidas e pela desesperadora escuridão? O problema mais sombrio dessa misteriosa vida se apresentava incessantemente a seus olhos: almas oprimidas e aniquiladas, o mal triunfando e Deus ausente. Durante semanas e meses, Tomás sustentou esta luta interior, com a alma envolta em trevas e na tristeza. Pensava na carta que a senhorita Ofélia havia escrito a seus amigos do Kentucky, e rogava incessantemente a Deus que lhe enviasse a liberdade. Não passava dia em que não se iludisse com a vaga esperança de ver alguém chegando para resgatá-lo. Não vendo ninguém chegar, sentiu sua alma invadida por amargos pensamentos... que era inútil servir a Deus, pois Deus o havia esquecido. Às vezes, via Cassy e, por vezes, quando chamado até a casa do patrão, via de passagem a abatida Emelina, mas se entretinha muito pouco com as duas; na realidade, não lhe sobrava tempo para se entreter com quem quer que fosse.

Certa noite, em total abatimento e prostração, estava sentado ao lado de alguns tições quase apagados, onde cozinhava seu parco jantar. Jogou mais alguns gravetos no fogo para aumentar a luminosidade e tirou a Bíblia do bolso. Havia todas aquelas passagens que tinham emocionado tanto e tantas vezes sua alma... palavras de patriarcas e profetas, de poetas e sábios, que desde tempos antigos inspiram coragem... vozes de outras tantas testemunhas que nos cercam durante o percurso de nossa vida. Será que a palavra perdeu sua força, seu poder, ou será que seu coração enfraquecido tinha se tornado incapaz de sentir o contato dessa poderosa inspiração? Suspirando profundamente, repôs o livro no bolso. Uma brutal risada o sobressaltou; ergueu os olhos e viu Legree, de pé, diante dele.

– Então, meu velho – disse ele –, está vendo que sua religião não lhe serve, ao que parece! Estava certo de que, finalmente, eu haveria de tirar essa loucura de sua cabeça!

A zombaria era mais cruel que a fome, o frio e a nudez. Tomás ficou em silêncio.

– Você é mesmo um doido – disse Legree –, pois eu tinha as melhores intenções quando o comprei. Poderia ter substituído Sambo ou até mesmo Quimbo e passaria momentos felizes aqui. E, em vez de ser castigado ou açoitado a cada dia ou dois, você teria tido a liberdade de controlar o ambiente, de castigar outros negros e poderia ainda, de vez em quando, deliciar-se com um belo ponche de uísque. Vamos, Tomás, não lhe parece melhor ser razoável?... Jogue no fogo esse livro surrado e mofado e venha para minha igreja!

– Deus me livre! – disse Tomás, com fervor.

– Pode ver que Deus não vem em sua ajuda. Se ele existisse, não o teria deixado cair sob minhas garras! Essa sua religião nada mais é que uma coleção de mentiras e trapaças, Tomás. Sei tudo a respeito dela. Você faria muito melhor ligando-se a mim; eu sou alguém e posso fazer alguma coisa!

– Não, meu patrão – replicou Tomás. – Eu confio nele. O Senhor Deus pode me ajudar ou não, mas eu confio nele e acredito nele até o fim.

– Você não passa mesmo de um doido! – disse Legree, cuspindo nele com desprezo e empurrando-o com o pé. – Não importa, vou dar um jeito em você e vai ter de ceder... vai ver! – E Legree se retirou.

Quando a alma se encontra prestes a sucumbir sob um peso que não pode suportar, há um instantâneo e desesperado esforço de todas as energias físicas e morais para se livrar desse fardo; por isso as mais cruéis angústias precedem muitas vezes a alegria e a coragem. Foi o que aconteceu a Tomás. Os insultos sarcásticos de seu cruel e ateu patrão tinham lançado sua alma no pior desânimo possível; e embora a mão de sua fé ainda se agarrasse ao eterno rochedo, era com pouca força e quase com desespero que a ele se agarrava. Tomás estava sentado, de cabeça baixa, ao lado do fogo. Subitamente, tudo ao redor dele parecia sumir e uma visão surgiu diante dele: alguém coroado de espinhos, ferido e sangrando. Tomás olhou, assustado e maravilhado, para a majestosa paciência estampada no rosto da visão e seu olhar penetrou até o recanto mais fundo do coração; e a alma de Tomás despertou; invadido pela emoção, estendeu os braços e caiu de joelhos... quando a visão transformou, aos poucos, os agudos espinhos em raios de glória; e, num esplendor inconcebível, ele viu aquele mesmo rosto se inclinando compassivamente para ele e uma voz disse: "Aquele que vencer se sentará comigo em meu trono, assim como eu venci e estou sentado no trono de meu Pai."

Por quanto tempo ficou assim, Tomás não sabe. Ao voltar a si, o fogo estava apagado, o abundante orvalho da noite lhe havia molhado a roupa, mas a terrível crise da alma havia passado e, cheio de alegria, não sentia fome, frio, degradação, desapontamento nem a desgraça e miséria em que estava. Do fundo da alma, sentia-se praticamente desligado e desapegado de todas as esperanças terrestres e oferecia sua própria vontade como sacrifício sem reservas ao Infinito. Ergueu os olhos para as silenciosas e eviternas estrelas, imagens dos espíritos angélicos que velam pelo homem; e a solidão da noite ecoou as triunfantes palavras de um hino que ele cantava com frequência, em dias mais felizes, mas nunca com tamanha emoção como agora:

> *A terra poderá se dissolver como a neve,*
> *O sol poderá deixar de brilhar,*
> *Mas Deus que me chamou*
> *Sempre haverá de ser meu.*
> *E quando essa vida mortal acabar*
> *E a carne e os sentidos deixarem de existir,*
> *Vou possuir por trás do véu*
> *Uma vida de alegria e de paz.*
> *Quando lá estivermos por dez mil anos,*
> *Brilhando com todo o esplendor como o sol,*
> *Não teremos menos dias para cantar os louvores de Deus*
> *Do que quando pela primeira vez cantamos.*

tinamente de Tomas e levantando o chicote. – Como se atreve a estar de pé a essa hora, quando já devia estar dormindo? Feche essa boca e entre já em sua cabana!

– Sim, senhor! – disseTomás, com ar risonho ao levantar-se para entrar.

Legree ficou mais que irritado com a transparente alegria de Tomás e, chegando mais perto dele, aplicou-lhe violentas chicotadas na cabeça e nos ombros.

– Aí está, seu cão – exclamou ele. – Espero que se sinta bem confortável depois disso!

Mas os golpes caíam somente sobre o exterior do corpo e não, como antes, no coração. Tomás ficou totalmente submisso e, ainda assim, Legree não podia deixar de perceber que não tinha qualquer ascendência sobre o escravo. Quando Tomás desapareceu em sua cabana e Legree virou subitamente seu cavalo para o lado oposto, um desses raios de luz passou pela mente do rude patrão, iluminando sua consciência e sua obscura e malvada alma. Compreendeu, finalmente, que era Deus que se punha entre ele e sua vítima; e limitou-se a blasfemar. Esse homem submisso e paciente, que nem as injúrias, nem as ameaças, nem as crueldades podiam perturbar, despertou na alma de seu algoz uma voz que dizia, como a dos demônios expulsos pelo divino Mestre: "O que é que se intromete em nossas coisas, Jesus de Nazaré? Veio para nos atormentar antes do tempo?"

Tomás sentia a mais profunda compaixão e simpatia pelos miseráveis companheiros de escravidão. Para ele, no entanto as tristezas da vida pareciam não mais pesar e, enriquecido com um estranho tesouro de paz e alegria, que havia recebido do alto, ele desejava ardentemente aliviar os sofrimentos dos outros. A bem da verdade, as oportunidades para fazê-lo eram raras, mas no caminho para os campos, no caminho de volta e durante as horas de trabalho, as ocasiões se apresentavam para estender a mão aos mais cansados e desanimados. De início, as pobres criaturas desgastadas e embrutecidas não compreendiam muito bem, mas quando esses atos se repetiam semana após semana, mês após mês, o resultado não podia fazer-se esperar; de fato, fizeram vibrar nesses corações endurecidos cordas até então silenciosas. Aos poucos, imperceptivelmente, o estranho e paciente homem, sempre pronto a ajudar os oulros, mas que não pedia ajuda de ninguém; que esperava que todos recebesse seu quinhão de comida, para depois receber o dele, que tomava a menor parte e estava sempre disposto a reparti-la com quem mais necessitasse... esse homem que, nas noites frias, cedia seu único e esburacado cobertor a alguma pobre mulher que tremia de febre; esse homem que no campo ajudava a encher os cestos dos mais fracos, expondo-se ao terrível risco de o seu não ter o peso exigido; esse homem que, perseguido injusta e incessantemente pelo tirano comum a todos, nunca se juntava ao coro de maldições e de injúrias que lhe dirigiam; esse homem, finalmente, passou a ter um estranho poder sobre os companheiros. E quando a colheita já ia chegando ao fim, todos os escravos tiveram o domingo livre, para aproveitá-lo a seu bel-prazer; muitos deles passaram a se reunir em torno de Tomás, para ouvi-lo falar de Jesus. E teriam, sem dúvida, procurado reunir-se em algum lugar determinado para cantar e orar juntos, mas Legree não o permitia. Algumas tentativas nesse sentido foram reprimidas com impropérios e brutais execrações, de modo que a boa nova teve de circular secretamente. Mas quem poderia descrever o contentamento, a felicidade de alguns desses pobres párias, para quem a vida só tinha sido uma dura e triste viagem para o desconhecido, ouvir falar de um compassivo Redentor e de uma morada no além? Os missionários dizem que, dentre todas as raças da terra, nenhuma delas recebeu o Evangelho com tanta docilidade como a raça africana. A confiança e a fé inquestionável lhe são naturais e tem-se visto muitas vezes entre eles uma semente de verdade, caída por acaso nos corações mais ignorantes, produzir frutos tão abundantes que chega a envergonhar os que se consideram de cultura mais apurada e superior.

A pobre mulata, cuja fé singela havia sido praticamente sufocada pela avalanche de crueldades e injustiças que havia caído sobre ela, agora sentia sua alma reanimada pelos hinos e pelas passagens da Sagrada Escritura que seu humilde missionário lhe sussurrava aos ouvidos nos intervalos do trabalho, especialmente quando iam e voltavam dos campos. E mesmo o perturbado espírito de Cassy se acalmava sob essa doce e discreta influência. Instigada até a loucura e ao desespero pelos duros sofrimentos de uma vida, Cassy tinha pensado com frequência, em seu íntimo, que chegaria a hora do troco, em que se haveria de vingar contra seu opressor de todas as injustiças e crueldade que havia presenciado ou que ela mesma teria sofrido na própria pele.

Uma noite, depois que todos, na cabana de Tomás, dormiam profundamente, ele foi subitamente acordado ao ver o rosto de Cassy apontando no vão que servia de janela. Ela lhe acenava para que saísse.

Tomás chegou até a porta. Era entre uma e duas horas da madrugada... havia um belo e tranquilo luar. Tomás observou, quando a claridade da lua iluminou os grandes olhos negros de Cassy, que havia neles um brilho singular e selvagem, bem diferente do habitual e fixo brilho de desespero.

- Venha cá, pai Tomás - disse ela, tomando-o pelo punho e puxando-o com uma força como se sua mão fosse de aço -, venha... tenho uma novidade para você.

- O que é, senhorita Cassy? - perguntou Tomás, ansioso.

- Tomás, não gostaria de conquistar sua liberdade?

- Vou tê-la, senhorita, quando chegar a hora que Deus determinar. - respondeu Tomás.

- Sim, mas pode tê-la hoje à noite - disse Cassy, com energia. - Siga-me!

Tomás hesitou.

- Venha! - continuou ela, aos sussurros, fitando-o com seus olhos negros. - Siga-me! Ele dorme... profundamente. Coloquei alguma coisa na bebida que vai conservá-lo assim por bastante tempo. Teria colocado mais, se tivesse... e não teria chamado você. Mas vamos, a porta dos fundos está aberta. Coloquei um machado ao lado dela... o quarto dele está aberto. Vou lhe mostrar o caminho. Eu mesma o faria, mas meus braços são muito fracos. Vamos!

- Nem por todo o dinheiro do mundo, senhorita! - replicou Tomás, com firmeza, parando e puxando-a para trás, ao passo que ela o empurrava para frente.

- Mas pense em todas essas pobres criaturas - insistiu Cassy. - Poderíamos libertá-los todos e fugir para qualquer lugar nos pântanos, encontrar uma ilha e viver tranquilos. Sei de outros que já fizeram isso. Qualquer modo de vida será melhor do que esse que levamos.

- Não! - retrucou Tomás, mais firme ainda. - Não! Jamais o crime vai produzir algo de bom. Prefiro cortar minha mão direita a fazer isso!

- Então sou eu que vou fazê-lo - disse Cassy, virando as costas.

- Oh, senhorita Cassy! - exclamou Tomás, barrando-a. - Pelo amor de nosso Senhor Deus que morreu por nós, não venda sua preciosa alma ao demônio dessa maneira! Nada a não ser desgraças vão resultar disso. O Senhor não nos chamou para a vingança. Devemos sofrer e esperar o tempo propício.

- Esperar! - exclamou Cassy. - E já não esperei demais?... Não tenho esperado até ficar quase louca e doente? E quanto ele me fez sofrer! E quantas centenas de pobres criaturas ele fez sofrer? Ele não está espremendo todo o seu sangue, deixando-o sem vida? Minha missão é vingá-lo! A hora dele chegou e vou lhe arrancar o coração e o sangue!

– Não! não! não! – interveio Tomás, segurando as delicadas mãos dela, que estavam cerradas com espasmódica força. – Não, pobre alma perdida, não deve fazer isso. Nosso bendito Senhor nunca derramou sangue, a não ser o dele; e o derramou por nós que não éramos dele ainda. Ajude-nos, ó Deus, a seguir os passos dele e assim amar nossos inimigos.

– Amar! – exclamou Cassy, com um olhar feroz. – Amar semelhantes inimigos! Não é possível para nós!

– Não, senhorita, não seria possível – disse Tomás, olhando para o alto. – Mas ele nos dá forças e nisso está a vitória. Quando nós pudermos amar a todos e orar por todos, a batalha estará concluída e a vitória ganha... glória a Deus!

E com os olhos cheios de lágrimas e a voz embargada, o negro olhou para o céu.

E isso, ó África! Última das nações a ser chamada... chamada para a coroa de espinhos, para o açoite, para o suor de sangue, para a cruz da agonia... isso é para ser sua vitória; por isso você deverá reinar com Cristo quando o reino dele se estabelecer sobre a terra!

O profundo fervor de Tomás, a suavidade de sua voz, suas lágrimas caíram como orvalho na alma seca e dilacerada da pobre Cassy. A ardente chama de seu olhar foi substituída por uma terna expressão; olhou para o chão, e Tomás pôde sentir que os músculos das mãos dela relaxavam, enquanto dizia:

– Não lhe disse eu que o espírito maligno me perseguia? Oh, pai Tomás, não consigo orar... gostaria de fazê-lo. Nunca mais rezei desde que meus filhos foram vendidos! O que você diz pode ser justo e verdadeiro. Sei que deve ser, mas quando tento rezar, só consigo odiar e blasfemar. Não consigo orar!

– Pobre alma! – exclamou Tomás, enternecido. – Satanás deseja se apoderar de você e tê-la a seu lado. Pedirei a Deus por você. Oh, senhorita Cassey, volte para o Senhor Jesus. Ele veio para resgatar os perdidos, para consolar os aflitos.

Cassy ficou em silêncio, enquanto copiosas lágrimas escorriam de seus olhos.

– Senhorita Cassy! – disse Tomás, num tom hesitante, depois de observá-la em silêncio. – Se você conseguisse fugir daqui... se isso fosse possível... eu aconselharia você e Emelina a fazê-lo, isso é, se puderem partir sem derramar sangue... caso contrário, não.

– Fugiria também conosco, pai Tomás?

– Não – respondeu Tomás. – Tempos atrás o teria feito, mas Deus me deu um trabalho entre essas pobres almas e vou ficar com elas, carregando minha cruz com elas até o fim. Com vocês é diferente; este lugar é uma armadilha para vocês... é mais do que podem suportar... e é melhor que fujam daqui, se puderem.

– O único caminho aberto para nós é o da sepultura! – disse Cassy. – Não há animal, não há ave que não tenha seu lar em algum lugar; até as cobras e os jacarés têm seus locais para repousar com segurança; mas não há abrigo para nós. Nos mais escuros pântanos, os cães de Legree vão nos caçar e nos descobrir. Tudo e todos estão contra nós; até os próprios animais estão contra nós... para onde poderemos ir?

Tomás ficou em silêncio; finalmente, disse:

– Aquele que salvou Daniel na cova dos leões... que salvou os jovens na fornalha ardente... aquele que caminhou sobre as águas e comandou os ventos... ele está vivo e creio firmemente que ele vai protegê-las. Tentem, eu vou rezar com todas as minhas forças por vocês.

Por que estranha lei do espírito uma ideia por longo tempo menosprezada e pisada aos pés como pedra inútil, subitamente brilha sob nova luz, como um diamante?

Cassy havia muitas vezes passado horas a fio arquitetando todos os prováveis e possíveis planos de fuga e os tinha abandonado a todos por considerá-los arriscados ou impraticáveis; mas nesse momento surgiu em sua mente um plano, tão simples e tão factível em todos os seus pormenores, que lhe despertou nova esperança.

– Vou tentar, pai Tomás – disse ela, de repente.

– Amém! – disse Tomás. – Que Deus a ajude!

39
O ESTRATAGEMA

O caminho dos ímpios é como a escuridão; eles não sabem em que andam tropeçando.
(Provérbios, 4, 19)

O sótão da casa que Legree era, como a maioria dos sótãos, um espaço amplo, abandonado, poeirento, cheio de teias de aranha e objetos em desuso. A rica família que tinha habitado a casa nos dias de seu esplendor tinha importado grande quantidade de móveis sofisticados, alguns dos quais haviam sido levados por eles, enquanto outros ficaram largados em quartos desocupados ou jogados nesse local. Duas imensas caixas, dentro das quais os móveis eram transportados, apareciam num dos cantos do sótão. Uma diminuta janela deixava penetrar, através de suas empoeiradas vidraças, uma luz fraca e duvidosa sobre grandes poltronas e mesas que já tinham conhecido melhores dias. Era, enfim, um lugar sinistro e lúgubre; e, por ser sinistro, não faltavam lendas entre os supersticiosos negros, que lhe aumentavam ainda mais o terror. Alguns anos antes, uma negra, que havia desagradado Legree, tinha sido confinada nesse local por várias semanas. O que se passou então, não se sabe, mas os negros o repetiam com pavor uns aos outros e aos sussurros; o que se sabe é que o corpo da infeliz foi retirado de lá um dia e enterrado. Depois disso, diziam que nesse velho sótão se ouviam imprecações e maldições e, misturados com o ruído de violentos golpes, gemidos e súplicas em desespero. Certo dia, Legree ficou sabendo dos boatos que circulavam a respeito do local, foi tomado de raiva e jurou que o primeiro que se arriscasse a contar essas histórias seria trancado nesse sótão pelo espaço de uma semana. Essa ameaça foi suficiente para fazer cessar as conversas, embora, é claro, não tenha diminuído o crédito que se prestava à história.

Aos poucos, a escada que levava ao sótão e mesmo o corredor até a escada eram evitados por todos na casa, porque todos passaram a ter medo de falar a respeito e a lenda foi caindo no esquecimento. Ocorreu então a Cassy a ideia de se aproveitar da superstição, que incutia tanto pavor em Legree, com o propósito de buscar a liberdade, juntamente com sua companheira de infortúnio.

O quarto de Cassy ficava exatamente embaixo do sótão. Um dia, sem consultar Legree, tomou a resolução de transportar ostensivamente todos os móveis de seu quarto para outro, a considerável distância. Os escravos, que haviam sido convocados para fazer esse serviço, estavam se movimentando com grande zelo e confusão nessa tarefa quando Legree retornou de um passeio a cavalo.

– Olá, Cassy! – exclamou ele. – Que bagunça é essa?

– Nada. Só decidi me transferir para outro quarto – respondeu ela, com ar indiferente.

– E para que isso? – perguntou ele.

– Porque me convém – respondeu ela.

– Mas que diabos anda fazendo! E por que essa ideia maluca?

– Porque gostaria de dormir bem à noite, pelo menos de vez em quando.

– Dormir! E o que a impede de dormir?

– Poderia dizê-lo, se faz mesmo questão de ouvir – replicou Cassy, secamente.

– Fale de uma vez, sua mulher levada! – exclamou Legree.

– Oh, não é nada. Acredito que isso não chegue a perturbá-lo! Somente alguns gemidos, pessoas arrastando os pés e andando de um lado para outro lá no sótão, desde meia-noite até pouco antes do raiar do dia!

– Pessoas no sótão! – exclamou Legree, preocupado, mas forçando uma risada. – E quem são, Cassy?

Cassy ergueu seus olhos negros e penetrantes e fitou Legree com uma expressão que o fez estremecer até a medula dos ossos, enquanto lhe dizia:

– Com efeito, Simão, quem são? Acredito que você poderia dizê-lo. Ou não sabe!

Rogando uma praga, Legree vibrou o chicote, mas ela se desviou para um lado e entrou no quarto; olhando para trás, disse ainda:

– Se dormir naquele quarto, vai ficar sabendo de tudo. Talvez fosse bom que o tentasse – e fechou a porta imediatamente, trancando-a por dentro.

Legree esbravejou, praguejou e ameaçou arrombar a porta; mas aparentemente pensou melhor e, inquieto, foi para a sala de estar. Cassy percebeu que havia acertado o alvo e, daquela hora em diante, com a maior destreza, não cessou de incrementar o andamento do plano que havia arquitetado. Inseriu num buraco do sótão o gargalo de uma velha garrafa, de modo que, ao sopro do vento, os mais lastimosos e lúgubres sons que, com um vento mais forte, se transformavam em verdadeiros gritos; para os crédulos e supersticiosos pareciam facilmente gritos de horror e de desespero. Esses sons eram ouvidos, de vez em quando, pelos escravos e lhes recordavam a velha história de almas penadas que habitavam o local. Um terror supersticioso se apoderou de todos os habitantes da casa; e embora ninguém tivesse a coragem de falar disso a Legree, ele próprio não conseguiu se subtrair a essa atmosfera de pavor.

Não há ninguém tão profundamente supersticioso como o ímpio. O cristão sente-se protegido pela fé no sábio e onipotente Pai, cuja presença preenche o desconhecido vazio com luz e ordem; mas para o homem que destronou Deus de seu coração, o mundo invisível é verdadeiramente, segundo a expressão do poeta hebreu, "a terra da escuridão e das sombras da morte", sem qualquer ordem, onde a luz são trevas. A vida e a morte para ele estão repletas de espectros pavorosos e de sombrios terrores.

Os adormecidos elementos morais de Legree tinham sido despertados por seus encontros com Tomás... despertados somente para serem repelidos pela determinante força do mal; ainda assim, subsistiam um arrepio e uma comoção diante do obscuro mundo interior, produzidos por toda palavra, oração ou cântico que reavivavam o supersticioso terror.

A influência de Cassy sobre esse homem era de natureza singular. Ele era seu dono, seu tirano e seu algoz. Ela estava, como ele bem sabia, totalmente e sem qualquer possibilidade de ajuda, em suas mãos. Mas o certo é que, mesmo o mais brutal dos homens, não poderia viver sob a incessante influência de uma mulher enérgica sem ser dominado de algum modo por ela. Quando a havia comprado, ela era, como a ouvimos dizer, uma mulher delicadamente educada; então ele a subjugou, sem escrúpulos e com toda a brutalidade. Mas quando o tempo, o degradante tratamento e o desespero endureceram o coração de mulher e acenderam o fogo das paixões mais violentas, ela acabou por dominá-lo em certa medida; ele a tiranizava, mas ao mesmo tempo tinha medo dela.

Essa influência tinha-se tornado mais incômoda e decisiva desde que uma loucura parcial tinha conferido a todas as palavras e linguagem dela um sentido estranho, misterioso e até descabido.

Duas noites depois da mudança de quarto, Legree estava sentado na velha sala de estar ao lado de um fogo vacilante, que lançava clarões incertos pela sala. Era uma noite tempestuosa, daquelas que produzem mil barulhos indescritíveis em todas as velhas casas em ruínas. As janelas tremiam, as persianas batiam e o vento gemia, silvava e descia pela chaminé, lançando a todo momento baforadas de fumaça e cinzas, como se uma legião de espíritos viessem voando atrás delas. Legree tinha passado algumas horas fazendo contas e lendo os jornais, enquanto Cassy, sentada num canto, olhava mal-humorada para o fogo. Legree largou o jornal e, vendo um velho livro sobre a mesa, que Cassy estivera lendo durante parte da noite, tomou-o e começou a folheá-lo. Era uma dessas coleções de histórias de assassinatos horrorosos, de lendas de fantasmas, de aparições sobrenaturais que, grosseiramente escritas e ilustradas, exerciam um estranho fascínio em qualquer um que começasse a lê-las.

Legree soltava expressões de desprezo, mas continuava lendo, virando página após página, até que, finalmente, depois de ler mais um pouco, largou o livro de vez, proferindo uma praga.

– Você não acredita em fantasmas, Cassy, não é? – perguntou ele, apanhando uma tenaz e atiçando o fogo. – Achava que você tivesse mais juízo e não se deixasse atemorizar por ruídos.

– Que lhe interessa no que acredito? – respondeu Cassy.

– Meus companheiros tentavam me assustar com suas histórias quando andava no mar – disse Legree. – Nunca conseguiram me impressionar. Sou muito avesso a todo esse tipo de trastes.

Cassy continuava sentada nas sombras do canto, olhando fixamente para ele. Havia aquela estranha luz nos olhos dela que sempre impressionava Legree e o deixava desconcertado.

– Esses ruídos nada mais eram que ratos e vento – disse Legree. – Os ratos fazem um barulho dos diabos. Ouvia-os muitas vezes no porão do navio. E o vento... pelo amor de Deus!... pode acontecer de tudo com o vento.

Cassy sabia que Legree ficava transtornado com seu olhar e por isso não lhe respondeu nada, mas continuou fitando-o com aquela expressão indefinível e sobrenatural, como antes.

– Vamos, fale, mulher! Não pensa como eu? – perguntou Legree.

– Os ratos podem descer as escadas, atravessar o corredor, abrir uma porta fechada à chave e com uma cadeira encostada contra ela? – perguntou Cassy, por sua vez. – E podem vir caminhando, caminhando diretamente até sua cama e pôr a mão sobre você, assim?...

Cassy conservou seus fulgurantes olhos fixos em Legree, enquanto falava, e ele a olhava como se tivesse um pesadelo, até que, ao terminar de falar, ela pousou sua mão gelada na dele. Legree pulou para trás, praguejando.

– Mulher! O que quer dizer? Ninguém andou fazendo isso!

– Oh, não... claro que não... acaso eu disse que alguém o fez? – disse Cassy, com um sorriso de fria ironia.

– Mas... você realmente viu?... Vamos, Cassy, o que está acontecendo agora... fale!

– Pode dormir lá em cima – disse Cassy –, se quiser saber.

– E tudo isso vinha do sótão?

– O quê? – perguntou Cassy.

– Ora, isso de que me falou.

– Eu não disse nada! – ponderou Cassy, com certo mau humor.

Legree andava de um lado para outro da sala, preocupado.

– Vou examinar muito bem essa coisa. Vou entrar ali essa noite e vou levar comigo minhas pistolas...

– Faça isso – disse Cassy. – Durma ali. Gostaria de vê-lo fazer isso. Carregue suas pistolas... vá!

Legree bateu com o pé e despejou violentas pragas.

– Não blasfeme – disse Cassy. – Ninguém sabe quem é que está à espreita. Escute! O que é isso?

– O quê? – exclamou Legree, dando um salto.

Um velho relógio de parede holandês, pendurado num canto da sala, começou a bater lentamente meia-noite.

Por alguma razão desconhecida, Legree não disse palavra nem se mexeu. Um vago terror se apoderou dele, enquanto Cassy, com um vivo e brilhante sorriso em seus lábios, ficou olhando para ele, contando as batidas do relógio.

– Meia-noite! Bem, agora vamos ver – disse ela, voltando-se e abrindo a porta que dava para o corredor e ficando em pé, como se estivesse escutando.

- Escute! O que é isso? - repetiu ela, levantando o dedo.

-É só o vento! - respondeu Legree. - Não está ouvindo como sopra com fúria?

- Simão! Chegue mais para cá - disse Cassy, aos sussurros, tomando na mão dele e levando-o até o pé da escada. - Sabe o que é isso? Escute!

Um grito horrível ecoou escada abaixo. Vinha do sótão. Os joelhos de Legree batiam um no outro. Seu rosto ficou pálido de medo.

- Não é melhor que apanhe as pistolas? - disse Cassy, com uma risada que fez gelar o sangue de Legree. - Agora é a hora de examinar isso de perto. Gostaria que você subisse agora mesmo. Há alguém lá em cima!

- Não vou, não mesmo! - replicou Legree, blasfemando.

- Por que não? Você sabe que não existem fantasmas! Vamos! - E Cassy subiu alguns degraus da escada rindo e, olhando para trás, disse-lhe: - Vamos!

- Creio que você é o diabo em pessoa! - exclamou Legree. - Volte, sua bruxa... volte, Cassy. Não deve subir!

Mas Cassy, rindo às gargalhadas, subiu correndo. Ele a ouviu abrir a porta que levava ao sótão. Uma violenta lufada de vento veio escada abaixo, apagando a vela que ele tinha nas mãos, ao mesmo tempo em que gritos horríveis e de outro mundo feriam seus ouvidos.

Legree correu como louco para a sala de estar, para onde, em poucos minutos, era seguida por Cassy, pálida, mas tranquila e fria como um espírito vingador e com a mesma temida luz em seus olhos.

- Espero que esteja satisfeito - disse-lhe ela.

- Que os diabos a carreguem, Cassy! - replicou ele.

- Por quê? - perguntou Cassy. - Eu só subi e fechei as portas. Mas o que há com esse sótão, Simão? Parece que tem medo?

- Não é de sua conta! - respondeu Legree.

- Oh, não é? Bem - disse Cassy -, de qualquer modo, fico contente por não dormir embaixo dele.

Prevendo o vendaval que se levantaria naquela noite, Cassy tinha subido e aberto a janela do sótão. Claro que, no momento em que as portas foram abertas, o vento entrou com violência e desceu pelas escadas, apagando a vela que Legree trazia nas mãos.

Isso pode dar uma ideia do estratagema de que Cassy se serviu para deixar

Legree tão apavorado a ponto de preferir enfiar a cabeça na boca de um leão a entrar naquele sótão. Nesse meio tempo, durante a noite, quando todos estavam dormindo, Cassy foi lenta e cuidadosamente levando para lá provisões suficientes para garantir sua subsistência por algum tempo; transferiu também para o sótão grande parte de suas roupas e de Emelina. Com todas as coisas ajeitadas, as duas ficaram esperando a ocasião propícia para pôr em execução o plano de fuga.

Afagando Legree e aproveitando seus raros momentos de bom humor, Cassy obteve dele a permissão de acompanhá-lo até a cidade vizinha, situada às margens do rio Vermelho. Com uma memória quase sobre-humana, ela foi observando cada curva da estrada e calculou mentalmente o tempo que levaria para percorrê-la a pé.

Quando tudo estava pronto para entrar em ação, nossos leitores podem estar curiosos talvez por saber o que se passava atrás dos bastidores, antes do golpe fatal.

Era perto da noite e Legree não tinha retornado ainda de uma fazenda vizinha. Fazia muitos dias que Cassy o tratava com uma graciosidade incomum e lhe fazia todas as vontades; aparentemente, Legree e ela estavam vivendo momentos de perfeita harmonia.

Mas agora, vamos encontrar Cassy e Emelina no quarto desta última, ocupadas em separar pertences e arrumar duas pequenas trouxas.

– Aí está, isso é mais que suficiente – disse Cassy. – Agora ponha o chapéu e vamos embora, que o momento é favorável!

– Mas ainda podem nos ver – disse Emelina.

– É justamente o que eu quero – disse Cassy, friamente. – Não sabe que devem nos perseguir, de qualquer modo? O plano é exatamente este: Vamos sair pela porta dos fundos e correr em direção do acampamento. Sambo ou Quimbo, um dos dois vai nos ver. Vão nos perseguir e nós vamos entrar no pântano. Então não poderão mais nos seguir até que desistam para dar o alarme, soltar os cães e assim por diante. Enquanto eles estiverem correndo por todos os lados e tropeçando uns nos outros, como sempre acontece nesses casos, nós duas vamos seguir andando no meio das águas do riacho que corre atrás da casa, até chegarmos à extremidade do pântano, que dá para a porta da casa. Isso vai desnortear os cães, porque o cheiro se perde na água. Todos terão saído da casa à nossa procura e então vamos nos esgueirar até a porta dos fundos e subimos ao sótão, onde já preparei uma bela cama numa das grandescaixas. Vamos ficar no sótão por um bom tempo, pois Legree vai mover céus e terra atrás de nós. Vai reunir alguns feitores de outras plantações e vai organizar uma grande caçada. Vão percorrer cada polegada desse pântano, porque ele se gaba de nunca ter deixado escapar das mãos um único escravo fugitivo. Assim, vamos deixá-lo caçar à vontade.

– Cassy, como você planejou tudo direitinho! – disse Emelina. – Quem mais poderia ter pensado nisso, senão você?

Não havia prazer nem exultação nos olhos de Cassy... somente uma desesperadora firmeza.

– Vamos! – disse ela, tomando a mão de Emelina.

As duas fugitivas saíram de casa sem fazer ruído e se dirigiram, caminhando pelas sombras projetadas pelo crepúsculo, para os lados do acampamento. A lua crescente, que aparecia no horizonte como um sinete prateado, atrasou um pouco a aproximação da noite. Como Cassy havia previsto, quando estavam perto da margem dos pântanos que cercam a plantação, ouviram uma voz gritando para que parassem. Mas não era Sambo nem Quimbo; era o próprio Legree que as perseguia, proferindo horríveis imprecações. A esses gritos, a mente mais fraca de Emelina a deixou apavorada; agarrando-se no braço de Cassy, exclamou:

– Oh! Cassy! Eu vou desmaiar!

– Se esmorecer, eu a mato! – disse Cassy, tirando da cintura um pequeno e brilhante canivete, fazendo reluzir sua lâmina diante dos olhos da menina.

Essa resolução produziu o efeito esperado. Emelina não desmaiou e conseguiu se embrenhar, com Cassy, numa parte do labirinto do pântano tão profundo e tão escuro que era perfeitamente impossível para Legree pensar em segui-las, sem ajuda.

– Bem – disse ele, com um riso brutal –, de qualquer modo, as duas se meteram numa armadilha... essas velhacas! Podem ficar lá bem seguras, mas vão se arrepender!

Legree cavalgou até o acampamento quando os homens e as mulheres estavam voltando do trabalho e gritou:

— Olá! Sambo! Quimbo! Todos vocês! Há duas fugitivas no pântano. Dou cinco dólares ao negro que as agarrar. Soltem os cães! Soltem Tigre, Fúria e todos os demais!

O efeito dessas palavras foi imediato. Muitos escravos apareceram, oferecendo seus serviços voluntariamente, tanto pela recompensa prometida quanto pelo servilismo em que sobreviviam, que é um dos mais perniciosos efeitos da escravidão. Alguns corriam para um lado, outros para outro; alguns se armavam de archotes, outros soltavam os cães, cujos latidos roucos e selvagens aumentavam o tumulto generalizado que reinava no local.

— Patrão, podemos atirar nelas, se as alcançarmos? — perguntou Sambo, a quem Legree acabava de entregar um rifle.

— Pode atirar em Cassy, se quiser; já é tempo que ela vá para o diabo, a quem pertence; mas não atire na menina — respondeu Legree. — E agora, rapazes, fiquem vigilantes e espertos! Cinco dólares para aquele que as agarrar e um copo de aguardente para cada um de vocês, qualquer que seja o resultado!

Todo o bando, guiado pela luz dos archotes, dando urras e vivas, com gritos selvagens de homens e animais, se dirigiu para os pântanos, seguidos à distância por todos os criados da casa que, em decorrência, estava totalmente deserta quando Cassy e Emelina entraram pela porta dos fundos. Os urros e gritos de seus perseguidores ainda enchiam os ares. Olhando pelas janelas da sala de estar, as duas podiam ver a tropa, com seus archotes, se dispersando em torno da margem do pântano.

— Veja! — exclamou Emelina, mostrando-os a Cassy. — A caçada começou! Olhe como as luzes dançam por todos os lados! Escute! Os cães. Não está ouvindo? Se estivéssemos lá, nossas chances seriam nulas. Oh, pelo amor de Deus! Vamos nos esconder. Depressa!

— Não precisa ter pressa — disse Cassy, friamente. — Todos estão fora para a caçada... é a diversão da noite! Vamos subir, um pouco mais tarde. Enquanto isso — acrescentou ela, tirando deliberadamente uma chave do bolso de um casaco que Legree havia jogado às pressas sobre uma cadeira —, enquanto isso, vou tomar algum dinheiro para pagar nossa passagem.

Abriu a gaveta de uma cômoda, tirou um maço de notas, que contou rapidamente.

— Oh! não faça isso! — disse Emelina.

— Não? — replicou Cassy. — Por que não? Quer que morramos de fome nos pântanos ou ter aquilo que vai pagar nossa passagem para os Estados livres? Dinheiro faz tudo, menina. — E enquanto falava, pôs o dinheiro entre os seios.

— Mas isso é roubar! — disse Emelina, num sussurro triste.

— Roubar! — repetiu Cassy, com uma desdenhosa risada. — Aqueles que roubam o corpo e a alma não têm direito de falar de nós. Cada uma dessas notas é roubada... roubada de pobres e famintas criaturas que suaram por ela, em proveito de Simão, que deverá finalmente ir para o inferno! Que ele ouse falar de roubo! Mas vamos, temos de subir para o sótão. Arranjei um pacote de velas e alguns livros para passar o tempo. Pode estar certa que não vão nos procurar lá em cima. Se tentarem, vou fazer o papel de fantasma para eles.

Quando Emelina entrou no sótão, viu uma imensa caixa, que em outros tempos havia servido para transportar móveis, deitada de lado, de modo que sua abertura estava virada para cima. Cassy acendeu uma pequena lanterna e, engatinhando sob as vigas, as duas se acomodaram dentro da caixa, que estava forrada com dois pequenos colchões, acompanhados de alguns travesseiros. Uma caixa ao lado estava repleta de velas, provisões e toda a roupa necessária para a viagem, que Cassy havia ajeitado em duas trouxas de tamanho surpreendentemente pequeno.

— Aí está! — disse Cassy, ao dependurar a lanterna num pequeno gancho, que tinha afixado ao lado da caixa para aquela finalidade. — Esta deve ser nossa casa por enquanto. Que tal?

— Tem certeza de que não vão vir nos procurar aqui no sótão?

— Gostaria de ver Simão Legree fazer isso — disse Cassy. — Não, na verdade, ele jamais viria a este lugar; prefere mil vezes evitá-lo. Quanto aos criados, eles se deixariam fuzilar antes de pôr os pés aqui.

Mais tranquila, Emelina se acomodou no travesseiro.

— O que queria dizer, Cassy, ao falar que me mataria? — perguntou ela, ingenuamente.

— Não queria que desmaiasse, queria lhe infundir coragem — respondeu Cassy. — Só por isso. E agora, Emelina, deve ter bem presente que não pode nem pensar em desmaiar, aconteça o que acontecer. Se eu não tivesse tomado aquela atitude, você estaria agora nas mãos daquele miserável.

Emelina estremeceu.

Por algum tempo, as duas ficaram em silêncio. Cassy apanhou um livro em francês; Emelina, dominada pelo cansaço, cochilou e depois adormeceu. Acordou com gritos e vozes, rumor de cascos de cavalos e latidos de cães. Ficou sobressaltada e deu um grito abafado.

- São somente os caçadores voltando - disse Cassy, friamente. - Não tenha medo. Olhe para fora por esse buraco. Não os vê todos lá embaixo? Simão deve desistir, por essa noite. Olhe como está enlameado o cavalo dele, atolando pelo pântano; os cães também, de orelhas caídas. Ah! meu bom senhor, vai ter de tentar a caçada repetidas e repetidas vezes... a presa não está ali.

- Oh, não fale - pediu Emelina. - O que vai acontecer, se a ouvirem?

- Se ouvirem alguma coisa, eu vou dar um jeito para que se afastem daqui - disse Cassy. - Não há perigo. Podemos fazer o barulho que quisermos e até vai produzir efeito positivo.

Finalmente, o silêncio da noite baixou sobre toda a casa. Legree, amaldiçoando seu azar e jurando terrível vingança para o dia seguinte, foi para a cama.

40
O MÁRTIR

Não julguem o justo esquecido pelos céus!
Embora a vida lhe negue seus dons usuais,
Embora, com um coração contrito e sangrando,
E rejeitado pelo homem, ele vai morrer!
Pois Deus conhece cada dia de triesteza,
E tem em conta cada lágrima amarga,
E longos anos celestes de bênçãos vão compensar
Por todos os seus filhos que aqui sofrem.
(Bryant)

Por mais longa que seja a viagem, sempre se chega ao fim... a mais sombria noite se esvai com o raiar do dia. O tempo inexorável se encarrega em transformar o dia do mau em eterna noite e a noite do justo num eterno dia. Acompanhamos até agora nosso humilde amigo Tomás no vale da escravidão; primeiramente, em campos floridos de felicidade e indulgência; depois, em dolorosas separações de tudo o que é mais caro ao coração do homem; a seguir, paramos com ele numa ilha ensolarada, onde mãos generosas cobriam as correntes de flores; e, finalmente, seguimo-lo quando o último raio de esperança terrestre se transformou em noite e vimos como, na escuridão dessa noite terrestre, o firmamento do invisível se cobriu de estrelas de novo e significativo brilho.

A estrela da manhã desponta agora sobre os picos das montanhas e ventos e brisas, não da terra, mostram que as portas do dia estão se abrindo.

A fuga de Cassy e Emelina exasperou o já rude caráter de Legree e, como era de se esperar, sua fúria recaiu sobre a indefesa cabeça de Tomás. Quando Legree deu a notícia a seus escravos, uma súbita luz brilhou nos olhos de Tomás, que elevou as mãos aos céus, atitude que não escapou dos olhos do patrão. Viu também que Tomás não se juntou ao grupo de perseguidores. Pensou em forçá-lo a isso, mas sabendo por experiência de sua inflexibilidade em participar de qualquer ato de desumanidade, mesmo que mandado, não haveria de perder tempo agora, nessa pressa toda, e parar para discutir com ele. Tomás ficou no acampamento com alguns outros escravos, que haviam aprendido com ele a rezar, e juntos passaram a orar pela proteção das fugitivas.

Quando Legree voltou, contrariado e desapontado, todo o ódio que há muito tempo nutria contra seu escravo começou a tomar forma de raiva desesperada e mortal. Esse homem não o tinha enfrentado de modo firme, irredutível e contumaz desde o dia em que o havia comprado? Não havia nele um espírito que, por mais silencioso que fosse, queimava Legree como um fogo destruidor?

– Eu o odeio! – dizia Legree para si mesmo nessa noite, sentado à beira da cama. – Eu o odeio! Ele não é meu, por acaso? Não posso fazer com ele o que bem quiser? Quem haveria de me impedir?

E Legree fechou os punhos e os brandiu, como se tivesse entre as mãos alguma coisa que pudesse fazer em pedaços.

Mas Tomás era um escravo fiel e precioso; e embora Legree o odiasse ainda mais por isso, ainda assim essa consideração, de algum modo, o detinha.

Na manhã seguinte, decidiu por não dizer absolutamente nada, mas passou a reunir um grupo de homens de algumas fazendas confinantes, com cães e armas, para cercar o pântano e continuar sistematicamente a caçada. Se tivesse sucesso, não diria mais nada; caso contrário, exigiria que Tomás comparecesse diante dele e... com os dentes cerrados e o sangue fervendo... haveria de domar o escravo ou... houve um medonho juramento íntimo, ao qual sua alma assentiu plenamente.

Dizem que o interesse do patrão é uma garantia suficiente para o escravo. Mas em sua fúria e loucura total, o homem venderia intencionalmente e de olhos abertos sua própria alma ao diabo para alcançar seus objetivos; por acaso, teria então algum escrúpulo em vender o corpo de seu próximo?

– Bem – disse Cassy, no dia seguinte, depois de fazer um reconhecimento da situação através do buraco do sótão –, a caçada vair recomeçar!

Três ou quatro homens a cavalo estavam dando voltas no espaço diante da casa; e mais uma ou duas matilhas de cães tentavam se soltar dos negros que as seguravam, latindo furiosamente.

Dois dos homens eram feitores de fazendas vizinhas e outros eram companheiros de Legree na taberna de uma cidade próxima, que tinham vindo como interessados pelo esporte. Um aglomerado melhor de homens, talvez não pudesse ser imaginado. Legree distribuía aguardente em profusão a todos eles, inclusive aos negros, que tinham sido recrutados de várias fazendas para esse serviço, pois era indispensável fazer das caçadas desse tipo um dia de festa para os negros.

Cassy encostou o ouvido no buraco do sótão e, como o vento soprasse diretamente em direção da casa, pôde ouvir boa parte das conversas. Um sorriso grave cobriu seu aspecto sombrio e severo enquanto escutava, ouvindo-os distribuir entre si o terreno, discutir as qualidades dos cães, dar ordens para atirar e o tratamento a dispensar a cada uma, em caso de captura.

Cassy deixou o posto de escuta e, juntando as mãos, olhou para o alto e disse:

– Oh! Deus todo-poderoso! Somos todos pecadores, mas o que fizemos nós mais que o resto do mundo para merecermos semelhante tratamento?

Havia uma terrível severidade em seu rosto e em sua voz, enquanto falava.

– Se não fosse por você, menina – continuou ela, olhando para Emelina –, eu sairia para enfrentá-los e agradeceria a qualquer um desses homens que quisesse me matar, pois que sentido teria para mim a liberdade? Poderia me devolver meus filhos ou faria com que voltasse a ser o que eu era?

Emelina, com sua inocente simplicidade, ficou assustada com o sombrio humor de Cassy. Olhava perplexa, mas nada disse. Apenas tomou a mão dela num afável gesto de carinho.

– Não! – exclamou Cassy, tentando retirar a mão. – Você vai me forçar a amá-la; estou decidida a não amar mais ninguém neste mundo!

– Pobre Cassy! – disse Emelina. – Não fique assim! Se Deus nos der a liberdade, talvez ele lhe devolva a filha. De qualquer modo, eu vou ser sua filha. Sei que nunca mais vou ver minha pobre e amada mãe! Vou amá-la, Cassy, quer você me ame ou não!

O espírito afável e pueril levou a melhor. Cassy sentou-se ao lado dela, pôs o braço sobre os ombros da menina, acariciou seus belos cabelos castanhos e Emelina ficou admirando a beleza dos magníficos olhos de Cassy, rasos de lágrimas.

— Oh, Emelina! — exclamou Cassy. — Passei fome e sede por meus filhos e meus olhos se secaram de tanto chorar por eles! Aqui, aqui! — disse ela, batendo no peito. — Aqui tudo é tristeza, tudo está vazio! Se Deus me restituir meus filhos, então poderia rezar.

— Você deve confiar em Deus, Cassy — disse Emelina. — Ele é um bom pai!

— A ira dele se voltou contra nós — replicou Cassy. — Ele se afastou de nós, irado.

— Não, Cassy! Ele vai ser bom para conosco! Confiemos nele — retrucou Emelina. — Eu sempre tive esperança.

A caçada foi longa, animada e meticulosa, mas sem sucesso. E, com uma exultação grave e irônica, Cassy olhou para baixo e viu Legree, cansado e desanimado, apeando do cavalo.

— Agora, Quimbo — disse Legree, enquanto se estirava sobre um sofá na sala de estar —, vá procurar Tomás e traga-o aqui, imediatamente! O maldito negro está por trás de tudo isso e vou lhe arrancar o segredo ou vai se ver comigo!

Sambo e Quimbo, embora se odiassem, estavam unidos no mesmo ódio que nutriam contra Tomás. Legree já lhes havia contado que o havia comprado com a intenção de colocá-lo como supervisor geral durante suas ausências; isso havia despertado neles aversão por Tomás, que foi aumentando à medida que o viam desagradar ao patrão por suas atitudes de desobediência. Por isso Quimbo partiu com a maior boa vontade para cumprir a ordem.

Tomás ouviu o chamado com um aperto no coração, pois conhecia todo o plano de fuga das duas e sabia onde estavam escondidas no momento... conhecia o terrível caráter do homem que deveria afrontar e seu despótico poder. Mas sentia-se confortado por Deus em sua ideia de preferir a morte a trair as indefesas mulheres.

Depositou o cesto no chão e, erguendo os olhos para o céu, orou: "Em suas mãos entrego meu espírito! Oh, Senhor Deus da verdade, sei que me redimiu!" E então se entregou calmamente ao rude e brutal Quimbo, que o agarrou sem piedade.

— Sim, sim! — exclamou o gigante, enquanto o arrastava. — Agora está em minhas mãos! Vai ter de acertar contas com o patrão! Não vai escapar agora! Vai ter de contar, você sabe, não venha com mentiras! Vai ver o que custa ajudar os negros do patrão a fugir! Vai ver o que é bom!

Nenhuma dessas palavras selvagens chegou aos ouvidos de Tomás!... uma voz mais alta lhe dizia: "Não tema aqueles que matam o corpo e, depois disso, nada mais podem fazer."

Nervos e ossos do corpo daquele pobre homem vibraram a essas palavras, como se tivesse sido tocado pelo dedo de Deus e sentiu a força de mil almas na dele. Pelo caminho, as árvores e os arbustos, as cabanas de sua escravidão, todo o cenário de sua degradação pareciam deslizar diante dele como uma paisagem passa diante de uma carruagem veloz. Sua alma vibrava... sua morada estava à vista... e a hora da libertação parecia estar ao alcance da mão.

– Muito bem, Tomás! – exclamou Legree, aproximando-se e agarrando-o com força pelo colarinho do casaco e falando entredentes, num paroxismo de incontrolada raiva. – Sabe que decidi matá-lo?

– Parece bem provável, patrão – respondeu Tomás, calmamente.

– Pois bem – disse Legree, com inflexível e terrível calma. – Decidi... exatamente... isso, Tomás, a menos que me diga o que sabe sobre essas duas mulheres!

Tomás ficou em silêncio.

– Está ouvindo? – gritou Legree, batendo o pé, e rugindo como um leao irritado. – Fale!

– Não tenho nada a dizer, patrão! – replicou Tomás, com uma expressão deliberadamente firme e tranquila.

– Você se atreve a me dizer, seu velho negro cristão, que não sabe? – vociferou Legree.

Tomás não deu resposta.

– Fale! – esbravejou Legree, chicoteando-o furiosamente. – Você sabe de alguma coisa?

– Sei, meu patrão, mas não posso dizer nada. Prefiro morrer!

Legree respirou fundo e, reprimindo sua raiva, tomou Tomás pelo braço; então, aproximando seu rosto ao do escravo, disse, com voz terrível:

– Escute, Tomás!... Acha, porque o poupei antes, que não pretendo fazer o que eu disse? Mas dessa vez decidi e já calculei o custo. Você sempre se obstinou contra mim; agora vou domá-lo ou matá-lo... uma coisa ou outra. Vou derramar todo o sangue que há em você e vou fazê-lo pingar gota a gota até que ceda!

Tomás olhou para o patrão e respondeu:

– Patrão, se o senhor estivesse doente ou em dificuldade ou prestes a morrer, eu poderia salvá-lo, eu daria o sangue de meu coração pelo senhor; e se, tirando cada gota de sangue desse pobre e velho corpo pudesse salvar sua alma, eu o daria de boa vontade, como o Senhor Deus deu o dele por mim. Oh, patrão! Não carregue sua alma com esse grande pecado! Vai lhe ser muito mais prejudicial do que a mim! Por mais que faça, meus sofrimentos vão terminar em breve, mas os seus, se não se arrepender, nunca mais terão fim!

Como um estranho trecho de música celestial, ouvido no meio do furor de uma tempestade, essas palavras cheias de emoção causaram um momento de absoluto silêncio. Legree ficou aterrorizado e olhou para Tomás; e persistia tal silêncio que o tique-taque do velho relógio podia ser ouvido, contando, com toda a lentidão, os últimos momentos de graça e de provação para aquele coração endurecido. Foi um brevíssimo momento. Houve uma pausa hesitante... um estremecimento irresoluto e pouco intenso... e o espírito do mal voltou, sete vezes mais forte, e Legree, espumando de raiva, jogou sua vítima por terra.

Cenas de sangue e de crueldade são chocantes para nossos ouvidos e para nosso coração. O homem não tem coragem para ouvir o que teve coragem de fazer. O que um escravo, que é nosso irmão e irmão cristão, tem de sofrer não pode ser contado, nem no maior segredo, sem ferir a alma até o âmago! Ainda assim, oh, minha pátria!, essas coisas são feitas à sombra de suas leis! Oh, Cristo, sua Igreja vê essas crueldades, quase em silêncio!

Mas houve antigamente um homem, cujos sofrimentos transformaram um instrumento de tortura, de degradação e de vergonha num símbolo de glória, de honra e de vida imortal; e onde estiver seu espírito, nem as degradantes flagelações nem o sangue nem os insultos podem tornar menos gloriosos os últimos embates do cristão.

Estaria sozinho nessa longa noite, naquele velho galpão, aquele cuja corajosa e amável alma estava suportando tantas pancadas e brutais chicotadas?

Não, ao lado dele estava alguém... visto somente por ele... "igual ao Filho de Deus".

O tentador também estava ao lado dele... cego de furiosa e despótica vontade... pressionando-o a todo momento para acabar com aquela agonia, traindo os inocentes. Mas o bravo e verdadeiro coração estava firme, agarrado ao Rochedo eterno. Como seu Mestre, sabia que, se salvasse outros, ele próprio não poderia se salvar; e as mais extremas dores não puderam lhe arrancar palavras senão de orações e de total confiança em Deus.

— Já está quase morto, patrão — disse Sambo, comovido, malgrado seu, pela paciência da vítima.

— Batam nele, até que ceda! Batam!... Batam! — vociferava Legree. — Vou derramar até a última gota de sangue dele, se não confessar!

Tomás abriu os olhos e olhou para o patrão.

— Infeliz criatura! — disse ele. — Não há mais nada que possa fazer! Perdoo-o de todo o coração!

Dizendo isso, caiu desfalecido.

— Por minha alma, parece que, finalmente, expirou — disse Legree, dando um passo à frente para olhá-lo mais de perto. — Sim, se foi! Bem, por fim, fechou a boca... já é um consolo!

Sim, Legree; mas quem vai fazer calar aquela voz em sua alma? Essa alma sem arrependimento, sem oração, sem esperança, em que o fogo que nunca se extringuirá já está ardendo?

Mas Tomás não estava morto ainda. Suas admiráveis palavras e suas fervorosas preces haviam tocado os corações dos embrutecidos negros que tinham sido os instrumentos de crueldade contra ele; e logo que Legree se afastou, eles se abaixaram sobre Tomás e, em sua ignorância, procuraram reanimá-lo... como se isso fosse um favor para ele.

— Certamente, andamos fazendo uma coisa terrivelmente má! — disse Sambo. — Espero que o patrão pague por isso e não nós.

Lavaram-lhe as feridas... prepararam-lhe uma cama com o algodão de refugo e o puseram nela. Um deles correu até a casa e pediu a Legree um copo de aguardente, fingindo que era para ele próprio se revigorar do cansaço. Levou-o de volta ao galpão e o deu de beber a Tomás.

— Oh, Tomás! — disse Quimbo. — Fomos terrivelmente maus com você!

— Eu os perdoo de todo o coração! — murmurou Tomás, com voz fraca.

— Oh, Tomás! Diga-nos quem é esse Jesus! — disse Sambo. — Esse Jesus que estave a noite inteira a seu lado!... Quem é ele?

Essas palavras reanimaram o moribundo. Resumiu em poucas, mas enérgicas e esclarecedoras frases, a vida, a morte desse admirável Jesus, dizendo-lhes ainda que ele estava sempre presente em toda parte e tinha o poder de salvar.

Esses homens, ambos tão bárbaros há pouco, começaram a chorar.

– Por que é que nunca ouvimos falar disso antes? – exclamou Sambo. – Mas eu creio!... não posso deixar de acreditar! Senhor Jesus, tem piedade de nós!

– Pobres criaturas! – disse Tomás. – Eu me submeto a suportar tudo o que for possível, contanto que possa levá-los a Cristo! Oh, Senhor! Por favor, conceda-me ainda essas duas almas!

Essa oração foi atendida!

41
O JOVEM CAVALHEIRO

Dois dias depois, um jovem cavalheiro chegou conduzindo uma charrete pela alameda ladeada de belas árvores e, jogando as rédeas no pescoço do cavalo, desceu e perguntou pelo proprietário do local. Era George Shelby. E, para saber como havia chegado até lá, temos de retroceder um pouco em nossa história.

A carta da senhorita Ofélia endereçada à senhora Shelby tinha ficado retida, por um infeliz acaso, um mês ou dois num remoto posto de correio, antes de chegar a seu destino e, portanto, antes que fosse recebida pelo destinatário. A essa altura, Tomás já estava perdido em algum lugar no meio dos distantes pântanos do rio Vermelho.

A senhora Shelby leu a notícia e ficou profundamente consternada, mas era-lhe impossível tomar qualquer decisão imediata a respeito. Na época estava quase o tempo todo à cabeceira do marido doente e que, ardendo em febre, delirava. O jovem George Shelby, que ora já era adulto, era o constante e fiel assistente da mãe e o único que podia administrar os negócios do pai. A senhorita Ofélia tinha tido o cuidado de mencionar o nome do advogado encarregado de liquidar os bens de St Clare; o máximo que podia ser feito, nessa emergência, era escrever a ele, pedindo esclarecimentos. A súbita morte do senhor Shelby, ocorrida poucos dias depois, acarretou, obviamente, uma série de complicações de todo tipo para a família e por bastante tempo.

O senhor Shelby mostrou toda a confiança que depositava na esposa, nomeando-a sua única e fiel testamenteira. Dessa forma uma grande e complexa quantidade de negócios e problemas recaiu em suas mãos. A senhora Shelby, com a energia que lhe era característica, dedicou-se ao trabalho de desembaraçar a emaranhada rede de negócios do falecido; e, ajudada pelo filho, passou algum tempo juntando e examinando as contas, vendendo bens e saldando dívidas, pois a senhora Shelby estava determinada a pôr tudo na devida ordem, custasse o que custasse. Nesse meio tempo, eles receberam uma carta do advogado que a senhorita Ofélia havia mencionado em sua missiva. Ele lhes dizia que nada sabia a respeito do resgate e que Tomás tinha sido vendido em hasta pública e que, além de ter recebido o dinheiro da venda, nada mais sabia.

George e a mãe, senhora Shelby, não ficaram nada satisfeitos com essa notícia. Em decorrência disso, cerca de seis meses depois, George, obrigado a descer o rio para resolver alguns negócios da mãe, resolveu passar por Nova Orleans e investigar pessoalmente, na esperança de descobrir o paradeiro de Tomás e resgatá-lo. Depois de alguns meses de infrutíferas buscas, por mero acaso, George encontrou um homem, em Nova Orleans, que tinha as informações que desejava. Com o dinheiro no bolso, George tomou o barco a vapor que subiu o rio Vermelho, resolvido a descobrir e a resgatar seu velho amigo.

Logo foi introduzido na casa, onde encontrou Legree na sala de estar. Este o recebeu com um ar de poucos amigos.

– Soube – disse o jovem cavalheiro – que o senhor comprou, em Nova Orleans, um rapaz chamado Tomás. Antigamente pertenceu a meu pai e eu vim ver se poderia resgatá-lo.

O rosto de Legree se anuviou e, irritado, respondeu:

– Sim, comprei realmente esse sujeito... e, com os diabos, fiz um péssimo negócio. É o cão mais rebelde, insolente e desavergonhado! Incita meus negros a fugir; até favoreceu a fuga de duas escravas, valendo oitocentos ou mil dólares cada uma. Fez isso e quando exigi que me dissesse onde estavam, confessou que sabia, mas não que não revelaria onde se encontravam. Persistiu nisso, apesar de todas as chicotadas que lhe dei, como nunca havia dado a nenhum negro. Creio que está mais morto que vivo; não sei se vai escapar dessa.

– Onde está ele? – perguntou George, impetuosamente. – Quero vê-lo!

O rosto de George ficou vermelho como um pimentão e seus olhos faiscavam, mas prudentemente preferiu não dizer nada.

– Está no velho galpão – disse um menino, que estava segurando o cavalo de George.

Legree deu um pontapé no menino e soltou uma praga, mas George, sem dizer palavra, correu até o local indicado.

Tomás estava ali, há dois dias, desde a noite fatal. Não sofria, pois todos os seus nervos estavam embotados e destruídos. Jazia deitado, na maior parte do tempo, numa espécie de entorpecimento, pois as leis de um corpo vigoroso e bem constituído resistiam em liberar de vez o espírito aprisionado. Em segredo, na calada da noite, recebia a visita dessas pobres e desoladas criaturas que roubavam alguns momentos de suas escassas horas de sono para lhe retribuir algumas das abundantes boas ações que ele tinha praticado em favor delas. Na verdade, esses pobres discípulos tinham pouco a lhe oferecer... apenas um copo de água fria, mas era dado de todo o coração.

Lágrimas caíam sobre aquele rosto honrado e insensível... lágrimas de tardio arrependimento dos pobres e ignorantes pagãos, a quem o amor e a paciência do moribundo haviam despertado o arrependimento; e amargas orações, dirigidas a um Salvador tardiamente descoberto, de quem eles mal conheciam o nome, mas a quem o ansioso e ignorante coração humano jamais implora em vão.

Cassy, que havia saído sorrateiramente de seu esconderijo e ouviu falar do sacrifício que Tomás havia feito por ela e Emelina, também esteve lá, na noite anterior, expondo-se ao perigo de ser descoberta; e, tocada pelas últimas e poucas palavras que essa alma afetuosa ainda teve forças para proferir, o longo inverno do desespero havia desaparecido, e a revoltada mulata chorou e rezou.

Quando George entrou no galpão, sentiu sua cabeça rodar e seu coração se sobressaltar.

– É possível?... é possível? – exclamou ele, ajoelhando-se ao lado de Tomás. – Pai Tomás, meu pobre, pobre e velho amigo!

Essa voz penetrou nos ouvidos do moribundo, que mexeu suavemente a cabeça, sorriu e disse:

– Jesus pode tornar o leito de morte mais suave que as mais fofas almofadas.

Lágrimas que dignificavam esse coração realmente humano caíam dos olhos do jovem cavalheiro, enquanto se debruçava sobre seu pobre amigo.

– Oh, meu caro pai Tomás! Desperte!... fale outra vez! Olhe para mim! Sou o patrão George... seu próprio patrãozinho George! Não me reconhece?

– Patrãozinho George! – disse Tomás, abrindo os olhos e falando com voz fraca. – Patrãozinho George! – Parecia confuso.

Lentamente, as ideias pareciam se coordenar em sua mente e o olhar vago se tornou fixo e brilhante; todo o seu rosto se iluminou, juntou suas mãos quase geladas e lágrimas escorriam por sua face.

— Bendito seja Deus! É... é... é tudo o que eu queria! Não me esqueceram! Isso reanima minha alma e reconforta meu coração! Agora posso morrer contente! Deus seja louvado!

— Você não vai morrer! Não deve morrer! Nem pense nisso! Vim até aqui para comprá-lo e levá-lo para casa — disse George, com impetuosa veemência.

— Oh, patrãozinho George, veio tarde demais! O Senhor é que me comprou e vem me buscar e me levar para casa... e estou ansioso por ir. O céu é melhor do que Kentucky!

— Oh, não morra! Isso vai me matar!... já despedaça meu coração só de pensar no que você sofreu... e deitado desse jeito nesse velho galpão! Pobre, pobre amigo!

— Não me chame de pobre! — disse Tomás, em tom solene. — Fui pobre, mas tudo isso é passado, já foi. Agora estou precisamente à porta, indo para a glória! Oh, patrão George! O céu chegou! Conquistei a vitória!... o Senhor Jesus a deu para mim! Glória a seu santo nome!

George ficou profundamente impressionado pela força, veemência e energia com que pronunciou essas frases. Ficou sentado, olhando em silêncio.

Tomás apertou a mão dele e continuou:

— Não deve dizer a Cloé, pobre alma!, em que estado me encontrou... seria terrível para ela. Diga-lhe somente que estou indo para a glória e que não poderia mais ficar nessa terra. Diga-lhe que o Senhor esteve a meu lado e sempre estará e tornou tudo leve e fácil para mim. E oh, as pobres crianças e a pequenina... meu velho coração quase se despedaçou por elas, e ainda se parte! Diga-lhes que sigam meu exemplo... que me sigam! Apresente meus respeitos ao patrão e à querida e bondosa patroa e a todos da casa! Você não sabe! Eu amo a todos! Amo a todas as criaturas de todo lugar!... nada mais que amor! Oh, patrãozinho George! Que coisa mais bela é ser cristão!

Nesse momenlo, Legree apareceu à entrada do galpão, olhou com ar carregado e, afetando indiferença, foi embora.

— Seu velho satanás! — exclamou George, indignado. — É um consolo pensar que um dia o diabo o fará pagar por isso!

— Oh, não... não deve dizer isso! — falou Tomás, apertando-lhe a mão. — Ele é um pobre coitado! É horroroso pensar assim! Oh, se ao menos se arrependesse... Deus o perdoaria agora mesmo, mas receio que nunca vai se arrepender!

— Acho que não — concordou George. — Jamais vou querer vê-lo no céu!

— Não fale assim, patrãozinho George!... isso me aborrece! Não se deixe dominar por esses sentimentos! Na verdade, ele não me fez mal algum... só abriu a porta do reino para mim; é tudo!

Nesse momento, a repentina força que havia infundido no moribundo a alegria de encontrar seu jovem patrão se esvaiu. Uma súbita prostração se apoderou dele; fechou os olhos e aquela misteriosa e sublime mudança cobriu seu rosto, anunciando a aproximação de outros mundos. Começou a respirar de maneira lenta e difícil e seu largo peito se alçava e recaía pesadamente. A expressão de seu rosto era a de um conquistador.

— Quem... quem... poderá separar-nos do amor de Cristo? — disse Tomás, com voz que revelava mortal fraqueza; e, com um sorriso, adormeceu.

George ficou imóvel, em solene reverência. Parecia-lhe que esse lugar era sagrado. Ao fechar os olhos sem vida do amigo e levantar-se, um único pensamento se apoderou dele... o último que o falecido havia expresso... "Que coisa mais bela é ser cristão!"

Ao voltar-se, viu Legree atrás dele, de pé, com ar sombrio.

Algo nessa cena de agonia havia aplacado a natural impetuosidade do jovem. A presença daquele homem era simplesmente repugnante para George. Sentiu-se impelido a partir dali sem desperdiçar muitas palavras.

Fixando seus olhos penetrantes em Legree, disse-lhe simplesmente, apontando para o morto:

— O senhor obteve dele tudo o que podia. Quanto quer agora por seus despojos mortais? Vou levá-lo e enterrá-lo decentemente.

— Não vendo negros mortos! — respondeu Legree, teimosamente. — Pode enterrá-lo onde e como quiser.

— Rapazes — gritou George, em tom imperioso, a dois ou três negros que estavam olhando para o corpo inerte. — Ajudem-me a levantá-lo e carregá-lo até minha charrete; arrumem também uma pá.

Um deles foi buscar a pá e o outro ajudou George a carregar o corpo até a charrete. George não falou com Legree nem olhou para ele, que não se opôs às ordens dadas por George, mas ficou ali, assobiando, com ar de forçada indiferença. Mal-humorado, seguiu-os até a porta, onde estava o veículo.

George estendeu seu capote na charrete e depositou cuidadosamente o corpo nela... removeu o assento, para acomodar o cadáver. Então se voltou, fitou Legree e disse, controlando-se:

– Não lhe disse ainda o que penso a respeito dessa terrível atrocidade... esse não é o lugar nem a hora. Mas, senhor, esse sangue inocente clama por justiça. Vou divulgar por toda parte esse assassinato. Vou até o primeiro magistrado que encontrar pelo caminho e vou denunciá-lo.

– Faça-o! – retrucou Legree, estalando os dedos, com um riso de escárnio. – Gostaria de vê-lo fazer isso. Aonde vai arrumar testemunhas?... Como vai prová-lo?... Vamos, diga!

George percebeu imediatamente a força desse desafio. Não havia nenhum branco no lugar e, nas cortes do sul, o testemunho dos negros não é válido. Nesse momento, parecia acreditar que os céus haveriam de responder a seu indignado grito por justiça; mas em vão.

– Afinal de contas, que confusão, por causa de um negro morto! – disse Legree.

Essa frase foi como uma faísca num paiol de pólvora. A prudência nunca tinha sido a principal virtude do joven de Kentucky. George se virou e, com um violento soco, jogou Legree de bruços no chão; com um pé em cima dele, cheio de raiva e descontrolado, parecia uma personificação até bastante apropriada de seu grande homônimo vencendo o dragão infernal.

Há homens que decididamente melhoram quando são espancados. Se alguém os deixa literalmente comendo o pó da terra, mostram-se imediatamente respeitosos para com ele; e Legree era um desses. Por isso, ao levantar-se e sacudir a poeira das roupas, olhou para a charrete que se retirava vagarosamente com evidente consideração; nem abriu a boca até que estivesse fora do alcance da vista.

Depois de transpor os limites da fazenda, George notou um montículo arenoso, sombreado por algumas árvores. Foi ali que cavaram a sepultura.

– Devemos tirar o capote, patrão? – perguntaram os negros, quando a cova estava pronta.

– Não, não... enterrem-no com ele! É tudo o que posso lhe dar agora, pobre Tomás, e vai ficar com ele.

Eles o desceram à cova e os negros o cobriram de terra, em silêncio. No alto, ajeitaram a terra em forma de túmulo e a cobriram de relva bem verde.

– Podem ir, rapazes – disse George, dando a cada um deles uma moeda. Mas eles hesitavam em partir.

– Se o jovem patrão tivesse a bondade de nos comprar... – disse um deles.

– Vamos servi-lo fielmente! – disse outro.

– Aqui a vida é dura, patrão! – disse o primeiro. – Por favor, patrão, compre-nos!

– Não posso!... Não posso! – replicou George, com dificuldade para se desembaraçar deles. – É impossível!

Os pobres escravos olharam desanimados e foram embora em silêncio.

– Tomo-o por testemunha, Deus eterno! – exclamou George, ajoelhando-se sobre a sepultura de seu pobre amigo. – Oh, tomo-o por testemunha que, a partir de agora, farei tudo o que estiver a meu alcance para livrar meu país desse flagelo da escravidão!

Não há monumento algum que indique o local do derradeiro repouso de nosso amigo. Mas ele não precisa disso! Deus sabe onde ele repousa e vai ressuscitá-lo como imortal para reinar com ele na glória eterna. Não chorem por ele! Uma vida e uma morte como essas não são para lamentar! A glória de Deus não está nas riquezas e no poder, mas na abnegação e no amor. Bem-aventurados os homens que ele chama a compartilhar com ele da glória, depois de carregarem sua cruz com paciência, a exemplo dele. Desses é que está escrito: "Bem-aventurados os que choram, porque serão consolados."

42
HISTÓRIA AUTÊNTICA DE UM FANTASMA

Por alguma razão particular, lendas de fantasmas andavam predominando, por essa época, entre os escravos de Legree. Afirmavam, aos sussurros, que passos, na calada da noite, eram ouvidos descendo as escadas do sótão e vagar pela casa. Era em vão que fechavam as portas do corredor do andar de cima; o fantasma carregava uma duplicata da chave no bolso ou se valia do privilégio, concedido aos fantasmas desde tempos imemoriais, de entrar pelo buraco da fechadura, e passeando como sempre com uma alarmante liberdade.

Autoridades no assunto se dividiam quanto à forma externa do fantasma, porque os negros têm o costume... e os brancos também, temos de reconhecer... de fechar invariavelmente os olhos e cobrir a cabeça com lençóis, aventais ou qualquer coisa à mão, que possa servir de abrigo, nessas ocasiões. É claro, como todos sabem, que os olhos do corpo não contam para nada, mas os olhos do espírito são invulgarmente vivazes e perspicazes; por isso havia uma série infinita de retratos do fantasma, descrições todas elas confirmadas e testemunhadas que, como ocorre com frequência em casos de retratos, não combinavam muito nos pormenores, exceto na peculiaridade comum a toda família ou tribo de fantasmas, isto é, o uso de um lençol branco. Os pobres negros não eram versados em história antiga e não sabiam que Shakespeare tinha autenticado esse costume, contando que

"Os mortos, revestidos de um lençol, gemiam e vagavam pelas ruas de Roma."

Por isso a coincidência de opinião de todos os negros com o grande dramaturgo é um fato relevante em pneumatologia, que deve ser recomendado à atenção dos sábios em geral.

Seja como for, sabemos que uma alta figura coberta por um lençol branco vagava, nas horas mais propícias para o aparecimento de fantasmas, pela casa de

Legree... passava pelas portas, se enfiava pelos cômodos... desaparecia por momentos e reaparecia subindo a silenciosa escada que levava para o fatal sótão; e, na manhã seguinte, todas as portas estavam fechadas e trancadas como sempre.

Legree não podia deixar de entreouvir esses cochichos; e o mistério que se fazia disso, mais excitava sua curiosidade que, finalmente, foi satisfeita. Ele passou então a beber mais que de costume, deu mostras de impavidez e praguejava mais alto que nunca durante o dia; mas à noite tinha pesadelos e as visões que passou a ter não eram nada agradáveis. Na noite seguinte ao dia em que o corpo de Tomás foi levado, encilhou o cavalo e foi até a cidade vizinha para se divertir. Voltou tarde e cansado; fechou a porta, tirou a chave e se deitou.

Para um homem mau, é de todo inútil tomar providências para sufocar seu íntimo, pois a alma humana é um terrível fantasma, um hóspede importuno, cuja voz não se cala nunca. Quem conhece os limites e as barreiras dela? Quem conhece todas as terríveis dúvidas, aqueles estremecimentos e tremores que podem provocar em qualquer um? Como é tolo aquele que fecha a porta para se proteger dos espíritos, ele que tem dentro de si próprio um espírito que não ousa encarar... cuja voz, mesmo reprimida e sufocada por toda a confusão mundana, ainda é como o som antecipado da trombeta do juízo final! Mas Legree fechou a porta do quarto e encostou uma cadeira contra ela; pôs uma lamparina à cabeceira da cama e deixou duas pistolas carregadas no criado mudo. Examinou os trincos e as trancas das janelas e praguejou em voz alta dizendo: "Que venha o próprio demônio com todos os seus anjos." E se deitou.

Dormiu bem, porque estava cansado... dormiu profundamente. Mas, finalmente, teve um pesadelo. Vinha avançando uma sombra, uma coisa horrorosa, algo terrível suspenso sobre ele. Era a mortalha de sua mãe, pensou ele; mas era Cassy que a segurava e a mostrava a ele. Ouviu um confuso ruído de sussurros e gemidos; apesar de tudo, sabia que estava dormindo e fazia esforços para acordar. Conseguiu ficar meio acordado. Tinha certeza de que alguma coisa estava entrando em seu quarto. Sabia que a porta estava se abrindo, mas não conseguia esticar a mão ou o pé. Finalmente, voltou-se repentinamente. A porta estava aberta e viu uma mão apagando a lamparina.

Era uma noite de lua encoberta pelas nuvens e pela neblina, mas lá estava ela!... uma coisa branca, esgueirando-se porta adentro! Ouvia o calmo farfalhar de suas roupas de fantasma. Ficou quieto na cama... uma mão fria tocou a sua;

uma voz disse três vezes, em lento e terrível sussurro, "Vem! Vem! Vem!" E enquanto seguia deitado, suando de terror, não conseguiu saber quando nem como a coisa sumiu. Saltou da cama e tentou empurrar a porta. Estava fechada e trancada. E o homem caiu sem sentidos.

Depois disso, Legree se entregou à bebida mais do que nunca. Não bebia mais com cautela e prudência, mas de modo totalmente imprudente e temerário.

Logo depois, espalhou-se a notícia pela região de que ele estava muito doente e às portas da morte. Os excessos haviam evoluído para aquela medonha doença que parece lançar lúridas sombras de premente retribuição sobre a vida presente. Ninguém conseguia suportar os horrores daquele quarto de doente, pois ele delirava e gritava, falava de visões que faziam gelar o sangue nas veias daqueles que o ouviam. E, ao lado de seu leito de morte, permanecia aquela figura tétrica, branca e inexorável, dizendo: "Vem! Vem! Vem!"

Por singular coincidência, na mesma noite em que essa visão apareceu a Legree, a porta da casa foi encontrada aberta pela manhã e alguns negros tinham visto duas figuras brancas se esgueirando pela alameda abaixo em direção da estrada principal.

A aurora estava despontando quando Cassy e Emelina pararam, por uns momentos, num pequeno aglomerado de árvores perto da cidade. Cassy estava vestida à moda das crioulas hispânicas... totalmente de preto. Um pequeno chapéu na cabeça, coberto por um espesso véu bordado, escondia seu rosto. Tinham concordado que, em sua fuga, ela se faria passar por uma senhora crioula e Emelina, sua criada.

Bem educada e tendo convivido, desde a infância, com pessoas da mais alta sociedade, a linguagem, as maneiras e o aspecto de Cassy combinavam perfeitamente com essa ideia. Além disso, conservava ainda muitas coisas do que havia sido uma vez um esplêndido guarda-roupa, sem contar conjuntos de joias, que a ajudavam a representar a personagem escolhida com perfeição.

Parou nos arredores da cidade, onde viu que havia malas à venda e comprou uma bem bonita, pedindo ao comerciante que fizesse a entrega. Assim, escoltada por um rapaz, que lhe carregava a mala, e por Emelina, que seguia atrás, com sua bolsa de viagem e alguns pacotes, deu entrada numa pequena estalagem, como uma dama distinta.

A primeira pessoa que encontrou, ao chegar, foi George Shelby, que estava ali à espera do barco seguinte para prosseguir viagem.

Cassy tinha observado o jovem pelo buraco do sótão e o tinha visto levando o corpo de Tomás, além de ter assistido com secreta exultação o encontro dele com Legree. Depois tinha ficado sabendo, por meio das conversas que entreouvia dos negros, ao se esgueirar perto deles em seu disfarce de fantasma, na calada da noite, quem era esse rapaz e que tipo de relações tinha com Tomás. Por isso ela se sentiu logo bem mais segura ao saber que ele estava, como ela própria, aguardando o barco seguinte.

O aspecto, as maneiras e as roupas de Cassy, além do dinheiro que mostrava ter, evitaram o surgimento de qualquer suspeita na hospedaria, com relação a ela. As pessoas nunca ficam indagando, mesmo indiscretamente, a respeito de quem é correto no principal ponto, ou seja, pagar bem... coisa que Cassy havia previsto quando se muniu de boa soma de dinheiro.

Ao anoitecer, vieram anunciar a partida do vapor. George Shelby, com a polidez peculiar de todo kentuckiano, conduziu Cassy a bordo e se empenhou em lhe reservar um bom camarote. Sob pretexto de doença, Cassy não saiu do camarote nem da cama, durante todo o tempo da viagem sobre o rio Vermelho; era atendida com obsequioso devotamento por sua criada.

Quando chegaram no rio Mississipi, George, ao saber que a senhora estrangeira continuaria a viagem rio acima, como ele próprio, lhe propôs embarcarem no mesmo navio... pois bondosamente se preocupava pela saúde dela e se mostrava ansioso em fazer o que pudesse para atendê-la.

Aí estava, portanto, todo o grupo embarcado em segurança no belo navio Cincinnati, que deslizava rio acima a todo vapor.

Cassy estava bem melhor de saúde. Já ficava sentada no convés, aparecia à mesa e era citada nas rodas de passageiros como uma dama que devia ter sido muito bonita. Desde o momento em que George a viu pela primeira vez, ficou impressionado por uma dessas semelhanças fugazes e indefinidas que quase qualquer um pode relembrar, mas que não consegue ligá-la a uma pessoa em particular. George não podia deixar de olhar continuamente para ela. À mesa ou sentada à porta do camarote, Cassy notava que o jovem cavalheiro não tirava os olhos dela e só os desviava polidamente quando percebia que ela, por sua compostura, parecia incomodada por essa insistente observação.

Cassy se sentiu desconfortável e começou a pensar que ele suspeitava de alguma coisa. Finalmente, resolveu confiar plenamente na inteireza do rapaz e lhe contou toda a sua história. George estava intimamente disposto a simpatizar com qualquer um que tivesse escapado da fazenda de Legree... lugar que não podia relembrar ou falar dele com tranquilidade... E com corajoso menosprezo pelas consequências, característico de sua idade e condição, assegurou-lhe que faria tudo o que estivesse a seu alcance para protegê-la e ajudá-la a levar a bom termo seu plano.

O camarote vizinho ao de Cassy estava ocupado por uma senhora francesa, chamada De Thoux, acompanhada por sua linda filha, de uns doze anos.

Essa senhora, ouvindo as conversas de George, ficou sabendo que ele era natural do Kentucky e pareceu evidentemente disposta a cultivar uma amizade com ele. E esse propósito foi secundado pelas graças de sua filha que amenizavam o aborrecimento de uma viagem de quinze dias a bordo de um barco a vapor.

George se sentava com frequência numa cadeira posta à porta do camarote da senhora de Thoux; e Cassy, sentada a pouca distância, podia ouvir a conversa deles. Madame de Thoux não parava de fazer perguntas sobre Kentucky, onde dizia ter passado tempo bastante longo de sua vida. Para sua surpresa, George descobriu que a antiga residência dela deveria se situar nas proximidades de sua propriedade; e as perguntas dela mostravam que conhecia pessoas e coisas da região onde ele habitava.

– O senhor conhece – perguntou-lhe Madame de Thoux, um dia – um homem chamado Harris, lá por seus lados?

– Há um senhor de idade com esse nome, que mora a pouca distância da casa de meus pais – respondeu George. – Mas nós nunca tivemos um relacionamento mais próximo com ele.

– Creio que é um grande proprietário de escravos – disse Madame de Thoux, num tom que parecia denotar mais interesse do que ela queria precisamente mostrar.

– E é, sim – replicou George, olhando um tanto surpreso ante a expressão dela.

– O senhor sabia que ele tinha... talvez tenha ouvido dizer que ele tinha um rapaz mulato, chamado George.

– Certamente... George Harris... eu o conheço muito bem e se casou com uma criada de minha mãe. Mas ele fugiu e agora está no Canadá.

– Fugiu? – exclamou Madame de Thoux. – Graças a Deus!

George olhou surpreso e quis perguntar alguma coisa, mas preferiu ficar calado. A senhora de Thoux cobriu o rosto com as mãos e se desfez em prantos.

– É meu irmão! – disse ela.

– Madame! – exclamou George, totalmente surpreso.

– Sim – disse Madame de Thoux, erguendo a cabeça com altivez e enxugando as lágrimas. – Senhor Shelby, George Harris é meu irmão!

– Estou completamente abismado – disse George, recuando um pouco a cadeira e olhando para Madame de Thoux.

– Eu fui vendida para o sul quando ele era um menino – disse ela. – O homem que me comprou era bom e generoso. Ele me levou para as Antilhas, me deu a liberdade e se casou comigo. Faz pouco tempo que ele morreu e decidi vir a Kentucky para procurar e resgatar meu irmão.

– Lembro-me de que falava de uma irmã, chamada Emily, que tinha sido vendida no sul – disse George.

– Sim, é verdade! E sou eu mesma – disse Madame de Thoux. – Diga-me, que tipo de...

– É um ótimo jovem – respondeu George –, apesar da maldita escravidão pesar sobre ele. Tem um caráter primoroso, tanto pela inteligência quanto pelos princípios. Sei disso, porque se casou em nossa casa.

– Com que tipo de moça? – perguntou Madame de Thoux, ansiosa.

– Com um tesouro de menina – respondeu George. – Uma moça bonita, inteligente e afável. Muito piedosa. Minha mãe a criou e a educou com todo o esmero, como se fosse filha dela. A moça sabe ler e escrever, bordar e costurar com perfeição; além disso, é ótima cantora.

– Ela nasceu em sua casa? – perguntou Madame de Thoux.

– Não; meu pai a comprou numa de suas viagens a Nova Orleans e a trouxe de presente à minha mãe. Tinha então oito ou nove anos. Meu pai nunca quis dizer à minha mãe quanto pagou por ela, mas ultimamente, examinando alguns papéis velhos, encontramos o contrato de compra e venda. Garanto-lhe que pagou uma soma exorbitante por ela. Creio que foi pela extraordinária beleza da menina.

George estava sentado de costas para Cassy e não viu com que profunda expressão do semblante ela escutava todas essas confidências. Nesse ponto da história, ela tocou o braço dele e com o rosto pálido de emoção, perguntou:

– O senhor sabe o nome das pessoas de quem a menina foi comprada?

– Certo homem chamado Simmons, creio eu, era o principal indivíduo envolvido na transação. Pelo menos, acho que era esse o nome que constava no contrato de compra e venda.

– Oh, meu Deus! – exclamou Cassy, caindo sem sentidos no chão.

George se levantou imediatamente, assim como Madame de Thoux. Embora não atinassem com a causa do desmaio de Cassy, deram início a todo o tumulto que normalmente se cria em tais circunstâncias... no ardor de seu zelo em ajudar, George chegou a derrubar uma jarra e a quebrar copos, ao se levantar; várias senhoras, ao ouvir que alguém tinha desmaiado, acudiram e se aglomeraram à porta do camarote, impedindo até a entrada de ar; mas no final, tudo terminou bem, como era de se esperar.

Pobre Cassy! Quando recobrou os sentidos, virou-se contra a parede e desatou a chorar e a soluçar como uma criança... talvez, mães, vocês possam dizer em que ela estava pensando. Talvez não... mas, naquela hora, ela está certa de que Deus era deveras misericordioso e que ela haveria de ver sua filha... como realmente a viu meses depois, quando... mas não vamos antecipar os fatos.

Harriet Beecher Stowe

43
RESULTADOS

O resto de nossa história será narrado com brevidade. George Shelby, vivamente interessado, como qualquer outro jovem cavalheiro o seria, por esse incidente, não menos que por seus sentimentos de humanidade, teve o cuidado de remeter a Cassy o contrato de venda de Elisa. A data e os nomes correspondiam perfeitamente com os fatos que lhe eram conhecidos e não deixavam dúvida alguma sobre a identidade da Elisa como filha dela. Só restava encontrar agora o rastro dos fugitivos.

Madame de Thoux e Cassy, reunidas pela singular semelhança de seus destinos, dirigiram-se imediatamente ao Canadá e começaram a visitar os diferentes postos onde são acolhidos os numerosos fugitivos da escravidão. Em Amherstberg encontraram o missionário em cuja casa George e Elisa haviam sido abrigados quando de sua chegada ao Canadá; pelas informações dele, ficaram sabendo que a família tinha partido para Montreal.

Já fazia cinco anos que George e Elisa eram livres. George tinha encontrado trabalho numa oficina mecânica, onde ganhava o suficiente para sustentar a família que, nesse meio tempo, havia aumentado com o nascimento de uma filha.

O pequeno Harry, agora um belo menino, tinha sido matriculado numa boa escola e fazia rápidos progressos no aprendizado.

O honrado pastor do posto de Amherstberg ficou tão comovido com a narrativa de Madame de Thoux e de Cassy, que cedeu às solicitações da primeira de acompanhá-las até Montreal para ajudá-las na procura de George. Madame de Thoux bancaria todas as despesas da viagem.

O cenário agora muda. Estamos numa pequena e bela casa nos arredores de Montreal. Era quase noite. Um belo fogo arde na lareira; uma mesa, coberta por uma toalha branca, está preparada para a refeição da noite. Num canto da sala, havia uma mesa coberta com um pano verde, sobre a qual se viam cadernos, canetas e papel e, acima dela, uma estante com livros selecionados. É o lugar de estudos de George, pois ainda tem o mesmo interesse em se aperfeiçoar que, no meio do trabalho e das dificuldades, o haviam levado antigamente a aprender as tão ambicionadas artes de ler e escrever, e agora o levam a devotar todo o seu tempo de lazer para continuar se instruindo.

Nesse momento, ele está sentado à mesa, tomando notas de um volume da biblioteca da família, que estava lendo.

– Vamos, George – disse Elisa. – Esteve fora o dia inteiro. Ponha de lado esse livro e vamos conversar, enquanto preparo o chá.

A pequena Elisa veio ao encontro do desejo da mãe e foi cambaleando em direção do pai e, tentando lhe tirar o livro das mãos, subiu no colo dele.

– Oh, sua bruxinha! – disse George, cedendo, como o teria feito qualquer um em tais circunstâncias.

– Muito bem! – disse Elisa, enquanto cortava o pão em fatias.

Elisa parecia um pouco mais velha. Seu corpo um pouco mais cheio. Seu aspecto, mais matronal que outrora, mas evidentemente faceira e feliz como uma mulher deve ser.

– Harry, meu rapaz, como se saiu hoje em matemática? – perguntou George, passando a mão pela cabeça do filho.

Harry tinha perdido seus longos e anelados cabelos, mas nunca haveria de mudar aqueles olhos e cílios, aquela linda e altiva fronte que se reanimava ao responder:

– Fiz tudo, fiz todas as contas sozinho, pai; ninguém me ajudou!

– Muito bem, meu filho – disse o pai. – Deve confiar em si mesmo, filho. Você tem todas as oportunidades que seu pai não teve.

Nesse momento, ouviu-se uma batida na porta. Elisa foi abrir. Ao ouvir a alegre exclamação "Ora! É o senhor!", seu marido acorreu e o bom pastor de Amherstberg foi recebido com todo o carinho. Elisa pediu que as duas senhoras que o acompanhavam entrassem e se acomodassem.

Para dizer a verdade, o honrado pastor tinha preparado um pequeno programa, de acordo com o qual o encontro deveria ocorrer naturalmente, sem nada dizer ao entrar. Pelo caminho, as mulheres haviam sido exortadas a nada revelar, a não ser quando ele o determinasse. Por isso ficou totalmente desiludido quando, depois de convidar as senhoras a tomar assento e ao tirar o lenço do bolso para secar a boca, a fim de fazer seu breve discurso de apresentação, a senhora de Thoux estragou todo o plano. Atirando-se nos braços de George, revelou tudo de uma vez, dizendo:

– Oh, George! Não me reconhece? Sou sua irmã Emily!

Cassy estava sentada, bem mais composta, e teria representado muito bem seu papel, se Elisa não aparecesse subitamente diante dela, exatamente com aquele porte, perfil e cabelos exatamente como era sua filha quando a havia visto pela última vez; Elisa fitou-a no rosto e Cassy a abraçou ternamente, apertou-a contra o peito, dizendo o que, naquele momento, acreditava do fundo do coração:

– Querida, eu sou sua mãe!

Na verdade, era muito difícil restabelecer a ordem, como previsto. Mas o bondoso pastor conseguiu, finalmente, acalmar um pouco a todos e fez seu breve discurso, com o qual tinha pensado fazer as devidas apresentações. Suas palavras produziram tamanho efeito que todos os presentes soluçavam, emocionados, em torno dele, que se sentia inteiramente gratificado como haveria de ficar qualquer orador, antigo ou moderno.

Todos se ajoelharam e o pastor se pôs a orar... pois há sentimentos tão agitados e tumultuosos, que só podem ser tranquilizados quando depositados no amoroso seio do Todo-poderoso... Depois, levantando-se, a nova família reunida continuou se abraçando, todos cheios de sagrada confiança naquele que, entre tantos perigos e dificuldades e por caminhos tão imprevisíveis, os havia reunido sob um mesmo teto.

O caderno de um missionário canadense, encarregado de acolher fugitivos, contém verdades mais estranhas que ficção. Como poderia ser diferente quando um sistema dispersa famílias e separa seus membros como o vento dispersa e carrega as folhas de outono? Aquelas fronteiras de refúgio, como um abrigo eterno, muitas vezes une novamente, em feliz comunhão, corações que, por longos anos, choraram uma separação sem volta. Seria extremamente difícil descrever com que arroubos de emoção é acolhido entre eles cada fugitivo, na esperança de que possa trazer notícias de uma mãe, de uma irmã, de um filho ou de uma esposa, de um pai, ainda perdidos nas sombras da escravidão.

Atos de heroísmo ocorrem aqui, mais que aqueles narrados em romances, porque, desafiando a tortura e enfrentando a própria morte, o fugitivo percorre o caminho de volta para essa terra de terrores e perigos, a fim de livrar dela a irmã, a mãe ou a esposa.

Um jovem, cuja história nos foi contada por um missionário, foi recapturado duas vezes; depois de ser vergonhosamente castigado por seu heroísmo, escapou de novo e, numa carta que pudemos ler, conta a seus amigos que vai voltar pela terceira vez para tentar, finalmente, libertar a irmã. Meu bom senhor, esse homem é um herói ou um criminoso? O senhor não faria o mesmo por sua irmã? E pode condená-lo por isso?

Mas, voltando a nossos amigos, que deixamos enxugando as lágrimas e se recuperando de tão grande e repentina alegria, agora estão sentados à mesa, gozando desses momentos de total confraternização. Somente Cassy está um pouco alheia, mimando a pequena Elisa no colo e apertando-a, de vez em quando, de tal forma que a menina se surpreende; e até se recusa obstinadamente a pôr na boca as guloseimas que lhe oferecem... parecendo alegar que tem algo muito melhor que qualquer guloseima, ao ficar onde está, aninhada no colo da avó.

Dois ou três dias foram suficientes para operar uma mudança mais que visível em Cassy, que nossos leitores dificilmente a reconheceriam. A desesperadora e perturbada expressão de seu rosto deu lugar a uma afável confiança. Parecia mergulhar, de uma vez, no seio da família e dando guarida em seu coração aos netos, como há muito tempo esperava poder fazer um dia. Na verdade, seu amor parecia fluir mais naturalmente para a pequena Elisa do que para a própria filha, pois a menina era o retrato fiel da criança que havia perdido. A pequena era uma espécie de fronteira florida entre mãe e filha, por meio da qual se consolidava sempre mais a amizade e o afeto entre as duas. A firme e consistente piedade de Elisa, favorecida pela constante leitura da Sagrada Escritura, transformou-a no guia apropriado para a mente cansada e perturbada da mãe. Cassy cedeu de vez e de todo o coração a essa salutar influência, tornando-se uma fervorosa e humilde cristã.

Depois de um dia ou dois, Madame de Toux deu a conhecer ao irmão a situação de todos os seus negócios. A morte do marido lhe havia deixado uma considerável fortuna, que ela generosamente se ofereceu para repartir com ele. Quando perguntou a George qual a melhor forma de favorecê-lo com os meios de que dispunha, ele respondeu:

– Dê-me instrução, Emily; sempre foi o que mais desejei. Quanto ao resto, corre por minha conta.

Depois de madura deliberação, foi decidido que toda a família deveria ir, por alguns anos, para a França. E para lá eles foram, levando também Emelina.

Esta última, com seus encantos, conquistou o coração do primeiro tenente do navio e, logo depois que atracaram no porto, os dois se casaram.

George passou quatro anos estudando numa universidade francesa e, aplicando-se com um zelo ininterrupto, obteve profundos conhecimentos.

As perturbações políticas na França levaram, finalmente, a família a procurar asilo novamente no Canadá.

Os sentimentos e as ideias de George como homem instruído podem ser mais bem avaliados pela carta que escreveu a um de seus amigos:

"Sinto-me um tanto perdido quanto a meu futuro. É verdade que, como você me disse, poderia ser admitido nos círculos dos brancos nesse país, pois a coloração de minha pele é tão tênue, e a de minha esposa e de minha família mal se pode perceber. Bem, talvez pudesse até ser tolerado. Mas, para dizer a verdade, não é que o deseje.

"Minhas simpatias não são em favor da raça de meu pai, mas daquela de minha mãe. Para ele, eu não era mais que um belo cavalo ou cão; para minha enternecida mãe, eu era um filho; e embora nunca mais a tenha visto, depois da cruel venda que nos separou, até sua morte, ainda assim sei que me amou ternamente. Sei disso porque o sinto no coração. Quando penso em tudo o que ela sofreu, em meus próprios sofrimentos, na tristeza e nas lutas de minha heroica esposa, de minha irmã, vendidas no mercado de escravos de Nova Orleans... embora eu não tenha sentimentos anticristãos, ainda assim posso ser desculpado por dizer que não tenho desejo algum de passar por americano ou de me identificar com os americanos.

"É com a oprimida e escravizada raça africana que meu coração simpatiza; e, se eu almejasse alguma coisa, desejaria que minha pele fosse duas vezes mais escura do que uma só vez mais clara. Desejo e suspiro do fundo da alma por uma nacionalidade africana. Quero um povo que tenha uma existência tangível e separada, exclusiva dele; mas onde poderei encontrá-la? Não no Haiti, pois no Haiti eles não têm por onde começar. Um barco não pode ir além das nascentes do rio. A raça que formou o caráter dos haitianos era uma raça desgastada e decadente; e, claro, uma raça tão corrompida precisa de séculos para se recuperar.

"Para onde, então, devo olhar? Nas costas da África, vejo uma república... república formada de homens escolhidos que, por sua energia e pela força da educação que se propiciaram a si mesmos, se elevaram individualmente, em muitos casos, acima da condição de escravos. Depois de passar por um estágio preparatório de fraqueza, essa república se tornou, finalmente, uma nação reconhecida na face da terra... reconhecida tanto pela França como pela Inglaterra. Para lá desejo ir e encontrar para mim um povo.

"Tenho consciência que agora devo ter todos vocês contra mim; mas, antes de me criticar, me escute. Durante minha estada na França, segui com o mais vivo interesse a história de meu povo na América. Observei a luta entre os abolicionistas e os contrários à abolição e, como mero espectador, ocorreram-me algumas ideias que nunca teria tido se tivesse tomado parte na luta.

"Concedo que essa república da Libéria tenha servido a todo tipo de propósitos imagináveis nas mãos de nossos opressores, precisamente arquitetados contra nós. Sem dúvida, o esquema pode ter sido usado injustificavelmente como um meio de retardar nossa emancipação. Mas, para mim, a questão é esta: Não há um Deus acima de todos os esquemas do homem? Não seria possível que ele tenha se servido dos desígnios deles e os tenha levado a fundar uma nação para nós?

"Nos dias de hoje, nasce uma nação por dia. Já nasce com todos os grandes problemas da vida republicana e da civilização nas mãos... nada tem a descobrir, basta aplicar. Vamos todos, portanto, juntar nossas forças, com todo o nosso empenho, e ver o que podemos fazer com esse novo empreendimento e todo o esplêndido continente da África vai se abrir para nós e para nossos filhos. Nossa nação tem de desempenhar o papel de maré de civilização e de cristandade ao longo de suas costas e implantar ali poderosas repúblicas que, crescendo com a rapidez da vegetação tropical, vão permanecer e prosperar pelos séculos vindouros.

"Você poderá dizer que estou abandonando meus irmãos escravizados. Acho que não. Se os esquecer por uma hora, por um momento de minha vida, que Deus me esqueça! Mas o que posso fazer por eles aqui? Posso romper suas algemas e correntes? Não, não como indivíduo; mas deixe-me partir e tomar parte de uma nação, que tenha voz no conselho das nações, e então poderei falar. Uma nação tem o direito de perguntar, discutir, exigir, pleitear e defender a causa de sua raça... o que um indivíduo não tem.

"Se a Europa se tornar um dia uma grande confederação de nações livres... como espero em Deus que aconteça... se a servidão e todas as injustas e opressivas desigualdades sociais forem abolidas; e se elas, como fizeram a França e a Inglaterra, reconhecerem nossa posição... então, no grande congresso das nações, nós vamos apelar e defender a causa de nossa raça escravizada e sofredora; além do que, é impossível que a América, livre e esclarecida, não queira banir de seu brasão aquela barra sinistra que a desonra entre as nações e que é uma verdadeira praga tanto para ela como para seus escravizados.

"Mas você poderá me dizer que nossa raça tem o mesmo direito de se mesclar na república americana como o irlandês, o alemão, o sueco. Não nego, eles têm esse direito. Mas nós devemos ser livres para nos unirmos e nos mesclarmos... elevar-nos por nosso valor individual, sem qualquer acepção de casta ou cor; e aqueles que nos negam esse direito traem os próprios princípios que professam em relação à igualdade humana. É aqui, em particular, que devemos gozar dos mesmos direitos. Na realidade, temos mais direitos que os dos cidadãos comuns, pois temos o direito de exigir reparação pelos enormes e prolongados sofrimentos que infligiram à nossa raça. Mas eu não quero isso; quero um país, uma nação que possa chamar minha. Creio que a raça africana é dotada de qualidades peculiares, que merecem ser desenvolvidas ainda mais à luz da civilização e do cristianismo e que, talvez diferentes daquelas dos anglo-saxões, podem se revelar, moralmente, até superiores.

"Os destinos do mundo foram confiados à raça anglo-saxônica durante o período pioneiro de lutas e de conflitos. Para essa missão, seus elementos firmes, inflexíveis e enérgicos eram bem apropriados, mas, como cristão, aspiro a outra era, que deverá surgir. Creio que estamos muito próximos dela; e as agitações que agora convulsionam as nações são, assim espero, nada mais que dores do parto de uma época de paz e fraternidade universal.

"Tenho esperança de que o desenvolvimento da África vai ser essencialmente cristão. Se os africanos não constituem uma raça que surgiu para dominar e comandar, eles, pelo menos, são afetuosos, magnânimos e compassivos. Jogados na fornalha da injustiça e da opressão, devem se agarrar a essa sublime doutrina de amor e de perdão, pois somente através dela é que podem chegar à vitória; e será missão deles difundir essa mesma doutrina por todo o continente da África.

"Quanto a mim, confesso que sou fraco para isso... a metade do sangue que corre em minhas veias é sangue saxão, quente e impulsivo; mas tenho uma eloquente pregadora do Evangelho sempre a meu lado, na pessoa de minha bela esposa. Quando me afasto um pouco, seu afável espírito me reconduz ao caminho e me repropõe o chamado cristão e a missão de nossa raça. É como patriota cristão, como um professor do cristianismo que volto para minha pátria... minha predileta, minha gloriosa África!... e para ela, em meu coração, por vezes aplico essas esplêndidas palavras da profecia:

'Visto que foi abandonado e odiado de tal modo que todos o desprezavam, vou exaltá-lo de forma tão sublime que será a alegria de muitas gerações.'

"Pode me chamar de mero entusiasta; poderá me dizer que não tenho considerado muito bem o que pretendo empreender. Mas eu considerei muito bem, calculei o custo. Parto para a Libéria, não como um Elísio de romance, mas parto para um campo de trabalho. Espero trabalhar com ambas as mãos... trabalhar duro; trabalhar contra todo tipo de dificuldades e desânimo; e trabalhar até morrer. É para isso que vou e espero não me desapontar.

"Qualquer que seja sua opinião a respeito de minha decisão, não retire de mim sua confiança e pense que, em tudo o que eu fizer, vou agir de coração totalmente votado a meu povo."

George Harris

Algumas semanas depois, George embarcou para a África, acompanhado da esposa, dos filhos, da irmã e da sogra. Se não nos enganamos, muitos por lá ainda vão ouvir falar dele.

Das outras personagens, nada temos de especial a dizer, exceto algumas palavras sobre a senhorita Ofélia e Topsy e um capítulo de despedida que será dedicado a George Shelby.

A senhorita Ofélia levou Topsy para sua casa em Vermont, para grande surpresa dos demais membros da família, que julgavam que ela trazia alguém novo, mas sem qualquer serventia para uma casa muito bem organizada em todos os aspectos. Mas tão eficiente foi a senhorita Ofélia em seus conscienciosos esforços para transformar sua aluna, que a menina logo conquistou as graças e a simpatia de toda a família e mesmo dos vizinhos. Ao atingir a adolescência, a seu pedido, Topsy foi batizada e se tornou membro da igreja cristã local. E mostrou tanta inteligência, atividade, zelo e desejo de fazer o bem no mundo que, finalmente, a designaram como missionária numa localidade da África. E ouvimos dizer que a mesma atividade e engenhosidade que, em criança, a deixavam tão espevitada e impaciente, agora as emprega de maneira mais segura e mais saudável, ensinando as crianças na África.

P.S. – Creio que algumas mães ficariam satisfeitas ao saber que, depois de várias diligências coordenadas por Madame de Thoux, se conseguiu descobrir o paradeiro do filho de Cassy. Uma vez jovem, cheio de energia, tinha conseguido fugir alguns anos antes da mãe e havia sido recebido e educado, no norte, por amigos dos escravos fugitivos. Logo mais deverá se unir à família, na África.

44
O LIBERTADOR

George Shelby tinha escrito à sua mãe uma carta de uma única linha, comunicando-lhe o dia em que deveria chegar a casa. Não tinha tido coragem de descrever a cena da morte de seu velho amigo. Tinha tentado por diversas vezes, mas só conseguia se emocionar e acabava, invariavelmente, por rasgar o papel, enxugando os olhos e correndo para algum lugar para se acalmar.

No dia anunciado, porém, reinava uma ansiosa e alegre expectativa na casa dos Shelby, onde todos aguardavam a chegada do jovem patrãoGeorge.

A senhora Shelby estava sentada na confortável sala de estar, onde um belo fogo se encarregava de expulsar o frio de uma tarde de final de outono. A mesa para o jantar havia sido preparada com o maior esmero, exibindo os melhores pratos e talheres, sob a direção de nossa velha amiga Cloé.

Com um vestido novo de chita, um avental branco e limpo, com um turbante bem aprumado, Cloé andava revendo toda a arrumação da mesa, radiante de satisfação e se demorava nisso sem necessidade alguma; era um mero pretexto para poder conversar com a patroa.

– Olhe só! Não parece bem ao gosto dele? – exclamou ela. – Veja... coloquei esse prato justamente onde ele gosta, mais perto da lareira. O patrãozinho George sempre gosta do lugar mais quente. Ora, não!... por que Sally não pôs à mesa a melhor chaleira... a pequena e nova, que o senhor George deu à senhora, no Natal? Vou tirá-la de lá! E a senhora teve notícias do patrão George? – perguntou ela, ansiosa.

– Sim, Cloé, mas ele me escreveu somente uma linha, precisamente para dizer chegaria hoje à noite, se possível... é tudo.

– Não disse nada sobre meu velho marido? – perguntou ainda Cloé, mexendo nos talheres.

– Não; não falou de nada, Cloé. Disse que contaria tudo quando chegasse a casa.

– É bem do jeito dele... sempre gostou mais de contar as coisas pessoalmente. Sempre notei isso no patrão George. E não entendo por que os brancos gostam tanto de escrever, como sempre fazem; escrever é demorado e dá muito trabalho.

A senhora Shelby sorriu.

– Acho que meu velho não vai conhecer os meninos e a pequena. Meu Deus! Ela está tão crescida agora... minha Polly é boazinha e muito esperta. Ela está em casa agora, cuidando do pão de milho. Eu o preparei exatamente como meu velho gosta. Exatamente igual ao que lhe dei na manhã em que foi levado embora. Que Deus nos abençoe! Como eu me senti naquela manhã!

A senhora Shelby deu um suspiro e sentiu um peso no coração, diante dessa alusão. Ela se sentia desconfortável desde o momento em que recebeu a carta do filho, de medo de que algo estivesse escondido atrás do véu do silêncio dele.

– A senhora guardou os recibos? – perguntou Cloé, ansiosa.

– Sim, Cloé.

– Porque quero mostrar a meu velho todos os recibos que o doceiro me deu. Um dia ele me disse: "Cloé, gostaria que ficasse aqui por mais tempo." Eu respondi: "Obrigada, senhor, eu só quero ver meu velho marido voltar para casa e a senhora... ela não pode mais ficar sem mim." É exatamente isso que eu disse. Homem muito bom, esse senhor Jones.

Cloé havia insistido, com a maior obstinação, que os recibos do pagamento de seu salário fossem guardados para mostrar ao marido, como testemunho de seu talento para o trabalho. E a senhora Shelby havia prontamente consentido em atender a seu pedido.

– Ele não vai reconhecer Polly... meu velho marido não vai mesmo! Veja só, já faz cinco anos que o levaram! Ela era um bebê ainda... nem conseguia andar. A senhora se lembra como ela era insegura, porque vivia caindo quando ela tentava caminhar? Minha nossa!

Nesse momento, ouviu-se o ruído de rodas na estrada.

– É o patrãozinho George! – exclamou tia Cloé, correndo até a janela.

A senhora Shelby foi até a porta de entrada e recebeu o filho com forte abraço. Cloé apertou os olhos, ansiosa, tentando ver alguma coisa na escuridão.

– Oh, pobre tia Cloé! – disse George, parando emocionado e tomando a rude mão negra entre as suas. – Teria dado toda a minha fortuna para trazê-lo de volta comigo; mas ele partiu para um mundo melhor!

A senhora Shelby deu um grito de dor, mas Cloé nada disse. Todos entraram na sala de jantar. O dinheiro, de que Cloé se orgulhava tanto, estava lá sobre a mesa.

– Tome! – disse ela, apanhando o dinheiro e entregando-o, com mãos trêmulas, à patroa. – Não quero mais saber dele nem vê-lo. Eu sabia que seria assim... vendido e assassinado naquelas malditas plantações!

Cloé voltou-se e saiu de cabeça erguida da sala. A senhora Shelby a seguiu consternada, tomou-lhe uma das mãos e a fez sentar-se numa cadeira, ao lado dela.

– Minha pobre Cloé! – disse ela.

Cloé apoiou a cabeça no ombro da patroa e desatou a chorar.

– Oh, senhora! Perdoe-me, estou com o coração partido... é tudo!

– Sei disso – replicou a senhora Shelby, enquanto abundantes lágrimas brotavam de seus olhos. – Eu não posso curá-lo, mas Jesus pode. Ele cura as pessoas de coração despedaçado e trata de suas feridas.

Seguiram-se alguns momentos de silêncio e todos permaneceram ali, juntos. Finalmente, George, sentando-se ao lado da infeliz viúva, tomou-lhe a mão, emocionado, e lhe descreveu a tocante cena da morte do marido dela e as últimas mensagens de amor que proferiu.

Cerca de um mês depois, todos os escravos da casa Shelby estavam reunidos no grande saguão para ouvir breves palavras de seu jovem patrão.

Para surpresa de todos, ele apareceu no meio deles com um maço de papéis nas mãos; eram os certificados de liberdade para cada um deles e passou a lê-los em sequência e entregá-los entre soluços, lágrimas e gritos de todos os presentes.

Muitos deles, porém, o cercaram, pedindo seriamente para não serem despedidos e, com aspecto angustiado, lhe devolviam o documento da própria liberdade.

– Não queremos ser mais livres do que já somos. Todos nós temos tudo o que queremos. Não queremos deixar este lugar, bem como o senhor, a senhora e todo o resto!

– Meus bons amigos – disse-lhes George, logo que conseguiu impor silêncio. – Não precisam ir embora daqui. O lugar necessita de muitos braços para o trabalho como antes. Precisamos dos mesmos braços para manter a casa, como era feito antes. Mas agora vocês são homens livres, mulheres livres. Vou lhes pagar um salário por seu trabalho, como haveremos de concordar. A vantagem é que, se eu ficar endividado ou morrer... coisas que podem acontecer... vocês não podem ser levados daqui para serem vendidos. Espero levar adiante a propriedade e lhes ensinar o que, talvez, vão levar algum tempo para aprender... como usar os direitos que lhes concedi como homens e mulheres livres. Espero que sejam honestos e com vontade de aprender; de minha parte, confio em Deus para que eu possa ser fiel e disposto a lhes ensinar tudo. E agora, meus amigos, ergam os olhos e agradeçam a Deus pela bênção da liberdade.

Um negro idoso e de aspecto patriarcal, que tinha ficado grisalho e cego na fazenda, levantou-se e, erguendo suas trêmulas mãos, disse: "Demos graças ao Senhor Deus!" Todos se ajoelharam espontaneamente e nunca subiu aos céus um "Te Deum" tão tocante e comovente como esse entoado do fundo de um velho e honesto coração, mesmo que tivesse sido cantado com o acompanhamento de um órgão e do repicar dos sinos.

Ao se levantarem, um deles entoou um hino metodista, cujo estribilho era:
O ano do jubileu chegou...
Voltem para casa, pecadores resgatados.

– Mais uma coisa – disse George, ao conseguir silenciar todos os agradecimentos que lhe dirigiam. – Vocês se lembram de nosso bondoso e velho pai Tomás?

George lhes contou então, resumidamente, como ocorreu a morte dele e suas amáveis palavras de despedida a todos os seus antigos companheiros, acrescentando:

– Foi sobre a sepultura dele, meus amigos, que resolvi, diante de Deus, nunca mais ter outro escravo, sempre que fosse possível dar-lhe a liberdade; que ninguém, sob minha guarda, haveria de correr o risco de ser separado da família e dos amigos e morrer numa distante plantação, como aconteceu com ele. Assim, sempre que se regozijarem pela liberdade de que ora gozam, pensem que a devem a esse velho e bom homem e retribuam isso com bondade e carinho para com a mulher e os filhos dele. Pensem na liberdade que ora têm, sempre que virem a cabana do pai Tomás. Que ela seja um memorial e que os incite a seguir os passos dele, sendo homens honrados, leais e cristãos como ele era.

45
OBSERVAÇÕES FINAIS

Perguntaram com frequência à autora, pessoas de diferentes pontos do país, se essa história era verdadeira. A essa pergunta, ela vai dar uma resposta genérica.

Os diversos acontecimentos que compõem essa narrativa são, em larga escala, autênticos. Muitos deles foram observados pela própria autora ou por amigos pessoais dela. Tanto ela como seus amigos observaram pessoas que foram transformadas em pesonagens dessa história e muitas das palavras que atribuímos a essas personagens foram ouvidas realmente por ela ou lhe foram transmitidas por outros.

A aparência pessoal de Elisa e seu caráter são retratos da vida real. A incorruptível fidelidade, piedade e honestidade de pai Tomás reflete uma realidade que encontra inúmeros exemplos em diferentes comunidades. Alguns tópicos profundamente trágicos, alguns dos incidentes mais terríveis também têm seus paralelos na realidade. O episódio da mãe cruzando o rio Ohio sobre o gelo é um fato bem conhecido. A história da "velha Prue" foi um fato observado pessoalmente por um irmão da autora, empregado numa grande casa de comércio em Nova Orleans. A personagem do fazendeiro Legree também remonta à mesma fonte, que dele dizia, depois de ter visitado suas plantações: "Ele realmente me fez apalpar seus punhos, que se assemelhavam a martelos de ferreiro ou a nódulos de ferro, e afirmava que tinham ficado tão rijos de tanto bater nos negros. Quando deixei as plantações dele, dei um grande suspiro de alívio e me senti como se tivesse escapado da caverna de um dragão."

Há testemunhas oculares em todo o nosso país que atestam, e não poucas vezes, a ocorrência de um destino tão trágico como foi o de Tomás. Permito-me relembrar que em todos os Estados do sul vigora um princípio de jurisprudência que nenhuma pessoa de cor negra pode ser testemunha num processo contra um branco e a ocorrência disso pode ser facilmente observada em qualquer lugar onde haja alguém cuja raiva e descontrole excedem seus interesses e se depara com um escravo que tem hombridade ou princípios suficientes para lhe resistir. Não há nada realmente que proteja a vida do escravo, a não ser o caráter do patrão. Fatos por demais chocantes chegam ocasionalmente aos ouvidos do público e os comentários que muitas vezes se ouve a respeito deles são mais chocantes ainda que o fato em si. Ouve-se também dizer: "Muito provavelmente esses casos podem ocorrer de vez em quando, mas não constituem nenhuma amostra da prática geral." Se as leis da Nova Inglaterra permitissem a um patrão torturar "de vez em quando" um aprendiz até a morte, isso seria visto com igual compostura? Será que se diria: "Esses casos são raros e não constituem amostra de uma prática geral"? Essas injustiças são inerentes ao sistema da escravidão... sem elas, não subsistiria.

A vergonhosa e pública venda de belas mulatas tinha adquirido notoriedade com os fatos que se seguiram à captura da escuna Pearl. Extraímos a seguinte passagem do depoimento do advogado Horace Mann, um dos componentes do conselho que acompanhou o caso. Diz ele: "Naquele grupo de 66 pessoas que, em 1848, tentou escapar do Distrito de Colúmbia na escuna Pearl, havia várias moças, bem jovens e saudáveis, possuidoras daqueles peculiares encantos de forma e porte, que os entendedores tanto prezam. Elisabeth Russel era uma delas. Caiu imediatamente nas garras de um mercador de escravos e foi enviada ao mercado de Nova Orleans. O coração daqueles que a viram ficaram tocados pelo triste destino dela. Eles ofereceram 1.800 dólares para resgatá-la, mas o demônio do mercador foi inexorável. Ela foi despachada para Nova Orleans; a meio caminho de lá, porém, Deus se apiedou dela e a mulata morreu. Havia, no mesmo grupo, duas meninas chamadas Edmundson. Quando estavam para ser enviadas ao mesmo mercado, a irmã mais velha suplicou ao malvado dono delas para que as poupasse. Zombou dela, dizendo-lhe que lá elas teriam belos vestidos e ótimos móveis. 'Sim', replicou ela, 'essas coisas são realmente interessantes nesta vida, mas de que servem para a outra?' Elas também foram enviadas para Nova Orleans, mas foram resgatadas depois por enorme soma e trazidas de volta." Em vista disso, não é de todo evidente que as histórias de Emelina e de Cassy não são simples fruto da imaginação?

Justiça seja feita, homens da bondade e generosidade do senhor St. Clare são mais comuns do que se pensa, como esse fato vai mostrar. Há poucos anos, um jovem cavalheiro do sul estava em Cincinnati com um escravo de confiança, que havia sido seu assistente desde menino. O jovem aproveitou da oportunidade para garantir sua liberdade e procurou a proteção de um quaker que já era conhecido nesse tipo de negócios. O proprietário do escravo ficou indignado. Ele sempre o havia tratado com indulgência e sua confiança no apego do servo a ele era tamanha que acreditou que deveria ter havido algum plano secreto para induzi-lo a revoltar-se contra ele. Enraivecido, foi ter com o quaker; mas como era homem de bom senso e moderação, logo foi acalmado pelos argumentos e observações. Estava diante de um fato novo, de que nunca tinha ouvido falar... Dirigindo-se ao quaker, disse-lhe que, se o escravo confirmasse diante dele que queria ser livre, ele o libertaria de imediato. Foi providenciado um encontro e o jovem patrão perguntou ao escravo Nathan, se tinha do que se queixar do tratamento que recebia.

– Não, senhor – respondeu Nathan. – O senhor sempre foi bom para comigo.

– Muito bem. Então, por que é que quer me deixar?

– O senhor pode morrer e, então, o que vai acontecer comigo?... Prefiro ser um homem livre.

Depois de pensar um pouco, o jovem patrão lhe disse:

– Nathan, em seu lugar, acho que eu teria feito o mesmo. Você está livre.

Imediatamente, mandou preparar os devidos papéis, entregou uma quantia de dinheiro nas mãos do quaker para ser criteriosamente utilizada para fornecer ao liberto o necessário para começar a vida e lhe deixou também uma bela e carinhosa carta de recomendação. Essa carta esteve, por algum tempo, em mãos da autora deste livro.

A autora espera ter feito justiça para com a nobreza, generosidade e humanidade que, em muitos casos, distinguiu pessoas do sul. Esses exemplos nos salvam da total desesperança em nossa espécie. Mas cumpre perguntar a quem quer que conheça o mundo de hoje, essas pessoas são *numerosas* em qualquer lugar?

Durante muitos anos, a autora evitou ocupar-se com o tema da escravidão, considerando-o penoso demais para tratar e que o avanço da civilização haveria de extirpá-lo de uma vez por todas. Mas, depois do ato legislativo de 1850, quando ouvimos, com profunda surpresa e consternação, que um povo cristão recomendava a denúncia dos escravos fugitivos como um dever imposto a todos os cidadãos de bem... quando a autora ouviu, da parte de pessoas bondosas, compassivas e estimadas dos Estados livres do norte, deliberações e discussões para verificar até que ponto esse dever poderia ser cumprido em sã consciência... ela só pôde pensar que esses homens e cristãos não sabem realmente o que é a escravidão. Se o soubessem, essa questão nunca mereceria ser discutida. E disso surgiu o desejo de exibi-la como uma realidade intensamente dramática. Ela se empenhou em mostrá-la claramente em seus melhores e piores aspectos. Em seus melhores aspectos, talvez tenha tido êxito; mas quem poderá dizer o que resta ainda por revelar sobre esse vale de sombras e de morte, que está logo ali adiante?

Para vocês, generosos e nobres homens e mulheres do sul... vocês, cuja virtude, magnanimidade e pureza de caráter são maior do que as mais funestas influências com que se deparou... para vocês é dirigido esse apelo. No mais profundo segredo escondido em suas almas, em suas conversas privadas, vocês não perceberam que há misérias e males, nesse maldito sistema, muito maiores do que aqueles descritos aqui? E poderia ser de outro modo? Será que o homem foi criado para ser investido de um poder totalmente irresponsável? E o sistema da escravidão, ao negar ao escravo todo o direito legal de denunciar, não transforma cada proprietário num irresponsável déspota? Será que ninguém consegue inferir qual haverá de ser o resultado prático disso? Se houver, como admitimos, um sentimento público entre os senhores, homens honrados, justos e profundamente humanos, não há também outra espécie de sentimento público entre os velhacos, os brutais e sem princípios? E não podem estes últimos, com base na lei da escravidão, ter tantos escravos quantos podem ter os melhores e mais justos cidadãos? Seriam maioria, em qualquer parte deste mundo, os homens honrados, justos, compassivos e de espírito elevado?

O tráfico de escravos é considerado agora, pelas leis americanas, pirataria. Mas o comércio de escravos, como sempre foi sistematicamente praticado nas costas da África, é uma inevitável consequência da escravidão americana. E seus horrores, podem ser descritos?

A autora deu apenas uma pálida ideia da angústia e do desespero que estão, neste preciso momento, dilacerando milhares de corações, destruindo milhares de famílias e conduzindo uma desamparada e sensível raça à loucura e ao desespero. Há quem conheça mães que foram levadas, por esse maldito tráfico, a assassinar seus próprios filhos e elas mesmas procuraram na morte um abrigo contra horrores mais temidos que a morte. Nada de tão trágico pode ser escrito, dito, imaginado que iguale a horrorosa realidade das cenas que, a cada dia e a cada hora, se perpetua em nossa pátria, à sombra das leis americanas e à sombra da cruz de Cristo.

E agora, homens e mulheres da América, isso é algo que possa ser menosprezado, perdoado ou deixado passar sob silêncio? Fazendeiros de Massachusetts, de New Hampshire, de Vermont, de Connecticut que leem este livro à luz de suas lareiras nas noites de inverno... corajosos e generosos marinheiros e proprietários de navios do Maine... a escravatura é coisa que mereça apoio e encorajamento? Bravos e sensíveis homens de Nova Iorque, fazendeiros do rico e ridente Ohio e Estados de imensas pradarias... respondam, a escravidão é coisa que deva ser protegida e aceita? E vocês, mães americanas... vocês aprenderam, junto do berço de seus próprios filhos, a amar e sentir por toda a humanidade... pelo sagrado amor que dedicam a seus filhos, pela alegria que sentem pela bela e imaculada infância, pela compaixão e ternura maternal como guiam os primeiros anos de vida deles, pela ansiedade por sua educação, pelas orações que fazem pelo bem de suas almas... peço-lhes que tenham piedade pela mãe que possui os mesmos sentimentos de vocês, mas não tem direito algum de proteger, guiar ou educar o filho de seu ventre! Pelos momentos de doença de seu filho, por aqueles olhos moribundos, que vocês nunca poderão esquecer, por seu último choro, que despedaçou seu coração quando nada podia fazer para salvá-lo, pela desolação do berço vazio... peço-lhes, tenham compaixão dessas mães a quem o tráfico de escravos americano arranca constantemente os filhos! E me digam, mães americanas, a escravidão é coisa a ser defendida, a ter simpatia por ela e a deixar passar sob silêncio?

Podem dizer que os habitantes dos Estados livres nada têm a ver com isso e nada podem fazer. Prouvera a Deus que isso fosse verdade! Mas não é. Os habitantes dos Estados livres defenderam, encorajaram e participaram disso e são mais culpados, diante de Deus, do que os do sul, porque não têm a desculpa da educação e do costume.

    Se as mães dos Estados livres tivessem os sentimentos que deveriam ter, em épocas passadas, os filhos dos Estados livres não teriam sido, proverbialmente, os mais cruéis proprietários de escravos. Os filhos dos Estados livres não teriam sido coniventes com a extensão da escravatura em nosso país. Os filhos dos Estados livres não teriam comercializado, como o fizeram, almas e corpos de homens com um equivalente em dinheiro em suas transações comerciais. Há muitos escravos possuídos temporariamente e vendidos por mercadores do norte. E toda a culpa da escravatura deveria, pois, recair somente sobre o sul?

    Os homens do norte, as mães do norte, os cristãos do norte têm algo mais a fazer do que denunciar seus irmãos do sul; devem olhar para o mal que subsiste no meio deles.

    Mas o que pode fazer um indivíduo sozinho? Sobre isso, cada um deve julgar. Há uma coisa que todo indivíduo pode fazer... sentir o problema. Uma atmosfera de simpáticas influências cerca todo ser humano; e o homem ou a mulher que sentir de forma intensa, saudável e justa, com relação aos grandes interesses da humanidade, é um constante benfeitor da raça humana. Atentem, portanto, a suas simpatias nessa questão! Estão em harmonia com as simpatias de Cristo? Ou são dominadas e pervertidas pelos sofismas da política mundana?

    Homens e mulheres cristãos do norte! Além disso... vocês têm outro poder: vocês podem orar! Acreditam em orações? Ou elas se tornaram uma vaga tradição apostólica? Vocês que oram pelas pagãos de outros países, orem pelos pagãos que têm em casa! E orem pelos infelizes cristãos, cuja única oportunidade de recorrer a um sentimento religioso se apresenta nas oscilações do mercado de compra e venda; orem por eles que lhes é impossível, em muitos casos, se conserveram fiéis à moral cristã, a não ser que recebam do alto a coragem e a graça do martírio.

    Há mais ainda. Na costa de nossos Estados livres aparecem os pobres, dispersos, restos de famílias destroçadas... homens e mulheres que escaparam por miraculosas providências das correntes da escravidão... desprovidos de conhecimento e, em muitos casos, enfermos em sua constituição moral por causa de um sistema que confunde e destrói qualquer princípio de moralidade e de religião. Eles vêm procurar refúgio no meio de vocês; eles vêm buscar educação, conhecimento, verdadeira religião.

O que é que vocês fazem por esses pobres infelizes, ó cristãos? Cada cristão americano não deve alguma reparação à raça africana pelos erros que a nação americana cometeu contra todos os escravos? As portas das igrejas e das escolas devem continuar fechadas para eles? Os Estados vão se levantar contra eles e expulsá-los daqui? Será que a Igreja de Cristo vai ouvir em silêncio os ultrajes que lhes são infligidos e vai se afastar das desamparadas mãos que lhe são estendidas e, com seu silêncio, vai encorajar a crueldade que os haveria de expulsar de nossas fronteiras? Se assim for, será um espetáculo lamentável. Se assim for, a pátria teria razão de tremer, lembrando-se que o destino das nações está nas mãos daquele que é essencialmente misericordioso e inclinado à terna compaixão.

Podem até dizer: "Não os queremos aqui; que vão para a África."

Que a providência de Deus lhes tenha reservado um refúgio na África é, na verdade, um fato extraordinário e digno de nota. Mas isso não é razão suficiente para que a Igreja de Cristo se exima de responsabilidade para com essa raça desprotegida, o que contraria seu próprio dever sagrado.

Povoar a Libéria com uma raça ignorante, inexperiente e semibárbara, apenas fugida dos grilhões da escravidão, seria tão somente prolongar, por séculos, o período de lutas e conflitos que aguarda a instauração de uma nova nação. Que a igreja do norte se digne, portanto, a receber esses pobres sofredores, segundo o espírito de Cristo; que os receba, oferecendo-lhes os benefícios da educação de escolas e de uma sociedade republicana cristã, até que tenham atingido certa maturidade moral e intelectual, para depois enviá-los à costa africana, onde poderão pôr em prática tudo o que aprenderam na América.

Há um grupo de homens do norte, relativamente pequeno, que já andou fazendo isso. E como resultado, esse país já viu alguns exemplos de homens, ex-escravos, que se destacaram em educação e reputação. Seus talentos se desenvolveram de tal forma que, considerando as circunstâncias, é algo certamente notável. E quanto aos aspectos morais de honestidade, bondade e profundos sentimentos... com heroicos esforços e abnegação, se empenharam no resgate de irmãos e amigos ainda sob os grilhões da escravidão... se distinguiram de tal modo que, considerando a influência sob a qual haviam nascido, é surpreendente.

A autora viveu por muitos anos na linha fronteiriça dos Estados escravagistas e teve não poucas oportunidades de observar alguns libertos. Estiveram na família dela como criados e, na falta de qualquer escola que se dispusesse a recebê-los, ela os instruiu, em muitos casos, numa escola familiar junto com seus próprios filhos. Sua experiência nesse aspecto coincide com o testemunho de missionários que abrigam fugitivos no Canadá; e as deduções a que ela chegou, com relação às capacidades da raça negra, são altamente encorajadoras.

Geralmente, o primeiro desejo do escravo emancipado é o de receber educação. Não há nada que esses ex-escravos mais desejem dar a seus filhos do que instrução e, por tudo o que a autora pôde observar pessoalmente ou por meio de informações transmitidas por professores, eles são notavelmente inteligentes e rápidos na aprendizagem. Os resultados de escolas fundadas para eles por generosos cidadãos de Cincinnati o comprovam plenamente.

A autora transcreve a seguinte lista de exemplos, que lhe foi cedida pelo professor C. E. Stowe, do seminário de Lane, Ohio, com relação a escravos emancipados, ora residentes em Cincinnati. Esses exemplos são apresentados para mostrar a capacidade dessa raça, mesmo sem qualquer assistência especial ou encorajamento.

São dadas somente as letras iniciais. Todos eles residem em Cincinnati.

B. – Marceneiro, mora na cidade há 20 anos; resgatou-se pela soma de dez mil dólares, ganhos com seu trabalho; é batista.

C. – De cor negra, trazido da África, vendido em Nova Orleans. Há 15 anos é livre e pagou seu resgate no valor de 600 dólares; fazendeiro, possui várias fazendas em Indiana; presbiteriano; deve possuir, provavelmente, 15 a 20 mil dólares, ganhos com seu trabalho.

K. – De cor negra, dono de propriedade, possui 30 mil dólares, tem perto de 40 anos, livre há seis anos; pagou 18 mil dólares para resgatar sua família; membro de Igreja batista; recebeu um legado de seu patrão que administrou bem e o aumentou.

G. – De cor negra, comerciante de carvão, tem cerca de 30 anos; possui 18 mil dólares; pagou seu resgate duas vezes, pois da primeira vez foi logrado em

1.600 dólares; amealhou todo o seu dinheiro com seu próprio esforço... parte dele o ganhou como escravo, alugando seu tempo ao patrão e fazendo pequenos trabalhos por conta; um rapaz de excelentes maneiras.

W. – Mulato, barbeiro e garçom, de Kentucky; livre há 19 anos; pagou o próprio regaste e o da família no valor de três mil dólares; decano na Igreja batista.

G. D. – Mulato, lavador de roupa, de Kentucky; livre há nove anos; pagou 1.500 dólares pelo próprio resgate e o da família; morreu há pouco tempo, aos 60 anos; possuía seis mil dólares.

O professor Stowe acrescenta: "Conheci pessoalmente todos eles, exceto G. e redigi essas notas baseado em meus contatos com eles.."

A autora se lembra de uma idosa senhora negra, que estava empregada como lavadeira na casa dela. A filha dessa mulher se casou com um escravo. Era uma jovem notavelmente ativa e capaz e, com seus trabalhos e privações, na mais perseverante abnegação, conseguiu economizar 900 dólares para resgatar o marido; entregou esse dinheiro nas mãos do dono do marido; faltavam-lhe ainda cem dólares para completar o preço do resgate quando o marido morreu. O dinheiro antecipado nunca lhe foi devolvido.

Esses são alguns fatos, entre os inumeráveis que poderiam ser aduzidos, para mostrar a abnegação, a energia, a paciência e a honestidade do escravo emancipado.

Cumpre ressaltar que esses indivíduos conquistaram bravamente relativa riqueza e posição social, apesar de todas as desvantagens e dificuldades com que se deparavam. O homem de cor, pelas leis de Ohio, não pode ser eleitor e, até que não completasse cinco anos de liberto, era-lhe inclusive negado depor como testemunha num processo contra um branco. Esses exemplos não são exclusivos do estado de Ohio. Em todos os Estados da União, vemos homens, recém-libertos dos grilhões da escravidão, que, como autodidatas que nunca podem ser por demais admirados, galgaram altos e respeitáveis postos na sociedade. Pennington, entre os clérigos, e Douglas e Ward, entre os editores, são exemplos bem conhecidos.

Se essa raça perseguida, com todos os obstáculos e desvantagens, foi capaz de fazer tanto, quanto mais não teria feito, se a Igreja cristã tivesse agido em favor dela, segundo o espírito cristão!

Vivemos neste mundo, numa época em que as nações se agitam em convulsões. A influência mais poderosa vem de fora, abalando o mundo como um terremoto. E a América está segura? Toda a nação que carrega em seu seio grandes e irreprimíveis injustiças carrega em si os elementos da derradeira convulsão.

Para que essa poderosa influência está fazendo eclodir em todas as nações e línguas esses gritos pela liberdade e pela igualdade do homem?

Oh, Igreja de Cristo, leia os sinais dos tempos! Esse poder não será o espírito daquele cujo reino está por vir e cuja vontade deverá ser feita na terra como no céu?

Mas quem poderá subsistir no dia de seu aparecimento? "Porque aquele dia haverá de arder como uma fornalha; e ele vai aparecer para testemunhar contra aqueles que roubam o salário dos pobres, que oprimem a viúva e os órfãos e que privam o estrangeiro de seus direitos; e ele vai despedaçar o opressor."

Não são terríveis essas palavras para uma nação que carrega em seu seio tão flagrantes injustiças? Cristãos! Sempre que rezam pedindo que o reino de Cristo venha a nós, como podem esquecer que a profecia associa, por uma aproximação terrível, o dia da vingança ao ano da redenção?

Um dia de graça ainda nos é concedido. Tanto o norte como o sul foram culpados diante de Deus; e a Igreja cristã tem duras contas a prestar. Essa nação não pode se salvar juntando-se para proteger a injustiça e a crueldade e fazendo do pecado um capital comum... a não ser pelo arrependimento, pela justiça e pela misericórdia, porque a eterna lei física, em virtude da qual a mó de moinho afunda no oceano, não é mais forte que a lei, em virtude da qual a injustiça e a crueldade atraem sobre as nações a ira do Deus todo-poderoso.

Impressão e Acabamento
Gráfica Oceano